Nina Konstantin

STUNDEN DES AUFBRUCHS

NINA KONSTANTIN

Stunden des Aufbruchs

ROMAN

blanvalet

Sollte diese Publikation Links auf Webseiten Dritter enthalten, so übernehmen wir für deren Inhalte keine Haftung, da wir uns diese nicht zu eigen machen, sondern lediglich auf deren Stand zum Zeitpunkt der Erstveröffentlichung verweisen.

MIX
Papier aus verantwortungsvollen Quellen
FSC® C014496
FSC
www.fsc.org

Penguin Random House Verlagsgruppe FSC® N001967

1. Auflage

Dieses Werk wurde vermittelt durch die
Literarische Agentur Thomas Schlück GmbH, 30161 Hannover
Redaktion: Angela Kuepper
Umschlaggestaltung: Johannes Wiebel | punchdesign
unter Verwendung von Motiven von Vintage Germany/
Karin Schröder und Richard Jenkins Photography
KW · Herstellung: sam
Satz: KompetenzCenter, Mönchengladbach
Druck und Bindung: GGP Media GmbH, Pößneck
Printed in Germany
ISBN 978-3-7341-0823-5

www.blanvalet.de

Was könnte Den zu Boden schlagen,
dessen Wille frei ist, und Keinem unterworfen?

August von Platen-Hallermünde (1796 – 1835)

Prolog

Berlin 1951

Lackierte Fingernägel fahren Kerben entlang, schlanke Finger streichen über Narben im Holz. Whiskey hat die Rillen im Tresen getränkt. Der letzte Rest schimmert noch braungold im spärlichen Morgenlicht, das zur Nebentür hereinfällt.

Die Finger gleiten über die Schrammen, als liebkosten sie die Haut eines Geliebten.

Rillen und Macken in der Bar, grübelt Vera, sind wie Falten in würdevoll gealterten Gesichtern.

Und dieser Club ist wahrlich in Würde gealtert.

Hier, auf den Stühlen, die von der Putzfrau beiseitegeschoben werden, um dem Besen Platz zu machen, amüsieren sich seit über achtzig Jahren die Gäste. Der Saal mit den Samttapeten und den Kronleuchtern mit ihren gesprungenen Glasschalen hat das Kaiserreich gesehen, den Ersten Weltkrieg, die Weimarer Republik. Und vor Kurzem den zweiten Weltenbrand wie auf wundersame Weise beinahe unbeschadet überstanden. Nur das schwere Eichenparkett hat Schrunden von den Munitionskisten der Deutschen, später von denen der Amerikaner davongetragen.

Und nun ist das alles deins, denkt Vera lächelnd und verreibt den Whiskey auf ihren Fingerkuppen.

Eine Katze schleicht, das Fell von der kühlen Nacht noch gesträubt, herein, tritt aus dem Morgenlicht und springt zur

Bühne. Maunzend tapst sie zum Klavier, hopst auf die Tasten und läuft – federleicht, ohne einen Ton zu spielen – zum schnarchenden Pianisten. Erst als sie sich an seine Wange schmiegt, die ruhig auf den Tasten liegt, wird er wach und scheucht sie fort.

Vera trinkt ihren Whiskey aus und beobachtet die Katze einen Moment, dann steckt sie sich eine Papirossa an und sieht dem tanzenden Zigarettenrauch im Morgenlicht zu.

Ein paar Züge gönnt sie sich noch, dann nimmt sie die Katze auf und trägt sie zur Hoftür. Nachdem sie sie hinausgelassen hat, wendet sie sich erneut dem Saal zu. Kühle Morgenluft weht herein und vertreibt endgültig die Nacht. Vera fröstelt, sie bekommt eine Gänsehaut.

Der Pianist verabschiedet sich, die Putzfrau fegt, der Barmann versucht, die Falten aus dem Gesicht der Bar zu wischen.

Veras aufgeklebte Wimpern hat die Nacht verrutschen lassen, sie zupft sie ab und geht zufrieden durch ihren Club.

Zeit für ein paar Stunden Schlaf.

Damit das *Midnight* am Abend wieder in voller Pracht erwachen kann.

I

Ende Januar 1951

Zwischen Frauenbeinen schwebten bunte Fusseln und Fäden über die abgetretenen Holzdielen der Werkhalle. Wie exotische Federn wirbelten sie eine Handbreit über dem Boden, glitten von hier nach da und tanzten einen enthemmten Reigen, wenn eine der Frauen die Tür zum zweiten Innenhof öffnete und die Winterluft hereinließ.

Draußen, hinter den mit Eisblumen besetzten Fenstern, lag Berlin im ersten Frost wie erstarrt da, doch im Innern der Halle herrschte ein Treiben wie in einem Bienenstock. Das Hämmern von hundert Nähmaschinen vereinte sich zu einem einzigen stampfenden Marsch.

Die Arbeitsplätze bei den Fenstern waren modernisiert worden. Fünf Tage lang hatten im Sommer Arbeiter neue elektrische Nähtische aufgestellt. Der Rest jedoch befand sich noch immer auf Vorkriegsstand. Hier saßen die erfahrenen Frauen, die ihre Nähmaschinen mit dem Fußpedal antrieben, als wäre das Jahrhundert bloß wenige Wochen alt.

Unweit der Treppe zum ersten Stock, in dem die Büroräume der Verwaltung lagen, balgte sich eine Schar Spatzen um ein paar Brotkrumen.

Unverhoffterweise hatte die Firmenleitung einen Auftrag der US Army ergattern können. Seit Wochen nähten die Frauen im Schichtbetrieb.

Charlotte schnappte sich die zugeschnittenen Lederstücke aus ihrer Ablage und ließ die Nadel für den nächsten Herrenhandschuh lostanzen. Der Schnitt der ungefütterten braunen Handschuhe war simpel und das Leder dünn. Keine wirklich gute Ausstattung für den Berliner Winter, dachte sie. Aber das ging sie nichts an.

Als ein eisiger Hauch ihren Nacken traf, sah sie sich unauffällig zum Eingang um. Es war beinahe Monatsende, und das hieß, der Versorgungsoffizier würde die Textilfabrik besuchen. Der GI war ein stattlicher, muskulöser Kerl Mitte zwanzig, der stets erhaben wie ein Prinz zwischen den Frauen entlangschritt, um dann zwei Stufen auf einmal die Treppe zu nehmen und in den ersten Stock hinaufzueilen. Dort kontrollierte er den Stand der Produktion und führte eine Qualitätskontrolle durch.

»Der kommt heute nich'. Brauchste ja nich' so kieken.« Charlottes Kollegin, mit der sie Tisch an Tisch saß, biss in ihre Käsestulle und brachte es fertig, beim Kauen zu grinsen. »Hab jehört, der ist mit eener aus'm Schnitt in die Kiste.«

»Ach.«

»Dit hat janz schön jerumst, sag ick dir. Da sind die Stofffetzen jeflogen!«

»Margot!«, echauffierte sich Charlotte gespielt, errötete aber dennoch.

»Ne, mal im Ernst. Dit wird wohl nüscht mit dein Prinzchen, Charlottchen.«

»Prinz…« Verlegen winkte Charlotte ab. »Nu' hör aber endlich auf.«

»Tu ma nich' so! Is' ja nüscht bei. Mädchen im besten Alter, da kannste auch mal 'n Kerl auf'n Pöter kieken, wa? Kriegst ja immer Stielaugen wie 'n Hummer, wenn dat Prinzchen kommt.«

»Quatsch.«

»Hab ick janz jenau per-zi-pi-ziert. Janz jenau.«

Lachend schleuderte Charlotte einen der Handschuhe nach Margot. Da hörte sie den Ruf der Vorarbeiterin über das Rattern hinweg. »Hannelore Schüler!«

Sie warf einen Blick auf die Uhr, auch dieser Arbeitstag war wieder wie im Fluge vergangen.

»Na, dann schnapp dir 'n Zaster und verdufte. Zaubahaftes Wochenende, Charlottchen.«

»Danke. Wie lang musst du noch?«

Margot biss von der Stulle ab. »Dit Leben lang, wa? Dit Leben lang.«

Charlotte beendete die letzte Naht, stand auf und rieb sich die müden Augen. Sie wollte schon zum Kabuff der Vorarbeiterin hinübergehen, als ihr Blick noch einmal auf ihren Arbeitsplatz fiel.

Leere Garnrollen, bergeweise fertig genähte Handschuhe, Fadenreste, Scheren und Nadeln lagen herum. Unter Margots wohlwollenden Blicken räumte Charlotte pflichtbewusst das meiste auf, schnappte sich ihr viel zu dünnes Jäckchen und sprang dann im Laufschritt durch die Reihen zum Verschlag am Ende der Halle.

»Sparst du auf was Bestimmtes?« Gelangweilt steckte sich die Vorarbeiterin das blonde Haar zurecht, zupfte ihren Kittel glatt und schob Charlotte in einem Umschlag den Lohn der letzten vier Wochen über den Tisch.

»Ich? Wieso?«

»Ein Fahrrad? Eins mit Motor? Oder willst du eine Reise machen. Italien?« Ihre Vorgesetzte nickte zum Kuvert. »So viele Schichten, wie du für deine Tante schiebst, Mäuschen. Wann schläfst du eigentlich?«

»Also … Ähm, na ja. Meistens in der Tram.« Wie so oft in

den letzten Wochen war sie für ihre Tante Hannelore eingesprungen. Immerhin galt Charlotte mit ihren neunzehn Jahre als eine der flinkesten Näherinnen, und wem die Besitzer der Näherei die Lohntüte in die Hand drückten, war denen schnurzpiepe.

»Tritt mal ein bisschen kürzer, Mäuschen. Und nicht zu viel Jungssachen am Wochenende.«

»Da haben Sie mal keine Sorge. Danke sehr.« Charlotte deutete einen Knicks an und steckte den Umschlag in ihre Jacke. Ohne eine Antwort abzuwarten, zog sie die Tür auf und tauchte abermals in das Rattern der Nähmaschinen ein. »Ihnen ein schönes Wochenende.«

Flink ging sie die Reihen ab, winkte Margot zu und steuerte wie jedes Mal, nachdem sie den Lohn bekommen hatte, die ramponierte Toilette an.

Kaum drinnen, verriegelte sie die Tür und nahm sich den Umschlag vor. Sie zählte einhundertsiebenundvierzig Mark und zog einen der Zehn-Mark-Scheine heraus. Flink steckte sie ihn in ihren ausgetretenen Halbschuh. Für einen Lidschlag war sie versucht, einen zweiten herauszufischen, doch das würde ihrer Tante sicherlich auffallen.

Charlotte wartete einen Augenblick, spülte, als wäre sie tatsächlich auf die Toilette gegangen, und verließ erst dann die Werkshalle.

Die trockene, kalte Winterluft tat gut. Die Mittagssonne hatte die meisten Wolken vertrieben und ließ die winzigen Eiszapfen der letzten Frosttage schmelzen.

Charlotte atmete tief ein und eilte durch die Hinterhöfe. Kaum aus dem Backsteinbau auf die Straße getreten, wärmte die Sonne ihre Wangen, und der Geruch von verbranntem Koks wehte ihr entgegen. Der untrügliche Geruch des Winters.

Ohne zu zögern, hetzte sie die Putlitzstraße hinunter, immer auf überfrorene Pfützen achtend, und steuerte die nächste Tramhaltestelle an.

Bereits auf halbem Weg sah sie die hagere Gestalt mit der kurzen Pelzjacke an der Laterne warten. Wie immer, wenn sie in die Öffentlichkeit ging, hatte sich Charlottes Tante Hannelore hübsch gemacht. Ihre Haare waren ordentlich hochgesteckt. Sie trug ihren Lieblingshut, den unauffälligen schwarzen, den sie keck schräg aufgesetzt hatte, weil er ihr sonst zu dezent gewesen wäre. Zufrieden registrierte Charlotte, dass Hannelore den seitlich gerafften Rock angezogen hatte, jenes Ungetüm aus gebrauchtem Stoff, den sie ihr letztes Weihnachten im Stil des *New Look* genäht hatte. Eine mächtige Sonnenbrille verbarg Hannelores Augen. Weil sie millimeterdick Schminke aufgetragen hatte, war kaum etwas zu erahnen, aber sicher hatte Onkel Theo wieder einmal ordentlich zugelangt.

Charlotte winkte ihr zu, erhielt aber keine Reaktion, obwohl Hannelore sie gesehen haben musste.

Wahrscheinlich hatte sich ihre Tante den ganzen Tag bei ihrem Liebhaber herumgetrieben. Charlotte hatte oft genug sein Aftershave gerochen, und da Theo keines nahm, musste es wohl von einem anderen Mann stammen. Ihre Tante hatte hin und wieder versucht, den Geruch mit ihrem Parfüm zu überdecken, doch Charlotte war gut darin, genau solchen Feinheiten nachzuspüren. Und es machte ihr einen Heidenspaß, die einfachsten Dinge in ihrer Fantasie zu wilden Geschichten aufzuplustern. Vielleicht war Hannelores Liebhaber ja ein GI, ein ebenso strahlender Prinz wie der unbekannte Soldat aus der Näherei. Oder ein frisch rasierter Draufgänger, der mit seinem polierten Cabrio um die Ecken flitzte und ihre Tante an die Ostsee entführte, während sie wieder einmal eine ihrer Schichten übernehmen musste.

Charlotte blieb bei Hannelore stehen und blinzelte in die Sonne.

»Wie viel?«, fragte ihre Tante kühl und sah sich nach anderen Fahrgästen um. Eine greise Witwe in schwarzen Kleidern und einem Netz mit Holzscheiten über der Schulter wartete geduldig am Straßenrand, ansonsten war die Ecke menschenleer.

»Hab's noch nicht gezählt.« Reichlich verdrossen zog Charlotte den Umschlag aus ihrem abgewetzten Jäckchen und lieferte das Geld ab. Am liebsten hätte sie Hannelore gesagt, dass es eigentlich ihr gehörte, doch den Mut fand sie nicht. »Das waren viele Schichten diesen Monat«, sagte sie stattdessen. »Aber die haben ein paar Pausen abgezogen.«

Während Hannelore die Scheine und Münzen durch ihre Finger gleiten ließ, nickte sie abwesend. »Du wohnst bei uns. Da kannst du auch mal was für tun.« Der Lack ihrer Fingernägel blitzte frischrot und neckisch.

Charlotte überlegte, ob sie es wagen konnte, endlich einmal Widerworte zu geben.

»Ich meine …«, rang sie sich durch, doch ihre Tante schnitt ihr das Wort ab.

»Hier hast du dein Taschengeld für letzten Monat«, meinte sie und drückte Charlotte zwei Mark in die Hand.

Ohne ein Wort steckte Charlotte die Münzen ein.

»Man sagt *Danke*, Charlotte.«

Sie biss die Zähne zusammen. Es dauerte, bis sie das Danke herausgequetscht hatte.

Kurz darauf saß sie stumm neben ihrer Tante in der Tram. Langsam spürte sie die Müdigkeit. Sie blickte nach draußen, auf drei Waschweiber und eine Traube Männer in schlecht sitzenden Anzügen. Ausgebesserte Straßen und teils eingestürzte Hausecken glitten vorbei. Auf einigen Hundert Metern waren

Holzstämme für die Stromversorgung notdürftig in die Erde gerammt worden.

Kriegsversehrte spielten an einer Häuserecke im Schatten Schach und ließen eine Zigarre kreisen. Jeder durfte einmal am Stumpen ziehen. Sie sahen genauso mitgenommen aus wie die Stadt mit ihren Schutthaufen.

Hannelore und Charlotte stiegen um.

In der Yorckstraße pulsierte das Stadtleben. Einige Händler hatten schon kurz nach Kriegsende ihre Läden wiedereröffnet, obwohl die Häuser kaum als solche zu erkennen waren. Wie faule Zähne reihten sich die einst imposanten Altbauten in den Straßen. Nur ab und an stand noch ein von Schüssen pockiges, aber ansonsten unbeschädigtes Haus.

Notdürftig hatten die Bäcker, Schneider und Fleischer ihre Auslagen in den Trümmerhäusern errichtet. Hauptsache, das Erdgeschoss ließ sich betreten. Gemüse, Tabak, Zeitungen … Auf der einen Straßenhälfte frische Farbe und neue Läden in hergerichteten Häusern – auf der gegenüberliegenden die zerbombten Gebäude des Krieges. Ein wohlbehaltenes Berlin ohne Schuttberge und Ruinen hatte Charlotte nie kennengelernt.

Sie blickte auf eine Stadt, die wie Berliner Weiße schmeckte. Auf der einen Seite sauer – auf der anderen herrlich süß.

2

Ein halbes Dutzend Kinder hatte in die Erde des ungepflasterten Hinterhofs Bahngleise gezeichnet und fuhr mit einer Kaffeedose anstelle einer Lok die Strecken ab. Charlotte grüßte Max und Gerda, die ins Spiel vertieft waren. Die beiden Grundschüler wohnten mit ihrer Mutter in derselben Wohnung wie Charlotte und mussten wie sie täglich Theos schlechte Laune ertragen.

Charlotte schleppte den Einkauf hinter Hannelore in den dritten Stock und wartete geduldig, bis ihre Tante die Wohnung aufgeschlossen hatte. Die vier Zimmer in der Mietskaserne unweit des Tempelhofer Damms waren über die Jahre für Charlotte zwar keine Heimat, aber immerhin ein Zuhause geworden.

Eine Dämse aus getragener Kleidung, kaltem Zigarettenqualm und längst gegessenem Essen wehte ihnen entgegen. Aus dem einstigen Wohnzimmer, in dem seit einigen Monaten die Silaffs wohnten, drang der Schlager »Haben Sie schon mal im Dunkeln geküsst«. Theo liebte das Lied und spielte es bis zum Gehtnichtmehr, selbst frühmorgens, wenn sie alle am liebsten noch geschlafen hätten.

Charlotte, die bisher nur beim Flaschendrehen einen Jungen aus der Parallelklasse hatte küssen müssen – giggelnd, verstohlen und gehetzt –, mochte den Schlager aus den Vierzigern. Zwar hörte sie lieber Jazz, aber der Text war äußerst charmant.

Als der Gesang von hellem Frauenlachen übertönt wurde,

bemerkte Charlotte, wie Hannelore alarmiert aufhorchte. Mit langen Schritten eilte ihre Tante an Charlottes und dem Zimmer der Silaffs vorbei zur Küche.

Charlotte nutzte den Moment und zog den Schein aus ihrem Schuh. Flugs tauchte sie in ihre Kammer und steckte das Geld unter ihre Matratze.

»Ich glaube, Sie kieken mal lieber nach Ihren zwei Rotzlöffeln«, hörte Charlotte ihre Tante die Silaff anraunzen. »Die holen sich im Dreck noch den Tod.«

»Na, hören Sie mal! Was wollen Sie denn damit sagen, hm?«

»Dass Sie hier stören! Kümmern Sie sich lieber um Ihresgleichen.«

Da hieb jemand auf den Tisch – Theo, wie Charlotte vermutete. »Hanni! Jetzt reicht's aber mal!«

Charlotte nahm den Einkaufskorb und schlenderte zu den dreien.

Frau Silaff und Hannelore funkelten sich wie so oft kampfbereit an. Theo saß, wo er jeden Tag saß: am Küchentisch auf seinem knarrenden Holzstuhl, das Radio – heute stumm – und den Aschenbecher neben sich. Seitdem Charlotte vor viereinhalb Jahren hier untergekommen war, hatte sie keinen Tag erlebt, an dem Theo mal aus dem Haus gegangen wäre. Angeblich litt er unter einer Störung. *Dystrophie*, hatte Hannelore das genannt. Charlotte hatte keine Ahnung, was das bedeuten sollte, aber ihre Tante nahm es stets als Erklärung für Theos Kopfschmerzen, seine unerklärlichen Wutausbrüche, seine Trägheit und seine Angst, dass alle ihm etwas Schlechtes wollten.

Wahrscheinlich, so glaubte Charlotte, ging der Krieg für Theo einfach immer weiter. Auch jetzt noch, bald sechs Jahre nachdem sich die Alliierten mit den Russen an der Elbe die Hand geschüttelt hatten. Über den Krieg schwieg Theo beharrlich. Allerdings hatte Charlotte auch niemals gehört, dass Hannelore etwas über diese Jahre von ihm hatte erfahren wollen.

Nach dem ersten Hungerjahr hatte Theo versucht, wieder Fuß zu fassen. Er hatte sich bei einem Gemüsehändler vorgestellt, die Arbeit jedoch bereits nach wenigen Tagen verloren, weil er sich nicht recht hatte konzentrieren können. Auch die Stelle als Hausmeister in der nahe gelegenen Volksschule hatte er geschmissen, nachdem ihn der Direktor angeblich beklaut hatte. Theos Elan war erschöpft; was blieb, waren die warme Küche und sein Stuhl.

Ihr Onkel trug trotz der Kühle in der Wohnung wie immer eine dunkle Bundfaltenhose und ein ordentliches Hemd. Gebügelt. Wie jeden Tag war er frisch rasiert. Vor ihm auf dem Tisch lag, einem erschossenen Kaninchen gleich, der Toaster, den Hannelore sich so sehnlich zu Weihnachten gewünscht hatte. Theo hatte ihn aufgeschraubt, weil der Drücker klemmte.

Scheu blieb Charlotte in der Tür stehen.

»Gibt hier nichts zum Aufregen«, brummte Theo und zog an seiner Zigarette. »Spielst dich immer auf.«

»Ich habe Ihrem Gatten lediglich mit dem Toaster geholfen.« Die Silaff warf Theo ein Lächeln zu, der ihr unverhohlen zuzwinkerte. Charlotte hörte, wie Hannelore den Atem anhielt.

Ihre Blicke waren so stechend, dass sich die Silaff entschloss, das Feld zu räumen. Keck drehte sie sich auf dem Absatz um und stolzierte an Charlotte vorbei. Sie verschwand im Wohnzimmer und schaltete, nachdem sie die Tür leise geschlossen hatte, den Plattenspieler aus.

Eine trügerische Ruhe kehrte ein. Charlotte kannte diese Stille zwischen ihrem Onkel und ihrer Tante, die nur allzu schnell kippen konnte.

Versöhnlich nahm Hannelore den Umschlag mit Charlottes Lohn aus der Pelzjacke und schob ihn über den Tisch zu Theo. Der wollte jedoch wohl etwas anderes und zog sie an der Hüfte zu sich. Als er versuchte, Hannelore auf seinen Schoß zu schieben, entwand sie sich seinem Griff.

»Theo! Lass mal jetzt.« Lieber widmete sie sich schnell der Küchenhexe, öffnete die Feuerklappe und warf ein paar Holzstückchen nach. Dabei zischte sie leise: »Wir sollten die Silaff vor die Tür setzen.«

Nicht nur Charlotte, die den Korb mit Einkäufen abstellte, auch Theo schien es gehört zu haben. Seelenruhig stand er auf, drückte seine Zigarette in den Ascherrand und zog eine Zeitung vom Tisch. Wortlos rollte er sie fest zusammen. Dann blickte er Hannelore, die noch immer vor dem Ofen kniete, unverhohlen auf den Hintern. Prall und fest zuckte er unter ihrem Kleid. Ihm gefiel offensichtlich, was er da vor sich sah.

Charlotte schluckte. Sie wagte es nicht, sich zu rühren, und beobachtete entsetzt, wie Theo die Zeitung in seiner Hand hin und her drehte. Fieberhaft überlegte Charlotte, wie sie ihn irgendwie besänftigen konnte, aber die Angst einzuschreiten war einfach zu groß.

Theo trat bedrohlich hinter Hannelore. Ohne Vorwarnung drosch er mit der Zeitung auf ihren Hintern. Sie schrie vor Schreck und Schmerz auf. Charlotte hielt den Atem an. Verwirrt kam Hannelore hoch. Er deutete auf den Umschlag. »Meinst du, die paar Piepen reichen, ja? Das meinst du?«

Er baute sich noch dichter vor ihr auf.

»Die paar Piepen, und du willst die Silaff vor die Tür setzen? Ja?«, fuhr er sie an. »Willst die Silaff einfach rauswerfen!«

»Theo, ich … Nein«, stammelte Hannelore und sah hilfesuchend zu Charlotte.

»Du willst einen Kühlschrank, richtig?« Er hieb ihr mit der

Zeitungsrolle auf den Hut. Ängstlich zuckte sie zurück. »So ein Dings, was die Amis haben … Waschmaschine. Ja? Willst du auch haben.« Diesmal schlug er stärker zu, gab ihr eine Backpfeife mit der Zeitung. »Und neue Tapeten, neue Lampen …«

»Theo! Bitte …«

Er prügelte ein weiteres Mal auf sie ein und noch einmal. »Du willst sogar ein verdammtes Haus. Ein eigenes Haus! Unsere Prinzessin! Und da willst du unsere Untermieterin rauswerfen?«

Er traf sie hart an der Wange, ihre Sonnenbrille flog zu Boden. Hilflos wich sie einen Schritt zurück und stieß gegen den heißen Ofen. Sie schrie auf.

»Was ist denn jetzt schon wieder?«, fuhr Theo sie an. Hannelore kamen die Tränen. Tapfer presste sie die Lippen zusammen, dann drückte sie sich an ihm vorbei und rannte nach draußen.

Charlotte hörte, wie sie die Wohnungstür aufriss. Sie würde sich auf halber Treppe ins Klo einsperren und weinen. Und nach zehn Minuten wieder raufkommen und ihm Essen kochen.

Theo sah seiner Frau einen Moment stumm nach, dann warf er Charlotte ein Lächeln zu. »Und du? Was ist mit dir? Dich füttern wir auch durch.« Er schmiss die Zeitung auf den Tisch und nahm sich den Umschlag vor.

Ein dumpfes Geräusch setzte mit einem Mal ein.

Theo bemerkte es nicht, zählte kurz die Scheine durch und zog an seiner Zigarette. Zufrieden blickte er auf.

»Nicht schlecht«, lobte er. »Hast du gut gemacht, Charlottchen. Lass dich mal ansehen. Unsere Hübsche.«

Charlotte hatte begonnen, die Einkäufe wegzuräumen. Sie spürte seinen Blick in ihrem Rücken und drehte sich um.

Das tiefe Brummen erfüllte jetzt alle Zimmer.

Theo musterte sie unverhohlen. Als wären seine Blicke Finger, ließ er sie über ihre Brüste gleiten. Mit einem aufgesetzten Lächeln wandte sich Charlotte wieder den Einkäufen zu. Sie kannte diesen Blick. Seit ein paar Monaten starrte Theo sie so an.

»Bist wirklich 'ne ganz Hübsche geworden, hm? Komm mal her, komm doch mal rüber.«

Nicht hingehen, nicht antworten. Nicht mal den Kopf schütteln. Sie schob eine Konserve ins Regal und betete, Hannelore möge gleich wiederkommen.

Das Brummen wurde zu einem Dröhnen.

Beunruhigt stand Theo auf. »Hörst du das?«, fragte er unsinnigerweise. »Klingt wie 'n Bomber.«

Charlotte nickte. Sie kannte das Geräusch nur allzu gut, denn sie hatte es zu oft im Krieg hören müssen.

»Scheißflugzeuge«, knurrte Theo und starrte die Porzellanlampe an der Zimmerdecke an.

Charlotte trat zum Fenster und presste die Stirn ans Glas. Sich den Kopf verdrehend, versuchte sie, den Himmelsstreifen über dem Hinterhof auszumachen. Das Blassblau des Winterhimmels strahlte trügerisch ruhig. Das Dröhnen schwoll weiter an. Ihr Magen schnürte sich zu, als sie unwillkürlich an eine der schlimmsten Nächte auf dem Bauernhof vor Berlin dachte. Dutzende Bomber waren im Anflug auf die Reichshauptstadt herangedonnert und hatten ihre Fracht abgeworfen. Eine der Maschinen hatte gebrannt und war unweit des Hofs in ein Wäldchen gestürzt. Die Explosion hatte den Putz von der Decke rieseln lassen. Charlotte atmete durch, hielt die Angst aus und starrte nach oben.

»Was ist das?« Hannelore kam mit verheulten Augen in die Küche zurück.

Das Dröhnen ließ mittlerweile die Scheibe vibrieren.

Plötzlich donnerte ein Schatten heran. Er schnitt über das Haus, füllte schlagartig das ganze Himmelseck. Der Rumpf eines Fliegers blitzte silbern im Sonnenlicht, dann war er mit einem ohrenbetäubenden Lärm hinter den Dächern verschwunden.

»Gott«, entfuhr es Charlotte. »Der schmiert ab!«

Sie stürzte aus der Küche, fegte in den Flur. Trotz der Rufe ihrer Tante hetzte sie die Treppe hinunter und stieß die Tür zum Hof auf. Alle Kinder standen mit offenem Mund da und starrten in den Himmel. Als Charlotte an ihnen vorbeirannte, sprangen sie ihr nach.

Charlotte sprintete voraus, im Schlepptau immer mehr aufgeregte Kinder. Sie lief zwischen den Häusern hindurch, über den Tempelhofer Damm. Auf der breiten Straße hatten die Wagen angehalten, und viele Berliner waren ausgestiegen, um zur anderen Straßenseite zu gaffen, auf der sich die Start- und Landebahnen des riesigen Flughafens anschlossen. Eine Passantin mit Hut und seidenen Handschuhen drückte ihren Hund an die Brust, als das runde silberne Flugzeug, das wie einer der Rosinenbomber aussah, eine letzte Kurve flog und dann nur wenige Meter über den Maschendrahtzaun hinweg zum Rollfeld donnerte.

Charlotte sprang zwischen den Schaulustigen hindurch, klammerte sich an den Zaun und sah mit einer Mischung aus Neugierde und Schock zu, was als Nächstes geschah.

Als vor drei Jahren die Luftbrücke begonnen hatte, waren die Maschinen im Drei-Minuten-Takt über die Häuser geflogen, meist so tief, dass selbst Klappstullen vor Schreck aufsprangen. Sie hatte mehrere Abstürze in dieser Zeit und im Krieg gesehen.

Die Maschine stellte sich quer, und Charlotte meinte, den Piloten hinter seinem Steuerhorn zu sehen, aber das war sicher Einbildung. Die Fahrwerke brachen, Reifenfetzen flogen in hohem Bogen über die Landebahn und die Grünstreifen, während der silberne Rumpf der Maschine den Teer aufriss. Das Metall schrammte über den Asphalt, der rechte Flügel klappte weg und zerschellte. Die Propeller zerbarsten, glühend heiße Schrapnelle flogen Hunderte Meter weit. Instinktiv duckte Charlotte sich weg. Kerosin spritzte und fing Feuer.

»He!« Die Schaulustigen drückten Charlotte gegen den Zaun. Mit pochendem Herzen richtete sie wieder den Blick auf den Unfallort. Obwohl sie ein ganzes Stück entfernt stand, meinte sie, die Hitze der Explosionen zu spüren. Sie bekreuzigte sich und schickte ein Stoßgebet zum Himmel.

Zwei Löschfahrzeuge und ein Krankenwagen rasten querfeldein auf den Feuerball zu. Charlottes Blick streifte einen Mann in Uniform, der mit seinem Jeep ebenfalls auf die Flammen zuhielt und schlingernd abbremste. Seinen Rang konnte sie nicht erkennen, aber er sprang aus dem Wagen, rief den Feuerwehrleuten Befehle zu und stürzte sich sodann in die Flammen.

Nicht nur Charlotte stockte der Atem. Vom Zaun aus machte es den Eindruck, als würde der Soldat direkt in sein Verderben rennen.

Alle schauten gebannt auf das Feuer. Da löste sich eine Gestalt aus dem Inferno. Es war der Mann in Uniform. Er hatte sich den Piloten über die Schulter geworfen und taumelte mit ihm auf die Sanitäter zu. Die Menge und Charlotte jubelten vor Begeisterung auf.

Einen Lidschlag lang holten Berlin und Charlotte Atem – und dann geschah etwas, von dem sie nicht genau wusste, ob sie es sich vielleicht nur einbildete.

Der Soldat schaute auf, und ihre Blicke trafen sich.

Der Mann sah sie direkt an.

Für einen Moment hielt das Chaos aus lodernden Flammen, Sirenen und Befehlen inne. Es war Charlotte, als zöge ihr jemand den Boden unter den Füßen weg. Die Hitze auf ihren Wangen schien zu explodieren, und ein wohliges Kribbeln breitete sich von ihrem Rücken über den Hals bis zu ihrem Kopf hinauf aus. Ein Prickeln, das gefühlt Stunden andauerte, so wie jener Blick, der in Wirklichkeit bloß einen Herzschlag lang währte.

Dann kippte die Zeit zurück in die Welt.

Der Zauber verflog.

Charlotte ließ den Zaun los und sah mit wackligen Beinen und klopfendem Herzen zu, wie der GI sich abermals den Feuerwehrleuten anschloss, einen Helm zugeworfen bekam und hinter dem brennenden Wrack verschwand.

3

Charlotte lag mit offenen Augen im schummerigen Licht, das durch den Spalt der angelehnten Tür fiel. Ihr Blick fiel auf die ausgeschnittenen Titelbilder und hübschen Fotos aus all den Modezeitschriften, die sie von den Kolleginnen in der Näherei geschenkt bekommen hatte. Sie starrte die jungen Frauen und edlen Damen in ihren extravaganten Kleidern an und lauschte auf die Geräusche in der Wohnung. Immer wieder sah sie den Soldaten vor sich, das brennende Flugzeug, sein kantiges Gesicht vor den Flammen. Sein Blick. Seine Augen. Wie sich herausgestellt hatte, war niemand bei dem Unfall zu Tode gekommen. Pilot, Copilot und zwei Crewmitglieder waren schwer verletzt, aber lebend aus der Maschine geborgen worden.

Als die Amerikaner vor zweieinhalb Jahren durch die Jugendclubs gezogen waren, um Helfer für die Luftbrücke zu finden – Jugendliche, die unbelasteter waren als die frisch besiegten Feinde, denen sie nicht trauten –, und Charlotte in ihrem engen Zuhause bei Theo und Hannelore davon erfuhr, hatte sie sich ebenfalls freiwillig melden wollen. Nur zu gerne hätte sie auf dem Flughafen Tempelhof beim Entladen der Rosinenbomber geholfen, aber es war nur Jungen erlaubt gewesen, mit anzupacken. *Kohlejungs* hatten sie sich stolz genannt, weil sie in die Flugzeuge gekrochen und Sack um Sack Kohle herausgeholt hatten. Dafür hatten sie jede Menge Geschenke von den Piloten und den Crews bekommen, Kaugummis, Schokolade, Anspitzer, Mützen, Feuerzeuge. Sie hatten ihre kleinen Schätze in der Schule feilgeboten, wo Charlotte den Jungs oft etwas abgeluchst hatte, aber trotzdem hatte sie es als schreiende Ungerechtigkeit empfunden, nicht selbst dort arbeiten zu dürfen.

Charlottes Gedanken kehrten von den Flugzeugen und den Kohlejungs zurück in ihre Kammer. Die Wand zum Wohnzimmer war dünn, aber alles war still. Die Silaff und die beiden Kinder schliefen offenbar. Auch ihre Tante war sicher bereits zu Bett gegangen. Nur aus der Küche vernahm sie ihren Onkel, hörte, wie er am Toaster schraubte.

Leise stieg Charlotte aus dem Bett, zog den Zehn-Mark-Schein unter der Matratze hervor, schlich dann zum Fenster und öffnete das Schränkchen unter dem Fensterbrett. In seinem Innern war es kühl, man konnte Butter und verderbliche Lebensmittel darin lagern. Charlotte bewahrte dort ein paar Bücher auf – *Kon-Tiki, Robinson Crusoe, Die rote Zora* und einige Klassiker, außerdem ihre kostbaren Modezeitschriften *Der neue Schnitt* und *Burda*.

Behände, weil sie es schon Dutzende Male getan hatte, löste sie das Bodenbrett innerhalb des Schränkchens und stellte es leise beiseite. Unter ihm war eine Vertiefung. Charlotte griff hinein und holte eine abgewetzte Blechdose heraus.

Im blauen Mondlicht öffnete sie ihren Schatz und steckte den Geldschein zu einigen anderen, die sie in den letzten zwei Jahren gehortet hatte.

Aus der Küche hörte sie Theo husten, dann das Schrammeln von Stuhlbeinen über Linoleum.

So schnell es ging, legte sie die Blechdose zurück, schob das Brett zurecht und klappte das Schränkchen zu.

Sie war gerade wieder unter ihrer Decke, als Theo die Tür zu ihrem Zimmer öffnete. Er stand keine Armlänge von ihrem Kopf entfernt im Türrahmen, und sie konnte seine Bierfahne riechen. Charlotte kniff die Augen fest zusammen und spürte dennoch, wie sein Blick über sie glitt. Sie betete, er möge umdrehen, er möge sie nicht anfassen, doch mit einem Mal fühlte sie Theos Atem in ihrem Nacken.

Er hatte sich zu ihr heruntergebeugt und schob seine Hand unter ihre Decke. Charlotte bebte innerlich vor Abscheu, lag jedoch wie erstarrt da. Sie traute sich nicht, sich auch nur einen Zentimeter zu rühren, während seine Finger über ihre Brust strichen. Angewidert zwang sie sich, die Zähne zusammenzubeißen und keinen Mucks von sich zu geben. Bloß so tun, als schliefe sie und …

Nein! Es ging nicht.

Sie löste sich aus der Starre, tat, als wachte sie fast auf, und drehte sich wie im Schlaf von ihm weg.

Einen Moment lang geschah nichts. Sie spürte ihr Herz bis in den Hals schlagen.

Bitte, flehte sie, geh! Lass mich! Geh einfach.

Da hörte sie, wie er sich stöhnend aufrichtete. Er schlug die Bettdecke über sie, als wäre er ein liebender Vater, und steckte sie gründlich fest, damit sie es warm hatte.

Keine drei Sekunden später war er wieder gegangen.

Zitternd und nach Luft ringend, drehte Charlotte sich wieder von der Wand zum Zimmer, starrte durch den Türspalt in die Wohnung, in diese überfüllten Räume, deren Geräusche und Gerüche sie Tag für Tag mehr anwiderten.

Theo würde nicht aufhören, das war ihr bewusst. Seine Annäherungen würden sich noch steigern. Der Gedanke daran drehte ihr den Magen um. Sie versuchte, sich zu beruhigen, sah auf und fand ein wenig Trost im Anblick der Modefotografien an der Wand.

Es wurde Zeit, endlich eine gut bezahlte Anstellung zu finden und diesen vier Wänden sowie Theo zu entfliehen.

4

Energisch eilte Vera aus ihrem Büro und drückte den wuchtigen Vorhang beiseite, der den Tanzsaal des *Midnights* vom Flur trennte.

Wie ein Faustschlag hieb ihr das Nachtleben entgegen. Ein Nebel aus Zigaretten- und Alkoholdunst, aus Lachen und Rufen. Rechts und links standen Soldaten, ein paar hatten Stühle zusammengeschoben, quatschten, rauchten, tranken. Die Männer schrien sich an, weil die Musik so laut war. Nichts Ungewöhnliches für einen Abend im Club – wenn der Akkordeonspieler nur nicht so fürchterlich schlecht gewesen wäre. Vera hatte das Gejaule bis ins Bürozimmer gehört und hielt es nicht mehr aus. Sauer reckte sie das Kinn und eilte weiter.

Ein Kauderwelsch aus breitem Amerikanisch, Französisch und Englisch trommelte auf sie ein. Vera meinte sogar, Japanisch zu hören. Vielleicht Veteranen des 442. US-Infanterie-Regiments, die als Japaner auf US-Seite an der Westfront gekämpft hatten und dann in Berlin hängen geblieben waren.

Viele der Soldaten nickten ihr zu. Sie kannten Vera und respektierten sie. Die meisten waren in Uniform hier, nur wenige hatten sich leger in einen schwarzen Anzug mit weißem Hemd und Krawatte gekleidet. Farblich hoben sie sich so oder so perfekt von der weinroten Samttapete ab, die noch zur Originalausstattung des ehemaligen Ballhauses gehörte. Bereits in der Weimarer Republik, daran erinnerte sich Vera noch, war die schwere Schmucktapete an vielen Stellen eingerissen gewesen und zeigte seitdem nackten Putz. Ihr war seit Monaten klar, dass sie dies alles möglichst gestern hätte in Schuss bringen lassen müssen, aber ihr fehlte das nötige Kleingeld.

In einer dunklen Ecke unter einer Kunstpalme saßen drei Gemüsehändler aus der Nebenstraße, pafften Zigarre und lachten lauthals. Ihr Gefeixe mischte sich mit den Rufen einiger Soldaten, die an der Bar lehnten und Vera erspäht hatten.

»Vera! Vera!« Die Männer hoben ihre Gläser und prosteten ihr lautstark zu. »*Come on!* Veeeeraaaa!«

Sie warf den GIs eine Kusshand zu, trat aber nur kurz zu ihnen, um mit ihnen einen Schnaps zu kippen. Dann vertröstete sie die Männer mit einem Küsschen und einem Zwinkern und schritt unter ihren hungrigen Augen weiter Richtung Bühne.

Eigentlich war der Saal bloß ein großer rechteckiger Raum mit abgehängten Fenstern, einer spartanischen Bühne und einer viel zu mickrigen Bar, doch das *Midnight* strahlte von innen heraus. Wie eine Grande Dame … eine welterfahrene Schauspielerin, die selbst abgeschminkt noch alle mit ihrem Esprit verzaubern konnte. Das aus dem vorigen Jahrhundert stammende Tanzhaus mit seinen stuckverzierten Wänden und den überbordenden Kronleuchtern barg in sich eine seltsame stoische Würde, die viele sofort in den Bann zog.

Heute Abend war die Musik jedoch kraftlos. Der Foxtrott hatte kein Feuer, sondern dudelte vor sich hin. Niemand tanzte – Vera hatte sich also in ihrem Büro nicht verhört. Sämtliche der sechs runden Tische vor der schmalen Tanzfläche waren belegt, doch die an den kaum tellergroßen Tischen sitzenden Pärchen knutschten verstohlen, anstatt sich zur Musik zu bewegen. Den letzten Tisch vor der Tanzfläche teilten sich vier junge Soldaten mit einem dicken Druckereibesitzer aus Charlottenburg. Vor ihm auf dem Tisch stand Steffi, die einzige Bedienung des *Midnights*, eindeutig betrunken und sehr bemüht, auf dem winzigen Ding die Balance zu halten. Grölend steckten ihr die Männer Geldscheine in den Straps und feuerten sie an, ihr Matrosenhemd weiter aufzuknöpfen.

Ohne zu zögern, zog Vera das Mädchen unter dem lautstarken Protest der Männer herunter.

»He!« Steffi wollte sich aus Veras Griff befreien.

»Von mir aus kannst du nackt tanzen. Von mir aus jeden der Gäste vögeln. Aber nicht hier. Nicht in meinem Laden.«

»Ich …«

»Wenn ich ’ne Asphaltantilope hier haben will, stell ich die dafür ein! Verstanden?« Vera schob sie zur Bar.

»Ich wollte den Jungs nur ein bisschen Spaß …«

Vera ließ sie nicht ausreden, sondern riss ihr den Rock hoch und die Scheine aus dem Strumpfband. »Ein bisschen Spaß, ja?«

»Sie … Sie können … Nehmen Sie es. In Ordnung?«

Schroff drückte Vera ihr die Scheine in die Hand. »Behalt das Geld. Du solltest bedienen und nicht deine Titten zeigen. Hol deine Sachen. Ich will dich hier nicht mehr sehen.«

Einen Moment stand Steffi wie ein begossener Pudel da. »Ich soll …?«

»Sofort.« Vera packte sie am Arm und riss sie Richtung Vorhang. »Melde dich bei Schnute, der gibt dir dein Zeug. Und deinen Lohn.« Sie drehte sich auf dem Absatz um.

Das eigentliche Problem wartete noch.

Vera trat vor die Bühne, die nur ein paar Meter breit und wenige Meter tief war. Sie kannte jedes Brett, weil sie als Kind zweimal die Woche vor den Auftritten ihrer Mutter auf den staubigen Planken herumgerutscht war.

Schweigend musterte sie die Dreier-Combo, heftete den Blick schließlich auf den Bassisten. Der Mann hielt seinen

Kontrabass wie eine Geliebte. Er schwitzte stark, als läge er nahe Cherbourg im Schützengraben. Sein Blick verriet Vera sofort, dass er den Ärger ahnte.

»Tom!«, rief sie. »Hört auf. Macht Schluss.«

Der Bassist nickte Vera zu, dann gab er seinen Kollegen ein Zeichen. Weder der Trommler, der mit jedem Schlag haarscharf neben dem Takt lag, noch der Hungerhaken an der Quetschkommode brachen jedoch ab.

Am liebsten wäre Vera auf die Bühne gesprungen und hätte sie mit vorgehaltener Pistole aus dem Club getrieben. Das hätte einen hübschen Rummel gegeben. Andererseits konnte sie sich heute absolut keine weitere Szene leisten.

Und sie kannte Tom noch aus den letzten Tagen des Krieges.

Anstatt ein weiteres Mal gegen Akkordeon und Trommel anzubrüllen, schnappte sie sich vom nächstgelegenen Tisch ein halb volles Glas, stieg auf die Bühne und prostete den Musikern und dann dem Publikum zu. »Großer Applaus für Tom und seine Band!«

Die Gäste klatschten verhalten, und endlich ließ der Schlagzeuger das Musikstück ausgleiten.

Tom half Vera von der Bühne.

»Sag mal, willst du mich ruinieren?«

»Tut mir leid, Vera. Wiki braucht dringend Geld«, er nickte zum Schlagzeuger. »Und Hans meinte, die beiden wären gut.«

Vera lachte bitter auf. »Seit wann versteht Hans was von Musik? Packt sofort eure Sachen. Jetzt. Lasst euch das Geld geben. Halbe Gage.«

»Halbe?«

Vera bemerkte, wie entsetzt er war, hatte aber keine Lust, ihm auch nur ein bisschen entgegenzukommen. »Ich bin ja kein Unmensch. Euer Geklimper ist eigentlich gar nichts wert, wenn wir mal ehrlich sind.«

»Vera …«

»Halbe Gage für euch drei. Und Tom …« Sie lehnte sich vor, konnte seinen Schweiß riechen. »Ich mach das wegen Cherbourg, sonst würdest du leer ausgehen.«

Seufzend nickte er.

In weniger als fünf Minuten hatten seine Jungs alles zusammengeräumt und waren von der Bühne verschwunden. Vera sah sich zu den Soldaten um, sie wusste, dass einige von ihnen ganz passabel Gitarre spielten. Auch wenn niemand dazu tanzen sollte, der Klang war auf jeden Fall angenehmer. Als sie die Männer an der Bar fragte, riefen gleich drei begeistert »Ich!«. Vera entschied sich für den Hübschesten und wies den Barmann an, eine Gitarre zu holen.

Um kurz zu verschnaufen, setzte sie sich an den Tresen. Sie hatte kaum Luft geholt, als Schnute in seinem typischen tänzelnden Boxer-Schritt auf sie zueilte. Die beiden hatten sich kurz nach dem Kauf des Clubs kennengelernt. Er war ihr ältester und loyalster Mitarbeiter. Und ihr kleinster: Schnute reichte Vera gerade mal bis zum Kinn. Dafür war er wieselflink und sein Körper äußerst kompakt. Auf ihn war stets Verlass. Das war das Wichtigste.

»Fahren grad vor«, meinte er, wobei seine Stimme selbst bei den wenigen Worten wegbrach. Seine Stimmbänder hatten beim letzten Boxkampf gehörig Schaden erlitten.

»Schon?«

Schnute bejahte stumm. Seelenruhig holte er seinen Schnupftabak heraus, streute sich eine Prise auf die Hand und zog sie sich in seine schiefe, von zu vielen Boxkämpfen mehrfach gebrochene Nase.

»Wie viele hat er diesmal mitgebracht?«

Als Antwort hielt Schnute drei Finger hoch.

Drei Mann also. Vera seufzte. Sie hatte mit mehr Männern

gerechnet, die in Herbert Leuners Namen Ärger machen würden. Das Schlitzohr ließ sich nicht gern die Butter vom Brot nehmen und trommelte oft lieber mehr Schläger als zu wenig zusammen. Sie wusste, dass er darauf stand, kleine Clubbesitzer einzuschüchtern.

Dankend tätschelte sie Schnutes Wange.

»Dann wollen wir den durstigen Männern mal einen schönen Empfang bereiten«, meinte sie und stand auf.

Schnute grinste fies. »Kannste drauf wetten, Vera.«

Die beiden eilten zur Nebentür des Saals. Als Vera sie aufriss, hörte sie bereits Anton vom Hof her rufen: »Ihr kommt hier keinen Schritt weiter! Bleibt stehen!« Die Stimme ihres dreizehnjährigen Laufburschen überschlug sich vor Aufregung.

Während Vera Schnute durch einen Vorraum folgte, an dessen Seite sich Tische und Stühle stapelten, fiel ihr Blick durch das vergitterte Fenster neben der Hoftür. Draußen im Schummerlicht konnte sie Anton erkennen, er hatte sich eine Eisenstange geschnappt. Drohend hielt der Junge sie über dem Kopf, während sich drei Männer, die Mützen tief ins Gesicht gezogen, vor ihm aufbauten. Anton stand mit dem Rücken vor dem Tor zum Lagerraum. Obwohl er unsicher wirkte, würde er es bis aufs Blut verteidigen. Wobei es schlecht für ihn aussah, denn ihm fehlte einfach das Quäntchen Wahnsinn, das Vera schon oft in Schnutes Blick bemerkt hatte.

Ein rostiger Lastwagen mit Plane über der Pritsche stand unweit der einzigen Laterne.

»Ihr gebt uns sofort unser Zeug zurück!«, drohte einer der Schläger, blies sich in die Hände und trat auf Anton zu.

Da riss Schnute die Hoftür auf. Vera hatte Mühe, ihm zu folgen, so flink stach er in den überfrorenen Hof. Mit wenigen Schritten war er bei Anton und den Angreifern, holte ohne Vorwarnung aus und verpasste dem Erstbesten eine heftige

Gerade auf die Nase. Vera hörte ein Knacken und sah, wie Blut auf Antons geflickten Mantel spritzte. Stöhnend sackte der Arbeiter zusammen.

»Peng!« Schnute spukte aus, baute sich wie ein wild gewordener Terrier vor den anderen beiden auf. Sein Atem bildete Wölkchen in der kalten Luft. »Nix gibt's zurück! Nix. Klar?«, fauchte er und krempelte die Ärmel hoch. »Noch einer was in die Fresse?«

»Hört auf!«, fuhr Vera dazwischen. »Hilf ihm auf«, befahl sie Anton, der sie begriffsstutzig anstarrte. »Hilf dem Mann auf die Beine.«

Anton gehorchte. Er hatte den stöhnenden Kerl halbwegs hochgezogen, als die beiden anderen Arbeiter plötzlich Schnappmesser aufspringen ließen. Beim Anblick der Klingen musste Schnute dreckig lachen. »Ihr seid ja ganz Harte. Na, dann mal Ring frei!«

»Der Chef sagt, wir sollen nicht ohne seine Ware zurückkommen. Zweihundert Flaschen Schampus! Den Wein und die zehn Fässer Bier. Und was der Chef sagt, das ist Gesetz.«

»Ich werde hier nicht mit euch verhandeln.« Mutig stellte sich Vera ihnen in den Weg. »Die Ware bleibt, wo sie ist.«

Der Stämmigste der drei, ein Mann mit ausgetretenen Winterstiefeln und auffälliger Pelzmütze, schien mit dieser Antwort nicht zufrieden. Er wischte sich den Rotz von der Nase, zog die Jacke zurecht und trat auf Vera zu. Sofort schob sich Schnute schützend vor seine Chefin.

Sie spürte Schnute vor Aufregung zittern, so stark fieberte er einem Kampf entgegen.

»Ich lasse gerne meinen Hund von der Kette.« Vera streichelte Schnute sanft übers Haar. Der spielte genüsslich mit und gab ein lautes »Wuff« von sich.

»Wo ist Leuner?«, wollte sie wissen.

»Das geht dich einen Scheiß an!«, brummte der Stämmige.

Vera bemerkte, dass Schnute nicht mehr an sich halten konnte. Bevor sie ihn zurückpfeifen konnte, hatte er bereits den Kopf nach oben gerissen.

Der Mann zuckte weg, nur um Haaresbreite verfehlte Schnute sein Kinn. Der Mann ließ sogleich sein Messer vorschnellen, aber Schnute wich mit einem geschickten Boxschritt aus, klemmte blitzschnell den Arm des Mannes ein und entwand ihm die Waffe. Klirrend fiel das Messer auf die eisigen Kopfsteine.

»Hey! Shall we call the cops?«

Alle fuhren herum.

Einer der Japaner und vier seiner Freunde waren aus der Nebentür getreten und sahen Vera fragend an.

Angesichts dieser Übermacht kehrte augenblicklich Ruhe ein.

Der Stämmige wich zu seinen Kumpels zurück, und Vera nutzte die eintretende Stille, um sich noch einmal an die Männer zu wenden. »Ist Leuner im Wagen? Holt ihn her.« Dann rief sie dem Japaner zu: *»Easy, okay? Cool. No cops.* Ist schon alles geklärt.«

Die Verachtung im Blick von Leuners Männern war kaum zu übersehen, aber angesichts der Soldaten gaben sie klein bei. Der Typ mit der gebrochenen Nase spuckte aus und ging zurück zum Pritschenwagen. Im gelben Licht der Laterne konnte Vera jetzt einen Schatten hinter der beschlagenen Scheibe erkennen. Sie hatte doch gewusst, dass sich Leuner solch ein Schauspiel niemals entgehen lassen würde. Und sie wusste auch, dass ihre Anzahlung für den Alkohol und all die harten Spirituosen bisher mehr als mickrig war. Seit Monaten stand sie bei Leuner in der Kreide und hatte ihn wieder und wieder vertröstet.

Das Bier bekam sie auch woanders zu guten Preisen, aber der Schampus und der französische Wein waren ein Problem. Ganz zu schweigen vom Whiskey und den Likören. Vera wusste, dass Leuner seine Ware unter extrem zweifelhaften Bedingungen ergatterte. Mit Sicherheit waren die ganzen Spirituosen »vom Lastwagen gefallen«, wie man so schön sagte.

»Geht rein!«, forderte Vera den Japaner und seine Kameraden auf. »Es hat sich alles geklärt. *Go! Have a drink!*« Sie winkte Anton zu sich und flüsterte ihm zu: »Schmeiß 'ne Runde, gib den Jungs einen aus.«

Froh, nicht mehr im Hinterhof sein zu müssen, lief der Junge zu den Soldaten und begleitete sie hinein. Nur der Japaner dachte nicht daran, Vera allein zu lassen. Wachsam wartete er, bis Leuner aus dem Wagen gestiegen und seine hundertfünfzig Kilo durch den schummerigen Hinterhof bugsiert hatte. In säuselndem Tonfall wies er die drei Männer an, im Lieferwagen zu warten.

Erst nachdem die Kerle verschwunden waren, wandte sich der Japaner zum Gehen.

»Du hast mich erwartet. Hut ab.« Leuner nickte zur Mülltonne, auf der bis vor Kurzem Anton gesessen hatte. »Aber den Jungen vorzuschicken … Schäm dich.« Er streckte seine Pranke aus.

»Du bist früh dran«, entgegnete Vera lächelnd und legte ihre grazile Hand in seine. Sie wusste, was kam, und sie mochte es nicht. Leuner führte ihre Finger direkt an seine Lippen und drückte einen dicken Schmatzer darauf. Entweder er hatte nie gelernt, den Kuss zu hauchen, oder es war Absicht. Vera ließ die Geste über sich ergehen und lächelte charmant.

»Ich hatte nicht erwartet, dass du jemanden postierst.«

»Ich bin ja nicht dumm. Nachdem ihr mir vorletzten Samstag den Chardonnay geklaut habt.«

Leuner lachte. Es klang wie ein ersticktes Glucksen und hallte zwischen den Wänden des Hinterhofs wider. »Geklaut? Du meinst, ich habe *meine* Ware zurück ins Lager geholt … Bei dir wird sie ja anscheinend schal, mein Täubchen. Und das, obwohl ich Stammkunde bin.«

Jetzt war es an Vera zu lachen. »Der Laden läuft prima, Leuner. Mach dir da mal keine Sorgen«, log sie.

»Das sehe ich. Das Geld sprudelt nur so. Du hast vor lauter Zählen aber leider vergessen, mir meine Lieferung zu bezahlen.«

Sie schwieg einen Moment, tat, als müsste sie nachdenken. »Leuner, ich würde das gerne ein für alle Mal klären.«

»Da gibt es nichts zu klären, mein Täubchen. Und du musst es auch gar nicht mit deiner honigsüßen Stimme versuchen.«

Vera wusste, dass Leuner gerne pokerte und den Preis hochtrieb. Sie hatte von zwei Clubs gehört, die in Schieflage geraten waren und bei denen er daraufhin versucht hatte, sich einzukaufen. Erst führte er sich wie der gute Samariter auf, dann presste er immer mehr Prozente aus den Clubs heraus.

Um jeden Preis würde Vera das verhindern.

Niemand würde ihr ihren Traum nehmen. Das *Midnight* war ihr Schätzchen. Und niemals würde sie irgendwem auch nur eine Krume davon abgeben.

»Komm schon, Leuner. Du weißt, ich habe ein paar Startschwierigkeiten. Aber das wird sich bald erledigt haben. Wenn ich deinen Champagner nicht habe, kann ich gleich einpacken.« Die Worte kamen nur schwer über Veras Lippen, einerseits, weil sie die Wahrheit waren, andererseits, weil sie für gewöhnlich niemandem gegenüber so viel Schwäche zeigte.

Selbst Leuner zog überrascht eine dicke Augenbraue hoch und musterte sie. »Du siehst ganz schön abgearbeitet aus, mein Täubchen … Sagen wir mal so, ich weiß, wie sehr du auf meine Lieferungen angewiesen bist. Die anderen sind einfach zu teuer, habe ich recht? – Ja. Habe ich. Nun ja, aber … Leider muss ich dir mitteilen: Der Preis ist soeben auch bei mir gestiegen.«

Innerlich ballte Vera die Fäuste. Am liebsten hätte sie Schnute herbeigerufen, der hätte mit Antons Eisenstange diesem Fettsack eine feine Kerbe fürs Toupet zimmern können.

Sie biss die Zähne zusammen und machte gute Miene zum bösen Spiel. Sanft legte sie Leuner einen Arm um die Schultern und schob den Dicken unauffällig Richtung Tür. »Lass uns das drinnen besprechen, Leuner. Ich hab was für dich, das wird dich umstimmen. Ganz sicher.«

Knurrend rutschte Leuner auf dem winzigen Stuhl in Veras Bürozimmer hin und her. »Willst du mir einen blasen, oder was wird das hier?« Ungeduldig klopfte er mit den fleischigen Fingern auf seine Oberschenkel. »Du hast was für mich, dann mal los. Und komm mir jetzt nicht mit deinen Ehe-Klunkern.«

»Ich war nie verheiratet.« Vera ging um ihren Schreibtisch herum.

»Hätte ich mir bei dir auch nicht wirklich gedacht. Wie läuft es denn mit dem Alten – diesem Vehring?« Missmutig sah sich Leuner in dem winzigen Büroraum um.

Statt einer Antwort öffnete sie die Schreibtischschublade und nahm ihre Pistole heraus.

»Hoppla!«, entfuhr es Leuner. »Schätzchen!«

Lächelnd legte sie die Waffe zurück und zog stattdessen eine zerknitterte Papiertüte hervor. Ohne eine Erklärung legte sie sie direkt vor Leuner hin.

»Willst du mich verarschen? Was soll das werden?«

»Mach sie auf.«

Skeptisch musterte Leuner die Tüte. »Ist das Blut?« Er nickte zu einigen dunklen Flecken.

»Was denkst du? Dass ich da eine abgehackte Hand drin habe?«

»Ich denke, Vera, du bist wie ein Geist. Im Ernst. Tauchst hier in Berlin auf, machst das *Midnight* auf, und niemand kennt dich. Keiner. Bei dir is' alles möglich.«

»Danke für das Kompliment.«

»War eigentlich keins.« Seufzend nickte er ein weiteres Mal zur Tüte. »Also? Was soll das da?«

»Mir hat ein Vögelchen etwas gezwitschert.« Da Leuner die Tüte noch immer nicht nehmen wollte, schob Vera sie ihm näher hin. »Nur zu, es beißt nicht.«

Er ließ die Hände, wo sie waren, und blieb skeptisch. Widerwillig musterte er die Aufschrift *Bäckerei Haake – Immer frisch.*

»Himmel, Leuner! Das ist kein Blut. Es ist Öl. Kommt aus einer Werkstatt.«

Brummelnd langte er zu. Gespielt lässig riss er die Tüte auf. Ein Stück Chrom fiel ihm entgegen und landete klirrend auf der Tischplatte. Es war das Emblem einer Automarke.

»Cadillac?«

»1949er. Sixty Special Fleetwood. Zweiteilige Windschutzscheibe.«

»Fins?«

»Heckflossen?« Vera nickte. »Wenn du willst, bekommst du ihn in dieser Farbe.« Mit einem Klack stellte sie einen ihrer Nagellacke auf den Tisch. Karmesinrot. »Für deine Frau. Für dein geliebtes Eheweib.« Der leichte Spott war kaum zu überhören.

Leuner brummte. Er hob noch einmal das Emblem hoch und drehte es abschätzend in der Hand. »Die Alte geht mir so was von aufn Sack. Hat immer neue kostspielige Flausen im Kopp.«

»Tja, so sind wir Frauen. Wir sind dafür gemacht, euch auf den Sack zu gehen.«

Leuner lächelte amüsiert. »Wo steht der Wagen?«

»Das werde ich dir sicher in tausend Jahren nicht verraten … Er kommt direkt aus den Südstaaten, kaum gefahren.«

»Meine Frau steht auf diesen ganzen amerikanischen Mist.«

»Ich weiß. Der Cadillac wird generalüberholt … für einen Schlagerstar oder so. Ich könnte ihn für dich … nun ja, umparken lassen.« Vera griff nach ihrem Zigarettenetui und nahm sich eine heraus.

Er gab ihr Feuer.

»Und selbstverständlich auch neu lackieren.«

Leuner seufzte.

Es entging Vera nicht, wie er mit sich rang. »Ist die Gelegenheit, *mein Täubchen*«, drehte sie den Spieß um. »Ich besorge dir die Limousine, und du belieferst mich mit Champagner. Zwölf Monate. Und Wein. Und meine Schulden sind Geschichte.«

»Ich weiß, wie viel der wert ist. Wenn's stimmt, was du sagst«, maulte er und forderte Vera stumm auf, ihm auch eine Zigarette zu geben.

Sie hielt ihm das Etui hin.

»Papirossy?«, fragte er erstaunt und zog sich eine heraus.

In den letzten Kriegstagen hatte sich Vera angewöhnt, die starken russischen Zigaretten zu rauchen.

»Was ist nun, Leuner?« Sie nahm ihm die Zigarette ab, knickte den Filter für ihn und gab ihm den Glimmstängel zurück.

Leuner lächelte schief und musterte Vera. Langsam ließ er den Blick über ihre Arme, ihr Dekolleté und ihre Brüste gleiten, bevor er ihn zu ihrem Gesicht wandern ließ. Er starrte sie mit seinen blauen Augen an und griff, ohne den Blick von ihr zu nehmen, nach dem Cadillac-Emblem. Genüsslich zog er an der Papirossa und steckte die Plakette schließlich in seine Jackentasche.

»Weil du es bist«, sagte er und besiegelte damit ihren Deal.

Eine Hand wäscht die andere, dachte Vera zufrieden. Bis der Dreck unter den Fingernägeln raus ist. So war es schon in der Nordzone in Frankreich gewesen.

5

Mitte Februar 1951

Charlotte stolperte mit weit aufgerissenen Augen, als hätte sie den Leibhaftigen gesehen, an den Ruinen der Friedrichstraße vorbei und über die von Panzerketten noch immer aufgewühlte Kreuzung Ecke Puttkammer. Eisern umklammerte sie ihre Blechschachtel und stürzte den Gehweg entlang, als gäbe es kein Morgen.

Jäh stieß sie mit einem Passanten zusammen, der prompt seinen Hut verlor. »Pass doch auf, du Göre!« Der Wind trieb den Hut über das Kopfsteinpflaster an eine Litfaßsäule.

Das Gegacker von zwei Dutzend Hühnern ließ Charlotte herumfahren. Drei feixende Rotzlöffel stachelten die Viecher in ihren am Straßenrand aufgereihten Käfigen auf. Schimpfend kam eine Dicke mit Beinen voller Wasser angeeilt, schrie und brüllte, bis die drei Jungen Fersengeld gaben. Lachend rannten sie beinahe Charlotte um, die weiter vorwärtstaumelte, schließlich selbst ins Laufen verfiel.

Sie wollte nicht weinen, konnte aber nicht anders. Die Tränen begannen in Strömen zu fließen, während sie an kahl gesägten Kastanien und an Pferdekarren voller Äste vorüberlief. Die Bäume sahen allesamt wie gerupfte Besen aus. Wohin wollte sie? Sie wusste es selbst nicht. Sie brauchte Luft zum Laufen, musste aber zu sehr schluchzen. Vor lauter Tränen konnte sie gar nichts mehr sehen. Sie blieb stehen, rang nach

Atem. Vor einem Gemüsestand scharte sich schwatzend und lachend eine Gruppe Hausfrauen.

Alles war hier so … *normal.*

Sie begriff noch immer nicht, was vor einer halben Stunde in der Küche geschehen war.

Theos Hände auf ihren Brüsten, sein feistes Grinsen. Der Aschenbecher. Das Blut.

Sie war vom Markt gekommen und hatte etwas kochen wollen, da hatte sich Theo hinter sie gestellt. Was er gesagt hatte, wusste sie nicht mehr. Sie hatte sein Glied durch seine Hose an ihrem Schenkel gespürt, dann seine Hände. Diese Hände … Der Ascher war das Erstbeste, was sie hatte greifen können.

Sie wischte die Tränen weg, drehte sich um, als könne sie zu ihrem Leben zurückblicken. Doch hinter ihr gafften bloß ein paar Angestellte ins Schaufenster des Geschäfts, in dem zwei brandneue Telefunken-Fernseher standen. Zwei grauhaarige Damen hatten ihr Gespräch mit einem Kohlehändler unterbrochen und blickten Charlotte abschätzend nach. Erst jetzt bemerkte sie, dass sie noch immer die Küchenschürze trug. Sie war bekleckert vom Teig für die Eierkuchen. Und ein bisschen von Theos Blut. Er war auf dem Küchenboden zusammengesackt.

Zittrig wischte sie sich die Tränen weg, riss sich die Schürze ab und warf sie in den Rinnstein. Ziellos lief sie weiter.

Vor ihr reihten sich die mit Stacheldraht bewehrten Panzerkreuze der Absperrung des sowjetischen Sektors auf. Zwei russische Soldaten, stramm aussehende Burschen, versuchten, möglichst grimmig in den amerikanischen Sektor zu blicken. Ein Stück weiter, am improvisierten Grenzhäuschen, wichste ein Offizier seine Schuhe. Aus seinen bleigrauen Socken ragten die Zehen. Er hatte seine Kalaschnikow an das Wachhäuschen gelehnt.

Charlotte eilte weiter, an der Panzersperre entlang, während ihr Magen zu knurren anfing. Wohin sollte sie nur gehen?

Sie umklammerte ihre Blechschachtel fester. Vor ihrem inneren Auge blitzte das Bild der ausgebombten Borsig-Werke auf. Die Fabrikruine im französischen Sektor kannte sie wie ihre Westentasche. Sie hatte dort über ein Jahr gelebt. Es war noch ein gutes Stück zu laufen, aber das war ihr gleich.

Seit sie das letzte Mal hier gewesen war, hatte sich nicht viel verändert. Die rußschwarze Ruine bröckelte gen Himmel, ein Labyrinth aus Gängen, Wänden, eingefallenen Geschossdecken. Nur das Gras hatte sich in den vergangenen Jahren ausgebreitet und in den Fugen waren die Birkenschösslinge zu stattlichen Bäumchen herangewachsen. Eine Schar Tauben schreckte auf und flog davon, als Charlotte aus dem halb zerstörten Treppenhaus in die dritte Etage trat. Das primitive, dreckige Zelt, das sie mit Lutz und Hagen aus geklauten Planen hier oben errichtet hatte, war auch noch da, wenngleich reichlich zerfetzt.

Sie ging am Zelt vorbei zum Ende des Stockwerks. An dieser Stelle war die Wand nach außen gedrückt worden und in den Innenhof gefallen. Wind wehte ihr entgegen. Von hier aus hatte Charlotte einen ungefähren Blick auf die Stadt. Zwischen Brandschutzwänden hindurch konnte sie den eisernen Berliner Funkturm sehen, der sie immer an Bilder von Paris erinnerte. Vor zweieinhalb Jahren hatte er den Rosinenbombern als Wegweiser nach Tempelhof gedient.

Allmählich kam Charlotte zur Ruhe. Sie atmete durch, füllte ihre Lunge mit der kühlen Winterluft. Ihre blauen Augen brannten, doch immerhin waren die Tränen mittlerweile getrocknet.

Alle hatten sie gewarnt – Hannelore, ihre verknöcherte

Deutschlehrerin Peters, sogar Theo, dieses Schwein –, sie alle hatten sie immer wieder gewarnt, sie möge sich von den Ruinen fernhalten. Dabei lauerte die Gefahr daheim und nicht in diesen Bombennarben.

Hier, zwischen den kaputten Wänden, inmitten der aufgeplatzten und zertrümmerten Backsteine, fühlte sie sich jedenfalls ein wenig zu Hause. Vielleicht lag es an dem eigentümlichen Geruch von verbrannten Steinen und verschmortem Holz, der ihr den Eindruck von Heimat vermittelte. Über die Jahre hatte er auf jeden Fall den Gestank der Schweine und Hühner sowie den Geruch der steifen Bettwäsche ihres wuchtigen Bettschranks übertüncht, der hübsch bemalt in ihrem einstigen Zimmer gestanden hatte … Jener Kammer in dem ärmlichen Bauernhof vor Berlin, auf dem sie groß geworden war, bevor sie mit ihrer Mutter in die Reichshauptstadt hatte flüchten wollen. Ihre Mutter hatte den Weg bis Berlin nicht geschafft, und der metallene Geruch und das Echo hier zwischen diesen Ruinen waren damals – nach dem Bauernhof und dem Kauern am Grab ihrer Mutter – Charlottes Welt geworden. Damals, als sie dreizehn Jahre alt gewesen war und Berlin in Schutt und Asche gelegen hatte, war diese Ruine ihre Heimat geworden. Hier hatte sie mit Lutz und Hagen für beinahe vierzehn Monate gehaust, bevor sie zu ihrer Tante und ihrem Onkel gekommen war.

Mein Onkel, dachte sie angewidert. Theo … Er hatte es verdient, ja. Aber hoffentlich war er … nicht tot.

Nein, daran wollte sie gar nicht denken. Sie hatte ihn aufhalten wollen, nicht umbringen. Ihm ging es sicher gut.

Charlotte bemühte sich, die Gedanken abzuschütteln, trat näher an die Kante. Sie drückte ihre Blechdose wie einen Säugling an die Brust und verlor sich abermals im Blick auf Berlin.

Vielleicht ist es endlich so weit, dachte sie, die Zelte abzubrechen. Rauszukommen aus Berlin. Sie war jetzt neunzehn, und zu Theo und Hannelore konnte sie nicht zurück.

»Hey!« Eine strenge Stimme ließ sie erschrocken herumfahren.

Ein Mann in Uniform trat aus dem Treppenhaus auf die halb eingefallene Etage. Charlotte schätzte sein Alter auf vielleicht vierzig Jahre. Statt des typischen MP-Helms trug er ein Barett, aber an seiner Dienstkleidung erkannte Charlotte sofort, dass er Amerikaner war. Sein Gesicht war faltig. Auf der Stirn zogen sich Kummerfurchen entlang. Vielleicht sah er genau deswegen so attraktiv aus? Charlotte konnte es nicht sagen, aber die Falten ließen ihn nicht alt, sondern eher seriös wirken. Ihr Blick wanderte zu seinen leuchtend blauen Augen, um die herum sich Krähenfüße abzeichneten.

Für einen Lidschlag erstarrte sie, denn sie glaubte, sie träume …

War das nicht genau der Soldat, den sie auf dem Flugfeld gesehen hatte?

Knirschend zerplatzte Putz unter seinen Stiefeln, als er näher kam.

Ihr entging sein gehetzter Blick nicht, als er abzuschätzen versuchte, ob sie gefährlich war. Seine Hand ruhte auf seiner Dienstpistole, die im Holster steckte.

Was tat der Amerikaner hier? Dies war der französische Sektor.

»Nicht bewegen. Was machen Sie hier?« Sein Deutsch war sehr gut. Hinter ihm schob sich ein Mann, der zerknitterter als ein schlecht gemangeltes Betttuch aussah, durch den Durchlass. Er trug einen dunklen Cordanzug und einen Hut. Seine Augen wirkten kalt, während er Charlotte musterte. Er nahm seine Brille ab, um sie zu putzen.

»Alles in Ordnung, DeWindt?«, fragte er den Amerikaner ruhig.

»Ja. Denke, ja.« Der Soldat richtete sich an Charlotte. »Nicht springen. Tun Sie es nicht.«

»Was?« Sie verstand nicht sofort, was der Amerikaner meinte. »Nein, ich wollte nicht …« Sie trat einen Schritt von der Kante zurück, woraufhin sich die Haltung des Mannes merklich entspannte.

»Hat die was gehört?« Der andere tupfte sich mit einem seidenen Taschentuch den Nacken ab.

Charlotte bemerkte, dass seine Finger nicht zu seinem schicken Cordanzug passten. Im Gegensatz zu den meisten der am Leben gebliebenen Männer auf den Berliner Straßen trug er keine zusammengewürfelte Garderobe. Sein dunkler Anzug war kein lausiger Konfirmationsanzug und hatte auch kein abgetragenes, unförmiges Jackett. Er war, das sah Charlotte mit dem Kennerblick einer Näherin, eine Maßanfertigung. Aber im Gegensatz dazu waren seine Hände zu schwielig, zu … *abgenutzt* … Die Hände eines Arbeiters.

»Scheiße, wenn die was gehört hat, dann …«

Der Amerikaner winkte ab. »Sie wurde nicht geschickt … Haben Sie eine Waffe?«

»Ich? Nein … Ich? Wieso?« Charlotte begriff kein Wort. Sie stand da, gerahmt von der zerfetzten Wand, die Silhouette Berlins im Rücken, und wusste nicht, was sie tun sollte.

»Kommen Sie. Kommen Sie von der Kante weg. Los!«, befahl er. Seine Stimme klang streng, aber nicht herrisch. Er sprach unaufgeregt, und sein Bariton hätte unter anderen Umständen Vertrauen vermittelt. Allerdings nicht hier. Denn die beiden hatten irgendetwas ausgeheckt. Das sah sie dem Anzugträger an der Nasenspitze an.

Charlottes Blick sprang zwischen DeWindt und dem

Anzugmann hin und her. Was sollte sie tun? Was würden sie mit ihr anstellen?

»Lass uns abhauen.« Der Anzugmann wandte sich zum Gehen. »Wir sollten nicht zusammen gesehen werden«, zischte er leise, aber Charlotte verstand es dennoch.

»Geh schon vor«, pflichtete der Soldat seinem Begleiter bei, folgte ihm jedoch nicht nach draußen. Geduldig wartete er, bis der Anzugmann gegangen war, dann griff er in seine Uniformtasche und zog einen Schokoriegel hervor. Noch einmal wandte er sich Charlotte zu.

»Was … was soll das?«

»Sagen Sie es mir. Was machen Sie hier? Wollen Sie sich da runterstürzen?«

Sie schüttelte den Kopf. »Soll ich Ihnen den jetzt wie ein kleines Tröpfchen aus der Hand essen?« Sie nickte zu dem Riegel hin. »Ich bin doch keine zwölf mehr.«

»*No.* Der ist für mich. Hab seit heute Morgen nichts mehr gegessen.« Er riss den Schokoriegel auf und biss herzhaft ab.

Charlotte schluckte, als sie den wunderbaren Schoko- und Karamellschmelz sah. Ihr lief das Wasser im Mund zusammen, aber sie ließ sich nichts anmerken.

»DeWindt, Timothy DeWindt. 7350th Air Police Division TCA«, stellte er sich vor, nachdem er fertig gekaut hatte. »Wollen wir teilen?«

»Sie … Sie sind von der Militärpolizei?«

»Tempelhof. Kriminalbeamter der US Air Force, wenn Sie so wollen. Sagt Ihnen das was?«

Eingeschüchtert nickte Charlotte. Kaum von zu Hause weg, und die Polizei hatte sie schon am Wickel.

»Ich tue Ihnen nichts. Wirklich. Können Sie sich ausweisen?«

Sie schüttelte stumm den Kopf.

»Nein? Aha.« Er biss noch mal ab. »Ausgerissen?«

»Nein«, erwiderte sie schüchtern.

DeWindt musterte sie mit ruhigem Blick. Er hatte die Lüge sofort durchschaut, daran gab es keinen Zweifel. »Es ist gefährlich hier. Ich werde Sie melden müssen.« Er trat auf sie zu. Seine Statur war stattlich, er war gut anderthalb Köpfe größer als sie.

»Bitte lassen Sie mich einfach gehen, ja?« Eindringlich sah sie zu ihm auf und musste an den Soldaten denken, den er aus dem verunglückten Flugzeug geholt hatte. »Bringen Sie mich nicht zurück. Ich … ich gehe einfach und … und Sie sehen mich nie wieder.«

Er musterte sie von Kopf bis Fuß. Im Gegensatz zu ihr schien er sie nicht zu erkennen. Wie auch? Sie hatte weit weg mit den anderen Schaulustigen am Zaun gestanden. Sein Blick war nicht unangenehm, aber Charlottes Nackenhaare stellten sich auf. Er schluckte den letzten Bissen des Schokoriegels hinunter. »Ist das Blut an Ihrem Kleid?«

Sie antwortete nicht.

»Hören Sie«, begann er ihr gut zuzureden. »Was immer passiert ist. Die Polizei muss Ihre Personalien aufnehmen. Das ist nichts Schlimmes. Wir können Ihnen helfen. Kommen Sie einfach von der Kante weg und folgen Sie mir.«

Abermals schüttelte Charlotte den Kopf.

Ihre Gedanken rasten. In ihrem jungen Leben hatte sie schon einige brenzlige Situationen erlebt – damals in den Ruinen und bei Theo. Flüchten oder kämpfen? Bisher hatte sie sich stets fürs Abhauen entschieden. Sie spürte, wie ihr Herzschlag sich beschleunigte. Flüchten oder kämpfen, flüchten oder … Sie würde nicht mit ihm gehen, auf keinen Fall. Niemals.

»Kommen Sie jetzt«, forderte er sie ein letztes Mal auf. Und als sie noch immer reglos blieb, packte er zu. Er erwischte ihren Arm, aber sie wich mit einem entsetzten Aufschrei zurück und riss den Arm aus seinem Griff. Der Ruck war so heftig, dass die Blechdose scheppernd zu Boden fiel. Charlotte stolperte rückwärts.

»No! No!«, hörte sie ihn panisch schreien, dann spürte sie, wie sie nach hinten kippte, riss den Kopf herum, sah den Abgrund.

Drei Etagen, da unten nur Backsteinschutt, verkohlte Bretter. Sie kniff die Augen zu.

Ich bin tot, schoss es ihr durch den Kopf.

Sie hatte gar keine Zeit zu schreien, fühlte bereits den Fall. Da packte sie etwas, riss sie zurück. Seine Hände. Charlotte fühlte seinen schützenden Griff, als er sie von der Kante wegzog. Stoff riss. Sie wirbelten herum, verloren das Gleichgewicht.

DeWindt landete auf ihr. Als sie die Augen wieder öffnete, spürte sie seine raue Wange an ihrer. Sein Atem ging keuchend. Auch er hatte noch nicht richtig begriffen, was gerade passiert war.

»Lassen Sie mich!«, fuhr sie ihn unvermittelt an, und ehe er begriff, hatte sie auch schon die Blechschachtel gegriffen und sie ihm mit aller Kraft gegen den Kopf gehauen.

»Shit!« Fluchend packte er Charlotte bei den Armen. Während sie sich unter ihm wand und versuchte, ihn zu treten, hielt er sie fest. Es dauerte ein paar Atemzüge, bis sie einsah, nichts gegen seinen Griff unternehmen zu können.

Charlottes Herz raste. Sie wollte etwas sagen, brachte aber nichts über die Lippen. Ihre Kehle war einfach zu trocken. Kurze Zeit lag sie da, rang – genau wie er – nach Luft. Sie starrte an seinem Kopf vorbei in den Berliner Himmel, roch sein schweres Aftershave. Wahrscheinlich eine amerikanische Marke. Sie nahm seinen Duft wahr, spürte seine Umarmung und hörte auf seinen Atem. Es tat gut, von ihm gehalten zu werden, auch wenn die Angst, zu Theo zurückzumüssen, sie erschaudern ließ.

6

Das Dienstzimmer des Polizeiamts maß nicht einmal fünf mal fünf Meter. Ein imposanter Kachelofen füllte eine der Ecken, und der wuchtige Schreibtisch, vermutlich noch aus der Weimarer Republik, nahm beinahe die Hälfte des Raumes ein.

Alles war ordentlich, sämtliche Akten in Regale verstaut. Nur die Wände zu streichen oder gar zu tapezieren hatte man vergessen. Deutlich konnte Charlotte das helle Rechteck erkennen, das noch vom Führerporträt stammte.

Wie erstarrt saß sie auf der Kante des harten Holzstuhls, ihre Blechschachtel auf dem Schoß umklammert, den Blick nun auf die Berlin-Karte mit den eingezeichneten Sektoren geheftet. Das stetige Klappern der Schreibmaschine machte sie nervös.

»Hab'n Sie nicht, hab'n Sie nicht, hab'n Sie nicht 'ne Braut für mich? Eine, die mir gefällt mit 'nem großen Haufen Geld …«, schnarrte vergnüglich Bully Buhlans Schlager aus dem Radio.

Die Warterei war kaum auszuhalten.

DeWindt hatte sie in seinem Jeep mitgenommen. Die Fahrt von den ehemaligen Borsig-Werken zum Polizeirevier hatte Charlotte trotz der Kälte sogar genossen. Der Wind in ihrem Haar und die Sonne auf ihren Wangen, das Hupen und Knattern der Krafträder, DeWindts brabbelnder Dienstfunk – all das hatte sie für einen Moment Theo vergessen lassen. Auf seltsame Weise hatte sie sich neben diesem fremden Mann geborgen gefühlt.

Beinahe so wie damals, als sie sich jede Nacht zu Hagen und Lutz in das dreckige Zelt gequetscht hatte. Zu dritt hatten die Kinder eng umschlungen dagelegen, um sich gegenseitig vor der Dunkelheit zu schützen.

Charlotte hätte nicht sagen können, woran genau es lag, aber dieser amerikanische Militärpolizist strahlte etwas aus, das sich nach Sicherheit anfühlte. Und ausgerechnet ihm hatte sie eins mit der Blechdose verpasst.

Aus dem Nachbarzimmer drangen Stimmen zu ihr, irgendein Beamter telefonierte mit dem französischen Detachement der Gendarmerie. DeWindt hatte sie nicht den Franzosen, sondern seinen deutschen Kollegen übergeben. Er hatte kurz und sachlich die Situation geschildert, aber zu Charlottes Verwunderung gelogen, wie er sie gefunden hatte. Den zweiten Mann hatte er geflissentlich verschwiegen.

Eigentlich hatte er keine Zuständigkeit, das wusste sie sehr wohl, aber ihr war auch klar, dass er sie niemals laufen lassen würde. Schlicht, weil er sich Sorgen machte.

Oder redete Charlotte sich das nur ein? Wieso sollte sich dieser fremde Mann Sorgen um sie machen? Sie kannten sich ja gar nicht.

Wer macht sich schon um mich Sorgen, dachte sie und begann nervös an ihren Fingernägeln zu kauen. DeWindt reichte ihr einen Kaffee.

Zigarettenqualm wehte ihr entgegen, als der deutsche Polizist endlich von der Schreibmaschine aufsah. »Echter Muckefuck«, lobte er die schwarze Tunke.

»Danke«, meinte Charlotte artig. Ihr Magen knurrte, als sie trank.

Kurzerhand langte DeWindt auf den Schreibtisch des

Polizisten und nahm ihm seine Brotschachtel weg. Unter den erstaunten Blicken des Mannes reichte er ihr die Käsestulle. »Hier. Ist sicher besser als ein Schokoriegel.«

»Was? Aber …« Sie warf einen unsicheren Blick zu dem deutschen Beamten, konnte jedoch nicht widerstehen. Herzhaft biss sie hinein. »Danke.«

DeWindt nahm ein sauberes Wischtuch aus einem Kübel. Mit schlechtem Gewissen beobachtete sie, wie er sich damit den vier Zentimeter langen Schnitt an der Stirn abtupfte, den sie ihm mit der Blechdose zugefügt hatte.

»Ist das bei der Festnahme passiert?«, wollte der Polizeibeamte wissen.

»Das war ja keine Festnahme«, entgegnete DeWindt. »Bin beim Aussteigen aus dem Jeep wo hängen geblieben.«

»Soso. Aha.« Der Polizist schnaufte, nahm noch einen Zug von seiner Zigarette und wandte sich wieder dem Formular zu. Er ließ die Schreibmaschine weiterklappern.

Charlotte schenkte DeWindt ein Lächeln.

Der erwiderte es nicht.

Mit einem Ruck riss der Polizist endlich das Formular aus der Maschine und schob es Charlotte hin.

»Hier steht nur, dass wir Sie aufgegriffen und Ihre Personalien abgeglichen haben. Charlotte Schüler. Geboren 23. April 1931. Neunzehn Jahre. Eltern …«

»Verstorben«, warf sie ein.

»Wohnhaft in der Burgherrenstraße. Bei Theo Brahms. Ihrem Onkel.«

»Und bei meiner Tante.« Anstatt zu unterschreiben, wandte sie sich zu DeWindt um. »Ich kann nicht zurück! Das geht nicht, ich …«

»Die Beamten kümmern sich darum, Miss«, meinte er und klang selbst wenig von seinen Worten überzeugt.

»Bitte. Lassen Sie mich nicht zurückbringen! Bitte! Ich bitte Sie.«

DeWindt atmete schwer. »Mir sind die Hände gebunden. Tut mir leid.« Er wechselte mit dem deutschen Polizeibeamten einen Blick, woraufhin dieser prompt fragte: »Wollen Sie ihn anzeigen? Theo Brahms?« Auch ohne dass Charlotte etwas von Theo erzählt hatte, wussten die beiden Männer offenbar Bescheid.

Sie schüttelte schweigend den Kopf.

»Und was ist mit Frauenhäusern?«, wollte DeWindt wissen. »Vielleicht wäre das was, wenn Fräulein Schüler …«

»Alle überbelegt«, unterbrach der Beamte ihn. »Tut mir leid.« Er wandte sich erneut Charlotte zu und tippte auf das Formular. »Sie müssen hier unterschreiben. Wenn Sie ihn nicht anzeigen wollen, können wir auch nichts tun. Vielleicht war es ja auch gar nicht so schlimm, hm? Ich meine, er ist Ihr Onkel, Sie wohnen da schon über … über viereinhalb Jahre. Vielleicht wollte er Sie ja nur … nur aufmunternd tätscheln. Kommt doch vor.«

Sie musste die Zähne zusammenbeißen, um nicht ausfällig zu werden. Zufrieden bemerkte sie, dass DeWindt ebenfalls entgeistert wirkte.

Unvermittelt hielt er ihr seine Visitenkarte hin. »Wenn irgendwas ist. Vielleicht kann Ihre Nachbarin oder sonst jemand ab und an bei Ihnen vorbeischauen? Und sicherlich«, DeWindt warf dem Beamten einen auffordernden Blick zu, »können wir Sie informieren, wenn ein Bett frei wird. Im Frauenhaus.«

»Sicher. Natürlich«, bestätigte der Polizist halbherzig. »So, und jetzt unterschreiben Sie gefälligst. Ich muss Sie allerdings darauf hinweisen, dass, wenn wir Sie noch mal aufgreifen sollten, es ernste Konsequenzen für Sie haben kann. Sie sind noch nicht volljährig und können nicht einfach so durch Berlin streifen. Dem werden wir einen Riegel vorschieben, wenn das noch mal passiert.«

Charlotte wollte unterschreiben, doch sie zitterte zu stark. Es wurde erst etwas besser, als DeWindt ihr die Hand auf die Schulter legte.

7

Charlotte bemerkte, wie mitgenommen DeWindt sie musterte, als er ihr die Beifahrertür des Jeeps aufhielt. Er reichte ihr die Hand, damit sie einfacher aussteigen konnte, aber ihm war anzusehen, dass er es für einen Fehler hielt, sie in ihre Pflegefamilie zurückzubringen.

»Ich kann leider nichts tun«, sagte er tonlos.

»Doch, das können Sie.« Charlotte blieb stehen und sah ihm in die Augen. »Lassen Sie mich einfach laufen.«

Einen Herzschlag lang hielt er ihrem Blick stand, dann wich er ihr aus. »Tut mir leid. Kommen Sie jetzt.« Er schob sie sanft zum Eingang des Hauses.

Ihr wurde schlecht, als sie die Flügeltür der Durchfahrt zum Hinterhof öffnete und eintrat. Weil er nicht sofort das Licht fand, stand sie einen Moment im Dunkeln.

»Es tut mir wirklich leid.«

»Ihr Mitleid brauch ich nicht«, zischte sie, »sondern Ihre Hilfe.«

Haben Sie schon mal im Dunkeln geküsst …

Theos Schlager fiel ihr unvermittelt ein, und ihr wurde noch übler. Ihre Augen brannten, aber es kamen einfach keine Tränen mehr. Sie atmete durch und wurde immer wütender. Zu spät ging das Licht an. Trotzig zog sie die Tür zum Hinterhof auf und ging voraus. Hinter sich hörte sie DeWindts Schritte. Ein paar Raben stoben auf und flatterten lautstark dem bleidunklen Himmel entgegen.

Im Hinterhof waren die Bahngleise verschwunden. Irgendwer hatte die Spuren zertreten. Sanitäter vielleicht? Hatte man Theo in ein Krankenhaus gebracht?

Der aufgewühlte Erdboden kam Charlotte abstoßend vor, kalt wie die platt getretene Erde eines Friedhofs. Aus dem Hinterhaus drangen trotz der fortgeschrittenen Stunde Stimmen. Leise hallten sie im Hof wider. Charlotte konnte nicht sagen, ob es Theo und Hannelore waren.

»Warten Sie«, meinte er, als sie die Tür zum Treppenhaus erreicht hatten.

Er musterte sie zerknirscht und rang nach Worten, das war unverkennbar. »Ich werde mich umhören, okay? Ich werde eine Möglichkeit finden ... einen Ort, wo Sie hinkönnen.«

Sie konnte nicht einmal lächeln. Bebend vor Angst, stand sie da, während die kühle Luft ihren Atem zu Wölkchen gefrieren ließ.

»Ich komme mit hoch, keine Sorge. Und ich rede mit ihm. Mit Ihrem Onkel. Ich werde ihm klarmachen, dass er die Finger von Ihnen lassen soll. Gut?«

Charlotte spürte, wie Wut in ihr aufstieg und die Furcht verdrängte. Sie schüttelte vehement den Kopf.

»*Come on.* Es wird schon werden.« Es klang nicht gerade so, als glaubte er selbst an seine Worte.

»Haben Sie Kinder?«, fragte sie ihn unversehens.

»Nein.« Mit sich ringend, trat er von einem Bein aufs andere, blies sich in die Hände und blickte die Fassade des Hinterhauses hinauf, als könnte er dort sehen, was mit ihr in den nächsten Tagen geschehen würde.

»Ist der Krieg dran schuld?«, fragte sie.

»Woran? Dass ich keine Kinder habe? ... Vielleicht.«

»Nein. Daran, dass Sie so kalt sind.« Es war ungerecht, ihm das zu unterstellen. Eigentlich war es nicht ihre Art, jemanden so etwas an den Kopf zu werfen, aber sie fühlte sich einfach so hilflos. Irgendetwas musste geschehen. Am liebsten hätte sie diesen Mann gerüttelt, dass er zur Besinnung kam und diesem Albtraum ein Ende setzte. Alles in ihr schrie: *Helfen Sie mir*, doch ihre Lippen zitterten bloß.

»Bringen wir es hinter uns«, meinte er leise, mehr zu sich selbst als zu ihr, und wollte die Tür aufziehen.

»Ich … ich habe ihn geschlagen … Theo.«

»Wie bitte?«

»Ich habe ihn geschlagen, als er … Wenn Sie mich da reinschicken, dann …«

DeWindt zögerte. Als er jedoch nichts sagte, winkte sie schließlich trotzig ab.

»Irgendwie werde ich's überleben. Danke für Ihre Hilfe«, brummte sie, zwang sich, Haltung zu bewahren. »Sie haben noch mein Geld.«

Er nickte und fischte die Blechdose aus seiner Uniformjacke. Rasch schnappte sie sie ihm weg.

»Na dann«, sagte er und zog die Tür auf.

Der Geruch – diese Mischung aus Bohnerwachs, kaltem Rauch und feuchtem Stein –, der durchs Treppenhaus zu ihr drang, ließ all ihre Gedanken in einem höllischen Tanz herumwirbeln.

Kaum hatte DeWindt die Tür einen Spalt geöffnet, breitete sich in ihrem Kopf schlagartig ein einziges Feuerwerk aus.

Er öffnete die Tür ganz, und …

In reiner Panik griff sie zu seinem Holster und riss seine Pistole heraus. Abrupt fuhr er herum, wollte sie sofort packen, aber Charlotte war schnell. Sie ließ sich rückwärts fallen, landete mit dem Hintern im Hof und riss die Waffe hoch.

»Don't shoot!«, schrie er. »Machen Sie keinen Unsinn! *For God's sake.«*

Charlotte zitterte zu stark, um ihn genau anvisieren zu können. Sie hatte noch nie mit einer Waffe geschossen und hielt sie sicherlich völlig falsch.

Es gibt Entscheidungen im Leben, die bereut man genau in dem Moment, in dem man sie trifft. Das hatte ihre Mutter einmal zu ihr gesagt. Entscheidungen von solcher Tragweite, dass man bereits beim Aussprechen unter ihrer Last zerbrach. Sie hatte sich für die Waffe entschieden, aber nicht wirklich geglaubt, dass sich sein Druckknopf am Holster lösen würde. Eigentlich hatte sie gar nichts geglaubt.

DeWindt trat auf sie zu, und sie packte die Pistole fester, zielte direkt auf seine Brust. Beschwichtigend hob er die Arme. »Es ist alles gut. Alles okay ... Geben Sie mir die Waffe ...« Noch einmal trat er näher.

»Weg!«, schrie sie. »Gehen Sie weg!« Ihre Worte hallten im Hinterhof wider. Verzweifelt rutschte sie über die schwarze Erde. Sie wollte hier raus, raus aus dem Hof, weg von Theo, weg von der Burgherrenstraße. Am besten raus aus Berlin. Raus aus der Welt. In ein anderes Leben.

Da beugte er sich in aller Ruhe zu ihr herunter und legte seine Hände auf ihre. Er umschloss ihre Hände, mit denen sie die Pistole umklammert hielt. Seine Finger waren rau, aber warm. Sie spürte die Berührung und bemerkte, wie sie zu zittern aufhörte. Tief und ernst sah er ihr in die Augen.

»Haben Sie ihn wirklich geschlagen?«

»Was ... Ja ... mit dem Ascher. Er ... er ist bewusstlos gewesen, und ich bin weggelaufen ...«

DeWindt nickte. »Gut. Geben Sie mir jetzt die Waffe ... Bitte, Charlotte.«

»Nein!«, schrie sie verzweifelt. »Nein! Sie schicken mich zurück!«

Charlotte und DeWindt sahen sich an, seine Hände auf

ihren. Sie spürte, wie entschlossen und ruhig er war. Sie stürzte in seinen Blick, und ein Kribbeln setzte ein, jenes Kribbeln, das sie schon am Flugfeld verspürt hatte, als sich ihre Blicke begegnet waren.

Mit einer beinahe zärtlichen Bewegung zog er die Waffe aus ihren Händen. Sie ließ es zu.

»Jesus.« Ein dankbares Lächeln umspielte seine schmalen Lippen, als er sie zurück ins Holster schob und es zuknipste. »Stehen Sie auf.« Er streckte ihr die Hand hin, aber sie weigerte sich, rutschte zurück, wollte sich umdrehen, auf die Beine kommen, irgendwie weg …

Da packte DeWindt sie unvermittelt am Unterarm. »Los jetzt! Kommen Sie!«, zischte er. »Kommen Sie!«

»Nein! Bitte!« Sie warf sich herum, packte die Blechschachtel, wollte sich irgendwo festhalten. Er war zu stark. Unbarmherzig zog er sie auf die Beine. »Los!«, befahl er harsch – und zog sie mit einem Mal von der Tür weg Richtung Straße.

»Was …?«

»Schnell! Los! Kommen Sie!«, presste er hervor und zerrte sie im Laufschritt zurück zum Vorderhaus. »Machen Sie schon. Bevor ich es mir anders überlege.«

Endlich begriff sie und gab den Widerstand auf.

Ein zweites Mal an diesem Tag drückte sie sich die Blechschachtel vor die Brust. Doch dieses Mal hielt DeWindt ihre Hand.

Gemeinsam fielen sie in den Laufschritt, stießen die Tür zur Straße auf und eilten zum Jeep. Keine Minute später saß Charlotte neben ihm und rang nach Atem. Ohne zu zögern, ließ DeWindt den Wagen an, und die beiden fuhren der Berliner Nacht entgegen.

8

DeWindts Wohnung glich einem nagelneuen Ford Taunus, einem jener Wagen, die beim Autohändler Brenner am Tempelhofer Damm standen. Ab und an blieb Charlotte auf dem Weg zum Markt dort stehen und schlich um die Autos herum. Wenn sie die Hände an die Scheibe legte und hineinsah, kam sie sich immer vor wie ein Kind, das zu Weihnachten durchs Schlüsselloch schielte. Die pure Makellosigkeit der Wagen, die so wunderbar unverbraucht aussahen, gefiel ihr. Sie wirkten auf eine faszinierende Art rein. Das war tatsächlich das erste Wort, das Charlotte in den Sinn kam, nachdem DeWindt aufgeschlossen und sie hinter ihm in den engen Flur getreten war. *Rein.* Der Blick in sein Wohnzimmer, es passten kaum die braungelbe Couch und der neuartige Nierentisch hinein, glich dem Blick in jene Neuwagen: alles abgewischt, tadellos … Charlotte kam es vor, als hätte DeWindt die Wohnung gewienert, um sie – genau wie der Autohändler seine Fords – zu verkaufen. Im Gegensatz zu Theos Mietwohnung lag nicht ein einziges Wäschestück herum, kein Aschenbecher, keine Kaffeetasse. Lediglich ein paar Tageszeitungen stapelten sich akkurat neben der Couch auf dem roten Teppich.

Verloren stand Charlotte da und starrte auf dieses aufgeräumte Leben.

Der Gedanke an das, was in den letzten Stunden alles geschehen war, ließ sie schwer schlucken. Sofort kamen ihr Zweifel, ob es eine gute Idee gewesen war, mit diesem Fremden mitzugehen. Sicher, DeWindt war Polizist und hatte sich bisher immer korrekt verhalten, aber er war eben auch ein Mann. Und dazu einer, den Charlotte, wie sich anhand seiner Wohnung zeigte, nur schwer einschätzen konnte. Eine ungewohnte Mischung aus Angst und Neugierde ließ sie frösteln.

Du bist freiwillig mitgegangen, erinnerte sie sich und ermahnte sich gleichzeitig: *Reiß dich zusammen. Er ist nicht wie Theo. Er will nichts von dir. Er will nur nett sein.*

»Sie können auf der Couch schlafen, und morgen sehen wir, dass wir was zum Anziehen kaufen. Einverstanden?« Er legte seinen Mantel ab, wollte ihr schon heraushelfen, bemerkte dann aber, dass sie ja gar keinen Mantel, sondern nur das verschmutzte Kleid trug. Sie hatte nicht einmal eine Handtasche, die sie irgendwo hätte ablegen können, sondern bloß ihre Schachtel.

Abermals spürte sie, wie ihr Herz zu rasen begann. Was, wenn man sie wegen Theo suchte? Niemand durfte wissen, dass sie hier war, dass ausgerechnet jener Polizist ihr Unterschlupf bot, der sie eigentlich hätte zu Hause abliefern sollen.

»Vielleicht«, begann Charlotte zögernd, »sollte ich lieber gehen. Ich meine, ich finde sicher noch irgendwo anders einen Platz zum schlafen.«

»Wo? In den Ruinen? Im Winter?« Er schenkte ihr ein Lächeln. »Trinken Sie Kaffee?«

»Nein.« Sie beobachtete, wie er sich an ihr vorbeischob und in die Küche abbog, die nicht viel größer als ein Badehandtuch war. Sie war zum Wohnzimmer hin offen, die Räume durch eine Art schmalen Tresen abgetrennt.

»Keinen Kaffee? Hm … Bier?« Er sprach es wie *beer* aus, bückte sich und zog einen abgewetzten Kühlschrank auf.

Sie musste lachen. »Nein. Auch kein Bier.« Theo hatte es ihr stets verboten.

»Limonade? Hm … Ich fürchte, da hab ich keine mehr.«

»Das … das ist auch nicht nötig, ich … Wasser reicht.« Unsicher trat sie an den Tresen und bemerkte, dass in seinem Kühlschrank die gleiche Ordnung herrschte wie in seiner Wohnung.

Brummelnd nahm er sich eine Flasche Bier und hielt sie sich zum Kühlen an die Blessur, die sie ihm mit der Blechschachtel verpasst hatte.

»Tut mir leid, das mit Ihrer Stirn.« Peinlicherweise errötete sie und verfluchte sich im Stillen dafür.

Er winkte ab. »Gläser sind dahinten.« Er nickte zu einem fahrbaren Beistelltischchen, auf dem einige schwere Cognacgläser und Flakons mit bernsteinfarbenem Alkohol standen. »Das Bad ist gegenüber, wenn Sie sich frischmachen möchten.«

Charlotte nahm sich eines der Gläser und stutzte kurz, als sie das Telefon sah. Es war nagelneu und wunderschön. Theo hatte die letzten zwei Jahre vergeblich versucht, eines zu bekommen. Viele Leitungen waren noch immer zerstört, und die Fräuleins vom Amt, die wie in Stummfilmzeiten per Hand die Leitungen zusammensteckten, damit man mit jemandem telefonieren konnte, waren notgedrungen wieder eingesetzt worden.

»Für den Dienst«, erklärte er, als er ihren erstaunten Blick bemerkte.

Sie nickte stumm und ging zum Bad. Es war so winzig, dass sie kaum die schmale Tür hinter sich zuziehen konnte. Gierig trank sie ein Glas Leitungswasser und wollte sich das Gesicht waschen.

Da fiel ihr Blick in den silbern umrahmten Spiegel. Erschrocken hielt sie inne, denn die junge Frau, die sie in dem fremden Badezimmer anstarrte, konnte unmöglich sie selbst sein. Diese Charlotte war ihr vollkommen unbekannt.

Ihre Augen schimmerten noch immer rot vom Weinen, die Haare klebten ihr am Kopf, ihre Wangen waren von Erde verschmiert. Das fröhliche, mit pastellfarbenen Blumen versehene Kleid wirkte völlig unpassend, obwohl es genauso hinüber war wie sie selbst.

Einen Moment lang sah sie sich in die Augen, ordnete ihre Gedanken. Sie würde hierbleiben, ein paar Nächte, sich sammeln, überlegen, was sie mit sich anstellen sollte. Sie hatte schon härtere Situationen gemeistert. In den Ruinen war sie auch klargekommen, und obgleich die albtraumhaften Tage von damals nur wie durch Milchglas in ihren Erinnerungen schimmerten, wusste Charlotte, dass sie in den Tagen des Krieges wesentlich härter gewesen war. Abgebrühter und willensstärker, wie so viele Menschen in diesen dunklen Wochen, als die Rote Armee in Berlin einmarschiert war.

Noch einmal versuchte sie, Mut zu schöpfen, indem sie sich entschlossen und furchtlos ansah, aber stattdessen musste sie zittern. Unkontrolliert begannen ihre Hände zu zucken, und sie spürte, wie ihr erneut die Tränen kamen. In ihrem Kopf begann sich alles zu drehen, ihr Magen rebellierte. Sie wollte sich am Waschbecken festhalten und stieß gegen das Trinkglas. Es rutschte ab und zersprang im Becken.

»Ist was passiert? Fräulein Schüler?«, hörte sie ihn rufen, konnte aber nicht antworten, sondern sank stumm auf die Toilette. Kraftlos begann sie zu weinen, erst leise, dann immer lauter. Sie konnte, nein, sie wollte es nicht mehr aufhalten. Hemmungslos ließ sie ihren Tränen freien Lauf. Selbst als er die Tür öffnete, fürsorglich mit ihr sprach und sie in den Arm nahm, ihren Kopf rücksichtsvoll an seine Schulter drückte, weinte sie.

Sein Trost tat unendlich gut, aber er konnte ihre Tränen nicht zum Versiegen bringen.

Nachdem DeWindt sie aus dem Badezimmer und zur Couch gebracht hatte, setzte er Wasser für einen Tee auf, aber Charlotte trank ihn nicht mehr. Zu ihrer eigenen Überraschung übermannte sie bereits nach wenigen Atemzügen der Schlaf.

Der Mond schien durch das schmale Fenster ins Wohnzimmer. Eisblumen zersplitterten sein Licht und zeichneten ein magisches Glitzern auf die Scheibe.

Charlotte stand auf. Es war mitten in der Nacht. Sie ließ den Blick durch das Fenster auf die Straße fallen. Das Kopfsteinpflaster war aufgerissen worden. Auf einer Länge von vielleicht zweihundert Metern zog sich nun ein Graben zwischen den notdürftig bewohnbar gemachten Häusern entlang. In der Tiefe konnte Charlotte die Gleise der U-Bahn sehen, die durch die Baulampen beleuchtet wurden.

Die Baustelle glich einer langen Narbe, die sich durch den Stadtteil zog. Der schmale Weg aus Brettern rechts und links lag ausgestorben im kalten Mondlicht da. An einer Litfaßsäule, deren obere Hälfte durch eine Granate weggesprengt worden war, hatte jemand Dutzende Handzettel geklebt, die in greller Schrift für die Montanunion warben, die Europäische Gemeinschaft für Kohle und Stahl. Charlotte hatte Theo ein paar Mal fluchen hören, weil er sich darüber aufgeregt hatte, wieso Deutschland so plötzlich mit Frankreich und den Beneluxstaaten einen Zusammenschluss suchte. Nur einen Wimpernschlag, nachdem er im Panzer versucht hatte, jene Länder zu überrollen.

Charlotte interessierte sich wenig für Politik, hielt es aber für wichtig, sich die Hand zu reichen und gemeinsam in eine neue Zukunft aufzubrechen.

Zukunft …

Ihr Hals wurde trocken. Vielleicht sollte sie sich ein Glas

Wasser holen … Doch sie scheute davor zurück, noch einmal das Badezimmer zu betreten.

Ihr Spiegelbild bereitete ihr Angst.

Charlottes Blick glitt durch das aufgeräumte Zimmer. DeWindt hatte ihr eine Steppdecke übergelegt, sie aber nicht angerührt. Sie war in ihrem Kleid und mitsamt den Schuhen eingeschlafen. Sachte streifte sie sie ab.

Die Tür zum Schlafzimmer stand einen Spaltbreit offen. Neugierig tapste Charlotte um die Couch und warf einen verstohlenen Blick hinein.

Zum zweiten Mal in wenigen Stunden war sie von dem, was sie sah, überrascht, denn in DeWindts Schlafzimmer herrschte Chaos. Zwar waren seine Uniformen, die Jacken und Hosen, sorgsam aufgehängt, aber auf dem Boden war kein Durchkommen. Aktenordner und Loseblattsammlungen stapelten sich ums Bett. In diesem Meer aus Papieren, Formularen und Unterlagen stakste eine Whiskeyflasche gleich einer Flaschenpost aus den Blätterwellen.

Einen Moment lang blieb Charlotte vor dem Türspalt stehen und sah sich neugierig weiter um. An die Wände hatte DeWindt diverse Auszeichnungen und Fotos gehängt. Eines zeigte ihn Arm in Arm mit Soldatenkameraden. Sie tranken unter Palmen. Auf einem anderen war er als Kind zu sehen, vielleicht zwölf Jahre alt, vor einem schlichten Backsteinhaus auf einer Veranda. Im Hintergrund war eine Stadt zu erahnen. Lachend saß er zusammengequetscht mit zwei älteren Kindern auf einem Schaukelstuhl. Die drei hatten wohl um den Sitzplatz gekämpft. Den Gesichtszügen nach zu urteilen waren die beiden DeWindts Brüder.

Plötzlich seufzte er und zuckte, als quälte ihn ein Albtraum. Charlotte wich schnell zurück. Er brummelte jedoch nur unverständlich vor sich hin, zog stöhnend die Beine an. Da sah sie, dass er noch immer einen Zigarettenstummel zwischen den Fingern eingeklemmt hielt. Die Asche war längst heruntergefallen, die Zigarette glühte noch kaum merklich.

Leise bahnte sich Charlotte einen Weg durch die Unterlagen und zupfte den Glimmstängel aus seiner Hand. Sie sah sich nach dem Ascher um, drückte die Zigarette gründlich aus und schlich zurück ins Wohnzimmer. DeWindt hatte nichts bemerkt.

Einen Moment überlegte sie, einfach zu gehen. In dieser Nacht hätte sie schlicht die Tür aufziehen und verschwinden können. Doch irgendetwas sagte ihr, dass es richtig war hierzubleiben.

Es war ein seltsames Gefühl, nur der Hauch einer Ahnung, dass sie bei diesem Fremden gut aufgehoben war.

9

Ende Februar 1951

Nebel lag über der frühmorgendlichen Havel. Der undurchdringliche Dunst war vom Fluss gemächlich in den Wald gekrochen, hatte seine Hände zwischen die Kiefern und Eichen ausgestreckt und war nun im Begriff, auch den schlammigen Waldweg hinter ihnen einzunehmen.

Leuner bugsierte seinen massigen Körper, in der Hand eine Gaslaterne, aus dem Lastwagen und trat an den Steg. Er warf einen Blick über das Wasser. An dieser Stelle war der Fluss nicht sehr breit, es waren nur wenige Hundert Meter hinüber bis zur Pfaueninsel, die Leuner wegen des Nebels kaum mehr erkennen konnte. Lediglich die Schattensilhouette der ersten Baumreihe meinte er wahrzunehmen, doch das war sicher ein Trugbild.

Er schmiss seine Zigarette ins Wasser und sah zu, wie sie am Holzsteg entlangtrieb. Einen Moment musste er an Vera und ihre Papirossy denken. Was für ein Weibsstück. Ein 1949er Special Fleetwood. Leuner musste schmunzeln. Vera konnte herb wie ihre furchtbaren Zigaretten sein, aber so wie er sie einschätzte, war sie wie jede Frau: wankelmütig und im Kern weich. Nicht fähig, ein Geschäft zu führen. Und einen Tanzclub schon zweimal nicht.

Seiner Meinung nach war das *Midnight* eine Goldgrube, brauchte aber unbedingt eine richtige Führung. In männlicher

Hand würde der Club besser laufen und eine wahre Gelddruckmaschine werden. Doch: Ihn Vera abspenstig zu machen gestaltete sich als schwierig, war aber nicht unmöglich. Zu wenig Kampfgeist, zu viel Skrupel – so waren sie, die Weibsbilder. Sie mussten angeleitet werden, und man tat besser daran, ihnen die Flausen aus dem Kopf zu vertreiben.

Zufrieden blickte er über das Wasser. Ihm würde schon etwas einfallen, um das *Midnight* in die Finger zu bekommen.

Der Fahrer, ein Mann mit mehrfach gebrochener Nase und markantem Kinn, streckte den Kopf aus dem Fenster.

»Kommt er?«

Leuner kratzte sich den Bauch und sah wieder über die Havel. »Ist sicher gleich hier. Lösch die Lichter, Michael.«

Sofort sprang der Fahrer aus dem Lastwagen und drehte sämtliche Karbidlampen ab.

Da erfüllte ein leises Knattern die Luft, und wenig später teilte sich der Nebel. Ein schmales Fischerboot schnitt hindurch.

Leuner schwang seine Gaslaterne. Ein Licht auf dem Kahn blinkte auf – das Zeichen, dass alles in Ordnung war.

»Nächstes Mal fahren wir rückwärts ran«, brummte Leuner Michael zu und ging nach hinten. Mit geübtem Schwung öffnete er die Plane und klappte die Pritschenwand herunter. Im schummrigen Morgenlicht konnte er so gut wie nichts im Innern des Lastwagens erkennen, also leuchtete er hinein und entschloss sich, das schwerste Stück als Erstes zu nehmen.

»Pack mit an!«, befahl er. Der Fahrer gehorchte, und während das Fischerboot am Steg anlegte, wuchtete er ein fußballgroßes Ding zur Pritschenkante. Es war für den Transport in Lumpen eingewickelt.

Leuner nahm es entgegen und fluchte, weil es so viel wie ein Zementsack wog.

Während Michael weitere, improvisiert in Holzgestellen verpackte oder in Lumpen eingewickelte Gegenstände ablud, mühte sich Leuner mit dem Ding ab. Er schwitzte bereits nach drei Schritten. Keuchend brachte er es zum Steg.

Ein gedrungener Mann mit krausem Haar wartete dort auf ihn, nuckelte seelenruhig an seiner kalten Pfeife und begrüßte ihn mit einem genuschelten »Morjen«.

Leuner drückte dem Fischer das Ding vor die Brust.

»Wat is'n ditte?!«

»Geht dich nichts an.«

Der Fischer winkte ab, brachte das schwere Stück an Bord.

»Vertäu es gut. Und pack was drauf. Deinen Scheißfisch oder so. Nicht dass was kaputtgeht.«

»Keene Sorge. Wat is'n mit die Penunzen?«

Nachdem der Mann wieder zu Leuner getreten war, öffnete der seine Lederjacke und zog einen speckigen Umschlag heraus. »Hier.«

Grinsend steckte der Mann das Geld ein und bekam von Michael das nächste Paket gereicht.

Leuner wischte sich den Schweiß mit einem Taschentuch von der Stirn, beschloss, die beiden arbeiten zu lassen, und ging zurück zum Lastwagen. Er hatte gerade die Beifahrertür aufgezogen, als er ein Geräusch hörte.

Nochmals drang das Knattern eines Motors durch den Nebel zu ihnen. Murrend stieg Leuner wieder aus. Ein Schiff? … Nein, das kam vom Waldweg.

»Michael … Da kommt Besuch!«

Augenblicklich stellte Michael das Beladen ein und eilte zu ihm. »Was?«

»Hörst du das?«

Er lauschte. »Ein Motorrad?«

»Ja.« Keuchend tauchte Leuner in der Kabine ab, holte eine

Pistole hervor und steckte sie hinten in seinen Hosenbund. »Sieh zu, dass die Pritsche dicht is', Plane drüber. Und dann leg dich auf die Lauer.«

Michael rannte zum Heck und verschloss alles notdürftig, dann verschwand er zwischen den Bäumen.

Kurz darauf zerschnitt ein Scheinwerfer den Nebel. Ein Mann kam auf einem Motorrad angefahren und hielt direkt vor Leuner. Er trug eine schwarze Lederkluft, eine Lederkappe und eine runde Fliegerbrille. Ohne zu zögern, stieg er ab und baute sich vor Leuner auf.

»Wir hatten im Voraus gesagt«, fuhr er Leuner an. Der muskulöse Mann sprach mit starkem amerikanischem Akzent.

Leuner ging gar nicht auf seine Worte ein. »Bist du bescheuert, hier rauszufahren?«

»Wir haben gesagt, *money* zuerst!« Er zog einen Umschlag aus der Tasche, sehr viel schmaler als der, den Leuner dem Fischer gegeben hatte, und warf ihn Leuner vor die Brust. Er klatschte auf den nassen Boden. »Willst du mich verarschen, Leuner?«

»Du kriegst dein Geld. Nachher!«

»*Nachher?*«, brachte der Fremde wütend hervor. »*Nachher* kostet doppelt.«

»Du willst mehr *money*?«

Der Mann packte ihn an der Jacke. »Yeah, verflucht mehr *money*«, knurrte er zornig und stieß Leuner nach hinten.

Einen Moment lang sagte der nichts und blickte den Amerikaner bloß abschätzend an. Schließlich schüttelte er amüsiert den Kopf. »Was glaubst du denn, wer du bist?«, begann er beängstigend ruhig. »Meinst du, ich finde keinen anderen für den Job? Was denkst du dir eigentlich, du Scheißami?!«

Die beiden warfen sich vernichtende Blicke zu.

»Ich weiß, woher das Zeug kommt. Und wie wertvoll es ist, Leuner. Vielleicht haben ja noch andere Interesse dran?«

»Andere? Dein Ernst?«

»Manchmal kommt die Ware nicht an.« Er baute sich wieder direkt vor Leuner auf. »Verstehst du? Die geht schnell mal verloren. Kommt alles vor.«

Leuner lächelte leicht. Der Typ hatte tatsächlich vor, ihn zu erpressen! Er sah ihm in die Augen und dachte nur eins: Wenn du mir ans Bein pinkelst, bist du raus. Du bist ersetzbar, mein Freund.

»Du willst mehr Geld? Du drohst mir, mich zu beklauen? Weißt du, was wir mit Erpressern wie dir machen?«, zischte er, zog mit einer geschmeidigen Bewegung die Pistole und presste den Lauf in die Rippen seines Gegenübers.

Der Mann hob die Hände und starrte entsetzt auf die Pistole in Leuners Hand. »Nimm die Waffe runter! *Jesus.* Leuner!«

»Du hättest uns nicht folgen sollen, mein Freund. Du hast ein bisschen zu viel gesehen für meinen Geschmack. Wenn du mehr Geld haben willst, hätten wir das in Ruhe im *Midnight* besprechen können. Aber jetzt …«

Er presste die Pistole noch stärker in die Seite des Mannes und nickte Michael zu. Der schlaksige Fahrer war lautlos aus dem Nebel hinter den Amerikaner getreten.

Sein Schlag kam so schnell und überraschend, dass der Mann ihn nicht mal spürte. Sofort kippte er vornüber und blieb zwischen Lastwagen und Motorrad liegen. Michael hatte ihn mit einem schweren Schraubenschlüssel erwischt.

»Der steht nich' mehr auf«, meinte er, nachdem er den Kopf des Mannes kurz angehoben und ihm in die starren Augen gesehen hatte. Er wischte sich die Nase mit dem Ärmel ab. »Was jetzt?«

Leuner sah sich zur Havel um. Der Nebel war noch immer dicht.

»Sucht euch was. Steine … Ein paar Steine, ja. Und hol ein Seil.« Er wandte sich zum Fischer um. »Du! Du fährst ihn raus und dann ins Wasser mit ihm. Kriegst auch extra was.«

Stumm zog der Fischer an der Pfeife, dann nickte er grimmig.

»Michael! Lad das Motorrad ein. Können wir noch verkaufen.« Leuner wollte sich zum Umschlag bücken, aber sein Bauch ließ es nicht zu.

10

Der Chauffeur lenkte den Bentley geradezu lautlos durch den spärlichen Verkehr. Vera wusste, dass Vehring viel an dem luxuriösen Wagen lag. Es war ihr nur recht, wenn er sich ordentlich anstrengte, sie zu beeindrucken.

Ihr Blick fiel nach draußen. Der Nieselregen der letzten Tage hatte vor wenigen Minuten eine Pause eingelegt. Die Berliner Straßen sahen im Nachtlicht und mit den Pfützen abweisender aus, als sie eigentlich waren.

Der Tiergarten glitt vorbei. Oder das, was von ihm übrig war. Sie konnte sich noch an die stattlichen Bäume erinnern, die dort gestanden hatten. Nun war das Gebiet gerodet und links und rechts der Straße in schwarze Äcker und notdürftig umzäunte Gärten eingeteilt. Der Winter hatte seine Handschrift hinterlassen, und nur wenige Neuanpflanzungen zeugten davon, dass der Tiergarten irgendwann wieder zum Flanieren anstatt zum Überleben einladen sollte.

Letzte Regentropfen zeichneten Linien an die Scheibe. Das Licht der Leuchtreklamen spiegelte sich in ihnen, als sie auf den Ku'damm abbogen. Vera hatte in der Zeitung gelesen, dass nach Kriegsende bloß noch jedes fünfte Haus in der Prachtstraße bewohnbar gewesen war. Von dieser Not war jetzt nur noch wenig zu erkennen. Hinter Reklamen staksten die vom Kugelhagel pockigen Fassaden in den Nachthimmel, das Café Kranzler sah aus, als bräuchte es dringend eine Maniküre, und am Anfang des Kurfürstendamms bröckelte eine Ruine vor sich hin. Von der Kaiser-Wilhelm-Gedächtniskirche standen nur noch der Chor und drei der fünf Türme. Vor allem der Glockenturm ragte wie ein gesplitterter Zahn in die Nacht. Die einst so stolze Kirche war dem Verfall überlassen, das Spazieren im Chor und in der Nähe der Türme gefährlich. Wahrscheinlich würde die Stadt bald die Arbeit, die die Engländer mit ihrem Luftangriff im November '43 begonnen hatten, beenden und den Sakralbau endlich dem Erdboden gleichmachen. Vera war es nur recht. Es war Zeit, etwas Neues zu beginnen und nicht mehr ständig auf den Krieg zurückzublicken, so schön die Tage in Frankreich auch gewesen waren.

Der Verkehr wurde dichter. Obwohl es bereits auf zehn Uhr abends zuging, tobte auf dem Ku'damm das Leben. Verliebte Pärchen flanierten, Soldaten schwatzten vor dem Kaufhaus Böttger. Zwei Jungen hatten einen Schuhputzstand aufgebaut und versuchten, Nachtschwärmer anzulocken, vor dem *Astor* hatte sich eine Schlange gebildet, und ein paar GIs lungerten vor dem *Alhambra* herum, jenem Lichtspielhaus, in dem der erste Tonfilm der Welt vorgeführt worden war.

Auf der Rückbank des Bentleys schmiegte sich Vehring an Vera und begann, an ihrem Ohrläppchen zu knabbern. Sie spürte seine Finger auf ihrem Knie, dann sein Tasten, als er ihren Oberschenkel höher und höher glitt. Sie trug eine khakifarbene Bundfaltenhose, was ihn aber nicht davon abhielt, seine Hand in ihren Schritt zu legen.

»Herr Doktor! Verbrennen Sie sich nicht die Finger.«

»Bei dir verglüh ich gerne, meine liebe Vera.«

Lachend griff sie seine Hand und schob sie mit einem gespielten Tadel beiseite. »Sei nicht so hungrig.«

»Nach zwei Tagen ohne dich halt ich's nicht mehr aus. Glaub's mir.« Vehring küsste ihren Hals. »Ich will, dass du die ganze Nacht bleibst. Diesmal nicht nur ein paar Stunden.«

»Mal sehen.«

»Nicht mal sehen. Bleib. Bitte. Die ganze Nacht.«

Sie nahm sich die Champagnerflasche, in der nur noch ein Schluck war. »Musst du nicht morgen früh in den Senat?«

Vehring hielt ihr sein Glas hin. »Die Kunst eines guten Referatsleiters besteht darin, Angst zu verbreiten.«

»Hört, hört.«

Er beugte sich wieder zu ihr, und Vera konnte den Alkohol in seinem Atem riechen. Eigentlich ein ganz angenehmer Geruch, der sich jedoch mit dem Odeur seiner Pomade vermischte. Genüsslich küsste er wieder ihren Hals.

»Das nennt man Nilpferd-Methode.«

»Nilpferd?«

»Ja. Ab und an mal auftauchen, Maul auf, Zähne zeigen. Und wieder verschwinden.«

Schauer rieselten über Veras Rücken, ihre Nackenhaare stellten sich in wohligen Wogen auf, als er sanft ihr Ohrläppchen küsste. »Auftauchen und verschwinden«, raunte sie.

»Das gefällt dir, hm? Ich seh ja, wie du lächelst. Man muss den Beamten nur das Gefühl geben, man könne jeden Moment auftauchen. Solltest du im *Midnight* auch mal ausprobieren.«

»Plötzlich auftauchen. Wie Doktor Mabuse.«

»Wer?«

Sie lachte und sah ihm schelmisch in die Augen. »Nur so ein Film. Ein alter Film.«

Ihr entging nicht, dass sein Hemd straffer als sonst saß. Wahrscheinlich hatte er seit letzter Woche wieder ein paar Gramm zugelegt. Die Altersflecken auf seinen Wangen hatten, seitdem sie sich kannten, Kinder bekommen. Alles in allem konnte Vehring nicht verhehlen, dass er die sechzig bereits überschritten hatte. Sie kannte ihn nun seit knapp anderthalb Jahren. Letzten Sommer, kurz nachdem sie durch Zufall auf das alte Tanzlokal gestoßen war, in dem schon ihre Mutter auf der Bühne gestanden hatte, hatte sie ihn bei einer Feier kennengelernt. Der resolute Mann mit dem Schmiss auf der Wange hatte ihr von Anfang an gefallen – besonders seine Art, mit Geld umzugehen, und sein unbedingter Wille, in der Berliner Politik die Stufen hinaufzufallen.

Sie nahm seinen Kopf in beide Hände und sah ihn keck an. Mit einem Ruck, der ihn überraschte, zog sie ihn zu sich und küsste ihn inniglich. Ihre Hände griffen in seinen Nacken, während ihre Zunge seine Lippen ertastete.

Tatsächlich spürte sie, wie er dahinschmolz. Als er sie jedoch noch intensiver küssen wollte und seine Zunge ihre zu umspielen begann, löste sie sich von ihm, nippte – als wäre das Küssen nie gewesen – an dem Glas und fragte: »Was ist mit meinem Vogel?«

Vehring benötigte einen Moment, um sich zu fangen. »Vogel? … Der Coq au vin? Wie immer. Gestern angemeldet. Ich glaube, der Koch freut sich jedes Mal, wenn ich anrufe. Kann er zeigen, was er draufhat. Der Champagner dürfte kalt gestellt sein, Liebes. Ach ja, und ich hab die Suite genommen, die kleine, die nach hinten raus.«

»Belle. Belle. Belle. Mousse au Chocolat?«

Er stieß mit ihr an. »Aber selbstverständlich.« Verschwörerisch beugte er sich zu ihr und flüsterte ihr ins Ohr: »Du weißt ja, wie ich die Mousse am liebsten esse.«

»Und ob.« Mit einem Stöhnen packte sie seinen Kopf und zog ihn wieder zu sich. Als sie lustvoll in sein Ohrläppchen biss, verschüttete er seinen Champagner auf ihrer Hose. Es amüsierte sie, Vehring immer wieder überraschen zu können, und es machte sie überaus glücklich, wenn sie beim Tanz führen konnte. Es bereitete ihr Lust, die Richtung vorzugeben, die starke Hand zu sein, aus der er Stück um Stück sein Seelenwohl picken musste. Lachend küsste sie ihn stürmischer, als sie mit einem Mal im Rückspiegel den Blick des Chauffeurs auffing. Er wendete sich pflichtbewusst ab, während Vera über so viel Scham schmunzeln musste.

Zehn Minuten später erreichten sie das Hotel.

Die vierte leere Champagnerflasche schlug auf dem dicken Teppich auf. Das Licht der geplünderten Minibar vermischte sich mit dem Reklameleuchten, das von einem nahen Lichtspielhaus durch die Fenster schnitt. Veras Lachen hallte durch die Suite. Sie lag nackt in einem Meer aus Decken und Kissen vor dem Bett und sah zu, wie Vehring sturzbetrunken die Mousse au Chocolat von ihren Brüsten leckte. Es kitzelte angenehm. Wenn sie die Augen schloss, dann begann der Kronleuchter zu zittern, und die Hotelsuite kippte weg. Aber das war sie gewohnt. Die Welt kippte öfter weg, wenn sie getrunken hatte, und das war gut so.

Sie spürte seine Zunge, seine Liebkosungen. Während seine Zungenspitze ihre Brustwarze umspielte, fühlte sie seine Hände beinahe überall gleichzeitig. Sie roch den Schweiß und bemerkte, wie ihr Herz hämmerte. Nachdem sie den marinierten Hahn in Rotweinsoße verspeist hatten, war er regelrecht über sie hergefallen. Er hatte es zumindest versucht, denn sie hatte ihn erst einmal baumeln lassen. Vehring mit seiner Erregung zu quälen, ihn zu sich zu holen und lustvoll zappeln zu lassen, war das Schönste an diesen Abenden. Der Geruch von exquisitem Essen, gestärkter Bettwäsche und seiner Geilheit hatte sie Feuer fangen lassen. Er japste nach ihrem Körper wie ein Fisch auf dem Trockenen nach Luft. Und wie man einem gefangenen Fisch den Kopf abschneiden oder ihn zurück ins Wasser werfen konnte, so hatte sie ihn in der Hand.

Sie schloss die Augen, stippte ihre Finger in die Schokoladencreme und zeichnete eine Spur auf ihren Bauch, geradewegs zwischen ihre Beine. Stöhnend folgte er der Linie. Es kribbelte angenehm, als er mit dem Kopf zwischen ihren Schenkeln abtauchte. Einen Moment lang entspannte sie sich, sah wieder den Kronleuchter zittern und atmete durch.

»Nimmst du mich mit?«, fragte sie unvermittelt.

Ungläubig hielt Vehring inne und kam hoch. Seine lichten Haare waren zerzaust. »Daran denkst du *jetzt*?«

Vera strich sich mit dem Finger über die Lippen und setzte einen unschuldigen Blick auf.

»Ach, Schatz. Ist doch amüsant, mal zu wissen, mit wem du arbeitest. Ist Reuter etwa da?«

»Selbstverständlich.«

Wenn der Regierende Bürgermeister tatsächlich anwesend war, musste sie es irgendwie schaffen, mit ihm auf ein Foto zu kommen. Sie und Ernst Reuter auf einem Bild. Das würde sich sehr gut über der Bar vom *Midnight* machen. Immerhin war Reuter äußerst angesehen, er hatte den Westberlinern eingeimpft, dass sie zusammen gegen die Kommunisten stehen mussten.

»Ernst Reuter … Auch jemand von der Alliierten Kommandantur?«

»Ach, Vera, es ist nur eine unbedeutende Feier. Vielleicht. Ich weiß es nicht. Wir feiern die Revision des Besatzungsstatuts. Diplomatisches Geplänkel, ein paar ernste Gespräche. Männersachen eben.« Er strich sich die wenigen Haare aus der Stirn, tauchte wieder ab und küsste ihren Venushügel, dann ihre Schamlippen. Zwischen jedem Kuss brummte er: »Da … sind … nur … Diplomaten, Bankiers, die Sekretäre und Politiker …«

»Ach. Und die bringen ihre Frauen nicht mit?«

»Ihre Ehefrauen vielleicht, aber …« Er begriff, was er gerade gesagt hatte, und setzte sich seufzend auf. Einen Moment lang musterte sie ihn, nicht sicher, ob sie die Eingeschnappte spielen sollte.

Vera entschied sich, darüber hinwegzugehen. »Mag ja sein. Aber hübsche Freundinnen sind verruchter als dröge Ehefrauen, oder?«

Als wäre er froh, dass sie ihm keine Szene machte, lächelte er. »Das trifft auf dich besonders zu.«

»Dann nimm mich mit! Ich will die Freiheitsglocke sehen. Das ewige Gebimmel am Sonntagmittag im RIAS … Ich will die Glocke mal anfassen«, sagte sie, dachte jedoch bloß an das Foto mit Reuter.

»*That this world under God shall have a new birth of freedom and… and…«,* versuchte Vehring, die Inschrift in der Freiheitsglocke zum Besten zu geben, aber er war zu betrunken.

»Einmal durchs Schöneberger Rathaus, sehen, wo du arbeitest. Komm schon.«

Vehring überlegte. Dann küsste er sie noch einmal und begann mit schwerer Zunge: »Das Essen wird dir nicht schmecken. Nur Kanapees ohne Pfiff. Und seit die Hitlerjugend den Weinkeller geplündert hat und die Russen den Rest erledigt haben …«

»Das Trinken lass mal meine Sorge sein. Und jetzt komm her, du!« Sie zog ihn zu sich hoch und schlang die Beine um ihn. Sie würde ihr Foto bekommen, da war sie sich sicher.

Charlotte schlug die Augen auf. Es war stockdunkel im Wohnzimmer. Sie richtete sich auf und horchte in die kühle Stille. Eine Uhr tickte. Wahrscheinlich die runde Wanduhr in der Küche. Mit einem Knacken begann der Kühlschrank zu summen. Ein Lastwagen fuhr auf einer Querstraße vorbei. Sein

Scheinwerferlicht ließ Schatten vom Fensterkreuz über die Zimmerdecke wischen. Charlotte stand auf und tastete unter dem Kissen nach ihrer Blechschachtel. Jeden Abend schob sie sie unter das Kissen, obwohl sie wusste, dass DeWindt sich nicht für ihre lausigen paar Mark interessierte. Sie versteckte sie auch nicht seinetwegen, sondern weil sie es immer schon getan hatte. Außerdem glaubte sie fest daran, besser zu träumen, wenn sie unter dem Kopfkissen lag. Ihr Angespartes war in den letzten Wochen merklich geschrumpft. DeWindt hatte ihr Anziehsachen kaufen wollen, aber das hatte Charlotte nicht zugelassen, und so war sie selbst losgezogen, hatte ein paar Stoffe und gebrauchte Kleider erstanden und mit Nadel und Faden losgelegt.

Ihre Hand griff ins Leere. Die Schachtel war weg.

Für einen Augenblick setzte ihr Herzschlag aus, doch dann ertastete sie das Kästchen ein Stück weiter hinten. Es war zwischen Kissen und Rückenlehne gerutscht. Erleichtert zog sie es hervor und öffnete es. Versonnen griff sie in die Münzen und betrachtete ihre letzten D-Mark-Scheine. Einer trug noch das B für Berlin, die restlichen beiden waren bereits Banknoten wie in der Trizone. Reichtum war ihr gleich, aber das Geld fühlte sich gut an. Es beruhigte sie, denn es verhieß Sicherheit. Allein die Sicherheit, nicht mehr ins Hinterhaus zu Theo und Hannelore zurückzumüssen.

Drei Kilometer weiter drehte Vera den vergoldeten Wasserhahn der Badewanne auf und fühlte nach der Temperatur. Es dauerte immer ein paar Minuten, bis das heiße Wasser im Stockwerk war.

Während sie die Wanne volllaufen ließ, wusch sie sich gründlich, dann ließ sie einen gehörigen Schluck – besser zu viel als zu wenig – von der wohlduftenden Bademilch ins Wasser laufen und verteilte sie. Auf dem Wannenrand standen Kerzen, und die Hotelleitung hatte sogar für Rosenblätter gesorgt. Sie nahm ein paar zwischen ihre schlanken Finger und roch daran, dann setzte sie sie behutsam in die Wanne und sah zu, wie sie auf den Schaumbergen übers Wasser trieben.

Was gab es Besseres, als nach dem Sex ein gemütliches Bad zu nehmen.

Irgendwann, sagte sie sich beim Anblick der Blüten, wirst du auch wieder eine Badewanne besitzen. Eine große Badewanne. Und du wirst jeden Tag Rosenblätter mit ins heiße Wasser nehmen. Irgendwann wirst du goldene Wasserhähne haben und zwischen mehreren Bädern im Haus wählen können. Jemand wird dir – so wie damals im besetzten Frankreich, wo du eine feine Königin warst – jeden Wunsch von den Lippen ablesen und für dich das Wasser einlaufen lassen, während du nackt im sonnenwarmen Schlafzimmer wartest und überlegst, welche Ohrringe dir wohl heute Abend am besten stehen.

Über den unbeschwerten Tagtraum lächelnd, trat sie an die Tür und warf einen Blick in die Suite und zum Bett. Es war noch immer leer, das Bettzeug heruntergeschoben. Vehring war auf dem Fußboden eingeschlafen, sturzbetrunken und selig vom Sex.

Irgendwann … Irgendwann wird dir Vehring keine Perlenkette schenken, weil er mit dir ins Bett steigen will, dachte sie. Sondern damit er einen weiteren Kredit von dir bekommt. Irgendwann werden Referatsleiter, Staatssekretäre und Senatoren die Rosenblätter in deiner Hand sein, die du zerbröseln oder auf Schaumberge betten kannst. Irgendwann.

Wie ein Kind lag Vehring da, schnarchend zwischen der Schüssel Schokoladencreme und den leeren Flaschen.

DeWindt schnarchte nicht. Dafür zitterte er. Er lag auf dem Rücken, die Bettdecke von sich gestrampelt. Seine Hände zuckten. Charlotte hatte in den Ruinen Hunde im Schlaf beobachtet, die genauso träumten.

Was ihn wohl so aufwühlt?, überlegte sie und traute sich, die Tür einen Fingerbreit weiter zu öffnen. Sie ließ den Blick über seinen Körper gleiten. Sein muskulöser Brustkorb hob und senkte sich. Er hatte bloß eine Unterhose an, schlief stets ohne Pyjama. Charlotte musste verschämt lächeln. Amerikaner!

Seine Arme waren mit klassischen Motiven tätowiert, jedoch nur so wenige, dass man sie nur sah, wenn er nackt herumlief. Der Anblick seiner Arme und der Bilder gefiel ihr. Sein ganzer Anblick sagte ihr zu. Sie mochte es, ihm zuzusehen, wie er schlief, auch wenn sie ihn gern von seinen ewigen Albträumen erlöst hätte. Seine kurzen Haare waren bereits an vielen Stellen weiß, die schmalen Lippen, halb geschlossen, sahen sinnlich aus. Perfekt zum …

… zum Küssen.

Der Gedanke überraschte Charlotte, obwohl sie in den letzten Tagen schon ein paar Mal von ihm geträumt hatte.

Sie mochte seine Lippen, seine Art zu reden und zu denken. DeWindt sprach wenig, aber seine Augen blickten stets aufmerksam.

Er hatte sie die ganzen Wochen nicht belästigt, kein Anschleichen, kein Betatschen wie bei Theo. Nicht einmal anzügliche Blicke.

»Wovon träumst du nur?«, fragte sie leise und beobachtete ihn weiter, als könnte ihr Blick ihm im Traum eine Hilfe sein. Behutsam öffneten sich seine Lippen, und sie ertappte sich bei dem Gedanken, wie gern sie ihm einen Kuss gestohlen hätte. Nur ein kleinen, einen flüchtigen Kuss.

Am liebsten, gestand Charlotte sich im Stillen, würdest du dich neben ihm zusammenrollen und dich wie eine Katze an ihn schmiegen.

Am liebsten hätte sie seinen Arm genommen und sich daruntergelegt, hätte den Kopf an seine Brust gedrückt. Wie es wohl war, seine festen Hände auf ihren Hüften zu spüren, seinen Duft zu riechen und seine …

Brummend drehte DeWindt sich herum und riss Charlotte aus dem Tagtraum. Obwohl er noch immer schlief, errötete sie. Was dachte sie bloß für unsittliche Dinge?

Ohne einen Laut schlich sie zurück zum Sofa. Sie wollte sich hinlegen, aber ihr Magen knurrte. Es wurde Zeit, dem Kühlschrank einen Besuch abzustatten. Bisher hatte DeWindt nicht bemerkt, dass sie sich heimlich bediente.

Während Charlotte die Tür des Kühlschranks aufzog und mit sich haderte, ob sie beim Stibitzen der Hähnchenkeule nicht ein wenig übertrieb, glitt Vera ins Wasser.

Die Hitze umschloss ihren Körper. Sie atmete ein paar Mal ruhig ein und aus, dann nahm sie den Honigduft des Schaumbads in sich auf.

Entspannt sank sie zurück, bettete ihren Kopf in die schaumigen Wolken und hörte dem beruhigenden Knistern zu, während sie die Augen schloss und voller Sehnsucht an die Zeit in Cherbourg zurückdachte.

11

Mitte März 1951

Stan Getz' Musik pulsierte durch das Schlafzimmer und zum Fenster hinaus, das Charlotte sperrangelweit aufriss. Statt einer Schürze hatte sie sich eines der größeren Handtücher über ihr neu genähtes Kleid gebunden und mistete, mit Kehrblech und Feudel bewaffnet, mal so richtig aus. Die Hausarbeit machte ihr zwar keinen Spaß, war aber eine gelungene Ablenkung. Und was ihr gefiel, war das Resultat: Das Schlafzimmer nahm langsam Formen an. DeWindts Unterlagen, Bücher und seine Notizen hatte sie, so gut sie konnte, sortiert und fein säuberlich um das Bett herum gestapelt. Zur Musik pfeifend, entstaubte sie die gerahmten Fotos.

In den letzten Wochen hatte sich DeWindt herzergreifend bemüht, eine Unterkunft für Charlotte zu finden. Da die Frauenhäuser belegt waren und sie erst neunzehn Jahre alt war, telefonierte er sich durch die Ämter und Kircheneinrichtungen, versuchte es in Waisenhäusern und Fürsorgeanstalten, doch die Plätze waren knapp, und DeWindt scheute davor zurück, das Jugendamt offiziell einzuschalten. Er befürchtete, dort könnte man – ohne eine Anzeige von Charlotte und ein juristisches Verfahren gegen Theo – genau wie die Polizei reagieren und sie erst einmal zurück in die Obhut von Tante und Onkel geben wollen.

Charlotte sah das Dilemma, in dem er steckte. Er konnte

ihr nicht ewig Unterschlupf gewähren, sie aber ebenso wenig vor die Tür setzen. Was auch immer am Abend im Hinterhof geschehen war, als sie sich so tief in die Augen gesehen hatten: Er hatte sich für sie entschieden und würde sich um sie kümmern wie ein Wolf um sein Rudel.

Der März war halb vorüber, und Charlotte machte sich in DeWindts kleiner Wohnung so nützlich, wie sie nur konnte. Sie wusch und kochte, flickte und bügelte seine Uniformen. Die Tage über suchte sie nach Arbeit, fand aber nichts Passendes. In die Näherei zurückzugehen traute sie sich nicht.

Stets schlich sie aus dem Haus, weil sie böses Gerede der Nachbarn vermeiden wollte. Einmal gab sie sich vor dem Postboten als DeWindts Tochter aus. Der Mann bedachte sie bloß mit einem süffisanten Lächeln, aber immerhin erstattete er keine Anzeige.

Charlotte nahm sich den Nachttisch vor, leerte den schweren Ascher aus und wischte alles ab. Beschwingt vom Jazz tänzelte sie ums Bett, als sie mit einem Mal einen Schatten hinter sich bemerkte.

Sie fuhr herum. »Haben Sie mich erschreckt!«

DeWindt, die Krawatte halb geöffnet, die Hemdsärmel hochgekrempelt, lehnte im Türrahmen. Er musterte ihre Arbeit, ohne eine Miene zu verziehen.

»Wie lange stehen Sie da schon?«

Anstelle einer Antwort trat DeWindt ein und musterte den sauberen Nachttisch sowie die Stapel. »Ich will nicht, dass Sie das machen.«

»Aber wieso nicht? Ich … Ich hab … Ich meine, ich hab nichts durcheinander …«

»Darum geht es nicht«, unterbrach er sie. »Ich weiß, dass Sie es nett meinen.«

»In … In die Unterlagen hab ich nicht reingesehen. Wirklich«, verteidigte sie sich. Bisher hatte er nichts über ihre Einkäufe und kleinen Besorgungen gesagt, kein Wort über ihre Näharbeiten und das Saubermachen. Hatte sie sein Schweigen falsch gedeutet?

Er trat auf sie zu, und sofort spürte sie ihr Herz schneller schlagen. Es war beinahe, als umgäbe seinen Körper eine Aura, als strahlte er wie eine Sonne. Charlotte konnte seine Präsenz auf ihrer Haut spüren, obwohl er sie nicht berührte. Ein angenehmes Frösteln durchzuckte sie, als er ihr die Hände auf die Schultern legte und ihr tief in die Augen sah.

Der lange Blick ließ ihr Herz noch schneller rasen, aber sie strengte sich an, ihm standzuhalten.

»Es ist nett von Ihnen …«, sagte er. »Aber ich komme mir schlecht vor, wenn Sie hier putzen. *You know?*«

Bitte, lass ihn wegsehen. Ich ertrinke noch in diesen Augen, flehte sie und spürte, wie ihre Wangen erröteten und gleichzeitig ihr Hals ganz trocken wurde. Mit Mühe und Not brachte sie ein »Wieso« heraus.

»Weil Sie keine Putzfrau sind. Sie sind Gast und … und keine Angestellte.« Endlich ließ er sie los, schenkte ihr ein Lächeln und wandte sich dem Bett zu. Mit militärischer Genauigkeit schlug er den Bettbezug unter die Matratze. »Die letzten Jahre, da … Ich war immer alleine. Auf mich gestellt. Verstehen Sie?«

Charlotte nickte. Er konnte ja nicht ahnen, wie sehr sie das verstand. Auch sie hatte nach dem Krieg nur die Schultern von Lutz und Hagen zum Anlehnen gehabt. Kinderschultern. Und die Jahre bei Theo und Hannelore war sie allein unter Fremden gewesen, sosehr sie sich auch angestrengt hatte, Anschluss zu finden und den beiden zu gefallen. Ein wirkliches Ohr für ihre Sorgen oder einen Hauch Geborgenheit hatte sie dort all die Jahre nie gefunden. Im Gegenteil.

»Erst Guadalcanal, dann hier in Europa. Da kommen ein paar Jahre zusammen. Alleine das Bett zu machen, alleine abzuwaschen, alleine für seine Sachen zuständig zu sein … Und jetzt Sie … Eine Frau, eine attraktive Frau hier in meinem Apartment …«

Frau, dachte Charlotte stolz und triumphierte innerlich. Er hat mich Frau genannt. Nicht Mädchen, nicht Fräulein … Frau. Und attraktiv. Mit einem Mal sah sie wieder seine schmalen Lippen vor sich – wie sie wohl schmeckten?

Sie musste lächeln und traute sich zögernd nachzuhaken: »Gab es denn mal jemanden? Eine Frau?«

DeWindts Gesichtsausdruck blieb hart, während er nickte. »Ich war zweimal verheiratet. Na ja. Das erste Mal, da war ich so alt wie Sie jetzt … Es hat einfach nicht funktioniert. 1929, das … das waren noch ganz andere Zeiten. Und meine zweite Frau hat mich verlassen, als sie erfuhr, dass ich nach Europa gehe.« Nachdem er Charlottes fragenden Blick bemerkte, setzte er sich aufs Bett und fuhr fort: »Meine beiden Brüder starben im Krieg. Schon in den ersten Kriegswochen.«

Charlotte nahm das Bild von der Wand und sah sich die drei Brüder genau an. »Deswegen sind Sie in den Krieg gezogen? Wegen Ihren Brüdern?«

»Da links, das ist Elijah, der rechte Benjamin. Ja. Für sie bin ich in den Krieg. Ich wollte Rache und kämpfte im Pazifik. Am Tenaru war Schluss.« Er klopfte sich ans Bein. »Streifschuss, nichts wirklich Ernstes. Aber ich kam nach Hause.«

»Wo ist das?«

»Tenaru? Das ist ein Fluss auf Guadalcanal, einer Insel …«

»Nein. *Zu Hause*.«

»Zu Hause? Warum?«

Sie sah ihn verdattert an. »Weil … weil ein Zuhause das Wichtigste ist, was wir haben.«

Darüber musste er erst einmal nachdenken. Er lehnte sich zurück und sagte leise: »Sie meinen, wo es … *war*? Ja? Das war in Flint, Michigan. Aber das ist schon lange nicht mehr meine Heimat. Damals, da … Ich war nur zwei Wochen zu Hause. Mir kam alles fremd vor. Und dann habe ich bemerkt, dass es keine Rache war, die mich antrieb, in den Krieg zu ziehen.«

Sie spürte, wie er zögerte weiterzusprechen. Die letzten Wochen hatten sie sich zwar jeden Morgen, und wenn er aus Tempelhof nach Hause kam, unterhalten, hatten Karten gespielt und sich die Zeit vertrieben, aber sie hatten bisher noch nie wirklich Privates von sich preisgegeben. Es tat gut, ihm näherzukommen, endlich mehr zu erfahren, wie er dachte und fühlte, denn gerade mit seinen Gefühlen hielt er immer hinter dem Berg.

»Sondern?«, wagte sie sich vor. »Was war es dann, wenn nicht Rache?«

»Ich … ich glaube, ich konnte einfach nicht damit leben, dass es mir besser ging als Elijah und Benjamin. Wieso waren die beiden schon nach ein paar Tagen an der Front gestorben? Und ich nicht? Ich sehe es noch vor mir, wie ich durch Flint laufe und das Gefühl habe, die Häuser stürzen auf mich ein.« Er blickte auf. »Da bin ich nach Hause gerannt und habe meiner Mutter gesagt, dass ich den nächsten Flieger nehme. Vom Pazifik bin ich verwundet heimgekehrt. Und zwei Wochen später habe ich an die Front nach Europa gewollt. Meine Mutter hat mich gehasst. Sie und meine zweite Frau. Sie haben geschrien und getobt … Aber ich habe mich noch mal gemeldet. Westfront. Jess hat's nie verstanden und sich zwei Monate später scheiden lassen. Tja. Und ich bin bis hierhergekommen. Wir haben uns durchgeschlagen, die ganze Strecke, und dann bin ich geblieben. In Germany.«

»In Berlin.«

»In Berlin. Du willst wissen, wo mein Zuhause ist?« Ohne es zu merken, war er ins Du gerutscht. »Es ist hier. Hier zwischen Küche, Sofa und meinem Bett. Hier in Berlin.« Er stand auf. »Und ich möchte einfach nicht, dass du meinen Dreck wegräumst. Das mache ich schon selbst. Okay?«

»Wenn Sie meinen. Sicher.«

»Und nenn mich Timothy. Bloß nicht *Sir* oder *Sie*. Okay?«

Da war es wieder, dieses amerikanische *Okay*. Grinsend salutierte Charlotte. »Zu Befehl! … Ähm, und gleichfalls, übrigens.«

Sie gaben sich die Hand, und endlich lächelte er. »Dann befehle ich dir hiermit, nicht mehr meine Putzfrau oder Köchin zu sein, Charlotte.«

»Ein Befehl, soso … Bist du überhaupt befugt?«, begann sie zu flirten.

»Ich bin Major. Sicher. Ich bin zu allem befugt.«

»Ach. Zu allem? Zum Beispiel?« Keck sah sie ihn an, so keck und stark, wie sie ihm in die Augen blicken konnte, obwohl ihre Wangen glühten.

Da nahm er mit einem Mal ihre Hand und legte den Arm um ihren Rücken. »Zum Beispiel gibt es jetzt einen klaren Tanzbefehl. Auf geht's.«

»Was?« Charlotte musste lachen. Da stürmte er bereits mit ihr ins Wohnzimmer, wirbelte sie zum Radiosong herum, stieß sie fort und zog sie an sich heran, als gäbe es nur sie auf der Welt.

»Vorsicht!«, rief Charlotte lachend und hielt eine Stehlampe fest. Egal, dann mit Lampe! Das Ding in der Hand, riss sie den Stecker raus, als er sie mitsamt der Lampe mehr tragend als tanzend durch das Zimmer wirbeln ließ.

Rasch stellte sie die Lampe ab und genoss es, in seinen

Armen zu liegen und mit ihm zwischen Sofa, Nierentischchen und Küchentresen zu schweben. Es tat so gut, albern zu sein, zu lachen, endlich loszulassen.

»Und du?«, fragte er im Tanz und ließ sie herunter, nur um sie abermals sanft herumzuschleudern. »Was willst du erreichen?«

»Im Leben?« Charlotte war ganz außer Atem. »Kleider.«

»Kleider?« Timothy hielt nicht inne, sondern drehte sich mit ihr an der Küche vorbei, haarscharf an einer seiner wenigen Zimmerpflanzen entlang.

»Ich meine, echte Mode.«

»Echte?«

»Ja!«, sprudelte es aus ihr heraus. »Ganz echte Mode. So wie die in Paris. So wie Dior sie macht. Wallende Kleider und oben eng. *New Look.«* Lachend schüttelte sie den Kopf. »Aber das ist alles Quatsch.«

»Du hältst das für Unsinn? Paris. Die Mode … *Bullshit* sagen wir dazu.«

»Bullshit?«

Er nickte und hielt, ein wenig außer Atem, mit dem Tanzen inne. »Dafür hältst du es? Für Unsinn? Deine Gedanken an die Zukunft …?«

Statt einer Antwort wich Charlotte aus. »Lebt noch alles?«, fragte sie und sah sich nach Stühlen, dem Tischchen und der Lampe um. Da spürte sie mit einem Mal seine Hand auf ihrer Wange, als er zärtlich ihren Kopf zu sich dirigierte.

»Paris ist wunderbar, Charlotte. Ich war mal da. Nur kurz. Du solltest an dem festhalten, woran du glaubst. Du solltest an deinen Träumen festhalten.«

Das nächste Radiostück begann.

»Du solltest dich an deine Träume klammern, dich festkrallen, als wären sie ein wilder Drache, auf den du dich heraufschwingen kannst.« Mit diesen Worten zog er sie fest an sich und begann erneut, mit ihr herumzuwirbeln.

»Du schwingst dich hinauf, und dieser Drache trägt dich höher, immer höher zur Sonne«, sagte er und hob Charlotte von den Füßen und ließ sie schweben, während er nah an ihrem Ohr flüsterte: »Deine Träume sind kostbar, Charlotte. Und wenn du dich fest genug an sie klammerst, wenn du sie nie loslässt, dann tragen sie dich ans Ende der Welt. Sie tragen dich in das Leben, das du dir vorstellst. Vertrau mir. Dann wird ein Stern aufgehen.«

Charlotte drückte sich an ihn und hielt ihn fest, wie sie vor ihm noch keinen Mann festgehalten hatte. Und während sie herumwirbelten, wusste sie nicht, ob sie weinen oder lachen sollte. Der Gott des Chaos war gnädig gewesen und hatte ihr Timothy DeWindt geschenkt.

12

Ende März 1951

Weil Timothy von Tag zu Tag niedergeschlagener von der Arbeit heimkam, versuchte sie, ihm den Rücken freizuhalten, kümmerte sich um die Marktbesuche und die Wäsche, besorgte sogar ein paar Einmachgläser – er besaß keine – und weckte Bohnen und Gurken ein. Sie räumte auch auf, selbst im Schlafzimmer, jedoch so umsichtig, dass er nichts davon mitbekam. Sie fragte sich, weswegen er so deprimiert war, traute sich jedoch nicht nachzuhaken.

Morgens unterhielt er sich kaum mit ihr, sondern schnappte sich eine Stulle auf die Hand und hetzte zur Arbeit. Meistens kam er spät heim, saß oft noch bis in die Nacht auf seinem Bett und brütete über Abschriften von Zeugenaussagen und anderen Formularen.

Mehr als einmal kam es Charlotte so vor, als hätte er ihre Anwesenheit vollkommen vergessen. Zumindest rückte die Suche nach einer Unterkunft endgültig in weite Ferne. Charlotte war das nur recht. Sie wollte bei Timothy bleiben und ihm helfen, wo sie nur konnte.

Eines Abends klingelte das Telefon, und Charlotte stockte das Herz. Bisher war das erst ein einziges Mal geschehen. Vor zwei Wochen hatte ein katholisches Heim angerufen. Gott sei Dank hatten sie abgesagt.

Charlotte wollte eigentlich nicht mithören, aber während

sie das Abendessen vorbereitete, konnte sie nicht verhindern, dass ein paar Wortfetzen an ihr Ohr drangen. Mehrmals hörte sie Timothy von *»dead pilot«*, »Havel«, *»investigation«, »murder«* und *»Midnight«* reden. Mit einem *»no excuses«* beendete er das Telefonat.

Obwohl Charlotte kein Englisch sprach, verstand sie die wenigen Worte. Sie war erleichtert, dass es nicht um sie ging, doch sie las in Timothys Gesicht, wie sehr sie ihn mitnahmen.

»Shit!« Ihm war eine der schweren Glaskaraffen aus der Hand gerutscht, nachdem er aufgelegt hatte. Cognac ergoss sich über den Boden und tränkte den Teppich. Anstatt wie sonst auf Zack zu sein und einen Lappen zu holen, ließ er sich matt auf die Couch sinken und sah zu, wie sich der Cognac verteilte.

Charlotte wischte alles auf, so gut sie konnte, dann setzte sie sich zu ihm und sah ihn prüfend an.

»Was ist los?«, fragte sie ihn, aber Timothy hatte wie so oft wenig Lust, sein Herz auszuschütten. Mutig nahm sie seine Hand. »Ist was auf der Arbeit?«

Einen Moment sah er ins Leere, bevor er zögerlich begann: »Ich darf nicht darüber sprechen, Charlotte …«

»Aber?«

Er rang mit sich. »Aber … nun ja. Es geht um einen Piloten. Von der US Air Force. Er wurde vermisst. Vor zehn Tagen haben wir seine Leiche gefunden.«

»Darüber habe ich noch gar nichts gelesen.«

»Wir haben die Nachricht auch noch nicht freigegeben. Er lag in der Havel. Steine in den Taschen. Verschnürt wie ein Paket. Kein schöner Anblick.«

Sie schwieg, wartete, dass er mehr preisgab, doch er blickte auf seine Hände. »Ich brauche was zu trinken.« Seufzend wandte er sich dem Nierentisch zu und füllte sich ein Glas mit

Whiskey. Er trank es in einem Zug leer. »Wir gehen davon aus, dass er ermordet und dann entsorgt wurde. Und … und ich glaube, ich bin schuld.«

»Du?« Charlotte stand auf und berührte ihn sanft an der Schulter, damit er sich zu ihr umdrehte. »Wieso du?«

»Mein Informant hat mir vor einigen Monaten etwas von einem Mann berichtet, der im Offizierskasino aufgekreuzt ist. Der hat später angeblich auch den Piloten getroffen. Sie sind mehrmals zu den Borsig-Werken gefahren. Weiß der Teufel, warum.«

»Deswegen warst du in der Fabrikruine?«

»Ja. Wir dachten, sie treffen sich dort. Wir hatten gehofft, ein Schwarzmarktlager zu finden. Manchmal bringen die Flieger illegale Waren mit. Schmuggelei. Wir hatten einen Fall, da haben zwei Bordmechaniker Arzneimittel im großen Stil per Flugzeug nach Berlin eingeflogen. Aber statt der Schmuggler bist nur du in den Ruinen erschienen.«

»Und wieso glaubst du, dass du schuld an dem Tod des Mannes bist? Das ist doch Unsinn.«

»Ich habe die Hinweise meines Informanten nicht ernst genug genommen. Worin auch immer der Pilot verstrickt war, ich hätte es verhindern müssen.« Timothy goss sich einen zweiten Whiskey ein.

Er setzte das Glas an die Lippen, aber Charlotte nahm es ihm zärtlich aus der Hand. Sie hatte in den vergangenen Tagen bereits bemerkt, dass er zu viel trank und zu wenig schlief. Statt zu protestieren, ließ er es geschehen, und sie stellte das Glas sorgfältig zurück. Dann wandte sie sich ihm abermals zu und sah ihn an.

Unsicher, was als Nächstes geschehen würde, blickten sie sich in die Augen. Sie wollte ihn aufmuntern, ihn umarmen, ihn festhalten – ihm etwas davon zurückgeben, was er für sie getan hatte. Doch sie traute sich nicht. Ihr Hals war ganz trocken, und sie spürte ihr Herz so stark rasen, dass es in ihren Ohren rauschte.

Mit einem Mal nahm er ihre Hand und küsste ihre Finger. Ganz zart, gehaucht, wie ein zärtliches Danke. Ein Schauer überlief sie, und er tat unendlich gut. Sie spürte das Kribbeln bis in jede Faser ihres Körpers. All ihren Mut zusammennehmend, schloss Charlotte die Augen und lehnte sich vor, bereit für einen Kuss.

Sie spürte jedes noch so winzige Detail, roch sein Aftershave, meinte, seinen Atem zu hören … Das Streicheln seines Atems auf ihren Lippen … und sie spürte seine Hände, die sich um ihre Hüften legten. Charlotte fühlte seine Wärme, jede Regung der Luft. Die Augen geschlossen, hielt sie die Luft an, sein Gesicht ganz nah an ihrem, sein Atem, seine Lippen …

Da ließ er sie mit einem Mal los. »Ich – ich glaube, das ist nicht richtig«, stammelte er und wich zurück. »Ich … tut mir leid …«

Ganz verwirrt stand sie da, wollte ihm gut zureden, aber sie wusste in dem Moment nicht, was sie hätte sagen sollen. Er zupfte seine Krawatte zurecht, verharrte, als zöge es ihn noch einmal zu ihr. Doch schließlich wandte er sich ab. »Entschuldige«, meinte er liebevoll und wich in sein Schlafzimmer zurück.

Charlotte sah zu, wie er die Tür schloss. Sie lauschte auf ihr Herz, das noch immer schlug, als wollte es ihr aus der Brust springen. Hatte sie etwas falsch gemacht? Noch einmal schloss sie die Augen, und tatsächlich, da waren noch immer sein Geruch und das Gefühl seines Atems auf ihren Lippen.

An diesem Abend räumte Charlotte den Tisch ab, steckte die Schneidbrettchen in der Küche zurück auf die Halterung und entschloss sich, das Abendessen zu verschieben.

Zu Timothys Überraschung öffnete sie die Schlafzimmertür und warf ihm seinen Mantel zu. Es war an der Zeit, ihn auf andere Gedanken zu bringen.

»Lass uns aufs Frühlingsfest gehen. Jetzt. Das ist ein Befehl«, forderte sie ihn beherzt auf.

13

Mit lässiger Miene steuerte Timothy den winzigen Scooter, während Charlotte sich lachend festzuhalten versuchte. Schlagermusik, vermischt mit dem Kreischen und Rufen der Gäste, hallte über den Platz. Ein paar Jugendliche grölten am Rand des Autoscooters, ein Ehepaar mit von Zuckerwatte verklebten Kindern lief an Charlotte vorbei. Juchzend sah sie auf, schwindelig und befreit. Die mit Sternen bemalte Zeltplane kreiselte über ihr vorbei, und das selige Gefühl, alles abgeschüttelt zu haben, durchflutete sie. Es war, als badete sie in heißem Glück.

Ein lautes Krachen ließ sie vor Schreck und Begeisterung aufschreien.

Timothy hielt sie fest. »Ist was passiert?«

»Alles gut!«, rief sie gegen den Lärm an und musste loslachen, als ein fremder Autoscooter ihren Flitzer von hinten traf und sie abermals durchgeschüttelt wurden.

Timothy versuchte auszuweichen, aber zwei Wagen nahmen sie in die Zange. Charlotte kam mit dem Lachen nicht hinterher. Sie presste sich an DeWindt, klammerte sich gleichzeitig an den Griff und genoss den wilden Ritt.

Ein paar Minuten später lehnte sie sich an eine der verspiegelten Säulen und rang nach Luft. Ihr ganzer Körper kribbelte, ihre Wangen glühten vor Aufregung. Schwitzend legte sie ihre Hände darauf, versuchte, sie ein wenig zu kühlen.

»Mein Haar ist ganz zerzaust«, stellte sie unnötigerweise fest und versuchte, es zu richten.

»Du siehst fantastisch aus, keine Sorge … Auch eine?«

»Was?« Überrascht stellte sie fest, dass er ihr eine Zigarette anbot, obwohl sie doch gar nicht rauchte. Einen Moment überlegte sie, ob sie sie nehmen sollte. Sie wischte sich den Schweiß von der Stirn, und als er das Päckchen schon wieder einstecken wollte, gab sie sich einen Ruck. Verlegen lächelnd, zog sie eine Zigarette heraus und drehte sie unsicher in den Fingern. Er gab ihr Feuer, kühn zog sie an der Zigarette. Viel zu schnell und zu tief.

Charlotte spürte den heißen Rauch bis in ihre Lunge ziehen. Dann musste sie entsetzlich husten. Es wollte gar nicht aufhören.

Er kam ihr zu Hilfe, klopfte ihr sanft auf den Rücken, während sie keuchend die Zigarette von sich hielt, als hätte sie Reißzähne. Sie fürchtete, dass er sie auslachte, aber Timothy blieb cool und bot ihr an, das Ungetüm an ihrer Stelle aufzurauchen.

Sie suchte seine Hand und hielt sie fest, während sie über den Rummel schlenderten. Als sie an einer Schießbude vorbeikamen und er sich anbot, ihr eine Blume zu schießen, traute sie sich, noch einmal nachzufragen.

»Du solltest darüber reden«, forderte sie ihn auf, während ein hemdsärmeliger, tätowierter Mann mit zu viel Pomade in den schwarzen Haaren Timothy das Gewehr reichte.

»Was meinst du?«

»Wenn du dich für den Tod des Piloten verantwortlich fühlst, dann solltest du darüber reden. Reden hilft, glaub mir.«

»Wenn du meinst.« Er lud und zielte.

»Ich bin vielleicht jung, aber nicht blöd. Ich sehe doch, wie dich das die letzten Tage belastet hat.«

Er brummelte etwas.

»Komm schon, red mit mir.«

Timothy ging nicht darauf ein, sondern schmiegte seine Wange ans Gewehr. Stumm konzentrierte er sich und drückte mit einem Mal ab.

»Volltreffer!« Stolz nahm Charlotte die Rose entgegen. Zu ihrer Überraschung war sie echt und nicht aus Stoff und Draht. Ihre Blüte war dunkelrot und schimmerte geheimnisvoll. Zufrieden steckte Charlotte sie sich ins Revers.

Sie schlenderten weiter über den Platz, und endlich überwand er sich seufzend, ein wenig preiszugeben. »Wir kommen bei dem Fall einfach nicht weiter«, meinte er. »Der Pilot trieb in der Nähe der Pfaueninsel. Er ist an einer Kopfverletzung gestorben. Stumpfer Gegenstand. Erschlagen, wahrscheinlich. Sie haben ihn wohl mit Steinen beschwert, aber es hat nicht funktioniert.«

»Gibt es denn keinen Hinweis darauf, was es mit dem Mann im Offizierskasino auf sich hat?«

»Nein. Die deutsche Polizei ermittelt mit Hochdruck. Die Frau des Piloten hat ihren Ehemann öfter mit einem Mann namens Leuner gesehen. Aber der hat eine reine Weste.« Sie schlenderten weiter zwischen den Buden entlang. »Der Pilot und Leuner haben sich häufig in einem Nachtclub getroffen. Dem *Midnight*.«

»*Midnight?*«

»Kennst du das?«

Charlotte musste lachen. »Einen Nachtclub? Ich?! Nein.«

»Das ist wohl ein Laden, der seit letztem Jahr wieder geöffnet hat. War vor Jahrzehnten mal ein Tanzlokal. Noch vor dem Krieg, aus der Weimarer Zeit.«

»Aha.«

»Jedenfalls ist Leuner da Stammkunde und beliefert den Club auch mit Spirituosen. Bei den Treffen mit dem Piloten fiel wohl öfter das Wort *Andenken*.«

»Andenken? … An wen?«

»Wenn ich das wüsste! Wir haben in Leuners Firma eine Razzia durchgeführt. Der Mann ist Großhändler, hat ein Lager draußen am Rande Berlins. In Marienfelde.«

Unwillkürlich roch sie an der Rose, und sofort stellte sich eine Sehnsucht nach Sommer bei ihr ein. Es wurde Zeit, dass Berlin aus dem tristen Schlaf erwachte. »Aber ihr habt nichts gefunden …«, stellte sie fest.

»Richtig. Allerdings glauben wir, dass Leuner in den Schwarzmarkthandel verstrickt ist. Was das allerdings mit dem Tod des Piloten und einem *Andenken* auf sich hat …?«

Die beiden blieben vor dem Kettenkarussell stehen. Kreischend drehten Jugendliche ihre Runden. Ein paar Väter standen davor, hielten ihre Kinder an den Händen und schleuderten sie im Kreis.

Charlotte holte ein Papiertütchen mit gebrannten Mandeln aus der Tasche und aß eine.

»Und wenn ihr diesen Leuner aushorcht?«, fragte sie, den Blick auf das Kettenkarussell gerichtet. »Ausspioniert, meine ich? … Du, wollen wir eine Runde fahren oder zwei?«

Die beiden machten sich auf zu einem bärtigen Mann mit Kapitänsmütze, der sich eine Kasse umgebunden hatte.

»Das hab ich versucht. In seiner Firma ist er zu sehr abgeschottet. Aber seit anderthalb Wochen versuche ich, jemanden in diesen Club zu schleusen. Ins *Midnight*. Dort fühlt sich Leuner unbeobachtet. Wenn jemand an ihn rankommt und ihn belauscht, finden wir vielleicht mehr heraus.« Timothy bezahlte und bekam zwei Billetts. »Leuner ist im Club Stammgast. Wir nehmen an, dass er im *Midnight* seine Geschäfte abwickelt. Bisher hat er aber immer einen guten Riecher für unsere Ermittler bewiesen. Kaum ist einer von uns im Club aufgekreuzt, hat er das Unschuldslamm gegeben.«

»Dann müsst ihr jemanden finden, der nicht nach Militärpolizei stinkt.«

Timothy nickte. »Wie wäre es mit dir?«, sagte er geradeheraus.

»Was? … Das ist ein Scherz. Ich?«

»Warum nicht?« Sein Lächeln war entwaffnend. »Du bist jung, du bist blitzgescheit. Vielleicht macht es dir sogar Spaß, als Bedienung zu arbeiten. Und du kannst Geld verdienen. Was war das noch, das du dir kaufen wolltest?«

Charlotte leckte sich schmatzend die Finger ab. »Eine Singer KL-216 Zickzack«, sagte sie und steckte sich eine weitere Mandel in den Mund. Während sie lutschte, ergänzte sie: »Und dann mit Motor. Das wär ein Traum. Eine Singer mit Motor. Oder vielleicht eine Koffernähmaschine. Zündapp macht auch tolle.«

Er nahm sich auch eine Mandel. »Ich weiß, dass sie Mädchen für die Bedienung suchen. Und du kannst sofort aufhören, wenn du nicht mehr magst. Oder wenn sie Dinge verlangen, die du nicht machen willst.«

»Dinge?« Sie schenkte ihm einen schiefen Blick.

»Es ist kein … Na ja, du weißt schon … Freudenhaus. Es ist wohl nur ein Tanzclub. Um Gottes willen! Glaub nicht, dass ich dich zu irgendetwas Unsittlichem überreden will.«

Charlotte schwieg. Unwillkürlich dachte sie an ihre Blechschachtel, die bald leer war. Sie musste unbedingt eine Anstellung finden.

»Ich brauche nur jemanden, der diesen Leuner im Auge behält. Ich muss wissen, mit wem er sich im *Midnight* trifft. Wann und mit wem. Und ich muss wissen, was sie besprechen. Stichworte. Ich brauche einfach ein paar Augen und Ohren dort.«

Grübelnd spürte sie der Süße der Mandel nach, hörte auf

das begeisterte Schreien der Fahrgäste. Wie gern wäre sie in ihrem Leben einmal mit ihrer Mutter Karussell gefahren.

Timothy steckte sich eine neue Zigarette an. »War eine dumme Idee. Vergiss es. Okay? Ich will dich in nichts reinziehen.« Lässig blies er das Streichholz aus und nahm sich noch eine Mandel.

»Lass uns Karussell fahren«, sagte sie entschlossen und griff seine Hand. »Lass uns zusammen Karussell fahren.«

14

Es hatte zu schneien begonnen. Kein wirklicher Schnee, sondern ein zu nasser Hagel. Die winzigen Körner, die sich auf den Pflastersteinen sammelten, schmolzen schnell und schimmerten im Licht der Straßenlaternen.

Charlotte, die sich extra einen neuen Rock genäht hatte, schlug den dunkelblau abgesetzten Kragen ihrer türkisfarbenen Bluse hoch, bevor sie den Mantel zurechtzog und weiterging. Drei Wagen parkten quer und halb auf dem Bordstein, als hätten die Fahrer es überaus eilig.

Ein flirtendes Pärchen überholte sie. Noch einmal rückte Charlotte ihr Hütchen zurecht, das sie erst gestern am Ku'damm gekauft hatte. In ihrer Blechschachtel herrschte gehörig Ebbe. Sie beeilte sich, den beiden zu folgen.

Obwohl es hagelte, zögerte sie dann doch. Sie blieb stehen, atmete durch und ließ den Blick zum Eingang des *Midnights* gleiten.

Ein Junge, vielleicht zwölf oder dreizehn Jahre alt, stand auf den Schultern eines fluchenden Kerls, dessen Gesicht aussah, als wäre es aus dreien zusammengesetzt. Der Mann hatte Mühe, den Jungen im Gleichgewicht zu halten, und brummelte Anweisungen. Kabel hingen hinter einem nagelneuen Neonschild hervor, und der Junge, mit einem Schraubenzieher bewaffnet, versuchte unter Gefluche, sie an einer Klemme anzuschließen.

Schüchtern trat Charlotte vor. Just in diesem Moment

flackerte die Leuchtreklame auf. Ein geschwungener, wie mit leichter Hand geschriebener Schriftzug in Rosa, Gelb und Rot leuchtete ihr verheißungsvoll entgegen.

MIDNIGHT

Der kompakte Typ trat staunend zurück, ohne auf den Jungen zu achten.

»He!«, schrie der, packte hektisch zu und baumelte am »N« wie ein Affe. Charlotte warf dem Mann mit dem zerknautschten Gesicht ein verhuschtes Lächeln zu und eilte an ihm vorbei zur Eingangstür. Aus dem Augenwinkel sah sie, wie er den Jungen abpflückte und sich das Sakko abstrich. Sie spürte die Blicke der beiden in ihrem Rücken, als sie die Tür aufzog.

Charlotte strengte sich an, nicht zu ihnen zurückzusehen, denn sie wollte nicht unsicher erscheinen. Mit erhobenem Kinn trat sie in den Windfang.

Der bescheidene Vorraum war leer. Bloß ein unbesetzter und reichlich abgenutzter Barhocker aus Chrom stand vor einem Vorhang. Einen Lidschlag lang fuhr Charlotte ein Kribbeln über den Rücken. Musik schwappte ihr entgegen, Lachen und ein erregender Geruch, diese unbeschreibliche Mischung aus zigarettentrinkender und schweißlachender Nacht. Bisher war sie noch nie in so einem Tanzlokal gewesen.

Wie elektrisiert blieb sie stehen und fühlte dem Schauer nach. Gerade wollte sie den Vorhang teilen, als sich eine Hand auf ihre Schulter legte. Sie fuhr herum. Der Mann mit dem Knautschgesicht hielt sie zurück.

»He! Warte. Wie alt bist ’n du?«

Überrumpelt stand Charlotte da, dachte fieberhaft nach, was sie antworten sollte. Sie hatte sich extra schick gemacht mit Hut und Handschuhen. Ihre Lippen leuchteten glutrot, und der Lidstrich zauberte ihr die angesagten Katzenaugen. Weil sie unsicher war, wie man mit Rouge umging, hatte sie den rosa Puder großzügig auf ihren Wangen verteilt. Sie hoffte, damit älter zu wirken. Und jetzt hatte der Kerl sie durchschaut?

»Noch 'ne Bordsteinschwalbe brauchen wa nich'.«

Röte schoss ihr ins Gesicht. »Ich …«

»Raus mit dir, komm. Zu viele Nutten sind nicht gut fürs Geschäft.«

»Aber …« Offenbar hatte sie es mit ihrer Schminke etwas übertrieben. Mittlerweile war der Junge hinter ihnen aufgekreuzt und hielt grinsend die Tür zur Straße auf.

Knautschgesicht wollte Charlotte am Arm packen, da riss sie abwehrend den Ellbogen hoch.

»Loslassen!«, fauchte sie und erwischte den Kerl prompt im Gesicht.

»Sag mal!«, brüllte der wütend, griff zu, wollte Charlotte am Hals packen und sie hinaus … Ihr Knie traf ihn ohne Vorwarnung zwischen den Beinen. Erschrocken wich sie zurück. Was tat sie nur?

»Scheiße«, keuchte der Mann und taumelte mit schmerzverzerrtem Gesicht zur Seite. »Das darf doch nicht … Verfluchter Mist!«

Eine Sekunde lang versuchte der Junge, ernst zu bleiben, aber dann bog er sich vor Lachen, dass ihm die Schiebermütze vom Kopf fiel. Charlotte hingegen stand wie angewurzelt da. Fassungslos glotzte sie den fluchenden Kerl an. »Ich … Tut mir … Ich …«, begann sie zu stottern.

»Ich will dir nicht wehtun.« Der Typ straffte sich, trat wieder näher und rieb sich die Hände. Sie waren zerschunden. »Also!«, forderte er sie auf.

»Einundzwanzig.«

»Was?«

»Ich bin einundzwanzig«, log sie. »Und … und sicher keine Bordsteinschwalbe.« Um ihr Zittern zu verbergen, verschränkte sie die Arme vor der Brust, bemühte sich, ihn möglichst mutig anzusehen.

»Im Leben nich'. Einundzwanzig …« Er brach ab, weil seine Weichteile offenbar noch immer schmerzten. »Anton, mach du das. Ich … ich brauch Eis.«

Der Kerl drückte sich an Charlotte vorbei, nicht ohne sie von oben bis unten zu mustern, und verschwand mit wiegendem Schritt durch den Vorhang. Ohne groß zu überlegen und ohne auf Anton zu warten, eilte Charlotte dem abgebrochenen Meter hinterher. »Warten Sie. Es … es tut mir leid! Ich … Ich will hier anfangen. Ich …« Sie schlüpfte durch den Vorhang, hielt jedoch sofort erstaunt inne.

Die Nacht hatte eine Sonne, und Charlotte war geradewegs hineingestürzt. Ein paar Mal war sie zum Tanzabend um die Ecke gewesen, aber das war eine holzgetäfelte Hölle mit Standardtanz und Damenwahl in einem Vereinshaus gewesen. Dies hier war eindeutig … *anders*. Ein wenig, als hätte jemand den Autoscooter vom Frühjahrsmarkt mit einer Tanzschule gekreuzt.

Männer in dunklen Anzügen, weißen Hemden und Krawatte schwatzten mit Frauen, die Perlenketten umgelegt und ihre Haare hochgesteckt hatten. Alle bis auf ein paar Soldaten, die in Uniform an der Bar standen, hatten sich herausgeputzt und wirkten trotzdem ungezwungen. Vielleicht lag es an den wenigen Tanzenden, welche sich zu einem Swing auf der überschaubaren Bühne bewegten, die Charlotte an eine private Feier denken ließen. Möglicherweise lag es auch an den lachenden Gästen, die an den winzigen Tischen kaum Platz fanden und teils ihre Stühle wie im Theater aufgereiht hatten.

Der Zigarettenqualm war schneidend. Goldenes Licht glomm von den in die Jahre gekommenen Kronleuchtern durch den Rauch.

Der zu kurz geratene Kerl, dem sie in die Weichteile getreten hatte, bekam nicht mit, dass sie ihm folgte, und steuerte mit halbwegs flinkem Schritt die Bar an. Als Charlotte sich unsicher zum Windfang umsah, zwinkerte ihr Anton durch den Vorhang zu. Er machte keine Anstalten, sie zurückzuholen. Verschämt blickte sie zu Boden und beeilte sich, hinter Knautschgesicht herzukommen.

»Wo warst du, Trude?«, fuhr er eine weißhaarige Frau mit lila Haarband an, dann wandte er sich dem Barkeeper zu. »Verdammt, gib mir Eis.«

Die Alte rutschte verärgert auf ihrem Barhocker herum. Weil sie ihre Lippen zu kräftig mit Lippenstift bemalt hatte, wirkte ihr faltiges Gesicht noch eingefallener. Im Gegensatz zu ihren Tränensäcken, die sie verbraucht wirken ließen, blitzten ihre Augen aufgeweckt, ja geradezu spitzbübisch.

»Ick such ma mein' Hocker noch immer selbst aus, Schnute«, sagte sie mit krächzender Stimme.

»Dein Hocker ist da vorne, Trude. Nicht an der Bar.« Schnute nahm ein paar Eiswürfel entgegen, die in ein Tuch eingeschlagen waren.

Gelangweilt wischte Trude mit ihren von Altersflecken übersäten Armen durch die Luft und sah amüsiert zu, wie Schnute seine Weichteile kühlte. »Tu mal nich' so, als wärste hier die oberste Pfeife vom Rejiment.« Sie trank ihren Gin aus. »Was is'? Haste zu heißes Feuer inna Hose?«

»Das … also … das war ich«, mischte sich Charlotte räuspernd ein. »Entschuldigung.«

Die beiden fuhren zu ihr herum.

»Du bist ja immer noch da«, brummte Schnute.

»Was warst du, Schätzken?«, wollte Trude wissen.

»Ich hab ihm in die … Das mit dem Feuer, mein ich …«

Ein breites Grinsen überzog Trudes Gesicht. »Ach! Soso.«

»Hör auf zu lachen, Trude!« Warnend sah der Kerl sie an.

»Ick hab ja nich' ma anjefangen.« Jetzt lachte sie tatsächlich, aber selbst dieser Schnute musste grinsen. Trude wandte sich an Charlotte. »Schätzken! Von die Damen vom horizontalen Jewerbe, davon haben wa jenuch hier. Du weißt ja, wo die Tür is.«

»Ich … Wie kommen Sie drauf, dass ich eine … dass ich so eine bin?«

»Weil wegen deiner Kriegsbemalung im Jesicht.«

Instinktiv wandte Charlotte den Blick in einen der Barspiegel. Die Frau hatte recht. Die Schminke verlieh ihr eindeutig etwas Unmoralisches.

»Und du kommst ohne Begleitung«, warf Schnute ein. »Was willst du denn nun wirklich?«

»Ich … Ich suche Arbeit. Und ich dachte … ich dachte, hier wird immer mal jemand zum Kellnern gesucht.«

Schnute und Trude tauschten einen Blick, von dem Charlotte nicht genau sagen konnte, ob er amüsiert oder bloß skeptisch war. Immerhin legte Schnute den Eisbeutel beiseite. »Kellnern? Das hast du doch noch nie gemacht.«

»Dit hat die noch nie jemacht«, wiederholte Trude Schnutes Worte und lachte.

Charlotte schwieg, Schnutes durchdringender Blick war ihr unangenehm. Sie hatte das Gefühl, er würde durch den Stoff ihrer Bluse und ihr Mieder starren. Zog er sie mit Blicken aus, oder sah er tief in sie hinein und las die Wahrheit dort im Innern über sie?

»Sei ehrlich.«

Ihr war bewusst, dass sie diesen Kerl nicht täuschen konnte. »Nein. Hab ich nicht.«

»Hab ich mir gedacht«, seufzend zupfte er an seiner Hose. »So einfach is' das nich', Kindchen.«

»Das … das ist mir klar. Aber ich lerne schnell.«

Und wie ich das tue, dachte sie. Ich werde Timothy helfen, und er wird beeindruckt von mir sein.

»Aha.«

»Vielleicht könnte ich ja mal mit Ihrem Vorgesetzten sprechen«, schlug sie vor und war von ihrem Mut selbst überrascht.

»Vorjesetzten?«, amüsierte sich Trude.

»Du meinst den Chef … Ich glaube nich', dass der Zeit … Ach, was soll's!« Schnute winkte ab. »Der Schmeling, also der Max, der sagte immer: Den ersten Schritt zu machen unterscheidet die Gewinner von den Verlierern.«

Betont gelangweilt klatschte Trude Beifall, während Schnute die Zähne zusammenbiss, vorausging und sich anstrengte, nicht zu humpeln. Charlotte folgte ihm durch einen weiteren Vorhang in einen mit Samttapete verkleideten Flur. Es roch nach altem Stoff, Holz und kaltem Zigarettenqualm. Die Stimmen und das Gelächter drangen nur noch gedämpft durch den Vorhang. Die Holzdielen knarzten, als sie Schnute nacheilte. Sie waren ausgetreten und fleckig.

An der zweiten Tür blieb er stehen und befahl: »Warte kurz.«

Er klopfte an, wartete jedoch nicht auf ein »Herein«. Als er die Tür aufdrückte, konnte Charlotte jemanden einen Schlager pfeifen hören. Sie versuchte, einen Blick zu erhaschen, aber Schnute schloss die Tür zu schnell hinter sich. Nervös blieb Charlotte draußen, ging im Kopf noch einmal durch, wie sie sich vorstellen wollte. Timothy verließ sich auf sie. Sie musste einfach überzeugend wirken. Nervös knetete sie ihre Hände. Sie hatte sich ein paar Worte zurechtgelegt, stellte aber fest, dass sie alles vergessen hatte. Sie würde irgendwie improvisieren müssen. In dem Moment kam der Mann wieder heraus und hielt ihr die Tür auf.

15

Unsicher betrat Charlotte den dämmrigen Raum. Das Erste, was ihr auffiel, war der Schminktisch samt Spiegel, der aus der Umkleide eines Theaters zu stammen schien. Das Zweite, womit sie nicht gerechnet hatte, war …

»Eine Frau?«, entfuhr es ihr.

»Wie bitte?«

»Ich … Ich dachte, dass es …« Das brachte ihren Plan ins Wanken. Mit falschen Wimpern zu klimpern würde ihr hier keine Anstellung verschaffen.

»Was denn?« Die Frau war schlank, geradezu hochgewachsen und äußerst attraktiv. Charlotte schätzte sie auf Mitte dreißig. Ihre Gesichtszüge waren scharf geschnitten. Fasziniert registrierte Charlotte, dass die Frau beinahe türkise Augen hatte. Ihre blaugrüne Farbe leuchtete intensiv, und Charlotte konnte ein bezauberndes Veilchen-Parfüm riechen.

»Dass es … dass es einen Chef gibt«, gestand sie.

»Der Chef steht vor dir«, entgegnete die Frau, als wäre es das Normalste auf der Welt. Sie stand vor einem nagelneuen, riesigen Kühlschrank und drehte sich zu ihr um. Der Bauknecht blitzte so strahlend weiß, als wäre er gerade erst geliefert worden. Als Charlotte einen Schritt näher trat, erkannte sie, dass vor dem Kühlschrank gut zwei Dutzend Sektflaschen aufs Verstauen warteten. Henkell Trocken. Sie nahm ein paar Packungen Pralinen vom Schreibtisch und schob sie zwischen die Flaschen in den Kühlschrank.

Feinste Pralinés und *Drei-Mohren-Mischung*, konnte Charlotte lesen und erkannte den Sarotti-Mohren. Es waren ziemlich edle Pralinen, die meisten mit Alkohol gefüllt und reichlich teuer.

»Ich meine einen Mann«, versuchte sie zu erklären. »Als Chef…« Doch nicht nur die Frau hatte sie aus dem Konzept gebracht, sondern auch der glänzende, neue Kühlschrank. »Der ist ja riesig.«

»Du sprichst in Rätseln, Kindchen.«

»Der Bauknecht.«

Die Chefin drehte sich zu dem Ungetüm um und sagte nicht ohne Stolz: »Der größte, den es gibt. Vor zwei Wochen bestellt, heute Abend geliefert. Ein Prachtexemplar.«

Neugierig trat Charlotte einen weiteren Schritt näher und musterte das Monstrum. Er reichte ihr bis zur Schulter, war beinahe einen halben Meter breit, und seine strahlend weiße Farbe suggerierte unermessliche Reinheit. Wie lange hatte sich Tante Hannelore so ein Wunderwerk gewünscht, anstatt die ollen Kammern unter den Fenstern zu nutzen oder im Sommer die verderblichste Ware ganz nach unten in den Kohlenkeller zu schleppen, wo sie immerhin ein wenig kühl stand. Hannelore hätte ihren rechten Arm für diesen Bauknecht geopfert, da war sich Charlotte sicher. Allein, um der ollen Silaff zu zeigen, wer die bessere Hausfrau war. *Hausfrau* … In Charlotte wirbelten die Gedanken. Die Chefin des *Midnights* war eine Frau! Wie konnte das sein? Und wieso hatte sie einen Kühlschrank in ihrem Arbeitszimmer? Unfassbar!

Die Chefin schien ihre Gedanken zu lesen, denn lächelnd sagte sie: »Pralinen schmecken kühl doch am besten. Vom Sekt ganz zu schweigen. Auch wenn's kein Champagner ist. Aber was nicht ist, kann ja noch werden.« Sie schob weitere Flaschen in den Bauch des Ungetüms.

Verwirrt blinzelte Charlotte. »Das ist alles, was Sie da reintun? Keine Lebensmittel?«

Die Frau warf Charlotte einen verblüfften Blick zu, dann begann sie, mit ernster Miene und oberlehrerhaftem Tonfall klarzustellen: »Pralinen und Sekt, mein Kind, das *sind* Lebensmittel. Lass dir das gesagt sein.« Mahnend hob sie den Zeigefinger, musste dabei aber selbst schmunzeln. »Schnute sagte, du brauchst eine Anstellung?«

Charlottes Miene wurde ernst. Sie nickte eifrig, vielleicht eine Spur zu eifrig, denn die Frau musterte sie von oben bis unten, bevor sie schließlich seufzend den Kühlschrank schloss. Mit einer eleganten Bewegung nahm sie eine Papirossa aus einem übervollen Aschenbecher, der zwischen den Pralinen stand, und zog in aller Ruhe daran. »Dann schieß mal los.«

»Ich heiße Charlotte Schüler, und ich wollte gerne bei Ihnen …«

Die Frau unterbrach sie, indem sie drei Ringe in ihre Richtung auspustete, die lange in der Luft schwebten, bevor sie sich auflösten.

»Ich heiße Vera Brandt, und ich wollte dich gerne *nicht* einstellen.«

»Machen Sie sich über mich lustig?«

»Ein bisschen … Tut mir leid«, behauptete Vera. »Du bist zu jung, und wir haben schon eine Servierkraft für den Saal.«

Fieberhaft überlegte Charlotte, was sie tun konnte, um Vera Brandt von sich zu überzeugen. Ihr Blick schweifte durchs Zimmer. In einer Ecke lagen Blumensträuße, teilweise noch eingewickelt neben einigen Schachteln, in denen wohl einmal Geschenke gewesen waren. Der Schreibtisch war überfüllt mit Papieren und den Pralinen. Auf einem schmalen Schrank standen weitere Blumen in Biergläsern und Vasen.

Was musste sie Vera sagen, damit sie sie nahm?

»Ich … ich könnte auch was anderes …«, meinte Charlotte hastig.

Vera lüpfte eine Augenbraue. »Schnute sagte, du bist keine …«

»Warum denkt hier jeder nur an das eine?«

»Weil es die Welt bewegt … Du solltest nächstes Jahr wiederkommen. Oder in zweien. Ja, besser in zwei Jahren. Hübscher Rock übrigens. Sieht recht elegant aus.«

»Danke.«

»Hat irgendwie Stil. Nur dein Make-up …«

»Hab ich selbst gemacht.«

»Das sieht man.«

»Nein. Den Rock. Und den Kragen an der Bluse und die Knopfleiste.«

»Aha.« Vera trat vor Charlotte, blies ihr den Qualm ins Gesicht und machte eine Geste, als verscheuche sie ein paar Hühner. »Fang in einer Schneiderei an, Schätzchen. Du findest sicher allein raus. Ich muss noch ein bisschen Haushalt erledigen. Danke.« Vera wandte sich wieder dem Kühlschrank zu und schichtete weitere Sektflaschen hinein.

Charlotte rührte sich nicht vom Fleck. Sie war nicht gescheitert! Gleich würde sich Vera umdrehen. Es war nur wieder ein Scherz, diese Frau stellte sie bloß auf die Probe, ganz bestimmt. Doch die Besitzerin des *Midnights* redete nun mit sich selbst und verfluchte die einzige Steckdose im Raum, die sich natürlich auf der anderen Seite befand.

Eine winzige Falte furchte Charlottes Stirn. Sollte sie betteln? Sollte sie sich anpreisen? Aber womit? Wieder flog ihr Blick suchend durch den Raum. Sie enttäuschte nicht nur Timothy, sondern auch sich selbst. Zu gerne hätte sie gearbeitet. Schon bevor sie das *Midnight* betreten hatte, war ihr der Club wie ein Silberstreif am Horizont erschienen. Sie brauchte den Job.

Unwillkürlich ballte sie die Hände. »Sie machen einen Fehler«, murmelte sie. Und erschrak, als Schnute neben ihr auflachte.

»Vera, stell sie ein, die hat Feuer!«, rief er.

Wie lange stand er schon hinter ihr? Hatte er alles mit angehört?

»Feuer?« Vera sah nicht mal von ihrem Kabelproblem auf. »Die?«

»Sie ist noch jung, ja. Aber sie will den Job. Immerhin hat sie mir dafür die Klöten zu Mus getreten.«

Ertappt senkte Charlotte den Blick. »Tut mir leid … Ich mag's nicht, wenn mich wer anfasst und …«

»Schon gut.« Er zwinkerte ihr zu. »Das traut sich sonst keine bei mir. Gib ihr 'ne Chance, Vera. Immerhin hast du Steffi rausgeworfen. Wir könnten Unterstützung brauchen.«

Vera setzte sich hinter ihren Schreibtisch, öffnete eine der Praliné-Packungen und fischte eine heraus. Während sie daran herumknabberte, meinte sie: »Die hat doch noch nie ein Tablett in der Hand gehalten.«

»Na und?«, fiel ihr Charlotte hastig ins Wort. »Macht man nicht alles im Leben irgendwann zum ersten Mal?«

»Ich bring ihr das bei«, lenkte Schnute ein.

»Du?«

»Ja, warum nicht? Der Schmeling, also der Max, der hat immer gesagt …«

»Verschon mich, Schnute. Bitte, verschon mich.« Vera lehnte sich in ihrem Stuhl zurück und maß Charlotte mit ihrem Blick.

»Mein ja nur«, brummte Schnute.

»Nee, Schmeling meint.« Die Frau ließ sie nicht aus den Augen, doch Charlotte hielt dem Blick stand und erwiderte selbstbewusst Veras harte Musterung.

»Und wenn sie wem in die Eier tritt, weil ihr wer betrunken auf den Hintern langt?«

Charlotte lächelte. »Das … das kommt nicht vor.«

»Siehst du, es kommt nicht vor.« Schnute kratzte seine verletzten Hände. »Und wenn doch, dann geh ich dazwischen. Bevor der arme Kerl noch als Kastrat im Kammerchor vom RIAS auftritt.«

Vera nahm einen weiteren Zug von der fast aufgerauchten Zigarette und lutschte dann an der Praline. »Du scheinst ja einen Narren an ihr gefressen zu haben … Wie war noch dein Name?«

»Charlotte. Charlotte Schüler.«

Ohne Eile zerdrückte Vera den Stummel in einem leeren Whiskeyglas.

Charlotte hielt den Atem an.

»Also, Charlottchen. Morgen kommst du wieder. Mittags.«

»Mittags.« Charlotte warf Schnute einen dankbaren Blick zu.

»Vor der Schicht«, ergänzte Vera. »Du machst die Latrinen … die Toiletten sauber. Boden, Tische, Bar. Du holst Sachen aus dem Lager und so weiter. Ich erklär dir alles. Das ist, was ich dir anbieten kann.«

»Sie … Sie werden zufrieden sein!«

16

Die Nacht hatte die Hagelwolken vertrieben. Die frühe Morgensonne tauchte den Himmel in violettes Licht und streckte ihre Finger über die Zahnstümpfe der zerbombten Häuser und Baukräne, über die Mietskasernen und Gründerzeithäuser hinweg aus. Obwohl es erst auf neun Uhr morgens zuging, war ihr Licht voller Kraft. Wohlig warm flutete es zwischen die Häuserzeilen und brachte Frühlingsstimmung mit sich.

Charlotte genoss den Sonnenschein. Sie sprang von Gehwegplatte zu Gehwegplatte, versuchte, jedem Schatten auszuweichen und möglichst nur in Sonnenflecken zu treten. Das Licht auf der Haut, auf den Händen, Wangen und Haar fühlte sich herrlich an, und es schenkte ihr neue Kraft. Den ganzen Nachmittag hatte sie unter Veras Argusaugen geschuftet und war schließlich bis in die Nacht hinein geblieben. Hinter den Vorhängen natürlich, weil Vera sie nicht im Club sehen wollte.

Charlotte begann zu tänzeln. Pfeifend bog sie in die nächste Straße. Es war nicht mehr weit bis zu Timothys Wohnung, doch sie blieb abrupt stehen.

Denn mit einem Mal roch der Frühling nach Zucker und Gebäck. Den schmalen Laden zwischen der Apotheke und dem Gemüseladen hatte Charlotte noch nie bemerkt. Wann hatte die Konditorei eröffnet? Neugierig trat sie an das Schaufenster. Sofort lief ihr das Wasser im Mund zusammen.

Im Fenster verführten, hübsch auf Spitzendeckchen drapiert, Torten und reichlich Gebäck naschfreudige Kunden. Charlottes Blick sprang von einer süßen Versuchung zur nächsten. Der Anblick dieser sahnigen Sünden kam ihr wie ein Weckruf vor. Das hier war das Leben, wie es sein sollte. Süß und weich. Vergessen die hohlen, rußigen und düsteren Ruinen Berlins. Die beschwerlichen Jahre voller Entbehrung.

Erst vor einem Jahr waren die Lebensmittelmarken verschwunden, zumindest aus den drei Westsektoren Berlins. Anstelle der trostlosen Schnipsel zum Ausschneiden galt inzwischen überall wieder Bargeld. Nur im Ostteil der Stadt und der Sowjetzone, wie Charlotte sie trotz Gründung der DDR noch immer nannte, gab es die schmucklosen Essensschnipsel noch immer.

Charlottes Blick glitt über eine Nuss-Sahne-Torte. Sie musste schlucken. Wie es sich wohl anfühlte, einen Bissen davon zu kosten?

Dreißig Pfennige – ein Stück. So viel Geld, dachte sie schockiert.

Eine Dame, teuer gekleidet, drängte sie beiseite und betrat den Laden. Ein helles Glöckchen klingelte, und eine Duftwolke ließ Charlotte seufzend die Augen schließen.

Dreißig Pfennige! Was sind schon dreißig Pfennige! Heute habe ich viel mehr verdient, sagte sie sich und beobachtete durch die Scheibe, wie die Kundin auf die Torte zeigte. Eine untersetzte Frau mit ausladendem Dekolleté nahm das Sahnewunder aus dem Fenster, nicht ohne Charlotte einen missbilligenden Blick zuzuwerfen. Am Tresen schnitt sie für die Kundin ein Stück heraus. Charlotte legte die Hand auf die Türklinke.

Kein Problem, das bisschen Torte zu bezahlen. Ha!

Mein eigenes Geld, wurde ihr plötzlich bewusst. *Heute habe ich mein erstes eigenes Geld verdient. Es ist wirklich meins. Das erste richtige Geld. Feiern sollte ich das. Ich sollte mir wirklich mal etwas gönnen.*

Ein kurioses Gefühl machte sich in ihrem Bauch breit. Zum ersten Mal wurde ihr bewusst, dass sie sich von dem Geld, das sie im *Midnight* verdiente, auch wenn es erst ein paar Mark waren, alles kaufen konnte, was sie wollte. Sie musste ihren Lohn nicht abgeben. Sie musste niemanden um Erlaubnis fragen. Entschlossen drückte sie die Klinke herunter und betrat das süß duftende Paradies.

Das feine Bimmeln des Türglöckchens ließ sechs ältere Damen sich umwenden, die ebenfalls am Tresen standen. Sie hielten mit dem Schnattern inne und bedachten Charlotte mit Missfallen. Die Frauen waren herausgeputzt wie für den Kirchgang. Mäntel aus gutem Stoff, funkelnde Ohrringe und Hüte auf den frisch gelegten Haaren. Wobei die Mäntel und Hüte eher nach der Mode der Kaiserzeit geschnitten waren. Diese Damen hatten die Zeit der Entbehrungen schon lange hinter sich gelassen.

Charlotte grüßte nicht, sie hatte nur Augen für die Auslage. Gerade reichte die Konditorin das in weißes Papier verpackte Tortenstück der Kundin. Sie war schön, wie Charlotte auffiel. Und sie war eindeutig wohlhabend. Pikiert zog die Frau eine Braue hoch und musterte sie abfällig.

Verlegen wich Charlotte zurück und ließ die Frau durch. Während die Konditorin die angeschnittene Torte zurück ins Schaufenster stellte, lief Charlotte abermals das Wasser im Mund zusammen.

Dreißig Pfennige. Ein stolzer Preis für ein Stück, doch die dunkel schimmernde Schokolade war es wert. Eindeutig. Knusprig und zart lagen Stückchen obenauf, und Charlotte sah, dass in der Füllung aus Sahne und Quark nicht nur große Nussstücke steckten, sondern außerdem helle Schokoraspeln. Magisch angezogen, trat sie noch näher an die Torte heran. Eine der älteren Damen räusperte sich warnend.

Charlotte streckte unwillkürlich die Hand in die Auslage, den Zeigefinger vor … Nur einmal kurz reinstippen und ablecken, nur einmal kurz durch die Sahne fahren und sie vom Finger …

»Dit kost hier aber Jeld, meine Kleene!«, blaffte die Konditorin.

Erschrocken fuhr Charlotte zurück. Beinahe hätte sie tatsächlich in die Sahne gestippt.

Die Konditorin blickte sie unter ihren buschigen, zusammengewachsenen Augenbrauen abschätzig an. Erst jetzt wurde Charlotte bewusst, wie sie wirken musste. Sie trug einen Mantel von Timothy, an dem sie ein paar abgewetzte Stellen ausgebessert hatte. Sie war keine wohlhabende Dame. Sie war eine Waise von einem Bauernhof.

»Ich … ich wollte nichts anfassen … Ich …«

Die Verkäuferin hob mahnend eine Augenbraue.

»Ich … Ich hab Geld.« Charlotte zog ihre Blechdose hervor und klappte sie auf. Sie kramte darin herum, fischte einen Halbe-Mark-Schein heraus und hielt ihn über den Tresen. Die Frau musterte den Schein skeptisch, während die alten Weiber tuschelten.

Nussschokolade. Dreißig Pfennige das Stück. Charlotte sah zur Torte.

Die Schokolade schimmerte satt und verführerisch, die Nüsse glänzten, die Sahne … Sie hatte den Geschmack bereits im Mund, dieses cremige Gefühl auf der Zunge, den einzigartigen Geschmack der Nüsse, das herbe Aroma der Schokolade und …

»Ich …«, brachte sie hervor und zog zur Überraschung der Konditorin den Schein zurück. Statt auf die Torte zu schauen, musterte Charlotte nun ihr Geld, die Blechdose, den zerknitterten Halbe-Mark-Schein.

»Wat is' nun?«, wollte die Verkäuferin wissen. »Willst'n Stück Torte? Is' mit Haselnuss.«

»Ich … ich hab seit Ewigkeiten keine Nüsse mehr gegessen. Und Schokolade …«

»Dit kann ich mir vorstellen, wa?«

Wieder räusperte sich eine der Frauen unwillig. Fast war es, als stünden sie wie ein Bollwerk da und verteidigten die Herrlichkeiten gegen Menschen wie Charlotte.

Noch einmal wanderte ihr Blick vom Geld zur Torte und wieder zurück. Mit einem Mal war ihr Hals trocken, und sie musste schlucken.

»Nein«, meinte sie plötzlich mehr zu sich und steckte schweren Herzens den Schein zurück in die Dose. Ohne ein weiteres Wort wandte sie sich ab und eilte unter den Blicken der Damen aus dem Geschäft.

Kaum draußen, begann Charlotte zu rennen. Sie lief die Straße hinunter und hielt erst vor Timothys Wohnung nach Luft ringend an.

17

Anfang April 1951

Timothy parkte den Jeep abseits der Start- und Landebahn vor einer kleinen Werkhalle und half Charlotte beim Aussteigen, die jedoch zögerte. Das Flughafengelände war einschüchternd groß, und sie musste erst einmal alles mit Blicken aufsaugen. Sie sah von dem gigantischen sichelförmigen Gebäude des Flughafens hinüber zu den Pisten. Dort hatte sie den Absturz beobachtet. Ein paar dunkle Flecken auf dem Teer und ein Streifen verbranntes Gras zeugten noch von der Tragödie. Eine Maschine rollte die Startbahn entlang, beschleunigte immer mehr. Als das silberne Propellerflugzeug ohrenbetäubend laut herandonnerte, die Bodenhaftung verlor und schwerfällig in den Himmel stieg, hielt Charlotte den Atem an. Blinzelnd blickte sie der Maschine nach, wie sie der untergehenden Sonne entgegenflog.

»Die fliegt sicher nach Westdeutschland«, meinte Timothy. »Wahrscheinlich Wiesbaden oder Frankfurt.«

Drei weitere Maschinen rollten gemächlich über das Flugfeld und parkten vor den weit entfernten Wartungshallen auf der anderen Seite.

Timothy hielt ihr seine Hand hin. »Komm. Es wird dir gefallen. Die sind alle ganz jung.«

»Gut«, meinte sie, starrte aber gedankenverloren dem Flugzeug nach, das so schwerelos die Erde verlassen hatte.

»Du wolltest doch immer raus aus meiner Bude. Lass uns feiern, dass du den Job im *Midnight* hast.«

»Das ist es nicht.«

Er musterte sie nachdenklich. »Was dann?«

»Nichts. Ich …« Charlotte musste durchatmen. Sie war Timothy so dankbar, dass das Gefühl kaum in ihr Herz passte. Sie seufzte. »Ich habe nur niemals gedacht, dass ich mal auf der anderen Seite des Zauns stehe.«

Amüsiert sah Timothy sich um. Für ihn war dieser Flugplatz so etwas wie sein Wohnzimmer.

»Es ist ja nicht die Zonengrenze, sondern bloß ein Flughafen, Charlotte.«

»Ja. Aber wer kommt schon bis aufs Flugfeld?«

Er lachte. »Das fängt erst da hinten an.«

Sie nahm seine Hand, und er half ihr aus dem Jeep. Eine lauwarme Brise strich über das Gelände. Es war ein angenehmes Gefühl, wie der Wind ihre Beine umspielte und ihr Kleid aufbauschte. Der Frühling war schon fast ein früher Sommer.

Zwei Soldaten kamen näher, grüßten zackig und besprachen etwas mit Timothy, der daraufhin den beiden zufrieden auf die Schulter klopfte.

»Das sind David und Simon«, stellte er sie vor. »Komm. Für uns werden Plätze freigehalten.«

Gut gelaunt, hakte Charlotte sich unter, und sie folgten den Soldaten zur Baracke. Vor dem Eingang der Werkstatt standen einige GIs und rauchten, andere probten lachend, angefeuert von ihren Freundinnen, ein paar hüftkreisende Tanzschritte.

Charlotte musste unwillkürlich grinsen. Sie hatte von dem neuen Stil gehört, aber bisher nichts davon gesehen. Angeblich waren diese Tänze ziemlich unanständig. Die Jungs beendeten ihre Vorführung, als jemand die Tür im Rolltor öffnete. Alle liefen zum Eingang hinüber.

»Warte. Wir gehen hinten rein«, meinte Timothy.

David und Simon führten sie auf die Rückseite.

»Die Begleitungen werden am Haupteingang kontrolliert«, flüsterte er, nachdem er ihren fragenden Blick bemerkt hatte. »Diese Veranstaltung ist ein *Goodwill.* Aber sie wollen natürlich keine Gesetzesverstöße. Also wenn dich jemand fragt: Du bist einundzwanzig.« Er zwinkerte ihr zu.

»Kommt.« David hielt ihnen die Hintertür auf.

Unsicher blickte Charlotte in die Dunkelheit. Sie meinte, dumpfes Stimmengemurmel zu hören. Ihr wurde klar, dass sie über die Maßen aufgeregt war. Lag es daran, weil es kein offizieller Club war? Weil sie gegen ein Gesetz verstieß, wenn sie zu dieser Veranstaltung ging? Oder … Sie warf Timothy einen heimlichen Blick zu. Er war kein segelohriger Junge wie der, mit dem sie einmal tanzen gewesen war. Er trug seine Uniform und sah verboten gut darin aus. Charlotte wünschte, sie wäre kein … kein Kind mehr. Nur noch wenige Tage, und sie würde zwanzig werden – und trotzdem galt sie als minderjährig.

»Vielleicht ist es in der DDR doch nicht so schlecht«, murmelte sie.

Wie angewurzelt blieb Timothy stehen. »Wie … wie meinst du das?«

Erst da wurde ihr bewusst, welchen Fauxpas sie gerade begangen hatte. Alle drei Amerikaner starrten sie fassungslos an.

»Na, ich meine, da drüben wäre ich schon erwachsen«, stotterte sie. »Mit neunzehn. Nicht wie hier. Die haben letztes Jahr gesagt, dass in der Sowjetzone alle ab neunzehn erwachsen sind.«

»Sind ja nur noch ein paar Tage bis zwanzig und dann noch ein winzig kleines Jahr bis einundzwanzig.« Erleichtert fuhr Timothy ihr durch die Haare, und sie musste ein wohliges Zittern unterdrücken. »In der besetzten Zone bist du vielleicht erwachsen, aber dafür haben die nicht so was!« Er zeigte auffordernd ins Innere.

Außer einem mit abwaschbarer Farbe gestrichenen Flur und zwei unscheinbaren Eisentüren konnte Charlotte nichts erkennen. Der Gang wirkte eher dunkel als verheißungsvoll.

»Es wird dir gefallen.« Lächelnd nahm er ihre Hand und zog sie weiter hinein.

Sie folgte ihm den Gang hinunter. Es roch nach kaltem Metall und Öl. »Und was genau wird das sein, das mir gefallen wird?«, fragte sie ein wenig nervös.

»Lass dich überraschen.«

Sie rang sich ein unsicheres Lächeln ab. Was hatte Timothy vor? Als er nach ihrem Mittagsschlaf zu ihr gekommen war und sie gefragt hatte, ob sie tanzen gehen wolle, hatte sie sich einen romantischen Abend vorgestellt. Sie war nervös geworden, hatte viel zu lange vor der schmalen Auswahl ihres Kleiderschranks verbracht. Bisher hatte Timothy sie nie ausgeführt. Sie waren ja auch noch nicht richtig zusammen. Eigentlich war sie noch niemals mit einem Mann intim gewesen …

David und Simon stießen eine schwere Eisentür am Ende des Flurs auf. Licht und lautes Stimmengewirr drangen heraus, schwappten über Charlotte hinweg und rissen ihre Ängste davon.

Die Werkstatt war leer geräumt worden. Schwere Geräte standen an den Wänden, und die Halle war stattdessen mit Stühlen bestückt.

Charlotte sah einige der Soldaten und Frauen, die vor dem Eingang auf der anderen Seite gewartet hatten. Alle waren ausgelassener Stimmung. Anders als im *Midnight* gab es hier anscheinend nur Limonade aus Flaschen. Jedenfalls konnte Charlotte nirgends ein Whiskeyglas oder Ähnliches entdecken.

Die Soldaten saßen mit ihren Mädchen im Arm da, redeten

aufgeregt und warfen immer wieder erwartungsvolle Blicke auf das, was die Bühne sein sollte: ein paar Bretter, die auf Gabeln zweier Gabelstapler gepackt worden waren und nun hüfthoch über dem Boden schwebten. Mehrere Baustrahler leuchteten die Bühne grell an. Daneben, auf dem Boden, stand ein Schlagzeug. Ein Ständer mit einer seltsamen Gitarre schwitzte im Licht. Zwar kannte sich Charlotte nicht sonderlich gut mit Musik aus, aber diese Gitarre hatte ein Kabel, und was noch seltsamer war, sie besaß gar keinen Hohlraum. Sie sah aus wie ein viel zu großes Kinderspielzeug, ganz massiv aus lackiertem Holz.

»Was ist das für ein Instrument?«, fragte sie erstaunt.

»Ganz neue Musik. Ein Typ aus den Südstaaten.« Timothy hatte sich von der aufgeregten Stimmung im Raum anstecken lassen. Seine Augen leuchteten, und Charlotte musste grinsen, weil er so unerwartet jung wirkte.

»Diese Musik soll absolut aufregend sein!«

David nickte. »Das ist dufte, ehrlich.«

Aus den Südstaaten? Unsicher betrachtete Charlotte die Gabelstaplerbühne. »Ist es ein Neger?« Sie hatte von dieser neuen, unanständigen Negermusik gehört. Theo hatte sich darüber aufgeregt.

»Ein Weißer«, erklärte David. »Macht Countrysongs.«

»Rhythm and Blues«, verbesserte Simon und schob ihr eine Coke hin.

Beide Begriffe sagten ihr nichts.

»Du wirst begeistert sein. Wirklich!«

Timothy bot ihr einen Stuhl an, nachdem er ihr aus der Strickjacke geholfen hatte.

David erzählte ihnen, dass der Sänger wohl bis vor drei Jahren hier in Berlin gedient hatte, bevor er ehrenhaft entlassen worden war.

»Warum spielt er hier, wenn er so gut ist?«, wollte sie wissen.

Die drei warfen sich einen vielsagenden Blick zu. »Ein paar Kameraden haben das organisiert. Es ist keine offizielle Veranstaltung«, erklärte Timothy ihr. »Aber die Leitung weiß natürlich Bescheid, und es geht in Ordnung. Solange die Regeln beachtet werden.«

»Kein Alkohol«, meinte Charlotte und prostete den Soldaten mit der Coke zu.

»Ganz genau.« Timothys Blick ruhte einen Moment zu lang auf ihr, sodass sie hastig wegsah, bevor sie errötete. Sie beobachtete einige der jungen Frauen, die sich gegenseitig neue Tanzschritte zeigten.

Timothy wandte sich an ihre Begleiter. »In zwei Wochen sollen die letzten Kisten mit Unterschriften feierlich überreicht werden.«

»Wer? Was für Unterschriften?« Charlotte schlürfte an ihrer Cola, die angenehm auf ihrer Zunge kribbelte, und ließ den Blick schweifen. Im Gegensatz zum *Midnight* war diese Werkstatt ein spartanischer Ort, um zu feiern. Kaum zu glauben, dass ein Konzert mit ein bisschen Tanzmusik sie ausgerechnet hier *begeistern* sollte.

»Für die Liberty Bell …«, setzte Timothy an, berichtigte sich aber: »Für eure *Freedom Bell* im Rathaus. Sie ist letztes Jahr durch ganz Amerika gereist. Sechzehn Millionen Amerikaner haben für sie gespendet und sich dafür eingesetzt, dass dieses Radio gegründet wird, äh …«

»Radio Free Europe«, sprang ihm der Begleiter bei.

»Genau. Die haben gespendet und unterschrieben.«

Charlotte verstand noch immer nicht genau, worauf Timothy hinauswollte. »Was? Was unterschrieben?« Als sie seinen leicht enttäuschten Blick wahrnahm, beeilte sie sich zu erklären: »Ich … ich hab Doppelschichten in der Näherei geschoben.«

Timothy nahm ihr die Cola aus der Hand und sah ihr in die Augen. »Sie haben den Freiheitsschwur unterzeichnet … *Ich glaube an die Unantastbarkeit und an die Würde jedes einzelnen Menschen. Ich glaube, dass allen Menschen von Gott das gleiche Recht auf Freiheit gegeben wurde.«* Er versuchte, nicht pathetisch zu klingen, aber stattdessen brach seine Stimme kurz weg, und sie spürte, wie ihn die Worte bewegten. *»Ich verspreche, jedem Angriff auf die Freiheit und der Tyrannei Widerstand zu leisten«*, fuhr er fort, *»wo auch immer sie auftreten mögen.«*

Sie wollte etwas erwidern, bemerkte jedoch, wie feucht seine Augen waren. Er räusperte sich und trank einen Schluck von der Cola.

Charlotte schwieg. *Jedem Angriff auf die Freiheit und der Tyrannei Widerstand zu leisten …*

Sie holte Luft und musste an ihre Mutter denken. Nur ein kurzer Gedanke. An ihr Lächeln. Sie hatte den schweren Rucksack mit Konserven getragen und immer gesagt: *Lauf! Geh! Lauf weiter!* Und sie waren gemeinsam über die Wiesen und Felder gestolpert, querfeldein, und es war April gewesen, und der Frühling hatte sich trotz der zerrissenen schwarzen Erde hier und da Bahn gebrochen. Und Charlotte musste an das Wäldchen vor Berlin denken, an den lausigen Unterstand, in dem sie versucht hatten, für ein paar Stunden Unterschlupf zu finden.

Charlotte vertrieb die Gedanken.

Der Tod ihrer Mutter war beinahe auf den Tag sechs Jahre her. Schlagartig wurde ihr bewusst, dass sie seitdem gar nichts zum Todestag unternommen hatte.

»Ich wollte dir nicht die Stimmung …«, begann er, aber sie legte die Finger auf seine Lippen.

»Ist schon gut«, sagte sie und entschloss sich, ab jetzt jedes Jahr zum 14. April eine Kerze anzuzünden.

»Worüber denkst du nach?«

Statt einer Antwort lächelte sie bloß und schüttelte den Kopf. Schon gut, sollte das heißen.

Er rang sich ein Lächeln ab und strich ihr über die Wangen. Seine Berührung tat gut und vertrieb weitere Gedanken an ihre Mutter.

»Ich glaube, die hohen Tiere von der Air Force wollen uns mit dem Gig ein bisschen ablenken.« Simon rückte knarzend seinen Stuhl zurecht. »Habt ihr das von MacArthur gehört?«

»Lass gut sein«, forderte Timothy ihn auf.

»Man munkelt, der hat doch glatt verlangt, vierunddreißig Atombomben auf chinesische Städte und Nordkorea abzuwerfen«, fuhr Simon fort. »Das müsst ihr euch mal vorstellen.«

»Der Truman soll's abgeschmettert haben«, warf David flüsternd ein. »Gott sei Dank. Da wären wir aber ganz schnell von hier verlegt worden.«

Timothy seufzte. »Lasst uns nicht über den Koreakrieg reden. Nicht heute.« Seine Hand fand Charlottes. Einen Herzschlag lang sahen sie sich schweigend an, und in diesem Moment dachte Charlotte, dass er womöglich der erste Mensch werden würde, dem sie von ihrer Mutter und ihrem Tod erzählen konnte. Vielleicht tat es sogar gut, irgendwann über ihre Flucht nach Berlin und das Leben in den Ruinen nach der Schlacht zu sprechen.

Aber nicht heute.

Heute waren sie zum Tanzen gekommen.

»Immerhin haben sie Seoul zurückerobert«, konnte es Simon nicht lassen. »Irgendwo beim achtunddreißigsten Breitengrad stehen die jetzt. Soll ich euch was sagen? Diese Glocke und die Unterschriften … Das ist doch nur dafür da, dass wir uns in den Staaten für Hitlers Stadt hier interessieren. Die wollen, dass alle drüben was vom geteilten Berlin wissen, damit wir nicht dem Scheißstalin noch mehr überlassen.«

»Shut up!«, fuhr Timothy ihn an, und tatsächlich zuckte der Soldat zusammen.

»Ja! *Shut up!*«, forderte auch Charlotte ihn auf und grinste. »Stalin, Seoul … Bitte! Wir sind hier zum Feiern.«

Sie wechselten tatsächlich das Thema, redeten über Flugzeuge und wer rechts und wer links im Cockpit sitzen durfte. Charlotte erfuhr, dass die Maschine vor ein paar Wochen wegen eines defekten Höhenruders abgestürzt war, es allen Insassen aber den Umständen entsprechend gut ging.

Eine halbe Stunde und etliche Limonaden später trat ein Strich von Mann in das Licht der Baustrahler. Er trug ein schlecht sitzendes Sakko und Westernstiefel. Charlotte schätzte ihn auf Timothys Alter. Seine zwei Bandmitglieder waren jünger und schienen dem Gejohle nach hier stationiert zu sein. Alle drei verbeugten sich artig, bevor sie auf die improvisierte Bühne stiegen. Dann sprach der Hagere ein paar Worte in einem breiten Amerikanisch, das die Soldaten lachen ließ. Charlotte hingegen verstand kein einziges Wort.

Kaum hatte er ausgeredet, hängte er sich die Gitarre um und trat ans Mikrofon. *»And one, and two, and one-two-three-four …«*

Charlotte hatte gedacht, dass sie sich das erste Stück von diesem Kerl und seiner eigenartigen Gitarre anhören und sich dann entscheiden würde, ob sie mit Timothy tanzen sollte. Doch die Musik nahm ihr jede Entscheidung ab.

Es dauerte keine Sekunde, und Charlotte sprang auf. Die Musik schlug so direkt und gewaltig zu, dass sie und all die anderen bereits nach wenigen Takten nicht mehr stillsitzen konnten.

Die Menge juchzte, die Mädchen kreischten. Ein paar schoben Stuhle und Bänke beiseite, wirbelten herum. Charlotte, die wie verzaubert an den Lippen des Sängers hing und nicht anders konnte, als mit den Hüften zu schwingen, wurde von einem lachenden Timothy fortgezogen.

»Was machst du denn?«, rief sie. »Wie tanzt man denn das? Was ist das? Mein Gott!«

Er zog sie auf die Tanzfläche, und sie versuchten, scherzend und ohne Erfolg, irgendwie einen Standardtanz, einen schnellen Walzer, dann einen Jive. Aber es passte alles nicht, und die jungen Soldaten wirbelten mit ihren Mädchen herum, selbst noch tastend und ausprobierend, aber so voller Kraft und Verve, dass auch Charlotte und Timothy sich schließlich auf das Spiel einließen.

Timothy war eindeutig der Älteste auf der Tanzfläche, aber es gelang den beiden, sich der schnellen, rauen Musik hinzugeben. Die Beats schossen sie von einer Verrenkung zur nächsten, von einer Drehung zu einem Wurf.

So muss das Fliegen in einem Gewitter sein, dachte Charlotte. Hinweggetragen von Blitz und Donner. Herumwirbeln und kein Oben und kein Unten. Kein Korea, kein Stalin, keine Angst. Nur Leben.

Nur Leben. Sie weinte und lachte gleichzeitig und hielt sich an ihm fest, weil ihr Leben sie das erste Mal davontrug. Es drohte sie von den Füßen zu reißen und sie entschweben zu lassen. Sie hielt sich an Timothy fest, lachend, weil das Leben sie zum ersten Mal berauschte, diese peitschenden Gitarrentöne und das entfesselte Schlagzeug brachten sie zum Schweben. Sie hielt sich an ihm fest, lachend, damit er sie festhielt oder besser gleich mit ihr davonflog.

Ein paar Stunden später zog sie ihn ins Bett. Weil sie es so wollte. Sie zog ihn zu sich und genoss den salzigen Geschmack auf seiner Haut, als sie ihn überall küsste. Sie hörte die Musik und spürte noch immer den Beat. Dann fühlte sie nur noch ihn. Zum zweiten Mal wurde sie an diesem Abend davongetragen, und Timothy hielt sie fest. So fest wie nie ein Mann zuvor in ihrem Leben.

18

Als Charlotte am nächsten Morgen erwachte, war es noch dunkel. Sie tastete neben sich, aber Timothy war bereits aufgestanden. Seine Seite war noch warm, und sie zog sein Kissen zu sich und steckte ihre Nase hinein, um für einen kurzen Moment seinen Geruch bei sich zu haben. Da hörte sie ihn in der Küche hantieren.

Flugs stand sie auf und streifte sich eines von seinen Hemden über.

»Guten Morgen«, meinte sie tastend, als sie sah, wie er in Unterwäsche, seinen Bademantel schlampig zugebunden, die Anrichte abwischte.

»Morgen«, entgegnete er und sah lächelnd zu ihr.

Einen Lidschlag lang stutzte Charlotte, denn sein Lächeln wirkte steif, irgendwie unglücklich. Am liebsten hätte sie gesehen, dass er sie in den Arm nahm, sie an sich drückte und ihr sagte, was für eine schöne Nacht es gewesen war. Stattdessen wandte er sich wieder dem Putzen zu. Da war kein »Guten Morgen«, kein begeistertes Lächeln, keine Umarmung. Wollte er überhaupt mit ihr reden?

»Du … du bist schon wach?«, fragte sie unsicher, nur um irgendetwas zu fragen. Was hatte er? Ein ungutes Gefühl beschlich sie.

»Ich konnte nicht schlafen«, meinte er leise und nahm sich einen Apfel.

Charlotte lief es kalt den Rücken herunter. Sie wünschte

sich so sehr, er würde sie jetzt in den Arm nehmen, sie küssen – aber stattdessen schnitt er seinen Apfel in aller Selenruhe. Hatte er sie nur … ausgenutzt?

Sie wollte sich gar nicht ausmalen, was passieren würde, wenn er sie jetzt fallen ließ. Ihr Herz würde zerspringen wie ein Kristallglas – unmöglich, es wieder zu reparieren.

Auf der anderen Seite … Mit einem Mal wurde ihr bewusst, dass sie selbst auch keine Anstalten machte, ihn zu umarmen.

Es war, als stünde die hitzige Nacht zwischen ihnen wie eine schwer zu durchdringende Finsternis. Und das, obwohl diese Nacht so überwältigend gewesen war. Als er sich noch einmal zu ihr umsah, konnten sie sich beide nicht recht in die Augen sehen, und ein unsicheres Schweigen breitete sich aus.

Hielt er sie jetzt für ein Flittchen? Dachte er vielleicht, sie habe sich an ihn herangeschmissen, an einen älteren Kerl, nur um bei ihm dauerhaft unterzukommen und von ihm ausgehalten zu werden?

Mit einem Kloß im Hals stellte sie sich neben ihn und begann unsinnigerweise, Gläser abzuwaschen, die bereits sauber waren und zum Trocknen auf einem Spültuch standen. Irgendwie musste sie diese Stille durchbrechen.

»Es ist fünf Uhr früh«, warf er ein, als er sah, was sie tat. Mit einem tiefen Seufzen nahm er ihre Hände.

Charlotte rutschte das Herz in die Hose.

Jetzt, dachte sie, jetzt sagt er, dass ich gehen soll.

»Charlotte, es tut mir leid, wenn du dich meinetwegen schlecht fühlst.«

»Ich? … Wieso sollte ich mich wegen dir schlecht fühlen? Ich dachte, du fühlst dich wegen mir schlecht.«

Fragend sah er sie an.

»Es tut mir leid«, begann sie.

»Was? Wovon redest du?«

»Das gestern Abend. Dass ich so ungestüm war und … Ich weiß, dass du nicht mit mir zusammen sein kannst, weil ich noch zu jung bin, und du bist ein Soldat, sogar mehr, und wenn jemand herausbekommt, dass ich bei dir wohne und du mit mir schläfst, dann …«, sprudelte es aus ihr heraus.

»Schhhhht.« Er legte einen Finger auf ihre Lippen und ließ sie so verstummen. »Das ist Unsinn, Charlotte. Ich dachte, du fühlst dich schlecht, weil ich denken könnte, du wärst nur ein Flittchen.«

»So was würde ich nie denken«, log sie. »Also, ich meine, ich würde nie denken, dass du denkst, dass ich denke, du denkst, ich wäre ein Flittchen.«

Beide sahen sich verwirrt an. Sie, weil sie Unsinn geredet hatte, er, weil er kein Wort von dem verstand, was sie da brabbelte.

Er musste schmunzeln. »Bevor wir weiter rumstottern. Ich bereue …«

»… nichts!«, fiel sie ein. »Ich bereue nichts.«

Endlich nahm er sie in den Arm. »Ich bereue auch nichts, keine Sekunde.«

Charlotte nickte. »Ich will dich bei mir haben. Ganz nah.« Sie zog ihn zu sich und gab ihm einen langen Kuss. Es tat gut, ihn zu spüren, ihn in den Armen zu halten.

»Ich … ich möchte dich in meinem Leben nicht mehr missen, Charlotte. Verstehst du?«

»Verstehe«, hauchte sie und küsste ihn stürmischer. Er erwiderte ihre forschen Küsse, hob sie hoch.

»He!«, protestierte sie gespielt, als er sie nahm und zurück ins Schlafzimmer trug.

»Sauberes Geschirr abspülen können wir auch morgen Nacht«, sagte er und ließ sie aufs Bett fallen. Gierig nach seinen Berührungen riss sie sich sein Hemd über den Kopf, während er sich den Bademantel abstreifte.

»Ich bereue nichts«, hauchte er noch einmal, bevor er sie packte und sie mit Küssen feierte.

Charlotte flog. Ihr kam es tatsächlich vor, als schwebte sie vor Glück einen Fingerbreit über dem Boden. Selbst als sie die nächsten zwei Wochen jeden Tag das *Midnight* putzte. Sie schrubbte die Böden, die Tische, die Bühne, die Garderobe, sogar die Toilette mit einem Grinsen auf den Lippen. Durch die Wischerei, das Fegen und Feudeln blieb allerdings keine Zeit für ihre Unterrichtsstunden bei Schnute. Ein paar Mal überlegte sie, ob Vera es absichtlich verhinderte, dass er sie in die Geheimnisse des Servierens und vor allem des Trinkgeldergatterns einwies.

Und sie machte sich Gedanken um ihren eigentlichen Auftrag. Wie sollte sie Timothy helfen, wenn sie nur im leeren *Midnight* arbeitete? So konnte sie Leuner niemals belauschen.

Immer öfter blieb sie deshalb länger und bot an, in der Garderobe auszuhelfen, während die ersten Gäste eintrudelten.

Diese Entscheidung war ihr nicht leichtgefallen, denn Timothy und sie hatten sowieso wenig Zeit füreinander. Und Charlotte fürchtete, er könnte doch an ihrer Beziehung zweifeln, wenn sie weniger Zeit miteinander verbrachten. Wegen ihrer Arbeit hatten sie die letzten Tage kaum Möglichkeiten gehabt auszugehen, und so lebten sie ihre Gefühle in seiner Wohnung aus, ihrem kleinen, heimeligen Liebesnest. Das reichte Charlotte vorerst – ein schönes Essen mit ihm, die gemeinsamen Nächte und zauberhaften Morgen, wenn sie sich noch einmal liebten, bevor er zur Arbeit aufbrechen musste. Die Wohnung war ihr Kokon, in dem ihre Liebe unantastbar war. Ganz tief in ihrem Innern hatte Charlotte tatsächlich

Angst, sich mit Timothy auf der Straße zu zeigen. Der Tanzbesuch auf dem Rollfeld sollte vorerst eine Ausnahme bleiben. Wahrscheinlich, so hoffte sie zumindest, war sie ängstlicher als er, was die Öffentlichkeit anbelangte, aber sie wollte ihn nicht durch Küssen und Händchenhalten in Misskredit bringen.

Timothy gegenüber sprach sie es die Tage nicht an, und da sie sich quasi einschlossen, gab es keine Gelegenheit, seine Meinung zu testen. Timothy bestärkte sie in ihrem Vorhaben, sich über die Garderobe näher an Leuner heranzupirschen, und legte ihr weiterhin den Himmel zu Füßen.

Leuner kam zwei- oder dreimal die Woche, setzte sich stets an denselben Tisch, den Vera immer für ihn freihielt, und traf sich mit verschiedenen Männern. Ausschließlich mit Männern. Er war niemals in Begleitung einer Frau.

Auch ohne Polizistin zu sein, erkannte Charlotte sofort, dass er mit den Männern vornehmlich über Geschäftliches sprach. Leuner hielt regelrecht Hof im *Midnight*. Feist, die eine Hand oft in Napoleonmanier zwischen die Knöpfe seines Hemds gesteckt, die andere in der Anzugtasche, lag er mehr, als dass er auf seinem Stuhl saß, ließ sich Feuer für seine Zigarren geben und lachte schallend über meist anzügliche Witze.

Weil Vera sie nicht servieren ließ, durfte Charlotte sich nur selten im Saal blicken lassen. Sie wollte sich mit Vera keinen Ärger anfangen. Und sie fürchtete, ihre Absichten zu offenbaren, wenn sie zu auffällig an den Tischen herumlungerte.

Charlotte fand jedoch schnell eine Methode, mehr über Leuner und seine Gäste herauszubekommen. Dafür musste sie weder Drinks servieren noch Lippen lesen. Und Trude dankte es ihr ebenfalls.

»Kindchen, tu dir wat auf die Hände druff nachm Wischen«, tadelte sie Trude und hielt Charlottes Hand fest. Das heiße

Wasser und die Kernseife ließen ihre Haut rissig werden. Selbst Timothy war es aufgefallen. »Wat soll'n die Kundschaft denken, wende so Hände zeijen tust?«

»Verstanden«, murmelte Charlotte und nahm den Mantel eines Herrn entgegen. Eilig verschwand sie damit hinter dem Vorhang des Foyers, drapierte ihn auf einen Bügel.

Charlotte wusste, dass Trude ihr dankbar war, weil sie nun nicht mehr zwischen Foyer und Garderobe hin- und herhetzen musste. Sie saß zu gerne auf ihrem Hocker.

Und Charlotte hatte Kontakt zu Leuner, der auch heute pünktlich den Club betrat.

Mit einem Knicks nahm sie von ihm und seinem Begleiter Mantel und Jacke entgegen. Der Mann, der Leuner an diesem Abend begleitete, hatte auffallend kurze Haare und eine schnittige Art, die Jacke über ihren Arm zu legen. Lächelnd wünschte sie den beiden einen schönen Abend und wartete, bis die Herren durch den Vorhang verschwunden waren.

»Ich würd ma nich' so Aujen machen wie 'ne Bordsteinschwalbe. Da wirste noch abjeschleppt! Oder is' dit deen Jedanke?« Trude versuchte zu lachen, aber es endete wie immer in einem kehligen Husten. Die Alte hockte wie gewohnt auf ihrem Hocker und begutachtete die Gäste, die das *Midnight* betraten. Nur ab und an musste sie aufstehen und zu junge Kerle ohne Begleitung fortschicken.

Gestern erst hatte Trude einem betrunkenen Lastwagenfahrer und seinen Freunden den Zutritt verwehrt. Der Wortwechsel hatte sich hochgeschaukelt, und Charlotte hatte befürchtet, jeden Augenblick würde eine Schlägerei ausbrechen. Doch schließlich war Schnute hinzugeeilt und hatte die Lage mit drei gezischten Befehlen geklärt.

»Ich hab übrigens einen Freund, Trude. Danke auch.« Charlotte warf ihr einen tadelnden Blick zu. Sie hatte von Anfang an behauptet, in festen Händen zu sein. Dadurch hatte sie reifer wirken wollen – doch jetzt, da sie tatsächlich eine Beziehung mit einem Mann hatte, errötete sie jedes Mal, wenn das Gespräch darauf kam.

»War ja nich' bös jemeint, Schätzken. Du machst dit jut. Fühlen sich die Herrschaften gleech jeborgen. Aber dit Trinkjeld machen wa fifty-fifty.«

Charlotte strich Trude lachend über die Schulter. Sie mochte die Alte mit ihrer rauen, jedoch ehrlichen Art. Gerne hätte sie so eine rüstige Oma gehabt, denn an ihre konnte sie sich nicht mehr erinnern. Sie erinnerte sich an kaum etwas aus ihrem Leben vor der Flucht.

»Du passt auf, dass nichts passiert, und ich wickel die Kerls um den Finger.« Sie zwinkerte Trude zu und nahm die Sachen nach hinten zu einem Kleiderständer.

Verstohlen blickte sie sich um, weder Schnute noch Trude konnten sie sehen. Schnell durchsuchte sie Leuners Taschen. Doch wie die letzten Tage fand sie nichts außer einem Seidentaschentuch, einem schweren Schlüsselbund und etwas Kleingeld. Als Nächstes kontrollierte sie die Jacke seines Gastes.

Ein Streichholzheftchen mit der Aufschrift *Silhouette* und ein Visitenkarten-Etui steckten in einer Innentasche. Das Metallschächtelchen war allerdings leer, doch als sie es schon enttäuscht zurückschieben wollte, sah sie eine Namensgravur auf der Rückseite. *A. Adept* stand dort.

Sie prägte sich den Namen ein. Dann ging sie zurück zu Trude, um die Mäntel weiterer Gäste entgegenzunehmen.

Ein paar Minuten später zog sich Charlotte jedoch unter einem Vorwand zurück und ging zu ihren Sachen ins Kleiderzimmer. Während sie die Gästejacken und Mäntel hinter Trude an einen langen Kleiderständer hängte, war der Raum neben Veras Büro zum Umziehen und Aufbewahren von Trudes, Schnutes und ihren Sachen da. Charlotte nahm ihren Hut und ihre Handschuhe vom Kleiderständer, der zwischen verstaubten Kisten voller altertümlicher Kleider und Kostüme stand, die noch aus Kaisers Zeiten zu stammen schienen. Sie fischte einen Bleistiftstummel aus ihrer Handtasche und notierte sich alles. »Silhouette, Streichhölzer« und »A. Adept«, schrieb sie und setzte daneben die ungefähre Zeit und ein paar Merkmale von Leuners Gast. Wie an den Tagen zuvor notierte sie die Kleiderauswahl, die Haar- und Augenfarbe auf dem winzigen Block, den sie sich für ihre »Spionage«, wie sie es nannte, extra gekauft hatte. Zu Hause würde sie wie immer Timothy berichten.

Sie wollte gerade hinzufügen, dass Leuners Besuch wie ein Soldat gewirkt hatte, als Schnute mit ihrem Lohn hereinkam.

»Hier steckst du.«

Ertappt zuckte Charlotte zusammen. Sofort schoss ihr das Blut in die Wangen.

Schnute, der mit dem Geldschein winken wollte, hielt inne und musterte Block und Bleistift. »Was machst du da?«, fragte er plötzlich unwirsch.

»Ich hab nur … nur eine Liste aufgestellt.«

»Liste?« Er kam näher, um zu sehen, was sie notiert hatte.

»Wir brauchen noch Scheuermilch und … und Lappen«, log sie mehr schlecht als recht.

»Lappen?« Skeptisch trat Schnute vor. »Da sind noch Dutzende im Lager. Zeig mal her, was denn noch?«, forderte er sie auf und wollte ihr den Block wegnehmen. Geistesgegenwärtig zuckte Charlotte zurück und bemühte sich, möglichst heiter auszusehen.

»Nichts da«, trällerte sie. »Das geht selbst den Mann, der mit Schmeling geboxt hat, nichts an.«

»Was? Wieso nicht?«

»Weil … weil da noch ein paar Sachen stehen, die sind nur für Damen. Zum Einkauf.«

Er klappte den Mund zu und musterte sie.

Sein Blick, streng und still, war ihr unangenehm und erinnerte sie für einen flüchtigen Moment an Onkel Theo. Gott sei Dank verflog das Gefühl so schnell, wie es gekommen war. Im Gegensatz zu Theo war Schnute die ganzen Wochen äußerst loyal gewesen und immer auf ihrer Seite, wenn es etwas mit Vera zu klären gegeben hatte.

Abermals spürte sie, wie ihre Wangen zu glühen begannen, aber je mehr sie versuchte, es mit Willenskraft zu unterbinden, umso intensiver leuchtete ihr Gesicht.

Natürlich bemerkte es Schnute, auch wenn er kein Wort sagte.

Sie richtete ein Stoßgebet zum Himmel, er möge ihr Tomatengesicht auf die Besorgungen für Damen schieben.

»Ich hol dir Scheuermilch. Ich meine, da wären noch ein paar Liter.« Brummelnd wandte er sich ab und rief im Weggehen nach Anton. Der Junge solle ins Lager auf dem Hof flitzen und nachsehen. Ihr Gebet war erhört worden.

Kaum war er aus der Tür getreten, kam das Zittern. *Himmel*, schalt sie sich. *Werd erwachsen und lern zu lügen.* Doch kaum hatte sie das gedacht, ermahnte sie sich, dass Lügen kaum der Gradmesser fürs Erwachsenwerden sein durfte. *Was denkst du für einen Unsinn!*

Sie atmete durch und steckte den Block weg. Was würde mit ihr geschehen, wenn Schnute oder gar Vera herausbekämen, dass sie über ihren Geschäftspartner Leuner Buch führte? Sicherlich wäre es mit einem Rausschmiss nicht getan. Sie hatte gesehen, wie hart und kalt Schnute zupacken konnte, wie wütend und schnell seine Attacken waren. Mit einem einzigen Schlag hatte er einem aufsässigen Studenten die Nase gebrochen, und vor vier Tagen erst hatte er sich auf zwei GIs gestürzt, die ihrer Begleitung an die Wäsche gegangen waren.

Aber war er auch in der Lage, *sie* zu bestrafen?

Charlotte konnte nicht sagen, ob er sie mochte. Für Freundschaft war es noch zu kurz, immerhin kannten sie sich erst ein paar Wochen, aber sie spürte, dass sie etwas verband. Nur benennen konnte sie es nicht. Wahrscheinlich war das richtige Wort Respekt. Schnute respektierte die Neue, die oft nicht weiterwusste, aber durchaus Feuer zeigte. Und sie schätzte den brummeligen Exboxer, der nur aus Fäusten zu bestehen schien.

Hatte sie den Respekt gerade verspielt? Schnute hatte nicht gestarrt wie Theo – nein, er hatte sie so eindringlich angesehen, weil er an ihr zweifelte.

Charlotte fröstelte. Wahrscheinlich war sie die schlechteste Spionin von ganz Berlin.

Worauf habe ich mich da nur eingelassen?, dachte sie und machte sich mit einem unguten Gefühl auf den Rückweg zu Timothy und seiner kleinen Wohnung.

Als Charlotte eintrat, roch sie frisch geröstetes Brot und schweren Käse. Sie wollte schon nach Timothy rufen, als sie sein leises Schnarchen vernahm. Eigentlich war es für Timothy zu spät, um noch wach zu sein. Und zu früh, um bereits aufzustehen. Er hatte den Esstisch für sie gedeckt, war aber auf dem Sofa eingenickt.

Sein Gesicht wirkte im Schlaf weniger streng, dafür zeichneten sich seine Fältchen noch klarer ab. Einen Moment überlegte sie, ihn mit einem Kuss zu wecken, schob sich dann aber doch bloß leise zum Esstisch.

Ihr Magen knurrte, als sie sich das Brot nahm.

»Charlotte?«

»Hat mich mein Magen geweckt?« Sie lachte.

Schlaftrunken kam er hoch. »Wie spät ist es?«

»Zu früh für dich, zu spät für mich.«

Gähnend streckte er sich und trat dann zu ihr. »Aber es ist nie die falsche Zeit für einen Kuss, oder?«

Seine Haare waren süß verwuschelt und seine Augen noch ganz schläfrig. Er sah ein wenig wie ein zerknautschter Kater aus, den man an sich drücken und liebkosen wollte.

Als er sie anlächelte, vergaß Charlotte für einen Moment ihren knurrenden Magen, ihre brennenden, rauen Hände und vor allem die Beklemmung angesichts der Begegnung mit Schnute. Selbst A. Adept war weit weg. Dann beugte er sich zu ihr herab, und als er sie küsste, bestand die Welt nur noch aus ihm und dem wunderbaren Gefühl einer glühenden Schwerelosigkeit.

Tage vergingen, in denen Charlotte minuziös jeden Besuch von Leuner aufschrieb und herauszubekommen versuchte, mit wem er sich alles traf. Sie putzte von mittags bis Mitternacht im Club, richtete ihn her und half dann Trude an der Garderobe. Immer öfter blieb sie einfach im Tanzsaal, wenn sie neuen Weinbrand für die Bar geholt oder mit Anton die Biervorräte aufgefüllt hatte. Sie legte es zwar nicht darauf an, mit Vera anzuecken, sah aber auch nicht ein, wieso Anton überall herumspringen durfte und ihr aus Altersgründen angeblich der Saal verschlossen war. Natürlich beschwerte sich niemand, ganz im Gegenteil. Das Problem war eher, dass sich Charlotte die betrunkenen Soldaten vom Hals halten musste, wenn sie Getränke zur Bar brachte oder Verschüttetes aufwischte.

Kurz vor ihrem Geburtstag, als das *Midnight* an einem Samstag aus allen Nähten zu platzen drohte, brach Vera ihr Verbot. Zu Charlottes Überraschung wurde sie als Verstärkung an der Bar eingesetzt. Vom Cocktailmixen verstand sie nichts, aber sie konnte schnell rechnen und flink abkassieren. Sie sprang ein, wo immer sie gebraucht wurde. Und es machte ihr Spaß. Sie mochte die Stimmung des Clubs. Laut, lebenslustig und frei. Im Stillen hoffte sie, etwas von dieser zügellosen Freiheit könnte auch auf sie abfärben. Auf jeden Fall füllte ihr Fleiß die kleine Blechdose.

»Mach mal Pause.« Schnute setzte sich auf einen der zerschlissenen Hocker, nahm eine Prise Schnupftabak und ließ den Blick über die Gäste gleiten. Die Soldaten, sicher über dreißig Männer, standen in einem Grüppchen beisammen. Reichlich angetrunken, feixten und johlten sie. Wie Öl von Wasser hatten sie sich von den sakkotragenden Gästen abgetrennt. Auf der einen Seite die Uniformen, auf der anderen die schwarzen Sakkos und weißen Hemden – und zwischen dem Schwarz-Weiß immer wieder bunte Tupfer. Damen in Cocktailkleidern, ausgestellten Röcken und mit atemberaubender Wespentaille, die sich mit eleganten Gesten von ihren Verehrern die Zigaretten anzünden ließen. Charlotte beobachtete diese Frauen sehr genau. Sie liebte die Eleganz, die die neue französische Mode ihnen verlieh. Aber sie musste zugeben, dass die Damen in den steifen Kleidern furchtbar unbeweglich wirkten. Immer wieder musste sie an die jungen Frauen denken, die sie in der Baracke gesehen hatte, die ausgelassen und voller Lebendigkeit zu der mitreißenden Musik umhergewirbelt waren. Ihre leichten Röcke waren dafür geschaffen, so zu tanzen. So frei zu sein.

Die GIs beäugten die Sakkoträger skeptisch, als vermuteten sie noch immer einen Feind unter ihnen. Oder vielleicht auch nur einen Konkurrenten, denn ab und an löste sich einer der Soldaten, straffte die Schultern und drückte sich in das tanzende Schwarz-Weiß, um eine der Damen abzuklatschen.

Schnute behielt die Tanzenden im Blick, brummte und bekam ein Bier hingestellt. »Gefällt mir nich'.« Er stürzte das Bier in einem Zug hinunter und wischte sich mit dem Handrücken den Schaum vom Mund. »Wird 'ne Zahnbehandlung.«

Charlotte hatte inzwischen genügend Abende hinter der Bar verbracht, um zu ahnen, was er damit sagen wollte. Es waren die Blicke, die die Männer beider Seiten austauschten, es war das auffällige Lachen zweier Damen, die es genossen, die Aufmerksamkeit beider Lager auf sich zu ziehen, es war die späte Stunde und auch die Anzahl der ausgeschenkten Alkoholika.

Noch war es ruhig. Aber es brauchte nur ein Stolpern, eine vermeintlich unachtsame Bewegung, um den Funken überspringen zu lassen. Dass es bisher keinen Kurzschluss gegeben hatte, lag eindeutig an Vera.

Charlotte beobachtete ihre Chefin genau, während sie sich ein paar Gläser vom Spülbecken nahm und begann, sie abzutrocknen.

Vera schwebte von einem Gast zum anderen. Sie nahm sich Zeit, redete, lachte und trank. Sie trank mit jedem und alles, was ihr in die Hand gedrückt wurde. Stets mit einem Lächeln auf den Lippen, stets höflich und immer mit der Geste einer geachteten Gastgeberin. Und doch gelang es ihr, einem anmutigen Schmetterling gleich alsbald zum nächsten Tisch zu flattern und auch dort mit ihren Gästen zu lachen.

»Wie viel hat sie schon intus?«, fragte Charlotte verwundert. Hatte Vera einen Trick? Die Menge an Schnaps und Whiskey hätte doch inzwischen jeden Bullen von den Hufen geholt.

»Da mach dir mal keine Sorgen.« Schnute lachte grimmig. »Die säuft alle unter den Tisch.« Er schenkte Charlotte ein Lächeln und wandte sich wieder dem Saal zu. »Siehst du, wie sie jeden Einzelnen berührt?«

Charlotte stellte das Glas beiseite und fixierte Vera. Sie lehnte an der Schulter eines sitzenden Mannes, der sein Jackett schon abgelegt und die Manschetten aufgeknöpft hatte. Über irgendwas scherzend, nahm sie ein Glas vom Tablett der Kellnerin und prostete der Runde am Tisch zu, wechselte gleichzeitig zu dem Sitznachbarn, um mit ihm anzustoßen, und legte gleichzeitig auch ihm die Hand auf die Schulter.

»Siehst du's? Achte mal drauf.«

Veras Glas war leer, sie knallte es lachend auf den Tisch, klopfte im Vorbeigehen dem dritten Mann der Runde noch auf die Schulter und wechselte zum Nachbartisch. Wie beiläufig berührte sie dort die Dame am Oberarm und flüsterte ihr etwas ins Ohr, das diese zum Kichern brachte. Obwohl Charlotte Vera als spröde und ein wenig unnahbar kennengelernt hatte, schien ihre Chefin inmitten ihrer Gäste eine völlig andere Person zu sein. Sie klopfte den Männern auf die Schulter, knuffte ihnen scherzend in die Rippen oder tätschelte ihre Wangen. Bei den Damen war es unauffälliger, mal ein sanftes Streichen über den nackten Arm, mal ein zärtliches Handauflegen an der Schulter.

»Sie beruhigt die Gäste wie eine Dompteuse die Löwen im Zirkus«, stellte Charlotte anerkennend fest und sah zu, wie Vera gut gelaunt einen weiteren Schnaps hinunterkippte, den sie vom Tablett geschnappt hatte.

»Das hast du jetzt aber schön gesagt.« Schnute zupfte seinen Krawattenknoten etwas auf, um mehr Luft zu bekommen. »Das beruhigt, ja. Und es schafft Nähe. Guck. Selbst bei unserem hohen Besuch.«

Jetzt schlenderte Vera zu Leuner. Unwillkürlich straffte sich Charlotte und konzentrierte sich. Doch durch die Musik und das Stimmengewirr war es illusorisch, etwas von dem Gespräch zu verstehen.

Vera zog Leuner auf die Beine und rieb ihm sanft den Rücken, während sie ihn gefühlvoll zur Tanzfläche schob. Es wirkte auf Charlotte wie ein ausgeklügeltes Spiel. Ihr wurde bewusst, dass Vera vermutlich nie etwas beiläufig oder aus einem Zufall, einer Laune heraus tat. Diese Frau hatte immer die Oberhand.

Lächelnd tanzte sie ein paar Takte mit Leuner. Wie durch Zufall kamen sie bei einem hageren Mann zum Stehen. Vera stellte Leuner dem Herrn vor, und ein Aufblitzen in Leuners Augen verriet Charlotte, dass Vera ihm gerade einen guten Kontakt verschafft hatte. Sie versuchte, sich das Gesicht des Mannes einzuprägen. Vera hingegen tänzelte schon wieder zu einer Gruppe GIs. Sofort bekam sie den nächsten Drink in die Hand gedrückt und musste anstoßen.

»Das beruhigt nicht nur, das gibt auch mehr Trinkgeld.« Schnute tippte sich wissend an die Nase. »Kannste dir merken, Mädchen. Denke, du bist langsam mal reif für'n ersten Kampf.«

Fragend sah Charlotte ihn an.

»Willst doch noch in den Ring, oder?«

Sie nickte schüchtern. Inzwischen war sie es gewohnt, dass Schnute keine Gelegenheit ausließ, um einen Vergleich mit Boxen anzustellen. Aber in diesem Moment kam ihr ein Einsatz in dem Getümmel tatsächlich wie ein Kampf vor.

»Immer Körperkontakt, Kindchen. In die Augen sehen, berühren. Nähe herstellen. Is' genau wie beim Boxen.«

Charlotte lächelte. »Genau!«

»Der Schmeling, also der Max, der hat mal gesagt, wenn du deinen Gegner ...«

»Quatscht er dich mit Schmeling voll?« Vera war an den Tresen gekommen. Sie tupfte sich elegant mit einem Seidentaschentuch den Schweiß von der Stirn und ließ sich auf einen

Hocker sinken. »Der Leuner stinkt, als wär er in eine Güllegrube gefallen.« Vera verstaute das Taschentuch in ihrem Ärmel und war wieder die harte, raue Frau, die Charlotte an ihrem ersten Tag kennengelernt hatte. »Schnute, hab mal bitte die vier GIs rechts vom Fenster im Blick. Die sind voll wie die Haubitzen.«

Zu Charlottes Erstaunen war Veras Stimme absolut klar. Nicht der Hauch eines Verdachts, dass sie betrunken sein könnte.

»Was guckst du so verdattert, Mädchen?«

»Ich …? Äh … Ist schon gut.« Eifrig schnappte sich Charlotte dreckige Gläser von einem Tablett, das die Kellnerin gebracht hatte.

»War es das mal nicht?« Veras Stimme klang lauernd.

Charlotte erstarrte. Wusste Vera von ihrem Notizbuch? Hatte Schnute ihr davon erzählt?

Vera grinste kalt, wedelte durch die Luft und bemerkte dabei, dass ihr Nagellack abgesplittert war. »Verdammt.« Ohne ein weiteres Wort stand sie auf, setzte ein einnehmendes Lächeln auf und schritt sicher und elegant durch die Soldaten zum Vorhang, hinter dem sich der Flur zu den Zimmern und ihrem Büro anschloss.

»Wie kann sie … Wieso ist sie nicht beschwipst, und wie kann sie so einfach umschalten?« Ungläubig sah Charlotte ihr nach.

»Das ist eben Vera«, meinte Schnute, und seine Bewunderung war unüberhörbar.

Dann stand auch er auf, um unauffällig etwas näher bei den Soldaten zu sein, wie Vera es ihm angetragen hatte.

19

Noch bevor Charlotte die Augen öffnete, roch sie den Duft von Kaffee.

»Alles Gute zum Geburtstag.« Timothy stellte die zierliche Kaffeetasse auf seinen Nachttisch.

Ein Lächeln stahl sich auf ihre Lippen, doch sie ließ die Augen noch geschlossen, denn sie spürte, wie er sich neben sie auf die Matratze stützte und sich zu ihr herunterbeugte. Sein Kuss war zart und liebevoll.

Charlotte öffnete die Augen.

»Auspusten und was wünschen«, meinte er und hielt einen Teller mit einem Stück Kuchen samt Kerze vor sie. Sie tat wie geheißen und wünschte sich, dass dieses Gefühl von kuscheliger Zweisamkeit nie enden möge.

»Ich hab mir was gewünscht«, flüsterte sie und wollte ihn zu sich ziehen.

Timothy jedoch wich zurück. »Na, na! Aufstehen! Raus aus den Federn!«

Schmollend verschränkte sie die Arme. Sie hatte sich extra freigenommen, denn er hatte ein Riesengeheimnis um seine Pläne für heute gemacht. Sie war von einem Tag im Bett mit ihm ausgegangen.

Doch er holte ihr bereits Strümpfe und Rock. »Los geht's!«, befahl er gut gelaunt.

Wenig später saßen sie in der S-Bahn. Er wollte mit ihr zum

Wannsee und sehen, ob man schon ein Tretboot mieten konnte. Draußen kündigte sich ein wundervoller Apriltag an.

Lächelnd nahm er Charlottes Hand, aber sie zog sie schnell zurück.

»Was hast du?«, fragte er verwirrt.

Charlotte sah sich um. »Wenn dich jemand mit mir sieht.«

Timothys blaue Augen musterten sie, dann lächelte er spitzbübisch. »Also, so hässlich bist du nun auch wieder nicht.«

»He!« Lachend knuffte sie ihm in die Seite.

Er beugte sich zu ihr vor, wollte etwas sagen, hielt jedoch auf einmal inne. Sein Blick streifte eine verhärmte Frau, die neben ihnen saß. Sie trug einen Hut, der Charlotte an ein missglücktes Tortenstück erinnerte. »Entschuldigen Sie?«, fragte Timothy sie.

»Ja?«

»Haben Sie etwas dagegen, wenn ich bei diesem wunderbaren Sonnenschein meine bezaubernde Freundin küsse?«

Sie starrte Timothy bass erstaunt an, bevor sie sich pikiert abwandte.

»Also so was!«, fauchte sie, was Timothy zum Lachen brachte.

Er zog Charlotte zu sich, gab ihr einen liebevollen Kuss auf den Mund und scherte sich um keinen der Blicke.

Etwas atemlos sank Charlotte zurück auf ihren Platz. Sie spürte, wie ihre Wangen heiß wurden. Und es war nicht die Sonne. Das Abenteuer schickte Gänsehaut und Kribbeln über ihren ganzen Körper.

Sie war davon ausgegangen, dass er sich mit ihr lieber nicht zeigen wollte, um Gerüchte zu vermeiden – und nun war es, als schleuderte er der Welt ein Ausrufezeichen entgegen. Seht her, mit dieser Frau bin ich zusammen!

Das Gefühl ließ Charlotte vor Aufregung kichern. Mit roten Wangen winkte sie ihn zu sich und ließ ihn sich abermals vorbeugen.

»Sind wir jetzt zusammen? So richtig?«, wollte sie wissen, obwohl sie wusste, dass die Frage reichlich naiv war. Allerdings war es ihre erste Beziehung. Wer kannte da schon die Spielregeln.

Timothy lachte. »Ja! Sind wir! Sind wir doch schon die ganze Zeit, Charlotte!«

Sie fiel in sein Lachen ein.

»Und mal im Ernst. Wie soll ich deinen Geburtstag feiern, wenn ich dich nicht küssen darf?«

»Gute Frage«, meinte sie und zog ihn zu einem weiteren Geknutsche zu sich.

Den Tag über dümpelten sie auf dem Wannsee unter einem wolkenlosen Himmel. Ihr Tretboot war quietschrot, allerdings klemmte nach einiger Zeit die Stange für die Pedale. Beinahe stürzte Timothy ins Wasser, als er daran herumriss. Sie mussten mit den Händen zurückpaddeln, lachten und verkürzten sich die Zeit mit Witzen, bis sie wieder am Steg waren.

Sonnentag- und ausflugsschwer fuhren sie im Abendrot zurück. Timothy stieg bereits am Tiergarten mit ihr aus. Einen Moment lang dachte sie, sie würden noch in den Zoo gehen, aber er schlug eine andere Richtung ein.

Neugierig, wohin er noch mit ihr ziehen wollte, folgte sie ihm durch die Ruinen des Hansa-Viertels. Kaum ein Haus war bewohnbar, viele bereits abgerissen. Sicher würde hier bald ein neues Viertel entstehen, aber noch hatten die Arbeiten nicht begonnen.

Sie durchquerten die trostlosen Ruinen und gelangten nach Moabit. Das Viertel hatte nicht den besten Ruf, aber Charlotte fühlte sich an Timothys Seite sicher. Selbst als er ein mit Einschusslöchern übersätes graues Haus ansteuerte, dessen Balkone von Granaten weggesprengt worden waren, sorgte sie sich nicht.

Erst im zweiten Hinterhof, in den nicht einmal ein winziger Schimmer des letzten Tageslichts fiel, wurde ihr ein wenig flau im Magen.

»Was wollen wir hier?«, fragte sie und umschloss seine Hand etwas fester.

»Na, du hast doch dein Geschenk noch gar nicht bekommen.«

Skeptisch musterte sie den kargen Hof und die schmalen Fenster der Mietskaserne. Das Haus sah nicht viel anders aus als das von Theo und Hannelore.

Er öffnete eine Tür zum Hinterhaus, deren Farbe großflächig abgeplatzt war. Selbst hier, so weit weg von der Straße, entdeckte Charlotte Einschüsse. Eine verblasste Schrift verkündete noch immer, dass einst ein Schmied sein Geschäft im Hinterhaus gehabt hatte. Sicher noch vor dem Wahnsinn des Zweiten Weltkrieges.

Timothy ließ sie eintreten. Der Flur roch nach kaltem Stein und war feucht. Nervös sah sie sich um, aber er ging zielsicher voraus und klopfte an einer Tür im Erdgeschoss.

Ein kohlrabenschwarzer Mann öffnete. Charlotte hatte in ihrem Leben noch nie einen so schwarzen Kerl gesehen. Er trug eine Augenklappe. Unwillkürlich trat sie hinter Timothy.

Der Mann überging es geflissentlich. »Timothy!«, begrüßte er seinen Besuch, wandte sich dann aber sofort Charlotte zu. »Und Sie müssen Charlotte sein. Timothy hat mir schon viel von Ihnen erzählt.« Lachend streckte er eine Hand vor, packte ihre und schüttelte sie, als wollte er einen Baum vom Obst befreien.

Charlotte zwang sich ein Lächeln auf die Lippen. »Guten Tag«, sagte sie artig. »Hat er wirklich?«

»Jaja. Kommt rein, kommt rein. Ach, ich hab mich gar nicht vorgestellt ...«

»Das ist Henry«, beeilte sich Timothy, ihm zuvorzukommen.

»Ja. Henry. Einfach Henry. Jetzt aber rein.«

Gut gelaunt winkte er die beiden in die Wohnung und ging voraus. Sein Gang war so schief wie sein Lächeln, und Charlotte bemerkte, dass er eine Beinprothese trug.

»Wir waren in derselben Einheit«, erklärte Timothy, der ihren Blick bemerkt hatte. Er half ihr aus dem Mantel und beantwortete ihre stummen Fragen lediglich mit einem geheimnisvollen Lächeln.

War das hier sein Geheimnis?

Verhalten sah Charlotte sich um. Im Flur hingen einige Schwarz-Weiß-Fotos, die den Mann in jüngeren Jahren zeigten.

Hatten sie ihn beim Essen gestört? Ein unglaublich leckerer Geruch strömte zu Charlotte, die dem Fremden gemeinsam mit Timothy in ein winziges Wohnzimmer folgte.

Staunend blieb sie stehen, denn in der Mitte des Raumes stand ein wundervoll gedeckter Tisch für zwei. Henry hatte feinstes Porzellan aufgetragen und das Ganze mit einem goldenen Kerzenständer abgerundet.

Ihr erstaunter Blick flog zu Timothy, der grinsend mit den Achseln zuckte.

»Madame.« Er zog einen der Stühle für sie vom Tisch.

Die beiden nahmen Platz, Henry zauberte eine Flasche guten Wein hervor und goss den beiden ein, dann verschwand er wieder im Flur.

»Auf deinen Geburtstag, Charlotte.« Timothy stieß mit ihr an, und bevor Charlotte einen zweiten Schluck nehmen konnte, kam Henry wieder und schob Timothy eine bunt beklebte Schachtel auf den Schoß.

»Für mich?« Sie hatte den Tag mit ihm schon als Geschenk gesehen.

»Henry war so lieb, es von der Arbeit mitzunehmen. Das kam erst vorgestern an, und ich wollte es nicht zu Hause verstecken«, meinte Timothy und reichte ihr das Paket.

Während Henry in der Küche etwas in der Pfanne brutzeln ließ, das herrlich duftete, betrachtete Charlotte die Schachtel neugierig.

Sie war nicht sehr schwer und so groß wie ein Schuhkarton.

Behutsam, um sich die Vorfreude nicht zu nehmen, öffnete sie ihr Geschenk. Erstaunt stellte sie fest, dass es tatsächlich ein Schuhkarton war.

Sie lüpfte den Deckel.

»Dieser … Schnute, der hat doch gesagt, du sollst dir bequeme Schuhe kaufen«, meinte Timothy.

Sie nickte. Schnute hatte ihr empfohlen, welche ohne Absatz zu nehmen, weil sie im *Midnight* kilometerweit laufen und stundenlang stehen musste. »Nimm was Unauffälliges«, hatte er gesagt. »Keine Two-Tones. Was Einfarbiges.«

Die Auswahl an hübschen Frauenschuhen war einigermaßen überschaubar. Eigentlich hatte sie an dünne Lederschuhe mit flacher Sohle gedacht, aber was sie jetzt in Händen hielt, war einfach großartig.

»Basketball?«, fragte sie und nahm einen der Schuhe heraus. Es waren knöchelhohe Schnürschuhe aus Stoff mit Gummisohle und einem runden, einfarbig blauen Aufnäher, auf dem »Chuck Taylor« und »Converse All Star« stand.

Timothy grinste. »Das sind Connies. Sneakers, Charlotte. Zieh sie mal an.«

Er half ihr aus ihren ausgetretenen Lederschuhen, und sie

schlüpfte hinein. Das Gefühl war unbeschreiblich. Es kam ihr vor, als wären die Schuhe nur für sie gemacht, denn sie schmiegten sich sanft an ihren Fuß an.

Charlotte stand auf, ging ein paar Schritte, sprang probehalber ein paar Mal in die Luft und juchzte vor Freude. »Die sind fantastisch!«, meinte sie und küsste Timothy zärtlich. »Danke.«

Wenig später tischte Henry auf, und schon beim ersten Bissen wurde ihr klar, warum Timothy sie hierhergeführt hatte. Es gab Hühnchen mit Soja-Sesam-Soße und dazu Jambalaya, wie Henry gestenreich erklärte. Charlotte hatte so etwas noch nie gegessen und fand es amüsant, dass Henry ihr jede Kleinigkeit auf ihrem Teller erklärte. Anscheinend war er vor dem Krieg einmal Koch in einem Hotel gewesen, und er behauptete steif und fest, dass das Gericht nichts Besonderes, sondern schlichte kreolische Küche sei, ein Essen aus den Südstaaten.

Nach dem dritten Nachschlag öffneten sie eine zweite Flasche Wein, Henry setzte sich zu ihnen, und sie redeten über Gott und die Welt. Charlottes Wangen glühten nicht nur vom Wein und dem sonnigen Tag, sondern vor allem vor Glück.

Das ist ein Leben, dachte sie, wie es sich lohnt zu leben.

Timothy hatte ihr einen Tag geschenkt, an dem sie sich um nichts sorgen, niemandem hinterherputzen oder aushelfen musste, sie hatte sich einfach mit ihm treiben lassen können.

Sie fühlte sich schwer und gut und warm.

Mit Timothy zusammen zu sein, dachte sie, fühlt sich an wie ein warmer Mantel im Winter. Man möchte nicht darunter hervorkriechen, sondern für immer in dieser geborgenen Wärme verharren, während man in eine frostüberzogene Nacht tritt.

Plötzlich spürte sie einen Schauer. Wie ein flinker Schatten glitt er über sie. Zwar verschwand er so schnell, wie er gekommen war, aber ein seltsamer Nachhall blieb.

Die Nacht wird uns nichts anhaben. Die Kälte wird uns nicht treffen, dachte sie. Timothy wird dir für immer Wärme schenken. Für immer.

20

Die Nachmittagssonne zeichnete Quadrate auf dem über die Jahrzehnte stumpf gewordenen Holzboden des *Midnights*.

Wie viele Schuhe und Stiefel waren über das Eichenparkett getanzt? Sicher hunderttausend Paar, grübelte Charlotte und sah einem Spatzen zu, der draußen auf der Fensterbank vor sich hin tschilpte und die Sonne genoss.

Sie band ihre Schuhe zu. Warum Timothy sie Connies nannte anstatt Chucks, so wie es draufstand, wusste sie nicht. Und ob sie gut zum Basketballspielen waren, konnte sie auch nicht sagen – aber zum *Midnight* passten sie fantastisch. Auch wenn sie ein Hingucker waren, was Schnute eigentlich vermeiden wollte.

Charlotte sah sich zur Bar um. Trude wischte mit versteinertem Gesicht Gläser aus und mit demselben Lappen auch gleich den Tresen. Der Blick der Alten war in sich gekehrt, als dächte sie an etwas Kompliziertes, während sie ihrer simplen Arbeit nachging. Der leere Saal und das geschäftige, aber leise Treiben von der Straße wurden vom wiederholten Schlagen der Klaviertasten untermalt. Vera hatte einen Klavierstimmer kommen lassen. Der ältere Herr, der Charlotte an einen ihrer Lehrer aus der Volksschule erinnerte, hatte sein abgetragenes Cordsakko über einen Notenständer gelegt und war wie Trude ganz in seine Arbeit vertieft.

»Haste gehört? Die haben den Schlossplatz zum Marx-Engels-Platz gemacht«, riss Schnute Charlotte aus den Gedanken.

»Wie bitte?«

»Marx-Engels. So soll der Schlossplatz jetzt heißen.«

»Allet een riesiger Zirkus!« Trude lachte. »Verjisset!«

»Die haben doch nicht mehr alle Tassen im Schrank, die Russen«, ereiferte sich Schnute.

»Neuer Staat, neuer Name«, versuchte Charlotte, Schnute zu beruhigen.

»Neuer Staat. Das ist Deutschland. Mensch! Die mit ihrer Republik«, wehrte er ab. »Lass uns was Vernünftiges machen. Hier!« Er drückte ihr ein rundes Tablett vor die Brust. Charlottes Blick fiel auf seine Hände; die Knöchel waren vom Boxen wund und mit Pflastern beklebt. »Fangen wir an, Kindchen. Kannst du damit umgehen?«

Einen Moment wusste sie nicht, was er meinte. Sie hielt das Tablett in beiden Händen. Ganz so, als trüge sie einen übergroßen Teller.

Er griff ihre Linke. »Eine Hand! Und mittig druntergreifen.«

»Jenau. Merk dir ditte«, warf Trude ein.

»Tabletts mit einer Hand. Bei zwei Händen verschüttest du nur alles. Und erotisch sieht's auch nich' aus.«

»So?« Ein wenig schüchtern versuchte es Charlotte, aber es fühlte sich wackelig an, obwohl das Tablett leer war.

»Ja. Flache Hand drunter. Aber nimm die linke Hand. Die Hand ist entscheidend, hat schon der Schmeling immer gesagt.«

Sie wechselte die Hand. »Max Schmeling?«

»Ja, der Max. Hab mal mit ihm trainiert. Ich könnt dir da Sachen erzählen …« Er streute sich Schnupftabak auf die Finger und nahm eine Prise. »1934 war ich da. Boxen auf der Sandbahn. Ich sage dir, damals in Hamburg, das war'n Spektakel! Da waren bestimmt Hunderttausend. Und da hat der Schmeling den Neusel aber so was von in Grund und Boden …«

»Und jetzt?«, unterbrach sie ihn, weil sie befürchtete, Schnute würde ansonsten bis Schichtbeginn Max-Schmeling-Erinnerungen von sich geben anstatt Tipps.

»Was? Ach so, ja … Komm mal mit.« Er winkte sie näher an die Bar. »Nee«, fuhr er sie an. »Schön hoch damit, Mädchen. Auch beim Laufen. Ja, genau.«

»So isset jut«, lobte Trude.

»Links halten, schön hoch, mittig drunter. Sehr gut.«

Charlotte ging zur Bar, das Tablett wackelig auf einer Hand. Trude hatte bereits ein paar Sektgläser mit Wasser bereitgestellt. Allerdings waren die Gläser bis zum Rand gefüllt, und mit einem leicht hinterhältigen Lächeln schob die Alte auch noch ein Cocktailglas dazu.

»Fangen wir mal mit einem an«, brummte Schnute.

»Dann is och nich' ratzfatz allet ramponiert, wa?«, meinte Trude schelmisch grinsend.

Er korrigierte Charlottes Armhaltung und stellte eins der Gläser aufs Tablett. »Mitten drauf. Immer von der Mitte weg. Und jetzt geh mal zum Tisch dahinten.«

In der Näherei hatte sie einfach von jetzt auf gleich begonnen. Ihre Einweisung hatte bloß ein paar Minuten gedauert, weil sie mit Nadel und Faden und den Nähmaschinen längst perfekt umgehen konnte. Hannelore hatte ihr Monate vorher alles beigebracht.

Aber ein Tablett mit einer Hand tragen? Das hatte sie bisher noch nie gemacht. Die prüfenden Blicke in ihrem Rücken fühlten sich zusätzlich unangenehm an.

Sie riss sich zusammen, konzentrierte sich und marschierte zögernd los.

Das Tablett schön hochhalten, ermahnte sie sich, *ein bisschen mit den Hüften wackeln und …*

Das Glas schwappte über, sie wollte es ausgleichen, aber da

kippte es ganz. Das Wasser klatschte aufs Servierbrett und spritzte ihr auf die Bluse.

Während Trude kicherte, griff sich Schnute ein Tuch und eilte zu ihr. Er nahm ihr das Tablett ab und warf ihr das Tuch zu, als wäre sie ein durchgeschwitzter Boxer im Ring.

»Passiert«, nuschelte er. »Hübscher Hüftschwung. Beim nächsten Mal nicht aufs Tablett sehen. Verstanden? Lieber immer hübsch geradeaus und in die Augen der Gäste gucken. Und noch was.«

»Was?«, fragte sie gereizt und tupfte ihre Bluse ab. Wie sollte sie das nur je hinbekommen?

»Immer schön lächeln.«

Auch das noch. »Äh, ja. Ist gut.« Sie rang sich ein Lächeln ab.

»Und gleich noch mal. Jetzt nehmen wir drei Gläser.«

»Drei? Ich … Lass uns das noch mal mit einem …«

»Nein.« Schnute blieb hart.

Sie folgte ihm erneut zur Bar, wo er seine Drohung wahr machte.

»Ab damit zum Tisch drei. Das ist der da drüben.« Er deutete quer durch den Saal zu einem Tisch vor der Bühne. Charlotte streckte den Rücken durch, nahm Haltung an und versuchte, sich an alles zu erinnern. Flache Hand, geradeaus sehen. Den Hüftschwung ließ sie diesmal weg.

Als sie auf halber Strecke war, bemerkte sie Vera. Trotz ihrer angesäuerten Miene war die Chefin des *Midnights* in ihrer Hose und der schlichten Bluse eine Erscheinung. Sie wirkte so selbstbewusst und kraftvoll auf Charlotte, dass sie unwillkürlich den Atem anhielt.

Als leuchtete Vera von innen heraus, dachte Charlotte. Viele Frauen hätten in der strengen Kleidung wahrscheinlich wie kostümiert gewirkt, aber Vera nicht.

Stumm beobachtete Charlotte, wie sich Vera mit einer Handvoll Quittungen zu Schnute an die Bar setzte und seufzte.

»Was'n dir über die Leber gelaufen?«, hörte sie Schnute fragen.

»Der Fleetwood.« Vera klang genervt, und Charlotte spitzte unwillkürlich die Ohren, was dem Tablett eine bedenkliche Schieflage bescherte.

Schnute grummelte. »Der Wagen für Leuner?«

Fast wäre Charlotte das Tablett weggerutscht. Instinktiv fing sie es mit der zweiten Hand auf. Wie angewurzelt blieb sie stehen und presste die Lippen zusammen. Hatte Vera sie bemerkt? Natürlich. Dieser Frau entging nichts von dem, was sich in ihrem Club abspielte.

Entschlossen atmete Charlotte durch.

Zeig ihr, dass du es kannst!, feuerte sie sich innerlich an.

»Trude, gib mir 'n Martini …«, meinte Vera soeben. »Der Fleetwood ist weg. Da kommen wir nicht mehr ran.«

Anstatt sich auf das Tablett mit den Gläsern zu konzentrieren, lauschte Charlotte weiter und ging währenddessen hinüber zu Tisch drei. Sie konnte jedes Wort verstehen, obwohl die drei gedämpft miteinander sprachen. Bloß das Kling-Kling des Klaviermannes zerschnitt hier und da etwas.

»Der Garagenmeister is'n Arsch«, brummte Schnute. »Ich kann da noch mal Druck machen.«

Ehe Charlotte es realisiert hatte, war sie schon angekommen, und zwar ohne dass etwas übergeschwappt wäre. Ungläubig blickte sie auf das Tablett. Kein Tropfen war verschüttet. Wahrscheinlich, dachte sie, weil ich mich nicht auf die Drinks konzentriert habe. Sie sah sich zur Bar um. Doch weder Schnute noch die beiden Frauen beachteten sie.

»Lass gut sein, Schnute.« Vera trank ihren Martini in einem

Zug aus, wie Charlotte ungläubig beobachtete. »Der Fleetwood ist anscheinend nach Süddeutschland verkauft worden. Da waren wir zu spät.«

Das Tablett auf dem Tisch abgestellt, belauschte Charlotte die beiden weiter. Hoffentlich vergaß sie nicht den Namen. Was immer ein Fleetwood war, den Leuner von Vera haben wollte.

»Scheiße. Das wird Leuner nich' schmecken.« Schnute rieb sich die schiefe Nase, da wurde er wieder auf Charlotte aufmerksam. »Nicht schlecht!«, rief er.

Ertappt lächelte sie und hoffte, dass er ihre Verlegenheit nicht aufs Lauschen bezog.

»Und jetzt tu mal so, als würdest du bedienen. Nimm eins nach dem anderen runter. Am Stil anfassen, die Gläser. Und auf den Tisch dort. Und schön rumgehen. Immer neben den Gast. Verstanden?«

Charlotte bemerkte Veras skeptischen Blick. Sie hatte die linke Augenbraue hochgezogen, als wollte sie zu Schnute sagen: Was bringst du der denn das Kellnern bei?

Hastig wich Charlotte ihrem Blick aus, balancierte das Tablett wieder auf eine Hand und tat wie geheißen.

»Leuner wird ausrasten, wenn er mitbekommt, dass der Wagen weg ist. Und dann will er sein Geld. Und zwar sofort.«

Aus dem Augenwinkel sah Charlotte, dass Vera noch immer in ihre Richtung blickte. Aber in Gedanken fragte sie sich, um welches Geld es ging und wie Timothy auf diese Informationen reagieren würde. Abermals stellte sie die Gläser einfach an ihren Platz, ohne etwas auszukippen.

»Sollten wir uns 'n anderen Lieferanten suchen?«, überlegte Schnute und kratzte die Pflaster auf seinen Fingerknöcheln.

»So preiswert wie bei Leuner kriegen wir den Alkohol in der ganzen Stadt nicht.«

»Wie wär's mit teurem, und wir strecken ihn? Anton könnte …«

»So 'n Mist fang ich gar nicht erst an, Schnute.« Trude schenkte Vera einen weiteren Martini ein, den diese erneut auf ex kippte.

»Mein ja nur.«

Sie tätschelte ihm die Schulter. »Ich weiß. Gute Idee, aber Panschen spricht sich rum.«

Vera kaufte also die Alkoholika bei Leuner. Irgendwie war Charlotte erleichtert, denn das war ja nicht illegal, oder? Inzwischen hatte sie alle Gläser abgestellt und war unsicher, ob sie zurückgehen sollte. Sie wollte das Gespräch nicht stören. Vielleicht erfuhr sie ja noch etwas, das Timothy weiterhalf.

»Komm zurück zur Bar«, rief Schnute ihr plötzlich zu. »Und mach noch mal die Hüftnummer!« Er zwinkerte seiner Chefin zu. »Schau dir das an, Vera.«

Tatsächlich wandte sich Vera zu Charlotte um, die sofort wacklige Knie bekam. Veras Blick schien sie von oben bis unten abzutasten.

Sieh mich nicht so an! … Du schaffst das, Charlotte. Du schaffst das. Los, bis zur Bar! Auch wenn sie schaut, feuerte sie sich selbst an. *Zeig es Vera.*

Inzwischen hatte sie ein gutes Gefühl für das Tablett und schritt so aufreizend, wie sie nur konnte, auf ihre Chefin zu.

Seufzend warf Vera Schnute einen Blick zu. »Sie ist zu jung zum Kellnern. Das gibt Ärger.«

Charlotte stutzte. Sie konnte sehen, wie Schnute eines der Pflaster an seinen Knöcheln, das durch die Kratzerei abgegangen war, vergeblich wieder aufzukleben versuchte. »Dafür lernt sie schnell, die Kleine«, sagte er. »Komm her, Charlotte. Wir füllen das Tablett jetzt randvoll … Die ist auf Draht, Vera.«

Charlotte hielt inne. Meinte er das ernst?

»Bist du noch bei Leuner im Stall?« Ohne auf seinen Kommentar einzugehen, musterte Vera seine Verletzung. »Du solltest dir 'ne Creme besorgen. Ich kann Anton zur Apotheke schicken.«

Schnute winkte ab. »Geht schon. Nur ein bisschen aufgeplatzt, heilt zu.«

»Such dir doch was anderes, um zu boxen«, hörte Charlotte Vera sagen, während sie die Bar ansteuerte. »In diesem Kohlenkeller … mit bloßen Fäusten … Keine Handschuhe, nichts … Du bist mir zu wertvoll für so einen Unsinn.«

Charlotte horchte auf: Leuner betrieb also einen illegalen Boxkeller?

Schnute winkte ab. »Als ich damals mit Max Schmeling trainiert habe, da haben wir immer Blecheimer …«

»O nein.« Vera verdrehte die Augen. »Mein Fehler.«

»Nein, wirklich, Vera. Der Schmeling und ich, wir haben mit bloßen Fäusten und Blecheimern …«

»Bitte!«, sagte sie eindringlich, und beinahe hätte Charlotte losgelacht, weil Schnute schmollend wie ein Kind den Mund verzog und ein verärgertes Knurren von sich gab.

Charlotte schob das Tablett hinter ihm auf den Tresen.

»Uuuuund angekommen … Vera, unsere Kleine hier, das Charlottchen, die is'n zähes Biest. Wie ich. Wirst sehen. Gib ihr doch 'ne Chance. Sie klemmt sich wirklich rein.«

Charlotte sah schüchtern zu Boden, als Vera sie noch einmal mit ihren türkisfarbenen Augen musterte.

»Weil sie mit dem Hintern wackelt und drei Gläser auf einem Tablett tragen kann«, sagte Vera. »Das ist keine Kunst.«

Schnute schmunzelte.

»Was? Was ist?« Misstrauisch kniff Vera die Augen zusammen.

Er grinste breiter.

»Wieso grinst du so?« Vera sah zu Trude, die sich Schnutes Grinsen anschloss.

»Mal ehrlich …«, setzte Schnute an und winkte Charlotte heran. »Dass du kein Herz hast, Vera, wissen wir ja«, frotzelte er. »Aber normalerweise erkennst du, wenn sich wer anstrengt.«

Vermutlich war es das Klügste, dachte Charlotte, wenn sie Schnute machen ließ. Sie hatte keine Ahnung, worauf er hinauswollte, aber sicher kannte er Vera lange genug und wusste, was er sagen musste, um sie umzustimmen.

»Für heute ist mal gut«, meinte er milde zu Charlotte. »Haste prima gemacht.« Er zwinkerte ihr zu, woraufhin Vera die Augen verdrehte.

»Lass dich bloß nicht von dem anmachen«, blaffte sie Charlotte an. »Verstanden? Und was jemand gut macht, das sage ich hier.« Mahnend durchbohrte sie Schnute mit ihrem Blick.

Doch der grinste ihn nur weg. »'n weiches Herz«, flüsterte er.

Vermutlich war es besser, auf die Chefin zu hören, und so deutete Charlotte einen Knicks an und erwiderte ein leises, jedoch enttäuscht klingendes »Jawoll, Madame«.

Vera schob das leere Martiniglas zu Trude. »Und spar dir die Knickse, Mädchen.«

Charlotte schluckte. Sie merkte, dass sie wütend wurde, weil Vera sie so ungerecht behandelte. Es gab keinen Grund, warum sie nicht kellnern durfte. Anton war viel jünger und sprang dennoch im Club herum. Sie hatte sich in den letzten Monaten unentbehrlich gemacht und oft genug bewiesen, dass sie fleißig und geschickt war. Und gerade hatte sie es mit dem Tablett doch gut hinbekommen.

»Was sagst denn du, Trude?« Vera wandte sich an Trude, die das Martiniglas bis zum Rand nachfüllte.

»Tut sich jar nich' schlecht anstellen, die Kleene. Die Letzte hat die Gläser ratzfatz kaputt jekriecht. Dafür hatte die aber mehr Brust.«

Pikiert sah Charlotte an sich herunter. Was sollte denn das heißen? War sie nicht aufreizend genug? War das der Grund, warum sie nicht im Saal arbeiten durfte?

Vera winkte Charlotte zu sich heran und musterte sie abermals von oben bis unten.

Widerstrebend ließ sie diese Musterung Timothy zuliebe über sich ergehen, auch wenn es demütigend war. Doch sie schluckte das ungute Gefühl schnell herunter. Sie würde nur dann mehr über Leuner herausfinden, wenn sie endlich an seinen Tisch kam, während er sich mit seinen Geschäftspartnern unterhielt.

»Bist hübsch anzusehen«, urteilte Vera. »Die Frage ist, ob das gut oder schlecht fürs Geschäft ist.«

Charlotte zuckte mit den Achseln. »Ich will nur einen Berg Trinkgeld«, antwortete sie flapsig.

Schnute lachte. »Die gefällt mir.«

»Die Letzte hat ihre Titten gezeigt und auf dem Tisch getanzt.« Herausfordernd blickte Vera sie an.

»Muss ich das machen?« Prompt lief Charlotte rot an und schüttelte den Kopf. »Ich meine … das … das will ich nicht.«

Darauf wollte Schnute etwas antworten, doch Vera legte eine Hand auf seinen Arm. »Gib ihr das volle Tablett.«

Stirnrunzelnd sah Schnute zu Charlotte. Ihr entging sein zweifelnder Blick nicht, aber trotzdem nickte sie entschlossen. Dann würden sie es eben jetzt ein für alle Mal klären. Sie würde es Vera schon beweisen!

Als Trude ein Glas nach dem anderen auf das Tablett stellte, wurde Charlotte dennoch mulmig. Alle waren randvoll. Sie musste sich konzentrieren. Auf irgendetwas anderes als diese

Gläser. Auf etwas anderes als das Wasser, das bei dem kleinsten Zittern überschwappen würde.

Der Klavierstimmer schlug nervend zum zwanzigsten Mal denselben Ton an und zog die Saite hin.

Keiner sagte ein Wort; alle sahen stumm zu, wie sich immer mehr Gläser auf dem Tablett drängten.

Wenn ich es mit drei Gläsern geschafft hatte, sind sieben, nein, acht auch kein Problem, redete sich Charlotte tapfer ein und packte das Ungetüm.

Es anzuheben fiel ihr bereits schwer. Sie hatte nicht bedacht, dass acht volle Gläser so schwer sein konnten. Niemals würde sie die alle mit einer Hand balancieren können. Eine Gewichtheberin hätte das wohl stemmen können, aber damit von der Bar bis zu einem der Tische …?

»Bring das ganz vor bis zur Bühne«, befahl ihre Chefin.

»Vera …«, brummte Schnute ungehalten, der anscheinend Charlottes Panik bemerkt hatte.

Aber es kam überhaupt nicht infrage zu kneifen. Charlotte zog das Tablett geschickt halb über die Kante der Bar und griff mit einer Hand darunter. Als sie es anhob, wichen Vera und Trude einen Schritt zurück.

»Ich … schaff … Ich …« Sie hob das Tablett schwankend an, versuchte es zu halten, aber es war zu schwer. Enttäuscht und zugleich wütend auf sich selbst, stellte sie es auf dem Tresen ab.

Ganz damenhaft und ohne Hast trank Vera ein paar Schlückchen, nur um dann leise festzustellen: »Wird wohl nichts.«

Charlotte stockte der Atem. Für einen Moment war sie sprachlos wegen dieser gemeinen Abfuhr, doch dann fand sie ihre Stimme wieder: »Ich wusste gar nicht, dass Sie hier ein Brauhaus betreiben«, zischte sie. »Wenn Sie mich bloßstellen wollen, dann bitte.« Ohne ein weiteres Wort winkte sie Trude, sie möge ihr das Jäckchen reichen. Dann wandte sie sich zum Gehen. »Schönen Tag noch.«

Da sprang Schnute auf und verstellte ihr den Weg. »Warte doch mal. He, Charlottchen!«

Finster starrte sie ihn an. »Ich hab schon mal getroffen.« Es sollte bedrohlich klingen, aber sie spürte, wie ihre Stimme brach.

Immerhin trat Schnute beiseite, auch wenn er lachen musste. »Und ob du getroffen hast!«

Vera grinste ebenfalls und nippte schweigend an ihrem Martini.

Wie hatte sie sich von dieser Frau nur so vorführen lassen können! Vera war ein Teufel! Eilig stürmte sie an Schnute vorbei zum Ausgang.

Da hörte sie mit einem Mal Vera rufen: »Warte! Charlotte … Bleib stehen.«

Charlotte stoppte und hielt die Luft an. Am liebsten hätte sie sich umgedreht und Vera die Meinung gesagt, aber ihr standen Tränen in den Augen. Und die Blöße, ihr das auch noch zu zeigen, würde sie sich nicht geben.

»Dumme Mädchen gibt's genug«, hörte sie Vera sagen. »Ist gut, dass du deinen eigenen Kopf hast. Gefällt mir, Charlotte. Feuer hast du, da hat unser Schnute recht. Üb mit ihm, und wir sehen weiter. Hast du gut gemacht.«

Charlottes Tränen hatten sich inzwischen auf den Weg über ihre Wangen gemacht. Mit zusammengepressten Lippen stand sie stocksteif da. Dann rannte sie plötzlich los, riss den Vorhang zum Vorraum auf und stürzte nach draußen.

Seit dem gewaltsamen Tod ihrer Mutter hatte sie eine Vielzahl von Erniedrigungen erdulden müssen, von den deutschen Soldaten und später in den Ruinen von den Russen bis hin zu

Theo, der ihr wohl die schlimmsten Wunden zugefügt hatte – aber von Vera derart vorgeführt zu werden, stach ihr wie ein heißer Dorn ins Herz. Ausgerechnet von Vera!

Gleichzeitig war Charlotte ihrer Chefin überaus dankbar und hätte sie am liebsten umarmt. Sie hatte gekämpft, und diese Frau hatte ihr eine Chance gegeben. Vera hatte sie sogar gelobt!

Charlotte fühlte sich glücklich und gleichzeitig betrogen. In ihr drehten sich die Gefühle, als wären sie die tanzenden Mädchen mit ihren GIs, die sich zu der fordernden Musik der elektronischen Gitarre durch die Luft wirbeln ließen.

Weinend und gleichzeitig lachend, trat sie vor das *Midnight* und rang nach Atem.

21

Alle sehen alle an, dachte Charlotte, nachdem sie für die Bar eine neue Kiste Wein aus dem Lager geholt hatte und sich noch einen Moment im verwaisten Tanzsaal umblickte. Sie hatten erst seit wenigen Minuten geöffnet, und heute wollte der Laden einfach nicht brummen.

Es war, als wäre der Raum mit Trägheit gefüllt.

Ja, dachte Charlotte, das trifft es wohl. Heute klebt die Nacht in süßem Honig fest, und niemand rührt sich.

Die wenigen GIs an der Bar und die zwei hageren Anzugträger mit ihren zu dick geschminkten Abendkleidträgerinnen starrten von ihren Drinks stumpf in die Runde, während die Band einen Walzer spielte, aber die Tanzfläche verwaist blieb. Vier Männer, wahrscheinlich Kollegen, die Sakkos eindeutig bei ihren Vätern geliehen, beäugten zwei Freundinnen. Die beiden jungen Frauen lehnten mit hochgesteckten Haaren und weiten Röcken schüchtern an der Bühne. Charlotte gefiel, was die beiden trugen. Ihre schmalen Taillen waren mit Quernähten versehen und wirkten wie von Dior, waren aber wahrscheinlich selbst genäht. Ins *Midnight* kam niemand, der ein echtes Teil von Dior trug. In solche Kreise reichte der Ruf des *Midnights*, wie Charlotte herausgefunden hatte, nicht. Die Röcke gaben den beiden jungen Frauen etwas Unbeschwertes, eine gehörige Portion Schwung, wenn sie sich bewegten, und würden beim Tanzen sicher fantastisch aussehen.

Doch auch sie tanzten nicht.

Alle saßen oder standen da, als warteten sie auf etwas Entscheidendes in ihrem Leben.

Alle sehen hier alle an, dachte Charlotte, als wünschten sie sich, dass der andere in ihr Leben tritt. Aber niemand macht den ersten Schritt. Sie sehen sich an, nicht lauernd, nicht abschätzend, eher so, als verfolgten sie die Schicksale der anderen. Als wären sie Zuschauer fremder Leben.

»Was schaust du denn so, Mädchen?«

Veras Stimme ließ Charlotte herumfahren. Sie war an der Garderobe eingeteilt und hatte im Saal eigentlich nichts zu suchen. »Ich habe nur Wein …«

»Was hältst du hier Maulaffen feil? Hilf lieber Trude«, murrte Vera, die erst vor einer halben Stunde im *Midnight* angekommen war, aber seither ihre schlechte Laune wie einen Schild vor sich hertrug. Charlotte traute sich nicht zu fragen, was passiert war, und wollte Vera lieber aus dem Weg gehen.

Da bemerkte sie, dass Veras Anzughose lädiert war. Ein kleiner Riss zog sich unterhalb ihrer linken Pobacke hin. »Ihre Hose …«, wollte Charlotte ansetzen, wurde aber harsch unterbrochen.

»Meinst du, das weiß ich nicht? Dieses überteuerte Ding aus dem KaDeWe … Hat einfach ritsch gemacht.«

»Sind Sie irgendwo hängen geblieben?«, traute sich Charlotte zu fragen.

»Keine Ahnung. Ich bin aus dem Käfer gestiegen, und da hab ich's bemerkt.«

»Das kann man aber nähen.«

»Wenn du meinst.« Sie winkte ab. »Wenn ich Zeit habe, bringe ich sie zur Näherei. Für heute muss es so gehen.« Vera nahm ihren Martini entgegen. Für sie war das Gespräch beendet.

»Haben Sie keine Nähmaschine?«

Überrascht wandte sie sich zu Charlotte um. »Hier? Nein. Wieso?«

»Ich kann's auch so nähen. Ich meine, wenn Sie das wollen. Mit der Hand.«

Anstatt zu antworten, sah Vera Charlotte mit hochgezogenen Brauen an. »Ach, stimmt. Du warst ja die mit dem Talent fürs Nähen.« Sie nippte an ihrem Drink. »Na, dann komm.«

Charlotte genoss, wie neugierig sich Vera über den Tisch beugte und die Schreibtischlampe ausrichtete, um ihre Arbeit zu begutachten. Charlotte hatte in exaktem Abstand die Nadel durch den Stoff gleiten lassen. Eine perfekte Naht, wie sie zufrieden feststellte, und kaum zu sehen. Die beiden hatten sich in Veras Arbeitszimmer zurückgezogen. »Woher kannst du das so gut?«

Charlotte zuckte geschmeichelt die Achseln. »Das ist doch nichts.«

»Sei mal nicht so bescheiden. Du darfst schon zu dem stehen, was du kannst. Dein Rock hat mich wirklich beeindruckt, als du hier reingeschneit bist.«

»Daran erinnern Sie sich noch?«

Vera nickte.

Charlotte sah auf und blickte Vera in die türkisfarbenen Augen. Meinte sie das ernst? Eigentlich stank Eigenlob, und es ziemte sich nicht, mit seinen Fähigkeiten zu prahlen. Außerdem war das bisschen Nähen nun wirklich kein Kunststück.

»Nur weil du etwas gut kannst, dich aber selbst für unwichtig hältst, heißt das nicht, dass andere es genauso gut können. Oder besser, Charlotte.«

Einen Moment dachte Charlotte über Veras Worte nach, bevor sie schließlich nickte. »Ich … ich war zwei Jahre lang in einer Näherei beschäftigt, und vorher hat mir meine Tante das

Nähen zu Hause beigebracht. Damals habe ich viele Modezeitschriften gesammelt.«

»Und dir gehörig was abgeschaut. Gutes Händchen für Mode und einen sicheren Geschmack … Darf ich?«

Charlotte reichte ihr die Hose. Mit einem anerkennenden Nicken ließ Vera die Finger über die Naht gleiten. Ihr Nagellack war makellos, wie Charlotte feststellte, und glänzte verführerisch rot im Licht der Tischlampe. »Bei Männern ist es andersrum«, meinte Vera beinahe beiläufig.

»Was meinen Sie?«

Vera gab ihr die Hose zurück, damit sie die losen Fäden vernähen konnte. »Männer. Die halten sich für wichtig, können aber meist nichts. Dafür müssen sie mit dem Nichts prahlen.« Sie lachte. »Kannste dir eine gehörige Scheibe von abschneiden, von den Männern.«

Nicht ganz sicher, worauf das Gespräch hinauslaufen sollte, nickte Charlotte.

»Steh zu dem, was du kannst, Charlotte. Dann stehst du auch im Leben.«

Die Tür ging auf, und Schnute steckte seine Nase rein. Als er seine Chefin halb nackt vor dem Schreibtisch sah, pfiff er kurz, aber nur, um sich dann doch schnell umzudrehen. »Vera?« Er räusperte sich.

»Was ist? Du guckst mir schon nichts weg, Schnute.«

Er traute sich nicht, sich umzudrehen, warf ihr bloß einen scheuen Blick über die Schulter zu. »Leuner ist da.«

Vera nickte und tätschelte dann zu Charlottes Überraschung sanft ihr Gesicht. »Ich danke dir, mein Schatz.«

Ihre Hand war warm und weicher, als Charlotte gedacht hatte. Veras Ringe rieben auf ihrer Haut, und sie konnte ihr Veilchen-Parfüm riechen, das Vera stets wie ein Schatten begleitete.

»Man sieht kaum was, wenn ich fertig bin«, entgegnete Charlotte lächelnd. »Versprochen.«

Vera nickte. »Das denk ich mir.« Es fiel ihr sichtlich schwer, sich von Charlotte loszureißen, aber schließlich zog sie ihren Schrank auf und nahm eine andere Hose heraus. Sie streifte sie sich über und folgte Schnute.

Schnell vernähte Charlotte das Ende und biss den Faden ab, dann horchte sie in die Stille. Das Schnarren einer Rührtrommel war zu hören, ein Stimmenteppich – zu gedämpft, um einzelne Worte zu verstehen, ein Lachen vom Flur und das Brummen und Glucksen des riesigen Kühlschranks.

Sie legte die Hose zurück und sah sich um. Veras Arbeitszimmer lag im goldenen Licht der Lampen, die um den Schminkspiegel drapiert waren. Wallende weiße Gardinen bewegten sich leicht im Nachtwind und verbargen den Blick auf den Hinterhof. Der Schreibtisch war mit Rechnungen, Briefen und Bestellscheinen übersät. Charlotte schlich hin und sah sich einige der Blätter an. Nichts Interessantes. Vorsichtig widmete sie sich der Schublade. Sie klemmte, und Charlotte vermutete, sie sei verschlossen. Noch nie hatte sie eine Schublade aufgebrochen, also verwarf sie den Gedanken sofort. Gewiss würde es Vera auffallen, wenn sie sich mit einem Brieföffner oder einem Löffel daran zu schaffen machte. Vorsichtig rüttelte sie ein wenig stärker. Die Lade glitt knarzend auf.

Charlotte erschrak, denn zwischen allem möglichen Krimskrams lag eine Pistole. Kein stupsnasiges Ding für alte Damen, wie sie es aus Krimifilmen kannte, sondern eine richtige Handfeuerwaffe, wie deutsche Soldaten sie getragen hatten. Ihr Metall war abgeschrammt, der Griff abgenutzt. Jemand hatte sie sehr lange mit sich herumgetragen und oft gebraucht.

Charlotte traute sich nicht, sie in die Hand zu nehmen. Als

sie den Krimskrams durchwühlte, achtete sie darauf, die Pistole nicht zu berühren. Sie hatte gehofft, irgendetwas zu finden, das Timothy vielleicht weiterhelfen konnte, wusste aber nicht, was das hätte sein können.

Möglichst lautlos schob sie die Lade zu und sah sich weiter um.

Da vernahm sie Leuners unverkennbare Stimme und kurz darauf Veras Lachen. Es drang gedämpft aus dem Einbauschrank, aus dem Vera die Hose geholt hatte. Seine Türen standen noch einen Spalt offen. Neugierig schlich Charlotte hin und öffnete sie behutsam. Ein paar elegante Damenhosen, eine sündteure Pelzjacke und ein Stapel Hutschachteln. Es roch nach Veras Parfüm, das die Hosen und Blusen aufgenommen hatten.

Sie schob den Mantel beiseite und lauschte …

»Hast du nicht selbst ein Lager?«, drang Veras Stimme zu ihr.

Ohne einen Mucks schob sich Charlotte weiter vor. Durch die Ritze der Rückwand, wo die Latten Stoß auf Stoß saßen, fiel ein Hauch Licht. Anscheinend stand der Schrank in einem Durchlass und konnte auch vom anderen Zimmer aus benutzt werden. Charlotte streckte sich tiefer zwischen die Kleider. Sie spürte, wie das Holz der Bodenplatte unter ihr nachgab, und vermied es, sie ganz zu belasten, weil sie Angst hatte, der Schrank könne knarzen.

Vorsichtig schob sie ein paar Hutschachteln beiseite, um mit dem Kopf näher an die Rückwand zu gelangen. Sie beugte sich ganz vor und spähte durch ein Astloch.

Vera hatte sich mit Leuner in den Umkleideraum des *Midnights* zurückgezogen. Dort lagerte sie Requisiten, ausrangierte Lampen und alte Gläser. Die Musiker stellten ihre Koffer in dem Raum unter, und die Mitarbeiter konnten sich darin umziehen. Die beiden sprachen angeregt miteinander, während Vera offenkundig den Raum mit Schritten durchmaß.

»Das kann ich hier nicht alles rausräumen, Leuner.« Mit einem Mal trat sie vor den Schrank. Beinahe wäre Charlotte zurückgezuckt, doch das hätte Vera sicher gehört. Wie versteinert sah sie weiter durch das Astloch, wagte nicht zu atmen, als Vera sich vorbeugte und nach dem Griff der Schranktür langte. »Ich weiß gar nicht, wohin damit«, meinte sie und wollte anscheinend den Schrank prüfend öffnen.

»Ganz ehrlich! Das ist eh zu klein, mein Täubchen. Vergiss das. Wie sieht es mit deinem Lagerhaus im Hinterhof aus?«

Vera drehte sich zu ihm und ließ den Schrank in Ruhe. Leise atmete Charlotte aus.

»Schlag dir das aus dem Kopf«, sagte Vera. »Wo sollen denn die Spirituosen hin? Hier?«

»Dein Problem, Vera. Wie war das? 1949er Fleetwood? Sixty Special?«

»Meine Leute sind dabei, ihn zu holen und …«

»Du meinst diesen gescheiterten Boxer? Schnute? … *Deine Leute* … Das ist doch lächerlich, Vera. Hör dich mal reden, Süße. Ich sag dir was. Ich hätte mir meinen Sprit im Winter zurückholen sollen, statt mich auf deinen Scheiß einzulassen. Fleetwood gegen Alk, pah! Du weißt schon, wie man den Männern den Kopf verdreht.«

»Klingt wie ein Kompliment.«

Leuner lachte.

»Wir brauchen ein bisschen mehr Zeit …«

»Tja, die geb ich dir aber nicht. Ich sag dir, wie wir das machen. Du räumst das Lager im Hinterhof leer. Schmeiß deinen Kram weg oder bring ihn hier rein, mir egal. Ich nehm den Plunder auch mit, wenn du willst, und verkauf ihn. Zehn du, neunzig ich.«

»Zehn, neunzig?« Amüsiert schüttelte Vera den Kopf. »Nur weil ich bei dir Schnaps und Schampus bestelle …«

»Und nicht bezahlst!«

»… weil ich das Zeug bei dir bestelle, lass ich mich nicht in meinem eigenen Club bescheißen. Haben wir uns da verstanden?«

Für einen Moment war Leuner still, vermutlich war er überrascht wegen Veras Unverfrorenheit. Charlotte sah, wie sie sich vor ihm aufbaute und er sie fixierte. Vera war zwar genauso groß wie er, brachte aber höchstens ein Drittel seines Gewichts auf die Waage.

»Niemand bescheißt hier irgendwen«, sagte er. »Du schuldest mir den Wagen, wenn du schon nicht bezahlen willst. Ich will deine Lagerräume. Also …«

Schmierig grinsend, tätschelte er Veras Wange. Charlotte hielt den Atem an, meinte zu spüren, wie angewidert Vera war. Doch statt zurückzuweichen, bemerkte Charlotte, wie Vera ihm geradezu zärtlich über seine Hand strich und ihn dabei butterweich anlächelte.

»Wenn meine Schulden damit geklärt sind«, säuselte sie.

Leuner brummte und nahm seine Hand von ihrer Wange.

»Sag's klar und deutlich, Leuner. Ja oder nein.«

Noch einmal brummelte er. »Mein Gott! Ja, mein Täubchen. Ja. Dann sind die Schulden vom Tisch.« Seufzend nahm er ihre Hand und küsste sie. »Was ist denn das alles überhaupt für Schrott?«

»Requisiten.«

»Requisiten? Wie beim Theater?«

Vera nickte. »Die Stammen noch vom Ballhaus. Von vor dem Krieg.«

»Kann mich gar nicht erinnern, dass da was war. Eine Zeit davor, mein ich.«

»Ja. Seltsam, oder?« Einen Augenblick lang musterte Vera die Kisten. »Lassen wir das. Trinken wir lieber einen auf das Geschäft. Ich hab einen Spirituosenhändler, der hat einen fantastischen Cognac!«

Leuner lachte. »Den Händler kenn ich.«

Die beiden wollten sich gerade abwenden, als Charlotte ihr Gewicht verlagerte und die Bodenplatte knarzte. Sie drohte zu brechen. Charlotte zuckte zurück und riss dabei einen Kleiderbügel herunter. Krachend fiel er auf die Hutschachteln.

Ihr Herz blieb stehen.

Aus dem Zimmer nebenan drang kein Mucks. Für einen Lidschlag wusste Charlotte nicht, was sie tun sollte. Wie angewurzelt stand sie im Schrank. Sicher würde Vera eins und eins zusammenzählen und … Sie nahm sich zusammen, trat flink zurück, klaubte den Kleiderbügel auf und griff schnell die genähte Hose vom Schreibtisch.

Gerade noch rechtzeitig, denn im nächsten Moment riss Vera den Schrank auf.

Charlotte tat, als würde sie erschrecken. »Himmel. Ich …« Sie konnte dem strengen Blick ihrer Chefin nicht ausweichen. »Ich … ich bin fertig. Mit … mit dem Nähen und …« Verlegen hielt sie die Hose hoch. »Ich habe die nur reinhängen wollen und dabei gesehen … Da ist viel Grau und Braun dabei.«

»Und?«, entgegnete Vera schroff und musterte Charlotte.

»Blau würde Ihnen wirklich besser stehen. Blau oder Burgunder.« Mit pochendem Herzen zwang sich Charlotte zu einem Lächeln.

Hinter Vera schüttelte Leuner amüsiert den Kopf. »Weiber«, meinte er.

»Du schnüffelst nie wieder in meinen Sachen herum! Haben wir uns verstanden?« Vera tauchte durch die Kleider hindurch und trat in ihr Arbeitszimmer. Sie baute sich vor Charlotte auf. »Hast du das verstanden?!«

Charlotte musste schlucken. Sie nickte.

»Und jetzt verschwinde aus meinem Büro.«

22

Anfang Mai 1951

Der Zoologische Garten war an diesem Sonntag gut besucht. Obwohl die meisten Tiere bei den Luftangriffen umgekommen und viele Gehege noch nicht benutzbar waren, flanierten Familien und verliebte Pärchen zwischen den Einfriedungen und den zahlreichen Baustellen umher. Eine Gruppe von Kindern hatte neben einem Bagger einen der Trinkwasserhähne aufgedreht und bespritzte sich, während die Mütter wie die Rohrspatzen schimpften. Für eine Wasserschlacht was es noch ein bisschen zu frisch.

»Wo willst du als Nächstes hin?« Timothy schirmte die Augen mit der Hand ab und sah sich um. »Zu den Affen? Oder zum Elefanten?«

»Lass mal überlegen.« Charlotte schloss die Augen, spürte der Maisonne auf ihren Wangen nach und tippte sich gespielt nachdenklich an die Nase. »Hmmm … Ich glaube, ich möchte mal wieder Herrn Knautschke sehen.«

»Was ist das? Eine Tierart?«, fragte er und brachte Charlotte damit zum Lachen.

Sie zog ihn zu sich heran und flüsterte ihm gespielt vertraulich ins Ohr: »Der Knautschke, das ist ein echter Berliner!«

»Interessant.« Timothy grinste. »Ihr habt hier im Zoo einen echten Berliner eingesperrt?«

Sie gab ihm einen Kuss. »Ich stell euch mal vor!«

Das letzte Mal war sie mit ihrer Tante im Zoologischen Garten gewesen. Wie immer hatte Theo keine Lust gehabt mitzukommen. Da war der älteste Zoo Deutschlands allerdings noch in einem viel erbärmlicheren Zustand gewesen; seitdem ging es in großen Schritten voran. Wie überall in Berlin schien es, als hätten auch hier alle die Ärmel hochgekrempelt, um anzupacken.

Auf dem Weg zum Gehege nahm Timothy sie an der Hand und beugte sich näher zu ihr. »Und? Hast du irgendetwas herausbekommen?«, raunte er.

Den ganzen Tag über hatte Charlotte schon auf diese Frage gewartet, denn sie platzte vor Stolz und wollte ihm unbedingt beweisen, dass sie für ihn von Nutzen war.

»Und ob!«

In kurzen Zügen erzählte sie leise von Leuner und dass er kein gewöhnlicher Händler war. Leicht nervös sah sie sich um, ob ihnen auch niemand zuhörte. »Der Leuner, der hat Vera Geld geboten, damit er etwas bei ihr unterstellen kann. Und ich glaube nicht, dass das irgendwas Legales ist.«

»Kannst du herausfinden, was er da lagern will?«

Sie nickte. »Ich versuch's, aber wenn ich erwischt werde …«

»Du solltest extrem vorsichtig sein.«

Sie musste an den Schrank und Veras Schelte denken. »Leuner ist fast jeden zweiten Abend im *Midnight*«, flüsterte sie schließlich. »Sagt dir der Name A. Adept etwas?«

Ein wenig rührte sich ihr schlechtes Gewissen, ihm noch nichts von dem Mann erzählt zu haben, aber die Abende mit ihm waren viel zu turbulent gewesen. Als sie an die vergangene Nacht dachte, drohte sie zu erröten und wich Timothys Blick aus.

»A. Adept?« Er schüttelte den Kopf, zückte ein schmales Notizbuch und trug den Namen ein.

»Mit dem hat er sich öfter getroffen«, erzählte sie ihm mit gesenkter Stimme und roch plötzlich sein Aftershave. Sofort stieg die Sehnsucht in ihr auf, ihn ins Bett zu ziehen. Wie gefährlich die Spioniererei auch war, sie war prickelnd. Und dabei Timothy zu beeindrucken raubte ihr kurz den Atem. Auch wenn er heute keine Uniform trug, sah er einfach umwerfend aus. Den obersten Knopf seines Hemds trug er offen, und Charlottes Puls beschleunigte sich bei der Vorstellung, ihn in den Nacken zu küssen.

»Hier entlang«, sagte sie, als sie die Schlange vor sich bemerkte, und zog Timothy in Richtung Herrn Knautschke. Anscheinend wollten viele Berliner ihm an diesem Tag einen Besuch abstatten. Die beiden reihten sich hinter drei Nonnen ein, und im ersten Moment wollte Charlotte Timothys Hand loslassen. Kurioserweise war es noch immer nicht normal für sie, sich mit ihrem … ihrem *Liebhaber* zu zeigen, doch anscheinend hatte Timothy ihre Reaktion vorhergesehen, denn er hielt ihre Hand umso fester. Er zwinkerte ihr sogar zu und zog sie dichter an sich heran.

»Was ist Fleetwood Sixty Special?«, wollte Charlotte wissen.

»Ein Fleetwood? Das ist ein Wagen.«

»Darüber haben sie auch kurz gesprochen. Ach ja, und Leuner hat einen Boxkeller.«

»Einen Boxkeller? Wo?«

»Weiß ich noch nicht.«

»Find's raus, okay?«

Sie salutierte gespielt und kam schließlich vor dem Außengehege zum Stehen, vor dem sich die Besucher drängten. Die beiden schoben sich bis ans Geländer durch.

»Darf ich vorstellen?« Mit großer Geste präsentierte Charlotte ein in die Jahre gekommenes Nilpferd. Es war ein ganz schöner Brocken. Bräsig vor sich hin blickend, kaute es auf einem der Kohlköpfe, die Besucher für ihn mitgebracht hatten. »Das ist Knautschke.«

»Wie ein Berliner sieht der mir aber nicht aus. Oder … doch! Wenn ich ihn mir genau angucke …«

Lachend lehnte Charlotte sich über das Geländer und sah dem Nilpferd beim Fressen zu. »Der Knautschke ist eine echte Berühmtheit. Der ist mitten im Krieg geboren worden und hat alle Bombennächte überlebt. Kurz bevor der Krieg zu Ende war, hat eine Bombe dahinten eingeschlagen.« Sie zeigte auf eine Ecke, die ausgebessert worden war. »Dabei ist seine Mutter gestorben. Und als die vor vier Jahren den Flakturm hier im Tiergarten gesprengt haben, da ist er verletzt worden. Und da haben denn alle mit angepackt, die Pfleger haben ihn aufopferungsvoll mit Wasser abgespritzt. Und, na ja, während der Blockade, als wir selbst kaum was zu beißen hatten, da haben wir alle ab und an mal was rumgebracht für unseren Knautschke. Kohlköppe, Kartoffeln … Der braucht ja so viel zu fressen.«

Timothy nickte nachdenklich. »Ein Nilpferd als Bild für *persistence.*«

»*Persistence?*«

»Weitermachen. Nicht aufhören.«

»Durchhaltewillen.« Charlotte nickte. »Ja. Knautschke steht fürs Durchhalten. Bisschen brummelig, ziemlich zerknautscht, aber immer weitermachen. Wie wir Berliner eben.«

Sie pflückte einen Grashalm und kaute darauf herum, während sie dem Nilpferd zusah. Zwei Tierpfleger kamen mit einer Schubkarre voller Salatköpfe, kippten sie Knautschke hin und begannen, das Gehege mit einem Schlauch sauber zu spritzen. Einen Moment überlegte sie, ob sie Timothy von der Pistole in Veras Schublade erzählen sollte, entschied sich jedoch dagegen. Dafür berichtete sie ihm vom nagelneuen Kühlschrank und den Pralinen. Sie hatte ganz warme Ohren bekommen, während sie über Vera erzählte.

»Sie hat Hosen an!«

»Wer?«

»Vera. Die trägt Hosen! Stell dir das vor. Hosen! Sie läuft ständig in Hosen herum. Und wie sie diesem Leuner begegnet ist. Um den Finger hat sie den gewickelt. Unglaublich.« Anerkennend schüttelte Charlotte den Kopf und fuhr leise fort: »So ein schmieriger Typ. Und sie bietet dem die Stirn. Das musst du dir mal vorstellen!«

Eine Frau wie Vera war Charlotte noch nie im Leben begegnet. Sie war so ganz anders als ihre Tante, die sich von ihrem Onkel schlagen ließ. Vera würde sich nie so erniedrigen lassen wie Tante Hannelore. Niemals. Vera, die hatte Pfeffer. So viel, dass Charlotte schon vom Anblick niesen musste.

»Es war genau richtig, dass du mich dorthin geschickt hast. Ich kann da so viel lernen!«

Timothy sah schweigend dem Nilpferd zu, während Charlotte Vera in den Himmel lobte. Schließlich räusperte er sich und sah Charlotte fest an. »Sie leitet einen Nachtclub.«

Ihr entging sein abfälliger Tonfall nicht. »Ein Tanzlokal«, korrigierte sie ihn.

Er winkte ab.

»Es ist ein Tanzlokal und kein … kein Puff oder so.«

Timothy schwieg. Er sah ihr in die blauen Augen und sagte erst einmal nichts dazu. Schließlich nahm er sie bei der Schulter und drehte sie zärtlich zum Weg, ein klares Zeichen, dass er weitergehen wollte.

Sie waren kaum ein paar Schritte gegangen, da sagte er leise, aber bestimmt: »Diese Frau betreibt nicht nur einen Nachtclub, sie macht auch mit einem Verbrecher Geschäfte. Einem

Gangster, der vielleicht ein Mörder ist, Charlotte. Diese Frau ist nicht mutig, sie ist skrupellos.«

Charlotte fand Timothys Worte ungerecht. Obwohl sie Vera erst seit Kurzem kannte, fühlte es sich an, als beleidigte Timothy gerade eine Freundin. »Rede nicht so über sie«, meinte sie leise.

»Wie bitte?«

»Du sollst nicht so über Vera sprechen. Sie ist … sie ist eine … eine ganz außergewöhnliche Frau.«

»Glaubst du das wirklich?«

Charlotte nickte. »Sie ist so … *frei*. Verstehst du, was ich meine?«

Timothy schwieg und presste die Lippen skeptisch zusammen. Charlotte kannte diesen Gesichtsausdruck: Ihn störte, was sie meinte, er wollte es ihr aber nicht geradeheraus ins Gesicht sagen.

In ihr regte sich auf einmal so etwas wie kindlicher Trotz.

»Sie ist so anders«, begann sie. »Vera trägt nicht nur Hosen – sie raucht, wann und wo sie will. Auch auf der Straße! Einfach so! Sie … Letzte Woche hat sie eine Schlägerei beendet. Wirklich. Sie ist dazwischengegangen. Ich wäre vor Angst fast gestorben, aber weil Schnute nicht da war, hat sie das selbst in die Hand genommen.«

Noch immer sagte Timothy kein Wort, dann fragte er leise: »Willst du denn sein wie sie?«

Charlotte verkniff sich ein Schmunzeln. War es das, was ihm Sorgen bereitete? Seine süße Charlotte könne rauchend und Hosen tragend durch die Stadt marschieren? Sie musste zugeben, dass sie in den vergangenen Wochen tatsächlich ein paar Mal davon geträumt hatte, einmal im Leben so keck und stark zu sein. Einmal im Leben Männern wie Leuner, die sich mit Gewalt und Intrigen alles nahmen, die Stirn zu bieten.

... Weil ich das Zeug bei dir bestelle, lass ich mich nicht in meinem eigenen Club bescheißen. Haben wir uns da verstanden? ...

Sie hatte Leuner tatsächlich wie einem verlausten Bengel die Ohren langgezogen.

Haben wir uns da verstanden?

Aber Charlotte war klar, dass sie niemals sein würde wie Vera. Dazu fehlte ihr einfach der Mut. Oder war es etwas anderes?

Charlotte wusste es nicht genau. Sie wusste nur, dass sie ihr Schmunzeln bei dem Gedanken an Vera einfach nicht abstellen konnte.

»Ich hab versucht, etwas über diese Vera Brandt herauszufinden«, begann Timothy. »Sie wurde 1915 geboren. War als Blitzmädel in Frankreich.«

Charlotte blieb stehen und hielt die Luft an. Vera war im Krieg gewesen? Hatte sie sich dort diese raue Art angewöhnt?

»Bloß ein paar Wochen«, fuhr Timothy fort. »Dann wurde sie bei Cherbourg verwundet.«

»Verwundet? War es schlimm?«

»Wie es aussieht, ja. Sie ist wegen einer Schussverletzung im Rücken in ein Lazarett gekommen. 1944. Sie stammt übrigens nicht aus Berlin, sondern aus einem kleinen Nest in der Nähe von Bruchsal.«

Charlotte überlegte, ob sie etwas mit dem Namen verband. »Bruchsal ...?« Doch sie kannte sich außerhalb von Berlin nicht gut aus. Sie hatte keine Ahnung, wo dieser Ort lag.

»Ihre Eltern sind bei einem Bombenangriff im März 1945 ums Leben gekommen. Ihre Schwester und ihr Bruder und beide Elternteile.«

Charlotte seufzte. Vera war es demnach auch nicht besser ergangen als ihr. »Aber sie kennt das *Midnight*. Also den Club.«

»Wie meinst du das?«

»Ich glaube, da gab es irgendeine Verbindung zu dem Tanzhaus, das da vorher drin war.«

»Mag sein, dass sie hier noch Verwandte hatte oder hat. Ich glaub's aber nicht.« Er rückte näher und sprach vertraulich weiter. »Das Seltsame ist, dass keiner sie kennt. Hier aus Berlin. Sie ist einfach aufgekreuzt und hat das *Midnight* gekauft. Übrigens mit Unterstützung eines Beamten im Rathaus.«

»Vehring? Ja, der schickt ihr andauernd Blumen und kleine Geschenke. Dem hat sie ganz schön den Kopf verdreht.« Abermals musste sie schmunzeln. Vera konnte nicht nur klare Worte finden und den Männern Paroli bieten – wenn es sein musste, wickelte sie sie auch um den Finger.

»Hör auf zu grinsen, Charlotte. Es ist mir ernst. Diese Frau taucht aus dem Nichts auf, kauft den Laden und macht sofort Geschäfte mit einem der skrupellosesten Schwarzhändler Berlins. Mit Leuner.«

Abermals blieb sie stehen. »Was willst du damit sagen?«

»Dass du dich verdammt noch mal in Acht nehmen sollst. Vor ihr.«

»Vor Vera …?« Charlotte ließ die Worte sacken, bewegte sie gedanklich ein wenig hin und her. Irgendetwas gefiel ihr an seiner Warnung nicht. War sie nur nett gemeint oder …?

»Hältst du mich für dumm?«, wollte sie geradeheraus wissen.

Er sah sie verständnislos an.

»Denkst du, ich lauf dieser Vera einfach nach? Wie ein naives Mädchen, dem ein Mann den Kopf verdreht hat?«

»Das habe ich nicht gesagt.« Er wollte sie unterhaken und weitergehen, doch sie wich aus.

»Aber gedacht.«

»Auch das nicht, Charlotte. Halt einfach ein bisschen Abstand zu dieser Vera Brandt. Ja? … Du solltest dich lieber vor ihr fürchten, als sie anzuhimmeln.«

Er ging ohne sie weiter.

Nachdenklich blickte sie ihm nach. Er war sich so sicher – und kannte sich aus mit denen, die ihr Geld mit unlauteren Geschäften verdienten. Aber mit Vera hatte er sicher unrecht.

23

Veras Hände fühlten sich klamm und steif an. Sie ballte ein paar Mal eine Faust und blies hinein. Ihre Finger waren eiskalt. Sie schaltete einen Gang herunter und bog geradezu behutsam in die Ahrenshooper Zeile ein. Im Mondlicht zeichneten sich die Villen rechts und links der schmalen Kopfsteinstraße scharf ab. Die prunkvollen Häuser reckten sich hinter Zäunen, blickdichten Hecken und stämmigen Eichen empor. Auf Vera wirkten sie im blauen schattenlosen Licht der Nacht seltsam jungfräulich, als wäre der Krieg an ihnen unbemerkt vorbeigezogen. Wie ein Windhauch, der einen kurz frösteln lässt, aber keinen Schaden anrichtet. Als wäre der Krieg hier in Zehlendorf bloß ein körperloses Gespenst gewesen.

Bedachtsam bremste sie weiter ab und ließ den VW, der vorne wie ein Käfer aussah, aber hinten eine überbaute Pritsche besaß, ausrollen. In einem Reich, das es nicht mehr gab, hatte er als improvisierter Krankenwagen gedient, und Vera hatte ihn durch Vehrings Beziehungen preiswert aus dem Charité-Fuhrpark ausgelöst. Sie mochte den Wagen nicht sonderlich, weil er stank und das Gegenteil von Luxus war, aber nachdem sie das *Midnight* eröffnet hatte, hatte sie dringend einen Transporter gebraucht. Noch in der Nacht des Kaufs hatte sie Schnute angewiesen, das rote Kreuz zu übertünchen.

Sie schaltete den Motor ab und spürte augenblicklich, wie ihr Herz schneller zu schlagen begann. Ohne etwas dagegen tun zu können, fühlte sich ihre Brust eng an. Sie atmete tief und langsam, doch die Beklemmung wollte nicht vergehen. Dabei gab es nichts zu fürchten. Es war dunkel. Sie würden sie, wie in all den anderen Wochen, nicht bemerken.

Sie musste keine Angst haben.

Traurig sah sie zu der weißen Villa mit dem winzigen Vordach, das von zwei schlanken Säulen getragen wurde. Sie parkte vor dem Nachbarhaus, von hier aus hatte sie einen guten Blick. Die nächste Straßenlaterne war weit genug entfernt, sodass sie sicher nicht entdeckt werden würde.

Ihr Blick glitt über das herrschaftliche Haus. Ein Futterbrett für die Vögel baumelte im Mondlicht vor einem der Fenster im Erdgeschoss. Zwei Fahrräder lehnten bei der Hausecke, dort, wo der Abgang zum Kartoffelkeller war. Zauberhafte Ruhe lag über dem Anwesen. Selbst der Qualm aus den beiden Kaminzügen wirkte im kalten Mondlicht wie gemalt.

Vera löschte das Wagenlicht, lehnte sich zurück, atmete durch und versuchte, die Enge in ihrer Brust zu lösen.

Warum tat sie sich das an? Es zog sie tief herunter, aber sie konnte nicht anders. Aus ihrer Handtasche nahm sie eine frische Packung Papirossy, riss sie auf und knickte in gewohnter Manier das lange Pappstück ein. Sie steckte sich die Zigarette mit ihrem Benzinfeuerzeug an und zog sofort daran. Der Tabak war ungewöhnlich rau im Geschmack, geradezu rabiat. Stalinhäcksel, so hatten die Wehrmachtsoldaten die Tabaksorte aus Russland genannt. Sorgsam klappte sie ihr Sturmfeuerzeug zu und steckte es ein.

Vera sog den heißen Rauch tief ein und spürte ihm nach, wie er in ihre Lunge drang. Den Blick weiterhin auf die Villa gerichtet, atmete sie langsam aus, nahm den nächsten Zug. Der Geschmack beruhigte sie ein wenig. Der Rauch füllte das Innere des Wagens und verschleierte die Mondwelt dort draußen.

Widerwillig, weil es so kühl war, kurbelte sie das Fenster einen Fingerbreit herunter. Ganz still saß sie da, rauchte und betrachtete die friedlich schlafende Villa. Der Mond, die Fahrräder, das Futterbrett … Eine Katze tauchte auf, schlich um die Rosenbüsche, die vor der Villa wuchsen, und verschwand wie ein Schatten.

Ein Licht blitzte plötzlich im Obergeschoss auf. Eines der schwarzen Fenster strahlte nun taghell.

Vera hörte ihrem Atmen zu, dem Rascheln ihrer weißen Strickjacke auf dem spröden Leder des VWs, dem Knistern der Glut, wenn sie zog.

Sie hatte die Zigarette zur Hälfte aufgeraucht, als ein blonder Mann am Fenster erschien. Er trug ein weißes Hemd, hochgekrempelt, und eine schmale dunkle Krawatte. Die Helligkeit aus dem Innern strahlte in seinem Rücken. Erst als er sich halb umwandte, als lauschte er auf ein Geräusch aus dem Haus, fiel Licht auf sein Gesicht. Der Mann war um die vierzig und sehr athletisch. Markant stach sein Kinn hervor. Die leichte runde Drahtbrille, die er letzten Monat getragen hatte, war einem wuchtigen Exemplar mit dickem schwarzem Rahmen gewichen, das bemerkte Vera sofort.

Sein Haar, zum Seitenscheitel gekämmt, war länger geworden, stand ihm aber ausgezeichnet, weil es ihm einen Hauch von Abenteuer verlieh.

Sie nahm noch einen Zug und beobachtete, wie er zurück in den Raum ging. Er blätterte Papiere durch, die er vermutlich von einem Schreibtisch genommen hatte.

Unwillkürlich musste Vera lächeln, als er einen Schmollmund zog und süß die Stirn in Falten legte. Irgendetwas, das auf den Seiten stand, gefiel ihm nicht. Er drehte sich zur Tür, rief etwas ins Innere des Hauses.

Mit einem Mal wandte er sich zum Fenster und blickte

nach draußen. Er sah direkt auf die Straße. Einen Herzschlag lang meinte Vera, ihre Blicke würden sich treffen.

Ihr Puls begann zu rasen. Erschrocken rutschte sie auf dem Sitz Richtung Fußraum, möglichst tief unter die Armaturen …

Verdammt, ärgerte sie sich und hörte ihr Blut rauschen. *Das war zu auffällig! Es wäre besser gewesen, einfach sitzen zu bleiben und nichts zu tun, anstatt sich zu verstecken!*

Mit klopfenden Herzen kam sie wieder hoch. Zögernd sah sie zum Fenster hinauf, doch er war fort. Sie konnte gerade noch seinen blonden Haarschopf bei einem der Bücherregale erspähen. Offensichtlich hatte er sie weder erkannt noch überhaupt bemerkt.

Sie schluckte, aber ihr Hals war trocken. Der Mann nahm ein schweres Buch aus dem Regal, rief etwas ins Haus und trat zur Tür. Artig schaltete er das Licht aus und zog die Tür hinter sich zu. Das Fenster war nur noch ein schwarzes Rechteck, ein lebloses Loch in der mondhellen Fassade.

Er hat mich nicht sehen können, redete Vera sich ein. Es ist zu dunkel auf der Straße. In der Fensterscheibe hat er sicher nur seine Reflexion gesehen.

Vera atmete durch und zog ein letztes Mal an ihrer Papirossa, bevor sie sie ausdrückte.

Genau eine halbe Schachtel lang beobachtete sie noch die Villa, sah den Schatten hinter den Fenstern zu, die ab und an auftauchten und wieder verschwanden, verfolgte, wie der Mann Müll herausbrachte. Radiomusik – oder war es ein Fernseher – rieselte mit ihm hinaus in die klare Nacht, bis er frierend zurück ins Haus lief und die Musik, die Wärme und das Licht wieder darin einschloss.

Papirossa für Papirossa saß sie da, den Blick auf die Villa gerichtet, und lauschte auf die Nacht und die Enge ihres Herzens.

24

Mitte Mai 1951

Tänzelnd kam Vera in den Flur. Sie trug ein paar Plakate unter dem Arm und einen Korb voller Blumen. Lächelnd wirbelte sie herum, so gut gelaunt und froh, dass selbst Schnute beim Renovieren innehielt.

»Was ist denn jetzt passiert?« Er nahm den Quast mit Kleister runter, mit dem er ein paar lose Ecken der alten Tapete ankleben wollte, und sah ihr fragend nach, wie sie in ihrem Büro verschwand.

Da streckte Vera noch einmal ihren Kopf heraus. »Ruf mal die Kleine her, ja?«

»Hab ich irgendwas verpasst?«

Vera grinste ihn an. »Vehring.«

Mehr brauchte sie nicht zu sagen, Schnute verstand auch so. »Nein«, meinte er gespielt aufgeregt und klemmte den Quast an den Eimerrand. »Endlich 'n neuer Scheck für den Schuppen hier!«

Vera winkte ab. »Nein. Vehring nimmt mich mit!«

»Ach. Ins Rathaus? Gibt's 'n Gelage?«

»Viel besser! Was Privates. Geburtstag von irgendeinem Senator.«

»Etwa Fleischmann? Oder Haas?«

Vera zuckte mit der Schulter. »Keine Ahnung, aber ich werd sie alle kennenlernen, Schnute. Ich werd sie alle kennenlernen.«

Er nickte brummelnd.

»Ernst Reuter ist auch da. Kannst dich auch mal für mich freuen. Wenn wir die Herren in unser Tanzlokal kriegen, kommt die Presse. Und mit der Presse noch mehr Kundschaft.«

»Wenn du meinst.«

»Ja, mein ich. Und jetzt hol mir Charlotte her.«

Wenige Minuten später lief Charlotte Vera hinterher, die im Laufschritt durch den Saal nach draußen eilte. Ihr war noch immer nicht ganz klar, was ihre Chefin von ihr wollte.

»Geburtstag. Ja, das hab ich verstanden. Aber wozu brauchen Sie mich?«, fragte sie nervös und folgte ihr durch den Windfang nach draußen.

Der Himmel hatte sich inzwischen zugezogen, obwohl Charlotte bei Sonnenschein im Club angekommen war. *Ein typischer Maitag*, dachte sie. Sonnenschein oder Donnerwetter – beides war möglich und kam unangekündigt. Fast so wie Veras Launen.

Der Geruch der Autos wehte Charlotte entgegen. Ein Stück weiter die Straße hinunter schlug eine Frau einen Läufer auf dem Balkon aus. Sie trug einen Putzkittel und ein Kopftuch, um ihre Haare vor dem umherwirbelnden Staub zu schützen, der vom Frühlingswind davongetragen wurde.

Beinahe wäre Charlotte in ihre Chefin hineingerannt, die unvermittelt stehen geblieben war.

Vera schien nervös zu sein. Als ob sie am Beginn von etwas Aufregendem stünde, aber nicht wüsste, wie sie den ersten Schritt tun sollte.

»Du willst wissen, wie du mir helfen kannst?« Sie musterte Charlotte einen Moment, dann lächelte sie leicht. »Im Gegensatz zu mir hast du Stil, Kindchen!«

»Wie bitte?« Unsicher sah Charlotte sich um, doch das Lob galt wirklich ihr.

»Sieh mich doch mal an, Charlotte.« Vera breitete die Arme aus, damit Charlotte sie musterte.

Sie konnte nichts Ungewöhnliches entdecken. Ihre Chefin sah aus wie immer. Dunkle Faltenhose, Bluse, Ringe, das Haar offen.

Vera zeigte an sich hinunter. »Die Hose. Schau nur.« Sie zupfte an dem robusten Hosenstoff herum. »Ich und meine Hosen. Ich weiß, dir gefällt das. Aber ich brauche was Weiblicheres. Verstehst du?«

Es brauchte einen Augenblick, bis Charlotte tatsächlich begriff. »Sie wollen mit mir … mit mir einkaufen gehen?«

»Da fällt das Gröschlein. Ganz genau. Ich suche etwas Edles. Aber es darf nicht anbiedernd sein, sondern soll Pfiff haben. Ich brauche ein Kleid oder einen Rock, der Kraft hat, der nach Sommer riecht, aber seriös ist.« Sie lächelte Charlotte an. »Du hast doch gesagt, du hast Burda und diese ganzen Modeblättchen gelesen. Dann weißt du ja, was zu welchem Typ passt!«

Sprachlos starrte Charlotte sie an. Diese starke, selbstbewusste Frau, die einen ganzen Club regierte, ihre Gäste jeden Abend um den kleinen Finger wickelte – diese Frau wollte von ihr eine Kaufberatung?

»Rede ich vielleicht Blödsinn im Quadrat?«

Zu Charlottes Erstaunen wirkte Vera geradezu unsicher und verletzlich. »Nein … Überhaupt nicht, nein … Ich soll Ihnen was nähen? Dann müssten wir Stoffe kaufen, und ich muss nach Schnittmustern suchen …«

Vera lachte. »Nein, nein. Obwohl, auch keine schlechte Idee, aber … nein. Du wirst mich bei der Wahl eines Kleides beraten, Charlotte.«

»Beraten?«

»Nuschle ich etwa? Soll ich vielleicht Trude mitnehmen

statt dir? Oder Schnute? Stell dir das mal vor! Schnute sagt mir, was mir steht!« Sie lachte. »Ah, da kommt er ja.« Mit einem Mal hakte sie Charlotte unter. »Lass uns was Schönes aussuchen.« Ohne eine Antwort abzuwarten, trat sie an den Bordstein.

Ungläubig verfolgte Charlotte, wie eine schwarze Limousine hielt und ein Chauffeur ihnen beiden mit einem professionellen Lächeln die Tür öffnete.

»Eine der Annehmlichkeiten, wenn man mit Vehring ins Bett steigt.« Vera zwinkerte ihr zu. »Muss ja auch für was gut sein.«

Charlotte kam sich beim Einsteigen in den luxuriösen Wagen wie das Bauernmädchen vor, das aufwacht und plötzlich eine Prinzessin ist. Allerdings eine Prinzessin, die weder wusste, warum ihr diese Ehre zuteilwurde, noch wie sie sich gebührend benehmen sollte.

Vorsichtig schob sie sich auf die lederne Rückbank neben Vera, versuchte, möglichst nichts in dem sündteuren Auto zu berühren, und harrte der Dinge, die da kommen mochten.

»Du hast nicht wirklich geglaubt, dass das mein Wagen ist.« Vera lachte. »Denk mal nicht, dass ich mir so einen Schlitten leisten kann … und den schmucken Herrn hinterm Lenkrad erst recht nicht.«

Der Chauffeur tippte sich an die Mütze. »Wo soll es denn hingehen, Fräulein Brandt?«

»Ins KaDeWe«, befahl Vera schmissig und lehnte sich zufrieden zurück. Aufmunternd tätschelte sie Charlotte. »Entspann dich, Kindchen.«

Charlotte hockte noch immer brettsteif da, nur ihre Finger kneteten nervös den verblichenen Stoff ihres Kleides.

KaDeWe.

Sie starrte aus dem Fenster auf ein Berlin, das ihr Hunger

und Kälte gebracht hatte. Das sie mit Ruinen und Gewalt empfangen hatte. Und nun, nun sollte sie, Charlotte Schüler, im KaDeWe ein Kleid kaufen …

»Der Wagen bleibt schon nicht liegen. Keine Sorge.« Vera lachte.

Charlotte fragte sich, wie oft Vera in solchen Geschäften verkehrte. Sie selbst hatte noch nie das KaDeWe betreten. Und nun ausgerechnet in ihrem ältesten und abgetragensten Kleid.

Ströme von Menschen drückten sich durch die Gänge. Obwohl die Passagen im Kaufhaus des Westens zwischen den Abteilungen breit angelegt worden waren, fanden Charlotte und Vera zwischen den Kunden kaum Platz. Erst letzten Sommer war das KaDeWe wiedereröffnet worden. Über ein halbes Jahrzehnt lang hatte es im Herzen Berlins als Ruine gestanden. Ein amerikanisches Kampfflugzeug war ins Dach gestürzt und das Gebäude ausgebrannt. Allerdings waren vorerst bloß die unteren beiden Stockwerke errichtet worden. Hier wurden den Berlinern alle Arten von Lebensmitteln und andere Dinge des täglichen Bedarfs angeboten.

Auf dem Hinweg hatte Vera ihr gegenüber behauptet, dass der einstige pompöse Schick fehlen würde – Charlotte konnte das nicht bestätigen, als sie das zweite Stockwerk betraten.

Sie wusste nicht, wie glamourös die Einrichtung vor dem Krieg gewesen war, doch das, was sie jetzt sah, beeindruckte sie. Überall waren Spiegel angebracht, der Boden schien aus Mamor, an den Decken glitzerten Kronleuchter. Gefangen von diesem Anblick hielt sich Charlotte dicht hinter Vera, die geradewegs die Abteilung für Damenmode ansteuerte und nicht einmal nach rechts oder links sah.

Charlottes Blick glitt im Vorübergehen über Vitrinen, in

denen Uhren und Schmuck präsentiert wurden. Fasziniert von den Ringen, Colliers und Armreifen, blieb sie stehen. So viel herrlicher, golden schimmernder Schmuck. Als sie die Preise las, blieb ihr die Luft weg. Waren Menschen wirklich bereit, so viel Geld für einen Ring auszugeben?

»Kommst du?« Gut gelaunt trat Vera zu ihr und sah sich ebenfalls den Schmuck an. »Sind ein paar hübsche Sachen dabei, hm?«

Charlotte nickte.

»Es heißt, Soraya hätte hier für ihre Hochzeit eingekauft.«

»Soraya?« Natürlich hatte Charlotte von der Märchenhochzeit gehört. Erst vor wenigen Monaten hatte Soraya den Schah von Persien geheiratet.

Vera lächelte.

»Ein Traum«, murmelte Charlotte, »diese Hochzeit.«

»Vielleicht. Aber was nützt mir ein Prinz, wenn ich Hunderte Hofregeln zu befolgen habe.« Vera wandte sich von den glitzernden Schmuckstücken ab.

Charlotte warf den Juwelen einen letzten sehnsüchtigen Blick zu, bevor sie ihr folgte.

»Ob der Käfig aus rostigem Eisen oder aus Gold ist – Stäbe haben beide, Charlotte. Gefangen bist du so oder so.«

Nachdenklich musterte sie Vera. Auf der einen Seite ließ sich ihre Chefin gern chauffieren, wollte edel und reizvoll für die Männer aussehen und liebte den Luxus des Geldes, auf der anderen Seite wollte sie jedoch keinen Prinzen?

»Wollen Sie nie heiraten?«

»Wenn ich die Hosen dabei anbehalten kann, schon.« Grinsend beugte sich Vera zu Charlotte vor und meinte so laut, dass die Damen um sie herum es hören konnten: »Wenn die vögeln, die Soraya und ihr Prinz, muss die ihn siezen!«

Charlotte wurde blass. Hatte Vera wirklich *vögeln* gesagt?

Ausgerechnet hier, im edelsten Kaufhaus Berlins? Eindeutig, denn die Blicke der gut betuchten Besucherinnen fuhren schlagartig zu ihr herum. Alle starrten sie an.

Während Charlotte rot anlief und einfach nicht glauben konnte, dass Vera wie eine Asphaltschwalbe dieses unflätige Wort benutzt hatte, blitzte diese kampflustig in die Runde.

»Was sagst du denn dazu, Charlotte?« Herausfordernd grinste Vera sie an. »Siezen beim Vögeln.«

Charlotte sah ihre Chefin an wie ein Reh, das perplex in die Scheinwerfer eines todbringenden Lastwagens starrt. Um Himmels willen, darauf wusste sie keine Antwort.

Mit einem Mal räusperte sich Vera, grinste noch breiter und starrte die anderen Frauen unverhohlen an. Dann sagte sie sehr klar und sehr laut: »›Und hintendrein komm ich bey Nacht … und vögle sie, dass alles kracht!‹«

Eine Schrecksekunde lang fürchtete Charlotte, mehrere der Damen könnten in Ohnmacht fallen. Ein paar kicherten pikiert, die meisten echauffierten sich und eilten davon. Vera schien sich königlich zu amüsieren. Schallend vor Lachen, griff sie Charlottes Hand, tat, als tanzte sie mit ihr ein paar Schritte und zog sie durch die letzte Reihe der Tuschelnden.

»Das hat übrigens Goethe geschrieben«, rief sie noch und bog lachend in die Damenabteilung ab.

Es brauchte einen Moment, bis Charlotte sich nicht mehr umsah, ob noch jemand gaffte.

Unglaublich, dachte sie anerkennend, im Gegensatz zu mir ist sie überhaupt nicht aufgeregt. Kennt sie gar keine Scham? Macht es dieser Frau tatsächlich Spaß, andere zu provozieren und vor den Kopf zu stoßen? Sie konnten von Glück sagen, dass der Abteilungsleiter sie beide nicht vor die Tür gesetzt hatte.

»Was hast du?«, riss Vera sie aus den Gedanken, erwartete

aber keine Antwort. »Komm, lass die alten Weiber ein bisschen tuscheln und zeig mir mal, was zu mir passen könnte.«

Charlotte schritt die Kleiderständer ab. Sie versuchte, sich auf ihre Aufgabe zu konzentrieren. Ihre Finger glitten über die Stoffe. Seide, Satin, raschelnd und glänzend, dennoch rümpfte sie unbewusst die Nase.

Prüfend zog Vera ein senffarbenes Tweedkostüm hervor und hielt es hoch.

Sofort winkte Charlotte ab. »Tweed? Ist es eine Jagdgesellschaft?«

Eine Verkäuferin trat zu ihnen. »Darf ich Ihnen behilflich sein?«

»Nein, Schätzchen. Ich werde schon beraten. Danke.« Vera nickte der adrett gekleideten Frau zu und ließ sie stehen. Pikiert warf diese Charlotte einen Blick zu, die ihre Nase sofort zwischen die Kleider steckte. Wie peinlich. Als wäre sie jemand, der besser über Mode Bescheid wusste als das Fachpersonal.

»Wie Sie meinen. Falls ich dennoch behilflich sein kann …«

»Ja, ja, wenn's ans Bezahlen geht, kommen wir zu Ihnen«, schnitt Vera der Verkäuferin fröhlich das Wort ab, woraufhin diese auf der Hacke kehrtmachte.

»Also – das nicht?«, fragte sie noch einmal und hielt das Tweedkostüm hoch.

Charlotte lächelte und schüttelte den Kopf. Prüfend schritt sie das Angebot weiter ab. Vera wollte auffallen. Sie wollte, dass die Leute sie bemerkten. Über sie sprachen.

Da fiel ihr Blick auf einen der Spiegel. In der Reflexion bemerkte sie eine Frau mit weißem Hütchen, unter dem blondierte Locken hervorlugten. Charlotte schätzte die Frau auf siebzig Jahre. Ihr Gesicht wirkte verhärmt, als hätte sie jahrelang geweint. Im Kontrast zu ihren kummervollen Falten leuchteten ihre Augen grün. Geradezu geheimnisvoll grün.

Als sie bemerkte, dass Charlotte ihr Spiegelbild ansah, tauchte die Frau schnell hinter einer der Säulen ab und ließ Charlotte mit einem merkwürdigen Gefühl im Bauch zurück. War die grünäugige Kundin ihnen nachgegangen? Hatte sie sich so über Veras Dreistigkeit aufgeregt, dass sie jetzt unbedingt wissen wollte, was diese trieb?

Vera bemerkte Charlottes Blick und sah sich um. »Ignorier die Verkäuferin.«

»Das war keine … Ach egal.« Charlotte wandte sich wieder den Kleidern zu.

In den nächsten zehn Minuten zog sie ein halbes Dutzend heraus, begutachtete den Stoff, den Schnitt und versuchte, die Preise zu übersehen. Schließlich fand sie ein Kleid aus Seidenchiffon. Es war im Empirestil geschnitten, schlicht und elegant, und es brachte Veras Reize gut zur Geltung. Und die Farbe leuchtete intensiv.

»Orange? Mandarinenorange?« Skeptisch beäugte Vera ihren Fang. Charlotte hielt das Kleid vor sie und betrachtete Vera im Spiegel, doch die schüttelte den Kopf.

»Sie haben mich mitgenommen, damit ich Ihnen einen Tipp gebe. Das Kleid ist elegant und frech und …« Sie beugte sich vertraulich vor. »… aufreizend.« Mit einem kecken Lächeln zog Charlotte die dazugehörige Stola hervor.

»Ich weiß nicht …« Unsicher betrachtete Vera sich und das orangefarbene Kleid.

»Deswegen bin *ich* ja hier«, traute sich Charlotte anzumerken. »Blau, Grau, Weiß, Schwarz, das sind Ihre Lieblingsfarben. Die sind seriös. Geschäftsfarben, wie auch die Männer sie tragen.«

Aufmerksam hörte Vera ihr zu.

»Aber Sie wollen auf eine Feier oder einen Empfang, richtig?«

»Feier. Dinnerparty.«

»Dinnerparty. Gut. Da wollen Sie nicht in Männerfarben auftreten.« Sie beobachtete, wie Vera über den Chiffon strich.

»Probieren Sie es an. Wenn es passt, werden Sie unübersehbar sein. Die Stola noch dazu. Perfekt. Und dann einer Ihrer weißen Hüte. Es ist nur nicht gerade preiswert.«

Vera warf einen Blick auf das Schild, runzelte die Stirn, ging dann aber mit dem Kleid zu den Umkleidekabinen.

Als sie kurz darauf heraustrat, wirkte sie wie ein anderer Mensch. Die Strenge war ein wenig von ihr gewichen, hatte Eleganz und Erotik Platz gemacht. Der Stoff umfloss ihre schlanke Gestalt, die hohe Taille gab ihr etwas Mädchenhaftes. Dennoch strahlte sie Grazie aus. Sie sah einfach fantastisch aus. Beinahe wie einer dieser Filmstars.

Die leuchtende Farbe, dachte Charlotte, ist wie für sie gemacht. Vera würde auf der Feier von allen gesehen werden. Niemand konnte diese Frau ignorieren.

Vera trat vor den Spiegel. »O mein Gott«, hauchte sie und rückte ihre Brüste zurecht. »Das ist … Bin ich das?« Unsicher drehte sie sich, der Stoff schwang sanft mit ihren Bewegungen mit.

Begeistert trat Charlotte zu ihr und legte ihr die Stola um die Schultern. »Ich würde sagen, das ist perfekt für eine Dinnerparty.«

Stolz betrachtete sie ihre Chefin im Spiegel, als sie wieder die eigenartige Frau bemerkte.

Die verhärmte, ältere Dame mit den grünen Augen beobachtete sie noch immer. Charlotte fuhr herum. Ertappt sah die Kundin weg, beeilte sich, zur Auslage mit den Handtaschen hinüberzugehen. Durch den Spiegel versuchte Charlotte sie zu beobachten, aber die Fremde ließ sich nicht mehr blicken.

Wahrscheinlich war es nur Zufall gewesen, dass sie in ihre Richtung gesehen hatte. Vielleicht war es dem Kleid geschuldet?

»Hm. Da sieht man sich in ganz anderem Licht«, meinte Vera und begutachtete sich noch ein wenig. Sie hatte anscheinend nichts von ihrer Zuschauerin mitbekommen.

»Weißt du was?«, meinte sie schließlich zu Charlotte. »Ich nehm's!«

Nachdem Vera wieder in ihre Hose geschlüpft war, marschierte sie schnurstracks zu der Verkäuferin. »So. *Jetzt* können Sie mir helfen.«

»Natürlich, meine Dame. Hier entlang.« Sie nahm Vera das Kleid ab, um es einzupacken.

Während Vera bezahlte, beschlich Charlotte erneut das Gefühl, beobachtet zu werden. Anstatt abrupt herumzufahren, tat sie, als interessierte sie sich für ein paar Nylons, und spähte in die Gänge.

Da! Tatsächlich konnte sie die Fremde entdecken. Die Frau hatte hinter einem Ständer mit Mänteln Stellung bezogen und beobachtete jeden ihrer Schritte.

Seltsam.

»Was guckst du so?« Vera trat mit einer großen Schachtel zu ihr.

»Es beobachtet uns jemand. Glaub ich.«

»Was? Wer?«

»Bei den Mänteln …«

Veras Blick fand die Frau und … sie erstarrte.

Es war nur ein kurzer Moment, in dem Vera wie versteinert zu der Frau stierte. Bevor Charlotte etwas sagen konnte, riss Vera sie auch schon mit sich.

»Komm!«, befahl sie. »Los!«

»Was?« Charlotte blieb stehen.

»Komm, Charlotte, lass uns gehen.«

Verwundert sah Charlotte ihre Chefin an. »Was ist denn los? Kennen Sie die?«

»Ich? … Nein! Das ist sicher wieder nur so eine von diesen penetranten Personen, die sich an einen ranhängen.«

»Ranhängen?«

»Wahrscheinlich denkt die, wir haben Geld wie Heu! Wirklich. Du kannst dir gar nicht vorstellen, wie viele Neider da draußen …« Sie winkte ab. »Komm. Lass uns verschwinden!« Entschlossen griff sie wieder nach Charlottes Hand, um sie durch die Menschenmasse zu ziehen.

Außer Puste erreichten die beiden schließlich die Limousine und ließen sich auf die Rückbank fallen.

Der Chauffeur verstaute die Schachtel im Kofferraum und wartete geduldig, bis seine Gäste sich ein wenig gefangen hatten. »Wohin nun?«

Vera antwortete nicht, sondern saß schweigend da und sah auf das Entree des KaDeWe, beobachtete die Kunden beim Hinein- und Hinausgehen.

Charlotte konnte in der Spiegelung der Scheibe den Gesichtsausdruck ihrer Chefin sehen. Vera war anscheinend kein bisschen mehr zum Feixen zumute, stattdessen starrte sie ungewöhnlich streng und ernst nach draußen.

Nein, dachte Charlotte. *Sie sieht besorgt nach draußen.*

»Fräulein Brandt … Wohin?«, hakte der Chauffeur noch einmal nach.

»Was?« Es war, als müsste Vera erst an die Oberfläche auftauchen. Sie räusperte sich. »Ähm. Ins *Midnight*. Nein. Erst einmal sollten wir etwas Ordentliches essen.«

»Im Kranzler?«

»Ich nehme an, Vehring wird für unser leibliches Wohl sorgen?«

Der Chauffeur nickte.

»Dann fahren Sie uns bitte ins Kempinski.« Sie grinste Charlotte an, aber ihre Fröhlichkeit wirkte seltsam aufgesetzt.

»Sehr wohl.« Langsam reihte der Mann den Wagen in den Verkehr ein, während Vera wieder stumm nach draußen auf die Stadt sah.

Was immer sie grübeln ließ und wer immer die grünäugige Fremde gewesen war, Charlotte ging das Wort *besorgt* nicht mehr aus dem Kopf.

25

Charlotte starrte an die Zimmerdecke. Timothy schlief neben ihr, doch sie fand keine Ruhe.

Der Besuch des KaDeWe ließ sie nicht los. Immer wieder grübelte sie über Vera. Wie verstört sie auf die merkwürdige Frau reagiert und wie sehr sie sich auf einmal in sich selbst zurückgezogen hatte. Im Kempinski hatte Vera kaum gesprochen. Kannte sie die Frau wirklich nicht? Oder hatte die Frau irgendeine Erinnerung in Vera ausgelöst? Aber vielleicht hatte Vera sich auch einfach, nachdem sie aus dem KaDeWe gekommen waren, gedanklich schon wieder mit etwas anderem beschäftigt und war deshalb so wortkarg ihr gegenüber gewesen.

Charlotte rüttelte ihr Kissen zurecht und zog die Decke über die Schultern. *Schlaf endlich!*, befahl sie sich. Vermutlich machte sie sich unnötig Gedanken. Dennoch ging ihr der Vorfall nicht aus dem Kopf. War es wirklich nur der Neid gewesen, weswegen die Frau sie so angestarrt hatte?

Da schoss Charlotte ein beängstigender Gedanke durch den Kopf: Was, wenn es eine Freundin von Hannelore war? Sie fuhr aus den Kissen hoch. Oder eine Bekannte der Silaff? Hatte die Frau gar nicht Vera beobachtet, sondern vielleicht sie?

Charlotte sah zu Timothy, der tief und gleichmäßig atmete. Es war egal. Sie lebte nun ein anderes Leben. Ein besseres. Sie legte sich wieder hin und schloss die Augen, dachte an schöne

Dinge. Dank Schnute hatte sie Fortschritte mit dem Kellnern gemacht und würde am Wochenende zum ersten Mal servieren dürfen. Und wenn sie sich gut dabei anstellte, durfte sie das Trinkgeld behalten.

Für sie fühlte es sich wie ein großer Erfolg an. Auch Veras Blick, als sie ihr das Kleid angehalten hatte, ging ihr nicht aus dem Sinn. Ihre Chefin war tatsächlich verwundert darüber gewesen, wie sehr dieses Kleid sie verändert …

Charlotte öffnete die Augen. Es hatte keinen Sinn. Sie würde keinen Schlaf finden. Leise stand sie auf und huschte aus dem Zimmer.

Sie tapste ins Wohnzimmer, ging ans Fenster und öffnete es. Der Sommer kündigte sich in großen Schritten an. Der Geruch der Kohle war verflogen und vom Duft der Blumen abgelöst worden. Die Straße lag noch immer aufgerissen da, als hätte man Berlin aufgeschlitzt, um etwas Bösartiges zu entfernen, das im Untergrund wucherte.

Sie holte ihre Mappe hervor, in der sie verschiedene Illustrierte mit Modefotos gesammelt hatte. Wenn sie schon keinen Schlaf fand, konnte sie sich mit etwas Schönem ablenken.

Bisher hatte sie ihre abgetragenen Mäntel, Röcke und Kleider mit mehr oder weniger kreativen Tricks geflickt, doch seit einigen Tagen war sie dabei, sich einen neuen Rock und ein Oberteil zu nähen.

Niemals würde sie sich ein Kleid wie das aus orangefarbenem Seidenchiffon leisten können. Aber sie konnte etwas genauso Freches und Einzigartiges entwerfen. Dazu brauchte sie keinen Chiffon. Allein der Schnitt und die Farbe zählten.

Obwohl ihre Blechdose mittlerweile wieder gut gefüllt war, reichte das Geld noch immer nicht für eine vernünftige Nähmaschine. Timothy wollte sie nicht anschnorren, und in Raten wollte sie auch nicht bezahlen. Bis sie sich die Singer Zickzack leisten konnte, musste sie eben mit der Hand nähen. Nachts war das eh die beste Lösung.

Sie holte ihre Stoffe und die Stücke, die sie bereits zugeschnitten hatte, und begann mit der Arbeit.

Ohne es zu merken, nähte sie bis in den frühen Morgen und hörte erst auf, als ein verblüffter Timothy gähnend im Türrahmen stand.

»Wann bist du denn nach Hause gekommen?« Er stellte sich hinter sie und begann, ihr den Nacken zu massieren. »Schläfst du überhaupt noch?«

Sie schloss die Augen und lehnte sich für einen Augenblick an seine warme Hand. Erst da wurde ihr bewusst, wie erschöpft sie tatsächlich war. Ihre Augen brannten, und sie spürte die Müdigkeit in jedem Knochen.

»Du bist mir wirklich eine große Hilfe, Charlotte. Ich bin mir sicher, dass deine Hinweise mir Leuner ausliefern werden. Aber tritt mal etwas kürzer. Vera kann dich nicht jeden Tag so lange schuften lassen.« Er beugte sich über ihre Schulter, und Charlotte sog, noch immer mit geschlossenen Augen, seinen Duft ein. »Ist das etwa auch für Vera?«

Mit einem Lächeln öffnete Charlotte ihre müden Lider. »Nein. Das ist nur für mich, mein Schatz.«

»Hübsch.« Er gab ihr einen Kuss aufs Haar und ging zur Küchenzeile, um sich einen Kaffee zu kochen.

Charlotte stand auf, streckte sich und begann ihre Arbeit wegzuräumen, um den Tisch für Timothy frei zu machen. »Vera zwingt mich ja gar nicht, so viel zu arbeiten. Ich … ich mach das einfach gerne«, erklärte sie. »Und Leuner kommt eben immer erst spät.«

Timothy stellte den Wasserkessel auf den Herd. »Wie kannst du das gerne machen? Putzen und Garderobe?«

Verlegen wich sie seinem Blick aus. Sie hatte ihm noch

nicht erzählt, dass sie inzwischen servieren lernte. Zumindest nicht direkt. Sie traute sich nicht, weil sie ahnte, dass es ihm nicht gefiel. Allein die Vorstellung, seine Freundin würde zu Fremden an die Tische tänzeln … Wie würde er das aufnehmen? Andererseits – wieso sollte Timothy sie dafür verurteilen, dass sie im *Midnight* kellnerte? Sie lebten in wilder Ehe, und er war so viel älter als sie. Sollte er nicht lieber die Wahrheit wissen?

Sie fasste sich ein Herz und murmelte: »Ich kellnere bald.«

Timothy, der bereits auf dem Weg ins Badezimmer war, hielt inne. »Du tust was?«

Sie atmete durch. »Na, ich nehm die Bestellungen für Getränke an und bringe welche an die Tische. Am Wochenende geht's los. Nichts Großes.«

»In einem Nachtclub? Bei all diesen … diesen Männern und Nutten?«

»Entschuldige mal«, rutschte es ihr lauter heraus als gewollt. »Hast *du* mich nicht dort hingeschickt?«

»Als Putzfrau! Aber doch nicht, damit dich besoffene Männer angrapschen!«

»Sie grapschen nicht. Und ich tanz ja auch nicht auf irgendwelchen Tischen!«

»Kannst du das nicht irgendwie sein lassen? Garderobe und putzen, das reicht doch, bitte …«

Charlotte seufzte. Sie sah die Besorgnis in seinem Blick, aber die war so unbegründet. Mit einem Mal spürte sie den Stoff zwischen ihren Fingern, den sie mühsam mit der Hand zusammengenäht hatte. Noch ein, zwei Monate und sie konnte vielleicht die Zickzack anbezahlen. Allein das war es wert, bei Vera zu kellnern und das Trinkgeld einzustecken.

»Nein«, sagte sie leise. »Ich verdiene damit mein Geld, Timothy!«

»Das ist keine Arbeit für dich.« Besorgt kam er zu ihr zurück und nahm sie an den Schultern. »Wirklich, Charlotte.«

Der Wasserkessel begann zu pfeifen.

»Du musst dich beeilen. Du kommst zu spät zum Dienst«, würgte sie die Unterhaltung ab und tauchte unter seinen Armen hindurch. Sie ging ins Schlafzimmer und zog die Tür hinter sich zu.

Vera war nicht minder verblüfft, als sie drei Tage später zwar eine übermüdete, dafür jedoch keck gekleidete Charlotte vor ihrem Arbeitszimmer vorfand. Ausnahmsweise war Charlotte später als sonst gekommen, weil sie heute zum ersten Mal kellnern durfte, statt zu putzen.

»Warst du etwa noch mal im KaDeWe?« Staunend musterte sie Charlottes Rock. Er bauschte sich gewagt auf, weil Charlotte die halbe Nacht den mit Stärke getränkten Tüll gebügelt hatte. Der rote Tellerrock war mit Spitze und Rüschchen verziert.

»Ich habe eine Bluse genommen und … na ja … Aus drei Unterröcken hab ich einen gemacht und dann …«

»Warte mal. Du … du hast das selbst geschneidert?«

Charlotte knickste lächelnd.

Sprachlos umkreiste Vera sie und fühlte nach dem Stoff des Unterrocks. »Ist das Tüll?«

»Damit es sich bauscht, ja. Dann kommt die Taille gut zur Geltung.«

»Das kannst du laut sagen.« Neugierig zupfte sie am Stoff des Oberteils. Charlotte hatte sich beim Zuschnitt an den Modellen der Mädchen orientiert, die sie in der Baracke gesehen hatte: V-Ausschnitt und Tellerrock.

»Das ist wunderschön, weißt du das?«

»Es ist nicht sehr besonders, ich …«

»Wie nennt man das? Den Unterrock. Der ist so … ausladend.«

»Äh … Petticoat. Mein Freund hat amerikanische Zeitschriften, da drüben kommt das gerade groß in Mode.«

»Dreh dich mal.«

Charlotte wirbelte herum und ließ den Rock fliegen. »Ist das zu viel für … für den ersten Tag beim Bedienen, mein ich?«

»Schätzchen!« Vera lachte. »Mit dem Rock wirst du so viel Trinkgeld kassieren, da kommen dir die Münzen zu den Ohren raus.« Sie deutete Richtung Bar. »Schnute wartet schon. Er weist dich für heute Abend ein.«

»Danke.«

»Wofür?« Sie winkte ab. »Vielleicht war das KaDeWe doch keine so gute Idee«, meinte sie und sah ein letztes Mal prüfend auf Charlotte, bevor sie zu ihrem Arbeitszimmer ging.

»Wieso?«, rief Charlotte ihr nach.

»Dies Petti-Dings … da bin ich zu alt für. Aber du hättest mir sicher was anderes Schönes nähen können. Vielleicht ein besseres Kleid als unser Mandarinenstückchen.«

Charlotte sah ihr nach, wie sie in ihrem Arbeitszimmer verschwand. Das hatte Vera ernst gemeint, wurde ihr bewusst, und sofort erfüllten Veras Worte sie mit Stolz. Gut gelaunt sah sie an sich herunter, lüpfte ein bisschen den Stoff und tänzelte dann leichten Fußes zum Saal. Sie fühlte sich rundum gut. Der schicke Rock gab ihr das Gefühl, jemand zu sein. Kein Schatten mehr. Niemand, der sich verstecken oder wegducken musste. Lächelnd ging sie zur Mannschaft des *Midnights*, die sich an der Bar versammelt hatte.

Während Trude den Alkoholbestand kontrollierte, stand Anton auf einer Klappleiter und drehte neue Lampen in den Kronleuchter. Harald, ein Barmann, der gern sein eigener

Kunde war, leckte einen Bleistift und hakte Trudes Ansagen ab. Charlotte fand Schnute halb unter der Bühne liegend, wo er einen Wasserschaden begutachtete.

»Ich melde mich zum Dienst.«

Ächzend rollte sich Schnute unter dem Aufbau hervor und stieß sich den Kopf, als er sie entdeckte.

»Donnerlittchen!«

»Danke.« Strahlend ließ sie den Rock wippen.

»Da hat sich wer aber ganz schön rausgeputzt!« Er lächelte schief und hielt ihr die Rechte hin, damit sie ihn hochziehen konnte. Als sie seine Hand berührte, spürte sie, wie vernarbt sie war.

»Du hast gesagt, ein gepflegtes Aussehen bringt Trinkgeld, und ich kann jeden Pfennig brauchen.«

Brummend nickte er. »Der Schmeling hatte so einen Tick mit seinen Hosen, der …«

Sie unterbrach ihn schnell: »Ist was mit der Bühne?«

Schnute drehte sich zu den Brettern um und winkte ab. »Die is' genauso im Eimer wie der Rest des Ladens. Na, komm mal mit.«

Sie folgte ihm zurück zur Bar.

»Weißt du die drei Regeln für mehr Trinkgeld noch?«

»Höflich sein und lächeln«, begann sie aufzuzählen. »Beim Scherzen ruhig mal die Hand auflegen. So wie Vera, oder?«

Er nickte. »Und der dritte Punkt?«

»Ich stell mich vor. Ganz zu Anfang. Hallo, ich bin Charlotte, was kann ich Ihnen bringen?«

»Gut. Immer am Gegner bleiben«, sagte er und sprang unvermittelt von einem Bein aufs andere, duckte sich weg und ließ die Faust vorschnellen, als verpasse er jemandem einen Kinnhaken. »Rechts, links, eine Gerade, abtauchen, immer am Gegner bleiben.« Er zwinkerte ihr zu. »Wirst du schon schaffen. Wie der Schmeling immer sagte: Nur voller Einsatz …«

»Schnute, hör uff mit die Jeschwätz!« Kopfschüttelnd richtete Trude einen Flakon mit Whiskey aus. »Die Kleene macht dit. Kannste Jift druff nehm'.«

Seufzend winkte Schnute ab, schlappte zu Anton, der zufrieden ins Licht des Kronleuchters blinzelte, und nahm ihm die Leiter ab.

Die nächsten zwei Stunden half Charlotte, wo sie nur konnte. Kurz bevor das *Midnight* öffnete, kam Vera und verlangte, während die Band ihre Stühle und Pulte aufbaute, eine zweite Kiste Champagner in der Kühlung. Da Schnute irgendwohin verschwunden war, fiel Anton der Auftrag zu, und Charlotte bot sich an, ihm zu helfen.

Die Sonne war bereits untergegangen, und in der Luft lag der Duft einer Sommernacht, als sie nach draußen trat.

Pfeifend sprang Anton die Stufen in den Hinterhof hinab, so ungestüm, dass ihm seine Schiebermütze vom Kopf flog. Er hob sie nicht auf, sondern hakte den Fuß darunter und trat sie in die Luft. Sie landete perfekt auf seinen strubbeligen Haaren. Charlotte applaudierte ihm lachend. Man sollte ja den Abend nicht vor dem Morgen loben, doch Charlotte hatte richtig gute Laune und war sich sicher, dass dieser Abend ihr Durchbruch sein würde. Nicht allein, weil sie endlich kellnern, mehr Geld verdienen und ihrem Traum von einer Nähmaschine näher kommen würde, sondern auch Leuner persönlich begegnen würde. Und nun öffnete Anton ihr auch noch das Tor zum Lager. Im Zickzack rannte der Junge voraus, zog einen Schlüssel aus seiner Weste und schloss auf.

Weil es kein elektrisches Licht gab, entzündete er eine Karbidlampe, die griffbereit am Eingang stand. Charlotte folgte ihm ins Innere.

Erstaunt stellte sie fest, dass ein Teil des Raumes inzwischen mit Brettern abgeriegelt worden war. Als sie das letzte Mal geschickt worden war, um Whiskey zu holen, hatte es lediglich einen einzigen großen Raum gegeben. Der neue Bereich war nur durch eine improvisierte Tür mit Vorhängeschloss zu betreten.

Mit Sicherheit hatte Leuner hier seine Sachen untergestellt. Charlottes Blick glitt zum Fußboden. Auf dem gestampften Lehm waren deutlich Schleifspuren und Abdrücke von Schubkarren zu sehen.

»Hab ich mit Schnute gebaut«, meinte Anton stolz. »Vorgestern, als du frei hattest.«

»Wozu denn? Was ist da drin?« Sie versuchte, durch einen der Bretterschlitze zu linsen, aber dahinter war es zu dunkel.

»Keine Ahnung. Leuner wollte nicht, dass wir beim Abladen helfen. Wir durften nicht mal im Hof sein oder an den Fenstern.«

»Leuner? Bist du denn gar nicht neugierig?«

Anton zuckte mit den Achseln. »Komm. Lass uns den Champagner holen.« Er wuchtete die Kiste vom Stapel. »Pass auf deinen Rock auf.«

»Danke, alles gut.« Zusammen trugen sie die Kiste hinaus.

Bevor Anton die Tür zum Lager schloss, sah sie noch einmal auf die Bretterwand und die improvisierte Tür. Sie wusste, dass es für Timothy wichtig war zu erfahren, was Leuner hier versteckte, doch als die Gäste eine halbe Stunde später ins *Midnight* strömten, die Band den ersten Walzer spielte und die Champagnerkorken knallten, hatte sie keine Zeit mehr, über das Lager nachzudenken.

Kurz darauf musterte sie ein wenig unsicher die eingetroffenen Gäste, holt ein letztes Mal Luft und ging unter Schnutes brummelndem Nicken zu ihrer ersten Bestellung an den Tisch.

Höflich sein, lächeln, sich vorstellen … Körperkontakt. Als hätte sie es schon immer getan, spulte sie die Tipps ab, holte das Tablett voller Drinks und eilte zum nächsten Tisch. Sie war ganz in ihrem Element, war einfach kopfüber ins Wasser gesprungen – ohne Zeit für Grübeleien.

Der Laden füllte sich, und die Stimmung wurde ausgelassen. Irgendwie hatte Schnute recht. Es war tatsächlich wie beim Boxen. Zumindest stellte Charlotte es sich im Ring so vor. Sie wich forschen Händen aus, klopfte Schultern, lächelte und schlängelte sich zwischen Soldaten hindurch, die nichts außer einem Flirt im Kopf hatten. Das Trinkgeld strömte, die Bestellungen kamen und gingen, und sie schwitzte wie Schnutes Schmeling in seinen besten Kämpfen. Sie sehnte sich nach einem Stück Seife, während sie die Blicke der Männer auf sich spürte und durchaus genoss. Immer mehr Kleingeld wanderte in ihre Tasche, und nichts ging zu Bruch.

Nach sechs Stunden lehnte sich Charlotte erschöpft, aber glücklich an die Bar. Die Haare klebten ihr im Nacken, ihre Wangen waren gerötet vor Anstrengung. Alles an ihr schien nach Bier und Schnaps zu stinken, und inzwischen hatte sich die Stärke des Petticoats weitgehend verabschiedet.

»Noch drei Bier für die Herren an Tisch zwölf.« Harald nickte und begann zu zapfen.

Charlotte spürte jede Faser ihres Körpers, als hätte sie den ganzen Tag über Steine geschleppt. Das letzte Mal hatte sie sich so ausgelaugt gefühlt, als sie tagelang den Trümmerfrauen unweit des Tempelhofer Damms beim Schutträumen geholfen hatte. Doch es störte sie nicht, so abgekämpft zu sein – sie war auf eigenartige Weise glücklich. Es war ein sattes Glücksgefühl, eines, das ganz tief in ihrem Innern entsprang und sie an ein wohliges Glühen erinnerte. Kein Glück, wie ein ungestümes Feuer, nicht wie eine Silvesterrakete, die steigt und in Sekunden verglüht, sondern eher wie ein schmeichelnder, warmer Stein, an den man sich schmiegt, auf den man sich bettet. Heimelig, dauerhaft, tief.

Sie ließ den Blick durch den Saal gleiten.

Mittlerweile war es drei Uhr morgens und die meisten Gäste bereits gegangen. Die Band hatte vor einer Stunde aufgehört zu spielen. Die leere Bühne diente einem Gast als Bett. Schnute versuchte, den Mann durch Schütteln zu wecken. Es war Zeit, den Laden abzuschließen, das Geld zu zählen, auszufegen und mit der Nacht in den Morgen zu verschwinden.

Zwei GIs flirteten mit einer auffallend aufreizend gekleideten Dame an der Bar. Die Frau war schlank, vielleicht dreißig Jahre alt. Sie hatte die langen Haare zu einem Pferdeschwanz gebunden, wahrscheinlich, um jünger zu wirken. Ein eng geschnürtes Korsett betonte ihre weiblichen Formen. Ihre Fingernägel waren tiefrot lackiert, passend zu ihrem Lippenstift, den sie für Charlottes Geschmack ein wenig zu dick aufgetragen hatte. Während einer der beiden die letzte Runde orderte, leckte sein Freund der Frau einen Klecks Weinbrand vom Dekolleté. Ihr schien es zu gefallen, denn sie kicherte laut. Ihr Blick jedoch sprach das Gegenteil, als sie zu Charlotte hinübersah. Diese senkte genierlich den Kopf.

Die Fremde lachte laut auf, als sie ein neues Glas in die Hand gedrückt bekam, stieß mit den beiden Soldaten an und kippte ihren Drink hinunter. Charlotte entging nicht, dass sie die Hand des einen Soldaten auf ihren Po schob, während sie ihre dem anderen auf den Hintern legte. Jäh wandte sich die Frau noch einmal zu ihr um und sagte mit alkoholschwerer Zunge: »Das ist ein wirklich schöner Rock.«

»Danke.«

»Hast du den selbst gemacht?« Die Frau ließ die Soldaten stehen und kam unter dem feixenden Protest der beiden einen Schritt näher. Charlotte wusste nicht genau, was sie davon halten sollte.

»Na, sag schon. Wo hast du den her?«

»Den … ich hab ihn selber genäht.«

Die Frau beugte sich zu ihr vor und flüsterte ihr etwas ins Ohr, woraufhin Charlotte ungläubig auflachte. »Meinen Sie das ernst?«

Die Fremde nickte. »Warum denn nicht?«

»Aber ich … Ich habe nichts anderes dabei.«

Die Frau legte ihre Hand auf Charlottes Arm. »So schnell muss es ja nicht sein, Schätzchen. Ich bin sicher morgen oder übermorgen wieder hier.« Sie zwinkerte ihr zu, zückte ihre Handtasche und schob Charlotte schließlich einen Fünfziger zu.

Ungläubig besah Charlotte den Geldschein. Hatte sie schon einmal so einen Schein zwischen den Fingern gehabt? Sie konnte sich nicht erinnern. Die Währungsreform war erst knapp drei Jahre her, und dieser Schein fühlte sich an, als wäre er noch nicht durch viele Hände gegangen.

Verlegen machte sie einen Knicks, wusste einen Moment nicht, was sie tun sollte, dann steckte sie den Schein hastig in ihre Tasche zum Trinkgeld und besiegelte ihr Abkommen mit einem Handschlag.

Inzwischen hatte Vera den Club betreten. *»Time to go, lovebirds. Time to go«,* forderte sie die drei auf und klatschte in die Hände. Während der letzten Stunde, nachdem die wichtigsten Gäste gegangen waren, hatte sich Vera in ihr Büro zurückgezogen. Jetzt wollte sie die Kasse machen, und die GIs und die Frau waren tatsächlich die Letzten. *»It's closing time …«*

Zwar murrten die Soldaten kurz, doch dann nahmen sie die

Frau in die Mitte und torkelten Richtung Ausgang. Schnute, der die drei die ganze Zeit nicht aus den Augen gelassen hatte, folgte ihnen. Er würde warten, bis sie außer Sichtweite waren.

»Was war das denn eben?« Vera goss sich einen Martini ein und warf Charlotte einen fragenden Blick zu.

»Ich … ich hab ihn verkauft.« Charlotte wusste selbst nicht recht, was gerade passiert war. Doch das Rascheln des Geldscheins in ihrer Tasche sagte ihr, dass sie nicht träumte.

»Wen?« Veras Martiniglas verharrte in der Luft.

»Den Rock mit der Bluse.«

Ungläubig sah Vera sie an, kippte den Martini. »An Marcelina? Die Asphaltantilope?«

»Wie? Das war eine … Oh!« Natürlich hatte sie es geahnt, aber die Frau hatte ihren Rock gekauft! Für eine Sekunde überfiel Charlotte der schreckliche Gedanke, der Ausschnitt könnte zu freizügig sein. Doch dann ermahnte sie sich, dass sie die Schnitte aus seriösen Zeitschriften abgeguckt hatte.

Vera bedeutete Schnute, der zurückgekehrt war und sich gerade die Kasse geben ließ, dass sie noch einen Martini wolle. »Marcelina benimmt sich. Soll sie die GIs doch abschleppen. Solange es unser Geschäft nicht stört, lass ich ein paar der Damen vom ambulanten Gewerbe rein.« Sie nickte zu einem Tisch, auf dem noch drei langstielige Gläser standen. »Tisch fünf, die zwei Frauen mit der Hochsteckfrisur und den Perlenketten.«

»Die auch?« Davon war Charlotte überrascht. Die beiden hatten irgendwie … *anständig* auf sie gewirkt. Auch wenn die Männer am Tisch ziemlich aufdringlich gewesen waren.

»Jeder schlägt sich durch«, seufzte Vera.

Schnute füllte ihr Glas auf, das sie ihm auffordernd hinhielt.

»Du ja anscheinend auch, Charlotte. Im Ernst … Verkaufst deinen Rock! So ein Prachtstück. Aber ehrlich …«

Verlegen strich Charlotte über den Stoff. »Ich hätt's nicht gemacht, wenn … Die hat mir siebzig Mark geboten! Und fünfzig vorgestreckt.«

Vera verschluckte sich. Hustend rang sie nach Luft. Sie spülte mit dem Martini nach, doch das Husten wollte nicht aufhören.

Schnute, der gerade die Scheine aus der Kasse sortierte, klopfte ihr auf den Rücken. »Atmen … Ja. Gut … Immer durchatmen.«

Endlich fing sich Vera wieder. »Sieb… siebzig!? Guter Gott!«

Charlotte zog den Fünfziger hervor und hielt ihn gegen das Licht. »Der ist doch wohl echt?« Zweifel überkamen sie. Eine Hure kaufte ihren Rock? Aber noch hatte sie ihn. Und diesen Schein. Hübsch sah der aus.

Vera ignorierte ihre Frage. »Dann sag mal, wie viel haben denn die ganzen Stoffe gekostet? Die Spitze, der Tüll …?«

»Der Rock, der … Ich hatte noch ein altes Laken, Bettwäsche. Na ja, und die drei Unterröcke eben. Und dann die Rüschchen, ja, dafür hab ich bezahlt. Zwei Mark.«

»Zwei?«

»Ja. Für die Rüschchen. Das war's. Ich hab …«

»Schnute!«, unterbrach Vera sie harsch und winkte ihn heran. »Schnute. Lass die Kasse stehen. Ab damit ins Geheimfach.«

»Was?« Entsetzt sah er auf die Münzstapel, die er bereits sortiert hatte.

»Hol Anton.«

»Was? Äh? Jetzt?« Fragend kratzte er seine schiefe Nase.

»Hol ihn einfach. Ja, jetzt«, befahl Vera. »Ich … Wir machen alle einen Ausflug. Ich bin betrunken genug dafür.«

Schnute schüttelte den Kopf, schob das ungezählte Geld in

die Schatulle zurück und nahm sie mit, um sie in Veras Büro zu verstecken.

Fragend sah Charlotte ihre Chefin an. »Wohin denn?«

Vera antwortete nicht, sondern prostete ihr bloß breit grinsend mit dem leeren Martiniglas zu.

26

Zu viert hetzten sie in Veras Pritschen-Käfer durch die Nacht. Vera saß hinter dem Steuer, während Charlotte sich an sie pressen musste, weil Schnute und Anton sich ebenfalls auf die Vorderbank gedrückt hatten. Auf die mehrmalige Frage, wohin sie denn fuhren, hatte Charlotte bloß ein wissendes Du-wirst-schon-sehen zu hören bekommen. Vera schien großen Gefallen daran zu haben, sie weiter im Unklaren zu lassen und gab ihr keine zufriedenstellende Antwort.

»Wo lang?«, rief sie gegen das Rumpeln des Motors an.

Anton zeigte die Straße runter. »Dahinten links ist ein Eingang.«

Wenig später parkte Vera den Wagen halb auf dem Bordstein, und sie stiegen aus. Anton und Schnute liefen zur Pritsche und klappten sie auf. Als Charlotte ausgestiegen war, sah sie, dass sich die Männer mit einem schweren Brecheisen und einem Bolzenschneider bewaffnet hatten.

Entschlossen warf Vera ihre angefangene Zigarette in die Gosse. Zusammen gingen sie ein paar Schritte weiter. Zuerst verstand Charlotte nicht, wohin die drei wollten, doch dann erkannte sie im spärlichen Schein der Straßenlaterne eine rostige Eisenplatte, die neben dem Fußweg eingelassen war. Zwei schwere Vorhängeschlösser sicherten sie, die Schnute, ohne zu zögern, aufknipste.

Verdammt! Sie brachen irgendwo ein! Entsetzt sah sich Charlotte um. Da wurde ihr klar, wie geschickt Vera den

Wagen geparkt hatte. Niemand aus den gegenüberliegenden Gebäuden konnte sehen, was sie hier trieben.

Vera taxierte Charlotte. Schnell sah sie weg. Was sollte sie tun?

Anton half Schnute, die schwere Platte hochzuziehen. Darunter kamen Treppenstufen zum Vorschein.

»Ein Bunker?«, fragte sie flüsternd. »Was machen wir hier? Ist das nicht Einbruch?«

»Schhhhhht.« Vera warf ihr eine Taschenlampe zu. »Schnute, du gehst zurück in den Wagen. Mach die Klappe wieder zu. Wir klopfen. Los geht's.«

Einen Lidschlag lang stand Charlotte einfach nur da und starrte die dunklen Treppenstufen hinab. Ihre Gedanken rasten, und die Zeit schien sich zu dehnen. Wenn sie da hinunterging, war sie keine Zuschauerin mehr.

Was würde Timothy sagen? Musste sie ihm davon berichten? Aber sie war selbst beteiligt. Sie machte sich mitschuldig!

Ihre Füße schmerzten. Sie sehnte sich nach ihrem Bett, nach Timothys Nähe, nach seinem warmen Körper, an den sie sich schmiegen konnte, nach Schlaf …

Und wenn sich dort unten etwas befand, das für Timothy wichtig war?

Unschlüssig sah sie weiter die Treppe hinab und spürte Neugierde kribbeln. Wie Brausepulver im Mund fing es an und wurde mehr und mehr.

Zu Hause im Bett wartet ein Polizist auf dich, ermahnte sie sich. *Und du brichst in einen Bunker ein!*

Anton hatte sicher nicht grundlos den Bolzenschneider und das Brecheisen mitgenommen. Sie würden weitere Schlösser aufbrechen.

Abermals lief Charlotte ein Schauer über den Rücken. Sie wurde zu einer Verbrecherin! *Nein!*, ermahnte sie sich. *Du bist eine Spionin. Du arbeitest für die Polizei. Hilfst, ein viel größeres Verbrechen aufzuklären.*

Dennoch rührte sie sich nicht, starrte in die Finsternis.

Als sie noch in den Ruinen gelebt hatte, hatte sie oft gestohlen. Sie hatte alles Mögliche mitgehen lassen, Essen, vor allem Essen, aber auch bunt gemischten Krimskrams, alles, was sie irgendwie tauschen konnte. Hier zwei, drei Kartoffeln, dort ein kleines Messer, eine Mütze, einen Schraubenzieher, einen Schal. Sie hat es getan, um zu überleben.

Doch hier und jetzt vor dieser Treppe ging es nicht ums Überleben.

Gott sei Dank ging es nicht mehr darum.

Es ging um eine ganz andere Frage.

Sollte sie sich auf Vera einlassen? Für Timothy? Oder vielleicht für sich selbst?

Vera war nicht nur die abgebrühteste Frau, die Charlotte bisher kennengelernt hatte – in ihr flackerte ein Feuer. Eine Leidenschaft, ein Ziel, das sie verfolgte. In Theo und Hannelore hatte noch nicht mal ein Funke geglommen. Sie hatten Charlotte stets gesagt, dass sie sich zu fügen habe. Dass es ihr nicht zustehe, Wünsche zu haben, zu hoffen, zu träumen. Vera hingegen erlaubte sich das alles.

Charlotte rieb sich zögernd die Arme. Diese Treppe in den alten Bunker war ein Pfad ins Ungewisse. Eine Art Wette auf die Zukunft, darauf, dass der Weg mit Vera ihr bessere Tage schenken würde.

Konnte die innere Kraft dieser Frau, die Verbrechern wie Leuner die Stirn bot und jeden Abend Männer um ihren kleinen Finger wickelte, auf sie abfärben?

Insgeheim hoffte Charlotte das, hoffte, stärker zu werden, sicherer, selbstbewusster – so wie Vera es war.

Entscheide dich!

Die Treppe lag finster vor ihr.

»Komm schon«, ermunterte Vera sie, die auf den Stufen stehen geblieben war und sie herbeiwinkte.

Endlich gab sich Charlotte einen Ruck.

Sie folgte Vera ins Ungewisse.

Es roch nach Öl, Farbe und Beton. Vor allem nach Beton, feuchtem Beton. Charlotte tastete sich die Stufen in die Dunkelheit hinab.

Vera war bereits bei Anton und leuchtete mit der Taschenlampe die Umgebung ab.

Die Anlage war einigermaßen sauber. Viele Bunker wurden von den Leuten inzwischen als Lager genutzt. Hier schien es weder Ratten noch Mäuse zu geben, noch nicht einmal viel Staub.

Sie fuhr mit der Hand über die kalte Betonwand. Wie oft hatte sie sich als Kind an solch eine Mauer gedrückt und mit Fremden auf die Geräusche von draußen gelauscht. Eingehüllt in eine raue Decke, die ihr jemand gegeben hatte, weil sie nur ein dünnes Lumpenkleid trug. Da wurde ihr schlagartig bewusst, dass sie noch immer ihren neuen Rock anhatte. Der Tellerrock mit seiner fröhlichen Farbe passte absolut nicht in diese Anlage aus Rohren, Mauern und Eisentüren, gefüllt mit Erinnerungen aus Angst und Tod.

Der Bunker war ein ausgedehntes Areal, und er war offensichtlich in Betrieb. Vera wagte es nicht, den Strom einzuschalten. Der Strahl ihrer Taschenlampe leckte über den Beton und fiel auf ein schwarzes Hakenkreuz. Die weiße Farbe der Nazis war von den Amerikanern stümperhaft übermalt worden – mit dem Ergebnis, dass das Symbol noch immer zu erkennen war.

Am Fuß der Treppe wartete eine schwere Metalltür. Abermals

musste Anton den Bolzenschneider ansetzen und eine Kette durchtrennen. Dann war das Drehrad frei. Anton stemmte sich hinein und zog mit aller Kraft. Bolzen lösten sich, und schon war die Tür zum Öffnen bereit.

Anton und Vera zogen sie auf. Dahinter schloss sich ein Flur an. Räume ging links und rechts ab. *Duschen, Lazarett, Funk, Schlafraum A*, las Charlotte, während sie hinter Anton und Vera hertapste. Unheimlich hallten die Schritte der drei zwischen den nüchtern beschriebenen Wänden wider.

Charlotte fröstelte. Die Aufregung, mit Vera etwas Verbotenes zu tun, war einem mulmigen Gefühl gewichen, das ihr den Hals zuschnürte und schwer auf ihrer Brust lag. Sie hatte gehofft, solche Räume nie wieder in ihrem Leben betreten zu müssen. Das letzte Mal hatte sie Anfang Februar 1945 beim Luftangriff der Amerikaner in dem Reichsbahnbunker an der Albrechtstraße Schutz gesucht. Er war vollkommen überfüllt gewesen, und sie hatte sich gleich neben dem Schott auf den nackten Boden kauern müssen, zwischen weinenden Kleinkindern und Müttern mit panischem Blick.

Ein lauter Knall ließ sie zusammenzucken. Er verhallte schleppend. Schnute hatte wie befohlen die Klappe hinter ihnen geschlossen. Charlottes Gefühl der Beklommenheit stieg.

»Was suchen wir hier?«, wollte sie wissen und erschrak über den Hall ihrer Stimme in der gespenstischen Stille.

Vera sah sich zu ihr um und leuchtete ihr ins Gesicht, sodass Charlotte sich abwenden musste. Schließlich deutete sie mit dem Lichtkegel auf eine Tür mit der Aufschrift *Schlafsaal A*.

»Voilà.« Sie nickte Anton zu.

Der Junge wollte die Tür öffnen, aber sie war verschlossen.

»Verdammt!« Er sah sich das Türblatt an. Es war ebenfalls

aus Metall, aber lange nicht so dick wie die Schleusentür am Fuße der Treppe.

Brummend nahm er das Brecheisen zur Hand und setzte es am Türblatt an. Er hebelte mit ganzer Kraft, und schon nach dem zweiten Versuch gab das Schloss nach. Mit einem Quietschen schwang die Tür auf. Dahinter lag völlige Dunkelheit.

Vera winkte Charlotte, näher zu treten.

Der Taschenlampenstrahl erfasste kaum das erste Bett, als Charlotte schlagartig bewusst wurde, weswegen sie hier waren.

»Sie wollen hier … Sie wollen …?« Ungläubig trat Charlotte in die Dunkelheit vor, begleitet vom Lichtkegel. »… Bettzeug klauen?«

Der Raum war schlauchförmig, rechts und links an den Wänden standen dreistöckige Etagenbetten. Jedes Bett war akkurat bezogen. Unter einer Decke gegen den Staub lag eine komplette Ausstattung an hellgrauer Bettwäsche.

Charlotte versuchte, die Reihen zu zählen. Sie kam bis vierzig. Vierzig Reihen, rechts und links Stockbetten, je drei Etagen … Es waren über hundert. »Ich soll daraus … Röcke nähen?«

»Wir müssen noch mal wiederkommen. So viel kriegen wir gar nicht mit. Aber wir nehmen, was wir tragen können. Es ist schon bald Sonnenaufgang, und ich will weg sein, bevor zu viele Leute auf der Straße sind.«

»Sie wollen, dass ich daraus Röcke nähe?«, hakte Charlotte, diesmal lauter, nach.

»Sag ruhig du, Charlotte. Ich bin Vera, ja?« Vera raffte die erste Garnitur zusammen. »Wir bringen sie zu Drillich und Sohn. In die Färberei. Da kannst du dir alle Farben aussuchen!«

Doch sie war viel zu überrumpelt von Veras Vorhaben, als dass sie auf dieses Angebot ihrer Chefin reagieren konnte.

»Überleg doch mal«, beschwor Vera sie. »Du hast siebzig Mark bekommen. Für einen einzigen Rock. Hier ist Stoff für … für zweihundert. Ach, für mehr. Und Gardinen für die Spitze treiben wir auch noch auf. Zweihundert mal siebzig. Das sind vierzehntausend.«

Anton pfiff anerkennend.

»Und das ist erst einer der Schlafräume. Hier gibt's vier … Oh.« Vera hatte ein daumennagelgroßes gesticktes Hakenkreuz auf der Bettwäsche nebst einer Kennnummer entdeckt. »Na, da musst du drum rumschneiden.« Seufzend strich sie über das Nazisymbol, dann bemerkte sie, dass Charlotte noch immer unschlüssig dastand. Mit einem schnellen Schritt war sie bei ihr und rieb ihr die nackten Arme. »Charlottchen. Du hast Talent. Du hast ein unglaubliches Talent. Sieh es als Förderung, als … als einen Startschuss, als Startkapital. Da ist was in dir, das da die ganze Zeit geschlummert hat.« Sie tippte Charlotte sanft auf die Brust. »Und jetzt muss es da raus, und ich, ich werd das fördern.«

»Ich weiß nicht«, antwortete Charlotte, musste aber lächeln. Vera sah etwas in ihr. Sie glaubte an sie. Das erste Mal, seit ihre Mutter gestorben war, glaubte jemand, dass sie ein Talent besaß. Dass sie etwas schaffen konnte.

»Is' ja auch kein richtiger Diebstahl«, warf Anton ein. »Die Wäsche und so. Das gehört keinem. Und die wird ja auch hoffentlich nie mehr gebraucht.«

»Richtig, Anton!« Vera schob Charlotte zu den Betten hin. »Du glaubst doch nicht, dass in zehn, zwanzig Jahren noch immer die Bettwäsche hier liegt. Dann hat man die längst weggeworfen und was Besseres hingelegt …«

Auf keinen Fall konnte Charlotte Timothy hiervon erzählen. Sie musste die Röcke im Club nähen. Sie würde ihr Geschäft auf ein Verbrechen gründen …

»Und wir hoffen ja alle«, fuhr Vera fort, »dass wir in den nächsten zwanzig Jahren nicht mehr in einen Bunker müssen.« Ihre Augen leuchteten. »So viele Stoffe. Du kannst deine eigene Kollektion nähen.«

Charlottes Blick glitt noch einmal zu den Betten. Sie hatte sich auf der Treppe bereits entschieden – für den Weg mit Vera. Hoffen und träumen. Hier lag brach, was sie einen Schritt weiterbringen würde.

War das Veras Geheimnis? Etwas zu riskieren, um dadurch sein Ziel zu erreichen?

Seufzend atmete Charlotte auf, dann nickte sie. »Aber wir sollten uns beeilen.«

27

Charlottes Blechschachtel füllte sich zusehends. Vera hatte ihr fünfzehn Prozent angeboten, während sie den Rest behielt. Dafür besorgte Vera neue Stoffe und kümmerte sich um die Kundschaft. Der Raum hinter dem Schrank, in dem die Umkleide für die Mitarbeiter untergebracht war und wo die Requisiten aus längst vergessenen Tagen des *Midnights* gestanden hatten, wurde kurzerhand zu einem Arbeitsplatz umgebaut. Schnute und Anton stellten ein paar Regale auf, besorgten einen schmalen Schreibtisch und einen Stuhl sowie eine Nachttischlampe. Charlotte, die eigentlich vorgehabt hatte, jeden Abend zu kellnern, um Leuner zu belauschen und Timothy von dem Gehörten zu berichten, beschränkte sich auf drei Tage pro Woche, in denen sie im Saal servierte. Die restlichen Abende nähte sie – meist die Nacht hindurch – für Vera.

Vielleicht hätte es Timothy gefreut zu hören, dass sie weniger Zeit mit den »betrunkenen Männern« verbrachte, doch sie wollte ihm nichts davon verraten. Nicht nur, weil sie die Stoffe gestohlen hatten, sondern weil er es nicht verstehen würde. Ein Geschäft mit Vera Brandt … das musste in seinen Augen auf jeden Fall illegal sein. Vera war für ihn nicht besser als Leuner. Aber er irrte sich.

Vera hatte vom Schwarzmarkt für Charlotte eine alte Singer besorgt. Eine klobige Maschine, deren typischer schwarzer Lack durch endlose Stunden Arbeit anderer Frauen matt und rissig geworden war. Sie stammte noch aus Kaiserzeiten, und ihr Rattern klang wie eine uralte Dampfmaschine. Leider besaß sie keinen Elektromotor, sondern nur ein schwerfälliges Fußpedal.

Obwohl Charlotte an so manchem Abend schon nach einer Stunde der Fuß vom vielen Treten schmerzte, genoss sie die Zeit, so ganz allein und mit sich in der Kammer an ihrer Nähmaschine. Sie liebte es, immer neue Kreationen und eigene Schnittmuster zu entwerfen und auch ausgefallene Ideen zu verwirklichen, und nähte voller Eifer einen Rock nach dem anderen. Als bei der letzten Lieferung aus der Färberei die Farben nicht denselben Ton trafen, schneiderte sie daraus kurzerhand einen Bahnenrock mit abwechselnd hellen und dunklen Partien. Ein paar Tage später versuchte sie sich an einem weit schwingenden Glockenrock mit breit gepaspeltem Saum in einem tiefen Rot und verpasste dem Rock aus einer Laune heraus zwei große aufgenähte Taschen in Gelb. Er sah ziemlich modern aus, so richtig flott und erinnerte sie an die ausgefallenen Modelle aus ihren Modezeitschriften. Aus schönen dunkelblauen Laken entstanden schmale Röcke, hinten mit Schlitz, einem breiten Bund und Abnähern, die so figurbetont waren, dass man sich damit besser nicht hinsetzte oder gar bückte.

Sie nähte voller Eifer einen ihrer Petticoats zu Ende und freute sich schon voll Ungeduld, ihre neuen Schnittideen mit Maßband und Schneiderkreide auf die nächsten schönen farbigen Laken übertragen zu können.

Begleitet von Stimmengewirr, dem Klirren der Gläser und Flaschen, manchem Walzer und sanftem Jazz, die durch die dünnen Wände drangen, nähte sie, schnitt zu, probierte Neues aus und war glücklich.

Sie genoss es auch, im Club zu arbeiten. Sie fand Gefallen am Flirten, den Blicken der Männer und ihrem eigenen Geschick, den verschwitzten Kerlen, die nach Alkohol und Zigarren stanken, das Trinkgeld aus der Tasche zu ziehen. Außerdem mochte sie es, abgekämpft und mit schweren Gliedern zu Timothy ins Bett zu kriechen und sich an ihn zu schmiegen. Er gab ihr das Gefühl, nach den Jahren des Krieges und der Verluste wieder ein Zuhause zu haben. *Vielleicht*, dachte sie, *ist es tatsächlich so, dass ich seit dem Tod meiner Mutter nur herumgeirrt bin.* Erst hatten sie den Hof verlassen, dann war ihre Mutter vor den Toren Berlins erschossen worden, sie hatte sich selbst ein Zuhause suchen müssen – und ein Zelt in den Borsig-Werken gefunden. Später war sie bei Theo und Hannelore eingezogen – doch angekommen war sie bei Timothy. So etwas wie Heimat spürte sie erst bei ihm.

Sosehr sie das quirlige *Midnight* mochte, brauchte sie Timothys Nähe, um zur Ruhe zu finden. Auch wenn es ihr seit ihrem kleinen Streit über ihre Kellnerei so vorkam, als gäbe es einen winzigen Riss in ihrer kuscheligen Timothy-Welt. Sie schob es jedoch auf ihr schlechtes Gewissen, ihm etwas zu verheimlichen, und gab sich selbst die Schuld. Umso mehr strengte sie sich an, ihm eine gute Freundin zu sein. Auch wenn sie oft zu müde war, um noch mit ihm auszugehen.

Ein paar Mal hatte sie überlegt kürzerzutreten, aber sie liebte die Mischung aus Kreativität und schwerer Arbeit einfach zu sehr. Und nichts konnte den Abend besser ausklingen lassen als Schnutes missglückte Versuche, für sie alle auf einem altertümlichen Herd im hintersten Zimmer des *Midnights* noch ein Mitternachtsmahl zu kochen. Das gesellige Beisammensitzen und Feixen gefiel ihr genauso gut wie Timothys Küsse. Selbst wenn Schnutes Kochversuche wie so oft pampig schmeckten. Bei Vera, Schnute, Anton und sogar bei Trude fühlte sie sich ebenso zu Hause wie in Timothys starken Armen.

Mit Timothy konnte sie still werden, die Welt vergessen, nur ihn und sich spüren. Er war die warme Decke, in die sie sich nachts kuschelte, um am nächsten Morgen sicher und gesund aufzuwachen.

Das *Midnight* war ihr zweites Zuhause, ein ganz anderes, als sie mit Timothy hatte. Es war voller Lachen und Lebendigkeit, durcheinander und laut, aber immer mit viel Herz …

»Was ist denn das?« Vera stand mit einer Flasche Wein und zwei Gläsern im Türrahmen und sah, wie sie die Scheine aus ihrer Blechschachtel zählte.

»Das ist mein… das ist meine Sparbüchse.« Ertappt drückte sie den Deckel auf die Schachtel.

»Na, dann pass gut darauf auf. Das Geld immer mit sich herumzutragen …«

»… ist keine gute Idee, ich weiß.« Etwas verlegen schob sie die Büchse in ihre Tasche.

»Du solltest sie besser irgendwo verstecken.« Vera sah sich im Raum um. »Du kannst sie hier in den Schrank tun, wenn du möchtest.«

»Ist gut«, antwortete Charlotte unsicher.

Vera trat an den Tisch und beugte sich über die neuen Schnitte. Sie nickte anerkennend. »Warum schleppst du die Dose mit? Warum bewahrst du sie nicht zu Hause auf? Du hast doch ein Zuhause, oder?«

Charlotte nickte, hoffte, Vera würde nicht zu genau nachfragen. Sie war nicht sehr gut im Lügen, bestimmt würde sie sich verplappern oder so rumstottern, dass Vera sofort argwöhnisch wurde – und noch tiefer nachbohrte.

»Wo wohnst du denn eigentlich?« Vera schob die Zeichnungen beiseite.

»Ach …« Möglichst lässig zuckte Charlotte mit den Schultern. »Mal hier, mal da.«

Vera musterte sie genau, dann grinste sie verschmitzt. »Ach … so habe ich dich gar nicht eingeschätzt.«

Lachend wehrte Charlotte ab. »Nein, nein, so habe ich das nicht gemeint.« Ernst fügte sie hinzu: »Aber meine Mutter, sie ist gestorben, da war ich dreizehn. Das war, kurz bevor die Russen kamen.«

»Du meinst die Schlacht um Berlin?«

Charlotte nickte. »Wir hatten einen Hof, fünfzig Kilometer vor Berlin. Mein Vater ist im Krieg gefallen. Und dann sind wir hierher, nach Berlin. Aber meine Mutter hat die Stadt nicht erreicht.« Charlotte biss sich auf die Lippen. Wieso erzählte sie Vera das alles? Doch irgendwie mussten die Worte raus, und es tat gut, darüber zu sprechen.

»Du vermisst sie noch immer sehr, hm? Habe ich recht?«

Zögernd nickte Charlotte und versuchte, nicht an den Geruch ihres Kinderzimmers zu denken, keine Erinnerungen an den Hof heraufzubeschwören, der zwar ärmlich, aber doch so heimelig gewesen war. Vor allem versuchte sie, nicht an ihre Mutter zu denken. Das fiel ihr am schwersten. Vera hatte recht, sie vermisste sie noch immer.

Zu Charlottes Überraschung strich Vera ihr mit einem Mal zärtlich über die Wange. »Wir haben alle unser Leid zu tragen. Ich war im Krieg. Ich hab viel gesehen, weißt du?«

Charlotte nickte zwar, doch Veras Tonfall kam ihr seltsam distanziert vor. Ein bisschen wie einstudiert, sodass Charlotte sich entschloss, den Spieß umzudrehen. »Du warst im Krieg? Warst du ein Blitzfräulein? Wo warst du denn?«, bestürmte sie Vera mit Fragen.

»Ich war in Frankreich. Nordzone und auch im Süden. Und in Cherbourg«, lautete ihre karge Antwort. Auf Charlottes fragenden Blick hin, die annahm, es käme noch mehr, antwortete sie bloß mit einem feinen Lächeln. Das war alles.

Mehr sagte Vera nicht, zog stattdessen eine Rolle aus Papier aus ihrer Tasche und legte sie vor die Singer.

»Was ist das?« Charlotte war sich nicht sicher, ob sie danach greifen durfte.

»Nimm ruhig.«

Es waren gerollte Geldscheine, die Vera mit einem Gummiband zusammengebunden hatte. Die Rolle war sehr viel schwerer, als Charlotte erwartete. Neugierig schob sie das Gummi beiseite und ließ die Scheine durch ihre Finger gleiten. So viel Geld hatte sie noch nie in ihrem Leben in der Hand gehalten.

»Wir haben was zu feiern, Charlotte. Die ersten zehn Röcke sind verkauft.« Vera war bereits aufgestanden und halb zur Tür hinaus. »Ich hol uns was zu trinken.«

Kurz darauf kam sie mit zwei Weingläsern wieder. »Auf unsere Geschäftsbeziehung«, meinte sie und füllte die Gläser randvoll.

»Ja. Auf unsere Mode.«

Als die beiden anstießen, schwappte ihnen der Wein über die Hände. Lachend, wie Kinder Honig von den Fingern schlecken, leckten sie ihn ab. »Die Nutten reißen mir die Röcke aus der Hand, Charlotte. Vielleicht sollte ich noch schwereren Stoff besorgen. Vorhänge oder so. Damit du Mäntel machen kannst. Wäre das was?«

Einen Moment lang überlegte Charlotte. »Nein. Ich meine schon. Mäntel sind gut, aber erst zum Herbst hin. Lass uns bei den Röcken bleiben. Es wäre schön, noch mehr Rüschen zu bekommen – und mehr bunte Stoffe. Vielleicht können wir auch einmal ein Kleid nähen?«

»Du. Du nähst, ich kümmere mich um die Stoffe. Da finde ich schon was.« Vera nahm einen Schluck und sah zufrieden auf Charlottes aktuelle Näharbeit. Ein langsamer Walzer sickerte durch die Wand, und das Licht der Nachttischlampe verwandelte den Raum in eine heimelige Räuberhöhle. Charlotte musterte ihre Chefin und Geschäftspartnerin. In diesem Licht wirkte Vera wie ein Schulmädchen, das noch nie allein in der Welt unterwegs gewesen, aber von großen Erwartungen an sein Leben erfüllt war. Die sonst so souverän wirkende Vera bemerkte Charlottes Blick und wich ihm verlegen aus. Sie drehte das Weinglas zwischen zwei Fingern und schien nicht so recht zu wissen, wie sie beginnen sollte.

Charlotte hatte sie erst ein einziges Mal so unsicher gesehen. »Stimmt etwas nicht?«

»Ach, wo du Kleid gesagt hast … Ich bin ein bisschen nervös, weißt du?«

»Das Mandarinenkleid?«

Seufzend nickte Vera. »Am Wochenende geht's zur Geburtstagsfeier vom Senator. Da sind sie alle – die Reichen und die Politiker. Ernst Reuter ist auch da.«

»Unser Bürgermeister?«, fragte Charlotte begeistert.

Vera stellte sich wie ans Rednerpult und deklamierte im Tonfall von Reuter: »Ihr Völker der Welt, ihr Völker in Amerika, in England … Schaut auf diese Stadt und erkennt, dass ihr diese Stadt und dieses Volk nicht preisgeben dürft …«

Charlotte applaudierte. »Der sieht immer so unausgeschlafen aus.«

»Unausgeschlafen?« Vera prustete los. »Ich bitte dich! Aber stell dir vor, ich und Reuter – auf derselben Feier! Und ich sage dir, ich hol mir ein Foto mit ihm. Mit ihm und all den anderen Reichen und Mächtigen … Denen drücke ich allen eine Einladung fürs *Midnight* in die Hand. Ich hoffe nur … Ich hoffe wirklich, unsere Kleiderwahl war richtig. Ich habe ganz schön Muffensausen.«

Ohne groß darüber nachzudenken, nahm Charlotte Veras

Hand. »Das Kleid ist ein Hingucker. Glaub mir. Es wird ein fantastischer Abend. Alle werden dich ansehen, als wärst du Prinzessin Soraya.«

»Du weißt doch, dass ich das gar nicht sein will«, seufzte sie.

»Oh, ja. So hab ich das auch nicht gemeint.« Schmunzelnd trank Charlotte ihren Wein aus und hielt Vera das leere Glas hin. Sie genoss diesen Moment. Aus der harschen Frau, die Charlotte nicht im *Midnight* hatte haben wollen, war … ja, eine Freundin geworden.

»Willst du noch mal Goethe hören?« Vera lachte laut, dann stieß sie Charlotte kumpelhaft an die Schulter und füllte die Gläser erneut randvoll. »Im Saal elegant bis zur Hälfte, aber hier hinter der Bühne bis zur Kante! Der Schluck für die hart arbeitende Bevölkerung.«

»Prost. War das auch von Goethe?«

Vera trank und schüttelte amüsiert den Kopf. »Wie die alle geguckt haben!«

Einen Lidschlag lang überlegte Charlotte, sie zu fragen, was mit der Frau gewesen war, die sie beobachtet hatte. Warum hatte Vera so düster aus dem Fenster des Wagens gesehen?

Doch sie traute sich nicht, und dann war der Moment verflogen, hinfortgetragen vom nächsten Musikstück der Band, die keine fünfzehn Meter entfernt ruhigen Swing anstimmte.

Seufzend erhob sich Vera. »Na, ich werde mal sehen, was Schnute treibt. Wird Zeit, dass wir den Laden für heute schließen. Und du, Charlotte, pass auf dein Geld auf. Tu es gut weg, ja?«

Als Antwort prostete Charlotte ihr aufmunternd zu. »Das Kleid ist perfekt. Glaub mir. Ich wünsche dir viel Glück.«

Mit einem Nicken verabschiedete sich Vera. Sie war kaum gegangen, da saß Charlotte schon wieder an der Nähmaschine und zog ratternd die nächste Naht.

28

In dieser Nacht schlief Charlotte vor ihrer Singer ein, nachdem sie den restlichen Wein getrunken hatte. Sie erwachte erst im Morgengrauen und stellte fest, dass jemand ihr eine Jacke über die Schultern gelegt und das Licht gelöscht hatte.

Das *Midnight* war verwaist. Als sie auf den Flur trat und ihr Blick auf die Tür zu Veras Arbeitszimmer fiel, zögerte sie einen Moment. *Jetzt wäre ein guter Zeitpunkt, ein wenig zu spionieren.*

Hin- und hergerissen von dem Gedanken, noch einmal Veras Schubladen zu öffnen, in jeden Schrank und jede Hutschachtel zu spähen, vielleicht auch einige Unterlagen durchzusehen, und dem Wunsch, endlich nach Hause zu Timothy zu gehen, verharrte sie. Der Duft der alten Samttapete stieg ihr in die Nase. Allein schon die Vorstellung, jetzt in Veras privaten Dingen zu wühlen, zwischen ihrem Nagellack, den falschen Wimpern und all dem anderen intimen Krimskrams zu stöbern, erschien ihr ungehörig und bereitete ihr ein schlechtes Gewissen. Das war seltsamerweise noch schlimmer, als aus einem Bunker, der hoffentlich niemals mehr genutzt werden würde, Bettwäsche zu klauen.

Ohne dass es ihr bewusst geworden wäre, hatte sich das *Midnight* mit seiner Mannschaft in ihr Herz geschlichen. Im Stillen hoffte sie, dass Veras Geschäfte nicht mit Leuners Verbrechen in Zusammenhang standen.

Sie wandte sich ab und machte sich auf den Weg zum Ausgang, glücklich darüber, nicht spioniert zu haben. Jemand hatte den Schlüssel innen ins Schloss gesteckt und einen Zettel dazu geschoben, auf dem es hieß, sie solle abschließen und ihn in den Briefkasten werfen.

Charlotte hatte Timothy noch gar nicht erzählt, dass sie jetzt Röcke nähte. In den letzten Tagen hatten sie einfach kaum die Gelegenheit gefunden, länger miteinander zu sprechen. Timothy war jeden Morgen früh aufgebrochen, zu einer Zeit, in der Charlotte noch tief und fest von der Nachtschicht schlief. Oft hinterließ er ihr eine Notiz, meistens mit einem Stückchen Schokolade, das sie zum Frühstückskaffee genoss. Neulich hatte er ihr Blumen hingestellt, einen ganzen Strauß Nelken. Der Gedanke an Timothy ließ sie dem Sonnenaufgang entgegenlächeln.

Es war kurz nach sechs. Die Sonne versteckte sich zwar noch hinter den Dächern, ließ den Himmel aber in einem zarten Rot erstrahlen. Über Berlin zog sich ein pastelliger Bogen dahin. In den Straßen herrschte bereits reges Treiben.

Da wehte Charlotte der Geruch von frisch gebackenem Kuchen entgegen. Sie blieb stehen, lauschte den Vögeln, die im Rinnstein herumsprangen und aufgeregt tschilpten. Ihr Blick fiel in das Schaufenster der Konditorei. Statt einer Nusstorte lockte nun eine wunderbare Erdbeertorte. Die Tür des Ladens stand offen, die Verkäuferin hatte sie verkeilt und lächelte sie von der Auslage aus an.

Charlotte konnte nicht anders, sie musste den Laden noch einmal betreten. Obwohl es noch so früh war, war kaum Platz vor der Theke. Zwei dicke Frauen, unverkennbar Schwestern, stritten über Geschmack und Größe einer Hochzeitstorte, während ein älterer Herr, die Zeitung unter den Arm geklemmt, mürrisch auf die Auslagen sah. Er konnte sich nicht entscheiden.

Nachdem Charlotte näher getreten war, erkannte sie, dass der Mann ein Glasauge trug. Ein abgeschnittener und zugenähter Hemdsärmel hing an seiner linken Seite herab, weil der Arm fehlte.

Charlottes Blick glitt über die Erdbeer-Sahne-Torte. Sofort lief ihr das Wasser im Mund zusammen. Sie kramte ihr Geld heraus. Nach all den Nächten an der Nähmaschine und ihrem Verkaufserfolg würde sie sich etwas gönnen.

»Na, weeste endlich, waste willst?«, fragte die Verkäuferin, und für einen Lidschlag dachte Charlotte, sie sei gemeint. Sie sah auf, bemerkte dann aber, dass die Frau mit einem vielleicht achtjährigen Mädchen sprach, das zwischen dem Mann und den Schwestern vor der Auslage stand. Es trug einen abgewetzten Tornister auf dem Rücken, und sein Blick war sehnsüchtig auf die Erdbeertorte gerichtet.

»Ich hab nur zehn Pfennige. Kann ich dafür ein Stückchen vom Stück haben?«, fragte es und sah zur Verkäuferin auf.

Die seufzte tief. »Kindchen, ick geb dir ’ne Zimtschnecke. Die sind zu braun jeworden. Aber dit Stück, wenn ick das anschneide …«

Das Mädchen nickte und wandte sich enttäuscht ab. Dabei stieß es mit dem Tornister versehentlich den Mann an, dem prompt die Zeitung herunterfiel.

»Du Göre solltest zusehen, dass du in die Schule kommst. Frühmorgens schon Torte. Wo kommen wir da hin!«

Charlotte ging vor dem Mädchen in die Knie und las die Zeitung auf. Nachdem sie sie dem Mann gereicht hatte, sprach sie das Mädchen an.

»Erdbeersahne ist auch meine Lieblingstorte … Hier.« Kurz entschlossen, gab sie dem Mädchen ein Markstück. »Kannst du gleich drei Stücke von kaufen. Für dich und Mama und Papa, hm?«

Perplex sah das Mädchen auf das Geldstück. Es war so überrascht, dass es nicht mal Danke sagte.

»Du hast doch eine Mutter und einen Vater?«

Endlich erwachte das Mädchen aus seiner Starre. »Wie bitte, Fräulein?«, fragte es wie auswendig gelernt.

»Einen Vater und eine Mutter. Eine Familie. Hast du doch?«

»Ich? … Klar. Ich wohne bei Schwager Manfred, mit meiner Mama dahinten. Papa haben die Amis totgeschossen.«

Die Antwort war so flugs und selbstverständlich gekommen, dass Charlotte schlucken musste. »Das … das tut mir leid«, sagte sie und strich dem Mädchen über die geflochtenen Haare. »Dann kauft euch was Leckeres, ja? Erdbeertorte und ein Stück vom Schokoladenkuchen.«

Eifrig nickte das Mädchen, drückte die Nase an die Auslage und konnte sich vor lauter Kuchen und Torten für nichts entscheiden. Einen Moment lang sah Charlotte ihr nachdenklich zu, dann wandte sie sich um und ging.

Sie war bereits an der Tür angelangt, als die Verkäuferin ihr nachrief: »Haste nur jekiekt und willst nichts? … He, du da!«

Charlotte wandte sich noch einmal um. »Sie da«, meinte sie schlicht.

»Wat?«

»*Sie* da. ›Haben *Sie* nur gekiekt …‹«

Die Verkäuferin glotzte fragend, verscheuchte ein paar Wespen von den Rumkugeln, holte Luft und meinte dann grinsend: »*Sie* … Soso … Die *Mademoiselle,* tut die nur kieken, oder will die auch kofen?«

»Sie will kaufen, danke. Aber nicht heute.« Ohne ein weiteres Wort trat Charlotte in die warme Berliner Luft hinaus. Ein Lächeln umspielte ihre Lippen.

29

Der Sommer legte eine Pause ein. Von Osten her wehte ein frischer Wind und vertrieb die erste Wärme des Jahres. Abends wurde es empfindlich kalt.

Charlotte zog ihr Strickjäckchen enger und blickte zurück zum Nebenausgang des *Midnights*, aus dem sie gerade getreten war. Von drinnen konnte sie Swing hören. Die Scheiben waren beschlagen, die Schatten der Tanzenden wischten auf ihnen hin und her wie bei einem Schattentheater. Gewöhnlich nutzten nur ein paar Raucher oder knutschende Pärchen den Ausgang zum Hof; wenn sie sich beeilte, würde sie sicherlich niemand bemerken.

Charlotte eilte die Stufen hinunter und in Richtung Lager.

Flink schloss sie die Tür auf und hängte das Vorhängeschloss neben dem Riegel ein. So weit, so gut, aber sie hatte sich noch nicht überlegt, wie sie das Schloss der neuen Holzwand öffnen sollte, ohne Spuren zu hinterlassen.

Sie hatte Timothy versprochen, endlich herauszufinden, was Leuner bei Vera eingelagert hatte. All die Abende hatte sie nur ihre Petticoats im Kopf gehabt und Timothy immer wieder belogen, als sie auf seine Nachfragen hin gemeint hatte, Leuner habe noch nichts angeliefert.

Heute wollte sie Nägel mit Köpfen machen, denn sie fühlte sich einfach fürchterlich. Sie wollte Timothy nicht im Dunkeln lassen, was ihr neues Geschäft betraf, wusste aber weder ein noch aus. Sie befürchtete, er würde ihr eine Szene machen, nachdem sie ihn nicht eingeweiht hatte. Und darauf hatte sie keine Lust.

Inzwischen war es drei Wochen her, dass sie beide das letzte Mal miteinander geschlafen hatten. Nicht nur, weil sie oft zu müde gewesen war. Sie spürte auch, wie ihr Geheimnis, aber vor allem seine Ablehnung Vera gegenüber den Riss in ihrer Beziehung immer mehr vertieften. Trotzdem wollte sie ihm helfen, denn sie hatte ja nur ihn und liebte ihn doch. Sicher würde es ihrer Beziehung guttun, wenn sie ihm endlich etwas zu Leuner liefern konnte.

Vorsichtig zog sie die Tür hinter sich zu, damit niemand vom Hof aus sie sah. Sofort umfing sie Dunkelheit.

Das Laternenlicht von der Straße und das Licht aus dem Tanzsaal drangen nur spärlich durch die Ritzen und Löcher der Schuppentür.

Hastig tastete Charlotte nach der Lampe, die wie immer neben dem Eingang stand, und entfachte sie mit einem Streichholz.

Behutsam leuchtete sie durch den Raum. Anscheinend hatte Leuner eine frische Ladung Bier geliefert. Die Fässer stapelten sich rechts von ihr, links standen Weinkisten. Charlotte schritt an ihnen entlang zur neuen Holzwand und begutachtete das Vorhängeschloss. Sie hatte im Lichtspielhaus einen Agentenfilm gesehen, da hatte ein elegant gekleideter Gentleman mit einer Haarnadel seiner Geliebten solch ein Ding geöffnet. Aber Charlotte bezweifelte, dass es so einfach war.

Sie drückte ihren Kopf eng an die Bretter und versuchte, durch die schmale Spalte etwas im Innern zu erkennen, aber es war einfach zu dunkel. Selbst als sie die Lampe hoch über ihren Kopf hob, fand das Licht keinen Weg in den Verschlag.

»Lass dir was einfallen!«, brummte sie. Da kam ihr Antons Brecheisen in den Sinn, mit dem er die Bunkertür aufgehebelt hatte. Hatte er es nicht aus dem Lager geholt, bevor sie losgefahren waren?

Mit etwas Glück lag es hier irgendwo herum. Sie wandte sich um, ließ den Blick suchend über die Kisten und Fässer gleiten … und hörte mit einem Mal ein leises Schaben.

Charlotte erstarrte.

War jemand draußen auf dem Hof? Waren das schlurfende Schritte? Panisch fuhr ihr Blick herum, zur Schuppentür. Sie war zwar zugezogen, aber das offene Vorhängeschloss … Was, wenn Schnute jetzt hereinkam? Sollte sie die Lampe löschen?

Ohne weiter nachzudenken, trat sie vor die Bierfässer und tat, als wollte sie eins herunterheben. Da schossen mit einem Mal drei Mäuse zwischen den Fässern hervor. Eine sprang ihr auf die Schulter. Charlotte schrie auf und schlug nach dem Tier, das sich in ihren Haaren verhedderte, bevor es quiekend heruntersprang und davonhuschte.

Zittrig starrte Charlotte auf den Boden. Ihr Herz hämmerte bis in den Hals. Das Blut rauschte ihr in den Ohren, während sie in die Stille horchte.

Nichts.

Da war niemand.

Aus dem Tanzsaal meinte sie, ein neues Musikstück und Lachen zu hören, war sich aber nicht sicher. Auf jeden Fall waren da keine Schritte. Sie traute sich nicht nachzusehen, sondern verharrte und lauschte. Nichts geschah. Keine Stimmen, kein Auto, kein Anton, kein Schnute.

Sie atmete durch und leuchtete noch einmal jede Ecke ab.

Das Brecheisen lehnte neben einem Joch und altem Zaumzeug. Das Metall war kalt, und es war furchtbar schwer. Sie trug es zur Bretterwand. Sie wollte nicht, dass das Holz brach oder die Nägel abrissen, denn sie wollte das Brett später wieder irgendwie andrücken. Bloß keine Spuren hinterlassen.

Schließlich fand sie einen Spalt, der breit genug war, und setzte das Brecheisen an.

Nicht zu schnell hebeln! Nicht zu grob, ermahnte sie sich. *Sachtemang, Charlotte!*

Doch außer Knarzen tat sich nichts.

Das dauert einfach zu lange!

Ihr lief die Zeit davon. Sicher wunderte sich Anton bereits, warum sie nicht zurückkam.

Da! Knirschend gab das Brett nach. Charlotte nahm es behutsam beiseite, schnappte sich die Lampe und spähte in den Verschlag hinein.

Kreuz und quer stapelten sich Holzkisten darin. Ein heilloses Durcheinander. Was immer in ihnen war, es musste sich um verschiedene Dinge handeln, denn die Holzkisten waren unterschiedlich beschaffen – einige nicht größer als Hutschachteln, andere so massiv wie Munitionskisten.

Charlotte streckte die Lampe, so weit es ging, durch das Loch. Auf einer der größeren Kisten stand etwas. Sie schwenkte die Lampe, damit ihr Schein darüberstreifte.

Die schwarze Schrift war offenbar mit einer Schablone aufgebracht worden, ihre Ränder fransten ein wenig aus.

Осторожно! Хрупкий!

Kyrillisch? Stammten die Kisten etwa aus der sowjetischen Besatzungszone, aus dem Umland Berlins? Aus der neu gegründeten Deutschen Demokratischen Republik? Leuner musste sie irgendwie nach Westberlin geschmuggelt haben.

Da hörte sie mit einem Mal ein melodisches Pfeifen.

Schnute!

Er kam über den Hof und trällerte vor sich hin.

Charlotte riss die Lampe aus dem Verschlag, drückte das Brett, so gut es ging, wieder in die Lücke und fuhr herum.

Da öffnete sich bereits krachend die Tür. Es war tatsächlich

Schnute. Überrascht sah er Charlotte an. »Was machst'n du hier?«

»Ich? Also, ich habe nur ein … einen Whiskey holen wollen.« Sie tat, als sähe sie sich suchend um. »Ich habe den aber nicht gefunden.«

Mit verschränkten Armen musterte er sie. »Nein, was machst du hier?«, fragte er abermals. Und diesmal eindringlicher: »Ich meine, du hast doch heute am Empfang Schicht.«

Charlotte hörte auf zu suchen. »Ich … ich habe … Ich bin nur an der Bar vorbei. Und … und Harald hat gesagt, ich soll doch bitte Whiskey holen.«

Das war ein Fehler, schoss es ihr durch den Kopf. Was, wenn er Harald fragte?

»Die neue Whiskey-Lieferung ist dahinten.« Schnute zeigte an den Fässern vorbei zu einem Regal, auf dem drei Kisten standen. »Vera hat übrigens schon wieder einen von deinen Röcken verkauft. Ist echt unglaublich.« Er ging an ihr vorbei, um ihr die Kisten zu zeigen. Doch plötzlich blieb er dicht vor ihr stehen. Sie konnte seinen Schweiß riechen, seinen Atem, der nach Alkohol roch.

Entsetzen überfiel sie.

Wollte er sie küssen? Würde er sie packen, zwischen die Kisten zerren und sich an ihr vergehen?

Instinktiv wich sie ein Stück zurück, da packte er tatsächlich ihre Hand und zog sie rabiat zu sich. Charlotte schrie auf, wollte sich wehren, aber Schnute drängte sie gegen den Verschlag. Noch einmal würde er sich nicht von ihr überrumpeln lassen.

»Ich weiß, dass du was klauen wolltest, Charlotte«, zischte er. »Wolltest dir den Whiskey unter den Nagel reißen, was! Ich lass das durchgehen. Heute. Weil ich dich mag. Nur deswegen. Aber wer sich bei uns bedient, der …« Er strich mit seinem Zeigefinger quer über seinen Hals.

Sie schluckte und nickte reumütig. »Es kommt nicht wieder vor, Schnute. Wirklich.«

»Dann ist es ja gut.« Brummelnd ließ er sie los und nahm ihr die Lampe ab. »Besser, du kommst wieder rein.«

30

Die Villa am Wannsee lag etwas zurückgesetzt vom Ufer und erinnerte mit ihren zwei Türmen an ein Schlösschen. Der Eindruck wurde durch den nigelnagelneuen, mit teuren Fliesen versehenen Pool allerdings zunichtegemacht. Niemand zog seine Bahnen darin, aber um das Becken mit seinem einladend kalten Blau standen schwatzend die Gäste. Ein Diener mit weißen Handschuhen schwebte mit einem Tablett Champagner von Frauengrüppchen zu Männergrüppchen.

Die Dame des Hauses, eine hübsche Mittdreißigerin mit akkurat hochgestecktem Haar und flaschengrünem Cocktailkleid, führte Vera und Vehring durch das noble Anwesen. »Kommen Sie. Auf der Terrasse befindet sich die Bar, und es werden ein paar leckere Häppchen serviert«, meinte sie und geleitete die beiden zur Glasfront, hinter der sich die Terrasse und der Pool anschlossen.

Aufgesetzt lächelnd, spielte sie mit ihrer Perlenkette, während sie Vera musterte. »Ihr Kleid, wenn ich das sagen darf, ist außergewöhnlich.«

»Oh, vielen …«

»Allerdings«, unterbrach Vehring sie. »Aber Vera ist in jedem Kleid ein Schmuckstück. Wo ist denn Ihr Mann?«

»Er wird es sich mit Herrn Reuter im Herrenzimmer bequem gemacht haben«, antwortete sie. »Dort ist es ein wenig ruhiger.«

Während er eine Hand an Veras Hüfte legte und sie zärtlich

durch die Glastür auf die großzügige Terrasse schob, um der Gastgeberin zu folgen, bedachte sie ihn mit einem abschätzigen Blick. Solange ich den Mund noch aufbekomme, kann ich für mich selbst sprechen, blaffte sie ihn in Gedanken an.

»Würden Sie mich ankündigen?«, wandte er sich erneut an die Dame des Hauses.

»Selbstverständlich.« Sie nickte knapp und entschwand wieder nach drinnen.

Vera atmete durch, genoss den Geruch des Pfeifentabaks und der Zigarren, der sich mit dem Haarspray, dem Poolwasser und dem Geschmack von Sommer vermischte. Einen Moment fühlte sie den letzten Sonnenstrahlen des Abends auf ihren Wangen nach und freute sich über den Anblick der kultivierten Damen in ihren Cocktailkleidern, mit den hochgesteckten Frisuren und ihren Handtäschchen, über den der Herren in ihren Bundfaltenhosen und den dezent gemusterten Jacketts, unter denen weiße Hemdmanschetten hervorlugten. Vera schirmte die Sonne mit der Hand ab und sah sich um. Auf der anderen Seite des Pools schwatzten fünf Damen, lachten hinter vorgehaltener Hand und nippten an ihrem Champagner.

»Entschuldige mich bitte.« Vehring schnappte sich vom Tablett des Dieners ein Glas und ließ Vera stehen, trat zurück ins Haus und schritt der flaschengrünen Frau nach.

Vera sah ihm einen Moment hinterher und entschloss sich, erst einmal einen Drink zu nehmen, bevor sie ihm folgen würde. Etwas nervös öffnete sie ihre Handtasche und kontrollierte zum wiederholten Male, ob sie ihre handgeschriebenen Einladungen auch wirklich eingesteckt hatte. Gestern hatte sie in ihrer schönsten Mädchenschrift welche verfasst und jeder durch ein paar extra Schnörkel unter ihrer Unterschrift eine persönliche Note gegeben. Mit dieser Aktion war ihr kreatives Potenzial dann auch erschöpft.

Vera griff sich ebenfalls ein Champagnerglas, schlenderte am Pool entlang zum kalten Büfett und zupfte sich aus dem Käseigel ein paar Spießchen. Mit einem Mal meinte sie, beobachtet zu werden, und als sie Geraune wahrnahm, drehte sie sich lächelnd um. Ungeniert tuschelten die Frauen quer über den Pool hinweg und starrten auf ihr Mandarinenkleid. Aus ihren Blicken sprach Begeisterung, aber auch Neid. Eine perfekte Mischung, wie Vera feststellte, denn sie pendelte zwischen Anerkennung und Scheelsucht.

Vera lächelte die Damen keck an und warf sich in Pose. Im roten Abendlicht glich sie einer zweiten Sonne, die über dem Wasser aufgegangen war, und im Gegensatz zu den eher senf- und pastellfarbenen Cocktailkleidern der anderen war ihres ein wahrer Hingucker.

Charlotte hatte den absolut richtigen Riecher gehabt.

Vera zupfte Weintraube und Käsestück vom Spieß und schlenderte, sich der Blicke aller bewusst, weiter. Sie tat, als wären ihr die anderen Gäste egal, ging um den Pool herum und mit hoch erhobenem Haupt an den Damen vorbei.

Erst an der Bar, die mit Girlanden unter einem Pavillon auf der Terrasse improvisiert worden war, blieb sie stehen und überlegte, ob sie zu einem der härteren Drinks umschwenken sollte.

Verführerisch schimmerten drei Flaschen Martini im Lampionlicht, die neben Cognac- und Whiskeyflakons dekorativ vor schweren Kristallgläsern und einem Schwan aus Eis aufgereiht worden waren.

»Kann ich Ihnen helfen?« Der Mann hinter der improvisierten Bar strich seinen Clark-Gable-Moustache mit dem Fingernagel glatt und ließ seinen Blick ein wenig zu ungeniert über Veras Dekolleté gleiten. Ihm schien zu gefallen, was er sah, und Vera quittierte es mit einem Schmunzeln.

»Nein. Später.« Sie hatte sich entschlossen, erst einmal Vehring zu folgen, bevor sie sich etwas Hochprozentiges gönnte.

»Ich bin den ganzen Abend zu Diensten«, meinte er flirtend.

Gut gelaunt schlenderte Vera zurück ins Haus. Angenehme Kühle erfüllte die weitläufigen Räume, in denen ein paar Dienstmädchen umherhuschten, neue Häppchen nach draußen brachten und sich um das schmutzige Geschirr kümmerten. In der Villa war es sehr viel ruhiger als am Pool.

Vera erkundigte sich bei einem der Mädchen nach dem Herrenzimmer und wurde sogleich hingeführt. Sie wartete, bis sie wieder allein war, dann atmete sie kurz durch, richtete ihr Haar und schob die Schiebetür auf. Nur ein Stück und ganz leise.

»Weltjugendfestspiele! Ausgerechnet! Was sich dieser Honecker und der Ebert denken«, hörte sie einen Mann poltern.

Blauer Zigarrenqualm wehte ihr entgegen. Der Raum war mit dunklem Holz vertäfelt, ein Fenster stand offen, aber der Qualm zog dennoch nicht ab. Durch den Rauch konnte sie vier Männer erkennen, die es sich auf ihren Stühlen vor einem Sessel bequem gemacht hatten. Wer in dem schweren Ohrensessel aus Leder saß, erkannte Vera auf den ersten Blick: Es war Ernst Reuter, der Bürgermeister Westberlins.

»Wir können nur hoffen, dass es im August nicht zu Ausschreitungen kommt. Nicht nur drüben, sondern auch hier bei uns«, meinte er und zog an seiner Zigarre. »Die dritten Weltjugendfestspiele. Es lebe der Führer und Bannerträger des Friedens, unser geliebter Josef Stalin.« Ablehnend schüttelte er den Kopf, während die anderen auf ihn einredeten, er solle doch mit Adenauer sprechen und die Veranstaltung in irgendeiner Weise torpedieren.

»Das ist ein Affront, dass dieser kommunistische *Weltbund der demokratischen Jugend* ausgerechnet Ostberlin als Veranstaltungsort ausgesucht hat«, echauffierte sich ein hagerer Mann und tupfte sich die Stirn mit einem Taschentuch. »Ein Schlag ins Gesicht ist das!«

»Wir sollten sehen, dass diese Jugendlichen nicht einfach in den Westteil strömen«, mahnte Vehring. »Und mit ihrer verdrehten Ideologie Propaganda betreiben. Wir müssen unsere Jugend schützen.«

»Sehr richtig«, pflichtete ihm ein Brillenträger bei.

Vera zog die Tür vollends auf und trat ein. Sofort erstarb das Gespräch.

Überrascht stellte sie fest, dass Charlotte mit ihrem flapsigen Kommentar recht gehabt hatte: Ernst Reuter, der Bürgermeister Westberlins, sah tatsächlich sehr müde aus.

Als er den Kopf hob, blickte er Vera aus eingefallenen Augen an. Das verschmitzte Lächeln auf seinen Lippen schien in einem ständigen Kampf mit seinen dunklen Augenringen und seinen Tränensäcken zu stehen.

Die anderen Männer musterten sie von Kopf bis Fuß, und Vera spürte erheitert, wie sie sie mit ihren Blicken verschlangen. Sie genoss es, ihnen für einen Moment den Atem zu rauben.

Dann trat sie lächelnd vor und begrüßte die Männer. Sie ging zu Vehring hinüber, der sich wie die anderen einen Stuhl genommen hatte und sie überrascht ansah. Weil er keine Anstalten machte, sie vorzustellen, stieß sie ihn keck mit der Hüfte an.

»Oh! Vera …« Er räusperte sich und stand schließlich auf. »Das ist Vera Brandt. Meine … meine Bekannte.« Er wusste nicht, was er noch sagen sollte, und war froh, dass sich die ersten Männer vorstellten und ihr artig einen Kuss auf die ausgestreckte Hand hauchten. Vera trat zu Ernst Reuter vor, der ihre Hand griff und schüttelte. Seine Finger waren spröde, die

Haut von Altersflecken übersät. Vor vier Jahren war er zum Oberbürgermeister Berlins gewählt worden, doch die Sowjets hatten seine Wahl nicht anerkannt. Sie wollten einen eigenen Bürgermeister für ganz Berlin. Nachdem im November 1948 Friedrich Ebert durch Delegierte der Sozialistischen Einheitspartei Deutschlands, des Freien Deutschen Gewerkschaftsbunds, der Freien Deutschen Jugend und weitere Organisationen als Oberbürgermeister vereidigt worden war, hatte die Westseite seinerseits diese Wahl abgelehnt. Die Bevölkerung der Westsektoren hatte noch im Dezember 1948 eine eigene neue Stadtverordnetenversammlung gewählt, und Reuter war mit einem überragenden Wahlsieg ins Rathaus eingezogen. Er war Oberbürgermeister geworden, diesmal jedoch nur für die Westsektoren.

Verrückte Welt, hatte Vera damals gedacht, eine Stadt mit zwei Bürgermeistern. Wohin sollte das führen? Die Teilung war seit Kriegsende mehr und mehr fortgeschritten, es war nur noch eine Frage der Zeit, bis die Sowjets die Grenzen ihrer Deutschen Demokratischen Republik auch in Berlin schärfer kontrollieren würden.

Vera beugte sich vor. »Ich bin ein großer Bewunderer Ihrer Arbeit«, hauchte sie ihm ins Ohr und konnte sein dezentes Aftershave riechen. Kurioserweise erinnerte es sie an den Geruch des Meeres. Einen Atemzug lang musste sie an Frankreich denken. An die unbeschwerten Nachmittage, die sie am Meer verbracht hatten, bevor im Sommer 1944 die Alliierten gekommen waren.

»Danke«, meinte er und lächelte wissend.

Vera trennte sich von ihm, nahm sich ungeniert einen Stuhl und setzte sich mit in die Runde.

Erneut wurde es sehr still.

Sprachlos sahen die Männer ihr zu, wie sie sich eine Papirossa aus der Schachtel stupste und sie mit einem Zippo anzündete.

»Lassen Sie sich nicht stören«, lächelte sie in die Runde. Sofort erntete sie von Vehring einen abweisenden Blick. Sie verstand nicht recht, warum ihr so viel Skepsis entgegenschlug. Fragend sah sie Vehring an, zog seelenruhig an ihrer Zigarette und blies den Qualm Richtung Decke.

»Wenn Sie mich fragen, vielleicht sollten wir sie einladen, die Jugendlichen«, schlug sie mit einem Mal vor. »Denen aus den sozialistischen Staaten mal zeigen, was die Vorzüge des Westens sind. Zigaretten, Kinokarten, Bananen, Schokolade …« Die Männer warfen sich gegenseitig Blicke zu, nicht sicher, was sie erwidern sollten. »Ach. Bei ›Einladen‹ fällt mir etwas ein.« Nervös öffnete sie ihre Handtasche und kramte darin herum. Schließlich fand sie das Bündel.

»Vielleicht kannst du ja die Herren für einen Abend in mein Tanzlokal bitten?« Sie reichte das Bündel an Vehring, der die Einladungen zwar entgegennahm, sich aber missfallend räusperte.

»Vera, mein Schatz, wir reden hier wirklich nur über langweiliges Männerzeug. Weltjugendfestspiele, den Hohen Rat, die Alliierte Kommandantur. Gefühllose Politik, Männergeschwätz.« Er wandte sich an die Runde. »Habe ich nicht recht?« Er erntete zustimmendes Kopfnicken. »Was hältst du davon, uns etwas zu trinken zu holen? Ich denke mal, wir könnten vielleicht jeder einen Whiskey brauchen.« Abermals wandte er sich an die anderen. »Whiskey? Einen, zwei. Gut«, zählte er die Bestellung ab.

»Whiskey holen? Ich soll …?« Fragend musterte sie die Runde. War das deren Ernst? Sie zog noch einmal an ihrer Zigarette und schmeckte dem herben Rauch nach, der langsam ihre Lunge füllte.

Mit einem Mal kam Bewegung in die Gruppe. Der Brillenträger nahm ein Tablett vom Tischchen, und die Männer stellten ihre leeren Gläser drauf. Dann trat er vor Vera und wollte es ihr allen Ernstes in die Hand drücken. Die verharrte wie festgenagelt auf ihrem Stuhl und verfolgte das Schauspiel mit zunehmendem Argwohn.

»Statt Whiskey hätte ich gerne einen Cognac«, meinte ein dicker weißhaariger Mann aus der hinteren Ecke. Vera zog wütend die Augenbrauen zusammen. Sie ließ den Blick von dem Dicken zu Vehring gleiten, der die Frechheit besaß, ihr auch noch aufmunternd zuzunicken, als wollte er einer Mätresse Befehle erteilen.

Vera atmete tief durch. »Entschuldigung«, sagte sie mit einem Mal. »Gibt es hier keine Kordel zum Dranziehen, damit es in der Küche bimmelt? Oder irgendwas ähnlich Antiquiertes, was die Herren vielleicht aus ihrer Kindheit kennen? Damit eines der Dienstmädchen hereinstürmt und ihnen die Wünsche von den Lippen abliest?«

Während Ernst Reuter amüsiert lächelte, waren die anderen Männer noch sprachloser als zuvor.

»Wenn ihr über die Alliierte Kommandantur sprecht, da kann ich einiges zur Erheiterung beitragen. Und außerdem hätte ich gerne einen Martini. Vielleicht wäre ja einer der Herren so nett und würde mir einen bringen?«

Hilflos stand der Brillenträger mit dem Tablett in der Hand da und schob es schließlich zurück aufs Tischchen.

Vehring war unterdessen vor Scham rot angelaufen. An der Nasenspitze konnte Vera ihm ansehen, dass er sie am liebsten gepackt und hinausgeschoben hätte, doch er wahrte Haltung.

»Vera, mein Schatz. Das Gespräch ist nicht nur furchtbar langweilig, sondern auch zu kompliziert. Ich denke, du kannst dich wesentlich besser amüsieren, wenn du zu den Damen gehst. Ich meine, sie vorhin am Pool gesehen zu haben.«

Die Männer nickten eifrig.

Vera ertrug alles mit einem Lächeln, doch ihr Zorn wuchs. Wut loderte in ihr und ließ ihre Haut kribbeln. Dass sie anscheinend störte, war eine Sache, aber für dumm gehalten zu werden …

Dass ihr Auftritt nicht ganz so abgelaufen war, wie sie sich das in ihren Träumen vorgestellt hatte, war ihr bereits klar geworden, bevor sie sich gesetzt hatte. Aber trotzdem hätte sie nie gedacht, dermaßen im Abseits zu stehen.

Der Brillenträger räusperte sich. »Sie haben übrigens ein ganz bezauberndes Kleid an«, meinte er, wohl um die Situation ein wenig aufzulockern, doch Vera ging nicht darauf ein.

»Gib mir bitte die Einladungen«, forderte sie Vehring auf und erhob sich.

»Nein, schon gut«, entgegnete er lächelnd. »Ich verteile sie gerne, mein Schatz.«

Vera fiel es zunehmend schwerer, ihre Contenance zu wahren, doch sie mobilisierte alle Kräfte und riss sich zusammen. Überaus charmant lächelte sie die Männer an, klemmte ihre Handtasche unter den Arm und sagte honigsüß: »Wahrscheinlich haben Sie recht, diese drögen Männerdiskussionen sind nichts für uns Frauen. Ich werde mal sehen, dass ich das Büfett plündere. Sicher werde ich den ein oder anderen ja später noch draußen in dieser bezaubernden Sommernacht sprechen können.«

Sie nickte zur Verabschiedung professionell in die Runde, ohne sich etwas anmerken zu lassen, dann beugte sie sich zitternd vor Wut zu Vehring vor und gab ihm einen Kuss auf die Wange. Dabei achtete sie darauf, dass die anderen Männer ihr ins Dekolleté blicken konnten.

Ihr wollt mich nicht hier haben. Auch gut. Hauptsache, ihr kommt ins Midnight. *Ich möchte euch dort tanzen sehen! Und ich möchte, dass die verdammte Presse kommt. Und wenn mir einer von euch komplett besoffen irgendein Geheimnis anvertraut, dann werde ich es hüten. Ich werde mir alles haarklein auf ein Kärtchen schreiben und die Karten ausspielen, wann immer ich will. Und dann, glaubt mir, werdet ihr mir etwas zu trinken bringen. Darauf könnt ihr jetzt schon einmal anstoßen in eurem dunklen holzgetäfelten Herrenzimmer.*

Mit einem gekonnten Augenaufschlag verabschiedete sie sich und verließ hocherhobenen Hauptes den Raum.

Noch während sie die Tür hinter sich zuzog, hörte sie in ihrem Rücken Gelächter. Neugierig hielt sie inne und wandte sich dann noch einmal um.

Durch den Türspalt konnte sie Vehring reden hören.

»Nein … Die Einladung ist für ihr Tanzlokal. Es ist ja so: Ein paar Männer schenken ihren Frauen Hunde, andere fahren sie zum Golf oder Tennis. Nun, ich habe meiner ein Tanzlokal geschenkt. Da kann sie mit meinem Geld ein bisschen rumspielen, kommt nicht auf dumme Gedanken und hat etwas zu tun.«

Die Männer lachten erneut. »Wohl wahr, wohl wahr, Vehring. Meiner hab ich ein kleines Segelboot geschenkt. Für den Wannsee.«

»Jaja«, hörte sie wieder Vehring. »Die Frauen und ihre kostspieligen Hobbys.«

Vera fühlte, wie ihr das Blut wegsackte. Ihr Herz begann zu rasen, während ihre Hand sich um den Türgriff krallte. Durch den Schlitz starrte sie auf Vehring, der in dem Zigarrennebel widerlich lachte.

Kostspieliges Hobby? Sein Club? Ein Geschenk?!

Sie hatte sich von ihm Geld geliehen, um das *Midnight* zu kaufen, das war alles.

Es kostete sie all ihre Willensstärke, den Türgriff loszulassen.

Vera ballte die Fäuste und machte auf dem Absatz kehrt, schritt durch den Flur und das Kaminzimmer nach draußen auf die Terrasse.

Wie hatte sie nur so naiv sein können?

Sie marschierte zur Bar. Der Barmann lächelte, doch sie trat direkt zu ihm hinter den Tresen und griff sich den Flakon mit Cognac.

»Holla, Madame …«, setzte er an, doch Vera hatte schon kehrtgemacht und schritt an den tuschelnden Damen vorbei, quer über den Rasen zur Einfahrt.

Sie scherte sich nicht um die Blicke.

Ein paar Sekunden später war sie bei den hübschen Automobilen angelangt, die vor der Villa parkten.

Elegant zog sie die Fahrertür von Vehrings Bentley auf. Der Chauffeur war vermutlich irgendwo bei den Dienstboten in der Villa. Mit Schwung leerte sie den Flakon über dem Fahrersitz aus und warf die leere Flasche in den Fußraum. Ihr Sturmfeuerzeug zündete sofort. Die Flamme war winzig. Sie würde reichen.

Während Vehrings Wagen zu brennen begann, spazierte Vera gelassen die Einfahrt hinab, trat auf die Straße und ging Berlin entgegen.

31

Vera atmete den Zigarettenrauch tief ein und spürte ihm nach. Sie zählte ihre Herzschläge. Es half nicht. Auch diese Papirossa konnte sie nicht beruhigen. Endlich blies sie den Qualm aus. Sie ließ das Lenkrad los, starrte auf die Villa in der Ahrenshooper Zeile in Zehlendorf und spürte, wie ihr erneut die Tränen kamen.

Sie weinte stumm. Ohne ein Wort, ohne ein Jammern oder Fluchen.

Ihre Tränen waren kalt, die bittersten, die sie je geweint hatte. Tränen aus Schmerz und Trauer, selbst jene aus Angst, schmeckten nicht so bitter wie diese aus Enttäuschung und Wut.

Sie blies den Qualm aus. Er kräuselte sich an der Windschutzscheibe. Für einen Moment sah es aus, als dränge Rauch aus der Villa. Als brenne es irgendwo dort im Haus. Heute Nacht waren keine Schatten zu entdecken, niemand, der den Müll herausbrachte oder noch die Wäsche von der Leine nahm. Vera begann zu zittern, wischte sich die Nase mit dem Handrücken und schluchzte tonlos.

Die Tränen hatten ihr Mandarinenkleid getränkt. Sie wollte nicht mehr weinen, aber sie konnte nicht aufhören. Sie starrte in die Nacht, rauchte und weinte.

Konzentriert beugte sich Charlotte in den Lichtkreis ihrer Lampe und zog den Petticoat zurecht. Es war nicht einfach, hier im ehemaligen Umkleidezimmer zu arbeiten, denn der Schreibtisch war zu klein, der Stuhl zu unbeweglich und die Beleuchtung schlecht. Vera hatte ihr erlaubt, nach der Schicht noch eine Stunde zu bleiben. Sie sollte bloß alle Lichter löschen und zusehen, dass die Außentür gut verschlossen war, wenn sie ging.

Sie hatte bereits das obere Rockteil fertig genäht, und die Kräuselnaht an den drei Volantstreifen ging auch ganz schnell. Mühsam war es jedoch, die Stoffstreifen auf die richtige Länge zu rüschen. Sie hatte einfach zu wenig Platz.

Richtig knifflig war es, die Volants aneinanderzunähen. Wegen der üppigen Rüschung entschied sich Charlotte, die Teile erst einmal mit Nadeln festzustecken und dann die Streifen mit Zickzackstich zu verbinden. Es war nicht leicht, die Rüschenfältchen gleichmäßig auf dem glatten Unterstoff festzunähen, und so suchte sie sich aus ihrer Zubehörschachtel die Nähahle. Mithilfe des spitzen Werkzeugs ging das Zusammennähen gut voran. Drei Teile hatte sie schon angesetzt und war gerade dabei, den letzten, untersten Volant festzunähen, als ein Knall sie zusammenzucken ließ. Die Ahle fuhr in ihren Finger. Charlotte unterdrückte einen Schrei, steckte sofort den Finger in den Mund und horchte mit pochendem Herzen in die Stille.

War das von nebenan gekommen? Vom Saal?

Alle Angestellten waren längst gegangen, Schnute ebenfalls, der ihr noch einmal eingebläut hatte, hinter ihm abzuschließen, was sie auch getan hatte.

Es konnte niemand im *Midnight* sein.

Sie stand auf, schlich zum Flur und spähte hinaus. Es war niemand zu sehen. Wahrscheinlich kam es von der Straße und …

Wieder ein Krachen, als schlüge Holz auf Holz. Irgendetwas ging zu Bruch.

Charlotte hielt den Atem an. Die Geräusche kamen eindeutig aus dem Saal!

Was sollte sie tun? In ihrem Kopf wirbelten die Gedanken. Verstecken? Abhauen? Nachsehen?

Die Pistole, schoss es ihr durch den Kopf! Sie fasste sich ein Herz und schlüpfte in den Flur, huschte zu Veras Büro.

Abermals brach etwas. Gläser splitterten. Ein unterdrückter Schrei ertönte.

Charlotte eilte zu Veras Schreibtisch, zog die Lade auf. Ihr verletzter Finger hinterließ eine winzige Blutspur am Knauf und schließlich an der Pistole, als sie das Ding vorsichtig herausnahm.

Was sollte sie nur tun? Sie sah sich zum Fenster um. Es zeigte auf den Hinterhof, aber es war vergittert.

Die zerschrammte Pistole lag schwer in ihrer zierlichen Hand. Sie erinnerte sich daran, als sie Timothy damals im Treppenhaus seine Waffe abgenommen hatte.

War dieser Leuner gekommen? Wollte er sich, was immer er Vera untergeschoben hatte, zurückholen? Oder hatte er … Sie wagte kaum, den Gedanken zu Ende zu denken … Hatte er etwas über ihre Spionage mitbekommen? War sie ihm neulich im Club zu nahe gekommen, als sie versucht hatte, das Gespräch mit seinem Geschäftspartner zu belauschen? Wusste er, dass sie dienstags und donnerstags allein hier war?

Ihre Hand schwitzte, die Waffe fühlte sich glitschig an.

Etwas Schweres polterte zu Boden, danach herrschte unheimliche Stille.

Charlotte nahm all ihren Mut zusammen und zog die Bürotür auf. Vom Flur gingen diverse Türen ab. Sollte sie sich dort verstecken? Rechts gab es drei Türen, die stets abgeschlossen waren und von denen Charlotte keine Ahnung hatte, was sich dahinter befand.

Ein kalter Hauch wehte über ihre Arme. Noch immer war es still. War der Einbrecher fort? Mit angehaltenem Atem näherte sie sich dem Vorhang zum Saal. Er bewegte sich kaum merklich.

Möglichst lautlos schlich sie vor, griff die Pistole fester.

Sie vernahm Schritte, dann das laute Splittern einiger Gläser, ein Trampeln.

Er stampft auf den Gläsern herum, dachte Charlotte entsetzt und griff den Vorhang. Der Geruch von verschüttetem Alkohol wehte ihr entgegen. Sachte zog sie den Stoff zur Seite.

Der Saal war in Dunkelheit getaucht, bloß das Licht des Vollmonds fiel durch die Fenster. Ihre Augen mussten sich erst an die Finsternis gewöhnen, weil im Flur das Licht …

Verflixt, schoss es ihr durch den Kopf. Das Licht! Hinter ihr im Flur brannte Licht, und wer immer da im Saal war, hatte es sicher gesehen, hatte *sie* gesehen, als sie den Vorhang …

Ein Schatten! Bei der Tanzfläche … Der Einbrecher hatte Stühle und Tische umgeworfen, der Boden war von Splittern übersät. Im blauen Mondlicht sah es aus, als stünde die Gestalt auf zerbrochenem Eis. Mit einem Mal schmiss der Fremde den Stuhl mit aller Kraft zum Fenster. Er krachte gegen die Wand, riss etwas von der Dekoration herunter und blieb zersplittert liegen. Die Fensterscheibe daneben war bereits zerstört.

Mit einem Wutschrei packte der Schatten einen der Notenständer vom Rand der Bühne und wollte ihn in den Kronleuchter schmeißen.

»Hände hoch!«, schrie Charlotte mutig. Die Waffe zitterte in ihren Händen.

Der Fremde dachte nicht daran, ihrem Ruf Folge zu leisten. Ohne zu zögern, warf er den Ständer auf sie. Mit einem Schritt zur Seite konnte sich Charlotte retten, und da fiel ihr Blick auf das Gesicht des Eindringlings.

»Vera?« Vor Schreck hatte Charlotte fast die Waffe fallen gelassen.

Veras Gesicht sah verheult aus, das Make-up war grauenvoll verwischt. Im harten Mondlicht starrten ihre weit aufgerissenen Augen sie wie aus einer grotesken Totenmaske an. Ein Schauer überlief Charlotte. Vor ihr stand ein Geistwesen, eine Furie, in deren Augen sich die eisigen Glassplitter vom Boden spiegelten.

»Mein Gott! Nein!«, schrie Charlotte, als mit einem Mal wieder Bewegung in Vera kam, sie herumfuhr, sich mit einem kraftvollen Schwung auf die Bühne rollte und wie ein Dämon vom Boden erhob. Vera trug das Kleid! Die Glassplitter gruben sich in den zarten Stoff.

Charlotte starrte sie an. Vera erschien ihr wie besessen. Ihre Haare standen in alle Richtungen ab, und Charlotte war sich nicht sicher, ob die dunklen Spritzer und Linien Blut waren. Das Kleid war gerissen, und Flecken von Alkohol färbten den Stoff dunkel.

Was auch immer Vera zugestoßen war, Charlotte musste sie aufhalten. Weinend griff Vera einen zweiten Mikrofonständer, und Charlotte rannte los. Das Glas knirschte unter ihren Sohlen. Vera taumelte auf das Klavier zu, erhob den Ständer.

»Nein!«, hallte Charlottes Ruf durch den Saal, aber Vera holte aus und …

Der Schuss war ohrenbetäubend. Die Kronleuchter zitterten. Vera hielt inne, fuhr im Schock herum und starrte Charlotte an, als wäre sie aus einem Traum erwacht.

»Runter. Weg damit!«, schrie Charlotte viel zu laut, weil der Schuss in ihren Ohren fiepte.

Voller Entsetzen sah Vera sie an, als wäre sie die Randaliererin und nicht andersherum.

Allerdings war Charlotte sich nicht sicher, ob ihre Worte überhaupt zu Vera vordrangen. Mit einem Mal bemerkte sie, dass sie noch immer mit der Pistole auf Vera zielte. Angewidert legte sie sie auf den Boden.

»Vera, bitte«, begann sie besorgt und stieg zu ihr hinauf. »Vera … Vera? Kannst du mich hören? Kannst du …«

Weiter kam Charlotte nicht, denn Vera ließ den Mikrofonständer fallen und stürzte auf sie zu. Schluchzend fiel sie ihr in die Arme.

Überrumpelt stand Charlotte da, wusste nicht, was sie tun sollte, als die ältere Frau sie in den Arm nahm und sich weinend an sie drückte. Zögerlich erwiderte Charlotte die Umarmung und hielt Vera fest.

»Ist ja gut«, flüsterte sie. »Ist alles gut.« Sie spürte Veras bebenden Atem, spürte, wie sie versuchte, nicht mehr zu weinen, und hielt sie noch ein wenig fester.

Vera glühte förmlich. Von ihr ging eine ungeheure Hitze aus. Charlotte fühlte ihren Atem am Ohr, spürte ihre Haare und roch durch den Gestank des verschütteten Alkohols das wildfrische Parfüm.

Sie konnte sich nicht erinnern, außer Timothy jemanden je so festgehalten zu haben. Früher hatte ihre Mutter sie oft so umarmt, hatte ihren Kopf an ihre Schulter geschmiegt und ihr ins Ohr geflüstert, dass alles gut sei, dass sie sich keine Sorgen machen müsse. Sie hatte geflüstert, bis die Bomber über ihren Hof gestrichen waren und bis der Motorenlärm verstummt war.

Endlich löste Vera ihre Umklammerung. Sie seufzte zweimal tief und wischte sich die Tränen aus dem Gesicht.

Schweigend blickten sich die beiden an, während Vera zu sich zurückfand. »Das tat gut«, sagte sie schlicht, setzte sich auf die Bühnenkante und sah in den vollkommen zerschlagenen Tanzsaal.

Prüfend betrachtete Vera das Chaos, das sie binnen Minuten

angerichtet hatte. Charlotte wusste nicht, was sie tun konnte, und setzte sich einfach neben sie.

»Ist alles in Ordnung mit dir?«, fragte sie unsicher.

Statt einer Antwort lachte Vera lauthals los, sodass Charlotte zusammenzuckte. Ein befreiendes Lachen ohne Sarkasmus oder Trauer. Ein klares Lachen, das durch die zerstörte Fensterscheibe nach draußen flog und im Hinterhof in die Nacht emporstieg.

Vera zog die Pistole zu sich, sah sie lächelnd an, dann hielt sie die Waffe plötzlich Charlotte vor. Ihr erster Impuls war, sich wegzuducken. War Vera verrückt geworden? Charlotte zwang sich, keine Angst zu zeigen.

»Wusste gar nicht«, meinte Vera leichthin, »dass du schießen kannst.«

»Naturtalent.«

Abermals musste Vera lachen. Sie sicherte routiniert die Waffe und legte sie weg. Für ein paar Augenblicke sah sie stumm auf das Glasscherbenglitzern. Dann ließ sie sich von der Bühne herab und schritt, energisch wie eh und je, zur Bar. Ihr Gang war wieder voller Eleganz, Stärke und Selbstsicherheit. Das Mondlicht ließ die Splitter, die sich im Chiffon verfangen hatten, bei jedem Schritt wie Diamanten funkeln.

Mit langen Schritten stieg sie über die Alkohollachen und zerschlagenen Flaschen, die vor der Bar lagen. Sie nahm eine Champagnerflasche, die ihren Wutausbruch überlebt hatte, und drehte sich damit zu Charlotte um. Das zerstörte Kleid, die wilden Haare und das verschmierte Make-up hatten mit einem Mal nichts Dämonenhaftes mehr, wie Charlotte feststellte. Vielmehr erinnerte ihre Freundin sie jetzt an die rote Zora.

»Komm her.« Vera schwenkte die Pulle. »Leuners Zeug ist wirklich erstklassig.«

Charlotte ging zu ihr, dann trank sie direkt aus der Flasche. Der sprudelnde Alkohol kitzelte sie im Hals und schäumte, sodass sie nur einen kleinen Schluck nahm.

Vera langte weniger schüchtern zu, hob die Flasche an ihre Lippen und trank gierig. Mit dem Handrücken wischte sie sich den Mund und gab die Flasche wieder an Charlotte. »Trink aus«, meinte sie. »Wir nehmen noch eine mit.«

Die Flasche war noch halb voll. »Was? Wohin?« Charlotte trank einen weiteren Schluck, spürte dem Champagner in ihrer Kehle nach und merkte, wie der Alkohol ihr die Röte auf die Wangen trieb.

»In die Nacht«, sagte Vera schlicht und langte nach einer zweiten Flasche aus dem unversehrten Bestand. Dann griff sie Charlottes Hand und zog sie mit sich.

32

Charlotte sah nach unten. Vera hatte sie durchs Treppenhaus gezogen, war lachend die Stufen mit ihr hochgelaufen, dann über den Wäscheboden und durch eine der Dachklappen hinaus ins Freie.

Offensichtlich machte Vera diesen Ausflug nicht zum ersten Mal. Sie wusste genau, wo man sich festhalten konnte und wie man vom Dach des *Midnights* auf das des angrenzenden Hauses gelangte.

»Wir fallen runter. Vera. Das ist verrückt, und du bist betrunken.«

»Ach was! Komm schon! Komm, Charlotte!«, rief Vera und wedelte mit der Champagnerflasche. Bevor Charlotte reagieren konnte, war sie bereits auf die Mauer geklettert, hielt die Flasche in der einen, ihre hochhackigen Schuhe in der anderen Hand und schritt tänzelnd mit ausgestreckten Armen über den Abgrund.

Der Champagner kribbelte in Charlottes Magen, und sie war nervös hier oben, so weit oben – doch sie folgte Vera in die Nacht und über das Dach.

Ein Flachdach und zwei Leitern höher standen die beiden vor einem zerbombten Haus. Das Dach war zerschlagen, das Haus ausgebrannt. Die Wunde reichte bis zum Erdgeschoss.

Charlotte wurde schwindelig, als sie hinuntersah, während Vera, ohne zu zögern, über die Mauer balancierte. Wie viele Stockwerke hatte diese Ruine?

Charlotte stand vor dem ausgebrannten Abgrund, und Angst überkam sie. Sie hatte keine Ahnung, wohin Vera wollte, sie sah nur, dass es weit, weit hinunterging.

Der Vollmond schnitt Schatten aus den Kaminen, Antennen und Firsten. Keine Wolke verdeckte die Sterne, und der Mond war fast voll, weswegen es beinahe taghell war. Charlotte fröstelte. Sie hatte nur ihr kurzes Top an. In ihrem engen Zimmer, an der Maschine und im Licht der Lampe war ihr heiß gewesen.

Vor ihr riss die Bombenruine ihren tiefen Schlund auf. Sie meinte, weiter unten, fünf Stockwerke tief, Möbel zu sehen, eine Kinderkrippe, Stehlampen, Sofas – verkohlt und verbrannt. Als hätte das Blitzlicht eines irren Fotografen alles zu schwarzer Asche werden lassen und in der Zeit eingefroren.

»Hättest mich fast erschossen!« Vera lachte und rief zu ihr rüber: »Hast du meine Dienstwaffe aus der Schublade genommen?«

Charlotte nickte. »Ich … ich dachte, da ist ein Einbrecher, und da habe ich …«, rechtfertigte sie sich.

»Alles gut … Komm rüber!«, rief Vera lachend von der anderen Seite. »Trau dich! Los!«

Charlotte tastete sich an den Kraterrand vor. Das Stückchen Mauer, was noch stand, war bröckelig und uneben. Sie setzte den Fuß auf den ersten Stein, Mörtel bröselte.

Die Mauer war bloß eine Hand breit.

Wenn ich das Gleichgewicht verliere …

Sie entschied sich, quer zu gehen. Sie drehte sich zur Seite und tapste Schritt für Schritt seitwärts vor, sah immer wieder nach unten.

»Was machst du denn da?«, rief Vera. »Nicht nach unten sehen. Mensch, Kind! Du musst grade drüber, festen Schrittes, du …«

Da wankte Charlotte. Ihr Herz setzte aus. Sie ruderte mit den Armen. Panik ergriff sie. Ein stummes »Vera!« kam ihr über die Lippen. Ihre Stimme war fort. Gestürzt. In die Tiefe. Und sie …

Etwas packte sie. Charlotte schrie auf, als Vera sie auf ihre Seite zog.

Die beiden fielen auf das unversehrte Dach des Nachbarhauses. Charlotte landete direkt neben Vera, die sich vor Lachen kringelte. Dabei hielt sie die Flasche hoch, um nichts vom Champagner zu verschütten.

»Na, du machst mir Spaß. Kannst nicht nur nähen und schießen, sondern magst es auch dramatisch, hm?«

Charlotte konnte nicht antworten, sie musste erst mal wieder Luft kriegen. Ihr war schlecht. Sie schloss die Augen, atmete ruhig, um zu verhindern, dass der Champagner den Rückwärtsgang einlegte.

»Mein Gott«, stammelte sie schließlich.

»Gott hat damit nichts zu tun.« Vera stand auf, während Charlotte mit wild pochendem Herzen dalag und auf den Mond und die Sterne sah. Als Kind hatte sie gewagte Klettereien hingelegt und Mutproben bestanden. Aber seit sie die Ruinen von Berlin hinter sich gelassen hatte, war sie eindeutig aus der Übung gekommen.

War sie dumm, Vera hierher zu folgen? Was hatte diese Frau nur vor? Sie hatte das *Midnight* zerstört und balancierte nun über tödliche Abgründe. Still musterte sie Vera, die neben ihr stand, den Kopf in den Nacken gelegt, und ebenfalls in die Nacht hinaufsah. Der Wind bauschte ihr Mandarinenkleid. Für einen Moment musste Charlotte an eine Galionsfigur denken, die tapfer durch die Wellen schnitt. Immer volle Fahrt voraus.

Sie spürte, wie ihr Herz laut pochte.

Gänsehaut überlief ihre Arme, und ihr wurde bewusst, sie stammte nicht von der kühlen Nachtluft.

Sie lebte. Ja, das war es.

Und da war noch ein anderes Gefühl.

Etwas, das sie seit den Hungertagen in den Ruinen nicht mehr verspürt und das Theo und Hannelore gründlich erstickt hatten.

Freiheit, dachte sie. *Es ist der Geschmack von Freiheit. Wir sind so klein hier unten, das Universum so riesig. Wir sind so frei.*

Vera hielt ihr die Hand hin, und Charlotte ergriff sie, ließ sich auf die Füße ziehen. Schwankend stand sie vor Vera und grinste von einem Ohr zum anderen.

»Das ist die Nacht über Berlin, Charlotte.«

Charlotte lachte. *Freiheit.*

Da stellte sich Vera fest hin, holte tief Luft und schrie laut und gellend.

Fasziniert starrte Charlotte sie an.

»Los! Jetzt du«, forderte Vera sie auf.

Etwas scheu, aber lächelnd holte Charlotte Luft und schrie ebenfalls aus Leibeskräften. Es tat gut! Unter ihnen kläffte ein Hund, jemand fluchte. Egal.

Sie brüllten gemeinsam ihren Freiheitsschrei, bis sie vor Lachen nicht mehr konnten.

Vera rang nach Luft, breitete die Arme aus. »Lass uns die Nacht sein. Lass uns über Berlin kommen wie die sternenklare Nacht, Charlotte. Wir sind hier oben, Berlin da unten.«

Vera nahm die Flasche und schlug den Hals an einer Kante ab, obwohl sie auch den Korken hätte aufdrehen können. Der Champagner spritzte heraus, und sie lachte.

Immerhin setzte Vera den gesplitterten Flaschenhals nicht an die Lippen, sondern kippte sich den teuren Champagner in hohem Bogen in den Mund. Das meiste klatschte auf ihr Kleid. Giggelnd wie ein Schulmädchen reichte sie Charlotte die Pulle.

»Trink. Los«, befahl sie.

Charlotte gehorchte und ließ den Champagner in den Mund laufen, übers Kinn, über das Gesicht und ihre Brust. Seltsamerweise musste sie grinsen. Das alles war so verrückt und gleichzeitig … befreiend.

Diese Frau … Diese Frau ist so … entrückt. Wie eine Federboa zu einer Uniform. Etwas, das nicht passt, das aus der Welt gefallen und hier gelandet ist.

Glücklich über dieses überwältigende Gefühl, frei zu sein, sah sie zu Vera, die wie eine Königin ihren Blick über Berlin gleiten ließ.

Vera ist aus der Welt gefallen. Sie ist aus der Welt gefallen und mitten in dieses Meer hinein, das wir Berlin nennen. Und ihr Schiff, das ist das Midnight.

»Lass uns die Nacht sein, Charlottchen«, raunte Vera. »Stell dich da hin. Da vorne. Komm.« Sie trat an die Kante, sodass ihre Zehen ins Nichts ragten.

Im Rausch des Gefühls, endlich zu leben und stark zu sein, trat Charlotte neben sie. Vera breitete die Arme aus, als wollte sie einen Kopfsprung machen.

Charlotte blinzelte. Blinzelte das blendende Gefühl, hier zu sein, und das Kribbeln des Champagners weg. Vera stand an der Dachkante! »Du willst doch nicht …?«

Vera lachte laut. »Bin ich verrückt!?«, schrie sie. »Ja! Bin ich! Aber ich spring doch nicht! Ich umarme … Ich umarme diese Stadt, Charlotte!« Ihre Stimme wurde von der Häuserschlucht unter ihnen endlos weitergetragen. Und bevor Charlotte etwas erwidern konnte, packte Vera ihre Hand und zog sie in die Höhe. Sie streckte ihrer beider Hände in den Himmel, als wären sie Champions, denen die tosende Menge zum Sieg gratulierte.

So standen sie nebeneinander und sahen in die Nacht und auf Berlin.

»Wir beide … Wir beide, Charlotte, wir beide werden diese Stadt umarmen. Und wir werden sie erobern! Wir werden es allen zeigen. Du und ich! Wir werden die Königinnen der Nacht sein.«

33

Anfang Juli 1951

Die Temperaturen erreichten knapp dreißig Grad, und zwischen den Häusern stand die Luft wie in einem Waschkeller. Der Geruch nach Gewitter erfüllte die Stadt. Charlotte hatte auf dem Schwarzmarkt ein halbes Dutzend Gardinen ergattert, die sie für Rüschen verwenden wollte, und schleppte sie von der Tram zum *Midnight*. Es war inzwischen später Vormittag, und da sie, während das *Midnight* geschlossen war, keine Nachtschichten machte, hatte sie die Möglichkeit genutzt und auf den Märkten gestöbert.

Sie schwitzte, als sie am Club ankam, und wusste nicht recht, wie sie die Stoffe halten sollte. Als sie nach der Klinke griff, drohten sie herunterzufallen. Plötzlich wurde die Tür aufgerissen, und Vera trat ihr entgegen.

»Wie sieht es mit einem Milchshake aus?«, fragte sie anstatt einer Begrüßung und setzte ihr eine Sonnenbrille auf.

»Mahlzeit. Wie bitte?« Charlotte reckte den Hals, um über die Stoffbündel zu sehen. Neben Vera schwang das handgeschriebene Schild mit der Aufschrift *Vorübergehend geschlossen* an der Tür.

»Wir sollten was trinken gehen. Warte, ich nehme dir was ab.« Sie griff nach zwei Bündeln und marschierte mit ihnen schnurstracks zur Nähkammer. Charlotte eilte ihr nach.

Bisher hat Vera mich noch nie zu irgendwas eingeladen,

grübelte sie und war froh, die Stoffe endlich ablegen zu können, denn ihre Arme schmerzten bereits.

»Diese Hitze hält man am besten mit einem Tee aus«, erklärte Vera leichthin. »Aber ich denke, ein kalter Milchshake oder eine Cola tun es auch. Was meinst du?« Sie wartete nicht auf eine Bestätigung, sondern marschierte zackig aus der Kammer auf den Flur. »Es ist so, Charlotte, ich muss mit dir reden.«

Sofort schnürte es Charlotte den Hals zu. Reden? Das konnte doch nur heißen, dass sie irgendeinen Fehler begangen hatte. Tante Hannelore hatte unangenehme Gespräche immer so begonnen. *Ich muss mit dir reden, Mädchen.* Das waren meist jene Unterredungen gewesen, die in ungerechten Anschuldigungen geendet hatten und damit, dass Charlotte weinend auf ihr Zimmer gelaufen war und sich in ihrem Bett vergraben hatte.

Charlotte blieb im Flur stehen. Ihre Finger tasteten nach der abgewetzten Samttapete, um Halt zu finden. »Ist … ist … etwas passiert?«

»Und ob!« Vera zückte ihre Zigarettenschachtel und zündete sich eine Zigarette an. Genüsslich nahm sie einen Zug und musterte dabei Charlotte von oben bis unten. Die kam sich vor, als stünde sie vor einer Richterin. Ihr Magen zog sich zusammen. Sie wollte keine Angst haben. Vera war nicht Tante Hannelore, doch Charlotte fühlte sich mit einem Mal wieder klein und schwach.

»Habe ich etwas falsch gemacht?«

»Du?« Vera blies den Qualm aus und wedelte ihn mit der Hand fort. »Nein. Du hast alles richtig gemacht. Ich … ich habe einen Fehler gemacht.«

Die Samttapete fühlte sich kühl an, und Charlotte lehnte sich dagegen. Vera hatte etwas falsch gemacht? Sollte das ein Scherz sein? »Du hast deinen Laden zerschlagen?«, fragte sie vorsichtig.

Vera lachte. »Nein, Charlotte. Das war kein Fehler.«

Charlotte hielt kurz die Luft an. »Nein?« Immerhin war der Club nun seit fast einer Woche zu. Die Aufräumarbeiten gingen nur schleppend voran.

Vera drehte sich zu ihr und musterte sie ernst. »Ich habe um Anerkennung von einem Mann gebettelt. Das ist der Fehler. Das passiert mir im Leben nie wieder. Darauf kannst du Gift nehmen.« Ihr Tonfall war mehr als entschlossen, er wirkte durchaus unbarmherzig. Sie inhalierte noch einmal tief den Rauch ihrer Zigarette und betrat den Saal, um nach draußen zu gehen.

Charlotte folgte ihr, blieb jedoch vom Anblick des Tanzsaals schwer getroffen stehen.

Der Raum sieht ja noch schlimmer aus als nach Veras Wutanfall, dachte sie entsetzt.

Obwohl Schnute und Anton die Glasscherben zusammengefegt hatten, lagen noch immer zersplittertes Holz und Scherben herum. Die Vorhänge waren achtlos unter die Fenster geworfen worden, zerbrochene Stühle stapelten sich zu einem Scheiterhaufen, die Lüster baumelten lose von der Decke, und die Bar ähnelte einem Bombentrichter.

»Das da …« Vera wies auf das Chaos. »Das war das Beste, was ich in den letzten Monaten getan habe. Hätte ich einen großen Ofen, ich würde den ganzen Plunder da reinschieben und ein richtig großes Feuer machen. Ein schönes, helles Feuer.«

Stirnrunzelnd blickte Charlotte Vera an, suchte in ihren Augen nach Sarkasmus, aber die Chefin des *Midnights* meinte es vollkommen ernst.

»Lass uns was trinken gehen!« Vera seufzte zufrieden. »Ich habe einen Plan.«

Sie fuhren mit der S-Bahn zum Savignyplatz und schlenderten zu einer neu eröffneten Bar, deren Clou darin bestand, nur Antialkoholisches auszuschenken. Hier gab es Coke, Frucht- und Milchshakes. Zwei große Ventilatoren drehten sich an der Decke und versuchten, ein wenig Kühle zu bringen.

Inzwischen hatte die Sonne ihren Zenit erreicht und jeglichen Schatten aus den Straßen vertrieben.

Von der Schwüle verschwitzt, steuerten die beiden einen der Tische unter einem Ventilator an. Sie setzten sich gegenüber auf die mit Kunstleder bezogenen Bänke, und Charlotte war froh, heute auf den schweren Unterrock verzichtet zu haben. Vera blickte gedankenverloren auf die Straße hinaus, während sie auf die Bedienung warteten.

Charlotte kannte Vera inzwischen gut genug, um abzuwarten. Sie brauchte ihren großen Auftritt, gerade wenn es um Ideen und Pläne ging.

Als die Bedienung zu ihnen kam, bestellte Vera zwei Milchshakes, Charlottes ungefragt mit einer Extraportion Sahne.

Schon die gesamte Fahrt in der Tram hatte Vera nichts über ihren Plan verlauten lassen, sich nur über Passanten amüsiert und das Wetter verflucht.

Und nun rückte sie noch immer nicht mit der Sprache heraus, sondern rauchte lieber genussvoll.

Hoffentlich ist ihr Plan wenigstens nicht illegal, dachte Charlotte und sah sich in der Bar um. Die Farben waren sommerlich frisch und passten gut zum Angebot von Milchshakes, fand sie. Auch die Bänke waren sehr modern und schick. Nur der Kunstlederbezug war klebrig bei der Hitze. An den Wänden hingen Plakate von amerikanischen Lichtspielhäusern, und eine Jukebox dudelte leise vor sich hin. Obwohl der Laden nicht überlaufen war, hatte die Bedienung ausreichend zu tun.

Es dauerte ein Weilchen, bis ihnen die Shakes serviert wurden. Rosa und samtig weich sahen sie in den hohen Glaskelchen aus.

Vera drückte die Papirossa im Ascher aus, nahm sich den Strohhalm und schlurfte den halben Milchshake in einem Zug weg. »Mensch, diese Hitze«, stöhnte sie und zupfte den Halm heraus, um mit gierigen Schlucken den Rest des Shakes direkt aus dem Glas zu trinken.

Charlotte nippte bloß kurz. Der Shake war kühl und erfrischend und schmeckte überraschend intensiv nach Erdbeeren. Aber sie war nicht hier, um einen Milchshake zu trinken. Sie war hier, weil Vera etwas von ihr wollte.

»Also, jetzt sag schon, Vera. Was ist denn dein Plan? Und wofür? Und was hat deine Idee mit mir zu tun?«

Vera grinste. »Also …«, begann sie, bemerkte jedoch, dass drei junge Männer, die an der Bar lümmelten, unverhohlen zu ihnen herüberstarrten. Sie waren ungefähr in Charlottes Alter und sahen eher wie Studenten denn wie Lehrlinge oder Gesellen aus. Wahrscheinlich schwänzten sie die Uni.

Als Charlotte einen verschüchterten Blick zu ihnen warf, war ihr sogleich klar, dass die drei nicht flirten wollten, sondern sich über sie lustig machten.

Vera sah es offenbar genauso. Garstig fuhr sie die Männer an: »Was glotzt ihr denn so? Hängt mir 'ne Brust raus?« Sie war drauf und dran aufzuspringen, doch Charlotte berührte sie sanft am Arm. »Du hast Schaum um den Mund«, meinte sie leise.

»Ja! Weil ich wütend bin. Was bilden die Scheißmänner sich ein, so blöd zu glotzen!«, sagte sie so laut, dass die drei es auch ja hörten.

»Nein. Erdbeerschaum«, flüsterte Charlotte. »Vom Shake. Da links und unten auch was.«

»Was? … Oh.« Pikiert wollte Vera den Schaum einfach mit dem Handrücken wegwischen, besann sich aber eines Besseren und nahm damenhaft die Papierserviette. Sie räusperte sich. Nachdem sie das kleine Malheur beseitigt hatte, meinte sie: »Charlotte. Das mit dem Kleid war genau richtig. Ich war wirklich der Hingucker des Abends.«

»Das freut mich.« Etwas verlegen drehte sie den Milchshake in den Händen und sah an Vera vorbei zu den dreien, die noch immer eindeutig über Vera tuschelten. Einer der Jungs hatte tiefbraune Augen, ein schnittiges Kinn und freche Grübchen. Er lächelte Charlotte an und schlenderte zu einer Musikbox.

»Jetzt guck mich doch mal an. Lass die Pennäler dahinten sitzen«, forderte Vera sie auf. »Ja. Hier bin ich … So ist es gut, Charlotte. Pass auf, ich vertraue dir. Und als ich vorhin meinte, dass ich genau das Richtige getan habe, weil ich meinen Laden in Klump gehauen hab, da hab ich an dich gedacht.«

»Was?«

»Also ich meine«, fuhr Vera fort, »ich habe schon viel früher an dich gedacht. Gestern. Auf dem Dach …« Sie machte eine Kunstpause und holte Luft. Aus der Jukebox tröpfelte unschuldig Margot Hielscher mit ihrem »Swing! Swing! Swing!«.

»Ja …?« Charlotte hatte nicht im Mindesten eine Idee, worauf Vera hinauswollte.

»Es ist so, Charlotte. Ich möchte, dass du meinen neuen Laden ausstattest.«

Verständnislos blinzelte Charlotte und nahm einen weiteren Schluck vom Erdbeershake. »Kleider für die Kellnerinnen?«

»Nein. Den Laden. Den ganzen Club!« In Veras Stimme schwang Begeisterung, doch Charlotte begriff noch immer nicht, was genau ihre Chefin von ihr erwartete.

»Den Club? Also der Raum … Du meinst, ich soll eine Zeichnung machen, was wo stehen soll?«

Amüsiert schüttelte Vera den Kopf und winkte die Kellnerin herbei, um noch eine Runde zu bestellen, dann beugte sie sich vertraulich zu Charlotte über den Tisch. »Nein, keine Zeichnung, wo Schnute die Stühle hinstellen soll. Ich meine, du kannst so viel zeichnen, wie du willst. Kein Problem, Schätzchen, aber … Aber es muss alles raus. Diese olle Tapete reißen wir von den Wänden, die Bar zerschlagen wir. Mehr Platz vor der Bühne, oder? Da muss mehr Platz sein. Und die Stühle schmeißen wir weg. Oder auf den Schwarzmarkt damit. Da müssen neue her … Und die Tischchen, die Kronleuchter … Ach, was weiß ich. Lass dir was einfallen! Du hast die Idee, du machst die Zeichnung, du besorgst die Sachen. Ich gebe dir das Kommando, Charlotte. Von Anfang bis Ende. Von hinten bis vorne. Du kümmerst dich um alles.«

Verdattert sah sie Vera an. War sie jetzt endgültig übergeschnappt? Ja, gut, sie nähte, sie entwickelte eigene Schnitte – aber das war Mode! Vera wollte von ihr einen … einen … einen Raum geschneidert haben.

»Ich soll das *Midnight* komplett neu erfinden? Ich? Aber …«, stammelte sie.

Vera kam ihr zuvor. »… aber du hast so etwas noch nie gemacht.«

Charlotte nickte. Sie hatte ihren Milchshake noch längst nicht leergetrunken, als die zweite Runde kam.

Durstig zog Vera sich ihren Shake heran und nahm abermals einen gierigen Schluck. »Na, ich doch auch noch nie.«

Aufgeregt trank Charlotte den Rest ihres ersten Milchshakes. In ihrem Magen begann es wieder nervös zu kribbeln. Sie sollte ein ganzes Tanzlokal *schneidern* …

»Wir schließen den Club für vierzehn Tage, und du, Charlotte, du wirst das *Midnight* neu erfinden.«

Gedankenverloren nickte Charlotte. Stühle, Tisch, Bar. Was

konnte man schon groß anders machen? Was erwartete Vera von ihr? Als sie das zweite Glas in die Hand nahm, zitterten ihre Hände. Die Herausforderung war so gewaltig … War sie dem gewachsen? Und was, wenn sie zu viel Geld ausgab? Und wenn dann niemand das neue *Midnight* besuchen wollte und die Gäste ausblieben, weil ihre Ideen nicht gut genug waren?

Die Angst wirbelte in ihrem Kopf herum und füllte ihr Herz.

»Ich … Das ist nett, Vera, aber ich schaff das nicht.«

Vera nahm Charlottes Hand. »Und ob du das schaffst. Du hast ein gutes Gespür für Farben und einen fantastischen Geschmack. Und du bist jung. Jungsein ist perfekt für mein Geschäft. Du, Charlotte, du wirst das *Midnight* zu einem Etablissement machen, das Berlin noch nicht gesehen hat!«

Geschmeichelt musste Charlotte lächeln.

»Ja, das kannst du. Glaub es mir.«

Noch nie in ihrem Leben hatte jemand ihr eine so große Aufgabe gestellt und damit ein solches Vertrauen entgegengebracht.

»Herausforderungen können belastend sein. Sogar beängstigend, aber wenn man sie meistert, wächst man an ihnen, Charlotte. Glaub's mir. Herausforderungen sind der Nektar unseres Lebens.«

Charlotte ließ den Satz einen Atemzug lang sacken, dann sprudelte es unvermittelt aus ihr heraus: »Ich … ich brauche Schnute. Ich muss mir andere Läden angucken. Wir müssen durch ganz Berlin ziehen, und wir müssen uns alles ansehen. Ein paar andere Tanzlokale. Und ich brauche jemanden, der mit mir auf den Schwarzmarkt geht … für die ganzen Sachen. Keine Ahnung, was das sein wird. Und wo bekomme ich das Geld her? Ich brauche Farbproben, und wir sollten am Licht arbeiten.«

Als sie an diesem Abend für Timothy das Abendbrot richtete, lagen Papier und Bleistift neben ihr, und sie zeichnete zum hundertsten Mal den Grundriss des *Midnights*. Schob Bar und Bühne, Tische und Stühle von einer Seite zur anderen. Und zweifelte. Aber sie musste an Veras Worte denken. Sie belegte Timothys Toast mit Hühnerbrust und sagte leise vor sich hin: *Herausforderungen sind der Nektar unseres Lebens.*

Und da kam es wieder, das Prickeln und Frösteln wie Brausepulver. Doch diesmal war es intensiver als jemals zuvor. Ein ähnliches Gefühl hatte sie im Frühjahr am Autoscooter gespürt, als Timothy sie gefragt hatte, ob sie nicht für ihn ins *Midnight* gehen und sich umhorchen könne. Jetzt war das Kribbeln im Nacken, auf den Armen und im Mund noch mächtiger, saß noch tiefer und erfüllte sie mit einem ungekannten Feuer.

Timothy kam aus dem Bad und trat zu ihr in die Küche. »Das sieht lecker aus.« Sein Blick fiel auf ihre Skizzen. »Ist das der Grundriss des Lagers?«

Sie lachte und schob die Blätter zusammen. Das Kribbeln setzte wieder ein. »Nein. Das sind nur ein paar Gedanken. Nichts Wichtiges.«

»Nach ›nicht wichtig‹ sieht es aber nicht aus.« Er stibitzte sich die Gurkenscheibe, die sie gerade auf das Sandwich gelegt hatte.

Tadelnd gab sie ihm einen Klaps auf die Finger. »Du wirst es früh genug erfahren. Lass dich überraschen.« Sie hauchte ihm einen Kuss auf die Wange und spürte seine Bartstoppeln angenehm an sich reiben.

Er setzte sich an den Tisch, ließ sie aber nicht aus den Augen. Seine Blicke fühlten sich gut an und befeuerten ihren Herzschlag.

»Danke«, meinte Timothy, als sie ihm den Teller hinstellte.

Charlotte setzte sich ihm gegenüber und begann, gierig zu essen. Sie stopfte sich jeden Bissen viel zu schnell in den Mund und beobachtete ihn ebenso gierig, wie sie aß. Das ungeduldige Drängen in ihrem Innern wollte nicht weichen. Sie würde bestimmt jeden Augenblick explodieren.

»Alles in Ordnung?« Ein wenig verdattert sah er ihr zu.

»Nein. Eigentlich nicht«, erwiderte sie. Das Kribbeln fühlte sich wie Feuer auf der Haut an, und bevor er noch etwas sagen konnte, war Charlotte schon aufgesprungen und hatte ihn vom Stuhl gezogen.

»Hey!«, protestierte er gespielt. »Was ist los?«

Es konnte ihr kaum schnell genug gehen. Sie zerrte ihn zum Schlafzimmer und bugsierte den überraschten Timothy ungefragt aufs Bett. Sie schubste ihn einfach in die Federn und riss ihm das Hemd auf. Die Knöpfe flogen in alle Richtungen, aber sie achtete nicht darauf, sondern überhäufte ihn mit Küssen, während er vor Lachen keinen Atem fand.

Da nahm er ihren Kopf zwischen die Hände und zwang sie, ihn anzusehen.

»Nicht«, flüsterte sie. »Wir haben einiges nachzuholen. Ich habe dich vermisst!«

Er küsste sie zur Antwort, während sie seine Hose öffnete.

An diesem Abend fiel sie über ihn her wie eine Raubkatze und genoss jeden Atemzug des wilden Tanzes.

34

Bereits am Morgen nach Veras Angebot stürzte Charlotte sich in die Arbeit, noch immer beschwingt von der berauschenden Nacht und mit dem Kopf voller Ideen. Endlich hatte sie sich mit Timothy wieder wie ein Ganzes gefühlt. Der Riss war gekittet, zumindest hoffte sie das.

Voller Tatendrang überredete sie Schnute, sie durch sämtliche Berliner Tanzlokale und Bars zu führen. Noch länger, noch intensiver, als sie es bisher getan hatte, ließ sie die Nacht zum Tag werden. Leider sah sie Timothy dadurch noch seltener als zuvor, weil sie sich kaum zu vernünftigen Zeiten in der Wohnung blicken ließ. Meist kam sie erst morgens nach Hause. Zwar versuchte sie, ihn rechtzeitig abzupassen, bevor er zur Arbeit musste – denn nichts ging über die Wärme, die er ausstrahlte, wenn sie sich abgekämpft von ihrer Tanzlokal-Tour an ihn schmiegte –, doch so manches Mal war er bereits zur Arbeit aufgebrochen, und sie blieb allein in der kleinen Wohnung.

Sie spürte, dass Timothy von Tag zu Tag missmutiger wurde, weil sie sich so selten sahen und er nicht begriff, was sie die ganze Nacht nun auch noch in fremden Tanzlokalen umtrieb. Er machte sich Sorgen, sie könne »im Sumpf des Nachtlebens stecken bleiben und zwischen Amüsement und zweideutigen Angeboten versinken«, wie er sich eines Morgens ausdrückte, bevor er zur Arbeit aufbrach. Wie sich herausstellte, hatten sie das Motorrad des Piloten bei einem Arbeiter aus Ostberlin gefunden und Timothy schlug sich mit der Volkspolizei der DDR herum, um den Mann befragen zu dürfen. Die Nachforschungen stockten, und das zermürbte ihn, wie Charlotte sorgenvoll feststellte. Er reagierte mehr und mehr gereizt, wenn sie sich an ihn schmiegte und von ihren *Besichtigungstouren* erzählte. Ihm gefiel zusehends weniger, was sie trieb, jedoch wischte Charlotte seine Bedenken achtlos beiseite und tröstete sich damit, dass ihre Recherche des Berliner Nachtlebens bald ein Ende und sie genug Inspirationen gesammelt hätte. Und wenn sie Timothy in ein paar Wochen zeigte, was sie im *Midnight* bewirkt hatte, würde er sicher stolz auf sie sein. Er würde auch Vera mit anderen Augen sehen und sich mit ihr über die Perspektiven und Möglichkeiten freuen, die ihre Chefin und das *Midnight* ihr boten. Daran glaubte sie fest.

Schnute stellte sein Motorrad ab und wartete, bis Charlotte hinter ihm abgestiegen war. Der Mond kämpfte sich durch zerrissene Wolkenfetzen. Ein leichter Wind trug den Geruch ungeschnittenen Grases zu ihr. Ein ausgebrannter russischer Geländewagen stand an einer Hauswand, die ebenfalls vollkommen verkohlt war. Alle noch irgendwie zu gebrauchenden Teile des Wagens hatten fleißige Hände längst abgeschraubt. Um das Wrack herum wuchsen brusthohe Disteln, die sich im leichten Wind neigten und ihre violetten Samen durchs Mondlicht fliegen ließen.

Neugierig sah sie sich um, und tatsächlich erschien ihr hier, abseits der Straßenlaternen und des steten Treibens der Innenstadt, alles verwildert.

Schnute nahm seinen Helm ab und blickte sich um. »Bin ich ja mal gespannt.« Sie ließen das Motorrad stehen und folgten der kaputten Straße zu einer Häuserzeile. An einer Litfaßsäule, von der Hildegard Knef als »die Sünderin« auf das aufgerissene Kopfsteinpflaster sah, lehnte ein gutes Dutzend Fahrräder.

Charlotte folgte Schnutes Blick an der Litfaßsäule vorbei zu einem Haus, aus dessen Brandmauer Backsteine gebröckelt waren und in dessen Regenrinnen Birkensprösslinge wuchsen.

So weit vom Ku'damm entfernt waren sie bisher bei ihren nächtlichen Streifzügen nie gefahren.

Charlotte fragte sich, wer hier so abseits vom Schuss einen Club betrieb und welche Kundschaft ihn wohl besuchte. Die meisten Tanzlokale, die sie mit Schnute bisher aufgesucht hatte, waren eintönige Läden gewesen. Die Getränkeauswahl an den Bars uninspiriert, die Bühnen – sofern es eine gab – eher schlicht gehalten und die Einrichtung oft ein stilistischer Albtraum. Zu viele kahle Wände oder zu viel Holzvertäfelung. Die meisten Besitzer schoben einfach die Stühle beiseite, um eine Tanzfläche zu bilden. Das alles war reichlich fantasielos, und Charlotte dachte im Stillen, dass selbst die Werkstatt auf dem Tempelhofer Flugfeld mehr Charme und Magie ausgestrahlt hatte als ein Großteil der Berliner Lokalitäten.

Noch hatte sie keine wirkliche Inspiration gefunden. Aber sie wusste, wie das *Midnight* nicht sein durfte: gewöhnlich.

»Was ist das hier?« Misstrauisch musterte sie die dunklen Ecken des baufälligen Hauses.

Ohne eine Antwort ging Schnute zu einer verbeulten Eisentür, deren Lack vom tausendmaligen Öffnen abgewetzt war. Anscheinend führte sie in den Hinterhof der Mietskaserne. Gedämpft konnte Charlotte von dort Stimmen hören.

»Bist du dir sicher?«, fragte sie. »Hier ist doch nirgends ein Schild für'n Club.«

»Das muss hier sein.« Schnute blieb stehen. »Ich box ja manchmal. Bei Leuner im Kohlenkeller. In Charlottenburg, weißt du?«

»In Charlottenburg? Wo denn da?« Vorsichtshalber warf Charlotte einen Blick über die Schulter, aber die Straße war leer.

»Fritschestraße. Is' nur so 'n kleiner Keller. Kann man kaum stehen.«

Charlotte nickte. Sie versuchte, es sich zu merken. Vielleicht würde das Timothys Laune aufhellen und ihm weiterhelfen.

»Da waren jedenfalls ein paar junge Leute, die haben mir was davon erzählt. Keine Ahnung. Ich war auch noch nie hier. Vielleicht ist das was.« Er winkte ihr, ihm zu folgen. »Dich beißt schon niemand, komm. Ich pass auf.«

Schnute zog die Tür auf, und sogleich drangen ihnen Stimmen, Gelächter und Rufe entgegen. Erstaunt blickte Charlotte in den Hof, der mit jungen Leuten überfüllt war. Dicht an dicht standen Männer und Frauen beieinander – die meisten wohl gerade volljährig geworden, wenige über Mitte zwanzig – und küssten sich, lachten, tranken.

Ein paar Köpfe drehten sich zu ihnen herum, als die Tür quietschend ins Schloss fiel. Vor allem Schnute wurde – wahrscheinlich, weil er doppelt so alt wie die meisten hier war – argwöhnisch beäugt. Anstatt freundlich zu lächeln und den Gaffern damit entgegenzukommen, starrte Schnute herausfordernd zurück.

Charlotte spürte, wie sehr ihm die Ansammlung von Halbstarken missfiel. Ohne es selbst zu merken, kratzte er seine Handknöchel und schob sich zum Haus vor. Neugierig, aber auch befremdet folgte Charlotte ihm.

Einige der jungen Männer blickten verschlagen drein, und Charlotte bemerkte, wie ein rothaariger Krauskopf seinen Freunden zunickte und ein Klappmesser zog. Er hielt es griffbereit, während er Schnute im Auge behielt und lässig sein Bier trank. Sie gingen an ihm vorbei, und Charlotte spürte seinen Blick im Rücken, atmete durch und schloss zu Schnute auf.

Der Hof hallte von Stimmen wider, und die Sommerhitze hatte sich zwischen den ruinösen Mauern verfangen. Aus dem Seitenflügel der unbewohnten, da baufälligen Mietskaserne drang leise Musik. Charlotte blieb bei zwei jungen Frauen stehen, die sich einen Spaß daraus machten, ihre Zigaretten in überlangen Haltern zu rauchen, wie sie vor zwanzig Jahren angesagt gewesen waren. Die beiden tuschelten über ihre Begleiter und giggelten angeschwipst.

Charlotte hielt inne und horchte auf die Musik. Sie kam ihr ungewöhnlich vor. Zwar hörte es sich wie Jazz an, aber jemand hatte eine große Portion Feuer über die Noten gekippt. Der Klang war viel rauer und schneller als gewohnt. Der Rhythmus wirbelte, veränderte sich ständig, köchelte auf einer wilden Flamme vor sich hin. Dies war nicht der beruhigende Jazz, den sie im *Midnight* zu hören bekam.

Schnute, der kein Gehör für so etwas hatte, drängte sich durch die jungen Erwachsenen bis zur Tür des Seitenflügels.

Im Türrahmen lehnten zwei Schwarze, die in ihren weißen Jacketts deplatziert wirkten. Der eine hatte seine Gitarre umgehängt, der andere ein blitzblankes Saxofon in der Hand. Sie redeten in breitem Amerikanisch miteinander und waren völlig verschwitzt, als wären sie gerade einen Marathon gelaufen. Der Gitarrist bot dem Saxofonisten aus einer zerknitterten Packung Schnupftabak an, dann wandte er sich an Charlotte.

»Habe ich dich nicht schon mal gesehen?«, sprach er sie in gebrochenem Deutsch an.

Charlotte war sich nicht sicher, ob er sie plump anmachen wollte oder sie ihn tatsächlich als Gast im *Midnight* gesehen hatte.

»Lass ma' die Kleine.« Schnute schob sich vor sie, bevor sie antworten konnte. Dreist griff er in den Tabaksbeutel und nahm sich auch eine Prise. »Die gehört zu mir.«

Die beiden musterten sich kurz gegenseitig, dann wandte sich der Schwarze ab. Er wollte offensichtlich keine Probleme.

Schnute öffnete die Tür zum Haus, und ihnen brandete die ungewöhnliche Musik entgegen. Sie umschmeichelte Charlotte, stellte ihr die Nackenhaare auf und schickte wohlige Schauer über ihren Rücken, während sie unwillkürlich mitwippte. Es kam ganz automatisch, sie konnte nichts dagegen tun und war selbst überrascht. Die Musik war wie eine mächtige Strömung, die einen aufs Meer hinauszog. Dagegen anzuschwimmen war möglich, aber sehr kräftezehrend.

Gemeinsam mit Schnute trat sie in den schmalen Hausflur. Eine steile Holztreppe mit schiefem Geländer führte nach oben. Es war beinahe unmöglich hinaufzugehen, weil einfach zu viele Gäste auf den Stufen saßen oder standen.

Die sind doch alle viel zu jung, dachte Charlotte. Dürfen die überhaupt schon Alkohol trinken?

Sie ließ ihren Blick über die Hemden, Bundfaltenhosen und Krawatten, die langen Röcke und Blusen gleiten. Außer dass die Besucher alle in den Zwanzigern waren und ungewöhnlich viele Frauen unter den Gästen rauchten, konnte sie keinen Unterschied zum *Midnight* feststellen.

Eine Entschuldigung murmelnd, drückte sie sich an einigen jungen Männern vorbei und zwängte sich die Treppe hinauf. Schnute blieb ihr auf den Fersen, folgte ihr wie ein Leibwächter. Oben angekommen verharrte sie einen Moment überrascht, denn sie stand in einer typischen Berliner Wohnung. Nein, es waren mehrere. Ein gutes Stück der ersten Etage war mittels Durchbrüchen verbunden. Überall lugte der nackte, zerbröckelte Backstein unter dem Putz hervor. Entweder hatten die Alliierten die Wände bei ihrem Sturm auf Berlin zum

Einsturz gebracht, oder man hatte sie in den letzten Jahren herausgeschlagen. Ein Tanzlokal, dessen Räume aus mehreren Wohnungen bestanden, war neu und anders. Charlotte brannte darauf, endlich die Bar und die Bühne zu sehen.

Neugierig trat sie in den ersten Raum und blieb staunend stehen. So etwas hatte sie noch nie im Leben gesehen. In den Ecken standen bunt bemalte Schaufensterpuppen, die stumm die Gäste anstarrten und die Arme reckten, als würden sie selbst gerne mittrinken, lachen und tanzen.

Ein neues Stück begann. Gitarre, Schlagzeug und Saxofon, dazu ein Klavier, dessen Tasten so schnell bearbeitet wurden, als säßen sechs Spieler davor. Während die Musik sie wie mit tausend Armen umschloss und tiefer in die Räume zog, zu ihrer Quelle hin, warf sie einen begeisterten Blick zu Schnute. Die Skepsis stand ihm in Großbuchstaben im Gesicht geschrieben. Ihm gefiel es hier nicht. Sie winkte ihm, denn sie wollte unbedingt zur Bühne.

Da stellte sich ihr ein ungewöhnlich aussehender Mann in den Weg. Sein Grinsen war zahnlos, seine Haut sah aus, als hätte die Sonne sie zu faltigem Leder gegerbt, und seine flinken Augen musterten Charlotte und Schnute verschlagen. Er trug einen abgewetzten Zweireiher und einen Zylinder, unter dem seine langen weißen Haare hervorschauten. Unwillkürlich erinnerte er Charlotte an einen Zirkusdirektor. Er roch auffallend nach Kölnischwasser, und als er sich mit der rechten Hand die Augenbraue kratzte, bemerkte sie an jedem seiner Finger billig aussehende Silberringe.

Sie spürte, wie sich die Luft schlagartig elektrisierte. Jedoch nicht im Positiven. Aus dem Blick dieses seltsamen Kauzes sickerte pure Herablassung.

»Ihr habt hier keinen Zutritt«, brummte er und baute sich vor Schnute auf. »Ihr seid hier nicht willkommen.«

»Was soll denn das heißen?«, wollte Schnute wissen, und Charlotte beobachtete besorgt, wie er seine rechte Hand immer und immer wieder zur Faust ballte. Er spannte seinen kompakten Körper an und schien bereit, diesem kuriosen Zirkusdirektor direkt ins Gesicht zu springen.

Der ließ sich jedoch überhaupt nicht einschüchtern, sondern trat noch einen Schritt näher. »Ich weiß nicht, was für eine schräge Nummer ihr abzieht. Ich denke mal, ihr wollt den Laden ausrauben. Solche Früchtchen wie euch können wir hier wirklich nicht gebrauchen.«

»Wie bitte? Das ist völliger Unsinn!«, platzte es aus Charlotte heraus. »Wir sind hier, um ordentlichen Jazz zu hören. Den gibt's doch bei Ihnen?«

Der Mann lachte. »Selbstverständlich. Bei uns gibt es den besten Jazz, den du in Berlin finden kannst, Mädchen.« Skeptisch ließ er den Blick zwischen Charlotte und Schnute hin- und hergleiten. »Aber nicht für euch. Mir ist zu Ohren gekommen, dass ihr Turteltauben in den letzten Nächten in ziemlich vielen Schuppen gewesen seid.«

»Und darum denkst du, wir wollen dich beklauen?« Schnute reckte das Kinn vor.

»Ich glaube, ihr späht die Läden aus, um zu klauen. Und darauf haben ich und die Geschäftsführung hier keine Lust.«

Schnutes rechtes Auge begann nervös zu zucken. Bevor er doch noch zuschlug, mischte sich Charlotte schnell ein. »Da haben Sie recht«, meinte sie zu Schnutes Überraschung.

»Womit?«

»Wir spähen die Läden aus.« Sie lächelte den Mann an.

»Ach, wirklich?«

»Ja, wir suchen gute Musiker.«

Der Zylindermann musterte Charlotte, tastete mit seinem stechenden Blick ihr Lächeln ab, ihre Augen. Er wirkte alles andere als wohlwollend. »Und gleich erzählt ihr mir, ihr seid so was wie Agenten.«

Charlotte nickte. »Ja, so etwas Ähnliches«, log sie dreist. »Wir suchen gute Jazzer. Irgendwas … Fetziges. Die müssen was Neues spielen. Nicht so einen seichten Rhythmus wie im Radio.«

»Aha. Und deswegen zieht ihr von Laden zu Laden?«

Charlotte traute sich, das Spielchen noch ein wenig weiterzutreiben. Sie beugte sich zu ihm vor, um vertraulich zu wirken, berührte ihn, wie sie es sich von Vera abgeschaut hatte, und meinte: »Aber unter uns, die anderen Tanzlokale sind ziemlich langweilig. Da findet man nur die normalen Orchester. Standardtanz, Walzer und so.« Sie verdrehte die Augen, was den Zylindermann immerhin zum Lächeln brachte. »Da sind wir heulend davongelaufen.«

»Ganz schön frech, deine Freundin«, wandte er sich an Schnute, der kalt und steif lächelte.

»Es ist die Wahrheit.« Charlotte setzte ihren unschuldigsten Blick auf. »Stimmt doch, oder, Schnute?«

Der nickte.

»Sehen wir aus, als würden wir klauen wollen? Mal ehrlich, uns erkennt man doch überall wieder. So wie bunte Hunde. Wäre schön blöd, oder?«

Der Zylindermann überlegte ein paar Atemzüge lang. Es war offensichtlich, dass er Charlottes Art mochte. Schließlich nickte er. »Na gut. Du darfst rein.« Dann aber zeigte er mit seinem beringten Finger auf Schnute. »Du nicht.«

Er hatte es kaum ausgesprochen, da war Schnute schon einen Schritt auf den Kauz zugetreten, stand nun Bauch an Bauch mit ihm.

»Wo sie hingeht, komm ich mit.«

»Das ist ja rührend. Vielleicht solltet ihr beiden heiraten.

Aber deine Türstehervisage will ich hier nicht sehen. Ich habe keine Lust auf Stress. Haben wir uns verstanden?«

»Nein, haben wir nicht.«

Seelenruhig und mit einem schiefen Grinsen auf den Lippen zog der Zylindermann ein Klappmesser hervor.

»Wenn wir uns nicht verstehen, dann würde ich vorschlagen, ihr beide geht jetzt lieber. Sofort. Und wenn du was austragen willst, dann können wir das gerne tun. Draußen.« Er fixierte Schnute, ohne mit der Wimper zu zucken. Schnute hielt seinem Blick jedoch ungerührt stand.

»Jetzt reicht es aber!« Charlotte schob sich zwischen die Männer. »Schnute, du kommst mal runter.« Sie zog ihn sanft zurück. Immerhin steckte der Zylindermann daraufhin das Messer weg. »Entspann dich. Warte draußen im Hof. Ich schaff das schon alleine.«

»Siehst du, deine Freundin hat Köpfchen.« Der Mann grinste.

Schnute brummte etwas, dann nahm er Charlotte einen Schritt beiseite, damit der Kerl sie nicht hören konnte. »Das gefällt mir nicht. Das gibt nur Stress, Charlotte. Der Laden ist niemals angemeldet. Diese ganzen jungen Leute …«

»Ich bin auch nicht älter, Schnute.«

»Hm. Aber bei dir weiß ich, wer du bist. Die ganzen Halbstarken hier … Das sieht nach Randale aus.«

»Für dich sieht fast alles nach Randale aus.«

Er gab ein nachdenkliches Schmatzen von sich. »Hm … Hör zu, ich hab mit dem Schmeling trainiert. Diesen Typen hau ich so was von zu Klump. Der ist Matsche, da hat der an sein Messer noch nicht mal gedacht.«

Beruhigend strich sie ihm über die Wange. »Ich weiß, Schnute. Ich weiß das. Aber so kommen wir auch nicht rein. Keiner von uns.« Sie lehnte sich vor und flüsterte: »Und ich will sehen, wer da auf der Bühne ist. Tu's für Vera, fürs *Midnight*. Einverstanden?«

Grummelnd trat Schnute einen Schritt zurück und ließ Charlotte vor, ohne den Zylindermann auch nur einen Wimpernschlag lang aus den Augen zu lassen.

Erleichtert stellte sie fest, dass der Mann endlich den Weg freigab.

Erneut erfasste die Musik Charlotte, zog sie zwischen die Gäste. Entschuldigungen stammelnd, weil sie ständig mit jemandem zusammenstieß, taumelte sie weiter in Richtung der Band und sah sich staunend um.

Die Wände waren allesamt dunkelblau gestrichen. Ein so samtiges, so tiefes Blau, dass Charlotte sich darin verlieren konnte. Auf diesem Blau klebten zerbrochene Spiegelscherben, sodass jedes noch so kleine Licht sich hundertfach widerspiegelte. Charlotte kam es so vor, als stünde sie unter einem glasklaren Nachthimmel, einem Nachthimmel, wie sie ihn oft als Kind auf dem Land gesehen hatte. Millionen Sterne am Firmament ließen sie ehrfürchtig in den Weltraum blicken. Die glitzernden Sterne schenkten den Räumen etwas Sakrales. Als würde man eine andere Welt betreten und einem fremden Gott huldigen.

Ihre Nackenhaare stellten sich auf, sie wischte sich den Schweiß von der Stirn. Ein blonder Mann wirbelte auf sie zu, nahm sie bei den Händen und drehte sie in einem perfekten Tanzschritt einmal im Kreis. Dann war er wieder abgetaucht in der Menge, einfach fort, als hätte er sich nur ein Stückchen Glück von Charlotte abholen wollen. Verzaubert sah sie ihm nach.

Mit einem Mal stieß ein glatzköpfiger, dicker Mann sie an, Charlotte wäre beinahe gestürzt. Anstatt sich zu entschuldigen, klaubte der Fremde fluchend drei Glasphiolen auf. Eine war zerbrochen, und was immer darin gewesen war, sickerte nun ins Parkett. Als der Glatzkopf sich aufrichtete, konnte Charlotte reine Panik in seinen Augen sehen. Sie wollte etwas sagen, doch da eilte der Fremde bereits weiter und verschwand in der Menge.

Erst kommt das Glück, schoss es ihr durch den Kopf, dann die Panik.

Sie schüttelte den Gedanken ab und drängte sich weiter vor, zwischen zwei Studenten hindurch, die über Maschinenbau redeten. Sie entdeckte Verschläge, die mit Brettern improvisiert entlang der Wand errichtet worden waren. Die Separees boten kaum Platz für zwei Pärchen. In einem meinte Charlotte, den Glatzkopf mit den Phiolen zu erkennen. Neugierig musterte sie das nächste Separee. Durch den fahrlässig zugezogenen Vorhang sah sie Brüste, eine halb nackte Frau, zwei Männergesichter, betrunken, lachend, nackte Haut, über die jemand einen Drink schüttete und ableckte. Die Frau lachte, wand sich rhythmisch zur Musik. Mit angehaltenem Atem beobachtete Charlotte die Szene, als einer der Männer sie bemerkte und schnell den Vorhang zuzog.

Ertappt sah sie weg, taumelte weiter.

Wo war sie hier nur hineingeraten? Ohne Schnute hätte sie sofort kehrtmachen sollen.

Doch nun war es zu spät.

Jammer nicht, befahl sie sich. *Bist du eben auf dich allein gestellt. Du schaffst das.*

Und bisher hatte sich der Weg hierher gelohnt. Diese Räume, die Gäste, die Stimmung, die Musik – alles war anders, als sie es bisher gekannt hatte.

Die Musik zog sie weiter in den nächsten Raum. Hier stand die Bar. Zu ihrer Überraschung waren Bar und Bühne durch eine Wand voneinander getrennt worden, sodass man von der Bar aus nicht auf die Bühne sehen konnte. Die Bar selbst war relativ schlicht gehalten, aber dafür stand sie mitten im Raum und war kreisrund. Von jeder Seite aus konnte man etwas zu trinken bestellen. Sie glich ein bisschen den Treckerwagen auf dem Wochenmarkt, die die Bauern zum Verkaufen nutzen und bei denen sie auf allen Seiten die Flachten herunterklappten, um rundherum Obst, Wurst und Gemüse feilzubieten.

Sie bedienten zu viert, während zwei vierschrötige Männer Getränkenachschub brachten. Einen Moment lang beobachtete Charlotte diese fleißigen Ameisen und versuchte abzuschätzen, wie viele Getränke in drei Minuten über die Theke gingen. Aber so schnell, wie die Flaschen ausgetauscht und bezahlt wurden, konnte sie gar nicht zählen. Sie sah sich nach den Bedienungen um, konnte aber niemanden entdecken. Es gab keine Tischchen, zu denen man Getränke hätte bringen können, und niemand lief mit einem Tablett herum und nahm Bestellungen auf. Hier musste sich jeder seine eigenen Drinks holen. Erstaunt stellte sie fest, dass diese Art der Bewirtung einen ordentlichen Umsatz brachte, mehr als sie vermutet hätte. Trinkgeld und Berührung hin oder her, an dieser Bar wurde in einer Stunde sicherlich so viel verkauft wie im *Midnight* an zwei guten Abenden. Mindestens.

Der Zigarettenqualm stach in ihren Augen, und sie wischte sich die Tränen weg, während sie an der Bar vorbei in das nächste Zimmer gespült wurde. Wenn die Musik eine Strömung war, dann hatte der Jazz sie zum Wasserfall getrieben. Die Türschwelle war die Klippe, exakt der Punkt, an dem das Wasser in die Tiefe stürzte.

Die Musik der vier Männer, die auf einem schwarzen Podest spielten, riss sie von den Füßen.

Charlotte konnte nichts dagegen tun. Sie kippte über die

Kante und flog auf die Tanzfläche. Mit einem Mal war sie mittendrin zwischen den gleichaltrigen, ausgelassenen Menschen, die nur die Zukunft zu kennen schienen und keinen Blick zurück.

Pomade, Schweiß, Zigarettenqualm, der Geruch der Berliner Nacht. Und dazu die auflösenden Rhythmen, die sich ständig wiederholten, sich liebkosten, ineinanderflossen und wieder abstießen wie Wellen an Felsen. Gischtend, sprudelnd. Da gab es keine Noten. Diese vier Musiker spielten, als wären ihre Gedanken, ihre Melodien, ihre Instrumente ineinander verwoben. Unbändig, das war das Wort, das Charlotte beim Tanzen durch den Kopf ging. Diese Art von Musik war wie ein Rausch, wie drei Flaschen Champagner auf ex.

Besonders der Saxofonist beeindruckte sie. Der hagere Mann, den Charlotte auf Mitte zwanzig schätzte, hielt die Augen geschlossen, als könnte er nur so spielen, als würde er sonst aus einem Traum erwachen und seine Musik verlöschen. Er war vollkommen in sein Spiel versunken, seine krausen schwarzen Haare wippten leicht, während er spielte, horchte, schwitzte. Seine Finger flogen mit einer Leichtigkeit über die Tasten, die Charlotte bisher bei keinem Musiker im *Midnight* gesehen hatte.

Auf einmal trat er selbstbewusst nach vorne, und die anderen Musiker überließen ihm ein Solo. Er spielte mit warmem Glanz, variierte das Thema, stand da im Licht der tausend Spiegelscherben, die Lichtbahnen durch die rauchgeschwängerte Luft schossen, und spielte, die Augen noch immer geschlossen, als gäbe es kein Morgen. Begleitet von den Klängen seiner Kollegen, ging er auf die Knie, liebkoste sein Saxofon wie eine Geliebte und feuerte seine ganze Kraft mit jeder Note auf die Tanzenden ab.

Kaum war er aufgestanden, brandete tosender Beifall an.

Da öffnete er zum ersten Mal die Lider, und Charlotte traf es wie ein Blitz. Durch den Zigarettenqualm hindurch blickte sie in seine grünen Augen. Sie waren so klar und derart strahlend, dass Charlotte im Tanzen innehielt und den Schauern auf ihrem Rücken nachspürte.

Nur kurz trafen sich ihre Blicke, aber es reichte, um Charlottes Knie weich werden zu lassen.

Er lächelte ein wenig schüchtern, nicht zu Charlotte, sondern ohne jemanden auszuwählen, in die Menge, wischte sich die schwarzen Locken aus dem Gesicht und setzte zum nächsten Stück an. So abrupt, wie das Kribbeln gekommen war, löste es sich wieder auf. Trotzdem brauchte Charlotte einen Atemzug lang, um wieder zu sich zu kommen.

Das letzte Mal, als ein Mann sie angesehen und sie einen wohligen Schauer verspürt hatte, war am Zaun zum Rollfeld gewesen. Timothy hatte sie mit seinem Blick verzaubert, und sie sah es noch immer als ein Zeichen des Schicksals, dass sie ihm kurz darauf in den Ruinen der Borsig-Werke wiederbegegnet war.

Im Gegensatz zu Timothy war der unbekannte Saxofonist nur unwesentlich älter als sie. Zwar sah er aus, als hätte er seit Wochen nichts Ordentliches gegessen, so bleich und hager war sein Körper im bunten Bühnenlicht, aber seine Ausstrahlung, die schmalen Lippen, die spitze Nase, das Kinn mit dem Grübchen, schenkten ihm etwas überaus Erhabenes. Vielleicht lag es aber auch bloß an seiner Musik, daran, welche Töne er aus seinem Saxofon hervorzauberte. Wahrscheinlich, dachte sie, ist er deswegen so bleich, weil er jeden Tag in irgendeinem Keller übt und nicht ans Sonnenlicht kommt.

Sie hätte ihn gern einmal singen oder zumindest sprechen gehört, doch bevor die Band ein weiteres Stück anstimmen konnte, hörte sie Rufe: »Die schlagen sich! Polizei!«

Die Combo brach das Stück ab, während die Menge mit einem Mal von der Tanzfläche strömte. Charlotte wollte sich nicht anschließen, wurde aber mitgerissen. Alle strebten zum Ausgang, und sie war mit einem Mal in der Welle gefangen. Sie strauchelte, wurde von mehreren Händen gestützt und wieder hochgerissen. Es war ein einziges Geschiebe und Gedränge. Nur die Schaufensterpuppen blieben zurück und starrten der Menge nach, die sich – teils verärgert, teils nervös lachend – die Treppe hinabschob.

Charlotte betete, auf den schmalen Stufen nicht zu stürzen.

Sie versuchte, keine Panik zu bekommen, sich auf jeden Schritt zu konzentrieren, und redete sich ein, schon deshalb nicht stürzen zu können, weil es viel zu eng war.

Keuchend und nach Luft ringend, wurde sie auf den Hof gespült, stand mit einem Mal im Freien. Während die meisten durch die Eisentür auf die Straße rannten und die Nacht vom Motorradlärm und dem Starten von Krafträdern erwachte, blieb Charlotte ein paar Atemzüge lang stehen. Sie schnappte nach Luft und sah den Flüchtenden zu, die an ihr vorbei ins Mondlicht eilten.

»Noch mehr! Na, komm her! Du Affe!«, hallte eine Stimme über den Hof. Eine wohlbekannte Stimme. Sie schob sich durch die Gäste, die einen Ring gebildet hatten. Die Rücken vor ihr teilten sich, und ihr Blick fiel auf Schnute, dessen Gesicht von Blut verschmiert war. Es lief ihm aus der Nase und aus einem Schnitt an der linken Augenbraue. Seine Hände sahen wie in Farbe getaucht aus. Er winkte dem Zylindermann, näher zu treten, dessen Gesicht noch entstellter war. Ein Auge begann zuzuschwellen, und der Kauz konnte sich kaum mehr auf den Beinen halten.

Da trat Schnute einen weiten, schnellen Schritt auf ihn zu, brüllte ihm ein »Zack!« ins Gesicht. Und mit diesem Wort schickte er den Zylindermann durch einen geraden Schlag zu Boden. Sicher gab es für den Boxhieb einen besonderen Namen, doch Charlotte kannte ihn nicht. Er wirkte unendlich bedrohlich, beinahe tödlich. Tatsächlich hieb Schnute so kraftvoll zu, dass sie meinte, Knochen brechen zu hören.

Entsetzt wandte sie sich ab, sah im Augenwinkel, wie der Mann stöhnend zusammensackte, während Schnute seine Fäuste gen Himmel reckte, als hätte er einen wichtigen Preiskampf gewonnen. Statt Applaus erntete Schnute Getuschel, Geldscheine wurden schnell ausgetauscht. Schnute sah sich mit einem irren Leuchten in den Augen um, doch niemand gratulierte.

Fasziniert und zugleich abgestoßen, verfolgte sie das weitere Schauspiel und bekam einen Herzschlag lang Angst. Angst vor Schnute. Angst vor der Unberechenbarkeit dieses Mannes, den sie glaubte zu kennen, der aber wahrscheinlich vollkommen anders war, als sie vermutete, und dessen Herz nach Nervenkitzel und Gewalt gierte. Dann brach sich das Mondlicht in seinen Augen, lösten seine Lippen sich zu einem menschlicheren Lächeln, und damit verflog auch Charlottes Furcht.

Trotzdem zögerte sie, den Abdruck jenes Blickes noch vor Augen, den sie nicht einordnen konnte und den sie abstoßend fand. Der Blick eines anderen Deutschlands, das erst vor wenigen Sommern gestorben war und dem Charlotte nie mehr begegnen wollte. Sie kannte diesen mordlüsternen Blick, hatte ihn das letzte Mal bei den deutschen Soldaten vor Berlin sehen müssen. Im Unterstand. Sekunden bevor ihre Mutter starb.

Als könnte sie die Angst vor Schnutes Blick so abschütteln, als wäre die Abscheu bloß der schlechte Geschmack von kaltem Bollenfleisch, schluckte Charlotte alle Bedenken herunter und trat vor, um sich seine Blessuren anzusehen. Doch Schnute schob sie sanft beiseite, denn ein blonder Pennäler mit Schmiss am Kinn drückte ihm einen Stapel Scheine vor die Brust und klopfte ihm auf die Schulter. »Guter Kampf«, meinte er.

Jäh zerriss der Lärm von Polizeisirenen die Nacht. Seelenruhig stand Schnute da, wischte sich das Blut von der Nase und blickte mit einem seligen Lächeln auf die Geldscheine. Ohne sich um den Zylindermann zu kümmern, trat er mit einem langen Schritt über den sich am Boden krümmenden Mann hinweg und winkte Charlotte.

Sie folgte ihm in die Nacht.

35

Durch den Samttapetenflur wehte die Stille wie ein kühler Nebel, der sich in die Steine setzt, um dort für immer zu bleiben. Vera fröstelte beim Anblick der Ruhe. Die Hektik des Nachtlebens war genau das Richtige für sie, um unliebsame Kriegsbilder fortzuwischen, der tägliche Stress ein gutes Mittel, um nicht zu grübeln.

Doch seit Tagen war es um sie herum still – und prompt hatte sie in der vergangenen Nacht schlecht geschlafen. Zu oft war die Frau vom KaDeWe in ihrem Traum aufgetaucht, war durch ein Lazarett geschlichen und hatte sie dort beobachtet. In Cherbourg. Mit einem Mal war die Frau hinter einem Vorhang hervorgetreten und hatte mahnend auf Vera gezeigt, als wollte sie die Welt vor ihr warnen. Das Lazarett und das KaDeWe waren unheilvoll in Veras Träume eingesickert. Eingesickert wie jetzt diese Lethargie in die Räume des *Midnights.*

Das Lazarett war die letzten Jahre zu einem bloßen Nachhall einer Erinnerung geworden, doch jetzt fürchtete Vera, die Bilder könnten mit aller Macht wiederkehren. In Cherbourg hatte sie ihren Blitzmädels blind vertraut – und die Truppe ihr. Vera schluckte.

Sie haben dir vertraut, dachte sie und spürte prompt einen Kloß im Hals. *Das Mädchen im Lazarett hat dir auch vertraut und dir ihr Leben erzählt. Und du hast ihre Hand gehalten und warst für sie da. Bis zu jener Nacht. Bis zu jener Nacht …*

Sie wollte nicht daran denken, schüttelte den Kopf, als könnte sie die Vergangenheit abschütteln.

Ihre Fingerkuppen fühlten sich kalt an, obwohl sommerliche Temperaturen herrschten. Sie rieb sich die Hände und stellte fest, dass ihr Nagellack genau wie das *Midnight* einen neuen Anstrich vertragen konnte.

Lauernd, als könnte die Frau vom KaDeWe plötzlich vor ihr stehen, schlich sie durch den stillen Flur zum Saal. Staub tanzte hier im Licht der grellen Sommersonne, die die abgetretenen Holzdielen aufheizte. Abgenutztes Holz, von der Sonne ausgeblichene, verwischte Rechtecke auf dem verlassenen Boden.

Veras gesplitterte Wut auf Vehring war inzwischen vollständig weggekehrt worden. Ohne Bar, ohne Kronleuchter und mit zerlegter Bühne hatte der Saal all seinen Zauber verloren. Er war nur noch Leere – ein Vakuum, gefüllt mit der Abwesenheit von Musik, Lachen, Küssen und fröhlichen Nächten.

Seit vierzehn Tagen hatte das *Midnight* nun geschlossen, und sie hatten noch immer nichts wiederaufgebaut. Tag für Tag riss die Pause ein größeres Loch in ihre Kasse. Vera nahm einen der noch heilen Stühle, die Schnute und Anton beiseitegeräumt hatten, stellte ihn in die Mitte und setzte sich rittlings darauf.

Unruhig ließ sie den Blick durch den Raum gleiten. Sie wusste, dass sie das Richtige getan hatte. Sie spürte es tief in ihrem Herzen oder diesem Klumpen, der einst ihr Herz gewesen war. Sie hatte richtig entschieden – nicht nur, was das *Midnight* anging, sondern auch damit, Charlotte den Auftrag zu geben, es neu zu erfinden.

Aber jetzt, hier in dem kahlen Saal, der wie ausgeschabt wirkte, wie eine der zahllosen Ruinen der Stadt, fehlte ihr die Fantasie, wie es weitergehen sollte.

Zwar hatte sie kalkuliert, mit dem Geschäft zwei Wochen zu pausieren, aber nicht, dass Charlotte nächtelang durch Berlin kutschierte und dann auch noch ewig für eine Idee brauchte. Vera konnte es sich schlichtweg nicht leisten, noch länger zu warten. Sie mussten den Saal schnellstens wieder mit zahlenden Gästen füllen. Nicht nur Leuner saß ihr im Nacken, auch Carl Völler, ein Lieferant aus Steglitz, und Michael Korbe, ein Typ, von dem sie sich nach ihrer Ankunft in Berlin ein wenig Geld geliehen hatte.

Von Vehring ganz zu schweigen, dessen Kärtchen und Entschuldigungen sie grimmig ignorierte. Sie würde keinen Kontakt mehr zu ihm suchen, sollte er doch sehen, wie er an sein Geld für den Club kam. Vera kratzte jeden Pfennig zusammen, schob die wenigen Scheine von A nach B und versuchte, ihre restlichen Gläubiger irgendwie bei Laune zu halten.

Vor allem Leuner machte Druck. Sie hatte ihm gegenüber verlauten lassen, der Club wäre einem Einbruch zum Opfer gefallen. Auch so war seine Schadenfreude ätzend gewesen. Auf keinen Fall wollte sie ihn in ihre Pläne einweihen. Schließlich war Leuner nicht dumm, er würde das Potenzial des neuen Clubs sicher erkennen und sofort seine Preise hochtreiben.

Ihr Blick wanderte dorthin, wo vorher die Bar gewesen war. Kein Martini für sie. Sie seufzte.

Wenn es um Geld ging, war sie abgebrüht und skrupellos, doch Warten war nicht ihre Stärke, es machte sie mürbe. Der Laden musste schnellstens wieder laufen, Rechnungen bezahlt werden. Trude und Schnute wollten ihren Lohn, Anton sein Handgeld.

Schnute hatte mit Anton die Fenster bereits erneuert. Die Vorhänge waren zur Seite geschoben und hingen schlaff herab, obwohl die Fenster offen standen. Kein Lüftchen wehte.

Durch eines der Fenster konnte sie ihr Lager auf der anderen Seite des Hofs sehen. Was immer Leuner an illegaler Ware bei ihr untergestellt hatte – nur selten kam einer seiner vierschrötigen Arbeiter und holte eine der Kisten ab.

Leuner. Auch so ein Mann, den sie nicht ausstehen konnte, aber von dem sie abhängig war. Das musste sich ändern!

Lass uns über Berlin kommen wie die sternenklare Nacht.

Obwohl sie reichlich betrunken gewesen war, konnte sie sich noch an jedes Wort erinnern, das sie zu Charlotte gesagt hatte. Sie würde der hellste Stern sein, den Berlin je gesehen hatte.

Vehring hatte sie bereits zum Teufel geschickt und bald Leuner und alle anderen …

»Und alle anderen«, murmelte sie leise. Kaum hörbar, aber umso entschlossener kamen die Worte über ihre schmalen Lippen und hallten in ihrem Kopf wider.

Sie stand auf, ließ den Stuhl in der Mitte vom Nichts zurück und schritt energisch zu Charlottes Zimmer.

Es war ihr die letzten Tage schon schwergefallen, Charlotte in Ruhe arbeiten zu lassen. Zu gerne hätte sie einen Blick auf die Ideen geworfen, doch Charlotte hatte sich, vollkommen beseelt von ihrer neuen Aufgabe, zurückgezogen. Für Stunden, Tage, Nächte. Nur zu den Essenszeiten war sie herausgekommen und hatte schweigsam und grübelnd mit Schnute und Trude gegessen, um dann wieder in ihrer Kammer zu verschwinden. In ihrer schönsten Mädchenschrift hatte sie auf einen alten Bestellschein »Bitte nicht stören! Ich denke nach!« geschrieben und ihn an die Tür geklebt, als wäre alles ein Kinderspiel und da drinnen ihr Spielzimmer.

Genug war genug!

Sie klopfte an, doch niemand antwortete. Die Tür war nicht verschlossen, also drückte sie sie auf.

»Ach du meine Güte!« Vera blieb im Rahmen stehen, die Klinke noch in der Hand, und sah sich staunend um. Abermals hatte sich der Raum komplett verändert.

Statt Schnittmustern lagen jetzt Skizzen auf dem Boden verstreut. Bunte Zeichnungen, die allesamt das *Midnight* zeigten. Auf Schnüren hingen, wie frisch gewaschene Kleider, ebenfalls einige Dutzend Blätter. Auf jedem war der Saal, die Bar, die Bühne gezeichnet … Zahlreiche Variationen in immer neuen Farben und Formen.

Zu Veras Erstaunen sahen die Entwürfe nicht wie von Kinderhand gemalt aus. Schon mit dem ersten Blick erkannte sie, dass Charlotte auch hierin ein Talent besaß. Sie selbst konnte nicht mal Strichmännchen zeichnen, ohne sich abzumühen, von Innenansichten des *Midnights* ganz zu schweigen.

Einige der Bilder waren mit Bleistift skizziert, andere bereits mit Tusche in sauberen Linien gezeichnet. Ein paar der Skizzen hatte Charlotte anscheinend verworfen und mit Schwarz übertüncht.

Veras Blick schweifte über die Zeichnungen, die auf dem Boden lagen. Obwohl der Grundriss gut war und das Ganze aussah, als hätte eine Kennerin ihn entworfen, überlagerten Motive die Zeichnungen, die ihr doch reichlich kindlich vorkamen. Sie wirkten, als hätte Charlotte eine Szene aus einem Märchen gemalt. Frauen in aufwendigen Kleidern ließen sich in den Armen von teuer ausstaffierten Männern herumwirbeln. Was hatten rauschende Ballszenen wie aus Cinderella mit dem Berliner Nachtleben zu tun?

Seufzend sah Vera sich um. Hatte sie sich in Charlotte getäuscht? Hatte sie auf das falsche Pferd gesetzt?

Natürlich hatte sie gewollt, dass Charlotte ihrer Kreativität freien Lauf ließ, aber Prinzessinnen-Träume? Was sollte sie nur tun? Sie selbst war schrecklich unkreativ, hatte nie gemalt oder musiziert. Was das anbelangte, hatte sie von ihrer Mutter leider nichts geerbt.

Ihr Blick streifte eine Skizze, die an der Leine hing. Ein paar mannshohe Diamanten stakten vor der Bühne aus dem Boden, als wären sie vom Himmel gefallen. Was, um alles auf der Welt, sollte das?

Vorsichtig teilte Vera den Zettelvorhang, hinter dem Charlotte an ihrem Tisch saß. Sie schien Veras Anwesenheit noch gar nicht bemerkt zu haben. Tief übers Blatt gebeugt, zeichnete sie konzentriert.

»Du solltest mal lüften, ist gut fürs Köpfchen.«

Charlotte erschrak so sehr, dass ihr ein Bündel Zeichnungen auf den Boden rutschte.

Vera trat hinter sie und musterte die übrigen Skizzen auf dem Tisch. »In deinem Arbeitszimmer stinkt es nach Fleiß und vielen Ideen.«

»Ich habe dich gar nicht kommen hören.« Sofort ging Charlotte auf die Knie und raffte ihre Unterlagen zusammen.

Vera bemerkte, dass Charlotte noch immer das Kleid von gestern trug. »Hast du etwa die ganze Nacht gearbeitet?«

Die meisten jungen Frauen, mit denen Vera in den letzten Jahren zu tun gehabt hatte, vor allem die Frauen, die mit ihr nach Frankreich gekommen waren, waren zwar mit Begeisterung aus den Zügen gestiegen, doch dann nicht fähig gewesen, die Zähne zusammenzubeißen. Wie oft hatte sie ihnen gepredigt, zusammenzuhalten, sich anzustrengen, nicht loszulassen und sich in ihrer Aufgabe wie ein Hund zu verbeißen.

Charlottes Eifer hätte sie bei ihren Kameradinnen in Cherbourg gut gebrauchen können, ihre Feinfühligkeit hingegen absolut nicht. Empfindsamkeit, das genaue Hinsehen und Nachspüren von Gefühlen sowie ein Übermaß an Kreativität waren im Krieg ein Risiko. Unwillkürlich stiegen Bilder des

Lazaretts in ihrer Erinnerung auf … Sie schüttelte die Erinnerungen ab.

»Zeigst du mir deine Ideen?«

Charlotte presste schnell die Blätter vor ihre Brust. »Das … das ist noch nicht fertig. Das ist alles noch nicht fertig.«

»Na, ist doch einerlei. Lass mal was sehen.«

»Nein, nein … Das ist alles nur ganz grob. Ich muss erst noch sortieren und mir überlegen, welche Idee am besten ist.« Charlotte errötete, was Vera zum Schmunzeln brachte. Dieses Mädchen stand vor ihr wie eine Drittklässlerin, die unbedingt im Unterricht brillieren wollte. Unsicher, zu Perfektionismus verdammt und in dem Wissen, dass die Lehrerin schon viel zu lange auf die Hausarbeit wartete.

Zärtlich strich sie Charlotte über die Wange. »Wie wäre es, wenn ich uns einen Kaffee hole, und wir gehen deine Skizzen zusammen durch?«

»Ich weiß nicht.«

»Du weißt nicht?« Vera war erstaunt; langsam wurde sie wirklich ungeduldig.

»Ja, weil … Es ist noch nicht gut genug. Ich habe bei Timothy … bei meinem Freund«, korrigierte sie sich, »auch noch ein paar Skizzen, die habe ich gemacht, als ich mit Schnute aus dem Club gekommen bin. Die habe ich noch nicht schön gezeichnet.«

»Auf Schönheit kommt es doch gar nicht an.«

»Doch!«, entgegnete Charlotte mit überraschend fester Stimme.

Verblüfft bemerkte Vera, dass Charlotte sich geradezu angegriffen fühlte. Sie fuhr zu ihr herum und meinte: »Auf Schönheit kommt es sehr wohl an. Eigentlich kommt es nur auf Schönheit an. Ob es nun ein Kleid ist – oder das *Midnight*. Du willst von mir ein neues Konzept? Das *Midnight* soll besser werden als jeder Club in ganz Berlin? Da kommt es nur auf eins an! Auf Schönheit. Auf eine gradlinige, gute Idee, etwas, worauf sich die Menschen freuen, wenn sie herkommen.«

Vera ließ sie gönnerhaft ausreden, dann aber beugte sie sich vor und sagte streng: »Schönheit hin oder her, Charlottchen. Ich muss heute Ergebnisse sehen. Du bist jetzt schon so lange hier drin. Und eigentlich hatten wir ausgemacht, dass du Anton und Schnute beim Saubermachen hilfst. Vom Nähen ganz zu schweigen. Ich hätte bestimmt schon vier oder fünf weitere Kleider verkaufen können. Also lass mich endlich sehen, was dein Köpfchen so ausspuckt!« Vera biss sich auf die Lippen, das war schroffer ausgefallen, als sie gewollt hatte.

»Ich …«

»Hier geht's nicht nur um dich, Charlotte. Wir wollten zwei Wochen Pause machen. Da hätten wir aber längst mit den Bauarbeiten anfangen müssen. Also zeig mir einfach deine beste Skizze. Ohne lange zu überlegen. Du zeigst mir, was du am besten findest. Jetzt!«

Charlotte biss sich auf die Lippen und gab sich einen Ruck. Konzentriert wühlte sie in ihren Skizzen und zog schließlich ein paar heraus, die alle die gleiche Idee aus anderen Blickwinkeln und in anderen Farben zeigten.

»Was zum …?« Vera schob sich einen zweiten Stuhl heran, um sich zu setzen. »Ein … ein Baum.«

Ein riesiger Baum wuchs in der Saalmitte; sein Astwerk überspannte die komplette Bar, die Tische, die Tanzfläche und die Bühne. Zwischen seinen Blättern hingen bunte Lampions.

Charlotte nickte. »Ein riesiger Baum. In der Mitte. Es ist, als tanzte man im Freien. Als wäre man auf einer Wiese im Schatten einer …«

»… deutschen Eiche.«

»… eines mächtigen Baums. Er spendet Schatten und macht es heimelig. Man fühlt sich geborgen. Wir können alle möglichen Lichtstimmungen in die Äste hängen. Weißes Licht, buntes Licht … und dann entscheiden, wie der Abend aussehen soll. Nach der … der … der Musik.«

»Ein Baum.«

»Ja. Und seine Krone ist wie ein Zelt, verstehst du? Wie ein grünes Zeltdach. Romantisch und ungewöhnlich.«

Vera konnte es noch immer nicht fassen. Die Skizze sah so fremd aus. So anders als alle Bars oder Tanzlokale, die sie kannte … »Und diese Dinger hier?« Sie deutete auf den Stamm des monströsen Baums.

»Das sind Klappen. Auf drei Seiten. Wir öffnen sie, und im Stamm ist die Bar.«

»Die Bar. Mittenmang im Raum die Bar?«

Charlotte nickte eifrig. Vera war nicht entgangen, dass Charlottes Wangen vor Aufregung glühten.

»Und was ist das da? Da am Rand? Umkleidekabinen?«

Ein paar Mauern, verfallen und von Wurzeln überzogen, waren an die Wand gegenüber den Fenstern errichtet worden. »Das wollte ich dir eigentlich gar nicht zeigen.«

»Weil?«

»Das sind … Separees.«

»Separees? Wie im Puff? Knutsch-Atolle?«

»Ich weiß nicht, ich …« Charlotte seufzte. »Keine Ahnung, aber ich dachte, wenn jemand betrunken mit einer Dame … Dann … Du weißt schon.«

»Ja. Kann mich vage dran erinnern.« Ein Lächeln huschte über Veras Gesicht. »Separees. Hm. Ziemlich verrucht.«

»Deswegen wollte ich es dir gar nicht zeigen, weil … Na ja, weil hier ja nur getanzt wird.«

»Wo gevögelt wird, bleibt Geld«, murmelte Vera und sah

sich die Skizzen genauer an. Sie spürte, wie Charlotte versuchte, aus ihrem Gesicht zu lesen.

»Das Beste habe ich dir noch gar nicht gesagt. Schau mal hier …« Zielstrebig zog Charlotte eine weitere Skizze hervor, die beinahe schwarz war. Auf ihr war der Baum von unten zu sehen, und über den Ästen glitzerten Millionen Sterne. »Das …« Charlotte tippte auf die Skizze. »Das hier, das ist das *Midnight*! Über der Baumkrone bringen wir Spiegelchen an. Hunderte, Tausende. Kleine Splitter an der Decke. Und die beleuchten wir ganz sanft von den Ästen aus. Dann sieht das aus wie …«

»… wie ein Sternenhimmel.«

»… wie Mitternacht über Berlin. Das ist das *Midnight*, Vera. Der Tanz unter den Sternen, der Tanz unter einem Baum bei Nacht! Wir lassen die Sterne aufgehen, wann immer wir wollen.«

Vera schwieg.

Sie sah sich noch einmal alle Skizzen an, stand wortlos auf. Ohne auf Charlotte zu achten, trat sie durch die Leinen voller einzelner Blätter und öffnete die Tür zum Flur.

»Was ist denn?«, wollte Charlotte wissen, und Vera spürte, wie sie ihr hinterherstarrte.

Vera antwortete nicht, eilte den Flur hinunter. »Schnute!«, schrie sie mehrmals und bog in den Saal ab.

Ohne zu zögern, trat sie in die Mitte. Charlotte war ihr nervös gefolgt. Vera kniete sich hin und legte die Skizzen aus, eine nach der anderen.

»Was ist los?« Außer Atem kam Schnute angeeilt und schleckte sich Senf von den Fingern. Kauend musterte er die beiden Frauen im leeren Saal. Hinter ihm erschien Anton, ebenso außer Atem.

»Ist was passiert?«, fragte der Junge. Und als hätte Trude

nur auf ihren Auftritt gewartet, tauchte auch sie mit alarmiertem Blick im Durchgang zum Flur auf.

Vera richtete sich auf. »Ich will es so! Genau wie es hier skizziert ist! Genau so!«

Es dauerte einen Moment, bis bei Charlotte der Groschen fiel. »Du …«

»Ich finde es großartig! Der Tanz unter einem Baum, nur von den Sternen beleuchtet! – Schnute! Sieh dir das an!«

Er trat näher, leckte sich den letzten Rest vom Daumen und sah auf die Zeichnungen. »Ach du meine Fresse«, meinte er bloß und warf Anton einen Blick zu, der angesichts des Baums ebenfalls die Stirn krauszog und seine Schiebermütze in den Nacken schob.

»Mir egal, wie viel Arbeit das ist! So wird es gemacht! Jede Kleinigkeit! Bei Fragen wendet euch an Charlotte!« Sie klopfte ihr auf die Schuler. »Und jetzt komm!«

Bevor Charlotte reagieren konnte, nahm Vera ihre Hand, legte die andere um ihre Hüfte und tanzte in großen, ausladenden Kreisen mit ihr durch den Saal. »Da oben! Da leuchten die Sterne. Und die Äste des Baums reichen bis zur Musik!«, meine Vera und drehte sich voller Elan. »Und hier, hier kommt er hin! Der mächtige Stamm mit der Bar. Und da drüben, da hängen wir fünfzig, ach was, hundert Lampions rein. Bunt und fröhlich. Und hier, hier wird's romantisch.«

Charlotte musste lachen, und Vera schleuderte sie herum und bemerkte, dass Schnute jetzt Trude in den Arm genommen hatte und gleichfalls einen Tanz aufs Parkett legte.

36

Wie immer, dachte Charlotte, macht Vera sofort Nägel mit Köpfen. Bloß nichts anbrennen lassen.

Tatsächlich hatte Vera nicht gezögert und im Anschluss an ihre Tanzerei die Rechenmaschine aus dem Büro geholt. Wie besessen hatte sie Zahlen in das klobige Gerät gehämmert und einen Einkaufsplan überschlagen. Gemeinsam stellten sie Stühle für die Abmessung des Stamms auf, banden einen Faden als Begrenzungen zwischen ein paar Besenstiele und prüften, ob man hinter der Bar stehen und Getränke herausgeben konnte. Während Vera Schnute herumkommandierte, der, mit einem Meterstab bewaffnet, den Baum und seine Äste vermessen musste, sortierten Charlotte und Anton die Papierstreifen aus der Rechenmaschine. Schließlich überschlug Vera die Mengen an Material, diskutierte mit Charlotte und rechnete und rechnete.

Sechs Zigaretten später schnappte sie sich die Zahlenkolonnen sowie ihre Autoschlüssel.

»Los!«, befahl sie Charlotte. »Komm mit.«

Nur wenige Stunden nachdem Vera mit ihr begeistert durch den Saal getanzt war, saß Charlotte in Veras VW, ließ sich den Fahrtwind durch die Haare wehen und blickte auf die Straßen.

Achtung! Sie verlassen in 70 m Westberlin. Ein Schild an einem der Strommasten aus Holz huschte vorbei, und für einen kurzen Moment dachte Charlotte, Vera würde in den Osten der Stadt fahren. Sie erhaschte einen Blick durch die

Straßenschluchten nach drüben. Der russische Teil Berlins war mit übergroßen Porträts von Stalin geschmückt, Überbleibsel der Festlichkeiten zum ersten Mai. Oder sollten die Bilder für immer im Ostteil hängen bleiben?

Vier junge Soldaten, krause Blondschöpfe, standen an einer Hausecke. Sie trugen russische Uniformen und hielten den Blick auf die Autos gerichtet, die in den östlichen Teil fuhren. Lässig baumelten Gewehre an ihrer Seite.

»Wo fahren wir hin?« Charlotte waren die bewaffneten Soldaten unheimlich.

Vera nahm einen Zug von ihrer Papirossa und blies den Qualm gegen die Windschutzscheibe. »Nicht nach drüben jedenfalls. Nur zu einem Geschäftsfreund … Mein Gott, habe ich *Freund* gesagt?«

Charlotte nickte.

»Zu einem Händler nach Marienfelde … Ein Freund ist der bestimmt nicht.«

»Wer ist es denn?«

»Der Mann heißt Leuner. Ich schulde ihm noch Geld. Das macht die verfluchte Verhandlung wahrscheinlich nicht gerade einfacher. Reichst du mir mal die Tasche?«

Charlotte kam ihrer Aufforderung nach. Hoffentlich hatte Vera nicht bemerkt, wie sie bei dem Namen zusammengezuckt war. »Machst du denn viele Geschäfte mit diesem … diesem Leuner?«, fragte sie unschuldig.

Statt einer Antwort fluchte Vera und hieb kräftig auf das Lenkrad. »Nun fahr doch!«, rief sie einem querstehenden Sattelschlepper zu, auf dem mehrere Jeeps der US Army transportiert wurden. Auf einem der Geländewagen steckte ein MG. »Wird Zeit, dass die hier aus der Stadt verschwinden«, maulte Vera und schnippte die Asche ihrer Zigarette ab. »Obwohl … Geld bringen sie ja gut ins *Midnight.*«

»Und ob.«

»Und knackig sind sie auch.«

Die beiden lachten. Ein Berlin ohne Soldaten konnte sich Charlotte gar nicht vorstellen. Sie kannte es nicht anders.

»Ich habe gehört, dass die Russen ihren Teil vom Kuchen behalten wollen«, meinte Charlotte besorgt. »Die werden Berlin nicht mehr hergeben. Vielleicht gibt's noch mal Krieg.«

»Ach, das werden wir noch sehen, auch wenn die einen eigenen Bürgermeister gewählt haben. Es bleibt doch ein einziges Berlin. Oder?« Vera zog einen Flakon aus ihrer Handtasche und tröpfelte sich etwas Parfüm auf den Finger, verstrich es hinter den Ohren, während sie rauchte und, das Lenkrad zwischen den Knien eingeklemmt, den Wagen durch den Berliner Verkehr steuerte.

»Ich bin mir da nicht so sicher«, grübelte Charlotte und erblickte weitere russische Soldaten zwischen den Häusern. Sie hatte den Eindruck, dass es in den letzten Wochen mehr Posten geworden waren.

»Ach, du bist immer viel zu skeptisch.« Vera blies einen Rauchring aus. »Du grübelst zu viel, Charlotte. Du musst mal fröhlicher sein, das Leben genießen! Mach dir nicht immer so einen Kopf. Steh einfach dazu, was du tust. Anstatt immer die Welt und dich selbst zu hinterfragen. Ich mein's ernst. Selbst wenn es nicht perfekt ist, was du machst. Du kannst einfach behaupten, dass es das ist! Und glaub mir, das funktioniert meistens richtig gut.«

Charlotte schwieg. Vera hatte ja recht. Mit ihrer kessen Art war sie bisher recht weit gekommen. Wahrscheinlich war sie die einzige Tanzlokalbesitzerin Berlins, vielleicht in ganz Deutschland. Sich von Veras Art hingegen eine Scheibe abzuschneiden, und wenn sie nur hauchdünn sein sollte, fiel Charlotte unglaublich schwer.

Veras Parfüm vermischte sich mit dem Rauch, bevor der Sommerwind, der durch die heruntergelassenen Fenster drang, alles in den Tag wehte.

Die Gegend änderte sich. Die Wohnhäuser wichen Lagerhallen. Sie reihten sich teils zerbombt, teils neu aufgebaut an der Straße auf. Garagenhöfe folgten, Berge aus verbrannten Backsteinen, neben Kies und Schutthaufen. Schließlich fuhren sie an langen Reihen mit selbst gebauten windschiefen Baracken vorüber. Der viel beschworene Aufschwung hatte sich hier noch nicht blicken lassen. Das Bild, das sich Charlotte bot, stand in starkem Kontrast zu dem glänzenden Ungetüm von Kühlschrank in Veras Büro. Alles, was funkelte und glänzte, war hier entweder zerstört oder verkauft worden.

Obwohl die Straße unbefestigt war und Vera eine lange Staubfahne hinter sich herzog, bremste sie nicht. Es gefiel ihr wohl zu rasen.

»Dieser Leuner, wer ist das eigentlich? Ich meine, woher kommt der? Der ist doch oft im Club, oder?« Charlotte tat beiläufig, steckte Veras das Parfüm zurück in deren Handtasche, traute sich aber nicht, es selbst zu benutzen.

Weil sie nicht sofort antwortete, befürchtete Charlotte, den Bogen überspannt zu haben, doch schließlich drückte Vera ihre Zigarette im Ascher aus und seufzte. »Ich kenne Leuner über Vehring. Seine Männer haben damals für Vehring dessen Villa renoviert. Das ist schon gut zwei Jahre her. Dann hat Leuner mir über Vehring mit dem Club geholfen. Leuner ist einer der größten Schwarzmarkthändler in Berlin. Es gibt in der Stadt noch gut ein halbes Dutzend andere, die wirklich Einfluss haben. Die haben den Schwarzmarkt unter sich aufgeteilt.« Sie winkte ab, als wäre das alles unwichtig. »Wenn du nicht nur ein bisschen Zigaretten und irgendwelchen Kleinkram günstig bekommen willst, sondern gleich eine ganze Villa sanieren …«

»… oder einen Baum in einem Tanzsaal aufstellen …«

»Oder das, ja. Dann musst du zu einem dieser Herren. Und da ich Leuner von damals kannte, bin ich wegen der Bar und ein paar Möbeln zu ihm.«

»Ihr kennt euch also nicht von früher? Aus der Kindheit oder so?«

Mit hochgezogenen Brauen sah Vera Charlotte an, dann lachte sie. »Gott bewahre! Der ist absolut nicht mein Kaliber. Das Mädchengymnasium hätte ihm sicher gefallen! Aber ich sag dir, wenn der mir in der Pause begegnet wäre, verdroschen hätt ich den.«

Charlotte musste lachen. Das konnte sie sich lebhaft vorstellen: Leuner in seiner schnieken HJ-Uniform und eine wütende Vera, die sich auf ihn stürzte und den dicklichen Pennäler in den Matsch des Schulhofs drückte.

Sollte sie sich weiter vorwagen? Charlotte räusperte sich und fragte möglichst unauffällig: »Womit handelt dieser Leuner denn am meisten?« Sie hoffte, dass Vera die Nervosität in ihrer Stimme nicht bemerkte.

Vera sah sich nach der richtigen Abzweigung um, legte die Stirn in Falten und grübelte. Erst nachdem sie noch eine Papirossa aus der Packung gestupst hatte, antwortete sie leise, aber bestimmt: »Leuner verkauft Seelen.«

Das war alles, was sie zu dem Thema sagte.

Schweigend dachte Charlotte über den Satz nach, schließlich traute sie sich noch ein gutes Stück weiter vor. »Verstehe. Und hat er auch was mit den Amerikanern zu tun? Verkauft der was über Tempelhof? So ins Ausland?« Sie biss sich auf die Lippe. Das war eindeutig zu direkt gewesen. Timothy hätte ihr lieber einen Kurs in geschicktem Nachfragen und Lügen geben sollen.

Angespannt sah sie zu Vera, die sich mittlerweile die Papirossa angezündet hatte und den Wagen auf einem staubigen Bauhof ausrollen ließ.

»Warum willst du das alles so genau wissen?«

Charlotte zwang sich, ihrer Chefin ins Gesicht zu sehen. Es gelang ihr sogar, ein unschuldiges Lächeln auf ihre Lippen zu zaubern, allerdings war Veras Blick einschüchternd. Aus ihren Augen blitzte Argwohn.

Vera lauert, dachte Charlotte. Sie schätzt ab, versucht ihrerseits, meine Gedanken zu lesen.

Beinahe wäre sie schwach geworden und hätte den Blick gesenkt. Sie war kurz davor, zurückzurudern und zu behaupten, nur aus reinem Interesse gefragt zu haben. Doch sie zwang sich, standhaft zu bleiben. Obwohl ihr das Herz bis in den Hals schlug, blickte sie Vera offen an.

»Ich …«, setzte sie an.

Lass dir was einfallen!, ermahnte sie sich. *Los, irgendetwas, das nicht wie eine komplette Lüge klingt.*

»Ach, es ist nur wegen meinem Freund.« Möglichst lässig wedelte sie den Zigarettenqualm fort, während der Wagen neben einer langgezogenen hölzernen Baracke zum Stehen kam. Staub hüllte sie ein.

»Dein Freund?«

Charlotte nickte. »Er … er steht auf amerikanisches Zeug. Und sucht manchmal was. Und ich dachte, Leuner und … Na ja, falls er was mit Tempelhof und der Air Force …« Sie brach lieber ab.

Gott sei Dank wurde sie mit einem Lächeln belohnt. Es wischte das ungute Gefühl aber dennoch nicht weg. Würde Vera ihr von jetzt an misstrauen?

»Der Leuner hat überall seine Finger drin.« Vera öffnete ihre Fahrertür und stieg aus. »Ich weiß nicht, ob er für die Amerikaner auch was macht.« Sie beugte sich noch einmal tief in den Wagen. »Aber du solltest dir angewöhnen, nicht zu viel zu fragen. Das kann schnell böse enden. Verstanden?«

Schüchtern nickte Charlotte. War das bloß ein guter Rat gewesen oder eine Drohung? Sie konnte es nicht genau sagen. Stirnrunzelnd beobachtete sie, wie Vera sich den Ring von ihrem Finger zog. Es war ein Brillantring.

»Ist der nicht von Vehring?«, fragte Charlotte besorgt. Er war sicher einige Hundert, wenn nicht Tausend Mark wert.

»Na und? Ich brauch ihn nicht. Von Vehring will ich nichts mehr. Von keinem mehr.« Vera steckte den Ring ein und wandte sich ab. Zielstrebig ging sie voraus über den Schotterplatz.

»Das wird alles nicht billig«, meinte sie noch. »Da muss ich eine Menge für drauflegen, um deine Idee umzusetzen.«

Das klang ein wenig nach einem Vorwurf, fand Charlotte, aber sie parierte geistesgegenwärtig. »Es ist auch die beste Idee der Welt!«, rief sie ihr nach.

»Du lernst sehr schnell!« Ohne sich umzudrehen, winkte Vera, Charlotte möge ihr folgen, und ging weiter.

Ein paar Atemzüge lang blieb Charlotte sitzen und sah ihr nach, wie sie zu dem lang gestreckten einstöckigen Bau aus zusammengesuchten Backsteinen und Holzbrettern ging. Veras Sommerkleid wehte fröhlich in der vor Hitze flimmernden Luft. Kaum hatte sie die Baracke erreicht, flog auch schon die Tür auf, und der dicke Leuner trat heraus.

Der Mann hob seine fleischigen Arme, um Vera in Empfang zu nehmen.

»Vera! Vera! Vera! Mein Täubchen. Was führt dich zu mir? Hast du etwa meine Limousine mitgebracht?«

Charlotte hörte ihn hohnlachen, während sie Veras Handtasche und die Berechnungen griff. Sie stieg ebenfalls aus.

Vera wies auf ihren Käfer. »Sieht das aus wie eine amerikanische Limousine? Da muss ich den aber noch ganz schön füttern.«

Diesmal war Leuners Lachen echt. »Kommt doch rein, ihr beiden Hübschen!«, forderte er sie auf. Verhalten folgte Charlotte Leuner und Vera ins kühle Innere. Durch einen schmalen Flur, der nach Baustelle roch, gelangten sie zu einer breiten Holztür. Dahinter lag Leuners Büro.

Obwohl es bloß eine lausige Baracke war, hatte Leuner sein Arbeitszimmer, wie Charlotte überrascht feststellte, wie ein König hergerichtet. Mehrere Stehlampen aus Messing standen mit ausladenden Lampenschirmen Spalier und führten den Besucher geradewegs vor Leuners wuchtigen Schreibtisch, einem wunderbaren handgefertigten Stück, wahrscheinlich noch aus dem letzten Jahrhundert. An den Wänden pinnten allerlei Land- und Straßenkarten. Charlotte sah eine von Berlin, aber auch von Potsdam und von der sowjetisch besetzten Zone. Auf einer großen Deutschlandkarte waren vor Jahren die Truppenverläufe des Zweiten Weltkrieges akribisch per Hand eingezeichnet worden. Wie es aussah, hatte Leuner jeden Frontverlauf bis ins Kleinste verfolgt.

Die späte Nachmittagssonne wurde von schweren Metalljalousien zerschnitten und fiel schräg in den Raum. Ein protziger goldglänzender Deckenventilator drehte sich leise an der Decke, während Charlotte aus einem Nebenraum das unstete Klappern einer Schreibmaschine hören konnte. Irgendjemand bearbeitete die Tasten im Adlersuchsystem.

»Immer rein in die gute Stube«, polterte Leuner und nahm hinter seinem Schreibtisch Platz. »Setz dich doch, Vera.«

»Danke, ich stehe lieber«, entgegnete sie, steckte sich eine lose Strähne hinter das Ohr und blies eine Wolke Zigarettenqualm zum Ventilator.

Charlotte sah sich möglichst unauffällig um. Leuner hatte sich anscheinend schon einen Whiskey gegönnt, denn auf seinem Schreibtisch wartete ein halb volles Glas auf den letzten Schluck. Sicher war es heute nicht sein erster. Neben dem Glas und einer edlen Karaffe stand in einem Goldrahmen eingefasst ein Schwarz-Weiß-Foto von ihm und einer Frau. Sie hatte zu viel Schminke aufgetragen, lächelte steif und machte den Eindruck, als hätte Leuner ihr nicht nur die Hand um die Schultern gelegt, sondern drücke sie viel zu hart an seine Seite. Vermutlich handelte es sich um seine Ehefrau.

Hinter Leuners geradezu futuristisch aussehendem und für seinen breiten Hintern viel zu filigranem Holzdrehstuhl stand ein angeschlagener Metallschrank. Seine Schubladen waren geschlossen, aber ein Schlüssel steckte in einem der Schlösser.

»Wenn du meinen Wagen noch immer nicht aufgetrieben hast, führt dich wohl was anderes her?« Er grinste breit und spielte mit einem Brieföffner.

»Bretter, Gips, Farbe«, begann Vera ohne Umschweife. »Nägel, Kabel, Lampen. Tische, Stühle, Vorhänge und Regale. Ach ja, viele Lampen. Sehr viele. Glühbirnen. So bunte.« Sie wandte sich zu Charlotte um. »Ich hab sicher was vergessen, oder? Zeig mal unsere Liste.«

Charlotte reichte sie ihr, und Vera schob den langen Zettel zu Leuner auf den Schreibtisch. Der musterte die Positionen ein wenig verwundert. »Was willst du bauen, Schätzchen? Ein Theater?«

Vera antwortete nicht, sondern tippte die Asche ihrer Papirossa in Leuners Aschenbecher. »Ich brauch das alles. Und zwar am besten gestern.«

»Hört, hört. Das wird aber nicht preiswert.« Er stand seufzend auf. »Vera, Vera«, sagte er ruhig und zwängte sich zwischen Schreibtisch und Regal wieder nach vorne. »Ich hab mal nachgesehen, was du mir schuldest … Und dann kannst du mir nicht mal den versprochenen Wagen liefern.« Ein paar Mal holte er geräuschvoll Luft. »Und jetzt? Jetzt kommst du, willst diese ganze Liste an … an Zeug … von mir haben? Womit willst du das denn bezahlen?, frage ich mich ernsthaft.«

»Da mach dir mal keine Sorgen.« Sie stieß noch eine Wolke Richtung Deckenventilator, der die Schwaden sofort verteilte.

Schmunzelnd musterte Leuner sie, ließ den Blick über ihre Wangen bis zu ihrem Dekolleté gleiten, um schließlich mit einem süffisanten Lächeln zu sagen: »Die mache ich mir auch gar nicht, mein Täubchen. Mir Sorgen zu machen, das habe ich unter unserem geliebten Führer aufgegeben.«

Verblüfft sah Charlotte zu, wie Leuner seine fleischigen Hände auf Veras Po schob, was diese geschehen ließ. Er zog sie näher zu sich heran, um ihr etwas ins Ohr zu säuseln, laut genug, damit es auch Charlotte hörte: »Vielleicht könnt ihr beiden ja eine kleine Anzahlung leisten? Wo du deine Freundin schon mitgebracht hast.«

Vera verzog keine Miene, sah Leuner lediglich streng an. »Das fragst du mich ernsthaft?«

Charlotte kannte diesen Ton in ihrer Stimme und trat vorsichtshalber einen halben Schritt zurück.

Im Gegensatz zu ihr hatte Leuner den drohenden Unterton nicht gehört, denn er drückte Vera noch fester an seinen Bauch und sagte ihr ins Ohr: »Ich denke, es ist Zeit, dass du dich ein wenig erkenntlich zeigst. Und wo du deine junge Freundin mitgebracht hast, umso besser. Ihr könnt mir zusammen einen lutschen. Und ich gebe euch die Stühle sofort mit. Ohne Bezahlung. Ich habe welche im Lager. Sind hübsch.«

Charlotte wurde schlecht. Am liebsten wäre sie rausgerannt,

aber Vera zuckte nicht mit der Wimper. Sie lächelte sogar und legte zu Charlottes Entsetzen ihre schlanken Finger auf Leuners Wangen. Einen Moment sah es so aus, als wollte sie ihn tatsächlich küssen, doch dann griff sie ihm mit der anderen Hand zwischen die Beine. Mit einem überraschten Aufschrei sprang Leuner einen Schritt zurück und wäre beinahe mit seinem fetten Hintern hoch auf den Schreibtisch gehüpft.

»Da ist ja gar nichts in der Hose, was man irgendwie gernhaben könnte«, stellte Vera todernst fest. »Wenn du eine Nutte brauchst, musst du in andere Etablissements gehen. Und wenn du nur mit Stühlen bezahlen willst, dann wohl eher zur S-Bahn-Station Tiergarten. Da gibt's ein paar wirklich abgehalfterte, die ihr Täschchen schwenken. Und, he!, da bekommst du auch noch die Syphilis gratis obendrauf. Ansonsten schlage ich vor, frag doch deine Frau.«

Fluchend richtete Leuner Hose und Hosenträger. »Die Schulden wachsen dir über den Kopf, und der Club ist schon seit – wie lange? – zwei Wochen geschlossen. Jetzt kommst du hier angekrochen und bist noch nicht mal bereit, mir einen kleinen Gefallen zu tun? Und trotzdem willst du mein ganzes Zeug? … Sehe ich aus, als würde ich Almosen geben?«

»Nein«, antwortete Vera. »Genauso wenig, wie ich die Heilige Jungfrau bin.«

»Ganz schön mutig, Vera. Dreist sein setzt sich durch, was?«

»Musst du grade sagen.«

Charlotte trat zur Jalousie und spähte hinaus. Leuners Hof war von mehreren Schuppen umgrenzt. Kleinere Lagerhallen, deren Tore offen standen. Einige Arbeiter trugen Säcke in eine der Hallen. Zwei weitere Männer standen rauchend an einer Ecke und warteten auf einen rostigen Gabelstapler, der eine Palette mit Material brachte. Charlotte konnte ein altes Sofa erkennen, einen Tisch, drei Stehlampen. Auf einer anderen

Palette, die neben vier ausgeschlachteten Autos stand, waren mehrere Waschbecken und eine Handschleuder festgebunden.

»Ich bezahle hiermit.« Mit diesen Worten holte Vera den Brillantring heraus und hielt ihn Leuner unter die Nase.

»Hm. Ist der echt?«

»Selbstverständlich.«

»Bei dir weiß man nie.«

Vera lachte abfällig. »Ich denke, Vehring kannst du trauen. Er hat ihn mir geschenkt.«

»Vehring? Bist du immer noch mit dem zusammen? Was macht der Alte so?«

»Keine Ahnung. Ist mir auch reichlich egal. Willst du ihn oder nicht?«

Leuner streckte seine Pranke vor, und sie ließ den Ring hineinfallen. Mit einer geübten Bewegung brachte er seinen Bauch aus dem Weg und zog die Schublade des Schreibtisches auf, um ein Vergrößerungsglas herauszuholen. Das Glas ins rechte Auge geklemmt, musterte er das Schmuckstück ausgiebig.

»Das ist ein Topas. Siebeneinhalb Millimeter. Und siebenhundertfünfziger Gold«, pries Vera den Ring an.

Leuner tat, als wäre er nicht zufrieden, aber selbst Charlotte erkannte, dass sie den Mann am Haken hatte.

»Der wird nicht reichen. Nicht im Ansatz«, brummte er. »Ich muss den erst genauer untersuchen lassen. Am besten, du lässt ihn erst mal hier.«

Das Angebot ließ Vera höhnisch auflachen, sie schnappte ihm den Ring weg. »Ich möchte jetzt eine Zusage. Du kriegst den Ring, wir bekommen dafür unsere Liste. Das wäre der Deal.«

»Die ganze Liste?« Leuner nahm das Vergrößerungsglas aus dem Auge. »Der Ring mag ja einiges wert sein. Gesetzt den

Fall, man bekommt ihn los. Aber die ganze Liste? Das kannst du vergessen. Weißt du, wie schwer es ist, an Gips ranzukommen? Und das ganze Holz? Nein.«

Es wurde so still, dass Charlotte tatsächlich nur noch das gleichmäßige Flappen des Deckenventilators hören konnte. Die beiden sahen sich an, als spielten sie in einem der Westernstreifen mit, die seit Kurzem so farbenprächtig und in Überbreite im Kino gezeigt wurden.

Schließlich nahm Leuner seine kalte Zigarre und kaute auf dem Stummel herum. Er schien die Zahlen durchzurechnen. »Tja, mein Täubchen, das hättet ihr wesentlich billiger haben können. Ein paar kleine Zuwendungen hier, ein bisschen streicheln da. Aber du willst ja nicht … Nun denn … Ich biete dir Folgendes an: Du gibst mir den Ring und ich dir dafür die Bretter und … tja, und die Vorhänge.«

»Du legst noch die Lampen drauf. Alle Lampen und die Kabel.«

»Nein. Kommt nicht infrage. Bretter und die Vorhänge für den Ring, und ihr könnt euch jetzt gleich Stühle aussuchen. Ich habe neue im Lager. Davon kannst du dir dreißig nehmen und so viele sofort mitschleppen, wie hinten auf deinen lausigen Käfer passen. Den Rest liefere ich dir frei Haus, bin ja ein Gentleman.«

Charlotte spürte genau, wie sehr Vera haderte, doch dann stimmte sie mit einem knappen Nicken zu. Kaum hatte sie sich entschieden, ging ein Ruck durch Vera, als hätte sie sich neu gesammelt. Entschlossen nahm sie Leuners Hand und drückte ihm den Ring in die Finger. »Hier. Und nenn mich nie mehr Täubchen. Verstanden?«

Ein breites Grinsen pflanzte sich auf Leuners Lippen, als hätte er saure Molke getrunken. »Natürlich nicht, mein … Schätzchen.« Er streckte die Arme aus und polterte: »Na, dann kommt mal mit, meine Hübschen! Der Leuner, der hat so einiges Feines auf Lager.«

Charlotte beobachtete, wie Leuner den Ring in eine Schublade des Metallschranks legte. Anscheinend waren die Laden nicht verschlossen. Dann schritt er zur Tür und zog sie mit großer Geste auf.

»Ich brauche das andere Material, so schnell es geht.« Vera zündete sich eine neue Zigarette an.

»Selbstverständlich. Du musst mir aber schon ein paar Tage Zeit geben.«

»Was heißt das?«

»Die Kabel sind nicht das Problem. Aber die ganzen Lampen. Und der Kleinkram. Ich denke, eine Woche wird es auf jeden Fall dauern, das alles aufzutreiben.«

»Bring mir alles Ende dieser Woche. Keinen Tag später«, befahl Vera und folgte ihm aus dem Büro. »Ich bezahl es schon.«

Leuner blieb noch einmal stehen und sah zu Charlotte. »Was ist? Kommt die Dame mit?«

Leuner schob eines der Metalltore auf und gab den Blick auf ein Sammelsurium von Möbeln frei. Sessel, Sofas, Chaiselongues in sämtlichen Formen und Farben, mehrere Dutzend Küchenschränke, von denen einige noch aus der Kaiserzeit stammten, Lampen aus den letzten fünfzig Jahren, moderne Nierentischchen und Stühle. Alles stand, lag oder stapelte sich kaum sortiert in der Halle. Während sie darüber nachgrübelte, wie sie noch einmal unbemerkt zurückkönnte, folgte Charlotte den beiden.

Leuner führte sie zielstrebig zu einer Ansammlung von Stühlen, gewiss über dreihundert Exemplare in verschiedensten Ausführungen.

»Das sind die Schätzchen«, erklärte er und zeigte auf einen robusten Holzstuhl. »Siebzig Stück hab ich davon. Schön stabile Ware. Ist aus dem ehemaligen Reichsluftfahrtministerium. Solide Arbeit für das Dritte Reich. Tausend Jahre.« Er lachte.

Zur Probe nahm Vera auf einem Platz. Die Stühle waren schlicht, nicht gerade schick, aber solide und kaum abgegriffen. Charlotte konnte sich gut vorstellen, wie fantastisch sie mit roten und blauen Samtkissen unter die Krone des Baums passten.

»Gibt es hier irgendwo eine Toilette?«, fragte sie und räusperte sich. Etwas Dümmeres fiel ihr nicht ein. Doch in Leuners Büro würde sie sicher etwas für Timothy herausfinden. Zumindest musste sie herausbekommen, was Vera für ihn eingelagert hatte. Anscheinend war es so wichtig oder so illegal, dass er es nicht hier in seinen Lagerhallen haben wollte.

»Ja, aber das wird dir nicht gefallen. Für deinen zarten Hintern ist das nichts.«

»Es wird schon gehen«, meinte sie mit schüchterner Stimme und dachte: So wie ich hast du sicherlich in deinem Leben noch nie gehaust.

»Draußen ist ein Verschlag, neben der roten Tür. Da gibt's ein Brett.«

Wenige Augenblicke später stand Charlotte vor Leuners Büro. Das Herz schlug ihr bis zum Hals. Sie versuchte, Spucke zu sammeln, aber ihr Mund blieb furchtbar trocken. Noch einmal vergewisserte sie sich, ob sie auch nicht beobachtet wurde, dann schob sie vorsichtig und in der Hoffnung, sie werde nicht quietschen, die Tür auf.

Charlotte glitt hinein, zog die Tür hinter sich zu und achtete darauf, ob die Schreibmaschine nebenan ins Stottern geriet. Ihr Herz schlug nervös, und ihre Finger waren eiskalt. Ihre

Haut fühlte sich wie elektrisiert an, während sie zu dem Metallschrank huschte und begann, die Schubfächer aufzuziehen. Zuerst knöpfte sie sich die Lade mit dem Ring vor. Leuner hatte ihn auf einige Unterlagen gelegt, langweiliges Zeug, soweit Charlotte das beim schnellen Durchblättern erkennen konnte. Sie nahm sich die nächsten Schubladen vor. Allesamt waren sie nicht verschlossen, obwohl der Schlüssel in einem der Fächer steckte. Entweder der Schrank enthielt nichts Wertvolles, oder aber Leuner fühlte sich hier auf seinem Lagerhof sehr sicher.

Charlotte forschte weiter, entdeckte aber nichts von Belang. Prospekte über Prospekte, Listen mit Verkaufspreisen für Kaffeemaschinen und andere Küchengeräte. Ein Bündel Briefe – der Briefverkehr mit einem Weingut, Frachtlisten über Fässer voll Whiskey.

Erst als sie sich dem untersten Fach widmete, hielt sie inne. Dort lag eine abgestoßene Metallschachtel. Sie sah mit dem olivgrünen Lack wie eine Blechbüchse aus, die Soldaten in ihrem Marschgepäck mitführten. Sie nahm sie heraus und packte sie auf den Schreibtisch. Das Schächtelchen war verschlossen, und sie hob es an, um es von allen Seiten zu untersuchen.

Kurioserweise konnte sie kein Schlüsselloch finden. Trotzdem ließ sich der Deckel nicht anheben. Es musste einen anderen Mechanismus geben. Nervös tastete sie die Seiten ab. Nichts. Sie nahm sich die Ecken vor, drückte und drehte.

Endlich gab eine der Ecken ein wenig nach. Behutsam versuchte Charlotte, sie zu drehen, doch es wollte nicht gelingen. Erst als sie die Schachtel ankippte und an der Ecke ein wenig zog, entriegelte der Deckel.

Ihre Hände schwitzten, als sie die Büchse öffnete. Auf einer handschriftlichen Liste und einer Karte lagen sechs Röllchen.

Es waren zusammengewickelte Geldscheine. Charlotte öffnete eine Geldrolle und blickte staunend auf die Dollarnoten. Amerikanisches Geld, keine Frage, und zwar nicht wenig. Sie zählte sieben Hunderter und einen Fünfziger.

Die Schreibmaschine im Nebenzimmer legte mit einem Mal eine Pause ein.

Charlotte fuhr herum, starrte zu der Karte mit den Frontverläufen, hinter der eben noch das Klappern zu hören gewesen war. Ein Stuhl schabte über den Boden. Jeden Moment würden Schritte im Flur zu hören sein, die Türklinke würde sich hinabdrücken und …

Reglos lauschte sie in die Stille, die Geldscheine in den schwitzig kalten Fingern. Fieberhaft suchte sie nach einer Ausrede – und fand keine. Wenn Leuners Sekretärin jetzt die Tür öffnete …

Hektisch rollte sie die Scheine zusammen, griff sich die Banderole und wollte sie drüberziehen, als sie einen Namen darauf erkannte.

Oleg Byschowez. Russisch? Genau wie die Aufschriften auf den Kisten in Veras Lager.

Sie versuchte, ihn sich einzuprägen, aber in ihr war nur die Angst, dass sie gleich entdeckt werden würde. So schnell es ging, stopfte sie die Geldrollen zurück in die Schachtel, wollte diese schon schließen, als im Nebenraum ein neues Blattpapier eingespannt wurde und die Tipperei weiterging.

Erleichtert atmete Charlotte aus.

Trotzdem, sie hatte schon zu viel Zeit verloren. Sie musste sich beeilen. Ihr Blick fiel noch einmal in die Schachtel, auch die anderen Banderolen waren mit russischen Namen beschriftet. Sie blätterte die Listen durch, aber die waren in Kyrillisch. Fremde Hieroglyphen, mit denen Charlotte nichts anfangen konnte und die sie sogar ein wenig ängstigten. Russische

Schrift verhieß nichts Gutes. Die Befreiungsarmee hatte zu sehr in Berlin gewütet, als dass Charlotte damit gute Gefühle verknüpfte.

Leuner hatte in einer winzigen krakeligen Schrift einige der Einträge übersetzt. Mit viel Fantasie entzifferte sie das Wort *Trophäe* und *Kommissionen,* konnte damit jedoch überhaupt nichts anfangen.

Die russische Liste schien eine Kopie zu sein, man sah die Spuren des Matrizengerätes. Sie wünschte sich, sie hätte eine Kamera dabei, irgendetwas, um die Liste festzuhalten, damit sie sie Timothy zeigen konnte.

Hektisch sah sie sich nach einem Bleistift um, nach einem Füller. Sie wollte die Schublade vom Schreibtisch aufziehen, doch die knarzte fürchterlich. Sie fand ein paar Handschuhe, das Vergrößerungsglas, Notizblöcke und einen edlen Füller aus Metall.

Ihr lief die Zeit davon.

Das Tippen im Nachbarzimmer brach abermals ab.

Sollte sie die Liste mitnehmen?

Leuner würde es sofort bemerken. So schnell es ging, zog sie den Notizblock heraus und begann, in Windeseile alles abzuzeichnen. Buchstabe für Buchstabe. Sie konnte kaum schreiben, so sehr zitterten ihre Hände. Die Hieroglyphen sahen fürchterlich aus. Sie strich alles durch, setzte noch mal an.

So schnell es ging, klappte sie die Schachtel zu und packte sie zurück in die Schublade. Beinahe hätte sie den Notizblock und den Füller auf dem Schreibtisch liegen lassen. Sie schob ihn hektisch zurück in die Schublade und stand auf. So leise, wie sie gekommen war, wischte sie aus dem Zimmer.

37

Ende Juli 1951

»Brigaden?«

»Ja. Wahrscheinlich Trophäenbrigaden.« Timothy nahm zwei Eintrittskarten für das Avus-Rennen entgegen und gab eine Charlotte.

»Was ist das?«, wollte sie wissen.

»Das, was du aufgeschrieben hast. Die kyrillischen Wörter. Ich habe sie untersuchen lassen. Du hast ganz schön gekritzelt. Es scheint, als gehörten die Listen zu einer sowjetischen Trophäenbrigade … Entschuldigung.« Timothy schob sich an einer Traube Zuschauer vorbei. Es hatte den Anschein, als hätte sich ganz Berlin herausgeputzt und wäre zur Wiedereröffnung der Avus-Rennstrecke mit ihrer berüchtigten Nordkurve gekommen.

Er blieb kurz stehen, beugte sich vertraulich zu Charlotte und erklärte ihr: »1943 hat ein Igor Grabar, ein Deutschlandkenner und Kunsthistoriker, die Leitung eines Expertenbüros in Moskau übernommen. Sie wollten Kunstwerke klauen, deutsche Kunstwerke –, um die Schäden auszugleichen, die der Kunstraub der Nazis in Russland angerichtet hatte.«

»Ich klau dir dein Bild und du meins?«

Er nickte. »Millionen Kunstgegenstände, Statuen, Bilder, Schmuck … Was immer du dir vorstellen kannst, ist von den Trophäenbrigaden zusammengesucht worden. Vieles ist noch in der Zone, das meiste aber wohl bereits in die Sowjetunion verbracht.«

»Und du glaubst, Leuner …?«

Er lächelte. »Ja! Deine Nachforschungen haben mich darauf gebracht, Charlotte. Irgendwie muss Leuner es geschafft haben, ein paar der Kunstschätze aus der Zone nach Westberlin zu bekommen. Wahrscheinlich auch Schätze aus Schloss Sanssouci, wenn deine Notizen stimmen. Vielleicht auch aus anderen Museen und Sammlungen.«

Sie gingen weiter. Das erste Rennen nach dem Krieg sollte in wenigen Minuten starten, und die Ränge platzten aus allen Nähten. Charlotte schätzte, dass Hunderttausende gekommen waren. Die meisten Damen hatten luftige Sommerkleider an, die Herren ihre Hüte wegen der grellen Sonne tief ins Gesicht gezogen, die Hemdsärmel hochgekrempelt. Timothy war es über seine Kontakte geglückt, Karten für den Aussichtsturm zu ergattern, der direkt an der steilen Nordkurve stand und von wo aus man einen fantastischen Blick auf die Rennstrecke hatte.

Charlotte hatte in ihrem Leben noch nie ein Autorennen besucht und war selten unter so vielen Menschen gewesen. Das Geschiebe und Gedränge machte sie nervös, aber trotzdem war sie glücklich, diesen schönen Sommertag mit Timothy zu verbringen. Das Feuer der wilden Nacht, als sie ihn einfach ins Bett gezogen und die Knöpfe hatte fliegen lassen, war längst wieder heruntergebrannt. Zu viele Tage und Nächte hatte sie im *Midnight* verbracht. Petticoats mussten genäht werden, und der Umbau des Clubs war zeitaufwendiger, als sie alle gedacht hatten. Der aufreibende Alltag hatte sich die letzten Wochen wie ein feuchter Nebel um sie und Timothy gelegt und ihre Beziehung klamm werden lassen.

Endlich erreichten sie den Turm, kamen aber nur Stufe für

Stufe auf der Wendeltreppe voran, denn ständig strömten ihnen Leute entgegen, die noch Wasser oder ein Eis holen wollten.

Die Aussichtsrotunde war ebenfalls ausverkauft. Der Rauch von Zigarren wehte Charlotte zu, der Geruch von Schweiß und Pomade. Als sie endlich ihren Stehplatz am Geländer erreicht hatten, sah sie über die Avus. Die Rennstrecke zog sich in gerader Linie gut vier Kilometer bis zum Schießplatz Keerans Range hin, wo die Südkurve lag. Über dem Asphalt flimmerte die Sommerhitze.

Timothy nahm seine Sonnenbrille ab und wischte sich mit einem Stofftaschentuch die Stirn trocken. Dann beugte er sich näher an ihr Ohr. Sein Atem kitzelte sie, als er sprach. »Beutekunst … Wir haben die Leiche des Piloten in der Nähe der Pfaueninsel gefunden. Gut möglich, dass Leuner einen Weg gefunden hat, russische Beute über die Glienicker Brücke zu bringen. Trotz der Kontrollen.«

»Er hat ein paar Russen bestochen. Ich habe Geldröllchen gesehen.« Charlotte fächelte sich Luft zu. Es war heiß, und die Sonne brannte. Sie bereute es, keinen Hut mitgenommen zu haben.

»Hast du irgendetwas bei ihm gefunden, woraus hervorgeht, wann die nächste Lieferung kommt? Irgendeinen Zettel oder eine Nachricht?«

Sie verneinte und ließ sich das Fernglas reichen. Ihr Blick streifte über die Avus. Die Rennwagen standen bereits an der Startlinie, der Fahnenschwinger in Position. Alles war bereit. Die Fahrer warteten nur auf das Startzeichen … wie Piloten auf dem Flugfeld, schoss es Charlotte durch den Kopf.

»Was, wenn Leuner seine Beuteschätze mithilfe der Air Force aus Berlin herausfliegt? Wäre das möglich? Ich meine, weil es doch ein toter Pilot …«

»Ich suche noch nach diesem A. Adept. Ich denke, das ist ein wichtiger Hinweis.« In diesem Moment fiel der Startschuss. »Es geht los!« Timothy legte seinen Arm um ihre Hüfte und zog sie an sich. Mit einem Mal war die Luft voller Motorenlärm. Die Rennwagen heulten auf, es war ohrenbetäubend. Er verlangte sein Fernglas zurück. Brav gehorchte Charlotte, obwohl sie selbst gerne weiter die Wagen beobachtet hätte.

Paul Greifzu, scherzhaft als Ostzonenfahrer tituliert, führte das Feld mit seinem BMW gut eine Länge voraus an und zog dröhnend am Turm vorbei.

Ein fetter Typ, der sich ein Taschentuch auf die Glatze gelegt hatte, jubelte ausgelassen. In seinem Feuereifer rempelte er Charlotte an und drückte sie an die Balustrade. Beinahe verlor er dabei sein Fernglas.

»He, Vorsicht«, beschwerte sich Charlotte, doch der Mann jubelte weiter, ohne sie zu bemerken. Sie versuchte, sich von dem ungehobelten Kerl nicht die Stimmung vermiesen zu lassen. Ein bisschen Nähe zu Timothy war gut, auch wenn es heiß war. Sie hatte ihn vermisst. »Hast du irgendwo gewettet?«, rief sie gegen den Lärm an.

Verwundert sah Timothy sie an. »Wetten? Seit wann interessiert dich das Glücksspiel? Nein. Nein, habe ich nicht.«

»Nicht mal in der Offiziersmesse? Mit irgendwem von der Air-Base?«, hakte sie ein wenig enttäuscht nach, während die Menge schrie und den Rennwagen zujubelte.

»Nein. Glücksspiel ist verboten. Das weißt du doch, Charlotte.« Der Motorenlärm ebbte ab, als die Wagen weiterrasten, um in der Ferne die Südschleife zu nehmen. »Du hast gesagt, Leuner will bei Vera im *Midnight* seine Kisten unterstellen. Sind die schon da?«, nahm er das Thema wieder auf.

»Ja«, antwortete Charlotte unbedacht und bemerkte im selben Augenblick, dass sie vergessen hatte, ihm davon zu berichten. Die Ereignisse im Club hatten sich überschlagen, und im Kopf war sie ganz bei ihrer neuen Aufgabe gewesen.

»Sehr gut. Dann hätten wir vielleicht mal was Handfestes. Wir könnten diesem Leuner endlich etwas beweisen.«

Sie wollte das Fernglas zurückhaben, er reichte es ihr. »Wie meinst du das?«

Er strich eine Strähne aus Charlottes Gesicht und lächelte frohen Muts. »Wir können eine Razzia durchführen. Ich glaube, ich würde dafür sicherlich einen richterlichen Beschluss bekommen.«

»Im *Midnight*?«

»Ja. Dann könnten wir Veras Laden auseinandernehmen und nach den Kisten sehen. Und was sie sonst noch so an illegalen Geschäften treibt.«

Charlotte erwiderte zwar sein Lächeln, aber sie stand da wie vom Blitz getroffen.

Eine Razzia?

Jetzt?

Jetzt, wo sie gerade dabei waren, das *Midnight* umzubauen?

Die Eröffnung stand bald an! Die deutsche Polizei und die Military Police im neuen *Midnight* …? *Ihrem Midnight?* Nein. Das durfte nicht passieren. Wenn die Gäste davon Wind bekamen, war der Traum, der beste Club Berlins zu werden, geplatzt, bevor sie überhaupt eine Chance gehabt hatten.

»Was … was genau passiert denn, wenn ihr eine Razzia macht?« Instinktiv wich Charlotte vor Timothy zurück, soweit es die Menge der Zuschauer zuließ. Sie wollte seine Miene genau beobachten, damit sie einschätzen konnte, wie ernst es wirklich stand.

Der Motorenlärm schwoll erneut an. Ein aufgeregtes Raunen ging durch die Masse, und der fette Herr mit dem Tuch auf dem Kopf zeigte jubelnd zu den pfeilschnellen Wagen, die in Sichtweite kamen.

»Dann habe ich nicht nur etwas gegen Leuner in der Hand, sondern auch gegen diese Vera.« Timothy sah ziemlich zufrieden aus. »Vermutlich können wir sie wegen Hehlerei ins Gefängnis stecken.«

Charlotte sog scharf Luft ein. Er bemerkte es nicht, denn er beugte sich soeben vor, um einen besseren Blick auf die heranschießenden Wagen zu haben.

Sie hatte Leuner für ihn ausspioniert. Nicht Vera.

Dass er so herablassend über sie sprach – er hatte doch keine Ahnung, wer sie war! Charlotte spürte mit einem Mal die Sonnenglut auf ihrem Gesicht und hatte das Gefühl, ihre Knie würden weich. Etwas zog ihr den Boden unter den Füßen weg. Die Frau, die ihr geholfen hatte, wieder zu träumen, die ihr gezeigt hatte, dass sie frei sein konnte … Und nun sollte Vera eingesperrt werden? In Moabit in einer kalten Gefängniszelle mit all den verhafteten Schwarzhändlern, den Dieben und Mördern, die im und nach dem Zweiten Weltkrieg ihr Unwesen in Berlin getrieben hatten. Nein!

Schlagartig wurde ihr übel. Sie packte das Geländer, um sich abzufangen.

»Was hast du?« Besorgt griff er sie bei den Händen. »Du bist ja ganz blass.«

»Nichts. Es ist nur die Hitze. Ich … ich …«, stotterte sie. »Ich muss mich irgendwo hinsetzen. Aus der Sonne raus.«

Timothy reagierte sofort, hakte sie sich unter und schob sie durch die Menge auf die andere Seite des Turms in den Schatten. Hier war weniger Betrieb, nur ein paar Kinder hockten an der Balustrade und schleckten Eis.

Sie hatten gerade den Schatten erreicht, als sie die Autos vorbeirasen hörte. Ein frenetisches Johlen ging durch die

Menge. Für einen Augenblick reckte Timothy den Hals, doch vermutlich hatte er keinen Blick auf die Rennwagen erhaschen können.

Charlotte ließ sich auf einen Sitz nieder und fächelte sich Luft zu. Sie musste Timothy davon abbringen, das *Midnight* zu filzen.

»Wird es besser?«, fragte er besorgt. »Sollen wir gehen? Soll ich dir was zu trinken holen?«

»Nein. Ist schon gut. Ich … Geht schon …« Sie atmete durch. »Die Kisten sind übrigens noch nicht bei Vera.«

Timothy stutzte. »Was?«

Charlotte biss sich auf die Lippe. Sie hatte das Thema zu schnell gewechselt, doch jetzt gab es kein Zurück mehr. »Ich meine, Leuner hat noch nichts zu ihr gebracht. Ich hab sie nur reden hören.«

»Aber du hast doch gerade gesagt, dass da Kisten sind.« Irritiert musterte er sie.

»Nein, ich meine … Ich werde dir Bescheid geben, falls er was dort einlagert. Das meinte ich. Vermutlich hat es sich verzögert, weil Vera doch gerade umbaut.«

Mit dieser Erklärung gab Timothy sich nicht zufrieden. Er baute sich vor Charlotte auf und sah nachdenklich auf sie herunter. »Was machst du da eigentlich die ganze Zeit? Ich meine, in diesem Club.«

»Wie bitte?« Ihr war so heiß, dass er vermutlich nicht bemerkte, wie ihr die Röte in die Wangen schoss.

»Kannst ja wohl kaum die ganze Zeit kellnern! Du bist die ganze Nacht da und neuerdings sogar tagsüber. Ich seh dich kaum mehr. Und da ist doch noch etwas. Unsere letzte gemeinsame Nacht …« Sein Blick schien sich in ihren zu bohren. »Du warst so fordernd, so … *ungestüm* … Verheimlichst du mir was?«

Entrüstet sah Charlotte zu ihm auf. »Was soll denn das heißen? Weil ich gute Laune habe?! Ich bin glücklich, und du denkst, ich verheimliche dir was?«

»Nein! Meine Güte! Dreh mir bitte nicht die Worte im Mund herum! Ich will doch nur wissen, was du die ganze Zeit in diesem … diesem *Etablissement* treibst.«

Sein Tonfall stachelte sie auf. »Willst du mir was unterstellen? Worauf soll die Frage denn hinauslaufen?« Charlotte war überrascht, wie selbstbewusst und harsch sie Timothys Fragen parierte.

Er war nicht minder überrascht. »Charlotte, ich unterstelle dir doch nichts«, lenkte er ein. »Ich will nur wissen, was du da eigentlich *arbeitest.* So viel Zeit braucht es schließlich nicht, um den Club zu putzen und zu kellnern.«

»Jetzt das schon wieder!« Sie sprang auf. Bildete sie es sich nur ein, oder war da etwas an seinem Tonfall, das ihr eine Lüge unterstellte?

»Was denn?«

Es war die Art, wie er das Wort »arbeitest« gesagt hatte. Wie er »Nachtclub« betont hatte. »Du glaubst, ich schaffe an!«, rief sie entsetzt. »Du glaubst wirklich, ich mache für die Gäste die Beine breit!«

»Charlotte«, tadelte er sie. Solche Worte aus ihrem Mund zu hören, verstörte ihn sichtlich.

Sie hatte gar nicht so laut sein wollen. Diese Unterstellungen kannte sie gar nicht von ihm. Verlegen sah sie sich zu den Kindern um, die sie über ihr Eis hinweg mit offenem Mund anstarrten.

»Das habe ich nicht gesagt, mein Gott.« Er wollte ihre Hand nehmen, um sie an sich zu ziehen, aber sie wich ihm aus.

»Nein, aber gedacht, Timothy! Ich … ich verdiene da mein

eigenes Geld. Das hast du doch gewollt! Das hast du gesagt! Und ich verdiene es mir *ehrlich*!« Eine Lüge, wenn auch nur eine halbe. Aber dennoch. Sie konnte ihm nicht sagen, dass sie im *Midnight* aus geklauten Stoffen für Vera nähte. Er würde ihr nur vorwerfen, sich viel zu eng an Vera zu binden, sich in Gefahr zu bringen, illegale Sachen zu tun. Er würde es Vera anlasten und als Beweis dafür nehmen, dass sie ein schlechter Mensch war. Charlotte war mit ihr in einen Bunker eingestiegen. Sie verkaufte Kleider an Frauen, für die er sie anscheinend hielt.

Sie wandte sich ab, um ihn nicht sehen zu lassen, wie durcheinander und geschockt sie war.

»Charlotte. Was ist mit dir los?«

»Was ist mit *dir* los? Wie kann man nur so … so eifersüchtig sein.« Sie wich noch weiter vor ihm zurück.

Als hätte ihn plötzlich eine Erkenntnis getroffen, riss er die Augen auf. »Du weißt doch was!«

In den Monaten mit Lutz und Hagen hatte sie vor allem deshalb überlebt, weil sie eines war: loyal. Sie fiel niemandem in den Rücken. Genau wie Vera, die ihr bisher immer offen begegnet war. Die ganzen Monate über hatte Vera sie nicht ein einziges Mal angelogen. Sie schenkte ihr sogar Vertrauen. Kübelweise Vertrauen, so viel davon, dass es nicht mal auf der Bühne Platz gehabt hätte. Vera nahm sie ernst, und was noch viel wichtiger war: Sie respektierte sie und glaubte an sie.

Allerdings tat Timothy das auch. Er hatte ihr geholfen, als sie es am dringendsten gebraucht hatte. Bisher war er immer für sie da gewesen.

»Du musst mir sagen, wenn da was Illegales läuft, sonst …«

Stumm schüttelte sie den Kopf. Die Briefumschläge mit dem Geld, die Vera Leuner missmutig in die Hand drückte, die illegalen Lieferungen von Alkohol, Schnutes Kampf mit dem kauzigen Zylinderträger ... Der Berg der Geheimnisse gegenüber Timothy wuchs und wuchs.

»Sonst was? ... Willst du mich erpressen?«, flüsterte sie.

Aufgebracht gestikulierte er, wagte es jedoch nicht, einen Schritt auf sie zuzumachen. »Wie kommst du denn darauf? Nein! Dich beschützen. Ich will dich beschützen, Charlotte.«

Sie konnte die Verzweiflung in seinem Blick sehen. Und sie glaubte ihm. Wollte ihm glauben. Aber sie musste auch loyal gegenüber Vera, Schnute, Anton und Trude sein ... Ihr war es bis zu diesem Moment nicht klar gewesen, doch sie war nicht mehr jene Charlotte, die in Timothys Armen Schutz gesucht hatte. War das die Angst, die ihn umtrieb? Dass sie ihn nicht mehr brauchte? Dass sie einen jüngeren Mann kennenlernen könnte?

»Vielleicht brauche ich das nicht mehr. Deinen Schutz ... Und vor allem brauche ich kein schlechtes Gewissen! Bin ich etwa schuld, wenn deine Nachforschungen nichts bringen?« Ihr war bewusst, dass ihn der Tod des Piloten mitgenommen hatte. Dass es für ihn etwas Persönliches war, den Schuldigen zu stellen. Und dass er sich dabei auf sie verlassen hatte.

»Du bist mir etwas schuldig, Charlotte«, fuhr er sie an. »Und glaub nicht, dass meine Arbeit nur allein auf deine dürftigen Informationen wartet!«

Sie zuckte zusammen. »Schuldig?« So laut hatte sie ihn bisher noch nie erlebt. Er bemerkte, wie erschrocken sie war, und kam nun doch beschwichtigend auf sie zu, aber sie stieß ihn ruppig zurück. »Na, dann kannst du ja auf die paar Hinweise von einem Flittchen wie mir verzichten!« Wütend wandte sie sich ab.

»Charlotte! Jetzt reicht's aber!«

Sie stolperte zurück. Er war wütend auf sie! Weil sie nicht lieferte, worauf er sie angesetzt hatte ... War das etwa alles?

War es das, worum es ihm die ganze Zeit gegangen war? Eine kostenlose Spionin?

»Ich dachte, du liebst mich!«, rief sie, lief los, an den Kindern vorbei, die bei dem Schauspiel ihr Eis völlig vergessen hatten.

»Das tue ich doch auch!«, hörte sie ihn rufen. »Warte bitte! Charlotte!«

Sie eilte die Wendeltreppe hinunter. Während sie sich durch die Menge drückte, hörte sie ihn nach ihr rufen, jedoch drehte sie sich nicht um. Sie wollte ihn nicht sehen. Seinen Blick, in dem sie Liebe suchen würde. Sie wollte nicht lesen, was auch immer darin geschrieben stand.

Unten angekommen tauchte sie rasch in der Menge unter. Erst beim Ausgang blieb sie stehen und sah sich noch einmal zur Avus um, auf der die Wagen angeschossen kamen. Der Lärm dröhnte in ihrem Kopf.

Du bist mir etwas schuldig … Dieser Satz hallte in ihr nach, als sie an ein paar Jugendlichen vorbei durch den Ausgang eilte.

An diesem heißen Juli ging sie nicht in Timothys Wohnung, aber auch nicht direkt ins *Midnight.* Sie musste erst einmal den Kopf freibekommen.

Deswegen nahm sie die Tram und fuhr in die Borsig-Werke. Sie lief in den dritten Stock, dorthin, wo sie Timothy kennengelernt und wo sie einst ihr Zelt aufgeschlagen hatte.

Eine ganze Zeit lang stand sie da und atmete den Geruch der Ruine ein. Den Geschmack von verbrannten Backsteinen, von nassem Mörtel, von Blumen, die in den Mauerritzen wuchsen. Ein Gemisch aus Gerüchen, das für sie so viele Monate lang Schutz bedeutet hatte. Trotz der ewigen Kälte, der unerbittlichen Häuserkämpfe und dem steten Hunger hatte sie hier überlebt.

Sie stellte sich an den Abgrund und ließ ihren Blick über die kaputten Mauern Richtung Funkturm und Avus gleiten.

Was Timothy jetzt wohl tat? Suchte er sie? War es ihm egal, wo sie steckte, weil sie nur irgendein Mädchen war, das er zum Spionieren geschickt hatte? Sie kniff die Augen zusammen, um keine Träne hindurchzulassen. Schließlich blinzelte sie.

Die Häuser sahen aus wie ein räudiges Gebiss. Grau, braun, schwarz. Aber immerhin zeigten die wenigen Bäume, die nicht abgeholzt worden waren, ihr Sommergrün. Die Dachlandschaft von Berlin war gespickt mit Baukränen. Es wurde repariert und neu aufgebaut.

Wahrscheinlich würde es noch Jahrzehnte dauern, aber irgendwann würde diese Stadt in neuem Glanz erstrahlen. Da war sich Charlotte sicher.

Ob Hannelore wohl nach ihr suchte?

Weshalb ihr ausgerechnet jetzt ihre Tante in den Sinn kam, konnte sie nicht sagen. Vielleicht, weil sie sich fragte, ob Timothy sie vermisste.

Hannelore und Theo hatten nicht versucht, sie zu finden. Bestimmt hatte es keine Vermisstenanzeige gegeben. Ob Timothy etwas darüber wusste?

Egal.

Zu den beiden würde sie nie wieder zurückkehren.

Sie setzte sich an die Abbruchkante und blickte in den Sommerhimmel über Berlin. Strahlend blau. Sie musste an Vera denken … *Wir beide werden diese Stadt umarmen. Und wir werden sie erobern! Wir werden es allen zeigen. Du und ich!*

Das war Veras Zukunftstraum.

Aber wohin wollte sie selbst mit ihrem Leben? Was willst du dir im Leben aufbauen?, fragte sie sich beim Anblick der Kräne über den Ruinen von Berlin.

Ein Steinchen rutschte über die Kante und stürzte klackernd hinunter.

Mein Leben ist ins Rutschen geraten, dachte sie.

Sie verheimlichte Timothy, was sie wirklich liebte: das Nähen, das neue *Midnight*. Vera und Schnute … Sie fühlte sich ihnen verbunden wie eine Familie … und dennoch betrog sie auch sie … *Erbärmlich.*

Du redest über Loyalität und hast bei Vera im Midnight *mit dem Vorsatz angefangen, sie auszuspionieren. So viel zu deiner Loyalität. Du redest von Liebe und unglaublicher Hilfsbereitschaft, was Timothy anbelangt. Aber du selbst bist nicht bereit, ihm in diesem Fall einhundertprozentig zu helfen.*

Sie atmete ein.

Ich werde Vera verlieren, wenn ich versuche, Timothy zu halten.

Entweder sie verriet Vera und das *Midnight*, oder sie verriet Timothy und alles, was er für sie getan hatte. Natürlich schuldete sie ihm etwas. Er hatte sie gerettet. Sie mochte sich nicht ausmalen, was ihr zugestoßen wäre, hätte sie zu Theo zurückgemusst.

Aber hatte sie ihm nicht alles geliefert, was sie konnte? Hatte er nicht ausreichende Informationen, um Leuner zu stellen? Warum wollte er auch noch Vera mitreißen? Wieso erkannte er nicht, dass sie dort, im *Midnight,* etwas gefunden hatte, das er ihr nicht geben konnte … Eine Vision ihrer Zukunft?

Wo war seine Liebe zu ihr?

Nachdenklich blickte sie über die Schulter, versuchte, sich zu erinnern, wie sie ihn hier zum ersten Mal gesehen hatte.

Wo war ihre Liebe zu ihm?

Sie wollte ihn nicht verlieren. Aber sie wollte auch ihren Weg gehen. Und der würde ein Ende haben, wenn er das *Midnight* hochnahm. So viel wusste sie.

Ich weiß zwar nicht, wohin ich genau will.

Sie stand auf und blickte ein letztes Mal über das taghelle Berlin.

Aber ich werde es herausfinden.

Ich werde meinen Weg finden.

38

Es dauerte nicht eine, sondern zwei Wochen, bis Leuner lieferte. Charlotte hatte fast befürchtet, aus Wut über die Verzögerung könnte Vera wieder etwas Dummes tun. Unterm Strich unterstellte Vera Leuner, dass er mit Absicht zu spät lieferte, um ihr noch mehr finanziellen Schaden zuzufügen. Dann jedoch war es endlich so weit. Zwei Nachmittage lang brachten seine Männer mit dem betagten Hanomag-Lastwagen Gips, jede Menge Bretter, Farben und anderes Baumaterial. Langsam, aber sicher wurde der Platz im Hinterhof eng.

Vera hatte Leuners Angebot ausgeschlagen, zwei seiner Arbeiter für die Umbauarbeiten anzustellen. Sie stellte lieber eigene Männer ein, die Anton und Schnute zur Hand gingen. Unter keinen Umständen wollte sie bei Leuner noch mehr in der Kreide stehen, und vor allem befürchtete sie, dass er ihr hinterherschnüffeln würde.

Charlotte konnte zwar nicht offen darüber sprechen, aber sie war froh, dass Vera Leuner so wenig wie möglich ins *Midnight* ließ. Dank ihrer Spionage war Timothy einen deutlichen Schritt vorangekommen. Die Schlinge um Leuner zog sich zu – und damit auch um Vera.

Charlotte war nach dem Streit mit Timothy wieder zu ihm zurückgekehrt, und er hatte auch eine Entschuldigung versucht, aber seitdem hatten sie sich nicht mehr geliebt. Sie konnte nicht. Noch immer war sie verletzt und wurde den

Gedanken nicht los, dass er sie gar nicht wirklich liebte. Tatsächlich hatte er auch mit keinem Wort mehr danach gefragt, was sie denn nun im *Midnight* tat. Und wenn sie ihm nicht sagen konnte, was sie glücklich machte, wovon sie träumte ... wenn es ihn nicht interessierte? Statt mit ihm darüber zu sprechen und eine Lösung zu finden, verbrachte sie noch mehr Zeit im *Midnight*, wenn das überhaupt möglich war.

Der Baumstamm war aus Holzbrettern bereits grob gezimmert, und die ersten Äste waren an der Decke befestigt. Es fehlten nur noch Gips und Farbe. Zufrieden über den Fortschritt der Arbeit, ging Charlotte in den Hof.

Es war schon spät am Abend, die Sonne hatte den Himmel hinter den Dächern Berlins in ein wundervolles Violett getaucht. Sie wollte ein wenig Kaninchendraht holen, um an einem Ast auszuprobieren, wie sie damit am besten die Grundlage für die Rinde formen könnte. Sie hatte vor, die Bretter mit dem Draht zu umwickeln, um ihn dann mit Gipsbinden zu kaschieren. Wenn alles trocken war, konnte sie den Ast bemalen.

Sie hat den Draht gerade gefunden und von der Palette gezogen, als sie Schnutes Stimme aus Veras Büro dringen hörte: »Nein, ich sag's dir, da ist was im Busch.«

Neugierig schlich Charlotte unter das Fenster und lauschte.

»Wirklich abgesägt?« Vera klang schadenfroh.

»Ich hab's im Boxkeller gehört. Seine Geschäfte platzen. Es regnet ihm rein. Einer hat gemeint, da stecken die Bullen hinter.«

»Warum sollten sie? Vermutlich hat sich Leuner schlicht übernommen.«

»Jedenfalls will er den Boxkeller dichtmachen.« Schnute klang sauer.

Charlotte kroch näher, um noch besser zu hören.

»Wenn ihm das Geld ausgeht … Das würde auch sein nettes Schreiben erklären.«

Papier raschelte.

»Er schreibt dir Liebesbriefe?«

»Auf seine Art.«

Charlotte überlegte, ob sie irgendwie in den Raum linsen konnte, entschied sich dann aber dagegen. Es dauerte einen Moment, bis Schnute den Brief gelesen hatte. Was auch immer darin stand, es schien ihm ganz und gar nicht zu gefallen, denn er fluchte lauthals. »Dieser kleine Wichser! Das ist nicht sein Ernst, oder?«

»Ich denke schon«

Charlotte hörte, wie Vera den Kühlschrank öffnete. Ihre Henkell-Trocken-Flaschen klirrten, ein Korken ploppte, und sie goss sich ein.

»Ich glaube, Leuner meint es sogar verdammt ernst. Ich könnte ihm die Augen auskratzen. Ich bezahle ihm eine Unsumme für das Baumaterial, er versucht, irgendwelche Leute bei mir einzuschleusen, um mich auszuspionieren, und jetzt? Jetzt steckt er mir diese Frechheit in den Briefkasten. Schutzgeld. Dieser Scheißkerl will tatsächlich Schutzgeld von mir!« Etwas krachte auf den Boden und zersprang. Die Flasche. »Verdammt!«, fluchte Vera.

»Ich sag's ja nur ungern, Vera, aber langfristig müssen wir uns wegen Leuner etwas einfallen lassen. So ein Problem verschwindet nicht von alleine.«

»Ich weiß.«

»So ein Problem wird nur größer und größer.«

Charlotte starrte zum Fenster hinauf. Schutzgeld! Wenn Vera es nicht zahlte, würde Leuner seine Schlägertrupps schicken.

»Verflucht, Schnute. Hilf mir doch mal.« Der Schreibtisch wurde verrückt, ein Kehrblech klapperte, Scherben klirrten.

In Charlottes Kopf ratterte es.

»Ich kann mich darum kümmern, Vera«, schlug Schnute schließlich vor. »Ich könnte ein paar Männer zusammenstellen und es selbst übernehmen.«

Charlotte stockte der Atem. Hatte sie ihn gerade richtig verstanden? Hatte er vorgeschlagen, Leuner zu … zu *beseitigen*? Ein Mord?

So ein Problem wird nur größer und größer.

Es wurde still in Veras Büro.

Charlotte hielt den Atem an, und ihre Gedanken rasten.

Bitte, geh nicht darauf ein, richtete Charlotte ein Stoßgebet gen Himmel. Vera, werde nicht zu einer Mörderin! Lieber Gott!

Charlotte hatte miterlebt, wie widerlich Leuner war. Aber Mord?

Ein Menschenleben war vor nur wenigen Jahren so gut wie nichts wert gewesen. Der Krieg hatte den Menschen jegliche Menschlichkeit geraubt. Doch jetzt wurde Berlin Stein für Stein wiederaufgebaut. Überall bauten die Menschen an einer hoffnungsvollen Zukunft.

Monat für Monat hatte Charlotte gefühlt, wie die Nachwehen des Krieges vergingen, wie das Leben zurückkehrte. Kälte und Hunger und Not verschwanden zusehends. Die Menschen wurden wieder Menschen.

Sie erinnerte sich an den Ascher in ihrer Hand. An das Gefühl, als er Theos Schädel traf.

Aus Notwehr hatte sie zugeschlagen. Ihr war klar, Vera würde das *Midnight* um jeden Preis verteidigen. Aber wenn sie Schnute den Auftrag gab … dann wäre es keine Notwehr. Es wäre Anstiftung zum Mord.

Weder Vera noch Schnute würde sie jemals wieder in die Augen sehen können.

Vera baute gerade das *Midnight* zu etwas Außergewöhnlichem auf. Auch für mich ist hier meine Zukunft, dachte Charlotte. In den letzten Tagen, in denen der Baum gewachsen war, hatte ihre Vision immer mehr Gestalt angenommen. Die samtigen Stühle, die bunten Lampions, das Sternenmeer. Es würde fantastisch werden, und Vera setzte dies alles aufs Spiel.

Sollte Leuner sterben, würde sie zu Timothy gehen. Mit dem Wissen um einen Mord konnte sie nicht leben, egal, wie sehr sie Schnute schätzte.

»Vielleicht sollte ich mit ihm ins Bett gehen«, hörte sie Vera laut grübeln. »Ich weiß, dass er dafür einiges bezahlen würde …«

»Du willst mit Leuner schlafen, anstatt ihn zu beerdigen?« Schnute lachte voller Ablehnung und Unglaube.

»Lass es gut sein, Schnute. Ich danke dir für das Angebot. Aber ich werde erst mal mit Leuner reden. Ohne Bett. Ich wickle den sicher noch mal um den Finger.«

Charlotte atmete erleichtert aus. Ihr Stoßgebet hatte geholfen.

»Außerdem ist das *Midnight* noch nicht eröffnet«, fuhr Vera fort. »Ich denke, er wird seine Schläger nicht losschicken, bevor der Laden nicht vernünftig läuft. Bis dahin haben wir noch Zeit. Ich lass mir was einfallen.«

»Du bist die Chefin«, sagte Schnute, und Charlotte hörte, wie er das Büro verließ.

Sie huschte von ihrem Lauschposten hinüber zu den Stapeln mit Baumaterial. Auch wenn sie dankbar und erleichtert war, dass Vera nicht auf den Vorschlag eingegangen war, Schnute hatte recht.

Leuner blieb ein Problem.

39

Vera hatte zwei Tagelöhner und einen Tischler angestellt, um die Bauarbeiten im *Midnight* voranzutreiben. Dennoch zogen sich die Arbeiten oft bis nach Mitternacht hin und verschlangen jede freie Minute.

Charlotte hatte sich einen Blaumann besorgt und wickelte und kleckste unermüdlich Gips um Hasendraht.

Mit einer gewissen Bewunderung beobachtete Vera ihren Einsatz. Sie galt sicher nicht nur ihrem Geschick, auf deckenhohen Leitern zu arbeiten, sondern insbesondere der Leidenschaft, mit der sich Charlotte ihrer Idee verschrieben hatte.

Charlotte hatte herausfinden wollen, wohin sie gehörte. Und ihre Antwort hatte sie spätestens hier auf der Baustelle, zwischen Gips, Hasendraht und Farbe, gefunden: Charlotte wollte im *Midnight* sein. Bei Vera und Schnute, bei Trude und Anton.

»Mir geht der Draht aus«, meldete sich Schnute unter ihr. Während sie einem Ast eine hübsche Rinde modelliert hatte, mühte sich Schnute, dem Stamm ein Hasendraht-Korsett zu verpassen.

»Draußen muss noch einer sein«, meinte Anton.

»Da liegt er gut.« Schnute schnaufte und klopfte einen Nagel in den Unterbau aus Latten.

Charlotte kletterte von der Leiter und musterte ihr Werk. Inzwischen rankten sich bereits einige Äste über die Decke. Sie sahen ziemlich echt aus, fand sie. Ihr Nacken schmerzte allerdings von dem ewigen Über-Kopf-Arbeiten. »Warte, Anton. Ich helf dir suchen.«

Anton schlängelte sich bereits zwischen Werkzeugen und Bretterstapeln hindurch Richtung Hofausgang. Hastig wischte sie sich die Hände an der Arbeitshose ab und bemerkte, dass der Tischler die Bühne inzwischen fertig gebaut hatte. Sogar das Klavier, halb von einer Plane abgedeckt, war schon in Position und der Klavierstimmer wieder bei der Arbeit. Der schwarze Lack des Instruments strahlte in neuem Glanz, denn Vera hatte ihn aufpolieren lassen. Zu dem Plink-Plink-Plink des Klaviers mischten sich rhythmisch Sägen und Hämmern und die frotzelnden Sprüche der Tagelöhner.

Als Charlotte die Tür nach draußen aufstieß, war Anton bereits zwischen den Paletten verschwunden, die Leuner angeliefert hatte.

Es war ein heilloses Durcheinander, weil Leuner alles irgendwie abstellen ließ. Bretter neben Säcke, neben Kisten voller Kram und palettenweise Latten, Schrauben, Scharniere, Kabel, Lampen.

Ein Labyrinth.

Mit geschlossenen Augen genoss sie für einen Moment die Sonne. Wie viele Stunden hatte sie nun auf dieser Leiter verbracht? Es tat gut, mal wieder an der frischen Luft zu sein.

Dann trat sie ebenfalls in das Labyrinth ein, um den Draht zu suchen.

Genauso wirr und ungeordnet sieht es in mir aus, dachte sie, während sie gewissenhaft jeden Sack und jede Kiste durchstöberte. Ich habe keine Ahnung, wie ich Ordnung schaffen soll.

Timothy bat sie um Verzeihung, aber obwohl sie seine kleinen Aufmerksamkeiten, wie die Blume auf ihrem Kopfkissen oder die Schokolade in ihrer Handtasche, bemerkte, ging sie ihm aus dem Weg. Es war weit mehr als die Unterstellung, sie schaffe im *Midnight* an, die Charlotte bedrückte. Sie hatte sich verändert. Seine starken Arme und seine Ruhe kamen ihr wie ein Gefängnis vor, denn vor allem wollte sie eines von ihm: Respekt für das, was sie konnte. Anerkennung dafür, wer sie war. Nichts weniger als das forderte sie im Stillen von ihm.

Wenn das *Midnight* Eröffnung feierte, würde sie ihn mitnehmen. Nicht nur, um ihm zu zeigen, was sie hier tat, sondern vor allem in der Hoffnung, dass er seine Meinung über Vera und den Club änderte.

Ihr Blick fiel auf den Schuppen, in dem noch immer die russischen Kisten lagerten. Sie hatte Timothy gegenüber behauptet, Leuner habe seine Ware noch nicht bei Vera untergebracht.

Sie hatte gelogen und war sich nicht sicher, ob er es ihr nach wie vor abnahm. Und nun umwarb er sie mit kleinen Geschenken, obwohl sie ihn anlog.

Er war die starke Schulter gewesen, die sie so sehr gebraucht hatte. Timothy war ihre Heimat geworden, weil sie aus ihrer hatte fliehen müssen. Doch wenn sie ehrlich war, nervte sie seine überlegte, ruhige Art von Tag zu Tag mehr.

Hätten sie einfach gestritten – laut und wütend –, vielleicht hätten sie sich dann wieder versöhnen können. Doch letztendlich steckte Timothy noch irgendwo auf Guadalcanal fest. Und wenn nicht dort, dann verweilte er mit seinem Herzen in Flint bei seiner Exfrau.

Und sie hatte ihr Herz ans *Midnight* verloren.

Sie gab es nicht gerne zu, aber die Beziehung mit Timothy war schon vor dem Streit beim Avus-Rennen erkaltet. Der Gedanke kam ihr frevelhaft vor, aber wenn sie ehrlich war, führten sie zwei getrennte Leben. Je höher der Baum im Saal wuchs, desto mehr träumte sie von ihrer Zukunft. Und Timothy war nie Teil davon.

Ob sich daran etwas änderte, wenn sie ihm ihren Traum zeigte? Vielleicht konnte er sie besser verstehen, wenn er das *Midnight* sah.

»Hab den Draht!«, rief Anton.

Sie schreckte aus ihren Gedanken hoch. »Wo bist du?«

»Ich geh Richtung Tür«, kam von irgendwo her die Antwort.

»In Ordnung.« Sie wandte sich um und steuerte auf den Hintereingang zu. Wind kam auf und strich ihr durchs Haar. Warum verbrachte sie eigentlich den ganzen Tag in dem schummrigen Club? Blinzelnd sah sie hinauf in den Sommerhimmel – und stolperte.

»Himmel!«, fluchte sie. Es war ein leerer Instrumentenkasten, der zusammen mit einer Gitarre mitten im Durchgang zur Tür stand. »Was ist das denn?«

Anton rollte das Bündel Draht vor sich her. »Ich glaube, eben sind die Nächsten gekommen.«

»Die Nächsten?« Sie packte ein Ende der Drahtrolle und trug sie mit Anton in den Saal.

»Musiker. Du träumst wohl den ganzen Tag, da oben in deinem Baum …«

Sie wollte etwas erwidern, doch als sie zur Bühne sah, traf sie fast der Schlag. Die Drahtrolle rutschte ihr aus dem Fingern.

Auf der Bühne saß Vera inmitten von drei Männern.

Der Klavierstimmer war nach getaner Arbeit verschwunden, die Tagelöhner machten Pause. Ein stämmiger Kerl redete auf Vera ein, vermutlich der Schlagzeuger, da er seine Worte mit seinen Sticks unterstrich. Zugleich hielt ein Gitarrist ihr Notenblätter vor die Nase, die Vera jedoch ignorierte.

Charlotte aber starrte den Mann an, der auf der Kante der Bühne saß. Sie erkannte ihn sofort wieder.

Dieser entrückte Blick, die eigenwilligen Locken – sie hätte ihn überall wiedererkannt, selbst ohne das glänzende Saxofon in seinen feingliedrigen Fingern.

In ihr zog sich alles zusammen.

»Was ist nun?«, drängelte Anton, weil sie wie angewurzelt dastand.

»Das ist die Band?« Charlotte starrte auf den Saxofonisten.

Anton verdrehte die Augen. »Packst du noch mal mit an? Ich will nachher zum Bauernrennen.«

»Bauernrennen?«, wiederholte sie mechanisch. Sie hatte Anton weder angesehen noch richtig zugehört. Hatte Vera die Band etwa schon engagiert?

»Hoppegarten. Die haben kaum Pferde. Also lassen sie die Gäule von den Bauern laufen! Können wir jetzt bitte diesen ollen Draht rüberschleppen?«

»Ja … Ja, sicher.« Charlotte zwang sich weiterzugehen. Sie brachten den Draht zu Schnute, der mit Nägeln im Mund dabei war, den Rest der anderen Drahtrolle am Stamm zu fixieren.

»Ah, Nachschub«, nuschelte er.

Was für eine dumme Idee, schimpfte Charlotte mit sich. *Wieso hat man nicht von überall im Raum freie Sicht auf die Bühne?* Der Baum stand ihr im Weg. Doch die Erinnerung an die grünen Augen des Saxofonisten schickte ein wohliges Kribbeln über ihren Nacken.

Wie um Schnutes Werk zu überprüfen, umrundete sie den Stamm und warf dabei unauffällig einen Blick auf den gut aussehenden jungen Mann.

Im selben Moment sah er zu ihr herüber.

Charlotte blieb wie angewurzelt stehen. Sie meinte, seinen Blick auf sich zu spüren.

Ich trage eine Arbeitshose!, fiel ihr siedend heiß ein.

Eilig ging sie wieder auf die andere Seite des Baums. Ein

flüchtiger Blick zurück zeigte ihr, dass er ihr tatsächlich hinterhersah.

»Alles gut bei dir?« Schnute stieg von der Leiter.

»Wieso?« Fahrig strich sie sich über das Haar und versuchte sich zu erinnern, was sie eigentlich hatte tun wollen.

»Du bist rot wie eine Tomate. Und guckst so komisch.«

»Ach, das.« Sie winkte ab. »Das ist nur die Schlepperei. Der Draht war viel zu schwer.«

»Das ist ja auch eigentlich Männerkram«, meinte Schnute. »So wie die Hosen.« Er trat zu einer von Charlottes Skizzen, die er an den Stamm gepinnt hatte.

»Für Männer? Dann sollten wir das mal ändern.«

Schnute ging nicht darauf ein. »Wie ist das mit dem Stamm? Wie willst du den? Sollen da noch Äste ran? Und wollen wir dafür die Bretter nehmen? Oder lieber Kanthölzer? … Charlotte?«

Sie hatte schon wieder nicht zugehört, sondern sich getraut, noch einmal einen Blick zu riskieren. Er saß lässig auf der Kante, ließ die Finger über die Tasten seines Instruments gleiten und wirkte reichlich gelangweilt, während seine Bandmitglieder auf Vera einredeten.

»Wird sie die einstellen?«, fragte Charlotte.

»Diese Milchbubis?« Schnute kam ebenfalls um den Stamm herum und musterte die Männer. »Sieht mir nicht danach aus.«

Tatsächlich schien Vera nicht sehr überzeugt zu sein.

Mit einem Mal stand der junge Mann auf. Er sprang mit seinem Saxofon auf die Bühne und begann einfach draufloszuspielen.

Der Klang des Saxofons erfüllte den Saal. Die Kraft des Instruments war beeindruckend. Die Finger des jungen Mannes spielten virtuos, und ein wilder Ritt von Tönen schwebte durch die Luft, wurde filigraner, stimmungsvoller. Aus dem Stakkato der rhythmischen Töne wurde ein schmeichelnder Fluss, der den Saal flutete. Charlotte lauschte und fühlte sich berauscht.

Die Musik war wie der Atem eines Liebhabers, den man sanft in einer stürmischen Nacht im Nacken spürte, und voller Wärme. Diese Musik war wie der Geliebte, an den man sich schmiegen, den man liebkosen wollte und der einen nie mehr loslassen sollte.

Charlotte spürte, wie sich ihre Haut elektrisierte. Wie das Kribbeln langsam von ihren Füßen über ihre Beine und ihren Rücken bis unter ihre Kopfhaut zog. Das wohlige Prickeln schmeckte wie die sauren Drops, die die Rosinenbomber abgeworfen hatten. Ohne es zu wollen, musste man lächeln, wenn man sie lutschte – und genauso schmeckte diese Musik.

Charlotte ließ sich treiben.

Vor ihren Augen tauchte eine weite Landschaft auf, eine staubige Landstraße, vielleicht der Weg zu ihrem Gehöft? Ein Gefühl von Freiheit und gleichzeitig vollkommener Einsamkeit kam über sie. Sie sah ein klappriges Auto zum Horizont fahren, eine rauchende Frau am Steuer, die sicher Vera war. Und diese Frau weinte. Charlotte kannte das Musikstück, sie hatte es bei Timothy einmal gehört. Er besaß mehrere Platten von diesem Künstler, dessen Name ihr jedoch nicht sofort einfallen wolle. Er begann mit C, nein, mit G … Gerry Mulligan.

Selbst Schnute, der gewöhnlich nichts für Musik übrighatte, gaffte mit offenem Mund auf den jungen Mann. Im Augenwinkel sah sie, wie Anton, der schon halb aus der Tür gewesen war, ebenfalls gebannt innegehalten hatte. Selbst Vera lauschte sprachlos dem Schauspiel.

Mit einem Mal wurde das Saxofonspiel leiser, der Gitarrist hatte den Fluss der Musik übernommen, und der Saxofonist begann zu singen. Seine Stimme war nicht perfekt, nicht die eines ausgebildeten Sängers, nicht so, wie Johannes Heesters im Radio sang, aber sie war kräftig, und sie war ehrlich, und sie durchdrang den Saal. Und was noch wichtiger war, sie war voller Gefühl.

Charlotte war sich sicher, dass das Musikstück von Gerry Mulligan stammte, aber der Saxofonist sang nicht auf Englisch, sondern auf Deutsch. Er sang davon, an einer Beziehung zu hängen, geliebt werden zu wollen – und dennoch allein zu sein.

Es benötigte nur wenige Zeilen, bis Charlotte das Gefühl beschlich, er singe über sie und Timothy. Wie gebannt starrte sie auf seine hagere Gestalt. Und wie im Club vor wenigen Wochen trafen sich ihre Blicke.

Charlottes Knie wurden weich. Ihre Wangen, die wie Kohlen glühten, wurden noch heißer. Sie spürte, wie ihr Herz unregelmäßig zu schlagen begann und wie ein wildes Pferd im Galopp über einen holprigen Strand hinwegfegte.

Es war Anton, der sie aus der Faszination riss, indem er rief: »Sing mal ’n Schlager! He! Wir wollen ’n Schlager hören.«

»Der Junge hat recht«, warf Schnute ein. »Mal was zum Schunkeln! Spiel was zum Schunkeln! Mit dem Jazz-Gedudel kommste hier nicht weit!«

Der Mann starrte Anton und Schnute erbost an.

Zum Schlagerspielen aufgefordert zu werden, dachte Charlotte, ist eindeutig unter seinem Niveau.

Hilfesuchend blickte er sich zu seinen Kollegen um, doch ihnen schien es ziemlich egal, was sie spielten. Inzwischen hatte Vera ein Mikrofon aufgestellt.

Der junge Mann trat unsicher heran. »Was wollt ihr denn für einen Schlager hören? Ich kenne ja keinen.«

»Irgendwas wirst du wohl kennen.« Vera stemmte keck die Hände in die Hüften. »Spielt was. Kommt schon.«

Charlotte war der höhnische Unterton in ihrer Stimme nicht entgangen. In den letzten Tagen hatte Vera sich einige Bands angehört, Combos, die oft für das alte *Midnight* gespielt hatten.

Doch nicht nur der Raum sollte die Gäste mit etwas Neuem überraschen, auch für die Bühne suchte Vera frisches Blut. Eine junge Band sollte Schwung in den Laden bringen. Allerdings durfte die Musik nicht zu modern sein, experimentelle Künstler zogen kein spendables Publikum an. Es war, als suchte sie nach der Quadratur des Kreises. Sie wollte eine neue Combo, die frischen Wind in den Laden brachte, aber dennoch Stücke spielte, die alle kannten. Ein wenig Swing, viel Schlager, Tangos.

Charlotte, Anton und Schnute traten gebannt vor die Bühne. Vera kam zu ihnen herunter. Ihre Skepsis war nicht zu übersehen.

Der junge Mann wischte sich die lockigen Haare aus der Stirn, klemmte das Mikrofon in den Ständer und tuschelte kurz mit seinen Kollegen.

»Und eins«, zählte er. »Und eins, zwei, drei, vier!« Kaum ausgesprochen, ging es los.

Ein frecher Klang erfüllte den Tanzsaal, und der junge Mann, der sein Saxofon beiseitegestellt hatte, begann …

Wer soll das bezahlen, wer hat das bestellt, wer hat so viel Pinkepinke, wer hat so viel Geld?

Er interpretierte den Song von Jupp Schmitz herzerweichend und frisch, aber dennoch fing Schnute an zu schunkeln.

»Jede Frau wünscht sich, die Schönste zu sein … Und darum kauft sie auch ein …«

Plötzlich rief Vera: »Ihr könnt aufhören.«

Konsterniert brachen die drei ab. Der Schlagzeuger wischte sich die Nase. »Was ist los? Haben wir was falsch gemacht?«

»Das wird sich im August herausstellen.« Vera wandte sich ab, um einen Ascher zu finden. Schließlich warf sie die Kippe auf den Boden und trat sie aus. »Ich will euch zur Eröffnung sehen. Spielt nur Schlager und Swing. Nur Lieder, zu denen man schön tanzen und sich küssen kann. Und ich will eine Liste mit den Stücken. Ihr reicht sie mir so schnell wie möglich ein. Ich guck sie an, ob sie mir gefallen.«

»Also …«, begann der Saxofonist, doch der Gitarrist fiel ihm ins Wort.

»Na klar. Machen wir. Herzlichen Dank, Frau Brandt.«

Kurz darauf beobachtete Charlotte, wie der junge Mann ärgerlich von sich hin brummelnd seinen Instrumentenkasten holte und sein Saxofon verstaute. Sie brauchte all ihren Mut, um zu ihm zu gehen. Doch sie traute sich nicht, ihn anzusprechen.

Jetzt stehst du schon so nah bei ihm, ermahnte sie sich, *dann kannst du auch Hallo sagen. Komm, Charlotte. Sprich ihn an.*

Sie räusperte sich, aber er schien sie nicht zu hören. Erst als sie sich ein weiteres Mal bemerkbar machte, wandte er sich zu ihr um. Der durchdringende Blick seiner grünen Augen traf sie. Dummerweise grinste sie wie ein Honigkuchenpferd, obwohl sie es gar nicht wollte.

»Ja?«, fragte er mit ruhiger Stimme.

Fahrig rieb sich Charlotte die schweißnassen Hände. »Du hast eine fantastische Stimme«, sagte sie, ohne groß nachzudenken.

Sein Lächeln war überaus offen. »Das ist nett. Ich hör mich eigentlich nicht so gerne singen.«

»Doch! Der … der Schlager war toll.« Sie bemerkte, wie sich seine Augenbrauen zusammengezogen, und korrigierte sich schnell: »Ich meine, das Jazzstück war auch prima.«

»Du musst hier nicht Schönwetter machen. Jazz ist ein Gefühl, eine besondere Haltung. Jazz ist Freiheit. Und wenn ihr ihn nicht versteht, dann ist das eben so. Nicht jede Kunst oder jeder Künstler wird sofort verstanden.«

»Was?« Charlotte sah ihn mit großen Augen an. Wovon sprach er? Unschlüssig musterte sie ihn. Hatte er sie gerade beleidigt? Wollte er ihr sagen, dass sie nichts von Musik verstand? Dass sie dumm war?

»Das war von Gerry Mulligan, oder?«

Erstaunt sah er auf. »Du kennst Mulligan?«

Sie nickte lächelnd.

Die beiden blickten sich an, und eine verlegene Pause trat zwischen sie wie ein ungebetener Gast.

»Na, dann gehe ich mal los«, sagte er schließlich und griff unschlüssig nach seinem Saxofonkoffer. Seine Hände waren schlanker als Veras, aber wesentlich muskulöser.

»Warte!«, meinte Charlotte geradezu panisch. »Ich meine, vielleicht kann ich dir helfen ... also beim ... beim Titelaussuchen. Ich kann dir sagen, was Vera mag.« Sie nickte zu Vera, die gerade den Baum begutachtete. Rauchend sah sie Anton, der anscheinend noch nicht gehen durfte, und Schnute dabei zu, wie sie weiter Draht um den Stamm wickelten. Seelenruhig genoss sie ihre Zigarette, während die Männer schufteten.

Der Saxofonist sah sich die Szene an. »Und sie ist wirklich die Chefin, oder ist da noch ...«

»... ein Mann?« Charlotte schüttelte amüsiert den Kopf. Gut, dass Vera diese Frage nicht gehört hatte.

Sein Blick wanderte an ihrer Arbeitshose entlang. »Kennst du sie? Seid ihr verwandt?«

»Nein.« Charlotte lachte und versuchte, in der Latzhose selbstbewusst zu wirken. »Ich und Vera? Verwandt? Ich arbeite hier bloß ab und an. So als Aushilfe.«

»Als Aushilfe …« Sein Tonfall machte klar, dass er ihr kein Wort glaubte.

»Na, das ist ein wenig untertrieben.« Ohne dass die beiden es bemerkt hatten, war Vera zu ihnen getreten. »Charlotte arbeitet hier nicht nur ab und an. Sie ist meine wichtigste Mitarbeiterin. Sie hat das da alles geplant.« Vera zeigte zum Baum und in die Runde.

»Ach, wirklich? Du hast dir das ausgedacht?«, fragte er erstaunt.

Bevor Charlotte antworten konnte, tat Vera es für sie. »Ein Traum von einem Baum wird das … Nein, der ›Traum der Bäume‹, so ist's besser. Und in den Stamm kommt die Bar. Alles von ihr.« Vera strich Charlotte mütterlich übers Haar.

Die sah verlegen zur Seite. Es war ihr unangenehm. Veras familiäre Geste fühlte sich gerade ungemein peinlich an.

»Aber das kann sie dir wahrscheinlich alles selbst viel besser erzählen. Charlotte, vielleicht holst du mal deine Skizzen und zeigst sie dem jungen Mann?«

Charlotte spürte, wie ihre Wangen wieder zu glühen begannen. »Willst du die denn überhaupt sehen?«, fragte sie schüchtern.

»Natürlich. Warum denn nicht? Ich heiße übrigens Alexander.« Er streckte ihr seine Hand hin.

»Ihr habt euch noch nicht einmal vorgestellt?« Vera lachte. »Na, ihr beiden seid mir so zwei Künstler.« Amüsiert ging sie zurück zu Schnute.

»Gut. Ich bin gleich wieder da. Nimm dir doch 'n Stuhl.« Aufgeregt sah sie sich um, suchte nach den Stühlen, die sie beiseitegeräumt hatten. »Da drüben sind noch welche. Hol dir einfach einen und setz dich. Dauert nicht lang.« Sie eilte zum Vorhang, blieb jedoch nach drei Schritten stehen, weil ihr einfiel, dass sie ihm noch gar nicht die Hand gereicht hatte. Sie machte auf dem Absatz kehrt. »Ich bin Charlotte. Aber das weißt du ja schon«, sagte sie peinlicherweise und hielt ihm die Hand hin.

»Angenehm«, erwiderte er schmunzelnd und drückte ihre Hand. Dann riss sich Charlotte los und rannte zu ihrem Arbeitszimmer.

Wenig später hatten sie zwei Stühle an einen nackten Tisch gestellt und steckten die Köpfe zusammen, während sie ihm mit heißen Wangen erklärte, was sie sich alles ausgedacht hatte. Charlotte war so voller Eifer, dass sie nicht aufhören konnte zu reden. Sie präsentierte ihren Baum und die Beleuchtung bis ins kleinste Detail, aber obwohl sie wie ein Wasserfall redete, hörte er ihr zu. Und nicht nur das – er stellte auch Fragen, wollte Kleinigkeiten wissen, hakte nach und schien wirklich angetan von ihren Ideen.

Sie sprachen über den Club, über Vera, über die Farben der Lampen im Baum, über die Getränke und über Musik. Sie sprachen viel über Musik.

Charlotte merkte gar nicht, wie die Zeit verflog. Erst als Schnute, der sich wie ein Kellner eines der Spültucher über den Arm gelegt hatte, mit einer Kerze in der einen und einem bereits geöffneten Wein in der anderen Hand zu ihnen kam, wurde ihr bewusst, dass es mitten in der Nacht sein musste.

Kaum hatte er die Kerze angezündet, brachte Vera auch schon zwei Gläser. Ein wenig pikiert wegen des besonderen Service warfen sich Charlotte und Alexander einen Blick zu. Amüsiert stellte Charlotte fest, dass er das Talent hatte, ebenso rot zu werden wie sie. Räuspernd wartete er ab, was als Nächstes passierte.

»Schnute und Anton wollen Feierabend machen.« Vera schob die Gläser zwischen die Skizzen. »Aber ich bin noch im

Büro. Ihr zwei Turteltauben bleibt hier einfach sitzen und macht euch einen schönen Abend. Einverstanden?« Ohne eine Antwort abzuwarten, nickte sie Schnute zu, der Anton packte und zum Ausgang schob.

Sprachlos sah Charlotte dem Schauspiel zu. *Und jetzt?* Verlegen musterte sie die zwei leeren Gläser.

Stille legte sich über den Tanzsaal. Die Nacht stürzte herab. Plötzlich saßen sie hier, kaum eine Armlänge voneinander entfernt, mit einer brennenden Kerze und einem Wein, und waren um Worte verlegen. Charlotte war sich unschlüssig, ob sie auf Vera sauer sein sollte. *Turteltauben!* Das konnte Alexander kaum überhört haben. Was sollte sie nur tun?

Er brach die Stille: »Deine Chefin ist nett.«

Sie nickte, doch sie spürte, wie ihr ein Kloß im Hals steckte.

Was, um Himmels willen, tust du hier eigentlich? So wunderschön und aufregend es ist, du wohnst bei Timothy … Der dich mit Blumen und Schokolade umwirbt. Sie sah auf – in Alexanders grüne Augen, die sie neugierig musterten. Kein einziges Mal hatte sie mit Timothy über bunte Beleuchtung diskutiert, ob Jazz nicht zu modern oder amerikanische Limonade zu süß sei. Mit ihm hatte sie noch nie über Dinge aus ihrem Leben gesprochen. Er hatte sie nicht danach gefragt. Aber sie lebte mit ihm zusammen. Sie schuldete ihm … Da war es wieder, dieses Wort … »Ich … ich sollte jetzt wohl besser gehen.« Sie stand auf.

Er musste ihre Unsicherheit gespürt haben, denn mit einem Mal legten sich seine schlanken Finger um ihre Hand. »Bleib. Bitte bleib, Charlotte.« Er blickte ihr fest in die Augen. »Dieser Abend ist zu zauberhaft, um ihn kaputtzumachen, indem man einfach nach Hause geht. Egal, wer dort auf dich wartet. Habe ich recht?«

Sie ging nicht darauf ein, denn sie wollte ihm nichts von Timothy erzählen.

»Wartet denn jemand auf dich?«, fragte sie stattdessen und setzte sich, von sich selbst überrascht über ihre direkte Frage, wieder hin. Natürlich musste da jemand sein. So einer wie Alex … die Frauen standen bei ihm sicher Schlange.

»Nein, da ist niemand. Ich wohne drüben im Ostteil. Eigentlich gibt es nur mich und meine Musik. Es läuft gerade bei uns nicht so gut. Bei der Band, mein ich.« Alexander nahm den Wein. »Der Club, in dem wir sonst oft gespielt haben, wurde letztens geschlossen.«

»Dieser Schuppen mit den Schaufensterpuppen.«

»Du kennst ihn?«

»Ja, der Tanzclub mit den Puppen und … und diesem eigenartigen Zylinderkerl.«

»Freddy?« Er lachte. »Der ist wirklich eigenartig.«

»Ich war mal da, ja. Und … und ich hab dich dort gesehen.«

»Mich?«

»Ja.«

»So vor ein paar Wochen. Du hast gespielt …«

»Und das sagst du erst jetzt?« Er zog den Korken ab und goss ihnen beiden ein. »Hat es dir gefallen?«

»Noch nie habe ich Musik so … gespürt.« Charlotte nahm ihr Weinglas und stieß mit ihm an. Ihre Blicke trafen sich.

»Erst wenn man Musik spürt, ist sie gut. Soll ich etwas für dich spielen? Bevor wir uns anschweigen oder du gehst?«

Sie musste nicht antworten, sein Blick reichte vollkommen. Schnell stieß sie ein weiteres Mal mit ihm an, bevor sich Timothy in ihre Gedanken stehlen konnte.

»Aber keinen Schlager.« Er nahm das Saxofon wieder aus dem Instrumentenkoffer. Leise begann er am Tisch stehend ein paar lange Töne zu spielen, um das Saxofon aufzuwärmen.

Sein Klang schwebte durch den Raum und verlor sich in Charlottes Gedanken. Um sich weiter warm zu spielen, folgten ein paar laute, schnelle Töne, und für eine Minute ließ er sich in einen Rhythmus fallen. Lächelnd setzte er das Saxofon ab.

»Spiel noch mal das Stück von Mulligan, das von vorhin.«

Sie füllte ihre beiden Gläser auf und trank, während Alexander wie zuvor auf der Bühne mit dem Stück begann.

Es war fantastisch. Von Neuem spürte Charlotte, wie sie davongetragen wurde. Die Mischung aus Melancholie, Sehnsucht und Romantik war überwältigend.

Während er spielte, stand sie auf und trat zu ihm. Sie musste sich das einfach genauer anschauen, musste sehen, woher die Töne stammten. Wie Schmetterlinge tanzten seine Finger auf den Tasten, kraftvoll, aber sensibel. Seine Lippen umschlossen das Mundstück, die Augen hielt er geschlossen, glitt selbst auf den Wogen der Musik dahin. Kaum merklich wurde sein Spiel leiser, bis er sanft den letzten Ton ausklingen ließ.

Er nahm das Instrument von den Lippen und sah sie an. Sie stand dicht vor ihm, wie von einem Zauber gebannt.

»Kannst du Saxofon spielen?«

Charlotte musste lachen. »Natürlich kann ich das. Viel besser als du«, parierte sie mit fester Stimme und gab sich Mühe, nicht loszuprusten.

»Na ja«, meinte er. »Ich dachte, du willst es vielleicht lernen.«

»Ich?«

Er winkte ihr, sich hinter ihn zu stellen. »Musik sollte man fühlen.«

Schüchtern und etwas unbeholfen trat sie hinter ihn. »Und jetzt?« Sie spürte, wie ihr Herz zu hämmern begann. Der Wein verlieh ihr eine leichte Schwerelosigkeit und hatte alle störenden Gedanken weggespült. In diesem Moment gab es nur sie und Alexander, hier im *Midnight*, im stillen, unfertigen Tanzsaal.

»Ich spüre die Musik. Beim Tanzen spür ich sie«, meinte sie unsicher.

»Nein, nein … Das nicht. Sondern so, wie ich die Musik beim Spielen fühle.« Leise begann er abermals zu spielen. Ohne dass er es ihr hätte erklären müssen, begriff sie und legte die Arme um ihn. Sie schmiegte sich an seinen Rücken. Zärtlich nahm er ihre Hand und legte sie sanft auf seine. Dann spielte er, während sie ihre Finger auf seinen ruhen ließ.

Sie fühlte seinen tiefen Atem, der die Töne hervorzauberte, und das stete Vibrieren des Saxofons. Er wiegte sich bei jeder Note, und sie drückte sich an ihn, spürte seine Wärme und seinen Körper, roch Schweiß und Lavendel, wahrscheinlich sein Eau de Toilette. Unschlüssig, wohin sie ihren Kopf legen sollte, entschied sie sich für seine Schulter.

Sie schmiegte ihre Wange an ihn und fühlte, wie die Musik durch seinen Körper wogte. So eng umschlungen liebkoste sie seine Musik, und sie trug sie beide davon. In diesem innigen Moment, ihre Hände auf seinen, in der Musik vereint, kam es ihr vor, als würde sie diesen jungen Mann ihr Leben lang kennen. Als wären sie dazu bestimmt, eins zu sein.

40

Ende August 1951

Gut gelaunt öffnete Vera ihren prachtvollen Kühlschrank und durchstöberte den Vorrat an Pralinen. Sie fühlte sich mehr als beschwingt, und das lag nicht nur an der fetzigen Musik, die vom Saal her zu ihr drang. Alexander und seine Band spielten sich für die Eröffnungsfeier warm. In zwei Stunden würde Vera das *Midnight* offiziell wiedereröffnen – und jeden, der in Berlin Rang und Namen hatte, zum Tanzen bringen.

Natürlich hatte sie Vehrings Bekannten im Rathaus eine Einladung zukommen lassen, Vehring selbst jedoch nicht. Außerdem hatte sie zwei Stunden vor dem RIAS ausgeharrt, um Hans Georg Bärlein persönlich einzuladen. Für den RIAS suchte er immer außergewöhnliche Geschichten und neue Talente. Und schließlich war sie sogar in die russische Zone gefahren, um im Studio Babelsberg bei der DEFA Hanna Gross, ein aufsteigendes Sternchen im Filmbetrieb der DDR, zu überreden, bei der Eröffnung des *Midnights* aufzutreten.

Leider hatte sie auch Leuner einladen müssen. Es war unumgänglich gewesen, ihn auf die Liste zu setzen. Wer weiß, was ihm eingefallen wäre, hätte sie ihn ausgeschlossen. Natürlich hatte er herumposaunt, er würde seine besten Kontakte mitbringen. Sie hoffte nur, dass er keine gesuchten Kriminellen im Schlepptau haben würde. Angesichts der Prominenz aus Politik, Radio, Film und Zeitung würde er wahrscheinlich lieber selbst gute Kontakte knüpfen wollen, als in irgendeiner Weise negativ aufzufallen.

Genüsslich schob sie sich eine der Pralinen in den Mund. Wenn an diesem einen vermaledeiten Abend Tom und seine Combo nicht so lausig gespielt hätten, wenn das dumme Mädchen sich nicht auf einem ihrer Tische beinahe ausgezogen hätte … Wer weiß?

Vera musste lächeln. Ohne diesen schrecklichen Abend im letzten Winter hätte sie Charlotte gar nicht angestellt.

Das *Midnight* erblühte durch dieses junge Mädchen in ungeahntem Glanz. Was Charlotte erschaffen hatte, war einmalig im Berliner Nachtleben, und Vera hatte gerade genug Informationen an die Presse durchsickern lassen, um die Neugierde anzuheizen.

Sie drehte sich vor dem Spiegel. Ihr zweiter Ausflug ins KaDeWe war wieder ein Erfolg gewesen. Charlotte hatte dort ein nachtblaues Cocktailkleid aus schimmernder Seide für sie aufgespürt.

Es hat die perfekte Farbe, dachte Vera. Mitternachtsblau.

Nur noch ein wenig Make-up …

Allen sollte die Kinnlade runterklappen, wenn sie in den Tanzsaal und auf die Bühne trat.

Heute war der erste Tag einer neuen Zeitrechnung.

Vor Aufregung glühte sie förmlich. Sie nahm eine von den Henkell-trocken-Flaschen aus dem Kühlschrank und presste sie sich gegen die Wange. Ein paar Mal ließ sie die kühle Flasche auf ihrer Haut hin- und herrollen. Es tat gut. Seufzend öffnete sie den Sekt und trank einen Schluck.

Im Saal stimmten Alexander und seine Mannschaft einen neuen Song an. Vera summte ein bisschen mit, während sie nach einer weiteren Praline griff.

Alles war bereit, der Lagerraum bis oben hin mit Bier,

Champagner und Wein gefüllt. Nachdem sie beinahe all ihren Schmuck bei einem Goldschmied in der Tauentzienstraße versetzt hatte, war Schnute extra noch einmal losgefahren und hatte die Pritsche ihres VWs mit Whiskey, Cognac und Wodka beladen.

Heute kam es drauf an. Noch einmal betrachtete sie sich im Spiegel. Nachtblau schimmernd.

Sie steckte sich die Praline in den Mund und spürte dem feinen Schokoladengeschmack nach. Während sie das Konfekt auf der Zunge zergehen ließ, setzte sie sich an ihren Schminktisch, mahnte sich selbst zur Ruhe, und legte sich ihre feinste und mittlerweile einzige Perlenkette um. Beschwingt von Alexanders Musik, griff sie zu einem ihrer Schminkpinsel. Die roten Wangen mussten überpudert werden. Während sie sich im Spiegel betrachtete, ging sie noch einmal ihre Begrüßungsrede durch. Sie hatte vor, nicht viele Worte zu machen, sondern die Prominenz auf die Bühne zu holen. Alle sollten es sehen – Vera Brandt inmitten all dieser Mächtigen und Reichen.

Sorgsam puderte sie ihr Gesicht.

Alle im Publikum sollten sehen, dass sie dort angekommen war, wo sie schon immer hingewollt hatte: in den Mittelpunkt Berlins.

Ein Lächeln umspielte ihre Lippen, als sie sich vorstellte, zwischen all den Stars und Berühmtheiten zu stehen. Sie schob sich die nächste Praline zwischen die Lippen. Unwillkürlich straffte sie sich, atmete ein und warf sich einen stolzen Blick zu. Was …

Ihre Hand fuhr zum Hals. Etwas steckte fest … Vera versuchte zu schlucken, aber es gelang ihr nicht. Sie wollte husten, hatte aber nicht genug Luft.

Die halbe Walnuss … aus der Praline, dachte sie, von Angst ergriffen.

Panik stieg in ihr auf. Sie starrte sich im Spiegel an, während sie versuchte zu würgen, irgendwie diese blöde Walnuss aus ihrem Hals zu kriegen …

Sie bekam keine Luft mehr!

Angsterfüllt fuhr sie herum, sah den Sekt auf ihrem Schreibtisch stehen. Mit Mühe stand sie auf, nach Atem ringend, taumelte auf den Schreibtisch zu.

Blind im Schock, stieß sie gegen den Tisch. Die Sektflasche fiel um, kullerte, stürzte zu Boden.

Das muss jemand gehört haben! Es muss …

Sie fiel zwischen Schreibtisch und Stuhl auf die Knie.

Ich muss hier raus!

Röchelnd versuchte sie, zur Tür zu robben, doch es fehlte ihr an Kraft.

Hilfe! Ich … Ich bekomme keine Luft! Ich …

Sie konnte nichts tun – sie war völlig hilflos.

Nein! Ich bin nicht aus dem Krieg zurückgekehrt, um an einer verfluchten Nuss zu krepieren!

Luft!, schrie sie, flehte und bettelte voller Panik.

Nicht so! Nicht heute!

Auf einmal stand jemand über ihr. Schlanke Frauenhände legten sich um ihren Hals. Vera konnte die Hände spüren, sah in die Augen dieser Frau, die sich über sie gebeugt hatte und plötzlich mit aller Kraft zudrückte.

Luft!

Vera lag auf den Dielen ihres Büros, aber das Zimmer war fort. Der Boden war ein Bett. Ein schmales Feldbett. In einem Lazarett. Die blaugrünen, beinahe türkisen Augen der Frau starrten sie an. Veras Augen starrten sie an. Die Hände auf ihrem Hals, diese schlanken Hände, die zudrückten, sie aufs Feldbett drückten, ihr die Luft abschnitten. Vera spürte, wie ihre Kraft schwand.

Sie kämpfte dagegen an, wollte zuschlagen, doch ihre Hände waren am Bettrahmen fixiert. Sie war gefesselt worden, weil sie versucht hatte, sich die Verbände herunterzureißen und …

Unbarmherzig drückten die Hände weiter zu. Veras Blick verschwamm, das Gesicht über ihr wurde zu einem Nebel, und dann blickte Vera auf sich selbst hinab. Sie stand vor dem Bett und sah auf die Frau im Lazarettbett, die sie eben noch selbst gewesen war.

Nur waren es jetzt ihre Hände, die sich um den Hals der Verletzten legten. Diese Frau, mit den braunen Haaren, den vollen Lippen. Diese Frau, die Vera Brandt hieß und in ihrer Einheit war.

Ein Schlag traf sie.

Hände rissen ihren Körper hoch. Vera röchelte, versuchte, den Blick zu fokussieren.

Die Decke ihres Büros … Schnute. Schnutes Gesicht.

»Vera!«, schien er durch einen Schleier hindurch zu rufen. Seine Pranken packten ihre Taille, drückten zu. Er hielt sie, zog sie an sich, umklammerte sie und versuchte weiter den Rettungsgriff. Vera konnte nicht mehr denken, alles verschwamm, die Tür ihres Arbeitszimmers, ihr Schminktisch, nur Nebel, der sich verdunkelte. Und sie betete, nicht zurück in das Lazarett zu müssen. Wieder festgebunden zu sein, in diesem Feldbett, und sich selbst zu würgen. Niemals mehr wollte sie zurück in diese Hölle.

Sie wollte hierbleiben, hierbleiben im *Midnight*.

Das *Midnight*. Bei Schnute und ihrer Familie.

Schnute presste und presste. Endlich, mit einem unschönen Geräusch, kam Vera die Walnuss hoch, dann fühlte sie seine Finger im Mund, spürte, wie er das Ding rauszog, es wegwarf. Erschöpft rang sie nach Atem, spürte, wie sich ihre Lunge mit Luft füllte. Sie sackte zurück, fiel in Schnutes Arme, der sie zärtlich festhielt und ihr aufmunternd über die Wange strich.

»Vera … Vera …«, hauchte er und hatte Tränen in den Augen. »Ich dachte, du krepierst mir hier!«

Sie hätte gern gelacht, aber sie konnte nicht. Ihr Hals war zu rau, noch immer hatte sie das Gefühl, nicht genug Luft zu bekommen. Tränen liefen ihr über die Wangen, während Schnute ihr ins Ohr flüsterte, sie solle sich beruhigen, alles sei gut.

Vera wusste es jedoch besser.

Das Lazarett war wieder da.

Das Lazarett, das sie verbannt hatte. Weggeschlossen. Nun war es wieder in ihrem Kopf.

Es war zurück in ihrem Leben.

Sie schwieg. Jedes Wort wäre Schmerz gewesen. Erschöpft lehnte sie sich an Schnute, sie saßen vertraut und umschlungen auf dem Boden, während Alexanders Swing zu ihnen sickerte.

Waren da bereits Stimmen und Gläserklirren zu hören?

Im nächsten Moment wurde die Tür geöffnet.

»Charlotte?«, brachte Vera heraus. Nein, ein Heliumballon in Form eines silbernen Herzens schob sich durch den Türspalt. Gleich dahinter erschien Vehring mit zwei Geschenken unter dem Arm. Verwundert blickte er auf die beiden am Boden.

»Vera? Was machst du da?« Er trat ein und musterte sie unschlüssig.

Schnute half ihr auf, während Vera Vehring bedeutete, still zu sein. Stöhnend bückte sie sich nach der runtergefallenen Sektflasche. Sie hielt sie gegen das Licht und schwenkte sie, um zu sehen, ob noch etwas darin war. Zum Glück. Sie trank und spürte dem Brennen in ihrem Hals nach. Immerhin versengte es das Gefühl, noch immer würde etwas darin feststecken. Sie räusperte sich vorsichtig.

»Was machst *du* hier?«, fragte sie zurück. Ihr Tonfall klang so abweisend, dass sich Schnute sofort neben sie stellte, bereit, sie zu verteidigen. Vera knetete ihren Hals. »Du bist gar nicht eingeladen.« Sie musste kurz husten. Ihre Stimme fühlte sich wie Sandpapier an. Hoffentlich erholte sich ihr Hals zügig. Die Begrüßungsrede wartete.

»Ich habe dir was mitgebracht. Zur Eröffnung.« Vehring ging gar nicht auf ihren Kommentar ein, sondern trat unverfroren näher. »Ein wundervolles Kleid von Dior, extra aus Paris beschafft. Ich sage dir, das hat Unsummen gekostet. Und ich habe einen neuen Ring für dich. Er wird dir gefallen.«

Anstelle einer Antwort stemmte Vera die Hände in die Hüften, während Schnute sich zwischen sie und Vehring schob.

Ihr ehemaliger Liebhaber hingegen schien das alles nicht zu stören. Lächelnd legte er die Pakete auf den Schreibtisch und wollte Vera umarmen.

»Was soll das?« Sie wich zurück. »Stimmt was nicht mit dir?« Ihre Worte klangen rau, und das lag nicht nur an ihrem schmerzenden Hals. »Ich habe dir gesagt, es ist aus. Und du kommst hierher? Ohne Einladung? Wer hat dich überhaupt reingelassen?«

Er zuckte mit den Achseln. »Die alte Trude. Hab ihr einen Zwanziger zugesteckt. Das wird ein fantastischer Abend, Vera. Wir beide zusammen in unserem schönen neuen Club.«

Sprachlos sah sie ihn an.

»Unserem …?«

»Du glaubst gar nicht, wie wütend ich auf dich war, Vera«, redete er weiter. »Aber dann dachte ich mir: Nein, Vehring. Diese Frau ist impulsiv und deswegen so begehrenswert. Gib nicht auf.« Er räusperte sich. »Genau das hab ich gedacht.«

Mit offenem Mund hörte Vera ihm zu. Wovon sprach er da bitte?

»Der Wagen ist ein Totalschaden, aber das hat die Versicherung übernommen. Ich hab ihnen was vorgelogen. Egal. Ich hab im Rathaus gehört, wen du alles eingeladen hast. Von einigen kann ich dir Geschichten erzählen …« Er lachte. »Mit denen kommst du sicher gut ins Geschäft.«

Vera schwieg noch immer.

»Ich habe dich vermisst. Wieso beantwortest du meine Briefe nicht? Hast wahrscheinlich zu viel zu tun. Ich will das Kriegsbeil begraben.« Abschätzend musterte Vehring Schnute, der sich erneut vor Vera stellte, dann nahm er eines der Pakete und schob sich an Schnute vorbei, um es ihr direkt zu geben.

Im ersten Moment war Vera zu fassungslos, doch dann riss sie ihm das Paket aus der Hand und schleuderte es zur Tür. »Ich will deinen Kram nicht!«

Betroffen sah er auf die verbeulte Verpackung. »Bist du etwa immer noch wütend? Vera … Ich hab ein Zimmer reserviert … In unserem Hotel! Coq au vin …«

Ohne Vorwarnung packte Vera Vehring am Sakko und stieß ihn zurück. »Ich fackle deinen Wagen ab – und du? Wie kann man so liebestoll sein?«

»Liebestoll?«

»Krieg's in deinen Schädel! Ich will deine Geschenke nicht mehr.« Wütend schob sie das zweite Paket vom Schreibtisch. »Du kannst den ganzen Mist mitnehmen. Es ist eine Frechheit, dass du überhaupt hierhergekommen bist. Ich will dich nie wiedersehen. Haben wir uns verstanden?«

»Aber …«

»Nichts aber.«

»Vera … Ich … Ich vermisse dich …«

»Das kann ich mir vorstellen«, zischte sie mit bösem Unterton.

»Ich meine, ich …« Es kostete ihn sichtlich Überwindung, es auszusprechen. »Ich liebe dich, Vera.«

Sie sah ihn an. Sah ihn an und schüttelte mit einem Mal den Kopf. Dann begann sie zu lachen, laut zu lachen. »Liebe? Du und Liebe? Dein Ernst? Du brauchst Luxus, ein verschwiegenes Hotel, kleine, feine Rituale, um überhaupt noch einen hochzukriegen. Dir geht es doch um etwas viel Einfacheres als Liebe!«

Wie vom Donner gerührt, starrte Vehring sie an, zu sprachlos, um etwas zu erwidern. Selbst Schnute schluckte, so hart und ehrlich waren Veras Worte.

Sie sah ihm in die Augen und spürte die Genugtuung, ihm endlich die Meinung gesagt zu haben. Es tat gut, diesem Mann, der sie so erniedrigt hatte, ins Gesicht zu schleudern, was sie von ihm dachte.

Vehrings Brustkorb hob und senkte sich. Er starrte Vera in die Augen. Noch immer war er völlig still.

Und in diesem Moment bemerkte Vera, dass etwas in ihm brach.

Es war bloß ein feines Zucken seiner Augenlider, ein nervöses Flackern.

Ihr lief es kalt den Rücken hinunter, und obwohl es nur in Träumen möglich war, hätte sie schwören können, dass sich für einen kurzen Moment seine Augenfarbe geändert hatte.

»Es ist besser, Sie gehen jetzt«, meinte Schnute schroff.

Doch anstatt sich umzudrehen, sprang Vehring jäh vor, wollte Vera packen.

Schnute war schneller. Als hätte er es kommen sehen, griff er zu, riss Vehring nach hinten. Er packte seinen Arm, drehte ihn auf den Rücken und schob den Mann zur Tür.

Vehring protestierte laut, versuchte, sich zu wehren, aber Schnute hatte ihn gut im Griff.

»Was stimmt mit Ihnen nicht, hm?«, fuhr er Vehring an. »Ich habe gesagt, Sie sollen verschwinden! Sie will Sie nich' mehr sehen.«

»Lassen Sie mich los! Ich … Vera? Veeeera!« Wütend sah er über Schnute hinweg Vera an, sein zorniger Blick war kaum zu ertragen.

Schnute drückte ihn weiter zur Tür. Vehring wollte sich ihm entwinden, Schnute ließ den Ellbogen nach oben schnellen und erwischte Vehring an der Nase. Da stand bereits Vera parat und öffnete die Tür, sodass Schnute den protestierenden Mann nach draußen in den Flur bugsieren konnte.

»Wirf ihn raus!«

»Es sind schon Gäste da«, merkte Schnute an.

»Was soll's! Wirf ihn raus!« Sie wandte sich an Vehring. »Wenn du hier noch einmal aufkreuzt, dann schlägt Schnute zu. Ohne Vorwarnung. Und zwar ordentlich. Verstanden?«

Vehring kochte vor Wut, Blut lief aus seiner Nase. »Das wirst du mir heimzahlen, Vera!«

Sie lächelte bloß und gab mit einem Nicken Schnute Befehl, Vehring endlich an die frische Luft zu setzen.

Sofort schob Schnute ihn weiter Richtung Tanzsaal.

Vera sah den beiden Männern nach, beobachtete, wie Schnute den protestierenden Vehring durch die Gäste bugsierte, die frisch eintrafen. Pikiert von seinem Anblick, wichen sie zurück. Ein Pärchen tuschelte. Sie schienen Vehring zu kennen, der unsanft weiter zur Garderobe gezerrt wurde und aus Veras Blick verschwand. Selbst als Vehring fort war, konnte sie für einen Moment Raunen und Getratsche aus dem Saal hören, dann zerstreuten sich die Gäste, und Alexanders Musik läutete den Abend ein.

Plötzlich zitterte Vera so sehr, dass sie sich am Türrahmen festhalten musste.

»He, Frau Brandt!« Antons Stimme vom anderen Ende des Flurs ließ sie herumfahren. »Hals- und Beinbruch zur Eröffnung!«, rief er freudig, stutzte dann. »Alles gut mit Ihnen?«

Nein, wollte sie sagen, nein. Ganz und gar nicht. Vor wenigen Minuten wäre ich beinahe gestorben, und dann kommt auch noch mein Ex, der einfach nicht akzeptiert, dass sein Spielzeug fort ist. Und das alles am Tag der Eröffnung.

»Anton. Keine Sorge«, erwiderte sie. »Bei mir ist alles, alles gut. Könnte nicht besser laufen.«

»So sehen Sie aber nich' aus, Frau Brandt.«

»Das … das ist nur die Schminke. Ich bin grad am Abschminken. Erst alles runter, dann alles neu.« Sie seufzte gespielt. »Mir geht es gut, Anton. Mir geht es gut.«

Sie zwang sich zu einem Lächeln.

41

Zwei Stunden später war die Eröffnungsfeier in vollem Gang. Vera hatte auf der Bühne brilliert und sich im Blitzlichtgewitter der Klatschblätter gemeinsam mit der Prominenz geaalt. Ohne Frage war sie der schillerndste Stern im Saal. Leider hatte Charlotte Veras großen Moment verpasst. Die Tram, die sie und Timothy genommen hatten, war wegen eines Unfalls stecken geblieben.

»Sieh dir das an!«, staunte Charlotte, als sie endlich den Club betraten.

Ungläubig sah sie sich um. Das *Midnight* platzte aus allen Nähten. Trude rempelte sich zu ihr durch und servierte ihr und Timothy derart schwungvoll einen Champagner, dass er ihr über das neue Kleid schwappte. Bevor sie etwas sagen konnte, war Trude schon wieder weg und kämpfte sich durch die Menschenmassen.

»Der Service ist nicht gerade der beste«, stellte Timothy fest.

»Sonst bin ja auch ich die Kellnerin.« Charlotte lächelte und hakte sich bei ihm unter. Dies war ihr Abend, heute hatte sie freibekommen. Sie wollte, dass Timothy sah, was sie geschaffen hatte. Ermittlung hin oder her, er sollte endlich sehen, womit sie all ihre Abende und Nächte verbracht hatte. Sie wollte, dass er sie sah, so wie sie war. Und nicht das ängstliche Kind, das er gerettet hatte.

Noch immer konnte sie nicht fassen, wie überfüllt das *Midnight* war. Sie spürte, wie unter den Schritten der Tanzenden der Boden vibrierte. Im Tanzsaal war es heiß wie in der Sahara und die Luft zum Schneiden.

»Ihr braucht Ventilatoren.« Timothy deutete auf eine junge Dame. Offensichtlich waren ihr die Wärme und Enge nicht bekommen. Ihr Begleiter fächelte ihr Luft zu und bot ihr ein Glas Wasser an.

»Ach was. Wenn ich meine Korsage derart eng schnüren würde, bliebe mir auch die Luft weg.«

Sie nahm Timothys Hand. »Komm – sieh es dir an.«

Die beiden drängten sich durch die Menge, hinein in den Saal. Staunend blieb Timothy stehen und musterte den Baum, die Lampions, die Sterne mit offenem Mund.

»Das ist alles von dir? Das ist ja unglaublich!«

Charlotte nickte stolz. Nach ihrem Streit hatte sie gezögert, Timothy mitzunehmen. Und schließlich noch mehr gezweifelt, weil Alexander seinen Auftritt hatte. Die Momente mit Alexander in den letzten Tagen waren so intensiv und wunderbar gewesen, dass sie die Stimmung nicht hatte verderben wollen. Die Gefühle wirbelten in ihrem Magen herum. Doch sie hatte einen Freund, und Alexander wusste von ihm.

Jetzt, hier an Timothys Seite, fühlte sie sich gut. Sie musterte ihn verstohlen. Sein Blick schweifte durch den Saal, blieb an den Sternen haften. Er sah so gut aus. Seine Hand lag auf ihrer Taille. War er nicht alles, was sie brauchte? Sie liebte es, wie ruhig und überlegt er war. Das *Midnight* brodelte, kochte über, doch Timothy stand da wie ein Fels, ihn warf nichts um.

Die Musik explodierte.

Das Saxofon brandete gegen sie, entzündete ein Feuer auf ihrer Haut – und wurde zu einem kribbelnden Regen. Da war Alexander. Er brannte wie seine Musik. Er kannte Nietzsche und Kant, konnte stundenlange Vorträge über die sowjetische Revolution halten und wollte die Welt aus den Angeln heben.

Aber nicht nur das Diskutieren über die Weltordnung, über die Verteilung von Arbeit und den verbliebenen Nazisumpf in Deutschland begeisterte Charlotte – es war vor allem seine Musik, die sie berührte. Wenn sie mit heißen Ohren seinen Ansichten zuhörte, mit ihm lachte und ihm Paroli bot, fühlte sie sich frei – bei seiner Musik hingegen fühlte sie sich lebendig. So als würde er sie schon seit Jahren kennen.

»Kein Wunder, dass ich dich nicht zu Gesicht bekommen habe.« Timothy nahm sie in den Arm. »Wie hat Vera das alles finanziert?«

»Nicht heute«, mahnte sie ihn.

Er nickte. »Du hast recht. Entschuldige. Berufskrankheit.« Mit einem charmanten Lächeln nahm er ihr das Glas aus der Hand. »Ich hole uns noch etwas.«

»Danke.« Sie sah ihm nach, wie er sich durch die Menge schob, dann fiel ihr Blick auf den Baum. Er streckte seine Äste durch den Nachthimmel. Sterne funkelten. Die Lampions schufen romantische Lichtinseln. Es war perfekt.

Zögernd schob sie sich durch die Menge auf die Musik zu. Versteckt hinter Tanzenden sah sie ihn.

Alexander spielte wie immer mit geschlossenen Augen.

Seine Leidenschaft, sein unbedingter Wille, die Welt zu verändern, waren, was sie an ihm faszinierte. Für ihn war das Leben ein Musikstück, das man virtuos weiter und weiter im Rhythmus vorantreiben sollte.

Bei Timothy hingegen hatte sie oft das Gefühl, für ihn gebe es nur eine Tonlage. Weder das Tempo noch der Rhythmus wechselten bei ihm. Timothy war alles, was sie sich gewünscht hatte: Sicherheit. Aber Alexander …

Durch die Menge erhaschte sie einen weiteren Blick auf ihn, wie er sein Saxofon liebkoste und ihm die feurigste Melodie entlockte. Alexander war Leidenschaft, Zukunft, Leben …

Freiheit. Wenn sie an ihn dachte – und die vergangenen Tage hatte sie oft an ihn denken müssen –, dann tauchten Bilder vor ihrem inneren Auge auf, wie sie beide zusammen in einem Cabrio saßen und ans Meer fuhren. Nach Italien vielleicht. Sie sah sich mit ihm Feste feiern, in den Alpen Ski fahren. Sie sah, wie er vor großem Publikum spielte, wie sie zusammen Arm in Arm durch Paris flanierten.

Von Timothy hatte sie nie solche Träume.

»Hier bist du.« Timothy hielt ihr ein Glas hin. Sie nippte. Wasser. Natürlich. Sie war ja noch nicht einundzwanzig.

Ihre Gefühle brandeten in ihr wie in einem guten Jazzstück, nur um dann in die entgegengesetzte Richtung zu rollen. Ihr wurde klar, dass sie wahrscheinlich demnächst ein Herz brechen musste. Die beiden Männer am selben Ort zu sehen machte die Sache nicht gerade einfacher.

»Willst du Vera kennenlernen?«, fragte sie.

Er nippte an seinem Bier. »Nein. Du hast gesagt, dieses Wunder hier ist deines.« Er gab ihr einen Kuss auf die Wange. »Ich wusste gar nicht, was für ein Talent in dir schlummert, Charlotte.«

Das hatte sie hören wollen, aber eben auch, dass er Veras Anteil an alldem bemerkte. »Vera hat es erst möglich gemacht«, sagte sie deswegen. »Ohne sie … Pass auf, ich schau, ob ich sie finde. Du wirst sehen, sie ist anders, als du glaubst.«

Er zuckte mit den Schultern. »Wie du meinst. Ich such uns einen Platz. Aber dann tanzen wir zwei. Die Musik ist gut.«

Sie stippte ihm lächelnd auf die Nase. »Natürlich«, sagte sie und tauchte in der Menge ab. Ein Küsschen gab sie ihm nicht, aber er schien es auch nicht zu vermissen.

Charlotte schob sich an einigen GIs vorbei, die ihr ungeniert auf den Hintern starrten. Sie versuchte, zwischen all den Gästen zu Veras Büro vorzudringen.

»Entschuldigen Sie … Entschuldigung … Danke … Darf ich mal …« Sie beeilte sich hindurchzukommen, da wischte Schnute an ihr vorbei. »Hallo, Schnute! Hast du Vera gesehen?«

»Mensch! Das Charlottchen! … Schau mal die Leute an. Das ist alles wegen dir«, schrie Schnute voller Begeisterung gegen den Lärm an, tänzelte grinsend wie im Boxkampf vor und zurück, hin und her, und deutete ein paar kumpelhafte Schläge an. »Mädchen, ohne dich wär das nichts.«

»Na ja.«

»Jetzt mal keine falsche Bescheidenheit. Der Max, also der Schmeling, der hat immer gesagt: Wenn du …«

»Ich dank dir, Schnute. Wirklich«, würgte sie ihn ab. »Wo ist denn nun Vera?«

»Ha! Wirste staunen, wirste. Komm, ich bring dich hin.« Er packte sie bei der Hand und zog sie durch die Menge.

Charlotte konnte es im ersten Moment wirklich nicht glauben. Vera stand rauchend und schwitzend hinter der Bar und fertigte höchstpersönlich einen Gast nach dem anderen ab. Das nachtblaue Kleid schimmerte geheimnisvoll und umgab sie mit einer fast mystischen Aura.

Drei weitere Barmänner, Geschirrtücher über den Schultern, gaben ihr Bestes, die Gäste zügig zu bedienen.

Vera wischte ihr Dekolleté trocken und nahm noch einen Zug von ihrer Zigarette. Ihre Augen leuchteten ebenso unergründlich wie die Farbe ihres Kleides.

Da entdeckte sie Charlotte. »Du musst helfen!«, rief sie. »Wir brauchen hier jeden Mann.«

Charlotte grinste. »Oder jede Frau.«

»Was?«, fragte Vera. Hinter ihr mixte einer der Barmänner einen Cocktail und ließ Eiswürfel im Shaker knallen.

»Meine Chefin hat mir freigegeben.« Charlotte drängte sich an den Tresen vor. »Und ich bin mit Timothy da.«

Vera verzog das Gesicht. »Deine Chefin hat nicht mit so viel Andrang gerechnet. Bitte! Nur eine halbe Stunde. Wir …« Weiter kam Vera nicht, denn sie musste die nächsten Biere über die Theke schieben. »Komm rein!«

Charlotte öffnete die verkleidete Tür im Baumstamm und trat ein. Im Innern war zu wenig Platz für fünf Personen, sodass sie zusammengequetscht Schulter an Schulter stehen mussten. Bei ihren Berechnungen waren sie immer nur von zwei Barleuten ausgegangen.

»Ich bin gleich zurück! Ich muss mich mal waschen.« Ganz außer Atem lächelte Vera vor sich hin, nur um mit einem Mal in die Menge zu rufen: »Schnute! Komm her! Dein Einsatz.«

Der verstand ohne eine weitere Erklärung, was Vera wollte. Die bückte sich – so weit das in der Enge möglich war – und zog eine schlichte Holzkiste hervor. Sie war anscheinend recht schwer, und Charlotte wurde klar, dass sich darin die bisherigen Einnahmen des Abends befanden.

Vera drapierte ein sauberes Spültuch darüber. Schnute wollte die Kiste nehmen. »Warte!« Hastig legte Vera zwei Biergläser darauf.

Schnute grummelte und bahnte sich etwas wackelig einen Weg nach draußen.

Vera fächelte sich Luft zu. »Ich glaube, wir machen grad so viel Umsatz wie sonst in einem Monat… Komm mal her, du.« Sie beugte sich zu Charlotte, nahm ihren Kopf in beide Hände und drückte ihr zärtlich einen Kuss auf die Wange.

Leicht verdattert sah Charlotte sie an. So ein Gefühlsausbruch war neu.

»Danke!«, war das Einzige, was Vera noch sagte, dann quetschte sie sich aus der Tür und war in der Menge verschwunden.

Sofort wurde Charlotte mit Bestellungen bestürmt, bekam

von rechts ein Bier und von links einen Wein in die Hand gedrückt. Leicht überfordert, sah sie sich nach den Preisen um, rechnete hektisch im Kopf zusammen und schob die Bestellung über den Tresen. Geld nehmen, Rückgeld, neue Bestellung, Bier hier, Drink da, Geld annehmen, zurückgeben … Sie hatte keine Zeit, an Timothy zu denken. Bereits nach wenigen Minuten lief ihr der Schweiß über die Stirn, aber sie schlug sich tapfer.

Zwischendrin hielt sie nach Vera Ausschau, konnte sie in dem Gedränge aber nicht entdecken. Dafür sah sie plötzlich Alexander, der sich entschuldigend durch die Menge schlängelte und geradewegs die Bar ansteuerte.

Ein herrliches Kribbeln huschte ihr über den Nacken.

Mit einem Spültuch tupfte sie sich eilig den Schweiß von der Stirn und prüfte den Sitz ihres Kleides.

»Hallo«, begrüßte er sie. Er musste laut sprechen, damit sie ihn verstand. »Ich hatte gehofft, dich heute zu sehen. Allerdings nicht von einem Baum gefressen.«

Sie lächelte ihn verlegen an und musste sich eingestehen, dass seine Nähe sie glücklich machte. »Ich bin nur eingesprungen … Ich …«

»Schön, dich zu sehen«, sagte er schmunzelnd.

»Ich glaube, ich habe schon einmal einen besseren Anblick abgegeben.« Verlegen strich sie sich eine Strähne hinter das Ohr. »Was möchtest du denn?« Hinter Alexander staute es sich bereits. Einer der Barmänner grummelte Charlotte etwas zu. Sie sollte schneller arbeiten.

Ein charmantes Lächeln umspielte Alexanders Lippen, als er sich vorbeugte und ihr zuflüsterte: »Am liebsten dich küssen!«

In Charlottes Wangen stieg Röte auf, doch sie war zu verschwitzt, als dass es aufgefallen wäre.

»Oh! Ein Musiker ohne Taktgefühl!«, flirtete sie.

Er lachte. »Ich muss ja unserem Ruf als sittenloses Pack gerecht werden«, zwinkerte er ihr zu. »Später habe ich noch einen Auftritt. Vielleicht eine Coke?«

Charlotte holte eine Cola und stellte die Flasche auf den Tresen. »Und hier kommt sie schon. Einmal eine Vielleicht-Coke.« Sie schob sie ihm hin.

Als er sie nahm, berührten sich ihre Finger. Ein Schauer durchströmte sie wie ein elektrischer Schlag. Er züngelte durch jede Faser ihres Körpers und ließ Charlottes Herz schneller schlagen. Als sich ihre Blicke trafen, vergaß Charlotte alles andere. Das ungehaltene Gemurmel der wartenden Gäste, die Enge, die Hitze.

Abermals drohte sie, in seinen grünen Augen zu ertrinken.

»Ich habe die letzten Tage ziemlich oft an unseren ersten Abend hier im Club mit dir gedacht«, setzte er vertraulich an.

»Ich auch.« Ihr Herz schlug viel zu schnell.

»Ich bin wahrscheinlich bis morgen früh hier. Wir sitzen da drüben, wenn wir nicht auf der Bühne sind.« Er nickte Richtung Bühne. »Wenn du magst, komm doch rum.«

Fast hätte sie zustimmend genickt – doch plötzlich war da Timothy in ihrem Kopf, der auf sie wartete. »Tut mir leid. Aber ich bin mit …«, begann sie, doch da rief Alexander plötzlich: »Komm sofort da raus! Los!«

Verwirrt sah sich Charlotte um. Was hatte er?

»Was?«

»Komm! Beeil dich!« Hektisch bedeutete er ihr, über den Tresen zu klettern. Einer der Barmänner nickte zustimmend.

»Was ist denn?« Sie sah sich um. Brannte der Baum? Nein … Er winkte so hektisch, dass sie halb auf die Theke kletterte, da griff er auch schon ihre Hand und zog sie zu sich.

»He, was wird denn das?«, maulte einer der Gäste in der Warteschlange.

»'tschuldigung!« Alex schnappte sich die Coke und drückte sie dem Mann in die Hand. »Hier. Wir haben keine Zeit.«

Völlig perplex spürte Charlotte, wie sie von ihm von der Theke gehoben und durch die Menge gezogen wurde.

»Was wird das? Entführst du mich? Muss ich um Hilfe schreien?« Sie lachte. In ihr tobte ein Sturm der Gefühle.

»Ja! Das tue ich. Dich entführen!« In Windeseile zog er sie weiter Richtung Tanzfläche. »Wir müssen tanzen. Hörst du das Lied!?«

Sie erreichten den mit Lampions beleuchteten Bereich. Er war mit tanzenden Pärchen gut gefüllt.

Ohne zu zögern, riss er sie herum, ließ sie wirbeln. Charlotte wusste noch immer nicht, wie ihr geschah. Es war einfach zu schön, mit ihm zu tanzen. Sie sah sich im Herumwirbeln nach Timothy um, konnte ihn aber nirgendwo entdecken. Das Musikstück war schneller und lauter, als die meisten Pärchen gedacht hatten. Einige verließen die Tanzfläche, sodass die beiden mehr Platz hatten.

»Hast du so etwas schon einmal gehört?« Seine Begeisterung sprühte aus jeder Faser seines Wesens.

Atemlos nickte sie. Es war der Rhythmus, den sie mit Timothy in der Baracke gehört hatte. Sie erinnerte sich, wie die Mädchen dazu getanzt hatten.

Charlotte ließ sich herumschleudern, sich drehen und versuchte einige der Figuren, die sie beobachtet hatte. Sie stolperten manches Mal, rempelten sich an, aber sie lachten beide, als gäbe es kein Morgen. Es war wunderbar.

Da wurde Alexander jäh festgehalten, und ehe Charlotte begriff, baute sich Timothy vor ihm auf. »Jetzt bin ich dran«, sagte er in strengem Befehlston.

»Was?«, keuchte Alexander außer Atem. »Das Stück ist noch nicht zu Ende. Stellen Sie sich hinten an.«

Statt einer Antwort schob Timothy Alexander beiseite und nahm Charlottes Hände. Völlig überrumpelt, ließ sie es geschehen. Bisher kannte sie nur die ruhige und besonnene Seite von Timothy. Aber tatsächlich begann er mit ihr zu tanzen. Seine Schritte waren die gleichen wie Alexanders, doch irgendwie fühlten sie sich weniger lebendig an. Sie fing seinen Blick auf und zuckte zurück – er war glühend eifersüchtig!

»He, Opa! Hör mal zu, das war mein Tanz!« Alexander fasste ihn an der Schulter und wollte ihn zu sich drehen.

Charlotte befürchtete Schlimmes. »Alexander, lass es gut sein«, ging sie dazwischen. »Das ist Timothy. Mein Freund.«

»Oh. Der Typ?« Skeptisch wich Alexander einen halben Schritt zurück.

»Tja, Söhnchen, so sieht es aus«, brummte Timothy und stieß Alexander ein Stück nach hinten. »Hat er dich bedrängt, Charlotte?«

Überfordert stand sie da. »Was? Nein.« Der treibende Rhythmus der Musik wurde zu einem Schreien in ihrem Kopf. Sie konnte nicht mehr klar denken. Ihr Blick sprang von einem der beiden zum anderen. Ihr war, als drehte sich alles. »Vielleicht sollten wir lieber gehen, Timothy«, stammelte sie.

»Nicht dein Ernst. Der?« Alexander schüttelte verletzt den Kopf, ging auf sie zu. »Du bist mit so einem verstaubten Imperialisten-Aas zusammen?«

»Was hast du gesagt?« Jetzt hatte Alexander Timothys ganze Aufmerksamkeit. Die Männer waren in etwa gleich groß, allerdings war Alexander bloß ein Strich in der Landschaft im Vergleich zu Timothy, der sehr viel trainierter war. »Mir egal, ob du Streit suchst. Ich suche ihn nicht«, stellte Timothy in seiner ruhigen, sonoren Stimme fest.

»Dann lass uns doch einfach weitertanzen!«, meinte Alexander mit einem Funkeln in den Augen.

»Charlotte gehört zu mir. Geh und verdirb ihr nicht den Abend.«

»Den Abend verderben? Da sehen Sie wohl besser in den Spiegel.«

Beunruhigt bemerkte Charlotte, wie Timothy seine Rechte immer wieder zur Faust ballte. Sie wollte ihn von der Tanzfläche ziehen, aber er blieb ungerührt stehen und fixierte Alexander.

»Sie sind der, der Streit sucht und den Abend ruiniert«, meinte Alexander schnippisch. »Darin seid ihr Amis ja gut, immer schön Streit anfangen und es dann anderen in die Schuhe schieben. Atombomben auf Zivilisten schmeißen, das könnt ihr!«

»Ich habe für deine Freiheit gekämpft, Söhnchen!«, fuhr Timothy ihn an. »Hier. In Berlin! Und am Arsch der Welt! Achte auf deine Worte.« Er trat einen Schritt näher.

Alexander wich nicht zurück. »Ich bin nicht Ihr Sohn. Und auf die Art von Freiheit, die ihr uns schenken wollt, kann ich dankend verzichten.«

Ohne Vorwarnung packte Timothy zu, griff Alexanders Hals. »Du hast doch keine Ahnung, was ein Imperialist ist!« Einige Gäste schrien entsetzt auf. Charlotte stürzte vor und hängte sich an Timothys Arm.

»Lass ihn in Ruhe. Bitte!«

Alexander wehrte sich, versuchte es, schlug Timothy in die Rippen.

Dem schien das wenig auszumachen. Er hielt den jungen Mann weiter gepackt und schob ihn zum Rand der Tanzfläche. Charlotte schluchzte auf. Hilflos sah sie sich um, doch die Menge tuschelte nur sensationsgierig.

Timothy holte aus, um Alexander einen Schlag ins Gesicht zu verpassen.

»Aufhören!« Schnute griff sich Timothys Faust und fixierte ihn. »Lass es«, zischte er. »Komm schon.«

Timothy zögerte einen Moment, ließ dann aber Alexander widerwillig los. Der stürzte an Schnute vorbei und verpasste Timothy eine.

»He!« Diesmal war es Vera. Gemeinsam mit Charlotte hielten sie Alexander zurück.

Im Saal war es inzwischen totenstill geworden.

Die beiden Streithähne starrten sich zornig an, bebend vor Wut. Schnute gelang es, Timothy kumpelhaft herumzudrehen und ein paar Schritte wegzuführen. Charlotte hörte, wie er ihm ein Bier anbot. Dann waren die beiden in der gaffenden Menge verschwunden.

»Na, das ist ja gerade noch mal gut gegangen.« Vera tätschelte Alexanders Wange. »Was war denn los? Ich liebe Charlotte auch, aber ich schlag nicht mein neues Tanzlokal wegen ihr kaputt.« Noch immer vor Wut bebend, sah Alexander sie an. »Und ihr auch nicht. Haben wir uns verstanden?«

Alexander antwortete nicht, starrte nur zornig auf die Stelle, an der Timothy in der Menge verschwunden war.

»Haben wir uns verstanden?«, wiederholte Vera ihre Worte.

Schließlich nickte er.

»Außerdem seid ihr gleich wieder mit Spielen dran. Tob dich auf der Bühne aus.«

Sein Blick fand Charlottes. Sie fühlte sich elend. Aber er sah sie nicht wütend an, eher fragend. Bittend. Sie wollte etwas sagen. Ja! Natürlich! Aber sie konnte nicht. Verschämt sah sie weg.

Vera stöhnte auf. »Himmel! Ist mir egal, wer angefangen hat. Das ist nicht der Ort und die Zeit, euer Beziehungsdreieck auszuloten!« Vera hakte Charlotte unter. Sie schob sie von der Tanzfläche. »Ich glaube, es ist besser, wenn du deinen

Freund nimmst und ihr beide geht. Und mit Freund meine ich den Amerikaner.«

Charlotte blickte sich noch einmal zu Alexander um. Er stand auf der Tanzfläche, hob die Hand zum Abschied und winkte ihr zerknirscht.

42

Der August neigte sich dem Ende zu. Auf dem Laub der Linden schimmerte Tau im ersten Licht des Tages. Das *Midnight* war das Stadtgespräch. Trude musste eine Gästeliste führen und kontrollierte am Eingang mit scharfem Auge den Einlass, denn jeder wollte Teil der Nacht sein.

Charlotte bewährte sich als Verkaufstalent hinter dem Tresen. Der Umsatz erreichte neue Höhen, und von ihrem Erfolg und dem Sekt berauscht, lud Vera Charlotte zu einer Spritztour ein.

Charlotte fröstelte im Wagen, denn ihre Strickjacke lag noch im *Midnight*.

Sie sah sich zu ihrer Chefin um, die es sich auf dem Beifahrersitz bequem gemacht hatte. Die nackten Füße aufs Armaturenbrett gestemmt, eine Flasche Champagner an den Lippen, trank sie einen gierigen Schluck und grinste Charlotte beschwipst von der Seite her an.

»Vera, ich frage ja nur. Was ist denn, wenn uns die Polizei erwischt? Die kann mich doch dann verhaften.« Nervös rutschte Charlotte hinter dem Steuer herum. Für sie stand ein wenig mehr auf dem Spiel, als von einem Polizisten zurechtgestutzt zu werden. Immerhin wohnte sie mit einem zusammen.

»Die Polizei – die Polizei! Was interessiert es dich, was die Polizei macht? Du willst doch Auto fahren lernen, oder?«

Zaghaft nickte Charlotte.

»Na also! Und wo willst du denn lernen, wenn nicht hinterm Steuer! Küssen lernen kannst du ja auch nicht vor dem Spiegel.« Sie trank noch einen Schluck. »Also … Du musst das Gaspedal ganz langsam durchdrücken. Und bei der Kupplung merkst du, dass es einen Schleifpunkt gibt. Irgendwann greift es, und du fährst los. Verstanden?«

Charlotte atmete hörbar aus und umklammerte das Lenkrad. Vera und sie waren Richtung Heiligensee hinausgefahren, wo die dichte Bebauung Berlins einigen Feldern und Wäldern wich. Hier war genug Platz, um ungestört ein wenig zu üben.

»Und jetzt? Ich meine, wie geht's los?«

»Du drückst die Kupplung durch und legst den ersten Gang ein. Dann langsam kommen lassen, genau wie ich gesagt habe, und Gas geben. Ach ja, lenken wäre auch ganz fein.« Vera nahm eine Zigarette aus der Schachtel, woraufhin Charlotte jedoch so nervös zu ihr hinübersah, dass sie die Zigarette lieber zurücksteckte.

Noch einmal atmete Charlotte durch, dann legte sie den Gang ein und ließ die Kupplung kommen. Der Wagen bockte, tat einen Sprung wie ein ungestümes Pferd, Charlotte schrie auf und … der Motor erstarb.

Mit großen Augen starrte sie auf ihre Füße und dann auf den Schalthebel. »Was …?«, entfuhr es ihr.

»Na, zwei Meter weit bist du gekommen! Das ist doch gar nicht schlecht für den Anfang. Also gleich noch mal. Kupplung durchdrücken, Schlüssel drehen, Kupplung langsam kommen lassen. Langsam. Dabei ein wenig Gas geben.« Vera trank noch einen Schluck und kleckerte sich die Bluse voll, doch es kümmerte sie nicht. »Das war einfach zu schnell, Schätzchen. Komm, gleich noch mal.«

»Vielleicht sollten wir …?«

»Nichts da, *vielleicht.* Du lernst das schon. Glaub mir. Und was habe ich dir gesagt?«

»*Herausforderungen sind der Nektar unseres Lebens.* Ich weiß«, murmelte Charlotte und ließ den Blick über den Feldweg wandern. Rechts von ihr stand der Mais bereits zwei Meter hoch. Links zogen sich Bäume am Weg entlang, der sich durch die grüne Landschaft schlängelte.

Stocksteif hockte sie hinter dem Lenkrad und krallte sich fest, als wäre der Käfer ein Stier und das Lenkrad seine Hörner. Vollkommen verkrampft, hatte sie schon wieder vergessen, in welcher Reihenfolge sie was zu tun hatte. Immerhin gelang es ihr irgendwie, den Wagen zu starten, ohne dass er sofort bockte oder wieder ausging.

»Langsam, ganz langsam mit dem linken Fuß …« Vorsichtshalber setzte Vera die Champagnerflasche von den Lippen ab und hielt sie zu.

Behutsam ließ Charlotte die Kupplung kommen, trat aber das Gaspedal viel zu hart durch. Der Wagen jaulte auf und schoss nach vorne. Abermals schrie sie, klammerte sich ans Lenkrad, trat aus Angst weiter durch und wurde noch schneller. Ihre Angstschreie und Veras lautes Lachen vermischten sich mit dem Geräusch von Schotter, der unter den Rädern aufspritzte, und dem Aufschreien des Motors. Charlotte brachte den VW-Käfer im ersten Gang zum Kreischen. Hinter dem Wagen zog eine beeindruckende Staubfahne dahin.

»Was … was … was mache ich denn jetzt?!«, schrie sie entsetzt.

»Auf der Straße bleiben! Schalt hoch, in den zweiten Gang. Wie ich es dir gezeigt habe. Und nimm verdammt noch mal den Fuß vom Gas! Rechts. Das Pedal.«

Charlotte versuchte, den schlingernden Wagen auf Kurs zu bringen. Die beiden Frauen wurden hin und her geschleudert. Vera hielt den Sekt zu, aber das Zeug spritzte trotzdem raus.

Der VW streifte ein paar der Maispflanzen, schlitterte zurück auf den Weg. Endlich rutschte Charlottes Fuß vom Gas. Stotternd kam der Wagen zum Stehen, sprang noch einen Meter und ging aus.

Während Charlotte auf die abgerupften Stängel und Blätter auf der Windschutzscheibe starrte und noch immer zu begreifen versuchte, was gerade geschehen war, lachte Vera lauthals.

»Du hättest uns zwar fast umgebracht. Großartig! Aber, he, das waren jetzt immerhin schon zweihundert Meter!«

»Ich glaub, ich muss mich übergeben.« Zittrig öffnete Charlotte die Fahrertür.

»Du? Na, wer hat denn die ganze Nacht mit den Filmfuzzis gefeiert?« Vera wollte noch einen Schluck nehmen, doch die Flasche war bereits leer. Übertrieben seufzend, kurbelte sie das Fenster runter und warf die Flasche raus. »In Frankreich hatten wir 'n Kübelwagen, so ein kleines Fahrzeug, du weißt schon, der hatte überall Dellen und Macken. Da waren sogar Einschusslöcher drin. Na egal. Mit dem sind wir stundenlang rumgefahren, sind einfach raus und haben Gas gegeben. Einfach so über die Felder. Ich und meine Mädchen. Das war ein Spaß, den werde ich nie im Leben vergessen.«

»Im Krieg?« Charlotte kam wieder zu Atem, auch wenn sie kreidebleich war. Aus Versehen hatte sie den Scheibenwischer angeschaltet und sah zu, wie er die Maisreste wegfegte, worauf ihr noch schwindeliger wurde.

»Im Krieg! Ja. In Frankreich. Ein großer Spaß.«

Charlotte nickte bloß. Sie war zu sehr damit beschäftigt, ihr flatterndes Herz zu beruhigen. Sie hatte gar nicht mitbekommen, was Vera soeben gesagt hatte. »Ich glaube, ich hab's jetzt raus«, meinte sie plötzlich. »Ich meine, ich will noch mal.«

»Na, dann leg mal los. Vollgas voraus!« Vera strahlte sie an, ihr Grinsen reichte von einem Ohrläppchen zum anderen. Sie nahm sich eine ihrer Papirossy und zündete sie an. »Versuch aber, möglichst nicht quer durch den Mais zu brettern. Einverstanden?«

Charlotte konzentrierte sich, und diesmal gelang es ihr, ohne Probleme anzufahren. Sie gab auch nicht mehr so viel Gas wie ein Gangster nach dem Banküberfall.

Der Käfer zog auf der Schotterpiste dahin, an den Bäumen und dem Maisfeld vorüber. Vera forderte sie auf, in den zweiten Gang zu schalten und mehr Gas zu geben. Der alte VW gewann an Tempo.

Mit einem Mal spürte Charlotte Veras schlanke Finger auf ihrer Hand. Sanft löste Vera ihren Griff vom Lenkrad und legte ihre Hand fürsorglich auf den Schaltknüppel. »Wir machen das zusammen«, meinte sie und pustete ihren Zigarettenqualm aus dem heruntergekurbelten Fenster. »Kupplung durchdrücken, vom Gas gehen und … schalten.« Es gelang ohne Probleme. »Genau so … Da vorne kommt dann eine Kurve.«

Charlotte behielt den Blick starr auf die Straße geheftet, konnte nur ein Nicken andeuten.

»Dein Freund ist übrigens nett. Ein bisschen steif, aber ganz nett. Wenn er sich nicht schlagen will.«

»Alexander? Ja, er ist wirklich wunderbar«, antwortete Charlotte verkrampft von ihrem Fahrersitz aus.

»Ach, ist das schon dein Freund? Ich dachte eigentlich an den anderen. Diesen schicken älteren Herrn.«

»Timothy? Der ist doch nicht alt. Na ja, vielleicht schon ein bisschen«, musste Charlotte zugeben. Die Kurve kam näher, und sie spürte, wie sie nervös wurde. »Was kommt denn hinter der Kurve?«

»Zwei Männer gleichzeitig, das mag ja ganz reizvoll sein. Aber es ist doch sehr anstrengend. Glaub mir, ich weiß, wovon ich rede. Soll ich dir was sagen? Ich finde, das ist nicht dein Stil, Charlotte.«

»Was? Ich meine, wie bitte?«

»Du solltest dich entscheiden. Das haben die beiden verdient. Sonst gehen sie noch mal aufeinander los. Und dann schlagen sie sich wahrscheinlich die Zähne ein. Du solltest dich entscheiden, so schnell es geht. Du musst reinen Tisch machen.«

Charlotte hatte wieder nicht hingehört, denn ein paar junge Kiefern versperrten ihr die Sicht auf das Ende der Kurve. Was, wenn der Weg abrupt endete? »Was hast du gesagt?«, stammelte sie, ohne wirklich auf Vera zu achten.

»Entspann dich mal. Ich habe gesagt, dass Vögeln Spaß macht. Finde ich ja auch, aber es ist nicht dein Stil, mit zwei Männern gleichzeitig was am Laufen zu haben. Du musst dich entscheiden.«

»Vera …«, brummte sie ängstlich. »Die Kurve. Was ist hinter der Kurve?«

»Da kommt 'ne Brücke. Das ist alles. Halte das Tempo. Alles gut.«

Charlotte klammerte sich ans Steuer und spürte, wie sie kaum Spucke bekam. Eine Brücke. Angestrengt starrte sie auf die Kurve, die näher und näher kam. Immerhin war es heller geworden, und die Sonne leckte über die Felder. Die schummrigen Schatten verblassten zusehends.

»Männer, wirklich! Die sind immer ein Problem. Schau dir Vehring an! Verfluchter Typ.« Vera atmete den Rauch zum Fenster hinaus. »Männer sind so einfach gestrickt, und trotzdem ist es so kompliziert mit ihnen. Dieses Arschloch war vernarrt in mich. Wollte mich am besten jede Woche. Und hat mich behandelt wie ein hirnloses Püppchen. So gönnerhaft. Widerlich. Als wär ich so 'n Dummchen, das allen nach dem Mund schwatzt. Als hätt ich nie auf mich selbst aufpassen müssen. Du weißt, was ich meine?«

Charlotte hatte keine Ahnung. Sie wusste nur, dass es verschiedene Arten von Brücken gab. Breite, solide aus Stein, mit hohen Brüstungen. Und schmale, nur aus Holz und Geländern, dünn wie Streichhölzer.

»Ich war für den doch nur das hübsche Vögelchen in seinem Goldkäfig. Ich sollte nett trällern und die Beine breit machen. Das ist nicht meins, das sag ich dir. Das will ich nicht. Auch wenn tausend Coq au vins vom Himmel regnen.«

»Die Kurve«, war das Einzige, was Charlotte dazu sagte. »Die ist ganz schön eng, oder?«

»Du kannst notfalls ja auch vom Gas gehen.«

»Und was kommt danach …?« Sie konnte nicht zu ihr sehen. Charlottes Blick war auf den Schotterweg genagelt, der hinter dem Mais verschwand. »Vera?«

»Eine Brücke. Hab ich doch schon gesagt.« Sie wedelte ihren Zigarettenqualm zum Fenster hinaus. »Männer. Verwechseln ständig Liebemachen mit Liebe. So dumm. Und Vehring? Der ist der Kaiser von den dummen Königen.«

»Bist du sicher?«, unterbrach sie Charlotte.

»Absolut. Er will Macht. Und verwechselt das mit Liebe.«

»Nein. Ja. Nein. Nicht Vehring … Da war so ein Schild …«

»Was? Was für ein Schild?« Vera drehte sich im Sitz um. »Ich seh keins.«

Der Wagen tauchte in die Kurve ein, die tatsächlich sehr eng war. Der Schotter knirschte erneut unter den Reifen, und Charlottes Herz raste. Das war sie also, die erste Kurve ihres Lebens! Auch wenn ihre Hände das Lenkrad so fest umklammerten, dass ihre Knöchel weiß wurden – sie meisterte sie!

»Weißt du, Charlotte, du klärst das mit deinen Kerlen, und wir beide, wir werden so viel Geld …« Es war Vera, die als Erste schrie.

Ein Pferdeanhänger.

Ein Wagen voller Heu stand keine dreißig Meter vor ihnen. Mitten auf dem Feldweg. Direkt vor der Brücke.

Charlotte erwischte in ihrer Panik das Bremspedal nicht, sondern rutschte über das Gas. Groteskerweise schoss ihr der Gedanke durch den Kopf, was für einen hübschen Hut der Bauer trug. Einen Filzhut mit Feder. Moosgrün mit rotem Band. Wieso ihr das auffiel, während sie schreiend das Lenkrad herumriss, wusste sie nicht.

Der VW brach aus, jagte haarscharf vor dem Heuwagen zwischen jungen Kiefern hindurch. Die Bäume flogen auf Charlotte zu. Sie wusste nicht, was sie tun sollte.

Mit einem Mal spürte sie, wie der Wagen abhob! Sie krallte sich ans Lenkrad, die Reifen fanden keinen Boden …

Und dann sah sie das Wasser.

Die Schreie der beiden erstarben, als der Käfer in das Flüsschen klatschte. Der Aufprall riss sie nach vorne.

Trügerische Stille senkte sich in den Innenraum.

Benommen blickte Charlotte zu Vera, die stöhnte, aber sich immerhin bewegte. Sie hatten es beide überlebt, sie …

Panik erfasste Charlotte, als sie sah, wie Wasser über die Kofferraumklappe in Veras geöffnetes Fenster sprudelte. Es füllte den Fußraum. Kühl und frisch leckte es um ihre Knöchel. Die Kälte war wie ein Weckruf. Sie stemmte sich gegen ihre Tür, warf ihr ganzes Gewicht dagegen.

Raus. Nur raus.

Doch der Druck des Wassers war zu groß, die Tür ließ sich nicht bewegen.

»Warte!«, rief Vera. »Mehr Wasser. Erst mehr Wasser hier rein. Und dann noch mal.«

In ihrer wilden Panik hörte Charlotte nicht auf sie, warf sich abermals gegen die Tür, zerrte und drückte an der Klinke, bis Vera sie an der Schulter zurückriss.

Angsterfüllt starrte Charlotte sie an. Im Gegensatz zu ihr wirkte Vera ungewöhnlich ruhig. Sie lächelte sogar. Ein mildes, sehr bestimmtes Lächeln. »Wir werden hier nicht sterben. Heute werden wir nicht sterben, Charlotte! Verstehst du mich?«

Anstelle einer Antwort starrte Charlotte bloß weiter. Ihr Kopf dröhnte, alles rauschte, das Wasser, ihr Blut. Plötzlich scheuerte Vera ihr eine. Der plötzliche Schlag riss Charlotte aus der Starre.

»Was? Wir … Was … Wir gehen drauf, wir …!«

»Schhhhhhht … Charlotte! Der Fluss ist nicht tief. Alles gut. Wir zählen bis drei, dann öffnen wir die Türen. Eins …«

Mit Entsetzen spürte Charlotte, wie ihr das Wasser über die Knie lief.

»Zwei …«

Da ging ein Ruck durch den Wagen. Er war mit dem Heck, wo der Motor saß, abgesackt und streckte jetzt sein Vorderteil in die Höhe. Charlotte und Vera wurden in die Rückenlehnen gedrückt. Anscheinend hatte der Käfer auf dem Flussgrund aufgesetzt. Durch die Windschutzscheibe konnte Charlotte nur ein paar zerfetzte Wolken vor dem blauen Himmel sehen. Aber das Gurgeln des Wassers ließ nach. Sie zitterte am ganzen Leib, doch der Wagen sank nicht tiefer.

»Drei … Los! Türen auf!«, befahl Vera.

Aus Leibeskräften stemmte sich Charlotte gegen die Tür. Als sie endlich nachgab, rutschte sie hinaus in den Fluss und strampelte sich frei. Weg vom Wagen, der, Nase nach oben, aussah, als wollte er wie eine Rakete in den Himmel starten.

»O mein Gott!« Fassungslos starrte sie den verbeulten Wagen an. »Ich habe dein Auto getötet.«

Vera, die auf der anderen Seite des Wagens schwamm, prustete los. Sie musste sich an der Tür festhalten, um nicht vor

Lachen unterzugehen. Nach Luft schnappend, gelang es ihr, sich auf den Käfer zu ziehen. Sie legte sich längs auf die Kofferraumklappe. »Du hast mein Auto getötet«, kicherte sie, drehte sich auf den Rücken und blinzelte in die Sonne. »Du hast ihn kaltblütig umgebracht!«

Zitternd trat Charlotte Wasser und musste sich abmühen, nicht von der seichten Strömung mitgenommen zu werden. Vera wandte sich ihr zu. »Na komm. Ist nett hier.« Auffordernd klopfte sie neben sich.

»Er ist tot«, murmelte Charlotte noch immer durch den Wind. *Und wir nicht.*

»Schnute zieht ihn schon raus. He, das ist schön warm hier in der Sonne.« Vera legte sich auf die Windschutzscheibe, die Beine auf der Schnauze des Käfers.

Mit ein paar Schwimmzügen war Charlotte am Wagen. Vera half ihr hinauf, und sie setzte sich neben sie.

Wir sind nicht gestorben, schoss es ihr noch einmal durch den Kopf. Alles gut. Endlich löste sich ihre Angst ein wenig.

»Geht's euch gut?«, drang der Ruf des Bauern zu ihnen, der auf der Brücke stand und die beiden angaffte. Offensichtlich war er sich unschlüssig, ob die Damen im Fluss seiner Hilfe bedurften. Er schob sich den Hut in den Nacken und kratzte sich die Stirn.

Vera machte es sich auf der Windschutzscheibe gemütlich und blinzelte in die Sonne.

»Wir hätten Sonnenöl mitnehmen sollen«, meinte sie lässig, was sie erneut auflachen ließ. Diesmal musste auch Charlotte losprusten. Ihre Anspannung entlud sich. Sie konnte gar nicht mehr aufhören zu lachen.

»Ein paar Handtücher wären nett«, rief Vera dem Mann zu. »Und zwei Bikinis.«

43

Mitte Oktober 1951

Die Wochen rasten nur so dahin. Der Unfall wurde zu einer Anekdote, über die sich alle im *Midnight* amüsierten. Auch Alexander, den Charlotte regelmäßig nach seinen Auftritten traf. Jeder wusste, dass die beiden die Letzten waren, die lange nach Geschäftsschluss aus dem Laden gekehrt werden mussten, weil sie Stunden über Stunden im romantischen Licht der Lampions über Musik und Politik philosophiert hatten.

Schnute hatte Charlotte zur Seite genommen, nachdem er Veras VW-Käfer in einer Nacht-und-Nebel-Aktion mit einem Traktor aus dem Fluss gezogen hatten. »Charlotte«, hatte er gesagt, als er ihr kummervolles Gesicht bemerkt hatte. »Den richtigen Moment gibt's nicht. So oder so, du tust ihm weh. Und für Schmerzen ist immer der falsche Moment. Oder immer der richtige.« Er hatte sie angegrinst. »Kommt drauf an, wie du in den Ring steigst.«

Er und Vera hatten so recht. Sie musste die Sache beenden. Doch sie hatte sich davor gedrückt. Bis jetzt …

»Musst du heute noch ins *Midnight*?«, fragte Timothy und schob die leeren Teller zusammen. Sie hatte sein Lieblingsgericht gekocht. Und er hatte gelächelt, als ihm den Duft der Königsberger Klopse entgegengeweht war.

»Nein.« Charlotte brachte das Geschirr in die Küche. »Ich

habe mir heute freigenommen. Ich dachte, wir könnten ein bisschen spazieren gehen.«

»Jetzt noch?« Er hatte sich aufs Sofa gesetzt und gerade eine seiner Militärzeitschriften zur Hand genommen. Ihre Blicke trafen sich, und Charlotte musste schlucken. Es war ihm an der Nasenspitze anzusehen, dass er ahnte, worauf ihr abendlicher Ausflug hinauslaufen würde.

»Ich … ich muss mit dir reden«, setzte sie an. »Aber nicht hier.«

Er erwiderte nichts, sondern stand wortlos auf.

»Vielleicht können wir gleich gehen. Bevor ich abspüle?«

»Sicher«, meinte er und war bereits dabei, ihre Jacke zu holen. Fürsorglich legte er sie um ihre Schultern, nahm seine vom Haken und musterte sie mit einem seltsamen Blick voller Wehmut.

Wenige Minuten später schlenderten sie durch den Viktoriapark, doch im Gegensatz zu sonst hakte sie sich nicht bei ihm unter. Schweigend gingen sie nebeneinanderher. Eine Handvoll Schwalben machte im letzten Licht des Oktobertages noch Beute, und aus der Ferne hörte Charlotte den Wasserfall. Es war windstill, die Wipfel der Bäume bewegten sich keinen Zentimeter. Ein Hase hoppelte unter einen Busch.

Charlotte sah sich nach anderen Besuchern um, entdeckte aber bloß ein Pärchen unweit des Denkmals, das Kreuzberg seinen Namen gab. Die beiden beugten sich über einen Stadtplan. Vielleicht hatten sie sich verlaufen.

»Ich weiß schon, was du mir sagen willst«, meinte Timothy mit einem Mal. »Es ist wegen diesem Alexander.«

Es war befremdlich, Alexanders Namen aus seinem Mund zu hören, und sie wunderte sich, dass er ihn sich überhaupt gemerkt hatte. Vielleicht eine Berufskrankheit.

Sie blieb stehen und sah ihn mit möglichst festem Blick an.

Direkt neben ihr im Baum machten Hunderte Stare einen Heidenlärm. Ihr fröstelte, und sie meinte, Kältewölkchen in den Abend zu hauchen. Die Berliner Luft roch wie jeden Winter wieder nach Kohle.

»Tut mir leid«, war das Erste, was sie sagte, weil sie nicht wusste, wie sie beginnen sollte.

Mit einem Mal kam sie sich ungeheuer klein vor, so wie damals im Hinterhof, als sie gedacht hatte, Timothy bringe sie zurück zu Theo. Hier, unter dem Baum der Stare, war sie wieder das verletzliche Kind. Für einen Moment war sie Charlottchen, war sie das Mädchen, das ihrer Tante ihren Verdienst abgab und sich nicht zu beschweren traute. Sie fühlte sich so erbärmlich, beinahe dreckig, obwohl sie nur ihrem Herzen folgte.

Du fühlst dich so schäbig, weil du Timothy nicht wehtun willst. Weil du noch immer etwas für ihn empfindest.

Aber das einstige Feuer war zu einer winzigen Glut herabgebrannt, nicht wärmend genug für eine gemeinsame Zukunft.

»Es muss dir nicht leidtun. Und dein Mitgefühl kann ich nicht gebrauchen.« Nachdenklich griff er ihre Hände und sah sie mit seinen leuchtend blauen Augen an. »Ich bin zu still, zu alt, das ist mir schon klar … Aber ich liebe dich, Charlotte.«

Ihr wurde flau im Magen. »Mach es mir doch nicht so schwer«, flüsterte sie. »Bitte mach es mir nicht so schwer.«

»Charlotte, du bist das Beste, was mir bisher in Berlin passiert ist. Das meine ich ernst.«

»Hör auf … Bitte, Timothy.« Sie musste sich auf die Lippen beißen, damit die Tränen, die in ihr aufstiegen, nicht zu fließen begannen.

»Was kann ich denn tun? Was kann ich tun, Charlotte, um dich zu halten? Sag es mir, bitte.« Seine Stimme war flehender geworden. Der ruhige, sonore Tonfall, den sie sonst von ihm kannte, war verschwunden.

Vielleicht, dachte Charlotte, weil jetzt tatsächlich sein Herz spricht.

»Du kannst nichts tun, Timothy.« Sie brachte nur ein Flüstern zustande. Die Worte taten ihr weh. »Du kannst gar nichts tun. Es ist, wie es ist. Aber ich bin dir für alles dankbar.«

Mit einem Mal stoben die Stare auf, als hätten ihre Worte sie verscheucht. Erschrocken zuckte sie zurück, ließ seine Hände los. Das Schwatzen und Flattern der vielen Vögel zerschnitt ihre Gedanken. Timothy wollte sie erneut bei der Hand nehmen, aber Charlotte entzog sich ihm.

»Bitte hör auf, Timothy. Es ist aus. Sosehr ich dich noch mag, ich möchte mit Alexander zusammen sein.« Sie suchte flehend seinen Blick, doch jetzt war er es, der sich ihr entzog.

»Verstehe.« Er wandte sich ab, sah den Staren nach, die wie eine schwarze Wolke über den Himmel wogten.

Stille schob sich zwischen sie, so kalt und abweisend wie die Soldaten an der Grenze zur sowjetischen Besatzungszone.

Charlotte wurde bewusst, wie kalt die Oktoberluft war. Sie schnitt bei jedem Atemzug. Fröstelnd zog sie ihre Jacke enger. Nun hatte sie es ausgesprochen, sie hatte es ihm ins Gesicht gesagt und ihm dabei in die Augen geblickt.

Sie atmete aus. Mit einem Mal fühlte sie sich befreit, als wäre eine Last von ihren Schultern gefallen. Eine Last, die von Tag zu Tag gewachsen war, seit sie Alexander im Arm gehalten und mit ihm Saxofon gespielt hatte.

Timothy wandte ihr noch immer den Rücken zu. Sie wagte nicht, ihn anzusprechen. Sie beobachtete, wie ein Beben ihn durchlief. Charlotte konnte spüren, wie er zwischen Zorn und Liebe pendelte. Sie spürte seine Verzweiflung und Hilflosigkeit. Der professionelle Polizist, der schweigsame Major, der schon so viel Leid auf der Welt gesehen hatte, war getroffen. Verwundet.

Fast gab sie dem Impuls nach, ihn in die Arme zu nehmen, ihn zu trösten, wie er sie einst getröstet hatte, als ihre Welt zerbrochen war.

Da fuhr er herum und blaffte sie an: »Verschwinde! Wenn du nicht mehr mit mir leben willst, will ich dich nie wiedersehen. Nimm deine Sachen und verschwinde. Verschwinde aus meiner Wohnung! Sofort.«

Erschrocken wich Charlotte vor ihm zurück. Mit so viel Wut hatte sie nicht gerechnet. Erst jetzt wurde ihr bewusst, wie sehr sie ihn verletzt haben musste.

Von seinem Ausbruch selbst überrascht, atmete er ein paar Mal kräftig durch. In diesem Augenblick wirkte er im fahlen Licht alt und verhärmt.

»Es … ich …«, begann er, fand aber nicht die richtigen Worte.

Charlotte hatte ihn bisher noch nie so mit sich ringen sehen.

»Ich … ich weiß nicht, wer von uns beiden den anderen am meisten gebraucht hat. Charlotte …« Sein Blick huschte von ihr fort, hinauf in den Himmel. »Ich liebe dich noch immer. Wirklich. Ich wollte nicht so harsch sein. Natürlich kannst du noch ein wenig bei mir wohnen. Aber jeder weitere Moment …« Er vollendete den Satz nicht, doch Charlotte wusste auch so, was er sagen wollte: Aber jeder weitere Moment mit dir tut mir im Herzen weh.

»Ich brauche nur ein paar Tage, um alles zu packen.« Ihr drohten die Tränen zu kommen, doch sie schluckte sie tapfer herunter.

Er trat zögerlich näher, und sie konnte seinen Geruch wahrnehmen, diesen Duft, der sie in den letzten Monaten in den Schlaf begleitet hatte. Sie zwang sich, nicht zu weinen, doch es half alles nichts.

Charlotte begann zu schluchzen.

Da nahm er ihren Kopf in die Hände und wischte ihr zärtlich die Tränen aus dem Gesicht. »Es ist vielleicht besser so, du hast dein Leben noch vor dir, Charlotte.«

»Was soll das heißen?«

»Nun ja, bei unserem Altersunterschied ist es schwierig, zusammen alt zu werden. Stell dir vor, in zehn Jahren bist du in der Mitte deines Lebens – und ich? Ein Tattergreis.« Da war es wieder, sein charmantes Lächeln.

»Übertreib nicht, ja? … Du hast Tränen in den Augen.«

Er nickte stumm.

Unter der alten Eiche, deren Krone nun so still und verlassen wie sie selbst war, hielten sie sich mit ihren Blicken. Mittlerweile war es beinahe dunkel, und unbemerkt von den beiden stieg ein feiner Nebel aus den freien Rasenflächen auf.

Charlotte rieb sich die Arme. Sie hatte eine Gänsehaut. »Wir sollten lieber zurückgehen«, schlug sie vor und wandte sich um. Da hielt er ihren Arm zärtlich fest und zog sie noch einmal zu sich. »Eine Sache musst du noch für mich tun.«

Fragend sah sie ihn an.

»Ich muss wissen, wer dieser A. Adept ist. Es ist wahr, was die Kunstwerke angeht. Leuner schmuggelt sie aus der sowjetischen Besatzungszone. Ich muss wissen, wie er sie aus Berlin rausbekommt und ob er sie wirklich über Tempelhof ausfliegt. Wenn er die 7350th Air Base Group dafür benutzt, dann … Ich brauche irgendeinen Anhaltspunkt, dass ich ihn und die Bande hochnehmen lassen kann.«

»Was?« Wie konnte er jetzt, in einem solchen Moment, mit diesem Thema kommen? Entsetzt musterte sie ihn. War das alles, worum es ihm letztendlich ging? Um diesen dummen Mordfall? Sie hatte ihn gerade verlassen, und er bat sie um eine weitere Spionage.

»Vielleicht findest du bei Vera irgendwelche Belege …«

Hatte er sie nur vor Theo gerettet, um jemanden zu haben, den er bei Vera einschleusen konnte?

Nein, das durfte und konnte nicht sein. Sie hatte eben noch die Tränen in seinen Augen gesehen, und seine Worte hatten so ehrlich geklungen. Sie hatten sich doch geliebt …

»Wieso kommst du jetzt damit?«, fragte sie, und ihre Stimme klang kalt und schneidend wie die Nachtluft.

»Weil dort draußen immer noch der Mörder meines Piloten herumläuft. Es ist mein Job herauszufinden, wer diesen Mann erschlagen hat. Und glaub mir, das werde ich auch.«

»Gut. Das sollst du auch herausbekommen, aber ohne mich. Ich weiß nämlich nicht, ob ich noch weitere Details herausfinden möchte.«

»Ich verlange ja nicht viel, ich möchte nur wissen, wer dieser A. Adept ist. Und wie er mit dem Flughafen Tempelhof in Verbindung steht. Wenn ich herausfinden kann, mit welchem Flugzeug Leuner die Kunstwerke nach Westdeutschland schafft, dann kann ich ihn und seine ganze Struktur mit allen Mittelsmännern und Partnern festnehmen. Dann habe ich endlich etwas gegen ihn in der Hand. Du bist ganz nah an Vera dran! Sie vertraut dir.«

»Ja, das tut sie. Und deswegen tue ich es nicht. Auf keinen Fall.«

»Charlotte!« Er hatte ihre Hand genommen, doch sie schlug sie weg.

»Ich falle ihr nicht in den Rücken, Timothy!«

»Was heißt hier ›in den Rücken fallen‹?«

»Genau das, was es heißt. Ich verrate Vera nicht.« Wütend drehte sie sich um und ging.

»Charlotte …«

»Nein. Damals, in den Ruinen, weißt du, was wir uns geschworen haben?«

Er setzte ihr nach. »Du und diese Kinder?«

»Lutz und Hagen, ja. Wir haben uns geschworen, immer loyal zu sein. Komme, was wolle.«

»Das waren Kinderschwüre. Ein Spiel … Charlotte, bitte, ich bitte dich. Das hier ist kein Spiel. Und Vera – wieso bist du zu ihr loyal und nicht zu mir?«

Abrupt hielt sie inne und fuhr herum. Sie war sprachlos. Hatte er überhaupt nichts begriffen, als sie im *Midnight* gewesen waren?

»Charlotte! Ich habe dich vor Vera gewarnt«, meinte er eindringlich. »Diese Frau ist zu viel mehr fähig, als du denkst. Etwas stimmt mit ihr nicht. Da gibt es ein Geheimnis, irgendetwas, das nicht zusammenpasst. Ich bin noch nicht dahintergekommen, was es ist. Aber ich glaube, sie spielt dir nur etwas vor.«

Wut kochte in Charlotte hoch. »Du hast überhaupt keine Ahnung, von wem du da redest! Du hast keine Ahnung, wer Vera wirklich ist. Du willst mir die Freundschaft doch nur madig machen, weil ich für dich weiter recherchieren soll. Aber glaub mir, mir ist es nicht egal, wenn Vera über die Klinge springt, nur weil du diesen Leuner hochnehmen willst.«

»Du schuldest mir etwas, Charlotte.« Er spuckte ihr die Worte vor die Füße. Unmissverständlich. Unverrückbar.

»Ich? Ich schulde dir gar nichts mehr«, stellte sie brüsk fest. Ihr Zorn ließ sich nicht aufhalten. Wie kam er dazu, Vera so schlechtzureden? Diese Frau hatte es geschafft, sich in der Männerwelt durchzusetzen. Sie hatte es geschafft, ganz alleine das *Midnight* aufzubauen und zum angesagtesten Club ganz Berlins zu machen. Für wen hielt sich Timothy, dass er über Vera richtete? »Wir sind alle keine Engel«, zischte sie.

»Wir reden hier nicht von irgendwelchen Kleinigkeiten, Charlotte. Wir reden über schwere Verbrechen.«

Sie lachte bitter auf. »Von Vera? Das glaubst du doch selbst nicht!«

»Du willst also wirklich aussteigen, jetzt, wo wir so nah dran sind?« Er wartete nicht auf eine Antwort. »Du schuldest mir was, Charlotte«, betonte er ein weiteres Mal. »Ohne mich würdest du noch immer in diesem Hinterhaus wohnen. Oder schlimmer, auf der Straße. Hörst du?«

Charlotte war zu fassungslos, um zu antworten.

»Du warst völlig mittellos, du wusstest nicht, wohin. Ich habe dich gerettet!«

Ein Strick zog sich um ihre Brust. Versuchte er gerade, sie wieder zu dem keinen Mädchen zu machen? Damit sie zu ihm zurückkroch, unsicher und verängstigt?

»Ja. Und dafür werde ich dir auch ewig dankbar sein«, sagte sie mit fester Stimme. »Aber wenn ich etwas in den Jahren gelernt habe, in denen ich in den Ruinen von Berlin überlebt habe, dann das: Man verrät seine Freunde nicht. Man verrät seine Familie nicht.«

Ohne ein weiteres Wort drehte sie sich um und ließ ihn stehen.

Sie eilte über den Kiesweg, nahm eine Abkürzung über die Wiese und fiel ins Laufen. Der Nebel hüllte sie bis zur Hüfte ein und legte seine klammen Finger auf ihr Kleid, während sie über das nasse Gras zum Ausgang lief. Noch bevor sie das schmiedeeiserne Tor erreichte, hielt sie inne, weil sie vor lauter Tränen nicht weiterlaufen konnte.

Charlotte vermied es zurückzublicken. Sie flüchtete sich hinter einen Baum, kauerte sich an den Stamm. Laut schluchzend, flossen ihr die Tränen über die Wangen, tropften von ihrem Kinn auf ihre Oberschenkel.

Vielleicht hatte sie damit gerechnet zu weinen, weil sie Timothy verließ. Weil es sie schmerzte, dass es ihn schmerzte.

Aber so … Sie war zornig und wütend. Wie konnte er ihr das antun! Hatte er tatsächlich versucht, sie mit einem schlechten Gewissen zu erpressen?

Sie rang nach Luft und wischte sich die Nase.

Wie konnte er wagen, Vera zu einer Kriminellen zu machen?

Charlotte befahl sich, mit dem Weinen aufzuhören, aber sie konnte nicht. Durch den Schleier ihrer Tränen blickte sie hinauf, in die fast kahlen Äste des Baums, die sich kaum vom nächtlichen Himmel abzeichneten. Knotige Finger, die ihr drohten.

Kraftlos sank sie mit dem Rücken am Stamm zu Boden. Sie fühlte sich so winzig, so verletzlich. In ihr kämpften Trauer und Wut, während sie weinte und zitterte und sich fröstelnd nichts weiter wünschte, als von Alexander in den Arm genommen zu werden.

44

»Der Junge ist gut.«

»Das habe ich dir doch schon auf der Eröffnungsfeier gesagt.« Vera schob einen Cognac über den Tisch und stellte sich einen Martini hin, bevor sie sich zu dem freundlichen Mann mit Vollbart setzte. Bärlein arbeitete beim RIAS und war als Talentscout bekannt. Auf der Straße hätte man ihn vielleicht für irgendeinen Versehrten aus dem Krieg gehalten, denn eine lange Narbe zog sich auf seiner rechten Gesichtshälfte von der Stirn bis hinab zum Kinn. Vera, die Bärlein durch Vehring kennengelernt hatte, wusste jedoch, dass er sich die Verletzung bei einem Feuer zugezogen hatte. Sein Sohn hatte gezündelt und Bärleins Schrebergarten in Brand gesetzt. Bei dem Versuch, ihn zu retten, hatte ihn ein brennender Balken am Kopf getroffen.

Sie prosteten sich zu und tranken einen Schluck, während sie Alexander und seinem Schlager lauschten. Die beiden saßen unter dem Baum, und über ihnen funkelten Tausende Spiegelsterne. Das passte perfekt zu der Schnulze, die Alexander auf der Bühne schmetterte. Die Gäste waren hin und weg, lagen sich in den Armen, küssten und schwoften über das Eichenparkett.

»Im Ernst«, meinte Bärlein und zückte seinen kompakten Fotoapparat, eine Contax SLR. Vera wusste, dass diese Kamera sündteuer war. Er schoss ein Foto von Alexander, der gerade hingebungsvoll ins Mikrofon sang, und wandte sich wieder

Vera zu. »Ich würde ihn gerne ins Studio bringen. Hat er eigene Liedtexte?«

Vera fächelte sich frische Luft zu. »Ich glaube nicht, nein«, antwortete sie ehrlich. »Ich dachte, du hast da Kontakte. Du weißt doch sicherlich wen.«

»Vielleicht Fini Busch, die hat Texte drauf, sag ich dir. Von der kommt noch was.« Bärlein nickte brummelnd. »Er könnte was Lustiges probieren, einen kleinen Nonsenstext. Um erst mal durchzustarten. Die romantische Schiene kann später kommen«, brabbelte er vor sich hin, und Vera musste schmunzeln. Bärlein war bereits mitten am Karriereplanen. Jetzt galt es nur noch, Alexander zu überzeugen, sich auf Schlager einzulassen und damit ins Geschäft zu kommen.

»Ist er denn überhaupt bereit, eine echte Karriere hinzulegen?«, fragte Bärlein, als hätte er Veras Gedanken gelesen. »Ich dachte, er will mehr einen auf Jazz machen. Kunst?«

»Ich werde mit ihm sprechen, Bärlein. Ich denke, dass ich ihn schon überzeugen kann.«

»Ist er Kommunist?«

Vera setzte das Glas ab. »Was? … Nein. Nicht wirklich. Nein.« Die Wahrheit war, sie wusste es nicht. Sie wusste nur von Charlotte, dass er in Ostberlin wohnte. Und anscheinend wusste Bärlein es ebenfalls. Er hatte seine Hausaufgaben gemacht.

»Na gut. Sprich mit ihm. Wir müssen noch einen Typen für ihn finden. Vielleicht braucht er eine Brille? Damit er noch intellektueller wirkt? Oder wir verpassen ihm ein buntes Hemd. Ich weiß noch nicht«, murmelte Bärlein und war schon wieder in seinen Planspielen versunken.

»Wir machen halbe-halbe«, weckte sie ihn.

Überrascht sah Bärlein auf und wischte sich über den Vollbart. »Normalerweise läuft das aber nicht so.«

»Na ja, du kennst mich. Ich bin nicht Fräulein Normalerweise.«

Bärlein überlegte einen Moment, hob schließlich anerkennend sein Glas zum Toast. »Na gut. Halbe-halbe. Auf alle, die nicht ›normalerweise‹ sind.« Er wollte anstoßen, aber Veras Martini war schon leer.

»Anton!«, rief sie und winkte nach dem Jungen.

Anton kam mit Schnute im Schlepptau herbeigeeilt. Sie beide trugen ein Geschenk und einen üppigen Blumenstrauß.

»O nein«, murmelte sie. »Vehring?« Bestürzt sah sie Schnute an, der lediglich grimmig nickte.

Kopfschüttelnd riss Vera das Band vom Geschenk und klappte den schmuckvoll verzierten Karton auf. Angewidert wich sie zurück.

In dem Karton lag etwas. Etwas Gebratenes. Es sah zerfleddert aus und war einmal ein …

»Coq au vin!«, stellte sie verärgert fest.

Schnute grummelte. »Dieser Mistkerl. Gib den Vogel her.«

»Entschuldige mich«, wandte sich Vera an Bärlein und legte mütterlich ihre Hand auf seine. »Hör noch ein bisschen zu, grüble dabei über das Außergewöhnliche. Wir reden gleich weiter.«

Sie folgte Schnute und Anton zur Bar.

»Vehring will dich ärgern, Vera.« Schnute schnupfte eine Prise Tabak.

»Wir müssen uns irgendwas einfallen lassen«, stimmte Vera ihm zu. »Vehring wird mir langsam unheimlich. Da springt man mit einem von euch in die Federn, und dann stellt sich raus, der ist bekloppt … Wie lang soll das noch weitergehen?« Vera ließ sich einen Martini vom Barmann geben.

Unterdessen hatte Anton das Geschenk geöffnet und probierte ein Stück vom schon gefledderten Hahn. »Kalt, aber lecker«, stellte er anerkennend fest und kassierte prompt von Vera einen liebevollen Schlag auf den Hinterkopf.

»Vehring …« Schnute rieb sich die zerschundenen Fingerknöchel. »Rattengift hilft.«

Perplex sah Vera ihn an. Er hatte es mit einem so ernsten Tonfall gesagt, als wäre er bereit, ihrem Ex das Zeug per Spritze zu verabreichen.

»Was?! Was denn?« Schnute hob abwehrend die Hände und lachte. »War 'n Scherz. Wirklich … Aber es ist doch so: Also der Schmeling, der hat immer gesagt, wenn du deinen Feind …«

Vera sah ihn immer noch sprachlos an, was ihn aus dem Konzept brachte.

»Also, der Schmeling, der hat immer gesagt, wenn du deinen Feind nicht einschätzen kannst, dann … He, warum unterbricht mich denn keiner?«, fragte Schnute, und alle an der Bar mussten lachen.

»Nee, erzähl mal, wir wollen das jetzt hören.« Sie nahm einen Schluck von ihrem Martini.

»Jetzt hab ich aber keine Lust mehr. So geht das nich'«, behauptete er und drehte sich schmollend weg.

»Vehring! … Dit Aas.« Nach Luft ringend, kam Trude herbeigeeilt.

»Was? Was ist passiert?«, trat Vera ihrer betagten Türsteherin entgegen, die völlig außer Puste war.

»Der … der is' da draußen und tut die janze Zeit zu uns rüberkieken. Dit is janz schön unheimlich.«

Vera nickte Schnute zu. »Bist du sicher, Trude, dass er es ist?« Sie marschierte Richtung Eingang los. Alle folgten ihr.

»Nee, dit war 'ne andre Kanaille. Ick hab ja wohl Augen im Kopp.«

Im Laufschritt eilte Vera durch den Windfang und riss

die Tür nach draußen auf, Schnute und Anton dicht hinter sich.

Unter der Neonreklame blieben sie stehen. »Wo?«

»Da drüben«, meinte Trude außer Atem und zeigte zu einer Hausecke. Es brannte noch Licht in der Auslage des Metzgers, aber dort war niemand zu sehen. Kein Schatten, kein Mann, kein Vehring.

»Jenau da! Da hat's Aas jelehnt. Die janze Zeit. Mir is' dit jar nicht aufjefallen, aber dann kiek ick hin, und da kiekt der rüber. Ick schwör.«

Vera ließ den Blick durch die Nacht gleiten, musterte die Autos und Läden auf der anderen Straßenseite. Nach und nach beschlich sie das Gefühl, als beobachtete Vehring sie tatsächlich. Sie meinte, seine Blicke auf sich zu spüren.

Schon die letzten Tage hatte sie geglaubt, Schritte hinter sich zu hören, einen Schatten zu sehen, der ihr nachschlich, sie auf Schritt und Tritt begleitete.

Ihr fröstelte.

»Geht nachgucken«, befahl sie Schnute und Anton.

45

November 1951

An der Kufsteiner Straße war die Hölle los. Eine aufgebrachte Schar Frauen drängte sich schnatternd und halsreckend im Foyer des RIAS vor einem Absperrband.

Charlotte kam kaum durch und sah verwundert, wie zwei der Frauen eine Autogrammkarte in der Hand hielten. Darauf war ein schelmisch grinsender schwarzhaariger Krauskopf in einem quietschgelben Sakko zu sehen. Waren das etwa Alexanders Karten? Darauf sah er ganz anders aus als sonst.

Als sie endlich das Pförtnerhäuschen erreichte, war es leer. Suchend sah sie sich nach Kalle, dem Pförtner, um. In den letzten Wochen hatte sie ihn durch ihre häufigen Besuche kennengelernt. Er sprach gerade mit einem Grüppchen Frauen, bat sie, Ruhe zu bewahren und Platz zu machen. Als er Charlotte bemerkte, winkte er sie zu sich.

»Studio fünf«, brummte er ihr leise zu. »Und geht lieber hinten raus.«

Charlotte nickte, auch wenn sie nicht ganz verstand, weswegen.

Staunend sahen die anderen Frauen zu, wie Charlotte unter der Abspannung hindurchtauchte, um in die heiligen Räume des Senders zu gelangen. Aufgeregtes Geschnatter brandete hinter ihr auf, und sie hörte Kalle wieder beruhigend auf die Wartenden einreden.

Sie nahm die lichtdurchflutete halbrunde Treppe, die sämtliche Stockwerke verband, schnellen Schrittes. Mittlerweile kannte sie sich aus, wusste, hinter welcher der eher schmucklosen Türen die Studios lagen. Charlotte steuerte die Nummer fünf an und öffnete lautlos die Tür.

Im Regieraum war es leise. Auch heute erinnerte sie der Raum, durch den sie gehen musste, um ins eigentliche Studio zu gelangen, an eine Bar. Wahrscheinlich lag es am Tresen, hinter dem sich der Tisch für den Regisseur sowie die Tontechniker befand. Charlotte hatte von Bärlein eine persönliche Führung erhalten und erfahren, dass von diesem Raum aus Bänder eingespielt werden konnten, aufgenommene Nachrichten gesendet und sogar Telefonate ins Studio geschaltet wurden.

Neugierig sah sie durch die Scheibe, die den Regieraum vom Studio trennte. Mikrofone baumelten von der Decke, und das Herbstlicht, das durch die Fenster strahlte, ließ sie golden glänzen. Das Licht tauchte den holzvertäfelten Raum mit seinem simplen Tisch und den schlichten Holzstühlen für Moderator und Gast in eine geradezu magische Stimmung.

Ein Tontechniker öffnete ihr, grüßte geschäftig, die Kopfhörer in den Nacken geschoben, und bedeutete ihr, sie könne eintreten.

Charlotte nickte, beobachtete jedoch lieber weiter durch die Scheibe hindurch, was im Studio vor sich ging. Alexander sprach soeben mit dem Moderator, einem Hering von einem Mann. Die beiden lachten, während ein junger Bursche Kabel zusammenrollte. Trotz der Strapazen des Tages sah Alexander unverschämt gut aus. Charlotte wusste, dass seine Tage, seitdem Bärlein ihn unter seine Fittiche genommen hatte, mit Terminen angefüllt waren. Heute hatte er bereits in einem Kinderheim in Steglitz gespielt und war danach zum Essen mit einem hiesigen Veranstalter verabredet gewesen, um schließlich im RIAS mit seiner Band live zu spielen und im Anschluss das Interview zu geben.

Leider hatte Charlotte ihn nicht im Radio hören können, allerdings kannte sie jedes von Alexanders neuen Stücken auswendig. Mittlerweile hatte er drei eigene Schlager komponiert und sich von René Carol ein paar Tipps geben lassen. Seine Texte sprühten nur so von Fröhlichkeit und Romantik.

Charlotte trat nun doch ein, und sofort kam Alexander zu ihr.

»Wie ist es gelaufen?«, wollte sie wissen.

»Ganz in Ordnung, glaub ich. Es war ein gutes Interview«, antwortete er bescheiden.

»Ihr Freund war sehr charmant«, stellte der Moderator fest. »Ein wirklich begnadeter Redner.«

Alexander gab ihr einen Begrüßungskuss. »Schön, dass du gekommen bist. Wir sind hier dann auch fertig.«

»An deiner Stelle würde ich nicht rausgehen.« Sie erwiderte den Kuss.

»Hab schon gehört, dass das Foyer belagert wird. Die sind aber nicht meinetwegen gekommen.« Er packte sein Saxofon ein. »Sie sind wegen Hans Rosenthal da. Du weißt schon, dem Moderator.«

»Ach. Da bin ich mir nicht so sicher.«

Er stutzte. »Wieso?«

»Immerhin zwei hatten eine der brandneuen Autogrammkarten.«

»Wirklich?« Sein Blick hätte nicht erstaunter sein können.

»Ja. Und außerdem habe ich gute Nachrichten! Deine Single …«

»Was ist damit?«

»Sie ist … Stell dir vor … In den Charts! Hat Vera von Bärlein erfahren. Heute früh.« Lachend fiel sie ihm um den Hals. »Ich glaube, du hebst grad ab!«

Es dauerte einen Moment, bis der Groschen bei ihm gefallen war, dann gab er einen Schrei von sich, nahm sie in die Arme und wirbelte sie herum. Er drückte sie an die Wand und überhäufte sie mit Küssen.

»He!«, protestierte Charlotte gespielt. »Nicht so stürmisch.«

Wie ertappt sah er sich nach dem Moderator um. Der war mittlerweile gegangen, aber der Junge mit den Kabeln grinste die beiden an, tippte sich wie beim Salut an die Stirn. »Weitermachen. Ich bin schon weg.« Kaum war er draußen, schnappte sich Alexander Charlotte und küsste sie noch stürmischer. Es waren fröhliche Küsse, voller Begierde, aber nicht bedrängend. Charlotte genoss jeden von ihnen.

»Weißt du, wie viele? Wie viele Singles sind denn verkauft?«, fragte er außer Atem.

»Keine Ahnung. Aber Vera meinte, du wirst bald in Geld schwimmen.« Sie musste lachen. »Fällt es dir eigentlich immer noch schwer, Schlager zu singen?«

Er konnte nicht aufhören, sie zu küssen. »Ach, weißt du, mittlerweile macht das richtig Spaß. Ist eben was ganz anderes als der Jazz.«

Sie zog skeptisch die linke Augenbraue hoch.

»Nein. Wirklich, Charlotte. Als Künstler hab ich mir das zwar anders vorgestellt, aber ich mache Musik, um die Leute zu begeistern. Und wie es aussieht, sind sie das. Und wenn ich wirklich davon leben kann! Überleg mal. Stell dir das mal vor! Und außerdem singe ich ja unter Pseudonym. Da kann ich als Alexander ja weiter jazzen.«

»Mein Enrico Alexandros.« Zärtlich nahm Charlotte seinen Wuschelkopf und zog ihn zu sich. »Dann solltest du dir vielleicht beim Jazzen eine Maske aufsetzen.«

Er stutzte. »Warte mal … Welchen Chartplatz hab ich denn?«

Sie hielt fünf Finger hoch.

»Platz fünf! … Fünf!? Himmel, Arsch und Zwirn!« Völlig verdattert starrte er sie an.

Da ergriff sie erneut seine Hand und führte sie unter ihre Bluse, zog ihn zu sich und knutschte weiter. Gierig bugsierte sie ihn zum Tisch, schob sich drauf und umschlang ihn mit ihren Beinen. »Komm, küss mich.«

»Und wenn wer reinkommt?«

»Oh.« Als erwachte sie, hielt sie abrupt inne und musste kichern. Er hatte ja recht, aber es war so anstrengend, nicht über ihn herzufallen. Räuspernd löste sie sich von ihm und spürte, wie sie rote Wangen bekam. »Ich dachte, es sind alle weg. Komm! Wir sollten dringend woanders hingehen!«.

»Lustig. Ich glaube, das krieg ich nicht mehr hin. Gehen, mein ich.«

Charlotte lachte laut los. Bisher hatten sie noch nicht miteinander geschlafen, mehr als innige Liebkosungen und Knutschen war nicht geschehen, doch Charlotte sehnte sich nach nichts anderem, als ihn endlich ganz nah bei sich zu wissen. Seine Nähe machte sie wahnsinnig, sein Geruch war wie Feuer und sein plötzlicher Erfolg wie Benzin. Wenn sie ihn sah, stand sie lichterloh in Flammen. An manchem Morgen, wenn sie in der kleinen Nähkammer im *Midnight* aufwachte, in die sie nach der Trennung von Timothy gezogen war, wunderte sie sich über sich selbst. Sie fühlte eine so heftige Sehnsucht nach Alexander – ein Gefühl, von dem sie nie geglaubt hatte, es jemals in dieser Intensität zu empfinden. Und sie fragte sich besorgt, wie man nur derart kopflos vor Liebe sein konnte.

Alexander hatte ein paar Mal von seiner winzigen Dachkammer erzählt, die er vor einem Jahr bezogen hatte. Er hatte absichtlich im Ostteil der Stadt nach Arbeit gesucht und als ausgebildeter Schlosser mit einem Händchen für kunstvolle Schmiede- und Metallarbeiten auch schnell eine Stelle gefunden. Einige Male schon hatte er ihr vorgeschwärmt, dass man von seinem Bett aus den Alexanderplatz sehen konnte.

Heute war es an der Zeit, das zu überprüfen.

Sie trennte sich widerstrebend von ihm. »Komm«, sagte sie, nahm seine Hand und zog ihn aus dem Studio.

An der Treppe angekommen stoppte sie der Lärm von unten. Skeptisch blieb Alexander stehen, wagte sich nur ein paar Stufen weiter, um heimlich in die Empfangshalle hinabzulinsen.

Der Anblick der wartenden Damen verschlug ihm den Atem.

»Na, der Rosenthal hat's gut!«, scherzte er. »Wo sind denn die beiden mit der Autogrammkarte?«

Sie verpasste ihm einen Knuff. »Wir sollen hinten raus. Wo steht deine Maschine?«

»Die gute Presto steht in der Mettestraße, gleich um die Ecke.«

»Ich bring sie beide hin.«

Die beiden fuhren herum. Ein paar Treppenstufen über ihnen stand Kalle. Herzhaft biss er in seine Klappstulle. »Dann könnten Sie über den Hof verschwinden.«

Bevor einer der beiden antworten konnte, gellte ein Schrei die Treppen hinauf. Charlotte blickte ebenfalls nach unten. Eine der Damen aus dem Foyer hatte die Absperrung durchbrochen und deutete zu Alexander hinauf. »Enrico!«, schrie sie und begann juchzend die Treppe hinaufzurennen.

Perplex sahen Charlotte und Alexander dem Schauspiel zu, starrten auf die Gruppe der Frauen, in die mehr und mehr Bewegung kam. Ein gutes Dutzend rannte die Treppe zu ihnen hinauf.

»Das kann doch nicht … Die sind doch nicht wegen mir hier!?« Alexander konnte es nicht fassen.

»Na, wegen Kalles Käsestulle wohl kaum.« Charlotte zog ihn die Treppe hinauf. Sie beeilten sich, hinter Kalle herzukommen, der bereits auf der nächsten Etage angekommen war. So flink, wie er konnte, eilte er auf den Aufzug zu und hieb auf den Knopf. Das Gekreische drang immer lauter aus dem Treppenhaus zu ihnen.

Endlich. Der Lift öffnete sich. Sofort schob der Pförtner die beiden hinein und quetschte sich dazu.

»Runter?«, fragte Alexander entsetzt, weil er sah, wie der Mann auf »E« drückte.

»Wenn die alle hochkommen, lieber nach unten.« Nervös biss er von seiner Stulle ab. Charlotte sah gerade noch durch die sich schließende Fahrstuhltüren, wie die Frauen auf die Etage schwappten. Es war, als brandete eine Welle über die Stufen. Eine Welle mit einer Gischt aus Handschuhen, toupierten Haaren, Kleidern und Mänteln.

Atemlos lauschte sie auf das Hämmern gegen die Türen, dann war der Fahrstuhl schon zu tief.

Wenige Augenblicke später öffnete Kalle und schob sich vorsichtig aus der Kabine. Er linste rechts, linste links und winkte den beiden schließlich, ihm zu folgen.

Im Gänsemarsch schlichen sie vom Lift Richtung Hinterausgang, mussten dabei jedoch an den Türen zum Foyer vorbei. Durch die Glasscheiben sah Charlotte ein paar Frauen, denen es anscheinend zu dumm gewesen war, die Treppe hochzuhasten. Sie harrten eisern vor der Tür aus und warteten auf ihr neues Idol.

»Macht schnell!«, trieb sie die beiden Männer zischend an. »Los doch! Die sehen uns sonst.«

Kaum hatte sie das gesagt, da flog die Eingangstür auf, und

ein pausbäckiges Mädchen streckte den Kopf hindurch. Als sie Alexander sah, fiel sie beinahe in Ohnmacht. Mit Augen, so groß wie Untertassen, starrte sie ihn an. Gott sei Dank brauchte sie einen Moment, um wieder Luft zu bekommen.

Diese Sekunden nutzten die drei und gaben Fersengeld.

»Hier lang! Dahinten durch!« Hektisch zeigte der Pförtner nach links zu einem Flur. Kalles Kopf war vor Anstrengung rot wie eine Tomate, und er keuchte flach. Beinahe wäre Alexander in ihn hineingerannt, denn mit einem Mal entschied er sich für eine andere Richtung. Charlotte wagte es nicht, sich umzublicken, hörte aber bereits, wie die Frauen hinter ihnen herliefen. Auch vom Treppenhaus her hallten die Absätze im Laufschritt.

Ihr Blick streifte die Fenster, die zum Hinterhof hinauszeigten. Dort draußen war es ruhig. Jemand hatte ein paar Hemden und einen Mantel auf eine Leine gehängt. Mülltonnen standen in Reih und Glied.

Kalle pfiff wie eine alte Dampflok, der Schweiß lief ihm über die Stirn. Er steuerte die Tür zum Hof an. Aber Charlotte war klar, dass sie noch viel zu weit entfernt und die Frauen hinter ihnen viel zu schnell waren.

Kurzerhand öffnete sie eines der Fenster. »Hier lang!« Ohne zu zögern, kletterte sie auf die Fensterbank. Draußen ging es gute zweieinhalb Meter in den Hinterhof hinab. Die blechernen Mülltonnen standen zu weit entfernt. Verdammt.

Rittlings schob sie sich auf das Fensterbrett und glitt über die Kante. Einen Atemzug lang hing sie am Sims, dann ließ sie sich hinabfallen. Ein Hoch auf die Chucks, dachte sie, als sie sicher gelandet war.

»Kommt schon!«, rief sie und musste beinahe lachen. Was für eine verrückte Aktion …

Endlich erschien Alexander. Sie winkte ihm zu, und er stieg

einfach auf das Fensterbrett. Wagemutig, er war ein besserer Musiker als Kletterer, hockte er im Fenster und wollte springen. Da griffen Frauenhände sein Hemd, rissen und zerrten, während Kalle schimpfend die Fans wegzuschieben versuchte. Ein heilloses Durcheinander.

Eine propere Dame, kaum älter als Charlotte, hatte ihn am Hemdsärmel gepackt und wollte partout nicht loslassen. Da riss mit einem Mal der Stoff bis zur Schulter. Mit dem Ärmel in der Hand fiel die Frau nach hinten, während Alexander das Gleichgewicht verlor. Kopfüber stürzte er aus dem Fenster. Er fiel in den Hof, begleitet von gellenden Schreien, und landete sehr viel unsanfter als Charlotte.

»Scheiße.« Stöhnend rappelte er sich auf, sah hoch und erkannte, dass der Pförtner mit seinem dicken Leib verzweifelt versuchte, das Fenster abzudecken, sodass niemand hinterherspringen konnte.

Außer Puste und dennoch lachend, erreichten die beiden die Mettestraße und standen schließlich vor Alexanders Motorfahrrad. Einen Moment verschnauften sie und sahen sich an. Charlotte verliebte sich jedes Mal aufs Neue in das leidenschaftliche Funkeln in seinem Blick. Überraschend packte Alexander sie und gab ihr einen intensiven Kuss.

»Jetzt nichts wie weg hier«, meinte er, stieg auf und warf sein Mofa an. Die alte Maschine war nicht sehr schnell, aber flotter als die Damen war sie auf jeden Fall.

An ihn gepresst, die Arme um ihn geschlungen, den Kopf auf seiner Schulter, war sie mit ihm durch Berlin gefahren. Die kühle Novemberluft hatte ihre Wangen gekühlt, doch ihr Herz hatte hektisch geschlagen, und Hitze war über ihre Haut gezüngelt.

Eine Stunde später zog Charlotte Alexander in sein schmales

Bett. Er hatte kaum die Tür zur Dachkammer aufgeschlossen, da hatte sie ihn schon lachend gepackt und hinübergeschoben. Er fiel beinahe auf sie, weil sie so stürmisch war.

Jetzt wollte sie ihn ganz spüren. Forsch nestelte sie an seiner Hose, zog sie ihm herunter, während er ungestüm an den Verschlüssen ihres Kleides hantierte. Er küsste ihren Hals, ihre Wangen, ihre Ohrläppchen. Seine Lippen waren überall, und sie genoss jede seiner Berührungen. Endlich gelang es ihm, ihr Kleid zu öffnen. Sie streifte es fiebrig ab, wartete nicht, bis er ihren Büstenhalter aufgehakt hatte, sondern zog ihn selbst hastig aus. Sie pfefferte ihn quer durch den Raum, und er blieb auf einem der drei Notenständer vor Alexanders mit Büchern überfülltem Schreibtisch hängen. Statt ihm das Hemd auszuziehen, riss sie es ihm herunter.

Als sie ihn atemlos zu sich herabzog, stießen ihre Köpfe zusammen.

Er musste lachen, obwohl es wehtat. Denn der Sturz aus dem Fenster hatte ihm eine gehörige Schramme an der Stirn verpasst.

»Tut mir leid«, hauchte sie und bedachte die Wunde mit zärtlichen Küssen. Und endlich tauchte er zwischen ihren Brüsten ab und liebkoste sie.

Sie wusste nicht, warum, aber in dem Moment musste sie an all die Frauen denken, die hinter Alexander her gewesen waren. Jetzt hatte sie ihn für sich. Ganz für sich.

Sie liebten sich an diesem Abend mehrere Male, verwüsteten dabei sein Zimmer und ernteten aus dem Stockwerk unter ihnen lautstarkes Besengetrommel.

Erschöpft ruhte Charlotte in den zerwühlten Kissen und sah aus dem Fenster zum Alexanderplatz. Ganz leise begann Alexander Saxofon zu spielen. Er improvisierte ein romantisches Stück, das wie wohlriechender Blumenduft durch den Raum wehte. Charlotte lauschte dem Auf und Ab der Töne. Zum ersten Mal seit Langem hatte sie das Gefühl, mit sich im Reinen zu sein. Sie fühlte sich lebendig und frei.

So musste Leben sich anfühlen.

Später lasen sie sich gegenseitig aus seinen Büchern vor, schmiegten sich aneinander, nackt und glücklich. Charlotte hatte jegliches Zeitgefühl verloren, und als sie das nächste Mal aus dem Fenster sah, stellte sie überrascht fest, dass bereits die Nacht über Berlin hereingebrochen war.

»Ich zeig dir was«, meinte Alexander. Er stand auf, schlüpfte in seine Hose und warf ihr das Kleid zu. »Komm mit!«

Sie liefen das Treppenhaus hinauf bis ganz nach oben. Vom staubigen Türrahmen fischte Alexander einen Schlüssel und schloss auf. Es war der Wäscheboden. Eine einzige Glühlampe tauchte die Bettwäsche, Hemden und Hosen in schummeriges Licht. Voller Vorfreude zog Alexander Charlotte mit sich, zwischen den frischen Laken hindurch, zu einer weiteren Tür. Sie war nicht verschlossen, und als er sie aufstieß, schlug Charlotte kalte Nachtluft entgegen.

Sie waren auf dem Flachdach des Gebäudes angelangt. Über ihnen gaben schwarze zerrissene Wolken den Blick auf das Universum frei. Unter ihnen schimmerte Berlin, leuchtete die Stadt mit ihren Tausenden Lichtern. Einen Atemzug lang musste Charlotte an die Nacht mit Vera denken, als sie über die Dächer geklettert waren und ebenfalls auf die Lichter hinabgeblickt hatten. Was hatte Vera da noch gesagt?

Wir beide, wir beide, Charlotte, wir werden diese Stadt umarmen. Und wir werden sie erobern!

Sie würden die Königinnen Berlins werden.

Damals hatte sie angenehm gefröstelt – und auch jetzt spürte sie eine unendliche Kraft in sich aufsteigen. Vera hatte so recht gehabt. Und sie hatten so viel erreicht. Das *Midnight* lief besser als je zuvor. Das Geld sprudelte jeden Abend, Berlin lag Vera zu Füßen, und sie wurde auf Empfängen, auf Bällen und Wohltätigkeitsveranstaltungen mit Handkuss begrüßt.

Charlotte griff Alexanders Hand. Gemeinsam standen sie da und blickten ehrfürchtig auf die Stadt. Und mit einem Mal wusste sie, dies war das beste aller Leben.

»Ich bin gerne hier«, durchbrach er mit sanfter Stimme ihre Gedanken. »Ich meine, hier im Ostteil der Stadt.«

»Wirklich? Und ich wollte dich die ganze Zeit schon fragen, warum du nicht in den Westen gehst. Ich hab nämlich munkeln hören, dass die den Osten vom Westen abtrennen wollen. Einen Zaun errichten oder so.« Sie schmiegte sich an ihn.

»So weit wird es nicht kommen, Charlotte. Es wird Grenzkontrollen geben, das muss es ja auch. Mehr nicht. Und ihr werdet bald sehen, dass die DDR das bessere Deutschland ist.«

»Glaubst du das wirklich?«

Er nickte. »Der Kapitalismus fördert nur das Schlechte im Menschen. Jeder versucht, besser als der andere zu sein. Konsumgeier. Das Hauen und Stechen geht weiter und weiter und weiter. Alle kaufen und kaufen und versuchen, den anderen auszubooten, jeder will besser als sein Nachbar dastehen.«

Seine Worte ließen Charlotte nachdenken. Sie musste an Vera und ihren mit Sekt und Pralinen vollgestopften Kühlschrank denken. An die mit Spültüchern abgedeckten Holzkisten voller Geld, die Schnute jeden Abend von der Bar hinausschaffte – wo auch immer hin.

Und sie musste an ihre eigene Blechschachtel denken, die mittlerweile ebenfalls prall gefüllt war. Während Vera die anderen mit ihrem Geld beeindrucken, ja blenden wollte, war es bei Charlotte anders. Sie mochte Geld, ja. Sie sah gerne zu, wie sich ihre Blechschachtel füllte, aber es war nicht der Drang, besser zu sein als die anderen, sondern einfach schlicht und ergreifend der Wunsch nach Sicherheit, nach Ruhe. Nach Freiheit. Geld zu besitzen und sich jeden Tag Essen kaufen, sich ein Dach über dem Kopf leisten zu können bedeutete für Charlotte alles. Die Wahrheit, das wurde ihr jetzt klar, war simpel: Das Geld in der Blechschachtel lässt mich weniger an Lutz und Hagen und an das Leben in den Ruinen denken. Es schenkt mir die Sicherheit, niemals mehr zu Hannelore und Theo zurückzumüssen.

»Für mich heißt Geld, Sicherheit zu haben«, meinte sie leise.

Er nickte. »In einer besseren Gesellschaft müsstest du darum keine Angst haben. Oder hungrig sein. Wenn jeder etwas abgibt von seinem Geld, dann hätten wir alle etwas davon.«

»Und das würdest du tun? Abgeben?«

»Ja. Was soll ich denn auf dem Geld rumsitzen? Oder mir teuren Kram kaufen. Wenn ich als Musiker nicht nur von dem Geld leben kann, sondern noch mehr hätte, als ich brauche, dann kann ich es auch abgeben. Für die, die es nötig haben.«

Charlotte musste lächeln. Ein schöner Gedanke.

»Aber da drüben im Kapitalismus«, fuhr er fort, »da muss gekauft werden, damit gekauft werden kann. Ein ewiges Hamsterrad. Alle raffen und raffen und raffen. Einige wenige werden reicher und immer reicher, und viele werden ärmer und immer ärmer. Und die Reichen, die halten sich für etwas Besseres. Sie machen die Gesetze. Sie bestimmen, was mit den Armen passiert, mit den Arbeitern. Wenige, die sich für besser halten, herrschen über den Rest. Also mir kommt das bekannt vor. Wir sind dann genau da, wo wir vor sechs Jahren geendet sind.«

»So habe ich darüber noch gar nicht nachgedacht«, gab

Charlotte zu. Sie hatte den Ostteil der Stadt immer als von den Russen besetzt gesehen, als etwas, das man Deutschland weggenommen hatte.

»Wer die Produktionsmittel besitzt, bestimmt den Lauf der Welt. Und da drüben …« Er legte den Arm um ihre Schultern, küsste zärtlich ihren Hals und zeigte Richtung Ku'damm. »Da im Kapitalismus sind die meisten Menschen Nichtbesitzer von Produktionsmitteln, die Arbeiter nur menschliches Material. Ihr Schicksal ist eurem Ludwig Erhard doch egal. Der und sein Aufschwung. Aber hier, hier in der DDR, werden wir zusammen etwas aufbauen. Verstehst du, Charlotte? Und ich will dabei sein.«

Sie überlegte reiflich, bevor sie antwortete. »Das versteh ich, ich glaub's zumindest … Aber ich glaube auch, dass nirgendwo auf der Welt alle Menschen gleich sind. Und ich glaube auch nicht, dass es funktionieren wird, alle gleich zu machen. Das alles da unten …« Sie zeigte auf den Alexanderplatz, dann rüber nach Pankow, Weißensee und Lichterfelde und meinte auch das Land dahinter. »Dieser Sektor und alles um Berlin, das gehört jetzt den Russen. Und sie werden es nicht mehr hergeben. Niemals. Ob die DDR ein besseres Deutschland wird oder nicht. Ich hab ein ganz dummes Gefühl, dass die Blockaden noch nicht vorbei sind. Was, wenn sie wirklich einen Zaun bauen?«

»Ich sag doch, das wird niemals passieren.«

Charlotte blickte auf Berlin. Von hier oben war nicht genau zu erkennen, wo der sowjetische Sektor aufhörte und die Trizone der Amerikaner, Franzosen und Briten begann. Von hier oben aus gesehen, lag ganz Berlin vor ihnen. Als eine einzige Stadt.

»Das wird noch finster enden«, flüsterte sie schließlich und war über die Endgültigkeit in ihrer Stimme selbst überrascht.

46

Eiskristalle hatten sich auf der Windschutzscheibe des VWs gebildet. Vera versuchte, sie mit dem Scheibenwischer wegzubekommen, doch es gelang ihr nicht.

Da bemerkte sie, dass sich auch auf der Innenseite der Scheibe Eis gebildet hatte. Ihr Atem war gefroren.

Behutsam blies sie den Rauch ihrer Zigarette gegen die hauchdünne Eisschicht und sah zu, wie sich der Nebel darauf legte und binnen Sekunden zu neuem Eis erstarrte. Dem Spiel zuzusehen, wie die feinen Äderchen der Kristalle wuchsen, faszinierte sie. Jedoch nur einen kurzen Moment, dann wurde ihr bewusst, dass sie vor lauter Eis die Villa gar nicht mehr sehen konnte.

Vera knöpfte ihren Mantel zu und überlegte eine weitere Papirossa lang, was sie tun sollte.

Durch die vereiste Scheibe war die Villa nur ein verzerrter Schatten. Aber sie wollte noch nicht nach Hause.

Tief inhalierte sie und atmete langsam aus. Dann öffnete sie die Wagentür.

Das erste Mal seit Jahren, seitdem sie nach dem Krieg aus Frankreich nach Berlin heimgekehrt war, stieg sie aus und setzte einen Fuß auf diese Straße.

Die Luft roch nach kommendem Schnee, und es war schneidend kalt. Vera spürte die Kälte auf ihren Wangen, als stäche jemand mit tausend Nadeln zu. Die Schatten ringsum krochen ihr sofort und unangenehm unter die Kleider. In der

Ahrenshooper Zeile war es fürchterlich dunkel, nur der gelbliche Schein aus den Fenstern der Villen spendete ein wenig lichte Wärme. Das Licht der Laterne war bereits erloschen.

Vera atmete ein. Die Luft war extrem rein.

Einen Moment glaubte sie, die Akazien zu riechen, die sie als Kind so sehr geliebt hatte. Ein leichtes Lächeln huschte über ihre Lippen, allein der Anblick der Straße zauberte die Erinnerung an diesen Duft hervor.

Wie oft war sie früher hier entlanggelaufen?

Ohne es zu bemerken, war sie tatsächlich auf die Villa zugegangen, die sie sonst nur aus dem Auto in sicherer Entfernung beobachtet hatte.

Überrascht von sich selbst blieb sie stehen.

Was tat sie hier?

Was ist nur los mit dir?, fragte sie sich. *Was, um Himmels willen, ist bloß passiert, dass du hier stehst?*

Vera sah zu den Sternen hinauf, die sich glasklar und milliardenfach am Winterhimmel abzeichneten. Abermals blies sie eine Rauchwolke in die Nacht und beobachtete die Glut, wie sie sich durch das Papier fraß.

Feuer hatte immer Hunger. Egal, wie klein es war. Sie war stolz auf sich, dass sie ihr Feuer so gut unter Kontrolle hatte. Sie hatte sich von nichts und niemandem von ihrem Vorhaben abbringen lassen. Und nun strahlte das *Midnight*, erleuchtete die Berliner Nacht.

Nachdenklich musterte sie die Villa.

Dem *Midnight* ging es blendend, aber sie selbst hockte – bis die Flasche Sekt geleert war – allein im Büro, starrte auf ihren Kühlschrank und wartete darauf, dass es langsam hell wurde.

Wann hatte sie bloß ihr Gefühl für Menschen verloren?

Wie hatte sie sich zum Beispiel nur in diesem Mädchen so täuschen können? Ein knappes Jahr hatte diese Göre ihr die

Unschuld vom Land vorgespielt, und jetzt das! Charlotte war wie ein flammender Stern, der die Nacht in Brand setzte.

Vera zog an der Zigarette, und die Glut leuchtete auf.

Dann gab sie sich erneut einen Ruck und schritt nervös weiter auf die Villa zu.

Der Zaun war alt, aber vor nicht allzu langer Zeit gestrichen worden. Raureif glitzerte auf den Pfosten. Sie hielt sich im Schatten der Bäume, schlich am Zaun entlang wie ein Geist, wagte es nicht, den Blick direkt auf die Villa zu richten.

An einem der Bäume endete der Zaun und ließ eine Lücke, sodass sie sich zwischen Stamm und Pfosten hindurchzwängen konnte. Der Rasen knisterte unter ihren schwarzen Lackschuhen, die viel zu dünn für die Kälte waren. Wie ein Dieb huschte sie zu einem der Rosenbüsche und kauerte sich dahinter. Der Geruch von Braten stieg ihr in die Nase, während sie den Blick über den Eingang des Hauses und die Fenster gleiten ließ.

Ein schnittiger Mann saß in der guten Stube, trank ein Bier und las den *Kurier*. Sein Hemdkragen war offen, die Ärmel hochgekrempelt.

Vera musste schmunzeln, während sie ihm zusah, wie er an seinem Bierglas nippte und einen kleinen Schaumbart bekam.

Plötzlich öffnete sich die Haustür, und eine alte Frau trat heraus. Vera zuckte zusammen, duckte sich fluchtartig hinter die Rosen, hielt sich an einem Zweig fest, um nicht das Gleichgewicht zu verlieren. Zu spät.

Die Frau stutzte und musterte die Dunkelheit. Ihr Blick heftete sich auf den Rosenstrauch. Anscheinend hatte sie etwas gehört.

Veras Hand schmerzte. Sie hatte in einen Dorn gegriffen, umklammerte den Stamm jedoch reglos. Bloß keinen Mucks.

Da begegnete sie ihrem Blick. Vera biss die Zähne zusammen und hielt den Atem an, als die Frau ihr direkt in die Augen zu sehen schien.

Es war die Frau vom KaDeWe. Jene Frau, die ihnen nachgegangen und die sie und Charlotte so lange beobachtet hatte.

Hatte die Frau sie bemerkt?

Nein, dachte Vera, das bilde ich mir nur ein.

Die Frau trug eine Schürze und hielt einen Topf voller Gemüsereste vor dem Bauch. Vera fiel auf, wie alt sie geworden war. Offensichtlich hatte sie sich die Haare dunkel gefärbt, um die grauen Stellen zu überdecken.

Ihr Anblick, so nah und direkt – viel unmittelbarer als sonst vom Auto aus – ließ Vera schwer atmen. Sollte sie nicht doch aufstehen? Sollte sie sich nicht doch zu erkennen geben?

Vera biss sich auf die Lippen, zwang sich, nicht schwach zu werden.

Ohne den Rosenbusch aus den Augen zu lassen, trat die alte Frau in den Vorgarten. Aus ihrem Versteck heraus konnte Vera sehen, wie sie zögerte. Irgendetwas vermutete sie wohl hinter dem Strauch. Und sie war sich unsicher, ob es nur eine Katze oder ein Wildschwein war. Oder gar ein Einbrecher.

Bring den Abfall weg und geh wieder rein, befahl Vera ihr in Gedanken.

Sie spürte die klamme Kälte in ihre Bundfaltenhose kriechen. Weil sie so lange im gefrorenen Beet kniete, wurde alles klitschnass. Der Dorn in ihrer Hand brannte, aber Vera wagte nicht, auch nur die Augen zu bewegen. Völlig reglos verfolgte sie, wie die Alte näher kam.

Nein, schoss es Vera durch den Kopf. *Nicht herkommen. Keinen Schritt weiter!*

»Hallo?« Die Frau wischte sich die Finger an der Schürze ab. »Ist da wer?« Sie blies Eiswölkchen in die Nacht. Das Licht des Hauses ließ ihre Locken erstrahlen, umgab sie mit einem Lichterkranz.

Vera versuchte, gleichmäßig und flach zu atmen. Kein Atemwölkchen, kein Keuchen, bloß kein Husten. Sie konzentrierte sich auf ihren Herzschlag, versuchte, ihn mit ihren Gedanken zu beruhigen.

Die Frau kam näher. Schritt für Schritt …

Vera spürte, wie sich ihr Körper verkrampfte, wie sie ins Zittern geriet. Blut rann über ihre Hand, lief ihr in den Pulloverärmel. Sie musterte die Frau. Ihre Hände hatte die Gicht gezeichnet. Die Fingernägel waren in einem dunklen Rot lackiert, aber sie hatte die Farbe schon lange nicht erneuert.

»Hallo?«, rief sie leise und horchte abermals, taxierte mit wachem Blick die Schatten.

Mittlerweile herrschte in Veras Kopf bloß Leere. Sie dachte nur noch an ihren Herzschlag und das Atmen. Genau wie damals hinter dem Unimog, als die britischen Fallschirmspringer Jagd auf sie und ihre Mädchen gemacht hatten.

Halt still! Nicht bewegen!

Ihre Hand begann zu pochen, das Blut tropfte nun auf das überfrorene Laub im Beet. Verzweifelt klammerte sie sich an den Rosenstamm. Sie konnte das Zittern nicht länger unterdrücken, die Wunde brannte. Es kostete sie all ihre Willensstärke, nicht loszulassen.

Noch einmal ließ die Alte ihren Blick schweifen.

Dann wandte sie sich endlich ab, eilte zu einem Kompostfach aus Backsteinen und kippte den Topf aus.

Zwei Atemzüge später kam sie zurück, warf einen letzten Blick auf die Rosen und war mit einem Mal wieder in der Villa verschwunden.

Zitternd ließ Vera die Rose los. Der Dorn hatte sich tief in ihre Handfläche gebohrt.

Ihre Mutter hätte gewusst, wie man die Wunde versorgt. Sie hätte ihr gut zugeredet, ihr diese fürchterliche Jodsalbe draufgeschmiert, die so schlimm brannte, und sie hätte Vera in den Arm genommen.

Vera vermisste sie sehr. Ihren Geruch. Ihre ruhige Stimme. Die Stimme einer großartigen Sängerin.

Vera kam zittrig hoch und saugte das Blut weg. Im Wagen hatte sie einen Verbandskasten. Und es gab Zigaretten. Sie brauchte unbedingt eine Papirossa, doch die würde sie erst anstecken, wenn sie ihr altes Elternhaus hinter sich wusste.

Sie würde eine rauchen, wenn sie aus dem Viertel heraus und sich sicher war, unsichtbar zu sein.

Für ihre Mutter.

47

Dezember 1951

Überfroren glitzerten die Gehwege im Morgenlicht. Charlotte wich einer zugefrorenen Pfütze aus, während die Sonne ihre Wangen wärmte. Lichtbögen und Tannengestecke zierten die Fenster. In vielen Läden standen geschmückte Bäume. Leichtfüßig schritt sie die Straße hinunter und suchte einen guten Platz, um die Wintersonne zu genießen, die bereits über die Dächer lugte.

1952 kommt, dachte sie. Die zweite Hälfte des Jahrhunderts ist bald ein Jahr alt. Vielleicht werden wir jetzt zum Mond fliegen und dort eine Kolonie gründen. Mit der Atomenergie könnten wir zu den Sternen abheben. Selbst Autos werden in ein paar Jahren schweben.

Die Zukunft war voller großartiger Dinge. Während sie unbeschwert nach Hause in den Club ging, meinte sie dieselbe Aufregung unter den Menschen zu spüren, die ihr begegneten. Aber vielleicht war es auch nur ihre eigene Begeisterung.

Behutsam trug sie das in Papier gewickelte Päckchen im Arm. Sie hatte vorgehabt, auf direktem Weg nach Hause zu gehen, doch sie hielt es einfach nicht mehr aus.

Endlich entdeckte sie einen Hauseingang, dessen Stufen die Sonne wärmte. Feierlich setzte sie sich und zupfte ihren Mantel unter ihrem Hintern zurecht.

In freudiger Erwartung legte sie ihr Päckchen auf ihre Knie.

»Hier können Sie aber nicht sitzen.« Die Stimme einer Frau holte sie aus ihren Gedanken. Charlotte sah auf und blinzelte in die Sonne. Mit einem missmutigen Brummen trat eine Frau aus dem Haus, schob sich an Charlotte vorbei und stolzierte die Straße hinunter.

»Keine Sorge. Ich bin sofort weg«, rief Charlotte ihr nett nach und sah zu, wie die Frau sich kopfschüttelnd entfernte. Vielleicht kauft sie Geschenke oder schon Luftschlangen und Sekt für Silvester, überlegte Charlotte. Gönnt sich was zum neuen Jahr.

Sie sah auf das Päckchen und musste abermals lächeln. Die Sonne tat gut, und sie holte zweimal tief Luft, spürte der Frische nach. Vor Glück seufzend, entfaltete sie es ganz vorsichtig und mit spitzen Fingern. Nur nicht drücken oder quetschen, schön sachtemang.

Wie ein feierliches Ritual wickelte sie ihre Trophäe aus.

Dann lag sie auf ihren Knien und schimmerte verführerisch in der Sonne. Sie meinte sogar, den Nussgeruch wahrzunehmen, aber das war wahrscheinlich bloße Einbildung.

Vorsichtig hob sie die Pappe mit dem Tortenstück hoch und betrachtete es von allen Seiten.

Ihr Stück. Und es war perfekt.

Und dann ließ sie ihren kleinen Traum wahr werden. Sie griff sich einfach die Torte mit bloßen Händen. Die Sahne an ihren Fingern fühlte sich wunderbar klebrig und samtig an. Der Tortenboden weich und saftig.

Charlotte biss zu. Herzhaft und gierig.

Es war so herrlich. Sie merkte, wie die Creme an ihren Wangen und ihrer Nasenspitze kleben blieb. Das Aroma der Schokolade flutete ihre Sinne. Genießerisch schloss sie die Augen und stöhnte leise. Viel zu schnell stopfte sie sich das Stück in den Mund.

Mit geschlossenen Augen, die Wintersonne auf den Wangen, verharrte sie noch eine Minute, nachdem sie das letzte Krümelchen von Pappe und Fingern gelutscht hatte. Dann schlich sich ein zufriedenes Grinsen auf ihren vollgeschmierten Sahnemund.

Pures Schokoladenglück.

Das Jahr 1952 konnte kommen.

48

Weihnachten stand vor der Tür, und Vera hatte sich etwas ganz Besonderes überlegt. Statt eines Tannenbaums wollte sie den Baum im Saal festlich schmücken. Vierhundertfünfzig Glaskugeln hatte sie dafür besorgt. Nun hingen vierhundertachtunddreißig an seinen Ästen, denn Schnute waren zwölf aus den groben Boxerhänden gerutscht. Außerdem wollte sie Lametta. Anton und Schnute fluchten, doch immerhin wich Vera von der Idee ab, jeden Faden einzeln zu drapieren.

Das Ergebnis war überwältigend. Der Baum, der vorher die Kulisse für die Illusion eines lauschigen Sommerabends gewesen war, wirkte nun durch die Kugeln und das Lametta, als wäre er in funkelndes Eis gehüllt. Prachtvoll wie aus einem Märchen streckte er seine mit Eiszapfen bewehrten Äste aus.

Wie jeden Abend seit der Eröffnung war das *Midnight* komplett ausgebucht. Schnute hatte gebeten, zwei seiner Boxkollegen einstellen zu dürfen, weil er ganz alleine dem Andrang nicht mehr Herr wurde, aber Vera hatte die beiden abgelehnt. Sie waren ihr zu verschlagen vorgekommen. Also kontrollierte Schnute weiterhin allein und tat sein Bestes, jeden auf Schlagringe, Pistolen oder Messer abzuklopfen. Ab und an wurde er, besonders bei den Halbstarken, fündig.

Das *Midnight* hatte sich als schillernder Tanzclub endgültig etabliert. Ende November hatte Vera die anliegende Wohnung gekauft und einen Durchbruch geschaffen. So standen weitere drei Zimmer zur Verfügung, die sie stundenweise gegen ein paar Scheine an Prostituierte abgab, die sich im *Midnight* ihre Matratzenkundschaft suchen durften. Vera hatte nicht vor, Puffmutter zu spielen. Sie ließ nur Bordsteinschwalben herein, die nicht in irgendwelchen Puffs oder Clubs arbeiteten. So kam sie nicht mit Bordellbesitzern in Konflikt. Das Ganze lief diskret ab, denn der Eingang zur zweiten Wohnung war durch ein Regal getarnt, so bemerkte niemand, dass es im *Midnight* mehr als nur Alkohol und Tanz gab.

Den beiden Polizisten, die ab und an vorbeikamen, um auf Streife nach dem Rechten zu sehen, drückte sie stets einen flachen Umschlag in die Hand. Die Beamten hielten sich bei den Dirnen zurück und halfen Vera und Schnute mit unliebsamen Gästen. So gewann jeder. Die Polizisten bekamen ein bisschen mehr Butter aufs Brot und Vera mehr Sicherheit. Niemandem wurde geschadet. Außerdem kannte Vera mittlerweile den Ordnungsbeamten für den Bezirk. Einmal im Monat verschwand er mit einer Blondine namens Mareike in einem der Hinterzimmer. Das Stelldichein ging aufs Haus, sodass der Mann nichts zu meckern hatte.

Viele von Vehrings Kollegen, vom Sekretär bis hoch zum Senator, kamen regelmäßig ins *Midnight.* Beinahe jeder, den Vera auf der Feier damals im Herrenzimmer gesehen hatte, war bereits ihr Gast gewesen. Außer Ernst Reuter. Er hatte sich bisher nicht blicken lassen. Das Foto mit ihm, das sie gerne als Trophäe über die Bar gehängt hätte, ließ weiter auf sich warten.

Dennoch lief alles perfekt.

Leuner, der schon vorher zu ihren Stammkunden gezählt, aber nie bezahlt hatte, kam nun beinahe jeden Abend und vergnügte sich mit einem der Mädchen in den neu geschaffenen Räumen. Anscheinend genoss er die Abende bei Vera, dennoch stellte sie fest, dass er von Woche zu Woche übellauniger wurde. Es war ihm an der Nasenspitze anzusehen, dass er abzuschätzen versuchte, wie viel Umsatz Vera wohl machte. Die Gerüchte um seine Finanzen waren bisher nicht versiegt. Aber da er regelmäßig im *Midnight* auftauchte, konnte es nicht ganz so tragisch um ihn stehen.

Vera war bewusst, dass Leuner registriert hatte, wie die Preise im *Midnight* anzogen. Dadurch hatte sie zwar ein paar der GIs verloren, aber auch ganz neue Besucher aufgetan. Zahlungskräftigere.

Der Neid triefte Leuner aus jeder Pore. Aber Neid ist bekanntlich die ehrlichste Form der Anerkennung, dachte sie schmunzelnd.

Gedankenverloren und abgekämpft von den Vorbereitungen für Heiligabend, saß Vera an ihrem Schminktisch und richtete ihre falschen Wimpern. Sie hatte nicht viel für Weihnachten, das Fest der Liebe und der Familie, übrig und beschloss, auch übermorgen am Vierundzwanzigsten zu öffnen. Zumindest so lange, bis es die erste Beschwerde gab. Neben einem großen Büfett sollte auf der Bühne eine Tombola stattfinden, deren Erlöse dem Kinderheim Elisabethstift zugutekommen würden.

Vera zuckte zusammen, als plötzlich heftig an ihre Tür geklopft wurde.

Eine Schrecksekunde lang fürchtete sie, Vehring stünde wieder mit Ballons davor. Seitdem sie ihn rausgeschmissen hatte, war keine Woche vergangen, in der nicht ein schwülstiger Liebesbrief – auch sie waren parfümiert – von ihm eingetrudelt war. Außerdem lungerte er nachts immer vor dem *Midnight* herum. Jedes Mal, wenn sie Schnute schickte, verschwand die hagere Gestalt in einer Nebenstraße. In den beiden letzten Wochen hatte sie immer wieder das beklemmende Gefühl gehabt, er folge ihrem VW. Ein paar Mal hatte sie einen schwarzen Bentley bemerkt, bis ihr wieder eingefallen war, dass sie Vehrings ja abgefackelt hatte und gar nicht wusste, welchen Wagen er jetzt fuhr.

Es war jedoch nicht Vehring, der die Tür zu ihrem Büro aufdrückte, sondern ein anderer unliebsamer Mann.

Leuner.

Er war komplett betrunken und stolperte mit einem der Mädchen im Arm herein.

»Wir müssen mal übers Geschäft reden«, lallte er.

»Himmel, was hast du alles gesoffen?« Vera trat ihm schnell entgegen. Leuner stank nach Whiskey, Schweiß und Zigarren. Sein feines Hemd war ihm aus der Hose gerutscht und die wenigen Haare zerzaust. »Du da! Verschwinde nach draußen«, blaffte sie die Dirne an.

Sofort packte Leuner das Mädchen und schob sie zurück in den Flur. »Jaja, verzieh dich«, knurrte er. Dann schloss er die Tür und stolperte auf Vera zu. »Mein Täubchen«, begann er. »Was ist das für ein Laden hier? Gibt es nicht mal Sekt?«

»Haben wir denn etwas zu feiern?« Vera schätzte die Lage ab.

Leuner war zu betrunken, um zurechnungsfähig zu sein. Das hieß aber nicht, dass keine Gefahr von ihm ausging. Ganz im Gegenteil.

Ihr Blick flog zu Tür, die er ins Schloss gedrückt hatte.

Wo war Schnute? Wieso hatte er Leuner nicht aufgehalten? Oder ihn wenigstens eskortiert? Hatte er etwa gar nicht mitbekommen, dass Leuner zu ihr unterwegs war?

»Jetzt gib mir verdammt noch mal einen von deinen blöden Henkell trocken aus!«, donnerte er.

Vera dachte gar nicht daran. »Ich würde sagen, wenn du mit mir reden willst, schläfst du dich lieber aus und kommst morgen wieder. Dann können wir gern einen Sekt trinken.«

Brummend winkte Leuner ab, versuchte, sich an ihr vorbei zum Kühlschrank vorzuschieben. Sie trat ihm in den Weg, doch er ließ sich nicht aufhalten. Betrunken, wie er war, stieß er Vera brutal zur Seite, und sie krachte fluchend gegen ihren Schreibtischstuhl.

»Lass mich in Ruhe, du Schlampe«, zischte er und riss den Kühlschrank so rabiat auf, dass die Flaschen darin klirrten. Er griff sich die erstbeste und frickelte ungeduldig den Korken runter. »Na, geht doch.«

Nachdem er einen gierigen Schluck genommen hatte, blickte er verächtlich auf Vera.

Sie war hinter den Schreibtisch getreten und stützte sich auf die Tischplatte. »Du willst übers Geschäft reden? Dann setz dich.« Charmant lächelnd, honigsüß, um diesen rabiaten Kerl irgendwie zu bändigen, wies sie auf den Holzstuhl auf der anderen Seite. »Bitte sehr.«

»Ja, verdammt! Ich will über das Geschäft reden.« Schwerfällig, die Flasche in der Hand, setzte er sich.

»Na, dann schieß los.« Erst als er saß, setzte sie sich auch. Auf die Kante, die Ellbogen auf den Tisch gestützt, aufrecht. Er würde sie nicht noch einmal herumschubsen!

»Vera, Täubchen. Ich glaub, du hältst mich für dumm. Und den Leuner sollte man nicht für dumm halten. Glaub mir das.« Er unterdrückte einen Rülpser. »Du meinst wohl, alle Männer um den Finger wickeln zu können, aber das wird dich noch teuer zu stehen kommen.«

»Ist das eine Drohung?« Sie brauchte eine Klingel. Anton musste eine Klingel an ihrem Schreibtisch anbringen, die sie drücken konnte und die bei Schnute am Eingang bimmelte. Wieso war er nicht da?

»Ja! … Nein! Das ist eine verfluchte Kriegserklärung!« Leuner war mit seinem massigen Körper hochgefahren, hatte die

Hände auf ihren Schreibtisch gestützt und lehnte sich vor. »Ich bin so nett und treibe das Geld für meine Spirituosen bei dir nicht sofort ein, weil du mir einen Fleetwood versprichst! Und was lieferst du? Einen Scheiß! Nämlich gar nichts. Alles leere Versprechungen! Und dann das hier!«

Nervös beobachtete Vera, wie Leuner in seiner Hosentasche herumfummelte und schließlich den Brillantring auf den Tisch fallen ließ, mit dem Vera das Baumaterial angezahlt hatte.

O verdammt!

»Der soll von Vehring sein? Wirklich? Wen willst du für dumm verkaufen?«

»Er … er ist von Vehring.« Vera musste schlucken.

»Du bist echt das durchtriebenste Stück …« Er nahm noch einen mächtigen Schluck. Zu hastig, sodass der Sekt heraussprudelte und sein Hemd befleckte. »… das ich kenne, mein … *Täuuuuubchen*!«

»Was? Was willst du mir sagen, hm?« Sie lächelte noch immer, ein bisschen so, wie ein Dompteur die Brust rausstreckte und den Kopf hob, um die Löwen zu bändigen.

»Du hast wirklich die Dreistigkeit, mich zu beklauen und mich dann damit zu bezahlen?!«

Vera versuchte, sich nichts anmerken zu lassen.

Er hat mich also erwischt. Sie zog eine ihrer Zigaretten aus der Packung und steckte sie sich in aller Ruhe an. Sie blies den Qualm fürsorglich zur Seite. Als wäre seine Anschuldigung frei erfunden, lehnte sie sich entspannt zurück und zog dabei die Schublade ihres Tisches einen Fingerbreit auf.

»Du sagst ja gar nichts. Also habe ich recht!« Er trank einen weiteren Schluck. Der Sekt rann ihm das Kinn hinab. Kopfschüttelnd musterte er Vera. »Das Ding ist aus meinem Lager. Aus einer meiner Kisten! Da frage ich mich doch, wie viel von meinem Zeug du noch geklaut hast.«

Nach einem weiteren Zug musste sie lächeln. »*Deinem* Zeug. Dass ich nicht lache! Du stellst Hehlerware bei mir unter. Und ich muss zugeben, es macht mir eine gewisse Freude, Diebe zu beklauen.«

Einen Moment lang hörte sie das Brummen und Klicken des Kühlschranks, gedämpft die Musik aus dem Saal und einen Wagen, der am Hinterhof vorbeifuhr. Vera meinte sogar, Leuners Atem zu hören.

Abwartend musterte sie ihn. Einer Giftschlange gleich, die reglos ihr Opfer belauert und dann blitzschnell zupackt, sprang er jäh vor. Für seinen Zustand viel zu flink. Seine Pranke packte sie, ehe sie reagieren konnte, und wollte ihren Schädel auf die Tischplatte donnern.

Sie riss den Kopf zurück, stemmte sich mit aller Kraft gegen ihn und rutschte aus seinem Griff. Die Schublade!, schoss es ihr durch den Kopf! Doch da hatte er schon die Sektflasche am Hals gepackt.

»Du verfluchtes Miststück! Du!«, schrie er voller Zorn und holte aus.

Panisch tasteten ihre Finger nach dem Knauf der Schublade. Die verdammte Waffe! Leuners Gewicht hatte den Schreibtisch verschoben und Vera an die Wand gedrückt. Sie hatte keine Chance, sie zu öffnen.

Vera schrie, sie schrie, so laut sie konnte. Warf mit allem, das sie vom Schreibtisch greifen konnte, nach ihm.

Die Flasche zog durch die Luft, Leuner schlug ihr den Schädel …

Nein!

Vera schleuderte den Tisch hoch, drückte ihn Leuner entgegen. Und versuchte, sich zu ducken. Sein Arm krachte auf die Kante, ihm flog die Flasche aus der Hand. Sie zersplitterte neben Vera auf dem Boden, während er schreiend zurücktaumelte. Doch der Schmerz hielt ihn nicht auf. Er packte den Tisch, riss ihn zur Seite, sodass er den Schminktisch traf. Der Spiegel zerbarst, und all die Flakons, Tiegel und Fläschchen zersprangen auf dem Boden.

»Das war's, du Schlampe!«, zischte er. Wütend wie ein Stier, bereit, seinem Widersacher einen tödlichen Stoß zu versetzen, fixierte er sie.

Aber Vera dachte nicht daran, sich noch einmal von Leuner überrumpeln zu lassen. Ihr Kopf dröhnte, Blut rann ihr ins Auge, doch sie stand bereits breitbeinig da, so wie sie es beim Nahkampf in der Nachrichtentruppe der Waffen-SS gelernt hatte. Mit festem Blick und zum Kampf bereit. Blut tropfte an ihrer Nase entlang, und sie schmeckte es, als es ihr über die Lippen lief.

Es schmeckte nach Abenteuer. Es überraschte sie selbst, aber es beruhigte sie. Ihre Atmung wurde gleichmäßig, ganz gefasst, während sie ihre Optionen durchging.

Einen Augenblick lang war Leuner von ihrem Kampfwillen verunsichert. Er musterte ihre schmale Gestalt, schien ebenfalls seine Möglichkeiten abzuwägen, bis er schließlich die fleischigen Hände zum Faustkampf hob.

»Du Schlampe hast den Bogen überspannt. Bist nicht der Erste nach 'm Krieg, den ich ausknipse.«

»Schnute?« Sie wollte nicht ängstlich klingen. Unauffällig streifte ihr Blick den Boden.

»Was soll schon mit dem sein?« Schwankend kam er einen Schritt näher.

Zwischen Lippenstiften, Nagellacken und Puderdosen entdeckte sie ihre Pistole. Die gute alte Walther P.38. Ihre Ordonnanzpistole. Sie musste aus der Schublade gepurzelt sein, als er den Tisch in den Schminkspiegel geworfen hatte.

»Schnute schläft den Schlaf der Gerechten«, lallte er. »Ein

paar Tropfen Thiopental in sein Bier, und er ist umgekippt … Tja, ich wollte ganz ungestört mit dir sein.«

»Und da bringst du die Nutte mit?« Sie hätte sie nicht rauswerfen sollen.

Er winkte ab, ließ Vera nicht aus den Augen. Mit einem Mal startete er einen neuerlichen Angriff, walzte auf sie zu. Doch diesmal war sie gewarnt. Sie verpasste ihm einen gekonnten Schlag mit dem Ellbogen, hörte, wie seine Nase brach. Aber Leuner hielt das nicht auf. Er ließ die Fäuste sprechen, schlug ihr hart an die Schläfe. Stöhnend taumelte Vera zur Seite, krachte gegen den Kühlschrank.

Da war er schon wieder bei ihr, packte zu, riss sie am Arm herum, doch sie war schneller und zerkratzte ihm das Gesicht. Schreiend vor Wut und Schmerz schleuderte er sie von sich.

Vera fiel mit dem Rücken gegen den demolierten Schminktisch. Da! Vor ihr auf dem Boden. Die Pistole hatte sie bereits mehrfach aus einer Situation ähnlich wie dieser gerettet. Damals. In Frankreich.

Doch sie starrte eine Sekunde zu lang auf ihre Waffe hinab.

Leuner sah sie ebenfalls.

Die beiden sprangen vor. Er versuchte Vera zu packen, aber sie ließ sich zu Boden fallen, da war er schon über ihr, versetzte ihr einen Tritt, als sie nach der Waffe greifen und …

Vera stürzte zur Seite, bekam keine Luft. Er musste ihr ein paar Rippen gebrochen haben. Panisch fingerte sie nach der Pistole. Schminktiegel, Puder, der sich überall verteilt hatte … Mit einem Wutschrei trat Leuner Vera auf den Arm. Sie schrie vor Schmerz, versuchte, sich gegen ihn zu werfen – wo war die Waffe?

Da glitt die Tür auf. Schnute! Er stolperte herein, konnte kaum stehen. Er hatte Nasenbluten, sah aschfahl aus. Kreidebleich und benommen taumelte er in den Raum. Für einen

Lidschlag war Leuner abgelenkt, lockerte den Fuß. Vera schleuderte herum, rutschte über den Boden, griff mit der Linken nach der Pistole. Ehe sie sie hochreißen konnte, hatte Leuner bereits reagiert, sprang fluchend vor. Wie ein Rugbyspieler ließ er sich gegen Schnute prallen, der zur Seite flog und stöhnend an der Wand zu Boden rutschte. Seine Lider flatterten, und er drohte, das Bewusstsein zu verlieren.

Doch die Ablenkung reichte: Vera riss die Waffe hoch und drückte ab.

Ein Knall.

Die Kugel traf den Türrahmen, keine zwanzig Zentimeter neben Leuner, der erschrocken in den Flur sprang. In Veras Ohren ertönte ein grässliches Piepen. Ihr Schädel dröhnte. Benommen zielte sie ein weiteres Mal und drückte ab. Sie sah Leuners zornigen Blick, dann war er im Flur verschwunden und rannte davon.

Nach Luft ringend und vor Schmerzen keuchend, wandte sie sich zu Schnute um. Er war zusammengesackt, konnte seinen Arm bloß mühsam und einige Zentimeter zum Gruß heben. Dann wurde er erneut bewusstlos.

Stöhnend kam Vera auf die Beine. Sie wechselte die Hand, nahm die Walther in die Rechte und stolperte mit erhobener Waffe zur Tür. Taumelnd trat sie hinaus.

Nichts.

Der schwere Vorhang zum Tanzsaal pendelte ein wenig hin und her, aber von Leuner fehlte jede Spur. Gut gelaunte Gesänge hallten ihr entgegen, laute Musik. Zwei Bläser spielten ein Weihnachtslied.

Niemand hatte die Schüsse gehört.

Vera glitt zurück in den Raum und kümmerte sich keuchend vor Schmerzen um den weggetretenen Schnute.

49

Der Wind trieb nassen Schnee durch die noch morgendlich dunklen Straßen. Fingerdick war der Bordstein überfroren, obwohl die Berliner tapfer gegen das Eis ankämpften. Charlotte, ein Paket voller Rüschen unter den Arm geklemmt, die sie tags zuvor für ihre neue Kollektion an Petticoats gekauft hatte, stapfte mit wackeligen Schritten über die eisigen Stellen. Sie hatte bei Alexander übernachtet und mit ihm die Feiertage geplant.

Als Erstes würden sie mit Vera im *Midnight* Heiligabend feiern, dann den ersten Weihnachtstag gemütlich in seiner Dachkammer verbringen, um am zweiten ans Meer zu fahren. Sie hatten sich Interzonenpässe ausstellen lassen, damit sie an die Ostsee fahren konnten. Während Charlotte immer von der sowjetisch besetzten Zone sprach, war es für Alexander eine Reise in die Deutsche Demokratische Republik, seinen Hoffnungsstaat, der vor zwei Jahren ausgerufen worden war.

Alexander hatte Verwandte in Stralsund, und sie wollten dort ein paar Tage verbringen und vielleicht das neue Jahr an der Küste einläuten.

Seit ihrer Flucht nach Berlin mit ihrer Mutter würde Charlotte das erste Mal wieder aus der Stadt hinauskommen. Der Gedanke war aufregend.

Es war nur ein kurzes Stück von der Tram zum *Midnight*, aber die wenigen Meter reichten, um sie und das Paket in einen tropfenden Schneemann zu verwandeln.

Sie freute sich auf einen Tee und ein paar Stunden in ihrem Zimmer bei ihrer Nähmaschine. Ihrer neuen Nähmaschine, denn sie hatte sich zu Weihnachten selbst ein Geschenk gemacht und eine Singer Zickzack gekauft. Allerdings hatte sie es nicht ausgehalten, die Maschine bis Weihnachten eingepackt zu lassen. Unter dem Tannenbaum, den sie für Alexanders Zimmer ausgesucht hatten, würde nur ein leeres Paket stehen.

Klitschnass erreichte sie das *Midnight* und wollte gerade hineingehen, als aus der Winterdunkelheit ein Mann hinter sie trat. Charlotte fuhr herum.

»Du?«

»Guten Abend, Charlotte.«

»Timothy. Was machst du hier?«

»Kann ich dir etwas abnehmen?«

»Es … es geht schon, danke. Was willst du?« Das hatte schroffer geklungen, als sie gewollt hatte.

»Ich bin nur gekommen, um dir zu danken, Charlotte. Ich habe endlich den Gerichtsbeschluss.«

Sie biss sich auf die Lippen. »Habt ihr genug Beweise?«, fragte sie vorsichtig. »Gegen Leuner?«

Timothy nickte. »Du bist ja ganz nass.« Er trat auf sie zu, aber sie wich einen Schritt zurück.

»Mir geht's gut«, beteuerte sie.

»Ist dir nicht kalt? Wollen wir besser reingehen?« Freundlich nickte er zum Eingang des *Midnights*.

»Nein, nein«, wehrte sie ab. Obwohl ihr natürlich kalt war, wollte sie nicht, dass er mit hineinging. Es gab keinen wirklichen Grund dafür. Aber etwas in ihr sperrte sich. Dort drinnen war *ihr* Weihnachten mit ihrer Familie. Und er, er gehörte nicht mehr dazu.

»Wir haben jemanden, der aussagt. Ich habe nämlich endlich herausgefunden, wer A. Adept ist.«

Für Charlotte hörte es sich an, als wollte er Beifall von ihr. Vielleicht lag es an der Kälte, aber sie wollte nicht freundlich sein. »Ach …«, meinte sie lediglich.

»Es ist kein Mann, wie du dachtest, sondern eine Firma. A+A Department. Das ist eine Abteilung einer Firma für Maschinenteile. Sie haben ein Büro in Berlin und mehrere in den USA. Ich denke, deswegen hat Leuner sie sich ausgesucht. Sie schicken Fracht von Westberlin über Wiesbaden in die Staaten. Der Mann, den du im *Midnight* gesehen hast …«

»Der mit dem Visitenkartenetui?« Wie schön, dass er nun doch noch etwas mit all den Informationen hatte anfangen können, die sie für ihn gesammelt hatte.

»Ja. Der arbeitet für diese Firma und ist Leuners Kontaktmann dort. Leuner schleust über ihn seine Kunstgegenstände in die Frachtlisten ein, und Leuners Sachen werden als Lieferung der Firma ausgegeben. Leuner braucht dafür nicht viele Männer. Bloß den Kontakt in der Firma, außerdem schmiert er einen Piloten, dann noch jemanden in den USA, vielleicht in Wiesbaden.«

»Die Sachen werden hier in Tempelhof verladen und dann aus Berlin rausgeflogen?«

»Ja. Ich weiß nicht, warum er nicht den Zug nimmt. Oder einen Lastwagen. Vielleicht ist es ihm zu riskant, die Ware durch die Zone zu schicken. Einmal quer durch die DDR. Es wird hart kontrolliert. Und so hat er den Kunstraub gleich über dem Großen Teich bei den Käufern in den Staaten.«

»Wenn ihr die Kunstschätze habt, gebt ihr sie dann den Russen zurück?« Sie musste an die vielen Kisten denken, die noch immer in Veras Lagerraum standen. Leuner hatte bisher nur einen Bruchteil abgeholt. Der Rest war noch gut verpackt im Verschlag. Wahrscheinlich konnte er immer nur Stück für Stück ausfliegen.

Timothy zupfte seinen mit Schnee beladenen Hut zurecht. »Nein. Das wird sicherlich ein jahrelanges politisches Spielchen werden. Die Kunstschätze sind ja in Deutschland geklaut worden. Von den Russen. Das wird sicher für ein paar diplomatische Verwerfungen sorgen.«

Charlotte sah in sein von Falten durchzogenes Gesicht, sein Blick war wie immer ernsthaft und gütig. Doch sie hielt diesem nicht stand und wandte sich ab. Sie bereute es nicht, mit ihm Schluss gemacht zu haben, aber trotzdem fühlte sie ein wenig Wehmut, denn sie hatten gute Zeiten erlebt. Ihm verdankte sie ihre Arbeit im *Midnight,* ihrem neuen Zuhause.

Sie seufzte. »Dann ist jetzt alles gut?«

»Ja. Wir werden Leuner festnehmen. Der Mann aus der Firma weiß eine Menge. Auch dass Leuner den Piloten erschlagen ließ und wer ihm dabei half. Ich denke, wenn er redet, dann werden es auch andere von Leuners Helfern tun.«

Charlotte fiel ein Stein vom Herzen, denn sie musste an das Gespräch zwischen Schnute und Vera denken, als Schnute angeboten hatte, das Problem zu beseitigen. Die Festnahme durch Timothy würde Leuner ein für alle Mal erledigen. Ganz ohne einen Mord.

»Bist du noch immer mit ihm zusammen? Mit dem Musiker?«

Unsicher sah sie ihn an, wusste nicht, worauf er hinauswollte. War er etwa noch immer eifersüchtig?

»Ich …«, setzte sie an und sah in seine blauen Augen, die voller Ruhe und Kraft waren.

»Wenn ja«, kam er ihr zuvor, »dann sag ihm, er soll sehr vorsichtig sein. Das Ministerium für Staatssicherheit will schnelle Erfolge. Mein Kontakt zur Volkspolizei hat gemeint, der Abschnittsbevollmächtigte ist ein scharfer Hund. Wenn er eine der Autogrammkarten sieht … und mitkriegt, dass

Alexander im RIAS ein und aus geht, werden sie ihn verhaften, Charlotte. Landesverräterische Nachrichtenübermittlung oder staatsfeindliche Hetze. Die sind gerade sehr bemüht aufzuräumen. Er soll bloß auf der Hut sein. Es sind schon welche für weniger ins Gefängnis gekommen.«

»Staatsfeindliche Hetze… Wegen ein paar Schlagern?« Zweifelnd sah sie ihn an. Wollte er ihr Angst machen? Das war doch Quatsch. Alexander brannte für die Ideale der DDR.

Timothy nickte ernst. »Der RIAS ist für die Kommunisten ein Propagandasender der schlimmsten Sorte. Ihm droht die Todesstrafe.«

Charlotte rutschte beinahe das aufgeweichte Paket aus den Fingern. Ihr Blick suchte in seinem nach der Wahrheit. Wollte er tatsächlich nett sein und ihnen helfen? War es wahr, dass er etwas aufgeschnappt hatte? Sie konnte sich nicht vorstellen, dass man Alexander wegen ein paar Schlagern verhaftete. Oder wollte er ihr wehtun? Nein. So war er nicht.

»Zieht zusammen. Lass ihn in den Westen kommen«, riet er ihr. »Vielleicht ist Leuners Schatz, den ihr gestohlen habt, eine Starthilfe?«

»Was … was meinst du?« Tatsächlich verstand sie ihn nicht. Sie hatte nichts gestohlen. Außer vielleicht sein Herz.

Er schmunzelte. »Charlotte, du glaubst doch nicht, ich hätte das Spielchen nicht durchschaut. Vera hat Leuners Kisten im Schuppen. Ich habe dir schon an der Avus nicht geglaubt. Damals, im Sommer. Aber mir geht es weniger um den Kunstraub als darum, den Mörder zu finden. Die deutsche Polizei wird bald Fragen stellen.«

Sie sah ihn stumm an. Auf keinen Fall würde sie dazu etwas sagen. Am Ende würde sie noch sich selbst oder Vera belasten.

»Du musst nichts antworten, Charlotte.« Er nahm ihre eiskalte Hand in seine. Die Wärme tat gut. »Ich bin wirklich nur hergekommen, um mich bei dir zu bedanken. Nicht nur wegen Leuner, sondern auch für das schönste halbe Jahr meines Lebens. Du hast mir so viel gegeben. Und mir war von Anfang an klar, dass unsere Beziehung nicht für ewig sein wird. Ich meine … sieh mich an, ich bin mehr als doppelt so alt wie du. Und du solltest dein Leben in vollen Zügen genießen.«

Sie musste schlucken. Ihre Kehle war wie zugeschnürt.

»Charlotte, ich hoffe, du bist glücklich. Das wünsche ich dir von ganzem Herzen.«

Eine Träne rollte aus ihrem Auge und vermischte sich mit dem Schnee, der ihre eiskalte Wange bedeckte. Ein Zittern überfiel sie, und es war nicht die Kälte, die sie frösteln ließ. Sie brauchte einen Moment, um die Sprache wiederzufinden.

»Willst du nicht vielleicht doch mit reinkommen? Ich denke, ich kann uns einen Kaffee machen … Schwarz. Du trinkst ihn doch gern schwarz.« Gerade eben hatte Timothy die Worte gefunden, auf die sie an jenem Abend im Park gehofft hatte. Doch damals hatte er mit einem Mal nur noch an seinen Fall gedacht, und sie hatte das Gefühl beschlichen, all die Monate nur eine Spielfigur auf seinem Schachbrett gewesen zu sein.

Timothy schüttelte den Kopf. »Nein, Charlotte. Ich muss um acht in der Einsatzzentrale sein. Es geht gleich los.«

»Was? Was geht los?«

»Leuner. Ich habe in einer Stunde die Einsatzbesprechung mit meinen deutschen Kollegen. Dann schlagen wir zu. Heute ist der Tag, Charlotte.« Sein Lächeln wirkte erlöst. Als würde ihm endlich eine unendliche Last von den Schultern genommen werden.

»Verstehe.« Das war das Einzige, was sie sagte. Sie schwieg, während das Wasser ihr von den Haaren hinab auf ihren Mantel tropfte.

Geduldig wartete er auf weitere Worte, aber als keine kamen, beugte er sich vor und gab ihr zärtlich einen Kuss auf die Wange. »Mach's gut, Charlotte.«

»Du auch …«, begann sie zu stammeln. »Komm doch mal ins *Midnight.* Ich würde mich freuen, dich zu sehen.« Und das meinte sie tatsächlich. Er war ein Teil ihres Lebens gewesen. Ein wichtiger Teil. Und sie würde immer gerne an ihre glücklichen Stunden zurückdenken.

Nun war es an ihm, traurig dreinzusehen. »Tut mir leid. Sobald Leuner festgenommen und alles mit der Staatsanwaltschaft geklärt ist, gehe ich wahrscheinlich zurück in die Staaten. Mein Chef möchte, dass ich meinen Sessel räume. Mal sehen.« Er tippte sich an den Hut, um sich zu verabschieden, als ihm noch etwas einfiel. »Ach, das hätte ich fast vergessen.« Er griff in seinen Mantel und zog ein Geschenk heraus, eine kleine Schatulle, die mit buntem Papier eingewickelt war. »Frohe Weihnachten, Charlotte«, sagte er lächelnd. Stumm nahm sie es entgegen, zu überrascht, um etwas zu sagen.

Dann drehte Timothy sich um und ging.

Schweigend und in Gedanken versunken, blickte sie ihm nach und musste an die Tage denken, die sie mit ihm verbracht hatte. An ihren wilden Tanz in seiner winzigen Wohnung, an die Feier in der Baracke mit den Petticoats und an ihr Aufeinandertreffen im Hinterhof, als sie ihm die Waffe gestohlen hatte.

Was für ein verrücktes Jahr, dieses 1951.

Sie wischte sich die Träne weg, bevor sie auf den Schal tropfte, obwohl sie wusste, dass es kein Sinn machte, denn der Schnee hatte ihn längst durchnässt.

50

Charlotte betrat das *Midnight*. Schon im Windfang kam ihr das Lokal außergewöhnlich ruhig vor. Sie schlug den Vorhang beiseite. Im Tanzsaal war niemand. Lag es an der frühen Stunde? Aber wo steckten Trude und Anton? Irgendjemand füllte immer um diese Zeit die Vorräte der Bar.

Einen Moment blieb sie stehen und betrachtete Veras weihnachtliche Dekoration. Der Baum sah fantastisch aus, das Lametta und die unzähligen Kugeln ließen ihn zu einem übergroßen Weihnachtsbaum werden. Ein Traum wie aus einem Wintermärchen.

Alles war still, sie hörte weder das Klirren von Henkell-trocken-Flaschen noch Veras Rechenmaschine. Nur auf dem Hof maunzte eine Katze. Für gewöhnlich drangen durch den Vorhang, der zu den Räumen führte, ein Lachen, das Schaben von Stühlen, Stimmen. Doch an diesem Morgen war das *Midnight* wie ausgestorben.

»Vera!«, rief sie »Schnute?«

Sie horchte, erhielt aber keine Antwort. Ein ungutes Gefühl machte sich in ihr breit. Seitdem sie Vera kannte, hatte diese sich höchstens einen Tag im Monat freigenommen. Normalerweise schuftete sie vierzehn Stunden am Tag. Und eigentlich hätte auch Schnute herumspringen, irgendetwas reparieren oder herumräumen müssen.

Sie nahm das triefend nasse Bündel mit den Rüschen hoch und drückte damit den schweren Vorhang zum Flur auf. Die

Türen waren alle geschlossen, und auch hier war es mucksmäuschenstill. Alarmiert sah sie sich um.

Auf halben Weg zu ihrem Zimmer konnte sie mit einem Mal ein leises Stöhnen hören. Ihr stellten sich die Nackenhaare auf. Sie trat näher. Das Stöhnen kam aus ihrem Zimmer.

Geräuschlos drückte sie die Tür auf, Zentimeter um Zentimeter, weil sie Schlimmes befürchtete.

Doch es war nicht Leuner, es war auch kein Einbrecher oder Schläger. Es war Vera. Sie lag in Charlottes schmalem Bett, ein nasses Tuch auf der Stirn, und ächzte vor Schmerzen. Neben ihr hielt Anton Wache. Gerade fühlte er noch einmal nach dem Lappen, stand auf und sah durchs vergitterte Fenster auf den Hinterhof. »Machen Sie mal lieber die Augen zu. Wenn es schlimmer wird mit Ihrer Brust, sagen Sie es. Dann müssen wir ins Krankenhaus.«

Verwirrt trat Charlotte ein.

Anton blickte sich zu ihr um. »Charlotte.«

Sie grüßte leise. »Was ist passiert?« Besorgt trat sie ans Bett. »Vera! Ach du meine Güte!« Sie sah schrecklich aus. Eine Platzwunde an der Stirn und ein mächtiges Veilchen zierten ihr Gesicht.

»Es wird schon werden.« Vera brachte ein grimmiges Lächeln zustande.

»Unser Fräulein Brandt spielt die Harte«, mischte sich Anton ein. »Wie immer. Aber ich sag es euch, wenn Rippen gebrochen sind und die was durchpieken … Wenn es schlimmer wird, dann kabel ich den Krankenwagen.« Der Zorn auf Veras Unbedarftheit war nicht zu überhören.

»Lass mal die Kirche im Dorf, Anton«, maulte Vera. »Sieh lieber zu, dass du was zum Frühstück auftreibst.«

Charlotte setzte sich auf Antons Platz. »Was, um Himmels willen, ist denn nur passiert?«

Anton kam Vera zuvor und erzählte ihr von Leuners Attacke. Fassungslos hörte sie zu und konnte es nicht glauben, dass Leuner letzte Nacht Vera beinahe totgeprügelt hatte. Sie musste an Timothy denken und daran, dass dieser schmierige Schmuggler und Mörder in weniger als einer Stunde hinter Schloss und Riegel saß.

Beinahe hätte sie Vera davon erzählt, doch sie biss sich auf die Lippen. Wenn sie ihr verriet, dass Timothy ein Polizist war und sie … Dann hätte sie Vera vollständig reinen Wein einschenken müssen. Dazu war sie noch nicht mutig genug. Irgendwann würde sie ihr die Wahrheit sagen, das war ihr bewusst, aber nicht heute.

Zärtlich nahm sie Veras Hand. »Das kriegen wir schon wieder hin. Mach dir keine Sorgen«, sagte sie und strich ihr über das Haar. »Anton hat recht, ruh dich aus.«

»Ich mach mir keine Sorgen um mich. Der kleine Hosenscheißer da lässt mich nicht rauchen!« Sie warf Anton einen zornigen Blick zu, der ihn ungerührt an sich abperlen ließ. »Das sind meine Sorgen. Anton, hol mir Schrippen und Wurst! Wenn ich schon nicht rauchen darf. Und du, Charlotte, lächle mal. Noch sterbe ich nicht.«

Charlotte musste über ihr Gemaule schmunzeln.

»Und was den Leuner anbelangt«, fuhr Vera fort. »Der wird heute sein blaues Wunder erleben.«

»Woher …?«, stutzte Charlotte. Woher wusste Vera von der Festnahme?

Vera musste ihren verdutzten Ausdruck bemerkt haben, denn sie sprach sogleich weiter: »Ich habe die Schnauze gestrichen voll. Der kommt in meinen Laden und greift mich an. Es reicht jetzt. Nun ist Schluss.«

»Du hast Schnute zu ihm geschickt?« Es lief ihr eiskalt über den Rücken.

»Und ob«, lächelte Vera entschlossen.

Sie brauchte nicht mehr zu sagen, der kurze Satz reichte.

Entsetzt sprang Charlotte auf. »Er ist bei Leuner? Jetzt?«

»Worauf du Gift nehmen kannst.« Sie lachte und stöhnte gleichzeitig vor Schmerz. Anton war sofort wieder bei ihr und tauchte den Lappen in frisches Wasser.

Nein. Das durfte nicht sein. Nicht jetzt. Nicht Schnute. *Du musst was tun!*

»Wo steht dein Wagen? Vera? Wo ist der Wagen? Hat Schnute ihn?« Sie versuchte, nicht panisch zu klingen, obwohl alles in ihr nur so schrie vor Angst.

Fragend sah Vera sie an. »Warum willst du das wissen?«

Charlotte rannte. Ein Bündel Scheine aus ihrer Blechschachtel vor die Brust gedrückt, hastete sie durch die Straßen Berlins. Aber diesmal hatte sie ein Ziel. Ihr lief bloß die Zeit davon.

Timothy hatte gesagt, dass sie nach der Besprechung zuschlagen würden. Aber wie lange dauerte wohl eine Polizeibesprechung? Sicher nicht sehr lange. Was, wenn er längst auf Leuners Hof war? Was, wenn Schnute ebenfalls dort war? Er hatte so oder so ein Riesenproblem. Entweder Timothy kam und erwischte ihn … bei einem Mord! … Die Vorstellung war so schrecklich, dass sie kaum Luft bekam. Oder Schnute hatte sein Werk bereits vollbracht. Und das würde sie ihm nie verzeihen können.

Immer noch schneite es. Doch die Flocken waren inzwischen hart und eisig und stachen ihr in die Haut. Hektisch sah sie sich um, rannte, so schnell sie konnte, zwischen ein paar Passanten hindurch und bog auf eine größere Straße ab. Fieberhaft hielt sie nach einem Taxi Ausschau. An der nächsten Ecke parkte eines, ein älterer Herr stieg aus und ließ die Wagentür zufallen.

»He, halt!« Sie sprintete los und riss die Tür wieder auf. Erschöpft ließ sie sich auf den Beifahrersitz fallen, was ihr einen ungläubigen Blick einbrachte.

»Sie können …«

»Fahren Sie!«, rief sie keuchend.

Der Taxifahrer starrte sie an. »Stimmt was nicht? Werden Sie verfolgt?«

»Ich muss nach Marienfelde! An den Stadtrand.« Nach Luft ringend, nannte sie ihm die ungefähre Straße.

»Wenn Sie wünschen, Fräulein«, meinte er und setzte mit unglaublicher Langsamkeit den Blinker, um sich wieder in den Verkehr einzuordnen.

»Nun drücken Sie mal auf die Tube! Es geht um Leben und Tod.«

»Das sagen sie alle«, antwortete er flapsig. »Sie tropfen meinen Wagen voll.« Er fuhr im Schneckentempo hinter einem Bus her.

Charlotte wurde es zu bunt. Sie hielt ihm das Bündel unter die Nase. »Das ist für Sie! Wenn Sie verdammt noch mal endlich aufs Gas gehen.«

Der Mann musterte die Scheine, brummelte etwas und gab endlich Gas.

Bitte sei schnell genug! Sie starrte nach draußen. Schnee peitschte vorbei und behinderte die Sicht. Wahrscheinlich hatte sie ihm gerade den Lohn für ein halbes Jahr angeboten, aber das war ihr gleich.

Das ganze Geld war nichts wert, wenn Schnute ins Gefängnis käme oder Schlimmeres. Sie wollte sich gar nicht ausmalen, wenn es zu einem Schusswechsel kommen sollte und Timothy ihn niederstreckte.

Übernervös kaute sie auf ihren Fingernägeln, starrte nach draußen auf die Straßen, auf die Passanten, die Bauarbeiter, die Kriegsversehrten, die vor Ruinen und neu aufgebauten Häusern ihren Geschäften nachgingen.

»Machen Sie keine Dummheiten, klar?«, tadelte Anton Vera, und sie liebte den Jungen dafür.

»Nein, Papa«, stöhnte sie und versuchte, eine bessere Position zum Liegen zu finden.

»Soll ich auch in die Apotheke, wenn ich schon Schrippen hole?«

Vera sah ihm an, dass er sie nicht allein lassen wollte. Er hatte Angst um sie. Natürlich. »Nein. Ich hab noch Salbe hier und Aspirin.« Aufmunternd nickte sie ihm zu. »Im Geheimfach, dort drüben. Nimm dir was für ein ordentliches Frühstück!«

Sie war etwas überrascht, wie zielstrebig er das Geheimfach öffnete. »Ich brauch wohl ein geheimeres Geheimfach«, murmelte sie und entlockte ihm damit immerhin ein freches Grinsen.

Wenig später schob er sich endlich auf den Flur und sah noch einmal zu ihr zurück.

»Geh schon. Ich bleibe liegen.«

Er schob sich die Schiebermütze in den Nacken und tadelte sie mit einem Fingerzeig.

»Versprochen, Anton.«

Endlich wandte er sich um und rannte den Flur hinunter.

Vera blieb zurück und lauschte Antons Schritten, bis er durch den Vorhang in den Saal gelaufen war.

Es wurde still.

Vera biss die Zähne zusammen, tastete ihre Rippen ab. Alles halb so wild. Die Kopfschmerzen waren das Schlimmste und die Blessuren im Gesicht. Sie brannten höllisch.

Sich am Stuhl abstützend, zog sie sich hoch, atmete gegen

den Schmerz an und stand schließlich. »Na, geht doch. Im Gegensatz zu Cherbourg ein Witz.« Sie testete ein paar Schritte, ging kurz auf und ab. Zufrieden stellte sie fest, dass nichts in der Brust stach.

Da hörte sie erneut Schritte.

»Das ging aber schnell!«, rief sie und trat verwundert zur Tür.

Doch es war nicht Anton, der durch den Vorhang kam, sondern Vehring.

Er lächelte Vera an. »Bin reingehuscht, bevor die Tür zufiel … Ach, Schatz, wie siehst du denn aus?«

Entsetzt vor Sorge starrte Vera ihn an.

»Hier muss es sein. Irgendwo nahe der Grenze. Ja! Biegen Sie hier ein!« Hektisch sah Charlotte sich nach Veras Wagen um.

Der Schnee fiel nun in dicken Flocken.

Der Fahrer brummelte etwas Unverständliches und bog ab. Das Straßenbild änderte sich. Immer mehr Lagerhallen kamen in Sicht. Charlotte spürte, dass sie auf dem richtigen Weg war.

Da! Hinter zwei Kastanien konnte sie Veras Käfer am Straßenrand erkennen. Wenn sie sich richtig erinnerte, dann waren Leuners Lagerhallen noch ein Stück entfernt. Wahrscheinlich hatte Schnute ihn hier geparkt, damit Leuner ihn nicht erkannte.

»Lassen Sie mich hier raus.« Sie schrie beinahe und drückte ihm das Geld in die Hand. Noch bevor der Wagen vollends stand, riss sie die Tür auf und sprang raus. Kopfschüttelnd rief der Taxifahrer ihr etwas nach.

Charlotte rannte zum Käfer hinüber. Er war leer, Schnute nicht da. Wo war Leuners Lager? Hastig sah sie sich um und entdeckte hundert Meter weiter den Schotterplatz.

Das Kreischen einer Metallsäge zerfetzte die Stille.

Ohne nach links oder rechts zu sehen, rannte sie über die Straße darauf zu. Sie duckte sich hinter einen Container, der direkt bei der Einfahrt abgestellt war.

Auf dem Platz parkte nur Leuners Wagen. Der Schnee bedeckte all die Kisten, Paletten und Fahrzeuge mit seiner friedlichen Decke. Wo waren Timothy und die anderen Polizisten? Es gab keine frischen Reifenspuren, keine Fußabdrücke.

Wo steckte Schnute?

Ihr Herz schlug wild, und sie hatte Mühe, ruhig zu atmen. Alles war so still und friedlich, dass sie glaubte, ihr Atem halle laut wie eine Dampflok über den Hof.

Schneeflocken tanzten in der Luft. Die Tür zur Baracke war geschlossen, im Schatten einiger gefledderter Bäume pickten ein paar Hühner im Schnee. Das Kreischen der Säge wurde lauter. Sie lief über den verschneiten Platz zur Tür hinüber, leicht geduckt, als könnte man auf sie schießen. Wahrscheinlich drückte die Angst sie zu Boden.

»Schnute!«, zischte sie, erhielt aber keine Antwort.

Sie hatte die Tür gerade erreicht, als sie nach außen aufflog. Leuner stolperte heraus. Schnute hatte ihm das Gesicht zerschlagen.

Vehring kam auf Vera zu, deren Sinne sich augenblicklich schärften. Wie eine Katze, die sich zum Sprung bereit macht.

Der Geruch seiner Pomade stach ihr in die Nase, und sie biss die Zähne zusammen. Seufzend trat sie ihm entgegen. »Was willst du?«

»Mein Schatz. Ich bin gekommen, um mal nachzusehen, wie es dir so geht.«

»Nilpferd-Methode?«

Er lachte. »Auftauchen, untertauchen? … Ja, ich hab dich

immer im Auge. Ich muss sagen, erst dachte ich, eine Dame wie du … Die passt doch nicht in so ein Loch wie das *Midnight*. Aber mittlerweile muss ich sagen, du passt perfekt!«

Seine Augen, dachte Vera. Er blickt mich an, ohne mich wirklich zu sehen.

Eiskalt lief es ihr den Rücken herunter.

»Vehring. Wir zwei gehen jetzt raus. Ins Kranzler, wenn du mich so mitnimmst, natürlich.« Sie versuchte, entspannt zu wirken, legte ihm die Hand auf den Arm. Sie war nicht in der Verfassung, noch einen Mistkerl abzuwehren. »Und dann reden wir in Ruhe.«

»Ich hab dir was mitgebracht, Vera. Hab's im Saal stehen. Sieht übrigens hübsch aus, der Baum.«

»Danke.«

Er hielt ihr den Vorhang auf, aber sie zögerte. Was zum Teufel hatte er vor? Sie bemerkte, dass er sich den feinsten Anzug und seine Ausgehschuhe angezogen hatte. »Soll ich dir was sagen? Ich bin das Gespött des Rathauses. Der Mann mit der flambierten Limousine, so nennen die mich. Sie alle haben gesehen, wie du mich wie einen räudigen Hund rausgeworfen hast! Ich hab ja versucht, mit dir Frieden zu schließen … Aber du? Ach, was hätten wir zwei noch Coq au vin essen können. In unserem Lieblingshotel.«

Allmählich wurde ihr schlecht. War es sein Geruch, oder waren es die rasenden Kopfschmerzen? Oder weil er sie so anwiderte? Doch sie hatte Cherbourg überlebt, da würde sie sich nicht in ihrem eigenen Club geschlagen geben.

»Aber du lachst über meine Liebe.«

Beinahe hätte sie ihm einen Kommentar hingeworfen, doch stattdessen zauberte sie ein Lächeln auf ihre zerschundenen Lippen. »Wir könnten alles bei einer Mousse au Chocolat bereden«, säuselte sie, während sie fieberhaft überlegte, wie sie sich schützen könnte. »Ich weiß ja, wie du sie am liebsten isst.«

Niemand außer ihnen beiden war im Tanzlokal. Schnute hatte ihre alte Dienstwaffe mitgenommen, um mit Leuner kurzen Prozess zu machen.

Vehring schluckte. Er musterte Vera von Kopf bis Fuß.

»Netter Versuch, mein Schatz«, sagte er und zwinkerte ihr zu. Er zog den Vorhang zum Saal auffordernd beiseite. »Trete ein, bring Glück herein.«

Sein Lächeln ließ sie frösteln. Da spürte sie, wie er ihren Arm packte und sie vorausschob. Vera atmete durch, soweit es die Rippen zuließen, und betrat mit Vehring den Saal.

Leuner stolperte geradewegs in den Schnee, rappelte sich auf die Knie. Er sah entsetzlich aus, wimmerte. Erschrocken registrierte Charlotte Schnute, der in der Tür auftauchte, Veras Pistole in der Hand. Er zielte auf Leuner.

»Steh auf!«, befahl er.

Er trat Leuner, versuchte den Dicken weiterzuzerren, aber Leuner fügte sich nicht, zeterte und schleuderte Schnute Schnee entgegen.

»Lass ihn! Schnute, wir müssen hier weg!« Charlotte trat auf ihn zu.

Überrascht fuhr er zu ihr herum. »Charlotte?!«

»Der soll aufhören! Der soll endlich aufhören!«, jammerte Leuner und flehte sie um Hilfe an.

Charlotte achtete nicht auf ihn, sondern blickte Schnute ins zerknautschte Gesicht.

»Was tust du hier? Das ist nichts für dich.«

»Schnute! Wir müssen hier verschwinden! Sofort! Lass ihn laufen. Schnute, bitte!«

Er schüttelte den Kopf. »Den lass ich nicht laufen! In einem halben Jahr oder so kommt der wieder und tut Vera noch Schlimmeres an. Sie hat mir den Auftrag gegeben. Und den führ ich aus. Auf den alten Schnute ist Verlass.« Schnute richtete die Pistole wieder auf Leuner.

Besorgt suchte Vera den Saal ab, konnte jedoch nicht erkennen, was er ihr angeblich mitgebracht hatte. Der Baum dominierte den Raum und strahlte in seiner Winterpracht. Alles war bereit für den Heiligabend.

Zaudernd folgte sie Vehring zur Bar.

»Es ist so, Vera. Ich habe mich entschlossen, mein Tanzlokal aufzugeben.«

»Was? Welches Lokal?« Zweifelnd starrte sie ihn an.

»Na, das *Midnight.* Schließlich habe ich die Anschubfinanzierung geleistet. Also ist es wohl immer noch mein Lokal.«

Sie biss die Zähne zusammen, zwang sich, nicht zu antworten.

»Und ich denke«, fuhr er fort, »das *Midnight* aufzugeben ist ein kleiner Schmerz im Gegensatz zu der Genugtuung, dich leiden zu sehen.«

Ihr Blick huschte von ihm zum Tresen. Auf der Bar standen ein paar hochprozentige Schnäpse. Vehring muss sie dort hingestellt haben.

Er sah sie kalt an. »Du hast mit deiner impulsiven Art den Bogen wirklich überspannt, mein Schatz.«

Seelenruhig holte er eine Zigarre hervor und zündete sie sich an. Vehring hatte den Kopf in den Nacken gelegt und musterte den Baum. »Wirklich prachtvoll, das muss ich schon sagen.«

Was faselte er da nur?

Vera rang nach Luft. Ihre Gedanken sprangen fieberhaft hin und her, suchten nach einer Lösung, nach Hilfe, nach …

Schwere Karaffe … wenn ich ihn niederschlage … Ein Messer? Gibt es hier Messer? Einen spitzen Korkenzieher …?

Sie versuchte, sich zu konzentrieren, aber die Kopfschmerzen hämmerten zu stark in ihrem Schädel.

»Du willst ganz nach oben, Vera. Richtig? Du willst es uns allen zeigen. Dann zeig ich dir jetzt mal was!« Vehring nahm eine der Flaschen, entkorkte sie und begann, ihren Inhalt auf die Theke zu gießen.

Augenblicklich begriff Vera und erstarrte vor Schreck. Er würde es ihr heimzahlen, indem er …

»Hätte nie gedacht, dass so was so gut funktioniert«, hauchte er und griff nach einer zweiten Flasche Hochprozentigem.

Endlich löste sie sich aus der Starre, wollte sich auf ihn stürzen, doch ihre Rippen ließen sie vor Schmerz keuchen.

»Ich weiß, dass du absolut loyal bist. Ich liebe Vera genauso wie du! Aber Schnute! Bitte! Jeden Moment wird die Polizei hier sein.«

Wind kam auf, blies ihnen die Schneeflocken ins Gesicht. Leuner, noch immer auf den Knien, hustete. Blut tropfte von seiner Nase und färbte den Schnee.

»Hast du die gerufen? Wie konntest du nur, Charlotte?« Grimmig schüttelte Schnute den Kopf und zog Leuner mit aller Kraft wieder auf die Beine. Brutal stieß er ihn nach vorne Richtung Straße. »Dann machen wir eben eine kleine Spritztour.«

»Du musst mir glauben!«, versuchte Charlotte ihn aufzuhalten. Sie lief hinter den beiden her. »Schnute! Ich habe sie nicht gerufen, aber sie kommen.«

Sie packte ihn an der Schulter und versuchte, ihn festzuhalten. »Ich lüge nicht.«

»Du hast sie nicht gerufen, aber sie sind gleich da. Du verschaukelst mich doch!« Er stieß Leuner weiter, der taumelte und strauchelte. »Charlotte, dein Problem ist, du hast ein zu großes Herz.« Er fing Leuner auf und trieb ihn weiter.

Charlotte wusste sich nicht mehr zu helfen. Sie musste es ihm sagen. »Schnute! Ich … ich war mit einem Polizisten zusammen, der gegen Leuner ermittelt! Deswegen habe ich bei euch angefangen!«

Stille breitete sich über dem Hof aus. Nur Leuners Wimmern war zu hören, das Kreischen der Metallsäge war verstummt.

»Was … was soll das heißen?« Schnute drehte sich langsam zu ihr um. Verständnislos sah er sie an. »Was meinst du damit? Charlotte!«

»Ich flehe dich an, Schnute, ich bin deinetwegen hergefahren. Wir müssen hier weg! Die Polizei wird Leuner verhaften. Glaub mir. Ich habe alles geliefert, was ich über ihn rausfinden konnte. Die Sache über die Beutekunst bei Vera im Lager. Ich habe in Leuners Büro rumgeschnüffelt. Ich habe ihn verraten. Nur ihn.«

Die Pistole zeigte abermals auf Charlotte. Diesmal sehr viel entschlossener.

»Was soll das heißen?!«, schrie Schnute sie an.

Vera gelang es trotz der Schmerzen, Vehring zu umklammern. Mehr blieb ihr nicht, denn sie spürte, dass sie nicht genügend Kraft aufbringen konnte. Er stieß sie von sich weg, verpasste ihr einen Schlag.

»Vera! Hör auf!«, brummte er, doch Vera dachte nicht daran. Mit Tränen in den Augen schlug sie zu, erwischte Vehring mit der Faust am Hals. Er taumelte stöhnend gegen die vor Alkohol triefende Theke.

Seine Zigarre, wo ist die verdammte Zigarre?

»Nein!«

Sie sah, wie die Zigarre auf die andere Seite des Tresens gefallen war. Der Hochprozentige lief die Theke hinab, tropfte und kleckerte um sie herum. Nur noch wenige Zentimeter, und alles würde in Flammen stehen.

»Vera«, stöhnte er. Unter Schmerzen rieb er sich den Hals, kam benommen wieder auf die Beine. »Du musst dir überlegen, mit wem du dich anlegst – und wen du lächerlich machst«, keuchte er. »Rache sollte kalt serviert werden, aber ich muss sagen, heiß gefällt sie mir auch.«

Währenddessen hetzte Vera um den Stamm. Verzweifelt fummelte sie am Verschluss der schmalen Tür, durch die es ins Bauminnere und zur Bar ging.

Charlotte wich einen Schritt zurück und hob abwehrend die Hände. »Bitte, Schnute! Ich … ich habe euch nie verraten. Dich nicht und auch nicht Vera. Niemanden von euch. Du musst mir glauben. Ich war nur auf Leuner angesetzt. Ich habe im *Midnight* angefangen, um etwas über ihn und seine Geschäfte herauszufinden. Aber … ihr seid meine Familie. Ich würde euch nie …!«

Leuner begann zu lachen.

»Es … es ist kompliziert, Schnute! Bitte! Lass uns das später klären. Bitte.« Sie traute sich nicht, auch nur einen winzigen Schritt auf ihn zuzugehen. Noch immer hielt sie die Hände erhoben, weil er mit der Pistole vor ihr herumfuchtelte. In seinen Augen konnte sie sehen, dass eine Welt für ihn zusammengebrochen war. Er war enttäuscht, wütend und verletzt. Er durfte das alles sein. Aber lebendig und in Freiheit!

Schnute spukte in den Schnee. Immerhin schien er einen Augenblick lang abzuwägen, ob er ihr glauben sollte, ob tatsächlich die Polizei anrollte und es besser war, Loyalität hin oder her, Leuner laufen zu lassen.

Leuner erkannte seine Chance, denn er jammerte plötzlich los: »Hör auf die Kleine! Bitte! Du willst doch keinen Fehler machen.«

»Ruhe!«, brüllte Schnute und hielt sich die Ohren zu. Immerhin richtete er jetzt nicht mehr die Pistole auf Charlotte.

Mit einem Mal brüllte er über den Hof, dass die Hühner einen Satz machten: »Verfluchter Mist!«

In diesem Moment hörten sie alle drei, wie sich aus verschiedenen Richtungen Autos näherten.

Charlotte zwang sich, ruhig zu bleiben. »Komm!« Sie trat an ihn heran und strecke die Hand aus. »Schnute, vertrau mir. Ich habe euch nicht verraten. Du kommst jetzt mit mir mit! Hast du verstanden?« Sie sagte es schroff, so wie Vera es gesagt hätte – und das zeigte Wirkung.

Fluchend trat Schnute Leuner in den Hintern, der daraufhin wieder in den Schnee fiel. Charlotte nahm Schnute bei der Hand und zog ihn mit. Die beiden rannten über den weißen Hof in Richtung des VWs.

Endlich. Der Verschluss klappte auf. Vera riss die Tür zum Stamm auf und …

Mit einem leisen Fauchen entzündete sich der Alkohol.

Die Glut der Zigarre hatte den Schnaps in Brand gesteckt. Binnen Sekunden züngelten die Flammen die Theke hinauf.

»Nein! Neeeeein!« Sie stürzte darauf zu, schnappte sich ein Spültuch, wollte sie ausschlagen, aber es fing Feuer. Immer schneller leckten die Flammen über das Holz, das kreischend und knackend verbrannte. Schon breitete sich beißender Qualm aus, der sie in die Lunge stach.

»Komm raus! Vera, mach keinen Unsinn!«, hörte sie Vehring mit einem Mal besorgt rufen. Aber sie hieb und trat tapfer weiter.

Das *Midnight.*

Ihr *Midnight*!

Sie durfte es nicht zulassen. Sie musste … sie musste gewinnen!

Die Flammen breiteten sich blitzschnell aus. Die Farben, mit denen der Baum bestrichen war, entflammten. Binnen Sekunden waren der Stamm und seine Äste mit einem gelblich-bläulichen Lodern umhüllt. Vehring schrie nach ihr, aber Vera rührte sich nicht. Alle Schmerzen waren vergessen, Panik wirbelte in ihrem Körper. Der Qualm trieb ihr Tränen in die Augen.

Das Lametta schmolz, tropfte brennend zu Boden. Die Vorhänge, die Lampions … alles ging in Flammen auf, und ihre Asche, getragen von der Hitze des Feuers, trudelte durch die Luft.

Vera presste sich den Ärmel vor Mund und Nase.

Gerade noch rechtzeitig zog Schnute die Wagentür auf und warf Charlotte den Schlüssel zu. Sie schloss die Beifahrerseite auf, und beide drückten sich in die Sitze, als die Polizeiwagen an ihnen vorbeirauschten.

»Der Drecksack hat Vera geschlagen! Erst hat er mich vergiftet und dann Vera geschlagen!« Der Zorn auf Leuner und sich selbst, weil er sich nicht an ihm gerächt hatte, war unüberhörbar.

Charlotte wagte es, ein wenig hochzurutschen und nach draußen zu spähen. Die Wagen legten eine Vollbremsung auf dem Schnee hin. Taumelnd stand Leuner da, und trotz seines zerschlagenen Gesichts grinste er schief, als die Beamten aus ihren Autos sprangen.

Sie erkannte Timothy, der mit erhobener Waffe auf Leuner zueilte. Befehle wurden gebrüllt, aber Leuner dachte gar nicht daran, wieder auf die Knie zu sinken.

Zögernd wandte sich Charlotte zu Schnute um. Der hockte ganz still hinterm Steuer, noch immer die Pistole in der Hand. Er brauchte einen Moment, um ihr in die Augen zu sehen. Sein Blick war unmissverständlich.

Du bist eine Verräterin!

Charlotte schluckte. Sie fühlte sich elend, aber sie hatte ihn gerettet, darauf kam es an. Egal, für wen er sie hielt.

»Danke«, murmelte sie.

Zögerlich schob sie ihre Hand auf seine. Er ließ es geschehen, doch sein Blick wurde nicht gütiger.

»Fahren wir«, knurrte er und ließ den Wagen an.

51

Wie in Trance blickte Charlotte aus dem Fenster des VW-Käfers auf den Mann in Feuerwehruniform. Er winkte, Schnute möge weiterfahren. Den Helm fest auf dem Kopf, die Wangen schwarz vor Ruß, stand er vor dem *Midnight*.

»Mein Gott!« Schnutes Stimme überschlug sich. Mehrere Feuerwehrfahrzeuge parkten kreuz und quer. Feuerwehrleute liefen im Schneegestöber umher, rollten Schläuche ein und suchten ihr Material zusammen.

Schnute ließ den Wagen einige Meter weiterrollen und parkte wild auf dem Gehweg, dann stiegen Charlotte und er hastig aus.

Sie eilten zum Club hinüber, aber Charlotte verfiel ins Taumeln. Als wäre sie in einem Albtraum gefangen, schritt sie durch das Chaos auf das *Midnight* zu, während Schnute bereits rannte.

Die Scheiben waren geplatzt, Qualm hatte die Steine geschwärzt. Das Neonschild war teilweise geschmolzen.

Wie im Rausch starrte Charlotte es an, meinte für einen Lidschlag, Anton wieder auf den Schultern von Schnute zu sehen. Wie er versuchte, den Schriftzug zum Leuchten zu bekommen, und schließlich am N baumelte.

Sie riss sich zusammen, rannte jetzt ebenfalls. Mit wild pochendem Herzen eilte sie zum Windfang oder vielmehr dem, was davon übrig war.

Lass ihr nichts passiert sein. Mein Gott, Vera!, betete sie.

Die uralten Holztüren waren nur noch verkohlte schwarze Stumpen. Eine Seite hing aus den Angeln. Charlotte schlüpfte hindurch. Trudes Hocker war verschwunden, der Vorhang komplett verbrannt, sodass ihr nichts den Blick in den Tanzsaal verwehrte.

Ihr stockte der Atem. Es war, als schlüge ihr jemand mit Kraft vor die Brust.

Der Saal war nur noch Asche.

Der Baum ein verkohltes Skelett, das aus einem dunkelgrauen Moor ragte.

Sie hielt sich die Hand vor den Mund, weil der Anblick einfach zu entsetzlich war. Inmitten des Meeres aus Asche stand Vera. Reglos blickte sie in den schwarzen Schlund, der einst das *Midnight* gewesen war.

Schnute war zu ihr geeilt. »Vera?«

Keine Reaktion.

»Geht es dir gut? … Vera?«

Charlotte beobachtete, wie er sie ungefragt in den Arm nahm, sie umklammerte, als könnte er sie so aufwecken. Endlich nickte sie kaum merklich. Immerhin. Schnute atmete auf und ließ sie los.

Als Charlotte näher trat, warf er ihr einen angsterfüllten Blick zu. Es war unverkennbar, welche Sorgen er sich machte. Noch nie hatte sie Schnute so voller Furcht gesehen.

»Ich mach das schon«, flüsterte sie fürsorglich, und er wich zurück, um die beiden Frauen allein zu lassen.

Schweigend trat sie neben Vera, sah mit ihr in die Schwärze.

»Geht's dir wirklich gut?«, fragte Charlotte flüsternd, weil Vera weiterhin stocksteif wie im Schock dastand. Sie war voller Ruß, aber anscheinend hatte sie keine Verbrennungen. Charlotte atmete durch.

Veras Gesicht war eine versteinerte Maske. Nur ihre türkisen Augen leuchteten. Ein wütendes Feuer loderte in ihnen. Ihr Atem ging gleichmäßig und gefasst.

Die beiden sahen zu, wie eine Katze, müde vom kalten Wintertag, durch die zerstörte Nebentür schlich. Verwirrt angesichts der Zerstörung, aber dennoch grazil trat sie ein, tappte mit leisen Pfoten zwischen den verkohlten Brettern, den Splittern und Wasserpfützen hindurch.

»Du hast geweint«, hörte Charlotte Vera sagen. »Warum?«

Charlotte blickte zu ihr. »Ich … Es war nichts. Ich …« Sie setzte ein Lächeln auf und winkte ab. »Nur die Kälte da draußen.«

Endlich kam Bewegung in Vera. Sie strich sich eine Strähne hinters Ohr und nickte. »Die Kälte … Wir werden die Kälte vertreiben, Charlottchen.« Zu Charlottes Erstaunen war Veras Stimme ungebrochen, geradezu unbeugsam.

Schläfrig mauzend, tappte die Katze zu den Überresten des Klaviers, sprang auf die verbogenen Tasten – federleicht lief sie auf den Resten entlang, sprang auf die Bühne.

Da spürte Charlotte, wie Veras Hand die ihre suchte. Sie bemerkte das Zittern, das ganz leichte, kaum wahrnehmbare Zittern, als Vera ihre Hand drückte, und dann spürte sie die Wärme, die von Vera ausging.

Sie nahm Veras warme Hand und ihren gleichmäßigen Atem wahr, ihre schlanken Finger in ihren. Und Charlotte fühlte die Kraft, die Vera durchströmte. Immer noch. Ungebrochen.

Da drehte sich Vera zu ihr, nahm sie sanft in den Arm. Den Kopf auf Charlottes Schulter gelegt, schmiegte sie sich an sie. Und Charlotte umarmte sie, drückte Vera fest an sich, hielt sie, hielt sie ganz fest.

»Königinnen der Nacht«, hauchte Vera. Und Charlotte fühlte, dass Vera zu weinen begonnen hatte. Tonlos. Ein paar

Atemzüge hielten sie sich im Arm und wiegten sich, als tanzten sie einen traurigen Walzer.

Dann atmete Vera durch.

Epilog

Sie atmet durch.

Vera atmet durch und löst sich von Charlotte.

Ohne ein Wort geht sie hinüber und nimmt die Katze auf. Sie trägt sie zur Hoftür. Nachdem sie die Katze verscheucht hat, wendet sie sich dem Saal zu. Eiskalte Winterluft weht herein und kündigt den beginnenden Abend an.

Charlotte fröstelt. Ein angenehmes Frösteln. Sie bückt sich und nimmt einen der verkohlten Äste ihres Baums auf, wirft ihn zu einem Berg aus schwarzen Brettern und hebt das nächste Stück auf. Eins nach dem anderen.

»Schnute!«, ruft Vera. »Schau mal, ob das Büro noch steht, und bring meine Papirossy her. Ach, und einen Sekt. Das wird 'ne lange Nacht!«

Charlotte muss schmunzeln, und auch Vera kann sich ein Lächeln nicht verkneifen.

Die Stunden vergehen. Selbst als sich die Nacht über Berlin senkt und die Kirchenglocken Heiligabend einläuten, packen die beiden noch immer gemeinsam an.

Die Königinnen der Nacht arbeiten Hand in Hand – damit das *Midnight* wieder in voller Pracht erwachen kann.

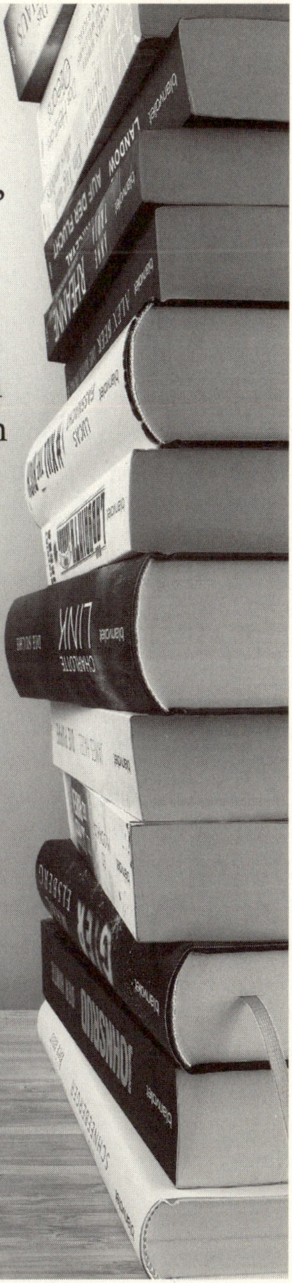